KB055993

사건들의 예지

이찬

1970년 충청북도 진천에서 태어났다.

2007년 『서울신문』 신춘문예를 통해 문학평론가로 등단했다.

저서 『현대 한국문학의 지도와 성좌들』 『20세기 후반 한국 현대시론의 계보』 『김동리 문학의 반근대주의』, 문학비평집 『헤르메스의 문장들』 『시/몸의 향연』 『감응의 빛살』 『사건들의 예지』, 문화비평집 『신성한 잉여』를 썼다.

2012년 제7회 김달진문학상 젊은평론가상을 수상했다.

현재 고려대학교 문화창의학부 부교수로 재직 중이다.

파란비평선 0004 사건들의 예지

1판 1쇄 펴낸날 2022년 10월 1일
지은이 이찬
디자인 최선영
인쇄인 (주)두경 정지오
펴낸이 채상우
펴낸곳 (주)함께하는출판그룹파란
등록번호 제2015-000068호
등록일자 2015년 9월 15일
주소 (10387) 경기도 고양시 일산서구 중앙로 1455 대우시티프라자 B1 202-1호
전화 031-919-4288
팩스 031-919-4287
모바일팩스 0504-441-3439
이메일 bookparan2015@hanmail.net

ⓒ이찬, 2022, printed in Seoul, Korea

ISBN 979-11-91897-33-3 03810

값 35,000원

사건들의 예지

이찬 비평집

다섯 번째 비평집 『사건들의 예지』를 세상에 내놓는다. 최근 출간된 『신성한 잉여』와 그것은 쌍생아처럼 닮은꼴을 이룬다. "신성한 잉여"란 인간 사회의 진보와 역사 발전의 합법칙성으로 표상되는 당대의 인식론적 패러다임 자체가 송두리째 부정당할 수밖에 없었을, 식민지 시대 말기의 "의미의 위기" 속에서 태어난 말이기 때문이다. 나아가 인류 역사의 진보와 다른 미래에 대한 희망의 불꽃을 끝끝내 저버릴 수 없었던 한 비평적 영혼의 필사적인 몸부림에서 기원하는 것이기 때문이리라.

어쩌면 저 몸부림이야말로, 더 나은 삶과 다른 미래를 향한 "한 걸음의 전진"을 가능하게 만드는 작은 씨앗인지도 모른다. 『신성한 잉여』와 『사건들의 예지』가 열흘도 채 지나지 않은 단기간에 연달아 출간될 수밖에 없는 까닭 역시, 임화와 김수영으로 표상되는 "온몸으로 바로 온몸을 밀고 나가는", 바로 저 "온몸"의 몸부림으로서의 시를 흠모하고 동경하는 또 다른 영혼의 기획투사에서 비롯했을 것이다.

비평의 운명이란 이른바 '시대정신'이라 일컬어지는 당대 사회 전체의 정신적 공분모와 대세적 흐름에서 벗어날 수 없는 것인지도 모른다. 카프가 해체되는 과정에서 발생한, 소위 진보 지식인들의 무수한 투항과 변절로 얼룩진 저 참담한 역사의 아이러니를 임화가 온몸으로 살아내지 않았더라면, "신성한 잉여"는 탄생할 수 없는 말이었을 것이다. 아니, '사회주의 리얼리즘'으로 대변되는 상투적 공식성의 도식에 구멍을 뚫어 버리는 '진리-사건'의 사유는 결단코 펼쳐질 수 없었을 것이다. "신성한 잉여"란 인간의 역사 자체에 내장된 불안정한 특이성의 항목들, 곧 우발적인 차원에서 생성되는 '진리-사건'의 다른 표현이자 역사를 새로운 국면으로 열어젖히는 잠재적 변혁의 씨앗을 휘감은 말이기 때문이다.

『사건들의 예지』 또한 '맑시즘과 리얼리즘'을 통해 문학의 얼굴을 익혔고 세상이 움직이고 변해 가는 이치를 이해했을뿐더러, 더 나은 삶과 다른 미래를 위한 우리 모두의 간절한 소망을 "별이 빛나는 창공을 보고 갈 수가 있고 또 가야만 하는 길의 지도"처럼 받아들였던 1980년대 후반 우리 대학가의 '내면 풍경'에서 시작된 것인지도 모른다. 그러나 1991년 8월 발발한, 그야말로 세계사적 사건일 수밖에 없을 소비에트 권력의 붕괴와 동구 사회주의의 몰락은 당시 우리 인문학 전체의 패러다임으로 자리했던 진보주의 역사관이나 사회·역사적 상상력과는 전혀 다른 역사의 무대가 펼쳐지리라는 사실을 예고하는 것이기도 했다.

흔히 '사회주의의 죽음' '역사의 종말' 같은 말들로 운위되었던, 저 세계사적 '진리-사건'은 뒤처진 우리 현대성의 역사와 격렬하게 감응했다. 나아가 그 시대 청춘들에게 지울 수 없는 상처를 남겼고 근본적 고뇌의 문양을 새겼다. 1990년대 초·중반 우리 인문학의 중심부를 차지했던 '후일담 소설'과 '미적 근대성', '해체론'과 '포스트 담론' 등등은 당대의 이론적 혼란상과 이념적 아나키즘 상태를 극복하려는 무수한 영혼들의 몸부림에서 빚어진 것인지도 모른다.

『사건들의 예지』에 주름진 감수성의 지평과 실존의 역사 또한, 저 몸부림을 체험하는 과정에서 빚어진 것이리라. 이 책 역시, 1980년대 후반을 에두르고 있었던 당대 지식 담론의 지배권을 표상하는 루카치의 리얼리즘론으로 문학의 첫걸음을 시작했으며, '역사의 종말'이라는 선정적 풍문이 천지사방으로 나부끼던 '후일담 소설' 시절에는 라깡과 데리다와 들뢰즈로 예시되는 무수한 '포스트 담론'에 대한 저돌맹진(猪突猛進)의 거친 탐색을 감행했기 때문이다. 어쩌면 이 과정에서 이런저런 경색된 말과 행동이 나타나기도 했을 것이며, 자기중심적 기호(嗜好)와 판단을 마치 진실인 양 호도하는 '주관주의적 편향'이 마음속 어딘가에 자리 잡기도 했을 것이다.

그리하여, 이와 동시에 우리가 다 함께 잃어버렸던 것은 '보편주의의 정립'이라는 문제였는지도 모른다. 그것은 또한 '포스트 담론' 일반에 휘감겨 있었던 '반(反)-헤겔주의'라는 사유 벡터에서 기원하는 것이 틀림없으리라. 이른바 '포스트 담론'이란 한결같이 헤겔주의에 깃든 교양의 이념이나 변증법적 발전의 도식, 나아가 '절대지'로 표상되는 보편주의 담론 자체를 비판하고 부정하는 자리에서 사유의 공분모를 구성했기 때문이다.

이 책의 제목 "사건들의 예지"에서 '사건들'이란 알랭 바디우의 철학에서 비롯하는 '진리-사건'과 '보편주의' 사유를 바탕으로 삼는다. 그러나 여기서 말하는 '보편주의'란 특정 지역이나 인종, 어떤 민족이나 사회 등을 중추로 삼지 않는다. 마찬가지로 자기중심적 패권이나 동일성의 차원으로 포획되지 않는 무수한 차이들을 배제하고 진압하면서, 진보와 문명의 이름으로 세계에 만연한 존재론적 위계와 차별을 합리화하는 기왕의 제국주의적 요소들을 포함하지 않는다. 오히려 그것을 부정하고 극복하려는 충실한 탐색과 일관된 실천 과정 자체를 가리킨다. 달리 말해, "역사의 지속이 아닌 단절, 안정된 정체성이 아닌 그것의 파괴"이자 "자신의 존재를 보증해 줄 대타자와 결별하는 그 위태로운 순간의 경험" 속에서 도래하는 새로운 '진리-사건'으로서의 '보편주의'를 겨냥한다는 것이다.

따라서 『사건들의 예지』가 새롭게 정립하려는 '다른 보편주의'란 "날것"의 위험천만한 순간에 감응하고 개입하려는 "보편적 연대의 가능성"을 불러일으키는 것이라 하겠다. 나아가 "인류 보편적 태도"가 "모호한 인류나 세계에 대한 충절이 아니라, 자신의 존재가 뿌리 뽑힐 위험에 직면한 사람들"의 돌발 상황에 대한 실천적 개입을 통해서만 현현할 수 있다는 사실에 방점을 찍는다. 지난 비평집 『감응의 빛살』에서 언급되었던 "근대 이성의 바깥으로 추방된 무수한 비(非)-동일자, 곧 신화, 주술, 동양, 유색인, 여성, 제3세계 등등을 구제하여 이들과 함께 대화하고 토론할 수 있는 공공성의 담론장으로 이끌어 올리는 방향"을 고스란히 계승하면서, 그것을 '다른 보편주의'라는 이름으로 새롭게 명명하려는 이유와 배경 역시 이와 같다.

알랭 바디우가 "모든 특수성은 순응이자 순응주의다. 중요한 것은 항상 우리에게 순응하는 것에 대해 순응하지 않는 것이다. 사유는 순응의 시련 속에 있으며, 오로지 보편성만이 중단 없는 노동과 창의적 횡단 속에서 이러한 순응의 시련을 걷어 낸다."라고 진술했던 대목에 다시 주목해 보라. 그가 '보편주의'의 비-순응적 역동성과 실천적 수행성을 강조했던 것처럼, 우리가 지금-여기서 정립하려는 '다른 보편주의' 역시 기성의 보편성에 순응하고 복종하는 것이 아니라, 오히려 그 안정성의 질서에 구멍을 뚫어 버리면서 그것이 다만 임의적이고 제한적인 특수성에 지나지 않는다는, 미지의 사실을 현시하며 도래하는 '진리-사건'의 돌발 상황을 뜻하기 때문이다. 그리고 이 상황이 수반하는 "단절의 효과"를 통해 항상 다시 새롭게 생성되는 것이기 때문이리라.

『사건들의 예지』와 함께한 수많은 시인과 비평가에게 감사와 존경의 인사를 전한다. 이들이 존재하지 않았더라면, 이 책은 세상의 빛을 마주할 수 없었을 것이 지극히 당연하기 때문이다. 나아가 십수 년 전부터 언제나 한결같은 마음으로 시와 문학의 원초적 감응의 자리를 발굴하기 위하여 동분서주하는 우리들의 시인 채상우에게도 다시 한번 가슴의 불꽃으로 깃든 우정과 경의의 마음을 표한다. 그가 없었더라면 결코 이 자리에 다다를 수 없었을 것이다.

마지막으로 "여유를 가지고 삶에 공들이는 사람에게는 모든 순간이 놀랍고 새로운 사건이 될 수 있는 것이다"라는 스승의 말씀을 이 책을 읽을 미래의 독자들에게 전하고 싶다. 아니, 세상 모든 이들에게 나눠 드리고 싶다. 그럴 수만 있다면, 너와 나 그리고 우리라는 테두리를 넘어서 천지만물(天地萬物)과 삼라만상(森羅萬象)으로 열리는, 그야말로 '보편주의'의 오롯한 광휘로 빛나는 유토피아의 순간이 어김없이 도래할 것이므로.

2022년 9월
영통단오제 느티나무 아래서
이찬

차례

일러두기

인용문 가운데 일부는 읽기의 편의를 위해 현행 맞춤법 규정에 따라 띄어쓰기를 수정하였습니다.

프롤로그

시와 진리-사건들
—미래파와 정치시

시와 철학, 그 공존과 경쟁의 지력선들

프랑스의 철학자 알랭 바디우(A. Badiou)는 시(예술)와 철학에 대한 사유에 있어 그 극점을 표시할 수 있는 세 인물을 호명하고, 그들로부터 뿜어져 나온 지력선들에 대해 특이성의 좌표를 부여한다. 그리고 이들을 각각 "파르메니데스적 체제", "플라톤적 체제", "아리스토텔레스적 체제"라고 일컫는다.[1]

"파르메니데스적 체제"에서 시와 철학의 관계는 "동일시하는 경쟁"으로 표현된다. 이 체제에서 "철학은 시를 질시한다." 여기서 "시의 주체적 권위와 철학적 언술의 유효성"은 매우 탁월한 방식과 배치로 융합된다. 파르메니데스의 사유에서 중핵을 이루는 것은 "시적 형식"이다. 이 형식 내부에서만, "시는 자신의 권위를 통해 담화를 신

---

[1] A. Badiou, *Conditions*, translated by Steven Corcoran, Continuum, 2008, pp.35-40.

성과 인접하도록 유지할 수 있기 때문이다." 그러나 바디우는 철학이 시작될 수 있는 계기를 "탈신성화"에서 찾을 뿐만 아니라, 파르메니데스가 매우 역설적인 방식으로 "철학의 예기적 시작을 이룬다"고 진술한다. 이는 곧 "정합성의 자율적 규칙에 대한 잠재적 호소"를 뜻하며, 그것의 효과는 "시가 조직하는 이미지 또는 이야기의 신성한 권위와 진리의 결탁을 시 내부에서 중단시킨다"라는 명제로 집약된다. 바디우는 결국 파르메니데스의 문헌들에서 시와 철학이 공존하는 동시에 경쟁적으로 구축하는 "정합성의 자율적 규칙"들을 발견했던 셈이다.

"플라톤적 체제"의 중핵은 시를 배제하는 "논변적 거리"에 깃들어 있다. 곧 "시와 철학의 거리를 조직하는 것"으로 표현될 수 있을 것이다. "시인추방론"으로 표상되는 이 체제의 가치론적 투쟁은 "시적 은유의 위세에서 벗어나려는 노력"을 동반하며, "언어의 측면에서 반대편에 위치한 수학의 문자적 일의성에 기초한다." 곧 "철학은 시의 권위를 중단시켜야 하고, 수학소의 존엄을 진작해야만 한다"는 것이다. 따라서 "시에 대한 플라톤적 관계는 조건에 대한 부정적 관계이고, 이 관계는 다른 조건들, 수학소, 정치, 사랑을 내포한다"라는 명제가 바디우의 "플라톤적 체제" 분석의 핵심을 이룬다. 바디우는 플라톤이 『공화국』 10권에서 "철학의 왕권이 실행되는 공간에서, 시에 의한 모방적 포착, 개념 없는 유혹, 이념 없는 정당화를 멀리하고 내쫓아야 한다"라고 말한 대목을 "플라톤적 체제"의 핵심을 표상하는 것으로 제시한다. 곧 "진리의 탈신성화와 시의 위세에서 벗어나려는 수학의 지지"를 플라톤이 명시적으로 주장했다고 본 것이다.

"아리스토텔레스적 체제"에서 시는 철학과의 "거리 두기"나 "내밀한 인접성의 드라마 속에서 사고되지 않는다"라고 할 수 있겠다. 이 체제에서는 "시에 대한 지식을 철학 속에 포함하고 조직하는 것"이 주요 목적이 되며, "시학"을 철학의 분과 학문으로 배치하고, "미학적 지역성"이라는 준거로부터 시를 "분류"하고자 한다. 이에 따라, 시는 "대상의 범주 속에서, 철학 속에서 한 지역적 분과 학문을 성립시키는 것으로 정의되고 성찰되는 것 속에서 포착된다." 바디우는 "아리스토텔레스적 체제"가 "시학"이라는 이름으로 철학의 분과 학문으로 시를 협소화하는 문제를 품는다고 진단했던 셈이다.

이 세 체제에 대한 대조적 분석에서 한발 더 나아가, 바디우는 "횔덜린(F. Hölderlin)으로부터 파울 첼란(P. Cellan)에 이르는 시기"를 "시인들의 시대"라고 명명한다.[2] 그리고 이 시대의 시에 철학의 과제를 봉합시켰던 하이데거와는 다른 지점에서 시의 원천을 다시 사유하고자 한다. 그는 하이데거와 "시인들의 시대" 이후 "탈-낭만주의적 시"는 과연 어떤 것일 수 있는가를 묻는 자리에서 출발한다. 그에 따르면, 하이데거가 기획했던 "시가 되려는 철학"에서 해방된 시는 두 가지 사유를 관통한다. 하나는 "현실들을 뚫고 지나가면서 현존하는 것들을 현존케" 하는 사유이며, 다른 하나는 "계산될 수 있는 이해관계 바깥으로 도약하는 사건의 이름"을 명명하는 사유이다.

이와 같은 통찰은 시가 상징적 의미 체계와 그것을 잘 마름질한 지식 체계의 안정성의 장, 그 바깥에 실재하고 있는 "진리들"을 현시할 수 있는 탁월한 능력을 지니고 있다는 것을 제시해줄뿐더러, 이미 확립된 의미 체계에 구멍을 뚫어 버리면서 도래하는 진리-사건을 새롭게 명명하는 것 그 자체가 이미 "시적인 것"임을 깨닫도록 강제한

---

2 A. Badiou, *Manifesto for philosophy*, translated, edited, and with an introduction by Norman Madarasz, SUNY Press, 1999, pp.69-72.

다. 그렇다. 이 명명은 "시적인 것"일 수밖에 없다. 왜냐하면, "의미의 공백"과 "확립된 의미 작용의 결여" 속에서 어떤 우연들과 "현실 초과적인 실재들"을 현시하려는 "언어의 모험"과 "계산될 수 없는 것들"을 명명하려는 행위는 이미 그 자체로 새롭게 창조하는 행위이자, "언어를 위태롭게 하면서" 도래하는 것일 수밖에 없기 때문이다.

바디우에 따르면 "시는 언어 속의 명령처럼 스스로 드러내고, 그러면서 진리를 생산한다." 반면에 "철학은 진리들을 전제하고, 의미와의 분리의 고유한 체제에 따라, 빠져나옴의 방식으로, 진리들을 분배한다." 철학이 시를 호출하는 지점은 "의미와의 분리를 윤곽 짓고 경계 짓는 논변이 스스로를 가능하게 한 것으로 회귀"할 수 있는 장소에서다. 다음과 같은 문장은 바디우의 시와 철학에 대한 사유를 집약한다. "시는 논변이 행해지고, 행해졌고, 행해질 빈 페이지의 시점을 표시하러 온다." 그러나 "이 공백, 이 빈 페이지"는 "모든 것이 사고될 수 있다"고 말하는 것이 결코 아니다. 오히려 "엄밀하게 한정된 시적 표식 하에" 철학이 "다른 곳에서 하나의 실재하는 진리가 존재한다는 것"을 말하기 위한 수단으로 기능한다는 의미를 그 뒷면에 드리운다.

바디우의 이러한 문제 설정에 기대어 최근 한국시의 진리-사건으로 간주할 수 있을 '미래파'와 '정치시'를 검토해 본다면, 이들 내부에 주름진 시와 철학의 다양한 문제들을 새롭게 포착할 수 있는 혜안을 얻을 수 있을지도 모른다. 특히, "시, 수학, 사랑, 정치"라는 "네 가지 유적 조건들"을 통해서만 "공백으로서의 진리"가 나타나며, 철학은 "진리를 생산할 수 없"을뿐더러, 단지 이들의 관계를 "연산하는 것"일 뿐이라고 전제하는 그의 특유한 "진리 사유"에 비추어 볼 필요가 있을 듯하다. 이를 통해, '미래파'와 '정치시'라는 이름으로 명명된 한국시의 여러 문제를 현장 비평의 근시안적인 테두리를 넘어 좀 더 넓고 깊은 차원에서 조망할 수 있는 길이 마련될 것으로 추론되기 때문이다. 달리 말해, 시와 철학이 맺어 온 공존과 경쟁의 지력선들, 그것이 꼴 짓는 지성사의 주요 매듭들을 참조하여 '미래파'와 '정치시'에 관한 다양한 문제들을 되짚어 볼 수 있을뿐더러, 그것이 차지하는 위상과 의의를 고고학적 차원에서 적확하게 자리매김할 수 있을 것이다.

미래파, 2000년대 한국시의 진리-사건들

2000년대 중·후반 한국시의 가장 첨예한 논쟁의 장소는 "다른 서정"(이장욱), "감각의 제국"(권혁웅), "뉴웨이브"(신형철) 같은 다양한 이름들로 명명되었던 새로운 진리-사건에 있었다. 흔히 '미래파'라는 이름으로 지칭되었던 새로운 시의 흐름이 바로 그것이다. '미래파'가 저토록 격렬한 세계관의 대립과 가치론의 대결 구도를 낳게 된 것은 그 명명법 자체에 이미 깃들어 있었는지도 모른다. '미래파'라는 말은 이미 그 자체로 급진적인 문학사적 단절의 욕망을 표면화한 것이었기 때문이다. 나아가 그것은 당대 한국시에 도래했던 매우 낯선 미학과 세계관을 전제한 것이었을 뿐만 아니라 감각, 화법, 이미지 서술법, 미적 구조 등으로 열거되는 시작법의 다양한 문제와 밀착된 것이었기 때문이다.

2000년대 중반 무렵 한국시에 도래한 '미래파'는, 20세기 초반 아방가르드 운동의 한 유파였으나 종국에는 파시즘으로 치달았던 이탈리아 미래주의나, 마야코프스키가 주도했던 러시아 미래주의의 혁명적 정치학과 직접 연관된 것은 아니었다. 오히려 "자아와 세계의 동일화"라는 술어로 정의되어 온, 저 백과사전적 지식 체계로서의 시 문법과 개념 정의로 포획될 수 없는, 시에 관한 기성의 통념들에 구멍을 뚫어 버리면서 곳곳에서 다채로운 빛을 뿜어내고 있었던 한국

시의 새로운 진리-사건을 명명하기 위한 말에 가까웠다.

옥타비오 파스(O. Paz)는 "근대성은 신과 존재, 이성과 신의 계시 사이의 대립이 현실적으로 해결될 수 없다는 의식과 함께 시작되었다. 이슬람 세계와는 반대로, 서구에서는 이성이 신성을 희생시킨 대가로 성장했다."[3]라고 말한 바 있다. 이 두 문장은 서구 지성사 전체의 흐름을 헬레니즘과 헤브라이즘의 투쟁과 각축의 역사로 파악하는 보다 거시적인 문제 설정으로 확장될 수 있을 것이다. 그러나 우리가 문제 삼고자 하는 것은 "수학적 이성"과 "신적 계시" 사이의 길항 관계가 아니다. 오히려 서구의 실체론적 사유의 지배권 아래 공인되어 온 "수학적 이성"과 "시적 형상" 사이의 위계적 관계, 곧 철학과 시(예술) 사이에 배치되었던 가치론적 위계화이다. 플라톤의 '시인추방론'이 그 위계화의 기원에 해당하는 것이라면, 서구에서 철학을 중심으로 한 이론적 학문의 권위는 18세기 낭만주의 시와 예술이 출현하기 이전까지 하나의 근본 개념으로 전제되었다고 하겠다.

낭만주의는 근대 세계 이후에 펼쳐졌던 여러 예술 사조들 가운데 하나에 불과한 것이 아니라, 서구에서 오랜 지배권을 누려 온 철학중심주의 또는 이성중심주의에 대한 혁명적 봉기였다는 점에서, 다른 예술 사조들과 확연하게 구분된다. 달리 말해, 낭만주의는 예술적 가치를 다른 영역의 가치들을 초과하는 탁월성을 지닌 것으로 사유했다는 점에서, 또한 플라톤 이래의 철학적이고 이론 중심적인 사유를 예술 중심의 사유로 바꿔 놓았다는 점에서, 예술중심주의를 최초로 사유하고 정립하려 했던 매우 근본적인 혁신의 흐름이었다고 하겠다.

이와 같은 낭만주의자들의 사유를 계승한 말라르메는 "꽃"이라는

---

3 옥타비오 파스, 『흙의 자식들』, 김은중 역, 솔, 1999, p.43.

낱말과 "꽃의 색깔과 향기" 사이에 놓인 운명적인 틈을 넘어서, 그러한 말들이 사물의 실재와 "충만하고 순결한 관계를 맺을 수 있는 지점까지 시구를 파들어 갔다"[4]라고 할 수 있겠다. 달리 말해, 움직이고 분열되어 있고 미망뿐인 우리들의 일상적 언어와 그것을 바탕으로 축조된 경험적 현실 세계를 벗어나, 사물의 이데아에 도달할 수 있는 언어를 만들고자 했다. 그가 추구했던 "이 세상에 단 한 권밖에 없다고 확신하는 대문자 책(le Livre)"은 바로 이러한 언어들로 축조된, 따라서 "오직 그 내부의 질서가 존재할 뿐 바깥이 없"으며, "우주에 대해서, 우주에 의해 작성되는"[5] 그런 책이다. 말라르메의 이 원대한 기획이 "불가능한 기획"이었을뿐더러 실패와 좌절로 귀결된 것은 지극히 당연한 일이겠지만, 그것이 "사물(실재)과 생각(사유)과 말(언어)"에 대하여 여전히 깊은 성찰의 공간을 제시해 주고 있는 것은 분명하다.

'미래파' 담론의 중추를 담당했던 이장욱이 몇몇 산문들에서 제기했던 "다른 서정"의 문제 역시, 실재와 사유와 언어라는 세 가지 특이점으로 구성되는 시의 존재론적 공간을 근본적으로 다시 사유하려 했던 데서 그 의의를 찾을 수 있을 것이다. 그것은 또한 근본적인 차원을 겨냥했던 만큼, 이후로도 새로운 용어로 변형되어 우리 앞에 다시 나타날 것이다. "다른 서정"이란 표어를 통해, 이장욱이 우리에게 건네려 했던 전언은 기성의 '서정시'가 품고 있는 매너리즘의 사슬을 끊어야 한다는 것이었으며, 그 구체적인 시작법의 모색과 더불어 새로운 시적 사유의 창안에 은은하게 주름져 있었던 것으로 파악된다.

---

4 황현산, 「두 번째 편지: 무의 발견과 말의 소멸」, 스테판 말라르메, 『시집』, 문학과지성사, 2005, pp.20-25.
5 황현산, 「네 번째 편지: 대문자의 책과 『시집』」, 스테판 말라르메, 『시집』, pp.36-41.

'서정'의 화법은 결국 "인공정원"의 운명을 벗어날 수 없을뿐더러, 거기서는 삶의 다양한 진실들이 살아 펄떡거리지 않는다는 문제, 곧 시의 역동적 에너지와 생동감의 원천을 이루는 "삶/정치"와 그 진실의 형상화에 관한 문제를 제기했던 셈이다. 이는 '서정'이 사물들의 표상을 앞면에 내세우긴 하지만, 그 실재들을 비워 버리고 뒷면에 시인 자신의 "사유와 감정과 가치"만을 채워 넣었다는 말과 같다.

따라서 "다른 서정"이라는 표현은 시를 구성하는 근본적 트라이앵글의 공간을 다시 사유하고 축조해야만 한다는 실천적 명제를 거느리고 있는 것이기도 했다. '서정'으로 일컬어지는 시적 전통의 안정성의 장은 사물과 세계의 실재를 비워 버린 가짜 트라이앵글의 공간일뿐더러, "서정의 인공정원"이라는 "권위적 조화"만을 양산한다는 관점을 이장욱은 일관되게 피력해 왔기 때문이다. 이와 같은 맥락에서, 그의 시는 세계에 존재하는 사물과 사건과 풍경들을 1인칭 화자의 기억과 내면을 표상하기 위한 대용물로 활용하지 않는다고 하겠다. 그것은 '서정'으로 일컬어지는 시의 사전적 지식과 문법 체계로 수렴될 수 없다. 오히려 '서정'에 구멍을 뚫는 낯선 세계를 시의 거죽 위로 도래케 한다. 바로 이 자리에서 바디우가 말하는 사건의 자리(le site événement)가 솟아오른다.

"서정은 만상을 일인칭의 내면적 고도에 걸어 두는 방식이다"[6]라는 그의 진술은 우선 '서정시'의 일반 원리를 표현하고 있는 것이기도 하지만, 기왕의 '서정시'에 대한 그의 반감을 내포하고 있는 것이기도 했다. 기왕의 '서정시'에 대한 그의 회의와 반감은 그것이 필연적으로 이 세계의 "만상"을 1인칭 화자의 유토피아적 영혼을 입증하기 위한

---

6 이장욱, 「꽃들은 세상을 버리고」, 『창작과 비평』, 2005.여름, p.70.

수단으로 전유하며, 마침내는 "천변만화"하는 실재의 다층적인 운동과 흐름을 "하나의 가치와 체계로 휘발시키는" 조작된 "인공정원"에서 벗어날 수 없다는 그의 "논변적 사유"로부터 비롯한다. 더불어 "서정의 인공정원"이 세계의 풍요로운 실재성을, 사물과 사건의 그 고유한 육체적 질감들을 "하나의 가치와 체계로 밀폐된 서정적 우주"로 복속시키거나 그 바깥으로 몰아낸다는 사유의 확신으로부터 나온다.

객관적인 아침
나와 무관하게 당신은 깨어나고
나와 무관하게 당신은 거리의 어떤 침묵을 떠올리고
침묵과 무관하게 한일병원 창에 기댄 한 사내의 손에서
이제 막 종이비행기 떠나가고 종이비행기,
비행기와 무관하게 도덕적으로 완벽한 하늘은
난감한 표정으로 몇 편의 구름, 띄운다.
지금 내 시선 끝의 허공에 걸려
구름을 통과하는 비행기와
종이비행기를 고요히 통과하는 구름.
이곳에서 모든 것은 단 하나의 소실점으로 완강하게 사라진다.
지금 그대와 나의 시선 바깥, 멸종 위기의 식물이 끝내
허공에 띄운 포자 하나의 무게와
그 무게를 바라보는 태양과의 거리에 대해서라면.
객관적인 아침. 전봇대 꼭대기에
겨우 제집을 완성한 까치의 눈빛으로 보면
나와 당신은 비행기와 구름 사이에 피고 지는
희미한 풍경 같아서.

—이장욱, 「객관적인 아침」 전문

　"객관"이란 근대 인식론에서 인간 주체의 의식 바깥에 놓여 있는 외부 대상을 가리키는 말이다. 그러나 그것은 주체의 시선과 지시 작용의 테두리를 벗어나 있는 어떤 미지의 영역을 가리키지 않는다. 곧 "객관"이란 의식 주체의 바깥을 점유하는 사물 혹은 세계이기는 하나, 주체의 시선과 자기의식에 의해 호명되고 포획되어, 이미 있다고 알려진 어떤 인식 대상을 가리킨다. 시인 이장욱에게 "객관"은 이렇게 인식되지 않는 것처럼 보인다. "객관적인 아침"은 "나"와 "당신"과 "침묵"과 "종이비행기"가 서로 "무관하게" 자신들의 사건들을 발생시키는 시간이다. 그러므로 "객관적인 아침"으로 명명된 것은 주체의 시선과 사유에 이미 포획된 어떤 외부적 대상을 가리키지 않는다. 오히려 그것은 주체의 자기 회귀적인 의식의 궤도로 수렴되지 않는 "세계의 풍요로운 실재성" 또는 사물 그 자체가 지닌 복수적 다양성을 표현한다. 순수한 혈통을 이어 온 '서정시'의 경우라면, 이 작품 속에 등장하는 여러 사물은 "단 하나의 소실점"을 위해 봉사했을 테지만, 또한 주객의 합일을 드러내는 시인의 내면 풍경의 표상들로 고용되었을 것이지만, 이들은 시인이 설정한 "소실점"과는 "무관하게" 자신의 존재를 보존한다.

　「객관적인 아침」이 '서정'의 원리를 압축된 형상들로 소묘하고 있는 것처럼, 서정적 자아 또는 시적 화자가 발설하는 "내 시선의 끝"에서는 모든 사물이 "단 하나의 소실점으로 완강하게 사라질" 수밖에 없다. 그러나 '서정'의 테두리를 벗어나면, "그대와 나"라는 인간의 "시선 바깥"에선 "멸종 위기의 식물"이 생명을 잉태하기 위해 "허공"에 "포자"를 "띄우"는 중일 터이다. "까치의 눈빛으로 보면" 인간이 설정한 세계의 위계질서와 그것의 "소실점" 또한 하나의 "희미한 풍경"에 지나지 않는다. "하늘"이라는 자연물이 "도덕적으로 완벽한" 까닭은 '서정'으로 명명된 시의 관습과 전통이 분열과 대립으로 얼룩진 세계와는 "무관하게" 존재하는 "마음의 도원"을 나타내는 관습적 형상으로 줄곧 활용해 왔기 때문일 것이다.

어쩌면 이장욱이 말한 "다른 서정"이란 시인의 "소실점"으로 수렴되지 않는 세계, 곧 시인의 시선이나 원근법과는 무관하게 존재하는 '사태 그 자체로'의 세계를 고스란히 존치할 수 있는 시작법의 문제를 제기하고 있었던 것인지도 모른다. '서정'이란 결국 세계를 자연 상태 그대로 두는 것이 아니라, 인간 중심적 시선과 필요에 따라 그것을 변형하고 가공할 수밖에 없는 문학예술의 한 양식이기 때문이다. 달리 말해, 이장욱은 '서정'의 원리 자체에 깃들일 수밖에 없을 나르시시즘의 편향과 주관주의의 한계를 극복할 수 있는 새로운 이미지 사유와 시작법의 원리를 "다른 서정"이라고 불렀던 셈이다. 그리고 이를 통해 한국시의 새로운 패러다임, 또 다른 진리-사건의 자리를 창출하려 했던 것으로 보인다.

따라서 이 작업이 의도적이었는지, 그렇지 않았는지를 따져 묻고 파헤치는 일은 그리 중요한 문제는 아닐 터이다. 정작 중요한 문제는 "다른 서정"이 '미래파'의 다른 이름이었을뿐더러, 그것이 불러일으킨 새로운 흐름에 대한 광범위한 감응 현상과 파급 효과를 되짚어 보고, 그 요인들을 적실하게 해명하는 데 있기 때문이다. 나아가 2000년대 중·후반부터 지금-여기에 이르기까지 한국시의 주류와 대세는 '서정'의 내면 풍경 형상화나 고백체의 리듬을 멀찌감치 벗어나 일그러진 형식이자 깨어진 시 표면과 예술적 짜임새로서의 알레고리 양식을 전면화하는 방향으로 진화했기 때문이리라.

사랑을 위해 모든 것을 포기할 것 미래를 향해 돌진할 것 새는 온몸을 날개로 바꾸어 운동할 것 다른 것은 지울 것 점화된 새는 머리 위의 해를 삼키고 그림자 갉는 미친 바람의 노래 그 유정한 선율의 은빛 날개를 넓게 펼 것 비단 폭 아랫도리를 스칠 때 온몸의 구멍을 열고 뛰어내려 다른 멍의 멍이 되고 또한 큰 멍 속의 멍이 될 것 멍 밖의 멍으로 돌아가 구름과 달과 별이 사라진 자리 다무는 바람의 입 너머 생멸하는 어둠 밖으로 머리를 내미는 새의 선택은 오로지 날개 방향은 하늘

부드럽게 금속을 파고드는 황산처럼 하늘을 에칭하는 새는 근육에 붉은 바람을 불어넣어 대기에 한 방울 피의 수평 궤적으로 응결될 것 이빨도 제거할 것 뱉어 내어 먼지의 퇴적 안으로 밀어 넣을 것 온몸의 깃털을 바람의 거스러미가 되게 할 것 뜯겨 나간 바람의 비늘과 파쇄된 햇빛의 박편을 몸에 두르고 날기 위해 새는 신체를 고독에 봉헌하고 태양의 프로펠러를 장착하고 지상에서 영원으로 추락할 것 아름다움을 위해 바람과 빛의 힘살을 선택할 것 이제 새는 허공의 둥근 묘혈 안에 거주하는 부동의 점

　　　　　　　　　　　　　　　　　—장석원, 「역진화의 시작」 전문

「역진화의 시작」에서 이미지 구도와 예술적 짜임새의 중핵을 차지하는 것은 "새"이다. 그것은 "온몸을 날개로 바꾸어 운동할 것", "점화된 새는 머리 위의 해를 삼키고", "새의 선택은 오로지 날개 방향은 하늘", "에칭하는 새는 근육에 붉은 바람을 불어넣어 대기에 한 방울 피의 수평 궤적으로 응결될 것", "새는 신체를 고독에 봉헌하고 태양의 프로펠러를 장착하고 지상에서 영원으로 추락할 것" 등과 같은 "새"의 다채로운 움직임과 빛깔과 모양을 형상화하는 마디마디의 작

은 문양들로 번져 나간다.

 따라서 "새" 이미지는 어떤 일관성의 구도에서 비롯하는 새로운 예술적 기획을 휘감고 있는 것처럼 보인다. 이 기획을 엿볼 수 있는 실마리는 "새의 선택은 오로지 날개 방향은 하늘"이라는 구절에서 찾을 수 있을지도 모른다. 이 구절은 "죽음이 싫으면서/너를 딛고 일어서고/시간이 싫으면서/너를 타고 가야 한다//창조를 위하여/방향은 현대"(김수영, 「네이팜 탄」)라는 시구를 수용한 것이면서도, 그 속에 깃든 사랑과 죽음, 생성과 소멸을 동시에 사유하려는 현대 시와 예술의 미학적 첨단, 곧 바디우가 말하는 비-대상성(非-對象性)의 이미지를 첨예하게 벼리고 있기 때문이다.

 「역진화의 시작」 전체를 가로지르는 "새" 이미지는 시인의 실존을 비유하는 것인 동시에 자신의 시 쓰기의 "방향"과 더불어 한국시가 추구해야 할 "방향"을 암시하는 알레고리로 읽힌다. "새"를 시인 장석원의 실존에 대한 비유어로 읽는 자리에서 출발해 보자. 우선 "사랑을 위해 모든 것을 포기할 것"이라는 용맹한 선언이 눈길을 사로잡는다. 마찬가지로 1연에서 거듭 반복되는 "구멍"과 "멍"은 그의 두 번째 시집 『태양의 연대기』의 주요 모티프를 이루었던 자기 실존의 찢김과 "검은 나무"로 사방이 막혀 있었던 그 참혹한 체험의 장면들로 치달아 가고 있는 것이 분명하다.

 어쩌면 이 장면들은 자기 실존 전체를 걸고 싸울 수밖에 없었던 시인의 "검은" 역사이기에, 앞으로도 거듭 튕겨 나올 수밖에 없을 '억압된 것의 회귀'인지도 모른다. "역진화"가 "시작"될 수밖에 없는 근본적인 까닭 또한, 매 순간 다시 회귀해 오는 억압된 것, 그의 마음 한 구석에 감추어 둔 분노와 증오의 화살일 것이 자명해 보인다. 곧 "슬픔에 대한 오랜 환대"(진은영, 「거기」)일 수밖에 없을, 어떤 원한의 감정에서 비롯한다는 것이다. 나아가 시인의 마음에 얼룩진 저 원한의 감정을 "사랑"의 "은빛 날개"로 뒤바꾸려는 자기와의 싸움, 시인의 존재론적 몸부림에서 유래하는 것이 틀림없다.

따라서 「역진화의 시작」의 작은 모서리들에 들어박힌 모호한 무늬들과 비-대상성의 이미지들은, 시인의 그 힘겨운 "사랑"의 길에 뿌려진 마음의 파편들이자 팽팽한 긴장의 리듬을 현시하고 있는 것이 분명하다. 이들은 시라는 예술 양식의 가장 강력한 지력선을 이루어 왔던 "서정적 원근법"이나 한정된 사물의 관조를 통해 섬세한 외부 정경 묘사에 주력했던 이미지즘의 방법론으로도 포섭되지 않는다. 나아가 시인이 한동안 열정적으로 탐닉했던 자유간접화법이나 콜라주 기법으로도 수렴될 수 없을 듯하다. 오히려 시에 대한 기성의 지식 체계들로 환원될 수 없는 어떤 공백의 자리를 열어 놓고 있는 것이 틀림없어 보인다.

이장욱과 장석원의 작업은 '미래파'가 불러일으킨 진리-사건의 중핵을 이룬다. 특히 이장욱이 실험한 "다른 서정"이란 이름의 새로운 시적 사유의 창안이자 시작법의 제시, 그리고 장석원이 시도한 자유간접화법의 음악적 콜라주는 '서정'이란 말로 지칭되어 온, 시에 대한 백과사전적 지식 체계에 구멍을 뚫는 "단절"의 힘을 행사했던 것이 분명하다. 그것이 불러일으킨 진리-사건의 새로운 항목들을 2000년대 중·후반 당대의 문단에선 '미래파'라는 말로 불렀던 셈이다. 어쩌면 '미래파'가 불러일으킨 다양한 이슈들을 표상할 수 있는 두 시인의 작업은 철학의 과제를 시에 봉합시켰던 하이데거와 "시인들의 시대", 바디우가 『비미학』에서 "낭만적 도식"이라고 지칭했던 흐름과 테두리를 이어 가고 있는 것인지도 모른다.

2000년대 중후반 한국시의 대세를 이루었던 '미래파'를 휘감았던 새로운 시작법의 근본 개념은 "시인들의 말하기와 사상가의 사유하기가 서로 구별할 수 없이 얽혀 있는 모습을 보여 주"지만, "둘 중 우위를 차지하는 것은 시인으로, 사상가는 단지 전회를 알리고, 존재의 역사성을 되짚어 해명하는 역할을 할 뿐이다"라는 "낭만적 도식"에 대한 바디우의 통찰로 풀이될 수 있을 듯하다. 나아가 '미래파'로 호명되었던 시인 대다수는 "시인은 언어의 살 속에서 열림의 말소된 지킴을 행한다"[7]라는 명제로 요약될 수 있을 시적 진리에 대한 편향과 자긍심으로 충만했던 것으로 추정된다.

'미래파' 시인 대다수가 바디우가 말하는 "사상가-시인의 모습"을 띠었다는 것은, 이들의 텍스트 내부의 마디마디와 그 굴곡진 주름에 "논변적 사유"의 흔적이 그만큼 깊숙이 드리워져 있었다는 사실을 암시한다. 그리고 우리는 이와 같은 사실을 통해, 시는 무엇이며 어떤 것이어야만 하는지를 사유하는 시, 곧 메타시의 방법과 알레고리 양식이 2000년대 중·후반의 '미래파' 이래 한국시의 주류이자 대세를 이루게 되는 과정 전체를 좀 더 섬세한 구도에서 파악할 수 있을 것이다. 이장욱의 "다른 서정" 담론이나, 자유간접화법으로 무장된 장석원의 '영구시작론'(강동호)은 '미래파'가 이룩한 한국시의 새로운 집합적 배치, 곧 시를 사유하는 시라는 메타시의 방법과 특질을 탁월하게 예시하기 때문이다. 그리고 이들은 바디우가 말하는 "예술적 짜임", 곧 우리 시대 한국시 전체의 구도와 형세를 명징하게 대비하여 볼 수 있는 전형적 사례를 이루기 때문일 것이다.

이장욱과 장석원으로 표상되는 '미래파'는 '서정'이 그 뒷면에 전제

---

7 A. Badiou, *Handbook of Inaesthetics*, translated by Alberto Toscano, Stanford University Press, 2005, pp.6-7

하는 자아와 세계의 합일 관계 또는 주객의 동일성이라는 근대 과학
주의 진리 체계를 폐기했을뿐더러, 시와 예술만이 새로운 진리를 생
산할 수 있는 유일한 "조건"이자 "유적 절차"라는 사실을 자신들의
시작 활동을 통해 주창했던 셈이다. 따라서 2000년대 중·후반 이후
한국시의 주류를 형성하게 된 '미래파'와 그 계승자들은 니체와 하이
데거로부터 "시인들의 시대"에 이르는 "낭만적 도식"의 한 갈래로 수
렴될 수 있을 것이다.

정치시, 시의 오래된 미래

2000년대 후반 이래 한국 사회 전반을 휘감고 있었던 것은 오랜
경제적 불황으로부터 기인한 동물적 생존 본능과 경제적 실용주의라
는 생활인들의 공통감각이었다. 그것은 만성적인 청년실업과 당대 유
행어였던 팔십팔만 원 세대가 다시 불러들이는 가난과 불안과 억압
의 느낌만으로도 여전히 생생하게 감응할 수 있는 바이다. 2000년대
후반 한국시의 몇몇 선구적 작업에 의해 일종의 징후처럼 나타나기
시작했던 사회·정치적 상상력의 부활은 어쩌면 지극히 당연한 역사
의 귀결점이었는지도 모른다. 그리하여, 2000년대 중반에 이르기까
지 언어의 감옥에 갇혀 있었던 한국문학은 미적 근대성과 예술의 자
율성으로 표상되는 내성(內省)의 거울을 깨뜨리고, 그 너머에 이미 실
재하고 있었던 "삶-정치"라는 세계를 다시 자신의 뼈대로 만들기 시
작했다고 하겠다.

그러나 2010년대 이후 한국문학의 사회·정치적 상상력은 '미래파'
라는 이름의 혁신적인 아방가르드 실험을 경유하면서 전혀 다른 얼
굴로 변모해 있었다. 이 변모의 과정에서 '정치시'라는, 2010년대로
부터 지금-여기에 이르는 한국문학의 새로운 화두가 태어난다. 시인

진은영에 의해 '정치시'가 처음 제기되었을 때, '미래파'에 관한 소모적이고 지엽적인 논쟁을 일거에 청산해 버린 것 같은 느낌을 주었다. 그럴 수밖에 없는 이유가 있었다. '미래파'는 일종의 형식주의적 파괴와 미학적 혁신이라는 좁은 테두리에 머물렀을 뿐만 아니라, 우리 삶의 열정과 고통과 싸움이라는 당면한 실제 현실의 무대, 사회와 정치와 역사라는 현실적 삶의 문제들로부터 훌쩍 날아오른 듯한, 미학적 허구와 가상의 극장에서 그럴싸하게 연출된 분장술에 불과한 것 같은, 경박한 분위기를 쉽게 떨쳐 버리지 못했기 때문이다.

'정치시'는 시와 예술의 오래된 미래일 수밖에 없을 "삶-정치"에 대한 근본적인 물음을 다시 강제해 왔다. "삶과 정치가 실험되지 않는 한 문학은 실험될 수 없다. 이것을 망각할 때 문학은 필연적으로 기만의 상황에 빠진다."[8]라는 정직하면서도 둔중한 선언처럼, '정치시'라는 "삶-정치"의 새로운 시적 명제가 진정으로 갈망했던 것은 다른 "삶-되기"이자 새로운 "삶-정치"를 향한 온몸의 실천이었기 때문이다. 따라서 '정치시'는 1970-80년대 한국문학의 활화산이었던 민중문학의 후계자이자, 2010년대 당대 "삶-정치"의 문제를 예전의 민중시와는 전혀 다른 미학적 구도와 예술적 짜임새로 형상화하려는 그것의 창조적 진화 과정을 표현한다고 하겠다.

그러함에도 불구하고, "우리는 둘이서 밤새 만든/좁은 장소를 치우고/사랑의 기계를 지치도록 돌리고/급료를 전부 두 손의 슬픔으로 받은 여자 가정부처럼/지금 주머니에 있는 걸 다 줘 그러면/사랑해 주지, 나의 가난한 처녀야"(「훔쳐 가는 노래」), "녹색 오렌지로 태양을 그리는 아이들은 어디 있나/바다를 술로 만드는 마술은 어디에 있나/망

---

8 진은영, 「감각적인 것의 분배」, 『창작과 비평』, 2008.겨울, p.84.

루에서 죽은 자에게/빌딩처럼 멋진 묘비를 세워 주는 도시는/어디 있나"(「지도를 찾아서」) "문학과 정치, 영혼과 노동, 해방에 대하여, 뛰어넘을 수 없는 반찬 칸과 같은 생물들에 대하여/잠자코 듣고만 계시던 어머니 결국 한 말씀하셨습니다/멸치도 안 먹는 년이 무슨 노동해방이냐"(「멸치의 아이러니」) 같은 형상들을 오랫동안 천천히 들여다보라. 이 형상들이 생생하게 입증하듯, 우리 시대 문학 현장에서 여전히 현재진행형으로 창출되고 있는 '정치시'는 피폐한 노동 현실과 이윤 착취의 참상을 고발하거나, 불지옥과도 같았던 용산 참사의 현장을 사실적으로 모사하려는 객관적 재현의 이미지를 겨냥하진 않는 것 같다.

진은영의 '정치시'는 동화적 상상력으로 빚어진 마치 마법사가 들려주는 옛날이야기와도 같은 낯선 풍경들을 도입함으로써, 우리들의 조각난 일상-기계로서의 삶과 저렇게 비틀어진 실존의 알몸뚱이를 황폐한 느낌으로 드러냄으로써, 1970-80년대 민중문학의 이념적 정수였던 사회주의 리얼리즘의 미학과 세계관, 그리고 그것이 제기했던 "삶-정치"의 문제를 다른 방식과 새로운 스타일로 도약시키고 있다고 보는 것이 적확할 듯하다. 진은영이 벤야민의 철학에서 수용한 것으로 짐작되는 알레고리, 그것의 정치적·예술적 기획의 핵심은 진·선·미의 조화와 통일, 인간의 조화로운 완성이라는 교양의 이념을 아름답게 윤색된 가상의 자리로 끌어내리면서, 그 자신이 아름다움 너머에 있다는 것을 고백하는 것이기 때문이다. 달리 말해, 교양의 이념에 포함된 진보주의 역사관을 근본적으로 부정하는 자리에서 솟아나는 것이 바로 알레고리라는 파편 조각의 이미지이자 그 폐허의 진실이기 때문이다.

어쩌면, 2000년대 한국시가 생성했던 '미래파'와 '정치시'라는 진리-사건의 문제들은 역사의 진보와 민주주의의 발전과 시민성의 성숙이라는 계몽주의자들의 낙관적 미래 전망이 우리가 그렇게 믿고 싶은 아름다운 가상에 지나지 않는다는 또 다른 진실의 고통을 우리에게 안겨 주었던 것인지도 모른다. 적어도 한국의 젊은 시인들에게, 이 전망은 생생하게 살아 꿈틀거리는 "삶-정치"의 살갗이 아니라, 지식인들의 뇌리를 하염없이 붙들고 있었던 완고한 백과사전적 성채이자 달콤한 매트릭스로 느껴졌을 것이 틀림없다. '미래파'와 '정치시'는 바로 이 자리에서 움터 올랐으며, 이를 주도했던 당대 젊은 시인들의 미칠 듯한 정념의 폭주와 찢겨 나갈 듯한 비명과 신음과 고통의 목소리들, 그리고 그 참혹한 실존의 얼굴로부터 빚어진 자아 분열의 뒷면에는 우리 시대의 뒷면에 가려진 암울한 진실과 그 폐허의 잔해물들이 나뒹굴고 있었을 것이 자명하다.

죽은 사람은,
죽을 것처럼 哀悼해야 할 텐데

죽인 자는 여전히
얼굴을 벗지 않고
心臟을 꺼내 놓지 않는다

여전히 拉致 中이고
暴行 中이고
鎭壓 中이다
(중략)
아, 決死的으로
總體的으로

電擊的으로

죽은 것들이, 죽지 않는다

죽은 자는 여전히 失踪 中이고

籠城 中이고

投身 中이다

—「유령 3」 부분

이영광이 창안했던 "유령"의 이미지들 역시 위와 같은 맥락에서 이해되어야 한다. 그것은 1970-80년대 민중문학이 수행했던 비판적 폭로의 수사학과는 다른, 어떤 낯선 풍경을 도래케 했다. 이영광의 "유령"은 우리 눈앞에 명백하게 펼쳐져 있는 사실들을 그대로 옮겨 놓는 재현의 수사학으로 수렴되지 않는다. 오히려 이 땅에 거주하는 모든 사람이 사회공동체 속에서 응당 누려야 할 총체적이고 유기적인 조화의 그물망을 형성할 수 없으며, 인간관계의 투명성과 진정성을 담보할 수 없다는, 사람이 마치 사물의 파편들처럼 깨어지고 흩어져 그저 피상적인 관계만을 맺으며 살아갈 수밖에 없다는, 우리 실존의 다른 진실을 현시했다.

그리하여, 이영광의 "유령"은 사회 현실의 총체적 재현이라는 기왕의 리얼리즘에 대한 통상적 지식과 관념의 테두리를 넘어 보이지 않는 것, 곧 은폐되고 왜곡되고 풍문으로만 떠도는 다른 진실들처럼, 국가 폭력의 적나라한 살해 사건 역시 고스란히 드러날 수 없다는 "삶-정치"의 무서운 진실을 요동치게 했다. 아니, 저 먼 바깥 나라의 일처럼 치부되어 버릴 수도 있다는 두렵고 낯선 세계를 발가벗겨 드러내었다.

2010년대 한국시의 예술적 짜임을 새롭게 열어젖힌 것으로 평가되는 이영광의 시집 『아픈 천국』은 2000년대 한국시의 진리-사건, '미래파'가 빠뜨리고 있었던 문제들을 새로운 필법과 방법론으로 형상화했다. 아니, 그것이 망각하고 있었던 국가 폭력과 정치적 이데올로기, 물신화 현상과 경제적 실용주의 같은 첨예한 사회 현실의 문제들로 다시 천착해 들어갔다. 그리고 그것과 연루된 사회·정치적 상상력을 다른 이미지로 아로새겼다. 따라서 그것은 두려운 낯섦이자 보이지 않는 것, "유령"이라는 새로운 이미지의 창안을 통해 한국시 전체의 사회·정치적 상상력을 새로운 무대로 도약시켰다고 보아도 좋을 것이다.

진은영과 이영광으로 표상되는 '정치시'라는 이름의 진리-사건은 1970-80년대 한국문학의 중심을 차지했던 민중문학을 계승하는 한복판의 자리에서, 그 지식 체계를 지배했던 리얼리즘 미학과 재현의 수사학에 구멍을 뚫는 "내재적 단절"의 힘을 행사했다. 바디우가 "플라톤적 체제"의 한 지력선이자 "지도적 도식"의 현대적 사례로 논증했던 "맑스주의"가 그러했던 것처럼, 한국의 민중문학 역시 "일반적이고 예술 외적인 진리, 과학적 성격의 진리"가 시와 예술작품 이전에 존재한다는 것을 전제했을뿐더러, "이 진리"의 담지자인 "변증법적 유물론"이 "새로운 합리성의 초석을 이룬다는 사실을 결코 의심치 않았"기 때문이다. 나아가 계몽주의와 유물사관이 공유했던 시간의 양적 축적에 의한 질적 변화와 발전이라는 진보주의 역사관에 의해 지탱되었던 것이 분명하기에.

2000년대 후반 창안된 이래 여전히 현재진행형으로 나타나고 있는 '정치시'는 민중문학이 자신의 이론적 근거로 삼았던 "지도적 도식"을 붕괴시킨 것이 틀림없어 보인다. 그것은 시와 예술 그 자체는 진리를 생산할 수 없을뿐더러 그 외부에 존재하는 정치적·과학적 진리를 사실적으로 모사하고 재현하는 데 그 본질이 있다고 전제하는 통상적 리얼리즘의 미학 원리를 벗어나, 자신의 형식적 조건들에 대한 사유 속에서 다수의 진리가 현시될 수 있다는 사실을 입증해 주었다. 진은영이 빈번하게 활용한 동화적 모티프들의 알레고리와 이영광의 "유령" 이미지들이 성취한 보이지 않는 것의 현시라는 방법론은, 주체와 대상의 일치를 진리의 전제 조건으로 삼는 근대 실증주의 사유와 그것에 기초한 리얼리즘 미학의 지식 체계로 환원될 수 없는 공백의 자리를 창출했던 것이 틀림없기 때문이다.

미래파와 정치시, 그 진리-사건과 철학의 공모 관계들

바디우는 『비미학』에서 예술과 철학의 관계를 규명해 왔던 서구적 사유의 역사를 세 가지 "도식"으로 매듭짓는다. 이들은 서두 부분에서 이미 살펴보았던 시와 철학의 공존과 경쟁 관계들을 바라보는 그의 관점과 상통하는 면모를 지닌다. "지도적 도식", "낭만적 도식", "고전적 도식"이 바로 그것들이다.[9]

"지도적 도식"은 플라톤의 철학과 맑스주의에서 가장 명징하게 드러난다. 이들의 공통점은 "예술(특히, 시)은 진리를 담을 수 없다거나, 또는 모든 진리는 예술 밖에 있다"라고 전제하는 자리에서 기원한다. 두 번째는 "낭만적 도식"이다. 그것은 "하이데거의 해석학"과 "문학적 절대성"으로 표상되는 "낭만주의의 찬양" 속에서 발견된다. 여기서 나타나는 사유의 핵심은 "예술은 개념의 주관적 불모성으로부터

---

9 A. Badiou, *Handbook of Inaesthetics*, translated by Alberto Toscano, Stanford University, 2005, pp.2-5.

038

우리를 해방시킨다. 예술은 주체로서의 절대성이며, 육화이다."라는 말로 집약될 수 있을 것이다. 곧 시와 "예술"이 "철학"을 능가하는 탁월한 가치, 곧 그것만이 유일하게 "진리 생산 절차"를 품고 있다는 명제이며, 앞서 살핀 "시인들의 시대"는 이를 가장 극적으로 표상한다. 마지막은 "고전적 도식"이다. 그것이 품은 사유의 중핵은 "예술은 치유의 기능을 갖는 것이지, 인식이나 계시의 기능을 갖는 것은 전혀 아니다" 또는 "예술의 규범은 영혼의 감정을 다스림에 있어서의 유용성이다" 같은 문장으로 요약될 수 있을 것이다. 그것은 아리스토텔레스의 "카타르시스"가 불러일으키는 정신적 고양감과 정신분석의 실제 치유 과정을 통해 가장 또렷하게 입증된다고 하겠다.

이 세 가지 도식을 비판하면서, 바디우는 "내재성(immanence)"과 "특이성(singularity)"이라는 두 가지 규준 설정을 통해 "예술은 내재적인 동시에 특이한 진리 생산 절차"라는 명제를 내놓는다.[10] 이 명제는 예술(시)과 진리의 관계를 상세하게 해명하는 과정을 거치면서, "하나의 진리는 결국 하나의 예술적 짜임으로서, 이 짜임은 하나의 사건에 의해 시작되어 그 주체점인 작품들의 형태로 우연한 방식으로 주어진다"라는 의제의 중핵으로 수렴된다. 이에 따르면, "예술"에서 "진리"를 생산하는 것은 결코 하나의 "작품"이거나 "작가"가 아니다. 오히려 어떤 "사건"이 불러일으키는 "단절"이자 그것으로부터 시작되는 새로운 "예술적 짜임(an artistic configuration)"에서 "진리"가 생산된다는 것이다.

"예술적 짜임"은 "전적으로 해당 예술 내부에서 그 기간이 그 예술의 하나의 진리, 하나의 예술 진리를 만들어 낸다고 말할 수 있는 단

---

10 A. Badiou, *Handbook of Inaesthetics*, pp.9-12.

위"라고 서술된다는 점에서, 결국 바디우는 어떤 특정한 시기를 가로지르는 예술작품들의 공분모와 상호 침투, 나아가 그것들이 함께 형성하는 집합적 배치와 그 성좌에 주목했던 것으로 추론된다. 따라서 시와 예술이 산출하는 "진리"란 그 "내재성"의 차원에서 형성되는 명명 불가능한 어떤 "사건", 새롭게 나타난 "특이성"의 집합적 배치이자 성좌를 가리키는 것이 분명해 보인다.

이러한 바디우의 사유를 따른다면, 최근 한국시에 나타난 '미래파'와 '정치시'라는 "특이성"의 집합적 배치들에 진리-사건의 지위를 부여하는 것은 마땅한 일인 듯 보인다. '미래파'로 일컬어진 시인들은 종래의 서정적 원근법을 해체하고, 다채로운 형식 실험을 통해 새로운 감수성을 열어젖히면서 전혀 다른 차원의 예술적 문법을 창안했다면, '정치시'는 '미래파'의 다채로운 형식 실험들을 고스란히 계승하는 가운데서도 2000년대 후반 다시 등장한 개발자본주의의 망령, 그 실용성의 이데올로기와의 대결을 선포했기 때문이다. 따라서 '정치시'는 1970-80년대 민중문학의 계승자가 틀림없겠지만, 그 사유의 배경을 관통했던 근대 과학주의와 리얼리즘 미학의 지식 체계에 구멍을 뚫어 버리면서 새로운 "예술적 짜임"을 여전히 현재진행형으로 축조하고 있다 하겠다.

이장욱과 장석원, 진은영과 이영광의 작업은 '미래파'와 '정치시'에 깃든 진리-사건의 문제들을 가장 명징하게 드러낼 수 있는 적확한 사례들이 틀림없다. 이들은 '미래파'와 '정치시'의 특이성을 표상할 수 있는 여러 요소를 포괄하고 있을뿐더러, 시와 철학의 공모 관계를 최근 한국시의 역사적 흐름에서 조망할 수 있게 해 주는 탁월한 사례를 이루기 때문이다. '미래파'와 '정치시'가 등장하기 이전 시기, 한국시의 주류를 차지하고 있었던 것은 흔히 민중문학으로 일컬어졌던 리얼리즘 미학과 재현의 수사학으로 무장된 시편들을 극복하려는 여러 차원의 시도들이었다. 이른바 "미적 현(근)대"로 대변될 수 있는 이 시기의 흐름이 바로 그것이다. 그것은 개인의 내면을 섬세하게 잘 벼려진 이미지들로 직조하여 흠결 하나 없는 순정한 보석처럼 세공하는 데 시와 예술의 본질이 있다는 미학적 전제를 폭넓게 활용했다. 나아가 시적 서정성의 회복, 역사철학적 상상력으로부터 탈피, 개인적 내면성의 발견 등이 "미적 현(근)대"의 특이성을 구성하는 세부 항목이기도 했다.

이장욱과 장석원을 중심으로 살펴본 '미래파'가 "미적 현대"로 명명되는 1990년대 후반부터 2000년대 초반 시기의 한국시의 지배적 사유와 지식 체계에 구멍을 뚫어 버리는 새로운 진리-사건을 불러왔던 것은 자명한 일일 터이다. 그것은 바디우가 플라톤의 시인추방론과 브레히트의 서사극을 통해 논증하려 했던 "플라톤적 체제" 또는 "지도적 도식"으로 해명될 수 있을 민중문학과 더불어, 그것을 가장 중요한 극복의 대상으로 삼았던 "미적 현대"를 동시에 넘어서려 했기 때문이다. "미적 현대"가 "사회"와 "역사성"이라는 거대 담론의 거품을 걷어 내면서 "개인"과 "내면성"을 지고성의 권좌로 격상시키는 데 주안점이 있었다면, '미래파'는 개인의 고유성과 투명한 내면성을 부정하면서 시와 예술 그 자체가 불러일으키는 형식 실험과 자기 사유의 모델, 곧 메타시와 메타예술의 형식과 이미지를 창안하는 데 진력했다고 하겠다.

진은영에 의해 창안된 '정치시'의 방법론적 중핵을 이루는 것은 알레고리이다. 또한 '정치시'라는 새로운 "예술적 짜임"에 공명하는 우리 시대 젊은 시인들은, 시라는 예술작품이 시인의 유일무이한 내면적 고유성을 표상하는 것, 그렇게 매끄럽고 말쑥하게 세공된 이미지들의 결정체이거나 이들이 이루어 내는 유기적 총체성의 구조라는 저 오래된 미학적 통념을 그다지 신뢰하지 않는 것 같다. 이들이 시의 거죽 위로 끌어올리려는 것은 우리 곁에 편재하는 위(僞)와 악(惡)과 추(醜)라는 황폐한 진실의 사막이기 때문이다.

따라서 이들의 시선이 날것 그대로인 우리들의 고통의 속살과 부스러기들처럼 해체되어 버린 우리들의 실존을 향하는 것은 무척이나 자연스럽다. 저 진리들의 사막에서 솟아나는 폐허의 이미지가 바로 알레고리이기 때문이다. 진은영이 벤야민에게서 수용한 것으로 추정되는 알레고리는 "진리를 만들어 내는" 시와 예술 그 자체의 역량을 입증해 줄 뿐만 아니라, 동시에 "진리가 있다는 조건 하에서 그것을 보여 주는 일을 의무이자 매우 어려운 과업으로 삼는 철학의 공동 책임"을 드러내는 새로운 정치적-예술적 기획으로 기능할 것이 틀림없다. 그것은 철학이 사유하려는 진리의 조건들, 곧 "시, 수학소, 정치, 사랑"이라는 진리 생산 절차들과 모두 연동된 것일 뿐만 아니라, 저 진리 생산 절차들이 불러오는 사유를 사유하려는 것, 그것이야말로 철학의 고유한 과제이자 임무이기 때문일 것이다. 다음과 같은 바디우의 말은 이를 분명하게 예증한다.

하지만 사유들에 대한 사유이면서도, 철학은 시를 판단하지 않으며, 특히 이러저러한 시인들에게서 빌려 온 사례를 가지고 시에게 정치적 가르침을 내리려고도 하지 않는다. 정치적 가르침이란 대개의 경우 시의 신비함을 강제로 걷어 버리는 것, 언어의 역능에 한계를 미리 설정하는 것이며, 플라톤도 철학이 시에게 주는 가르침을 바로 이런 뜻으로 이해했다. 이는 결국 명명할 수 없는 것에 강제로 이름 붙이는 것이며, 현대시에 반대하여 플라톤화되는 것이다.[11]

11 A. Badiou, *Handbook of Inaesthetics*, p.27.

제1부 진리-사건들

우리 시대 시의 예술적 짜임과 미학적 고원들
—이원, 장석원, 이영광, 진은영의 시

힘과 긴장

산문이란, 세계의 개진, 이 말은 사랑의 유보로서의 노래의 매력만큼 매력적인 말이다. 시에 있어서의 산문의 확대 작업은 노래의 유보성에 대해서는 침공적이고 의식적이다. 우리들은 시에 있어서의 내용과 형식의 관계를 생각할 때, 내용과 형식의 동일성을 공간적으로 상상해서, 내용이 반 형식이 반이라는 식으로 도식화해서 생각해서는 아니 된다. 노래의 유보성, 즉 예술성이 무의식적이고 은성적(隱性的)이기는 하지만, 그것은 반이 아니다. 예술성의 편에서는 하나의 시 작품은 자기의 전부이고, 산문의 편, 즉 현실성의 편에서도 하나의 작품은 자기의 전부이다. 시의 본질은 이러한 개진과 은폐의, 세계와 대지의 양극의 긴장 위에 서 있는 것이다.

—김수영, 「시여, 침을 뱉어라—힘으로서의 시의 존재」

김수영의 「시여, 침을 뱉어라」는 서구 형이상학의 역사를 존재 망각의 역사로 규정하면서, 세계와 대지 사이의 근원적 투쟁을 진리가 스스로 생기하면서 이루어 놓는 예술작품의 근원으로 규정했던 하이데거의 사유를 수용하고 있다. 저 근원적 투쟁을 김수영은 "힘으로서의 시의 존재"라는 말로 번역했던 셈이며, 시에서의 의미와 음악 사이의 대립과 긴장을 논했던 엘리엇의 글 「시의 음악」과 그것을 다시 연결하여 시의 내용과 형식, 시 작품의 현실성과 예술성의 문제를 해명한다.

여기서 밝혀진 시 작품의 힘은 현실성과 예술성을 이루는 몇 갈래의 대립 항목들로 계열화된다. 그것들이 서로를 품어 안으면서 긴장이 맺히게 하는 자리, 그 짜임새와 배치의 동선이 이루어 내는 겨눔과 맞섬의 팽팽한 일렁임, 이것이 바로 김수영이 말하는 "힘으로서의 시의 존재"일 것이다. 요컨대 '시론/시작', '명석의 개진/무한대의 혼돈', '의미/음악', '내용/형식', '산문의 모험/노래의 유보성', '세계의 개진/대지의 은폐'라는 양극의 긴장에서 시의 본질로서의 힘이 태어난다는 것이다. 이 힘은 "시작은 머리로 하는 것이 아니고 심장으로 하는 것도 아니고 몸으로 하는 것이다. 온몸으로 밀고 나가는 것이다. 온몸으로 동시에 밀고 나가는 것이다."라는 구절을 통해 자기 존재를 환하게 열어 밝힌다고 하겠다.

검은빛에 갇힌

길들. 제 스스로 몸을 구부려 돌아가고 있는 것
하루. 벽을 밀고 가는 것
한여름에 모포를 뒤집어쓰고 땀을 뻘뻘 흘리는 형국

물 빠진 뻘에 배가 여럿이다

바다 멀리까지 보인다

죽은 사람 산 사람 모두 여기에서는 보이지 않는다

안이 들끓어 밖을 보지 못하는 것은 없는 안을 만들어 내기 때문

다시는 사람으로 태어나지 않을 것이다

사람으로 태어난다 해도 나는 내가 사람인지조차 모를 것이다

— 이원, 「살가죽이 벗겨진 자화상」 전문

이원의 시 「살가죽이 벗겨진 자화상」은 제목에서부터 우리를 후려 갈긴다. 나아가 우리 모두의 밑바닥에 웅크린 '불안'과 대면케 한다. 저 '불안'은 실상 우리의 육신에 가해지는 물리적인 통점에서 오지 않는다. 그것은 우리 생이 영원할 수 없을뿐더러 무의미의 아가리로 집어삼켜질 헛되고 헛된 시간의 발악에 지나지 않는다는 '근본 기분'으로부터 휘날려 온다. 이렇듯 '근본 기분' 가운데 일부를 이루는 '불안'은 단순히 개별 존재자들을 사로잡고 있는 어떤 일상적인 감정을 가리키지 않는다.

그것은 오히려 살아 있는 모든 것들이 필연적으로 겪게 될 '탄생과 죽음', '축복과 불행', '영광과 비참', '존속과 쇠락'이라는 '세계-존재'의 전체적 의미 연관과 그 운명의 보편적인 리듬을 열어 놓는다. 달리 말해, 그것은 나날의 고정된 삶의 패턴이 거느리는 안정적인 관계들을 일순간 찢어 버리면서, 이제껏 전혀 관심을 두지 않았던 '전체로서의 세계', 그 의미 연관의 근원을 마주 보도록 강제한다고 하겠다.

"자화상"이라는 말은 상식적 차원에서 제 얼굴이나 내면을 그려 낸 형상적 기호라는 뜻으로 사용되지만, 이 시편에서 그것은 "살가죽이 벗겨진"이라는 수식 어구와 결합함으로써, '대지의 은폐'와 '세계의 개진'이 팽팽하게 맞서는 골똘한 긴장감을 불러일으킨다. 본래 시각적인 차원에 머무를 수밖에 없을 "자화상"이라는 말은, "살가죽이 벗겨진"이라는 섬뜩한 촉각의 이미지를 통해 경이로우면서도 쉽사리 간파되지 않는 야릇한 질감의 깊이로 둘러싸인다.

"살가죽이 벗겨진 자화상"이라는 표제와 가장 근접한 자리에서 그 속뜻을 펼쳐 놓고 있는 이미지는 "안이 들끓어 밖을 보지 못하는 것은 없는 안을 만들어 내기 때문"일 것이다. 그것은 "안"과 "밖"이라는 친숙하고 상식적인 비유어들을 반복하면서도, 우리 마음결의 복잡다단한 움직임과 그 리듬감 전체를 압축한다. 그러나 "안"과 "밖"을 확고부동한 이분법적 위상학의 시선으로 가르거나, 단 하나의 순결한 내면으로서의 "안"과 여러 겹으로 덧칠해진 가면으로서의 "밖"을 비유하지 않는다. 오히려 "안"과 "밖"이 서로를 넘나들면서 만들어 내는 기만적 태도와 낯빛을 암시한다.

"살가죽이 벗겨진 자화상"이라는 뒤틀린 형상이 현시하는 소름 돋는 진실은, 우리 삶 곳곳에 편재하는, 자기를 기만하고 은폐하고 과장하는 허구의 파노라마이자 자기합리화의 검은 이야기 사슬이다. "안이 들끓어 밖을 보지 못하는 것은"이라는 구절은 우리 마음에서 소용돌이치는 숱한 찢김과 괴로움과 싸움을 축약하는 동시에 그것을 줄이거나 없애 버리기 위해 움터 오르는 완고한 자기 정체성의 성채, 그렇게 붙들어 둘 수밖에 없는 정지된 형상으로서의 "자화상"을 일컫는다. 이 형상을 뒤따르는 "없는 안을 만들어 내기 때문"이라는 문양은 자신의 참혹한 진실을 마주치지 않기 위해 수반되는 온갖 분장술과 무대화의 장치들, 곧 자기합리화의 무대에서 상연되는 기만과 은폐와 과장의 연극적인 몸짓을 뜻한다.

따라서 1연에 등장하는 "검은빛에 갇힌"이라는 이미지는 "빛"이라는 세계의 개방성과 더불어, "검은"과 "갇힌"에 주름진 대지의 은폐성이라는 상반된 두 갈래의 힘을 포괄한다. 이 둘은 서로 맞서면서 팽팽한 긴장을 불어넣는다. 그것은 "안"과 "밖"에서 동시에 공연되는 과장과 은폐의 드라마이자, 그것이 이후 불러오게 될 위험천만한 상황을 예감하고 있는 것이 틀림없어 보인다. 2연 역시 같은 맥락을 이룬다. 빈사(賓辭)만으로 이루어진 1연의 주어는 2연의 맨 앞자리를 차지하고 있는 "길들."이며, 그것은 "제 스스로 몸을 구부려 돌아가고 있는 것"이라는 서술부를 다시 이끌어 오기 때문이리라.

결국 "길들"이라는 시어는 1연과 2연의 의미 매듭을 잇는 연결고리인 동시에 1연의 수식 어구와 분절됨으로써, 1연과 2연 사이에서 긴장을 촉진하는 활성체로 기능한다. 이는 이 시편의 작은 마디마디의 무늬들이나 이미지 전체의 굵직한 지력선을 빠짐없이 긴장시키려는 시인 이원의 명민하면서도 치열한 방법론적 기투에서 오는 것이 분명하다. 다음 행에 등장하는 "하루."라는 시어 역시 1연의 "검은빛에 갇힌"의 수식을 받을뿐더러, "벽을 밀고 가는"이라는 형상으로 소묘된다는 점에서, 시인이 의도한 긴장을 증폭시키는 효과를 낳기 때문이다.

그렇다면, "길들"이 "제 스스로 몸을 구부려 돌아가고 있는 것"으로 그려지고, "하루"가 "벽을 밀고 가는 것"으로 형상화된 것은 어떤 까닭에서일까? 그것은 아마도 자기 운명의 행로를 그린 "자화상"의 형상들이 왜곡과 변형을 거칠 수밖에 없을뿐더러, "밖"으로부터 침공해 오는 타자성의 혼돈을 막아 내기 위하여 완고한 자기 성채를 쌓을 수밖에 없다는 맥락에서일 것이다. "길들"이 저마다 고유한 실존의 역사와 운명의 행로를 암시하는 메타포로 기능하는 맥락이나, "길들"의 왜곡과 변형을 "몸을 구부려 돌아가고 있는 것"이라는 형상으로 돋을새김할 수밖에 없는 까닭 역시 이와 같다.

마찬가지로 "하루"가 나날의 삶을 가로지르는 일상성의 코드를 암시한다면, 그것은 그 어떤 타자성도 틈입할 수 없는 "벽을 밀고 가는" 형상으로 표현될 수밖에 없었을 것이다. "한여름에 모포를 뒤집어쓰고 땀을 뻘뻘 흘리는 형국"이라는 이미지 역시 이와 같은 테두리를 이룬다. 이들은 한결같이 진실을 외면하는 자가 겪을 수밖에 없을 부조리한 상황극과 소모적인 자기 탐닉, 그 폐쇄된 심리 회로에서 일어날 수밖에 없을 무수한 왜곡 현상을 집약한 이미지이기 때문이다.

3연은 1·2연과 전혀 다른 "물 빠진 뻘"과 "배" 이미지를 새겨 넣음으로써 비약적인 리듬을 마련한다. 또한 "죽은 사람 산 사람 모두 여기에서는 보이지 않는다"라는 일상적 경험의 평면성과 유한성을 훌쩍 뛰어넘는 형상들의 움직임을 도입함으로써, 단순 형식 논리로는 결코 따라잡을 수 없는 시간의 긴 진폭과 윤회론적 모티프와 섬뜩한 귀기(鬼氣)를 한꺼번에 드리운다.

따라서 3연에서 이루어진 저 가파른 이미지의 리듬감은, 1·2연에서 섬세하게 조각된 자기왜곡의 "자화상" 또는 공교롭게 윤색된 자기기만이 끝내 도달하게 될 위험천만한 상황을 암시한다. 곧 정신의 총체적 파탄 상황이자 죽음충동의 "검은" 벡터를 뒷면에서 풍기고 있다는 것이다. "물 빠진 뻘에 배가 여럿이다"라는 이미지가 결코 합리화될 수 없는 무의식의 숱한 구멍들과 그 파편 조각들이 생존을 위협하게 되는 정신의 착란 상태를 비유한다면, "바다 멀리까지 보인다"는 이 상태가 불러올 수 있을 삶의 끝자락, 곧 죽음으로 내달리는 위험한 충동이자 질병 상태에 휘감긴 "검은" 자의식을 상징한다. "여기에서는", 달리 말해 죽음충동으로 에둘러진 "검은" 자의식에서는 "죽은 사람과 산 사람"이 "모두" "보이지 않"기 때문이리라. 아니, 결코 보일 리 없기에.

이와 같은 위험천만한 자리에 가 본 자들만이 볼 수 있는 진실이란, 죽음충동이 모든 존재와 생명의 바탕을 이루는 '무(無)'와 '공(空)'으로 되돌아가, 그 평정 상태를 영원히 누리고 싶다는 심리적 벡터로부터 비롯한다는 깨달음인지도 모른다. 그것은 "죽은 사람"이든 "산 사람"이든 그 누구도 보려 하지 않는 폐쇄된 회로 속에 자신을 가두는 자리에서 시작되기 때문이다. 바로 이 순간 마주치게 되는 것이 일그러진 자신의 얼굴, "살가죽이 벗겨진 자화상"일 것이다.

따라서 "살가죽이 벗겨진 자화상"이라는 것 또한, 두꺼운 화장술을 벗겨 낸 우리의 참된 얼굴일 수 없다. 그것 역시 "밖"이라는 세계, 무수한 타자들을 볼 수 없는 것인 동시에 "없는 안을 만들어 내"는 자리에서 만들어지는 왜곡된 얼굴에 불과하기 때문이다. 어쩌면 시인은 단 하나의 참된 얼굴이 미리 존재하는 것이 아니라, 매번의 상황마다 뒤바뀌는 무수한 낯빛과 목소리, 이들 자체가 바로 우리 모두의 진면목에 해당한다고 말하고 있는지도 모른다.

마지막 5연에 나타난 "다시는 사람으로 태어나지 않을 것이다/사람으로 태어난다 해도 나는 내가 사람인지조차 모를 것이다"는 불가의 윤회를 떠올리게 하면서도, 그것을 비틀어 훨씬 더 깊은 막막함이 침공해 오는 근원적인 허무의 세계로 우리를 내동댕이친다. 그리고 바로 이 자리에서 이 시의 참 주제, 알랭 바디우가 말하는 진실의 윤리학에 가까운 시인의 사유가 어슴푸레한 윤곽을 그리기 시작한다. 5연의 저 이미지가 현시하려는 것은 윤회의 불가능성과 그 헛됨에 대한 풍자와 조롱의 발설이 아니라, 다음 생에까지 이어져 가는 윤회라는 인간중심주의의 끈질긴 허상이자 우리가 회피하고 외면해 온 무수한 진실들이기 때문이다.

어쩌면 이원은 산문의 개진과 대지의 은폐라는 용어를 통해 시의 현실성과 예술성, 시의 내용과 형식이 동시에 함께 이루는 힘과 긴장의 문제로 풀이했던 김수영을 이어 나가면서도, 그것을 다른 차원으로 비약하게 만들고 싶은 것인지도 모른다. 그것은 "살가죽 벗겨진 자화상"이라는 이미지에 강렬하게 집약된 것처럼, '세계의 개진'과 '대지의 은폐' 사이의 근원적 투쟁이자 그것이 뿜어내는 힘과 긴장, 그 뒷면을 거침없이 가로지르는 진실의 윤리학의 충실한 사유와 실천을 통해서만 가능할 것이 분명해 보인다. 좀 더 자연스러운 리듬과 간절한 숨결로 힘과 긴장의 미학을 생생하게 예시하는 아래 형상들처럼.

반가사유상의 부끄러운 목숨이 되어
내 몸을 들여다보게 되는 것이다
몸 밖으로 튕겨져 나가려는 시간을 물고 있어
자꾸 흘러내리는 내 살을 보게 되는 것이다
발은 몸의 것인데 발자국은 왜 길에 찍히는 것인가를
비명은 몸의 것인데 왜 몸 밖으로 나가려 하는 것인지를
끔찍한 것을 알아 버린 좁고 깜깜한 목구멍을 생각해 보는 것이다
—이원, 「반가사유상」 부분

감염력과 카오스모스

카오스에 대한 환경의 응수가 바로 리듬이다. 카오스와 리듬에 공통된 것이 있는데, 이는 그 양자-사이, 두 환경 사이요, 리듬-카오스이고, 카오스모스이다. 카오스가 리듬이 되는 것은, 그리고 필연적인 것은 아니지만 생성의 기회를 갖는 것은 이 양자-사이에서이다. 카오스는 리듬의 반대물이 아니라 차라리 모든 환경들의 환경이다. 한 환경에서 다른 환경으로 변코드화된 이행이 있자마자 그리고 환경의 소통, 이질적인 시-공간의 조정이 있자마자 리듬이 있다. 소모, 죽음, 침입은 리듬을 가진다. 잘 알다시피 리듬은 박자나 운율이 아니다.

—질 들뢰즈·펠릭스 가타리,『천의 고원』

카오스모스, 그것은 카오스와 코스모스의 단순한 배합이거나 그 둘의 막연한 절충을 뜻하지 않는다. 그것은 생성을 위한, 다른 생성을 가능케 하는 역동적인 바탕 세계로서의 혼돈을 일컫는 말이다. 김수영을 따라 말하자면, '생산적 카오스'이다. 더 나아가, 들뢰즈가「구조주의를 어떻게 식별할 것인가」를 끝내면서 "구조주의를 논박하는 저작들은 별다른 중요성을 지니지 않는다. 이 저작들이 우리 시대를 장식해 준 구조주의의 빼어난 성과들을 해칠 수는 없다. 어떤 것에 반(反)하는 책은 중요하지 않다. 중요한 저작들은 새로운 어떤 것을 위한 저작들, 새로운 무엇을 창조해 내는 저작들이다."라고 말했던 바로 그것이리라. 이 가운데서도 특히 "새로운 어떤 것을 위한 저작들, 새로운 무엇을 창조해 내는 저작들"이라는 말에 집약된 생성과 창조의 벡터를 일컫는다.

따라서 카오스의 중요성은 그것이 내장하는 파괴와 전복과 무질서에서 기원하지 않는다. 그것은 다른 한편으로 '닫힌 체계'를 열려는 힘이자, 고정된 환경들을 열어젖혀 새로운 세계로 내딛으려는 생성

의 충동을 거느리고 있기 때문이다. 들뢰즈가 말한 것처럼, 카오스가
"모든 환경들의 환경"이자 "리듬의 반대물이 아"닌 까닭이 바로 여기
에 있다. 카오스는 리듬과 더불어 용솟음치는 리듬-카오스인 동시에
카오스모스를 자신의 바탕에 품는 것이기 때문이리라.

    사랑을 위해 모든 것을 포기할 것 미래를 향해 돌진할 것 새는 온몸
을 날개로 바꾸어 운동할 것 다른 것은 지울 것 점화된 새는 머리 위의
해를 삼키고 그림자 갉는 미친 바람의 노래 그 유정한 선율의 은빛 날개
를 넓게 펼 것 비단 폭 아랫도리를 스칠 때 온몸의 구멍을 열고 뛰어내
려 다른 멍의 멍이 되고 또한 큰 멍 속의 멍이 될 것 멍 밖의 멍으로 돌
아가 구름과 달과 별이 사라진 자리 다무는 바람의 입 너머 생멸하는 어
둠 밖으로 머리를 내미는 새의 선택은 오로지 날개 방향은 하늘

    부드럽게 금속을 파고드는 황산처럼 하늘을 에칭하는 새는 근육에
붉은 바람을 불어넣어 대기에 한 방울 피의 수평 궤적으로 응결될 것 이
빨도 제거할 것 뱉어 내어 먼지의 퇴적 안으로 밀어 넣을 것 온몸의 깃
털을 바람의 거스러미가 되게 할 것 뜯겨 나간 바람의 비늘과 파쇄된 햇
빛의 박편을 몸에 두르고 날기 위해 새는 신체를 고독에 봉헌하고 태양
의 프로펠러를 장착하고 지상에서 영원으로 추락할 것 아름다움을 위해
바람과 빛의 힘살을 선택할 것 이제 새는 허공의 둥근 묘혈 안에 거주하
는 부동의 점

—장석원, 「역진화의 시작」 전문

    장석원의 시 「역진화의 시작」은 그의 세 번째 시집 『역진화의 시작』
의 끝자락에 걸려 있다. 표제 시편을 시집의 맨 뒷자리에 배치하는

것은 매우 드문 경우이거니와 그것 자체가 환기하는 뒤집어 보기, 되돌리기의 뉘앙스는 우리들의 상투적인 인식 코드를 뒤흔든다. 곧 카오스의 충격을 이끌어 온다. 2000년대 중·후반 장석원의 시가 미래파 담론의 중심을 차지했을 때, 그것이 불러일으킨 새로운 리듬-카오스는 '다성성의 발화'(권혁웅)라는 말로 명명되었다. 이 명명은 "담론 안에서 자유로운 것으로 나타나는 배치로써, 하나의 목소리 안에 있는 모든 목소리를, 카를루스의 독백에서 젊은 여자들의 광채를, 언어 안에서 언어를, 말 안에서 명령어를 설명해 주는 것"(들뢰즈·가타리, 『천의 고원』)이라는 표현으로 집약될 수 있을 자유간접화법(free indirect discourse)의 다른 이름이기도 했다.

장석원의 자유간접화법은 인류 문화의 찬란한 별자리를 이루고 있는 여러 고전 저작의 표현들과 일그러진 지상의 소음들을 고스란히 품고 있는 대중가요의 노랫말들, 나아가 어떤 단편적인 잠언들과 경구들을 한자리로 불러들여 새로운 예술적 짜임을 빚어 놓으려는 생성의 욕망에서 기원했으리라. 특히 그의 첫 시집 『아나키스트』의 중핵은 자유간접화법으로 이루어진 새로운 음악적 콜라주와 그 이미지의 리듬을 생성하려는 창조적 실험에 있었지만, 두 번째 시집 『태양의 연대기』는 전통적으로 시 양식이 존중해 왔던 미학과 방법론, 곧 여백과 침묵과 공간을 극대화하려는 단형 서정시의 스타일을 돋을새김하고 있었다는 사실을 염두에 둘 필요가 있겠다. 나아가 세 번째 시집의 표제가 "역진화의 시작"으로 결정된 것은 의미심장한 것일뿐더러 좀 더 깊숙한 통찰의 시선을 요청하고 있는 듯 보인다.

인용 시편 「역진화의 시작」 전체를 가로지르는 "새" 이미지는 시인 자신의 실존을 비유하는 것인 동시에 그의 시작법의 "방향"과 더불어, 한국시의 미래 "방향"을 암시하는 알레고리처럼 보인다. 우선 "새"를 시인 장석원의 실존에 대한 비유어로 읽는 데서부터 시작해 보자. "사랑을 위해 모든 것을 포기할 것"이라는 저 용감무쌍한 선언은 실상 그리 낯선 것이 아닐 터이다. 그의 평론집 서문 어딘가에서 발설되었던 말이기 때문이다. 1연에서 거듭 반복되며 눈길을 사로잡는 "구멍"과 "멍" 또한, 『태양의 연대기』의 핵심 모티프를 이루었던 실존의 찢김과 "검은 나무"로 사방이 막혀 있었던 당시의 참혹한 장면들로 치달아 가고 있는 것이 틀림없어 보인다.

시집 『역진화의 시작』 곳곳에 깊숙이 스며 있는 원한과 사랑의 이중주는 시인에게 '무한대의 혼돈'(김수영, 「시여 침을 뱉어라」)을 이미 불러왔을 것이며, 일종의 착란 상태에 가까운 어지러운 무늬들의 얽힘과 그 심리적 잔상들을 시의 표면에 남기고 있는 것으로 보인다.

가령 "사랑과 공포는 나를 압도하고, 나는 눌려 신음하면서, 여전히 당신을 기다리네 잊지 못하네 더욱 사랑하게 되었네"(「육체복사」), "나에게 입을 맞추며 더 많은 사랑을 요구할 때 나는 당신을 사랑한 나를 죽이겠어요 당신의 사랑의 동아줄에 휘감기는 체형도 사양하지 않겠어요"(「님과 함께」), "사랑이 우리를 사육해요 아버지 이것이 대리만족이에요"(「비극의 기원」), "당신의 쾌락은 내가 만들어요 손과 혀에 당신이 붙어 있어요 내게 모든 것을 허락한 비무장의 당신 그것이 사랑이겠어요 내가 없다면 당신의 사랑도 없어요 당신이 사라진다면 보드라운 그리운 어떤 목숨은 내 짧은 쾌락은 끝나겠지요"(「사랑은 코카인보다」) 같은 고단한 마음의 형상들을 보라.

이들은 "사랑"을 향해 저돌맹진을 감행하려는 시인의 힘겨운 투쟁 일지와 그 욕망의 발원지를 비교적 또렷하게 드러낸다. 이들의 심부에는 실상 "나는 눌려 신음하면서", "사랑의 동아줄에 휘감기는 체형", "사랑이 우리를 사육해요", "당신이 사라진다면 보드라운 그리운 어떤 목숨은 내 짧은 쾌락은 끝나겠지요" 같은 작은 문양들에서 도드라지게 피어오르는 마조히즘의 전도 현상이 잠겨 있다. 이들은 물론 매우 수동적인 어조와 자세를 취하고 있지만, 자신에게 겨누는 끔찍한 학대와 형벌의 드라마를 그 뒷면에 드리우고 있는 까닭에, 전염성이 훨씬 강한 카오스의 힘을 휘감아 온다. 장석원의 시가 우리의 몸과 마음을 단번에 사로잡는 힘은 저렇듯 뻐근하고 질척거리는 육체적 질감의 생생함에서 온다. 나아가 제 몸과 마음을 극단적으로 학대함으로써 빚어지는 기이한 정신적 엑스터시, 마조히즘이 휘몰아 오는 자학과 자존의 변증법에서 비롯한다.

'영구시작론'으로 명명될 수 있는 장석원 시론의 중핵은 "새는 신체를 고독에 봉헌하고 태양의 프로펠러를 장착하고 지상에서 영원으로 추락할 것"이라는 구절로 집약될 수 있을지도 모른다. 그리하여, "시도 시인도 시작하는 것이다. 나도 여러분도 시작하는 것이다. 자유의 과잉을, 혼돈을 시작하는 것이다. 모기 소리보다도 더 작은 목소리로 시작하는 것이다. 모기 소리보다도 더 작은 목소리로 아무도 하지 못한 말을 시작하는 것이다. 아무도 하지 못한 말을. 그것을……"(김수영, 「시여, 침을 뱉어라」)이라는 불세출의 산문 한 대목을 오랫동안 꼼꼼히 뜯어보라. 장석원의 시와 시론이 이미 오래전 김수영이 체득했던 생산적 카오스를 충실하게 계승하는 자리에서 시작되었다는 사실을 단번에 직감할 수 있을 것이다.

장석원의 시집 『역진화의 시작』이 도달한 시적 사유의 종착지이자, 이 시집의 맨 앞머리를 차지하는 「밤의 반상회」는 다음과 같은 "돌연변이"의 문양을 통해 또 다른 카오스모스의 세계를 우리에게 전파하고자 한다. 공상과학 만화에서나 튀어나올 법한 환상적인 정치성의 장면들과 더불어 그야말로 비루하고 산문적인 비속어들을 융합함으로써, 우리의 일상적 감각과 상투적 감수성의 세계를 깨뜨리고 낯선 이미지의 세계를 불러들인다. 아래 구절들이 생생하게 예시하듯, 야릇한 감각적 혼종성의 충격과 이미지의 비약적인 리듬감을 동시에 창출하면서.

우리에겐 기원이 없어요 잃어버린 진화의 고리 우리는 돌연변이예요 눈에서 레이저광선을 발사하거나 전자기파를 증폭하거나 금속을 통제할 수도 있어요 불과 얼음도 우리가 제어합니다 우리는 신인류입니다 우리는 차별받았고 노예에 불과했지만 지도자의 출현 이후 단결하여 조직을 이루고 실천과 이론을 동전의 앞뒤 면처럼 결합하여 선조들과 갈라설 수 있었어요 (중략) 저 오로라도 우리가 만든 것 변화 그것은 우리의 시스템 새 인류의 에덴을 창조하기 위해 오늘은 파괴하고 지금은 전투하자 관용과 용서는 인간들의 것 우리는 무성생식으로 번창한 내일의 존재 우리에겐 단절과 도약뿐 우리에겐 이별과 망각뿐 고통과 상처는 그들에게 투척하자
　　—N·o·n·f·i·r·e 아파트 주민의 7월의 회의 녹취록 중에서

그때 우리들을 간섭했던 것들: 뉴스데스크의 오프닝 멘트 시청자 여러분 안녕하십니까 전국에 폭우가 내리고 있습니다 에프킬라 오렌지 향의 분사 음. 썬키스트 파인애플 주스와 델몬트 당근 주스의 당도와 염도를 감별할 수 있는 501호 남자의 능력에 대한 찬탄과 빙신 새끼 지랄하고 자빠졌네라고 소리 없이 내뱉은 904호 남자의 미소. (중략) 동시에 열린 창문을 넘어 침입한 다른 불빛과 다른 습도의 바람과 죽도록 사랑하면서 두 번 다시 만나지 못해 심수봉의 목소리 벨 소리, 아름다운 여인들은 대개 목소리도 섹시하지 않냐며 썩소를 날리던 이혼남 402호와

신세기교회에서 그를 만나 뜨거워진 윤아 엄마의 갤럭시에 도착한 문자 메시지 몇 대지 헐~ 모히칸 모텔 306호 앞 복도에서 그들을 목격하곤 생긋 웃던 소망약국 약사의 퍼지는 발 냄새

—장석원, 「밤의 반상회」 부분

반복과 리듬

시적 시간성은 이 시적 기록이 낳는 리듬과 박자에 있다. 시적인 것은 이 리듬과 박자와 더불어, 그 리듬과 박자를 조건으로 현상한다. 이 리듬과 박자는 단순히 언어적 운율과 동일시될 수 없다. 그것은 오히려 살아 있는 모든 것의 기원을 생각할 때 마침내 돌아가야 하는 운동이다. 생명, 신체, 역사, 시, 글쓰기, 음악, 그림, 그리고 그 밖의 많은 것들 안에 있는 최후의 원리가 리듬이다. 무한정자와 한정자, 무한자와 유한자, 동일자와 다양성, 혼돈과 규제, 있음과 없음, 질료와 형상, 생명과 죽음, 열기와 닫기 사이에서 일어나는 상호 개입과 왜곡, 상호 지연과 보류, 상호 보충과 차용, 그것이 리듬이다.

—김상환, 『풍자와 해탈, 혹은 사랑과 죽음』

김상환에 따르면, 시는 그 시선을 과거로 돌릴 때조차 미래로 열린다. 다시 말해, 시는 미래로 던져진 존재론적 기투의 화살이자, 미래를 예지하는 주술적 역량의 존재이다. 따라서 시작(詩作)의 조건은 바로 다른 미래를 열고 나아가려는 새로운 시작(始作)에 있다. 앞서 살핀 「역진화의 시작」 역시 시작(詩作)과 시작(始作)이 서로 엇물릴 수밖에 없는 동시적 차원을 직감하는 자리에서 빚어진 것이 분명하다. 결국 "역진화의 시작"이란 시작(詩作)의 근본 조건을 이루는 시작(始作)

의 "영원"한 새로움, 곧 "배반을 배반하는 배반자"(김수영, 「시인의 정신은 미지」)라는 말이 대변하듯, 매번 다시 시작(始作)될 수밖에 없는 시작(詩作)의 근원적 충동을 가리키는 말이기 때문이다.

이렇듯 매번 다시 시작(始作)되는 시작(詩作)은 새로움을 연다는 차원에서 보면 카오스이고, 여전히 어떤 예술 체계의 질서로 귀속된다는 차원에서 보면 코스모스이다. 열려는 힘으로서의 카오스와 닫으려는 힘으로서의 코스모스가 팽팽하게 맞서면서 빚어지는 시간의 규칙성과 강·약의 반복적인 출현, 이것이 바로 리듬의 요체이다.

따라서 리듬은 언어적 율동과 규칙성으로 제한되지 않는다. 그것은 오히려 우주 삼라만상의 모든 움직임이 함축하는 상승과 하강의 쌍곡선, 에로스와 타나토스, 개진과 은폐, 혼돈과 질서, 생성과 소멸 사이에서 생겨나는 그 모든 대립과 침투와 변형의 파노라마, 그 역동적인 펼쳐짐을 일컫는 말이다. 가령 "환경의 소통, 이질적인 시-공간의 조정이 있자마자 리듬이 있다. 소모, 죽음, 침입은 리듬을 가진다."(들뢰즈·가타리, 『천의 고원』)라는 말은 저 대립과 침투와 변형의 파노라마가 리듬이라는 사실을 분명하게 예시한다고 하겠다.

리듬은 박자나 운율 등과 같은 어떤 규칙성의 운동에서만 발생하지 않는다. 이미 있는 안정적 질서를 단숨에 무너뜨리는 비약과 단절의 순간에도 리듬은 발생하기 때문이다. 리듬-카오스, 카오스모스라는 말의 참된 의미 역시, 바로 이 자리에서 기원할 것이 틀림없다. 리듬이란 결국 규칙과 불규칙이 결고트는 힘, 그 힘이 움직이며 이루어 놓는 무수한 긴장과 이완의 쌍곡선, 곧 카오스모스일 수밖에 없기 때문이다.

나무는 미친다 바늘귀만큼 눈곱만큼씩 미친다 진드기만큼 산 낙지만

큼 미친다 나무는 나무에 묶여 혓바닥 빼물고 간다 누더기 끌고 간다 눈
보라에 얼어터진 오징어튀김 같은 종아리로 천지에 가득 죽음에 뚫리
며, 가야 한다 세상이 뒤집히는데

　고문받는 몸뚱이로 나무는 간다 뒤틀리고 솟구치며 나무들은 간다
결박에서 결박으로, 독방에서 독방으로, 민달팽이만큼 간다 솔방울만큼
간다 가야 한다 얼음을 헤치고 바람의 포승을 끊고, 터지는 제자리걸음
으로, 가야 한다 세상이 녹아 없어지는데

　나무는 미친다 미치면서 간다 육박하고 뒤엉키고 침투하고 뒤섞이는
공중의 決勝線에서, 나무는 문득, 질주를 멈추고 아득히 정신을 잃는다
미친 나무는 푸르다 다 미친 숲은 푸르다 나무는 나무에게로 가 버렸다
나무들은 나무들에게로 가 버렸다 모두 서로에게로, 깊이깊이 사라져
버렸다

　　　　　　　　　　　　　　　　　　—이영광, 「나무는 간다」 전문

　이영광의 시 「나무는 간다」가 단번에 우리를 끌어당기는 까닭은 집
요하게 되풀이되는 말들이 내뿜는 주술적 일렁임에 있다. 이 말들을
우리 눈앞으로 데려와 보자. 가령 "나무" "미친다" "간다" "결박" "독
방" "가야 한다" "미친" "푸르다" "가 버렸다" 같은 것들이다. 이들은
적어도 두 번 이상씩 되풀이하여 나타난다. 이 되풀이가 생동하는 리
듬감을 부여하는 것은 틀림없는 사실일 것이나, 쉽게 드러나지 않는
앞면에서 이 시편의 주술적인 울렁임을 돋아나게 만드는 것은 어미
(語尾)들이라는 점에 다시 주목할 필요가 있겠다.

　가령 1연의 "-만큼" "-만큼씩", 2연의 "-에서" "-으로" "-만큼" "-
고", 3연의 "다" "-고" "-버렸다" 같은 어미들을 눈여겨보라. 실상 이
들은 그 누구라도 쉽게 찾아낼 수 있는 앞면에 튀어나와 있음에도 불

구하고, 그 모두가 말끝에 매달려 있는 까닭에 이들이 서로 마주 보면서 이루는 그 리드미컬한 소리의 움직임은 쉽게 눈에 띄지 않는 깊이로 감추어져 있다. 달리 말해, 표면의 은폐 작용이란 말로 명명될 수 있을 기괴한 힘과 긴장이 이 시편 전체를 타고 흐르는 주술적 리듬감의 요체를 이룬다는 것이다.

이와 같은 표면의 은폐 작용이야말로, 열리는 힘으로서의 카오스와 닫으려는 힘으로서의 코스모스가 서로 맞서면서 일으키는 리듬-카오스, 곧 카오스모스이다. 그것은 개방과 은폐, 생성과 소멸, 상승과 하강의 쌍곡선을 휘감고 있으면서도 규칙과 불규칙이 맞서는 힘, 긴장과 이완의 힘이 현란하게 엇갈리며 새로운 등락(登落)과 변이의 선을 만들어 놓기 때문이다.

이 시의 첫머리에 등장하는 세 문장은 모두 "미친다"라는 서술어를 똑같이 되풀이하는 규칙성을 보여 준다. 그러면서도, "-만큼 -만큼씩"과 "-만큼 -만큼"이라는 변형된 규칙성과 더불어 이 어사들의 주어 "나무"를 드러내고 감추는 불규칙성을 동시에 축조한다. 바로 이 자리에서 똑같은 낱말들의 반복이나 일관된 박자가 형성하는 언어적 운율만이 아닌 규칙과 불규칙의 길항 운동, 곧 긴장과 이완이 동시에 이루는 표면의 은폐 작용이자 감춰진 표면에 깃든 뉘앙스의 리듬이 발생한다.

그 뒤를 잇는 문장들 역시 같은 원리를 이룬다. "나무는 나무에 묶여 혓바닥 빼물고 간다 누더기 끌고 간다 눈보라에 얼어터진 오징어튀김 같은 종아리로 천지에 가득 죽음에 뚫리며, 가야 한다 세상이 뒤집히는데"라는 문장들의 표면에서 규칙적인 리듬을 만드는 것은 "간다"라는 서술어이다. 그러나 이들에게 리듬의 역동성을 부여하는 것은, 단지 그것만이 아니라는 사실에 관심을 기울일 필요가 있다.

이와 같은 규칙성을 변형하고 있는 "가야 한다"라는 의지적 언어의 급작스러운 돌출이나, 쉼표가 강제하는 서술어의 고립은 저 이미지의 리듬 전체를 비약하게 하면서 새로운 카오스-리듬을 만든다. 나아가 그것의 맨 끝자리에 매달린 "세상이 뒤집히는데"라는 문장 역시 종결 어미로 이어져 오던 규칙적 리듬을 찢는 카오스의 생동감을 마련한다. 따라서 그것은 "나무"를 드러내고 감추는 불규칙성과 다시 대칭을 이루면서, 또 다른 엇박자를 생성하는 리듬감으로 깃든다. 더 나아가, "-데"로 끝난 1연은 2연의 첫 문장 "고문받는 몸뚱이로 나무는 간다"를 다시 멀리서 끌어당기는 힘과 더불어 서로 다른 두 덩어리로 나누어진 연의 배치에 따라 서로를 밀어내는 힘이 동시에 작용하도록 강제한다.

이와 같은 인력(引力)과 척력(斥力)의 상호 침투와 대극(對極) 운동이야말로, 이 시편이 한국시에 최초로 선사하는 새로운 리듬의 창안이자 예술적 진리-사건일 것이다. 그것은 또한 2연 맨 끝자리에서 다시 등장하는 "세상이 녹아 없어지는데"와 새로운 대칭의 리듬을 이루어 놓는다. 이 대칭적 리듬은 차이(카오스)와 반복(코스모스)이 맞서면서 형성되는 새로운 리듬의 발생 장소일 것이다. 달리 말해, 그것은 카오스모스가 발산하는 존재론적 성찰의 깊이와 더불어, 이 시가 성취한 예술적 세공의 높이를 표상한다는 것이다. 「나무는 간다」의 마디마디를 이루는 작은 무늬들을 빠짐없이 가로지르는 큰 윤곽선은 규칙과 변형된 규칙, 그리고 불규칙이 한데 응어리져 여러 겹의 음향들이 한꺼번에 울리는 입체적인 리듬감을 선사하기 때문이다.

더 나아가, 그것은 이미지의 깊이를 넘어서 리듬의 깊이가 존재할 수 있다는 사실을 깨닫게 만든다. 리듬에도 여러 겹의 속살들이 존재할 수 있을뿐더러, 이들이 함께 울려 퍼지는 교향악-리듬이 탄생할 수 있다는 새로운 진리-사건의 예지를 이끌어 온다. 물론 그것이 진리-사건으로 기록될 것인지는 여타의 시인들에 의해 다시 추구되고 집단으로 실현될 새로운 '예술적 짜임'으로서의 교향악-리듬을 통해서만 마련될 수 있을 것이다. 어쨌든 이 시가 음악에 육박하는 교향악-리듬을 새롭게 창안하고 있다는 것은 분명한 사실일 것이며, 우리 시대 한국시가 도달한 정점의 수준을 표상하고 있는 것은 틀림없으리라. 아래 시편은 「나무는 간다」의 교향악-리듬이 벼락처럼 떨어진 기적이거나 어쩌다 마주친 우연이 아니었음을 다음과 같은 형상들로 예시하고 있기에.

아버지 속 아프고 어지러운데 소주 마셨다. 마셔도 아프다 하면서 마셨다. 한 해에 한 사흘, 마셔도 많이 아프면 소주병 문밖에 찔끔 내놓았다. 아버지 쏟고 싶은 건 다 쏟고 살았다. 망치고 싶지 않은 것 다 망치고 살았다. 그러다 하루 소주 한 됫병으로 천천히, 자진했다. 조용한 아버지가 좋다 죽은 아버지가 좋다 아, 그러나 텅 빈 지구에 돌아온 달처럼 덩그러니 앉았노라니, 살았던 아버지가 좋다. 시끄럽게 부서지던 집이 좋다. 아버지 평생 농사 헛지었다. 나는 어두워져 허공을 갈고 다녔다. 달 하나로 살았다. 문득 문득 겨울 들판처럼, 글자를 다 잊어버린 어머니가 있다 공구 같은 손이 또 시집 그 거칠고 어지러운 것을, 고와라 고와라 쓰다듬는다. 점자를 읽듯, 죽은 자식 불알 만지듯. 호두나무 가지에 찔려 오도 가도 못하는, 둥그런 보름달 헛배.

—이영광, 「달」 전문

예술적 짜임과 사건

예술을 내재적이고 특이한 진리로서 사유할 때의 유효한 단위는 결국 작품이나 작가가 아니라 사건에 의한 어떤 단절(이것은 일반적으로 그전의 어떤 짜임을 시효가 지난 것으로 만들어 버린다)로부터 시작되는 예술적 짜임인 것이다. 하나의 유적 다수인 이 예술적 짜임은 이름도 유한한 테두리도 없고, 심지어는 어떤 술어로 하나로 묶을 수도 없다. 예술적 짜임의 전모를 파악하는 것은 불가능하며, 단지 불완전하게 기술할 수 있을 뿐이다. 예술적 짜임이 곧 예술의 진리이며, 누구나 알고 있듯이 진리의 진리는 없다. 예술적 짜임을 지칭하는 것은 대개 추상적인 개념들(형상화, 조성, 비극……)이다.

—알랭 바디우, 『비미학』

알랭 바디우는 『비미학』에서 예술과 철학의 관계를 규명해 왔던 서구적 사유의 역사를 세 갈래의 도식으로 매듭지어 요약한다. 이들은 "지도적 도식", "낭만적 도식", "고전적 도식"이라는 용어들로 명명된다. 가장 먼저 언급되는 "지도적 도식"은 플라톤의 사유와 맑스주의에서 가장 또렷하게 나타난다. 이들의 공통점은 "예술은 진리를 담을 수 없다거나, 또는 모든 진리는 예술 밖에 있다"라고 전제하는 자리에서 찾을 수 있기 때문이다.

두 번째는 "낭만적 도식"이다. 그것은 하이데거의 해석학과 필립 라쿠-라바르트와 장-뤽 낭시가 문학적 절대성이라고 명명한 낭만주의의 찬양 속에서 발견된다. 여기서 나타나는 사유의 핵심은 "예술은 개념의 주관적 불모성으로부터 우리를 해방시킨다. 예술은 주체로서의 절대성이며, 육화이다."라는 말처럼, 예술이 철학을 능가하는 탁월한 가치를 품고 있다는 명제로 집약될 수 있다. 마지막은 "고전적 도식"이다. 이 도식의 중핵은 "예술은 치유의 기능을 갖는 것이지, 인식이나 계시의 기능을 갖는 것은 전혀 아니다", "예술의 규범은 영혼의 감정을 다스림에 있어서의 유용성이다"라는 두 문장에 휘감겨 있다. 그것은 아리스토텔레스의 카타르시스가 불러일으키는 고양감과 정신분석의 실제적인 치유 과정을 통해 가장 극적으로 표상될 수 있기 때문일 것이다.

이 세 갈래의 도식을 모두 한결같이 비판하면서 바디우는 내재성(immanence)과 특이성(singularity)이라는 두 가지 규준의 설정을 통해 "예술은 내재적인 동시에 특이한 진리 공정"이라는 명제를 내놓는다. 이 명제는 예술과 진리의 관계 문제를 상세하게 해명하는 과정을 거치면서 "하나의 진리는 결국 하나의 예술적 짜임으로서, 이 짜임은 하나의 사건에 의해 시작되어 그 주체점인 작품들의 형태로 우연한 방식으로 주어진다"라는 논제의 중핵으로 수렴된다.

이에 따르면, 예술에서 진리를 생산하는 것은 특정한 하나의 작품이나 작가가 아니다. 오히려 하나의 사건이 불러일으키는 단절이자 이로부터 시작되는 예술적 짜임(an artistic configuration)이다. 예술적 짜임은 "전적으로 해당 예술 내부에서 그 기간이 그 예술의 하나의 진리, 하나의 예술 진리를 만들어 낸다고 말할 수 있는 단위"라는 말로 서술된다는 맥락을 살피면, 바디우는 특정 시기를 가로지르는 예술작품들의 상호 공명과 침투, 나아가 그것들이 함께 형성하는 어떤 미학적 배치와 성좌에 주목했던 것으로 여겨진다.

따라서 예술이 산출하는 진리란 그 내재성의 차원에서 형성되는 명명 불가능한 어떤 사건, 곧 새롭게 나타난 특이성과 그 관계의 그물을 가리킨다고 하겠다. 이러한 바디우의 관점을 따른다면, 2000년대 한국시에서 나타났던 주요 현상들 가운데서 '미래파'와 '정치시'라는 말로 명명되었던 그 새로운 흐름과 배치들에 대해 사건의 지위를 부여할 수 있을지도 모른다. '미래파'로 일컬어졌던 일군의 시인들과 시들이 종래의 서정적 원근법을 해체하면서 다채로운 형식 실험을 통해 새로운 감수성을 창안했다면, '정치시'는 그것을 이어 나가면서 도 21세기 벽두에 새롭게 등장한 개발자본주의의 망령, 그 실용성의 이데올로기와 전면전을 선포했기 때문이다.

'정치시'는 지금도 여전히 현재진행형으로 지속되고 있는 현상일 뿐더러 시인 진은영으로부터 시작되어 다른 여러 시인으로 번져 나 가고 있다는 점에서, 새로운 예술적 짜임을 축조하고 있는 것이 분명 해 보인다. 나아가 그것은 벤야민의 알레고리와 레비스트로스의 브리 콜라주, 초현실주의의 콜라주를 한데 결합하여 새로운 구도를 창안 한 것 같은, 따라서 잘 빚어진 항아리라는 비유어로 표상될 수 있는 그 이전 한국시의 예술적 짜임과 미학적 고원을 전혀 다른 틀로 뒤바 꿔 놓고 있는 것으로 파악된다. 그리고 바로 이 지점에서 '정치시' 역 시 바디우의 사건에 상응하는 어떤 진리 과정을 포함하고 있다고 규 정할 수 있을지도 모른다.

진은영의 여러 시 작품 가운데서도 특히 「멜랑콜리 알고리즘」은 이 른바 근·현대적 의미의 개인성과 천재성으로 일컬어지는 신화적 명 제가 지속적인 안정성을 구축할 수 있는지에 대해 의심하게 만드는 돌발 국면을 이끌어 온다. 이 시편은 "심보선의 시 「확률적인, 너무나 확률적인」의 시어들 '가슴, 가여운, 감는다, 감춘, 거짓말, 고독, 그리 도, 그지없다, 깊어진, 까마득한, 눈동자, 달, 떠나고, 떠올리면, 망설 이는, 밤안개, 번민, 병든, 부재, 비극, 수치심, 슬프겠는가, 습지, 심 장, 어둠, 어색, 얼굴, 오로지, 완곡한, 외로워, 우울한, 운명, 웅크리 고, 응시하며, 이별, 진실, 창밖, 창백, 침대, 품, 환희, 흐느껴, 흩어지 고.'를 모두 사용하여 쓴 시"라는 부제를 달고 있기 때문이다.

따라서 이 시편은 개인적 상상력으로 빚은 예술작품이라는 의미로 활용되어 온 근·현대 세계의 문학 규범의 안정성 장에 구멍을 뚫어 버리는 단절의 힘을 작동시키고 있는 것으로 보인다. 물론 이러한 진은영의 작업이 그야말로 진리-사건으로 명명될 수 있기 위해선, 또 다른 콜라주와 자유간접화법으로 이루어진 공동 창작의 실천이 훨씬 더 광범위한 차원에서 구현되어야만 하리라. 그러함에도 불구하고, 진은영의 저 작업이 알레고리의 새로운 방법론을 암시하면서, 이제까지와는 전혀 다른 공동 창작의 가능성을 제시해 주고 있는 것 또한, 분명한 사실일 것이다. 아래 펼쳐진 저 "알고리즘"의 형상들처럼.

1
네 심장은 아무것도 씹지 못하는 이빨을 가졌다
우울한 시간을 빨아 대며 굴리는 붉은 혓바닥으로 너는 맛보았지
영원한 사탕들
이 밤에 말과 꿈의 사탕발림 너머로
공허여, 공회전하는 어둠이여
푸른 이마에 스무 개의 커다란 눈동자를 달고 다가오는 하루

(중략)

2
높고 하얀 건물에서 누군가 기쁨의 부재에 대해 번민하느라
수많은 시간을 부어 버린다 창밖으로
내버린 오물처럼 환희가 네 머리 위로 쏟아지는
날이 온다면?

아니, 슬픔이 너를 소유할 거야
너의 몸이 너에게 속한 동안

(중략)

3
창백한 얼굴 위로 쏟아지는 빗방울은
너의 친구, 밤안개 속에서는 누구의 어색한 표정도 외로워지지

망설이는 몸짓으로 흰 달들의 분수가 솟아오를 때
이 추락의 말을 믿으렴
습지의 부드러운 침대에 영원히 너를 눕힐 것이다
어디에서 떨어지든
슬픔의 품

— 진은영, 「멜랑콜리 알고리즘」 부분

들뢰즈와 한국시의 진리-사건들
―이장욱, 신해욱, 장석원, 노춘기, 이현승의 시

욕망하는 생산, 기쁨의 생성으로서의 혁명

'욕망하는 생산(la production désirante)', 그것은 들뢰즈가 가타리와 함께 제시한 새로운 욕망 개념이자, 그 이론의 혁명적 벡터를 표상한다. 그들은 욕망을 생산적이고 혁명적인 것으로 호명하면서, 그 의미 체계와 가치론적 맥락 전체를 전복하고자 했다. 나아가 결핍이라는 선험적 조건을 들씌워 욕망을 부정적인 맥락에서 정의하려는 정신분석의 관점들을 집요하게 비판했다.[1] 1990년대 초반 동구 사회주의의

---

1 "우리가 욕망을 혁명적 심급으로 내세운다면, 그것은 자본주의 사회가 이익을 앞세운 많은 시위들은 견뎌 낼 수 있지만 어떤 욕망의 시위도 견뎌 낼 수 없다고 믿기 때문이다. 욕망의 시위는 자본주의의 구조들을 바닥에서부터, 유치원의 수준에서조차 솟구치게 하는 데 충분하다. 우리는 모든 합리성의 비합리를 믿듯 욕망을 믿는다. 그리고 이것은 욕망의 결핍, 즉 갈망이나 동경이 아니라, 욕망의 생산이자 생산하는 욕망, 실재-욕망, 곧 실재 그 자체이기 때문이다."(질 들뢰즈·펠릭스 가타리, 『앙티 오이디푸스』, 최명관 역, 민음사, 1994, pp.554-555.) 이 글에서는 들뢰즈의 한국어 번역본들을 그대로 따르지 않고, 다소간의 수정과 윤문을 시도했다.

동시다발적 몰락과 함께 우리에게 번뜩 날아든 탈-중심주의 사유와 담론의 도래, 이들 가운데서도 특히 들뢰즈의 사유와 담론은 가장 강력한 감응(感應)의 에너지를 발산하면서, 마치 들불처럼 시대의 전방위로 번져 나갔다. 그럴 수밖에 없는 까닭이 있었다. 그것은 '욕망하는 생산'이란 말에 이미 주름져 있었는지도 모른다. 이 말이 표상하는 들뢰즈의 혁명적 사유는 욕망을 부정적이고 파괴적인 것이 아닌, 긍정적이고 생산적인 것으로 뒤바꿔서 바라볼 수 있게 하는 인식론적 충격과 더불어 해방의 기쁨과 탈주의 쾌감을 동시에 선사했기 때문이다. 아니, 당대 지식의 패러다임 전체를 해체-재구축할 수 있는 가공할 만한 위력을 함축하고 있었기 때문이리라.

그렇다. 우리는 지난 1980년대 한국 지식인 사회를 광범위하게 휘감았던 그 담론의 벡터가 동구 사회주의 교과서에서 비롯된 일종의 이데올로기적 지식에 지나지 않는다는 사실을, 1991년 8월 소비에트 연방의 붕괴와 더불어 시작된 현실사회주의의 해체라는 세계사적 사건 이후에야 비로소 절감하게 되었는지도 모른다. 이른바 자본주의의 근본 모순과 역사 발전의 합법칙성으로 집약되는 동구 사회주의의 이념적 표어들을 "별이 빛나는 창공을 보고 갈 수가 있고 또 가야만 하는 길의 지도"[2]인 듯 받아들이면서, 그 유토피아적 비전을 단 한 번도 의심치 않았을 이십대 초반의 우리 모두에게, 욕망이란 역사의 진보 도정(道程)이 불러들이는 '이성의 간지(List der Vernunft)'[3]에 의해

---

2 게오르그 루카치, 『소설의 이론』, 반성완 역, 심설당, 1985, p.29.
3 "헤겔은 역사를 현실 세계에서 인간의 행위들이 축적되는 것이라고 생각하지 않고 오히려 이성이라는 보편적 이념이 자기의 목적을 실현하는 과정이라고 생각한다. 그리고 이 목적 실현을 위한 방법을 헤겔은 이 '이성의 간지'라는 말로 표현했다. 역사는 '자유 의식의 진보'이며, 그 궁극목적은 세계에서의 자유의 실현이다. 자유의 실현은

스스로 잦아들게 될 헛되고 헛된 망념에 불과했다. 나아가 '역사적 이성(historische Vernunft)'이 스스로 전개하는 시간의 변증법적 운동과 점진적 지양 과정을 통해 '아름다운 영혼(Die Schöne Seele)'으로 거듭나야 할 과잉된 충동의 에너지이자 이기적 쾌락을 불러오는 악의 표상처럼 여겨졌다.

프랑스 68혁명을 거치면서, 들뢰즈·가타리는 계급적 이해관계를 통해서는 쉽사리 포착되지 않을뿐더러, 여러 방향에서 다채로운 폭발력을 내뿜는 그 에너지의 원천과 잠재력을 욕망이라고 불렀다. 욕망은 특정한 계층이나 계급에만 해당하는 것이 아니라 사회의 모든 부분에 편재하는 힘과 더불어, 고정화되고 규격화된 모든 영역을 넘어서려는 자유의 에너지를 지칭하기에 가장 적합한 용어였을 것이 자명하다. 마찬가지로 욕망에 대한 그들의 방점은 기성의 사회제도와 질서, 그 규범 체계와 통념적 정상성에 대한 비판과 거부의 몸부림을 포함한다. 그것은 사회 곳곳에 편재할 뿐만 아니라, 시장과 공장, 학교와 관공서, 병원과 군대 등으로 표상되는 자본주의 사회의 고정화된 모든 영토를 가로지르는 것이기도 하다. 나아가 기성의 모든 규범과 틀을 해체하거나 파괴할 수 있는 잠재력을 품는다.

이렇듯 들뢰즈·가타리는 욕망을 기존 사회의 억압적 구조를 벗어나려는 해방의 흐름이자 혁명의 잠재력으로 새롭게 정의하면서도, 그것에 포함될 수 있는 해체와 파괴의 부정성을 소거하는 자리에 방점을 찍는다. 그들이 수미일관하게 주장하려 했던 바는, 결국 욕망에

확실히 특수한 관심과 정열에 기초한 인간의 행위에 의해서 실현되지만, 그 결과는 인간의 원망과 의도와는 다른 양상을 드러내는 것이어서, 역사는 인간의 행위로부터 독립된 자립적 운동을 전개한다." 가토 히사타케 외, 『헤겔 사전』, 이신철 역, 도서출판 b, 2009, p.318.

깃들일 수밖에 없을 생산, 창조, 변이의 역량이었기 때문이다. 달리 말해, 욕망을 기꺼이 수행하려는 자에게서 나타나는 자발적 실천 능력, 곧 생성의 기쁨이 거느릴 수밖에 없을 혁명적 이행 효과와 그 잠재력이었기 때문일 것이다. '욕망하는 생산'이란 이 맥락에서 움터 난 말일 것이 틀림없다. 그들은 욕망을 해체와 파괴에 머무르는 것이 아닌, 생산의 원천이자 자발적 창조 과정이 품는 기쁨이라는 것을 강조하기 위해 욕망하는 생산이란 새로운 개념을 창안했기 때문이다.

따라서 그것은 어떤 규정된 틀과 체계의 생산, 곧 동일자의 재생산을 뜻하지 않는다. 오히려 끊임없이 달라지는 것들의 생산이고, 끊임없이 달라지는 생산 그 자체를 가리킨다. 따라서 들뢰즈·가타리에게 욕망은 자연과 인간의 구별을 넘어서는 흐름과 절단의 부단한 과정이자 생성과 변이 그 자체를 나타낸다고 하겠다. 이렇듯 욕망의 생산성과 창조성에 대한 강조는 들뢰즈가 「구조주의를 어떻게 식별할 것인가」라는 글을 마무리하면서 제시했던 문장들에서도 고스란히 나타난다고 하겠다.

어떤 것에 반대하는 책은 중요하지 않다. 중요한 저작들은 새로운 어떤 것을 위한 저작들, 새로운 무엇을 창조해 내는 저작들이다.[4]

감각의 논리와 아이온의 시간―이장욱의 시

들뢰즈는 『감각의 논리』에서 영국인 화가 프랜시스 베이컨의 기괴한 형상들을 의제의 중핵으로 삼았다. 여기서 가장 섬세하고 치밀하

---

4 질 들뢰즈, 「구조주의를 어떻게 식별할 것인가」, 『의미의 논리』, 이정우 역, 한길사, 1999, p.552.

게 부조된 것은 바로 감각이며, 감각을 불러일으키는 힘이었다. 그는 이렇게 쓴다. "감각은 현상학자들이 말하듯이, 세계-내-존재이다: 내가 감각 속에서 되어 갈 뿐만 아니라 동시에 어떤 것이 감각에 의해 도래한다."[5] 이는 감각하는 자가 관람객이나 관조자의 자리에 머무르는 것이 아닌, 감각되는 것 자체가 '되기(devenir)'를 뜻한다. 들뢰즈는 베이컨의 기괴한 형상들을 "어떻게 비가시적인 힘들을 가시적으로 만들 수 있는가?-라는 질문에 대한 가장 훌륭한 대답들 가운데 하나이다."[6]라고 평가한다.

들뢰즈에게 감각이란 결국 통상적인 방식을 통해서는 감각되지 않지만 감각되어야만 하는 역설적 과정을 품고 있는 것이자, 존재 역량의 상승을 불러일으키는 것으로 전제된다고 하겠다. 이 과정을 치르면서 상상력은 상상할 수 없는 것에서, 사유는 사유할 수 없는 것에서, 기억은 기억되지 않는 것에서 자신의 고유성을 발견할뿐더러 자기 잠재력의 최대치와 마주하기 때문이다.

2000년을 전후로 등장한 당대의 젊은 시인들 가운데서, 이장욱은 들뢰즈의 혁신적인 감각론과 '기관 없는 신체(corps sans organes)'로 표상되는 힘과 생성의 사유가 서정의 존재론적 원리와 미학적 전제를 혁파하는 문제와 직결되어 있다는 사실을 그 누구보다도 깊고 섬세하게 통찰했던 것이 분명해 보인다. 나아가 이 문제를 자신의 시와 산문 작업의 뼈대로 삼았던 것이 틀림없다. 물론 2000년을 전후하여 곳곳에서 한꺼번에 등장했던 새로운 문법의 젊은 시인들 또한 이와 유사한 직관을 선취하고 있었을 것 또한 지극히 자명한 일일 터이다.

---

5 질 들뢰즈, 『감각의 논리』, 하태환 역, 민음사, 1995, p.63.
6 질 들뢰즈, 『감각의 논리』, p.90.

그러나 이 문제를 명징하고 지성적인 산문의 언어를 통해 첨예하게 문제화하는 차원에서 이장욱의 역할과 작업은 독보적이었다. 이른바 "다른 서정"이란 새로운 시 쓰기의 실천 표어는 이 맥락 전체를 쓸어안고 있는 것이었기 때문이다. 서정의 존재론과 미학이 전제하는 1인칭의 심혼(心魂)과 그 유토피아적 순례는 자기동일성의 표상들만을 세계로부터 수집할 따름이며, 그 바깥에 편재하는 위(僞)와 악(惡)과 추(醜)를 볼 수 없을뿐더러 그것들과 결코 마주칠 수 없다는 전언이 그것에 이미 휘감겨 있었기 때문이다. 그리고 이는 2000년대 이후 한국시의 주류와 형질 자체를 근본적인 차원에서 뒤바꿔 놓는 일종의 진리-사건으로 자리했다고 규정할 수 있을 것이다.

그렇다. 이장욱의 전언처럼, 서정이 권장하고 유포시키는 1인칭의 심혼이란 자신이 알고 싶은 것만을 보며, 보고 싶은 것만을 고백하며, 고백하고 싶은 것만을 기억하려 하는 주체 기능의 위치이자 관습적 심리 상태인지도 모른다. 그러나 세계의 유동하는 흐름과 사건은 의식 주체의 시선 안쪽에서 파악될 수 있는 것도 아니며, 1인칭 고백체를 통해 현시될 수 있는 것도 아니다. 오히려 그것은 1인칭의 목소리 내부에 이미 깃들어 있을 또 다른 1인칭의 신음과 절규, 나아가 1인칭 단독자 심부에서 아우성치는 타자들과 낯선 마주침을 통해서만 가까스로 드러날 수 있다.

바흐친의 이른바 다성성의 담론과 자유간접화법이란 타자들이 불러일으키는 사회의 분열상과 가치들의 대결 양상을 현시할 수 있는 언어의 기술이자 표현 방법이었던 셈이다. 들뢰즈에 따르면, "개인적인 언표 행위란 없으며, 그러한 언표 행위의 주체조차 없다. 다만 언표 행위의 필수 불가결한 사회적 성격을 분석한 상대적으로 소수인 언어학자", 곧 "바흐친과 라보프가 있을 뿐"[7]이기 때문이다.

내 얼굴이 안경을 찾아 쓰고 천천히 단단해지는 아침, 창밖 가로수의 애벌레는 마침내 나비가 된다. 내 말이 엘리베이터 앞에서 도무지 움직여지지 않을 때, 멀리 인수봉 암벽에 가파른 바람 한 줄기 지나간다. 내 몸이 기어 나가 어느 사립 대학 담 아래를 걷고 있을 때, 아주 먼 항성에서 드디어, 천천히, 지상에 도착하는 빛.

　그 순간에 나는 지나치게 낙관적인 변신에 대해 생각한 것이다. 가령 나는 바위틈으로 화사하게 일렁이는 산철쭉. 절벽에 사선으로 그어진 그 가지 아래서 막 처음 편 제 날개에 놀란 호랑나비. 그러므로 나는 햇빛 속에 눈감고 최초의 바람을 느끼는 자.

　〈지나치게 낙관적인 변신 이야기〉라고 나는 중얼거린다. 외포의 갈매기들이 부리를 적시는 저녁에, 나는 더 이상 먼바다에 대해 말하지 않는다. 근해에 저물어 가는 수평선. 까마득한 상공의 구름이 작은 빗방울로 변신하는 순간에, 나는 비상구 앞에 멈춰 움직이지 않는 구두.

　내 몸은 불 꺼진 방에 안장된다. 지상의 빛이 녹아 사라진 시간, 문득 눈을 뜨면 내 곁에 누군가 모로 누워 있다. 나는 짐짓 무심한 표정으로 그를 깨운다. 이봐, 누군가 널 부르는군. 창 바깥, 지나치게 낙관적인 하늘에 비는 내리는데.

—이장욱, 「지나치게 낙관적인 변신 이야기」

(『내 잠 속의 모래산』, 2002) 전문

---

7 G. Deleuze/F. Gattari, *A thousand plateaus*, translation by Brian Massumi, Minnesota university press, 1987, pp.79-80.

"지나치게 낙관적인 변신 이야기"에서 기왕의 '서정'이 전제하는 1인칭 의식 주체의 광대무변한 권능과 유토피아적 영혼의 순례와 광대무변한 변신술을 직감한다면, 당신은 이미 '서정'의 미학적 전제가 어떻게 탄생하고 직조되는지를 깊이 체득하고 있는 사람일 터이다. 그렇다. 인용 시편은 '서정'이라는 시 창작의 한 갈래가 태어나고 만들어지는 과정을 섬세하게 소묘하는 메타시의 문법을 수반한다. 따라서 '서정'의 맹점과 한계치를 발가벗겨 드러내려는 미학적 전복의 기획 또한 내장한다. '서정'이 자신의 존재론적 전제로 삼을 수밖에 없을 은유적 이미지와 세계관이란 세계의 무수한 사건과 삼라만상을 시인의 내면적 자기동일성을 표현하기 위한 수단으로 약탈해 오는 것이기 때문이다.

김춘수가 일생을 다해 축조하려 했던 '무의미시'나 오규원이 말년에 도달했던 '날이미지시' 역시, 서정의 치명적 한계치를 돌파하려는 미학적 기획에서 발아한 것으로 보인다. 그들이 창안한 '서술적 이미지'와 '날이미지'란 결국 은유의 메커니즘에 깃들일 수밖에 없을 1인칭 의식 주체의 감정과 사유와 가치를 거부하면서, 세계를 날것 그대로인 채로 드러내려는 데서 기원하기 때문이다.[8] 이들에게서 한결같이 판단중지와 현상학적 환원 등과 같은 현상학 개념들이 나타날 수밖에 없는 까닭 또한 이와 같다. 김춘수와 오규원은 결국 자아의 이런저런 경험적 침전물들에 의해 사물들과 현상들이 왜곡될 뿐만 아니라, '서정'이라는 시의 한 갈래 내부에서 1인칭 의식 주체의 특정한 판단과 이념으로 덧칠해질 수밖에 없는 그 필연성의 맥락을 '서정'의

---

8 이찬, 「오규원의 날이미지시론 연구」, 『한국시학연구』 30호, 한국시학회, 2011, pp.245-251.

구조적 짜임새에서 보았던 셈이다. 그리고 이를 중지시킬 수 있는 '사태 그 자체'로라는 현상학의 핵심 명제에 기대어 자신들의 고유한 시학을 창안했다고 하겠다.

이장욱의 시에서는 변화와 이동의 순간을 표현하는 동사의 활용형들이 빈번하게 나타난다. 가령 '지나가다' '사라지다' '통과하다' '지나치다' '흘러가다' '건너가다' '흐르다' '없어지다' '스쳐 가다' 등과 같은 것들을 눈여겨보라. 이들은 서정의 유토피아적 심혼으로 포착되지 않는 세계의 다양한 현상들과 그것들이 이루는 변화와 이행의 과정을 표현한다. 나아가 어떤 행위의 시간적 테두리를 분명하게 한정 짓는 일반적인 동사가 아니라, 어떤 시간적 경계를 또렷하게 식별할 수 없는, 어떤 그 무엇이 되어 가고 있는 사태의 진행 과정을 표현하는 '부정법 동사(verbe à l'infinitif)'로 기능한다. 이들은 결국 "연대기적인 시간의 구분이나 시간의 계량화된 산술과는 무관하게, 형태화되지 않은 입자들의 느림과 빠름을 언표하는 순수한 사건 혹은 되기의 시제"[9]를 표현하는 것일뿐더러, 단일한 인격적 실체로 수렴되지 않는 비-인칭으로서의 집단적 감응 현상과 전(前)-개체적 욕망의 발생과 흐름을 현시하려는 것이기 때문이다.

따라서 저 '부정법 동사'의 빈번한 활용은, 결국 1인칭 시점 바깥에서 천변만화하는 세계와 사건의 실재성을 현시하려는 이장욱의 원대한 기획에서 비롯한다. 나아가 1인칭의 단일한 "소실점"으로 세계 그자체의 존재론적 권리를 말소시킬 수밖에 없는 '서정'의 무의식적 메커니즘을 일그러뜨리려는 목적에서 비롯된 것이 자명하다. 그의 시는 1인칭 화자의 기억과 감정과 사유를 신뢰하지 않을뿐더러 이것으로부

---

9 G. Deleuze/F. Gattari, *A thousand plateaus*, p.263.

터 태어나 세계 삼라만상을 관통하고 다시 자신에게로 회귀하는 1인칭 심혼의 유토피아적 순례를, 아니 그 유토피아를 완결하려는 '서정'의 무의식적 메커니즘을 의도적으로 거부하기 때문이다. 여기서 발견될 수 있는 것은 기껏 선험적 공리로 미리 붙박여 있는 진·선·미일 뿐이며, 자기 자신을 아름다운 영혼으로 덧입히고 윤색하는 나르시시즘의 성채에 지나지 않기 때문이리라.

"본질들은 명석판명한 온대 지방이 아니라, 숨겨진 어두운 지대에 서식한다"[10]라는 들뢰즈의 표현이 적시하는 것처럼, 세계의 참다운 실상은 의식 주체의 유토피아적인 영혼의 순례를 통해서가 아니라, 오히려 주체의 시선과 사유 바깥에 은닉되고 매장되었던 위협적인 타자들을 통해서만 겨우겨우 발견될 수 있는 것인지도 모른다. 그러므로 이 발견이 이루어지는 순간이란 의식 주체에게 공고하게 수립되어 있던 표상의 체계와 관습적 사유와 구조화된 가치를 단숨에 무너뜨리는 잔혹한 시간이자, 들뢰즈가 말한 '기호의 폭력'이 발생하는 시간이기도 할 것이다.[11] 이 시간을 들뢰즈는 '아이온(Aiôn)'이라고 불렀던 셈이며, 그것은 우리 삶 한복판에서 존재론적 비약과 인식론적 단절을 느닷없이 불러일으키는 어떤 사건이 발생하는 순간을 가리킨다고 하겠다.

나는 오로지 지금 이곳에 있다.
갑자기 무서운 생각이 시작된다.
단 하나의 생각이 나를 결박한다.

---

10 질 들뢰즈, 『프루스트와 기호들』, 서동욱·이충민 역, 민음사, 1997, p.150.
11 질 들뢰즈, 『프루스트와 기호들』, pp.141-152.

나는 얼어붙는다.

오 분 전과 머나먼 미래가 한꺼번에 다가온다.

나는 천천히, 몸을 일으킨다.

―「결정」(『정오의 희망곡』) 부분

최선을 다해 개인적인 관계들을 생각하자

드디어 당신과 나는 10년 후의 야구를 이해한다.

누군가 플레이 볼이라고 외치자

나는 있는 힘껏 배트를 휘둘렀다.

그리고 10년 후의 1루 베이스를 향해

필사적으로 달려갔다.

―「10년 후의 야구장」(『정오의 희망곡』) 부분

자꾸 다르게 보여

당신은 이미 태어났는데

당신은 사랑을 했었는데

당신은 지난해의 가을을 여행 중인데

당신은 오래 잊고 있었던 무엇인가를

막 떠올려 미소 지었는데

―「정확한 질문」(『정오의 희망곡』) 부분

인용 시편들은 시간의 일정한 단위 분절을 통해서만 수립되는 현재시제 내부에 이미 지나간 과거와 아직 오지 않은 미래를 공존시킨다. 달리 말해, 특정한 외연으로 수렴되는 현재라는 시간적 테두리 내부에 비동시적인 사건들이 더불어 존재하게 만든다는 것이다. 이에 따라, 이들에서는 '과거→현재→미래'로 연쇄되는 선형적 시간, 곧 '크로노스(Chronos)'[12]의 투명성이 사라지게 될뿐더러 그것의 명료한 경계 분할이 흐릿해지게 된다.

「결정」에서 "오 분 전"과 "머나먼 미래"는 "다가온다"라는 현재시제 동사의 주어가 됨으로써 "지금 이곳"에 공존하는 것으로 나타나며, 「10년 후의 야구장」에서는 "10년 후"의 아직 오지 않은 미래의 시점에서, "1루 베이스"가 "달려갔다"는 과거시제 동사의 목적어가 되는 상황이 발생한다. 또한 「정확한 질문」에서는 "지난해의 가을"이라는 과거의 시간이 "여행 중인데"라는 현재진행형과 결합하는 시제 중첩 현상이 일어난다.

이와 같은 시제들의 중첩, 곧 비동시적인 것의 동시적 공존은 어떤 현재진행형 사태 속에 주름진 '잠재성(virtualité)'의 차원들을 거죽 위로 끌어올린다. 인용 시편들에서 나타난 "생각"과 "오래 잊고 있었던 무엇인가"는 그러므로 발화자의 자기동일성을 구축하는 명증한 의식과 기억일 수 없다. 오히려 '과거→현재→미래'라는 선형적 시간 위에서 구축되는 주체의 실존적 동일성과 연대기적 서사를 일그러뜨리는 존

---

12 들뢰즈는 시간의 두 가지 상이한 측면을 크로노스(Chronos)와 아이온(Aiôn)으로 구분하여 정의한다. "한편으로 언제나 한정 지어지는, 원인들로서의 물체들의 활동과 이들의 심층에서의 혼합 상태를 측정하는 현재(크로노스)가 있고, 다른 한편으로 결코 한정 지어지지 않으며, 효과들로서의 비물체적 사건들을 표면에 모으는 과거와 미래 (아이온)가 존재하는 것이다."(질 들뢰즈, 『의미의 논리』, p.136.) "전자의 경우는, 사건의 무한정한 시간이자 빠름만을 알고 있는 어떤 것을 이미 일어난 것과 아직 일어나지 않은 것, 동시적으로 너무 늦거나 너무 이른 것, 곧 일어날 것과 방금 일어난 어떤 것으로 동시에 끊임없이 분할하는 유동적인 선, 아이온이다. 후자의 경우는, 반대로, 사물들과 사람들을 고정시키고, 형태를 발전시키고 주체를 확정하고 측정하는 시간, 크로노스이다."(G. Deleuze/F. Gattari, *A thousand plateaus*, p.262.)

재의 주름들이며, 아직 현실로 나타나지 않은 잠재성의 차원들이다.

이와 같은 잠재성의 차원에서 시제의 구분은 사실상 무의미하다. 가령 일어나지 않았던(일어났던)이라는 과거시제이든, 일어나지 않을(일어날)이라는 미래시제이든, 이들은 모두 현실성(actualité)이라는 작고 좁은 차원을 통해서만 측정되고 구분될 수 있는 것이기 때문이다. 이미 드러나 있는 것들로 구성되는 현실성의 차원은 아직 드러나지 않은 무한한 계열의 잠재성의 차원들 가운데 그 일부가 선택됨으로써 나타난다. 따라서 현실성과 잠재성의 관계는 "가시적인 것은 비가시적인 것의 함수이고 단순한 것은 복잡한 것의 일부이다. 주어진 사태는 아직 주어지지 않은 사태의 일부이다."[13]라는 말을 통해 좀 더 명징하게 풀이될 수 있을 것이다.

잠재성의 차원은 특정한 경계와 외연을 품은 어떤 현재의 테두리로 수렴되지 않는다. 또한 "어떤 물체들의 활동과 혼합 상태를 측정하는 현재"[14]인 '크로노스(Chronos)'의 시간으로도 환원되지 않는다. 마찬가지로 '과거→현재→미래'라는 도식으로 표상되는 선형적이고 연대기적인 시간으로도 귀속되지 않는다. 그것은 과거든 현재든 미래든 늘 항상 공속하고 있는 것이며, 이미 주어진 하나의 물질적 사태로서 아직 현실로 도래하지 않은 것일 뿐, 이미 실재해 온 어떤 열외-존재이기 때문이다. 들뢰즈가 '아이온(Aiôn)'이라고 불렀던 저 낯선 시간의 명명법은 바로 이러한 '사건'의 시간성, 곧 잠재성의 차원이 현실성의 차원으로 육화되고 현현되는 바로 그 순간에 내포된 시간성의 여러 특질을 집약한 데서 비롯한다.

---

13 김상환, 「철학이 동쪽으로 간 까닭은」, 『예술가를 위한 형이상학』, 민음사, 1999, p.47.
14 질 들뢰즈, 『의미의 논리』, p.136.

되기와 기관 없는 신체―신해욱의 시

"사물이나 예술작품에 보존되는 것은 감각들의 블록, 이른바 지각과 감응의 복합체이다"[15] "회화의 영원한 대상/목적: 그것은 틴토레토가 그랬던 것처럼 힘들을 그리는 것이다"[16] 같은 들뢰즈의 문장들은 신해욱을 비롯한 2000년대 이후 '미래파'로 명명된 시인들의 예술적 짜임새를 표상하는 말로 기능할 수 있을 듯하다. 이들이 새롭게 그리려는 것은 저 감각과 힘들이 서로를 가로지르면서 펼쳐 놓는 자취와 흔적과 동선이기 때문이다. 그것은 시인 자신의 감정과 사유와 가치도 아닐뿐더러 세계를 촘촘하게 에두르고 있는 사물이거나 대상들도 아니다. 오히려 시시각각으로 달라지는 힘들의 분포와 배치이며, 이에 따른 주체들 사이의 감응 현상과 공명의 과정일 뿐이다.

이와 같은 감각으로 무장한 시인들에게 이른바 '기억과 회감의 연금술'로 요약되는 서정의 존재론과 미학이란 그저 그런 나르시시즘의 공연장이거나, 그야말로 지루한 상투 어구가 반복되는 재현의 무대에 지나지 않는다. 이들 가운데서도 가장 첨예한 방법론과 전위적 실험을 펼쳐 보인 신해욱은 조용하고 무심한 듯 서정의 존재론과 미학을 지우고, 그 자리에 새로운 예술적 영토를 일구고 있는 듯 보인다. '형상들의 고독', 이 말은 들뢰즈가 영국인 화가 프랜시스 베이컨의 회화를 통해 '기관 없는 신체'로 표상되는 자기 철학의 핵심어를 공론화하기 위한 일종의 '추상기계'였을 것이 틀림없지만, 신해욱의 시가 겨냥하는 전위적 실험과 창조적 리듬을 단적으로 축약할 수 있는 단자(monad)이기도 할 것이다. 아래 새겨진 '형상들의 고독'을 보라.

---

15 질 들뢰즈·펠릭스 가타리, 『철학이란 무엇인가?』, 현대미학사, 1995, p.234.
16 질 들뢰즈·펠릭스 가타리, 『철학이란 무엇인가?』, p.263.

이목구비는 대부분의 시간을 제멋대로 존재하다가
오늘은 나를 위해 제자리로 돌아온다.

그렇지만 나는 정돈하는 법을 배운 적이 없다.
나는 내가 되어 가고
나는 나를
좋아하고 싶어지지만
이런 어색한 시간은 도대체 어디서 오는 것일까.

나는 점점 갓 지은 밥 냄새에 미쳐 간다.

내 삶은 나보다 오래 지속될 것만 같다.

—「축, 생일」(『생물성』, 2009) 전문

맨 앞머리로 솟아난 "이목구비는 대부분의 시간을 제멋대로 존재하다가"는 몸이 의식의 타자일 수밖에 없는 필연성의 맥락을 공표한다. 아니, 무수한 페르소나를 뒤집어쓰고 살아갈 수밖에 없을 우리 현대인들의 파편화된 실존을 조각난 몸 이미지들에 빗댄다. "제멋대로"는 우리 몸체의 부분 대상들인 "이목구비"가 유기체적 통일성을 이루지 못하고, 각자 따로따로 움직이게 되는 현상을 나타내는 어휘이기 때문이다. 나아가 '형상들의 고독'이란 바로 "제멋대로" 움직이는 "이목구비"를 표현하기 위한 들뢰즈의 신조어일 것이다.

"그렇지만 나는 정돈하는 법을 배운 적이 없다./나는 내가 되어 가고/나는 나를/좋아하고 싶어지지만/이런 어색한 시간은 도대체 어디서 오는 것일까"는 우리가 이런저런 사회적 관계망의 압력에 따라 뒤집어쓰게 되는 무수한 가면들의 심층에 단 하나의 참된 자아가 존재할 것이라는 믿음이 한갓 오인과 착각에 지나지 않는다는 것을 암시한다. 그것에는 나르시시즘의 끈질긴 덫과 자기 위안의 심리적 파노라마를 거부하려는 시인의 단호한 몸짓이 스며 있기 때문이다. 어쩌면 시인은 그 어떤 정체성으로도 규정되길 원치 않는 것인지도 모른다. 아니, 특정한 신분이나 위치나 지위로도 귀속되지 않는 절대 자유의 시공간에서 살고 싶은 것이 분명해 보인다. 따라서 저 자유의 시공간에 대한 원초적 욕망이야말로 그녀의 시에서 빚어진 낱낱의 무늬들을 '형상들의 고독'으로 이끄는 예술적 비의일 것이리라.

그렇다면, 시인은 도대체 어떤 세계를 보고 듣고 만지고 살고 싶은 것일까? 아니, 자신이 소망하는 세계가 불가능하다는 사실을 이미 통절하게 자각해 버린 시인이 취할 수 있는 선택지란 과연 어떤 것일까? 아래와 같은 이미지들이 빚어내는 시간의 겹주름들을 느린 걸음새로 뒤따라 보자.

금자의 손에 머리를 맡긴다.

금자의 가위는 나를 위해 움직이고
머리칼은 금자를 위해
타일 위에 쏟아진다.

나의 등은 꼿꼿하고
타일은 하얗다.

머리칼은 제각각의 각도로

오늘을 잊지 못할 것이고

나는 금자의
시간이 되어 갈 것이다.

금자는 내 어깨에 두 손을 얹는다.
나의 목
나의 머리칼을
만진다.

미래의 우리는 이런 게
아니었을지도 모르지만

　　　　　　　　　　　　　—「금자의 미용실」(『생물성』) 전문

창밖을 보았다.

도로에서 죽은 사람의 하얀 자세가
오랫동안 차에 밟히고
또 오랫동안 비를 맞는다.
나는 아무도 모르게 정지했다가
타이밍을 놓치고
숨을 쉬고 만다.

*

어제의 물을 마셨다.

비에 젖는 방법이
기억나지 않았다.

—「점심시간」(『생물성』) 부분

월요일이 오고 있을 것이다.

월요일과 화요일이 지나면
내 방에서는 사람 냄새가 나지 않고
나는 수요일이 아닌 채로
수요일을 대신하며
옷을 벗게 된다.

키가 없는 몸으로서
문틈으로 내 방을 훔쳐보면
모서리. 면. 각.
수요일과 내가 함께 없는 방은
사각의 본질로 충만하다.

지금 이대로 내 방을 꼭 끌어안고
벽에다가 얼굴을 비빌 수만 있다면 얼마나 좋을까.

나는 그런 욕망에 사로잡혀
수요일이라 할 수 없는 나를 대신 끌어안고

수치를 견디는데

언제 끝날지 알 수 없는 수를 세며

월요일 같은 것을 기다리는데

그런데 누군가 나보다 먼저

내 방을 사랑하고 있다.

키가 크고 있다.

사소한 훼손도 없이

수요일과 중력에 대한 두려움도 없이

—「손님」(『생물성』) 전문

　인용 시편들에 등장하는 "오늘" "미래"(「금자의 미용실」), "오랫동안" "어제"(「점심시간」), "내일" "오늘" "미래"(「부활절 전야」), "월요일" "화요일" "수요일"(「손님」) 등은 특정한 시간을 표현하는 어휘들이다. 그러나 이들은 지금 일어나고 있는 현재진행형의 어떤 사태들과 무관한 어떤 고정화된 테두리로서의 시간적 외연을 뜻하지 않는다. 도리어 이미 지나간 과거와 아직 도래하지 않은 미래가 현재의 시점으로 휘말려 들어오는, 비동시적인 것들의 동시적 공존이나 그 중첩 현상을 나타내기 위한 용어들이다.

　따라서 이들은 '과거→현재→미래'로 연쇄되는 물리적이고 직선적인 시간, 나아가 특정 주체의 연대기적 연속성과 내면적 동일성에 의해서만 명료하게 확정되고 구획될 수 있는 시간, 곧 크로노스의 시간으로 수렴되거나 해명될 수 없다. 이들은 현재 시점 내부에서 작동하는 과거와 미래의 흔적들이자 아직 현실이 된 것은 아니지만, 언제 어디서든 현실이 되어 나타날 수 있는 잠재성의 시간이기 때문이다.

나아가 현실성의 이면에서 어떤 다른 생성과 되기를 향해 끊임없이 열리는 어떤 사건들의 시간을 나타내기 위한 어사들이기 때문이다. 이와 같은 잠재성의 시간에서 시제는 존재할 수도 없고, 존재할 필요도 없다. 잠재성은 이미 드러난 것들로 구성되는 현실성의 한복판에 깃든 다른 가능성의 주름들이자 현실성 내부에 늘 함께 깃들어 있었던 것이기 때문이다.

그렇다. 「금자의 미용실」의 "머리칼은 제각각의 각도로/오늘을 잊지 못할 것이고//나는 금자의/시간이 되어 갈 것이다"라는 무늬들처럼, 잠재성의 시간에서 주인공은 결코 "나"의 주체적인 의식이 아니다. 오히려 의식과는 상관없이 작동하는 몸의 시간, 곧 "제각각의 각도로 오늘을 잊지 못하"는 "머리칼" 자체의 시간이며, "나"가 아닌 "금자의 시간"이자 "금자"로 표현된 타자들의 몸으로 귀속되는 시간이기도 하다. 저 잠재성의 시간에서 "미래"는 하나의 인칭으로 수렴될 수도 없으며, 한 사람의 의식으로 귀속되는 독점적 소유권 또한 용납되지 않는다. "미래의 우리는 이런 게 아니었을지도 모르지만"이라는 이미지에 나타난 시제의 혼동과 1인칭 복수형에 따른 의식들의 중첩 현상이 암시하듯.

이와 같은 시제 혼동과 중첩 현상은 '전(前)-미래시제'라는 모순 형용의 시제 표현을 통해서만 충실하게 해명될 수 있을 듯하다. 특히 현실성 내부에 이미 잠겨 있었던 잠재성의 세계를 현시하려는 문장들에서는 필수 불가결의 전제 조건을 이룰 것이다. 전-미래시제는 이미 일어났던(혹은 일어나지 않았던) 과거의 사건들과 더불어 그 언젠가 일어날(혹은 일어나지 않을) 미래의 시간을 빠짐없이 싸안는 것일뿐더러, 그 모든 과거와 미래라는 다른 시간의 테두리에서 항상 존속하고 있는 것이기 때문이다. 가령 「점심시간」에서 돈을새김의 필체로 그려진 것처럼, "도로에서 죽은 사람의 하얀 자세"란 우리 모두에게 일어날 수 있는 잠재적 사건의 바탕이기에, 언제 어디서든 다른 몸을 걸쳐 입고 나타날 수 있는 것이기 때문일 것이다.

따라서 "어제의 물을 마셨다.//비에 젖는 방법이/기억나지 않았다."라는 끝자리의 형상은 저 "도로"에서 사망 사건이 일어나지 않았을 다른 잠재성의 세계를 현시하는 것인 동시에 그것과는 다른 사건들이 펼쳐질 수 있었을 그 가능성의 터전 전체를 암시한다고 하겠다. 「손님」 1-2연에 나타난 "월요일이 오고 있을 것이다.//월요일과 화요일이 지나면/내 방에서는 사람 냄새가 나지 않고/나는 수요일이 아닌 채로/수요일을 대신하며/옷을 벗게 된다."라는 이미지 역시, 우리 현대인들의 통상적인 시간 의식으로는 결코 알아챌 수 없는 낯선 시간의 주기표와 순환 체계를 불러들인다.

실상 저 시간 의식이란 우리들의 몸의 리듬을 관장하고 지배하는 현대 세계의 일원화된 시간 주기표, 표준적 질서의 리듬과 선분의 규칙성에서 온다. 그러나 순차적인 주기와 순환의 규칙성이 비틀어져 "월요일"과 "화요일"만 존재하는 세상이 있다면, 과연 어떤 일이 일어날 것인가? 이에 따라 "수요일" 이후의 "요일"들이 사라져 버린 세계가 존재한다면, 우리 역시 "월요일"과 "화요일"에만 존재할 수 있는 것은 아닐까? 더 나아가, "키가 없는 몸"으로 표현된, 그리하여 특정 신체를 점유하지 못한 영성의 존재들이 실재한다면, 그들은 과연 우리와 같은 "요일"을 살 수 있는 것일까? 이러한 의문들에서 이 작품은 기원한다.

"지금 이대로 내 방을 꼭 끌어안고/벽에다가 얼굴을 비빌 수만 있다면 얼마나 좋을까"라는 구절만이 유일하게 기울임체로 표기되어 있다는 사실에 주목해 보라. 그리고 시적 주체가 "내 방을 꼭 끌어안"

거나 "벽에다가 얼굴을 비빌 수" 없는 존재, 곧 특정한 몸을 갖지 못한 육체성이 결핍된 존재임을 염두에 둔다면, 이 시편의 발화자가 살아 있는 인간이 아니라 유령 또는 혼백으로 설정되어 있다는 사실을 눈치챌 수 있을 것이다.

만일 이와 같은 유령과 혼백의 세계가 실재하는 것이라면, 그곳에서도 시간은 살아 있는 우리와 똑같은 주기로 흐르고 분할되는 것일까? 그리고 이들 역시 우리처럼 성장과 노화의 과정을 겪는 것일까? 적어도 신해욱의 몇몇 시편들에 따르면 그것은 아닌 듯하다. 맨 끄트머리에 나타난 "그런데 누군가 나보다 먼저/내 방을 사랑하고 있다./키가 크고 있다./사소한 훼손도 없이/수요일과 중력에 대한 두려움도 없이"라는 구절은, 이미 망자가 되어 버린 발화자의 "방"에서 현재 살아가고 있는 어떤 존재의 몸짓과 "생물성"을 드러내고 있기에. 더구나 그는 여전히 "키가 크고 있다"는 말로 표상되는 "몸"을 가진 자이지만, "나"는 "키가 없는 몸"을 지닌 영성(靈性)의 존재에 불과하기에.

신해욱의 『생물성』은 시인의 첫 시집 『간결한 배치』(2005)의 중핵을 이루었던 인간 중심적인 시선과 사유와 의식을 소멸시키는 방법론적 테두리를 충실하게 계승하고 있는지도 모른다. 곧 "소실점"으로 표상되는 시각중심주의와 이성중심주의, 그 너머의 세계와 감각들을 현시하려는 미학적 기획을 고스란히 이어받는다. 그러나 이 시집을 그것에서 멀찌감치 진화한, 그것과는 전혀 다른 차원으로 개화하도록 이끄는 것은, 바로 몸이 없는 영성의 존재들에게 살아 꿈틀거리는 "생물성"을 덧입히는 과감하고도 놀라운 탈-중심주의 사유와 예술적 방법론의 혁신에서 유래한다. 곧 망자들에게 육체의 질감과 숨결을 불어넣는 주술적 사유의 전면적 도입과 "생물성"으로 표상되는 애니미즘의 예술적 형상들을 거죽 위로 틔워 올리는 자리에서 비롯한다는 것이다.

특히 주술적 사유나 애니미즘의 세계관이 하나의 몸체 내부에 다수의 영혼이 실재한다는 것을 원초적 차원에서 전제할 수밖에 없다는 사실을 염두에 두면, 이른바 탈-현대미학의 임계점을 이루는 들뢰즈의 '분열증적 주체'와 '기관들 없는 신체'라는 사유의 첨점(尖點)이 시인 신해욱을 통해 주술적 엑스터시와 애니미즘의 돋을새김이라는 새로운 방향으로 진화한 것은 무척 놀라운 일일 것이다.

그러나 그것은 또한 마땅히 그럴 수밖에 없는 필연성의 행로를 품고 있었던 것인지도 모른다. 들뢰즈의 노마디즘으로 표상되는 탈중심주의 사유의 첨단은 모든 체계의 질서와 제도와 규범을 구축하고 보장하려는 영토화의 권력(pouvoir)을 거부할뿐더러, 그 경계와 범주를 가로지르고 넘쳐나려는 순수 생성으로서의 힘, 곧 탈영토화의 역량(puissance)을 향해서만 열리기 때문이다. 잠재성의 세계란 탈영토화의 역량의 최대치가 응집된 보이지 않는 바탕 세계이며, 이미 있는 사실들로 구성되는 가시성과 현실성의 세계 한복판에 언제나 늘 항상 있어 온 그 뒷면의 무대이기 때문이다.

시인 신해욱은 하나의 개별적 인격체 내부에 무수한 자아들이 공존하면서 투쟁하고 있다는 들뢰즈와 가타리의 '분열분석(schizo-analyse)'의 사유와 담론을 주술적 형상 또는 애니미즘의 사유와 접합시켜 새로운 "생물성"의 세계를 구축하고 있는 것이 틀림없어 보인다. 어쩌면 한국시를 전혀 다른 미학적 차원으로 이끌어 가고 있는지도 모른다.

자유간접화법과 소수자의 정치학—장석원의 시

장석원의 시는 2000년대 '미래파' 담론의 한복판을 차지했다. 그것이 불러일으킨 새로운 예술적 짜임의 중핵은 '다성성의 발화'(권혁웅) 라는 말로 일컬어졌다. 이는 실상 "담론 안에서 자유로운 것으로 나타나는 배치로써, 하나의 목소리 안에 있는 모든 목소리를, 카를루스의 독백에서 젊은 여자들의 광채를, 언어 안에서 언어를, 말 안에서 명령어를 설명해 주는 것이 바로 이것이다. 『샘의 아들』에 나오는 미국인 살인자는 선대의 목소리가 주는 자극에 의해 살인하며, 스스로를 개의 목소리를 통해 전달한다."[17]라는 들뢰즈·가타리의 언급을 통해 좀 더 명징하게 이해될 수 있을 '자유간접화법(le discours indirect libre)'의 한 양태를 가리키는 것이기도 했다. 이는 또한 미학적 완결성과 유기적 총체성이란 명제로 압축되는 부르주아 미학의 완강한 테두리를 근본적 차원에서 전복시킬 수 있는 가공할 만한 위력을 품은 것이기도 했다.

시인 장석원이 새롭게 창출한 '자유간접화법'이란 인류 문화의 찬란한 별자리를 이루고 있는 여러 고전의 문양들과 비루한 지상의 소음들, 더 나아가 대중가요의 노랫말이나 단편적인 철학적 잠언들과 종교적 경구들이 하나의 작품 속에서 또는 작품과 작품 사이에서 동시에 울리는 모양새로 나타났다. 이는 자유간접화법이 거느릴 수밖에 없을 주체들 사이의 공명 현상과 그 감응 효과의 최대치를 겨냥했다. 나아가 산문시의 새로운 형식과 리듬과 방법론을 현시하려 했던 그의 용맹정진의 기획력을 보여 준다.

장석원의 『리듬』(2016)은 지난 세 권의 시집들을 빠짐없이 관통했던 자유간접화법의 방법론이 팽팽한 탄력으로 들어박히면서 이질적 조합과 난폭한 병치의 미학적 윤곽선들을 곧추세운다.

---

17 G. Deleuze/F. Gattari, *A thousand plateaus*, p.80.

가령 "생활에 마비되어 사는 마음아 너를 향한 사랑의 행로들아 나를 조금 더 불편하게 해다우 희미한 정맥과 게으른 혈소판이여 검은 골편이여 지겨운 위로로는 사랑이 이뤄지지 않는단다 피정이 필요하다 슬퍼해도 좋다"(「찔레와 사령」) "남아의 끓는 피 조국에 바쳐 충성을 다하리라 다짐했노라 눈보라 몰아치는 참호 속에서 참혹하게 사랑을 나누다가 전사한 사병의 얼굴을 누가 기억하겠어요"(「재소환한 적개심」) "아이들은 줄지어 하교하고. 케케묵은 병아리떼들 (踵-從-終) 봄나들이 가는 이 세상에 나는 왜 도착했나요 구멍 뚫는 벌레가 되어 왜 가슴 아래로 내려가고 있나요 밤의 패배자들에게 꽃받침이 떨어집니다 다면의 한 면이 깨지고 두 발 동물이 쿵 짝 쿵 짝 꿍짜라 꿍짝 네 박자 속에 떨어져 내리고 등받이 없는 의자에 앉아 허리를 곧추세우고 무기수처럼 두부의 얼굴로 갈아요 칼 갈아요."(「프롤레타리아의 밤」) "영원히선생님「한분」만을사랑하지오어서서어서저를全的으로先生님만의것을만들어주십시오先生님의「專用」이되게하십시오"(「black」) 같은 구절들을 보라.

이 구절들은 자유간접화법과 초현실주의의 콜라주 기법을 전면적으로 틔워 올린다는 점에서, 첫 시집 『아나키스트』를 고스란히 이어가고 있는 듯 보인다. 이들은 김수영의 「死靈」에서 시작되어 군가 「멸공의 횃불」과 동요 「봄나들이」와 대중가요 「네 박자」를 지나 이상의 「終生記」에 등장하는 "정희"의 편지에 다다른다. 시인 자신이 명명한 "DJ 울트라"라는 닉네임처럼, 이들은 일종의 "리믹스"의 음악적 효과와 기법이 새롭게 만드는 경쾌한 유희의 미감을 북돋울뿐더러, 자유연상에서 움터 나는 우발적 조합의 언어들과 카니발의 해방감을 흩뿌려 놓는다. 곧 이들은 이질적인 세계들의 모자이크와 자유로운 접합을 동시에 겨냥하면서 탈주의 쾌감과 해방의 리듬감을 불러일으킨다. 장석원의 시에서 줄글 형태의 산문시가 대다수를 차지할 수밖에 없는 까닭 또한 이와 다르지 않다.

산문시의 형태는 장석원이 시인이 될 수밖에 없었던, 아니 시인으로 다시 태어날 수밖에 없었을 그 운명선의 행로를 빠짐없이 쓸어안고 있는 하나의 축도이다. 마치 폭포수처럼 쏟아져 내리는 유장한 마음결의 흐름과 동선을 고스란히 드러내기 위해서는 행과 연의 구분이나 단절이 없는, 그야말로 제멋대로 아우성치는 낱말들이 끊임없이 이어지고 흘러가서 하염없이 휘발될 수 있는 줄글 형태의 표기법이 필수 불가결하기 때문이다. 이는 또한 시인 장석원의 원초적인 실존과 예술적 자의식의 무대가 바로 저 카니발의 해방감에 있다는 사실을 암묵적으로 말해 준다. 아니, 헤비메탈로 표상되는 굉음의 강력한 발산이 선사하는 저항과 탈주의 에너지, 또한 이를 거리낌 없이 분출하고픈 실존의 몸부림에서 온다는 사실을 예시한다. 저 쾌감과 몸부림은 줄글 형태의 산문시를 통해서만 실현될 수 있기 때문이다. 이들의 폭발적 분출을 유일하게 권장하는 자유와 해방의 시 형태가 바로 산문시이기 때문이다. 그가 몇몇 평론들에서 공표한 산문시에 대한 깊은 애정이나 헤비메탈에 대한 병적인 도취와 열광 역시 이와 같다. 오직 산문시라는 형태를 통해서만, 시는 비로소 음악의 위력과 위대성에 다가갈 수 있다고 확신하고 있을 것이 자명하기에.

토요일 밤 9시 '리빠똥'에서
우리는 소진되었고. 문은 오로지
패배한 자를 위해 열려 있어.
10년이 지났을 뿐인데

크레모아 들고 적진에 뛰어드는 용기.
우리의 만남. 부자연스런 체위. 시와 혁명,
술과 사상, 노동자와 시인.
우리와 그들의 사랑은 소도미야.
소돔 성이 소도미 때문에 망하지는 않았어.
사랑의 힘 때문이야. 서풍이 분다.

혁명이 뭐겠어. 우리 결혼할래.
헬로와 헬로와 꽃들이, 헬로와 헬로와 우리들에게,
청첩을 돌린다면. 너와 나의 결합.
오래된 진리와 형체 없는 유행의 결합.
내 삶은 recycled life. 폐기해 줘. 철폐해 줘.
모든 법칙들을, 모든 용기를, 사랑의 만용을.
질풍노도의 시대. 그 시대의 아들이.
헤이 걸. 큰 젖을 가진 아가씨. 날 위해 울어 줘.
이봐. 웨이츄리스. 천 하나 더.

지하철공사 노동자들. 술을 마시고 있어.
파업 철도. 강철의 힘이란 옛날의 추억이라구.
옛날의 금잔디. 동산에. 아름다운 여인 메텔.
기차가 어둠을 헤치고 은하수 역에 멈춰 서면
차량 기지엔 햇빛이 가득했네.
투쟁하는 노동자의 눈동자.
그런 시대. 그런 아득한 날들 앞에
항복하고 싶다.

사랑은 어째서 고독하고,
나는 어쩌라고 약한가.

유일한 동력. 유일한 실존.
달콤한 알콜과 마리화나, 플라워 무브먼트.
살아 있는 무뇌아. 정주를 거부한 nomade에게
치욕의 힘, 생존 본능의 아름다움이 무늬진

창 너머 도시의 어둠에
꺼지지 않는 불빛의 술렁임 첫 파정의 현기증처럼
퍼져 오르고 늦은 사랑의 강이 흐르고
강 건너에는 잊었던 어둠이 흐르고
그 어둠 속엔 긴 겨울 끝
새봄 기다리는 마른 희망들
忍冬하고 있고 숨어 죽는 나뭇가지
끝에는 순백의 희망이……

창밖의 뚜렷한 현실. 거대한 뿌리의
숨 막힘 멀리 떨어져 있는. 언제나. 어둠.
은유의 시대는 끝났다. 여기
명확한 언어라는 모조품.
친구여. 혁명이 아름답던 은유의 날들을
내게 돌려줘. 청춘을. 부서진 내 청춘을. 꽃다운
우리 청춘 술잔 위에 떨어지는 불빛, 불빛.

불멸하는 이름. 사랑의 짝짜꿍으로.

낮과 해머. 핀란드역의 블라지미르.

역사의 기관차. 계급의 두뇌.

무너진 사랑탑에

눈이 내린다

너와 나 사이 폐허에

우리를 지켜보는 투명한 눈이

　　　　　―「젊고 어리석고 가난했던」(『아나키스트』, 2005) 전문

　제목에서 풍기는 것처럼,「젊고 어리석고 가난했던」은 한국 현대사
의 들끓는 활화산이자 혁명적 세계상의 심장부를 이루었던 1980년대
에 대한 애도와 노스탤지어의 상반된 마음결이 기묘한 착종 관계를
이루고 있다. '독재 타도 호헌 철폐'라는 구호를 나날의 삶의 거리에
서 부르짖어야만 했던 1987년의 저 6.29 선언 세대에게 "혁명"이란
어쩌면 "사랑의 만용" 같은 것이었는지도 모른다. 그것은 그 세대에
게 제 "청춘"을 탕진하도록 강제했던 찬란한 "진리"이자 극단적인 양
가감정으로 뒤범벅된 아름다운 "폐허" 같은 것이었기 때문이리라. 아
니, "크레모아 들고 적진에 뛰어드는 용기"라는 작은 무늬에 축약된
것처럼, 저토록 지독한 마조히즘의 양가감정으로 살아갈 수밖에 없었
기 때문이리라. 그렇다. 우리는 "시와 혁명", "술과 사상", "노동자와
시인"이라는 "부자연스런 체위"를 매일매일 살아 내면서 "질풍노도의
시대"를 건너왔을 뿐인지도 모른다.

　"파업 철도. 강철의 힘이란 옛날의 추억이라구"에 선연하게 "무늬

진" 우리들의 "부서진 청춘", 그 "젊고 어리석고 가난했던" 나날들을 잠시만이라도 돌이켜 보라. 시인이 처연한 음색으로 읊조리는 "그런 시대. 그런 아득한 날들 앞에/항복하고 싶다.", "친구여. 혁명이 아름답던 은유의 날들을/내게 돌려줘. 청춘을. 부서진 내 청춘을. 꽃다운/우리 청춘 술잔 위에 떨어지는 불빛, 불빛./불멸하는 이름." 같은 구절들을 보라. 이들을 타고 흐르는 저 야릇한 노스탤지어의 감수성이 마치 살아 일렁이며 휘감겨 오는 실감의 풍광들로 밀려닥칠 수 있을 것이다. 그리고 자신의 젊음을 뒤돌아보면서, "오래된 진리와 형체 없는 유행의 결합./내 삶은 recycled life. 폐기해 줘. 철폐해 줘./모든 법칙들을, 모든 용기를, 사랑의 만용을."이란 말들로 제 과거의 행적들 전체를 부정할 수밖에 없는 자의 서글픈 몸짓과 직접 마주칠 수밖에 없을 것이다.

어쩌면 "낫과 해머. 핀란드역의 블라지미르./역사의 기관차. 계급의 두뇌."로 표상되는 동구 사회주의 교과서들의 슬로건들을 통해, 세계와 삶과 정치를 이해하는 방법을 학습했던 1980년대 사회과학 세대에게 "우리는 소진되었고. 문은 오로지/패배한 자를 위해 열려 있어."라는 "소진"과 "패배"의 감각은 이미 예정되어 있었던 참담한 숙명 같은 것이었는지도 모른다. 저 표어들은 "창밖의 뚜렷한 현실"이 아니라, "명확한 언어라는 모조품"이자 "오래된 진리와 형체 없는 유행의 결합"에 지나지 않았기 때문이다. 「젊고 어리석고 가난했던」의 후반부에 등장하는 "정주를 거부한 nomade에게/치욕의 힘, 생존 본능의 아름다움이 무너진"을 눈여겨보라. 이는 1980년대를 "청춘"으로 살았던 그 과거의 시절들을 모두 "폐기"하면서, 시인이 새롭게 설정한 담론의 지향점에 들뢰즈의 유목주의(nomadisme)와 소수자(minorité)의 정치학이 자리했다는 사실을 암시한다.

가령 『아나키스트』의 마디마디에 아로새겨진 "나는 백인이 아니었지 미국인이 아니었지 남자가 아니었지/아니 남자였지 나는 헝그리 코리안/살아남기 위해 코메리칸이라도 되고 싶었던"(「악마를 위하여」), "파동-소시민의 신체가 기록하는 텍스트는 얼마나 서러운가 중심과 변방이 없는 물방울의 거리 에테르처럼 거리에 가득 찬"(「끈-이론 게임」), "제국주의 시대의 유물이라고. 형식을 벗고 자유를 입고 싶다는 그대의 소원, 그대의 남다른 역사의식. 계급이 다른 우리는 로미오와 줄리엣, 그대는 현해탄에 몸 던진 윤심덕, 나는 사랑에 몸 바친 불멸의 연인. 광막한 광야를 달리는 사랑, 사랑의 형식이 어떻게 혁명의 등식이 되었는지"(「지난해 ○○여관 때로 △△여관에서」), "황진의 기둥에 붙어 있는 몰골. 황진의 기둥에 붙어사는 석양 녘 바람을 보라. 거기 본연의 혁명(음성과 문자의 해방 혹은 배반)이 살고 있다. 늑골쯤에는 쉬도 슬었을 것인데, 부서진 탑 주위에는 자음과 모음이 닮은 옛얘기 몇 조각(진통 혹은 착오) 흩어져 있었을 것인데"(「비결정인: S-M의 한판 승부」) 같은 구절들을 보라.

　인용 구절들은 장석원 시의 중핵이 탈주의 존재론과 미시정치학에서 기원한다는 사실을 명시적으로 나타낸다. 나아가 이에 필적할 "아나키스트"의 극단적 자유주의와 탈영토화의 상상력에서 온다는 사실을 돋을새김의 필법으로 보여 준다. 첫 시집 『아나키스트』에서 네 번째 시집 『리듬』에 이르기까지 장석원이 즐겨 활용해 온 자유간접화법이란 상호 이질적인 가치체계와 문화 의식과 정치적 이데올로기들이 한데 뒤섞이거나 충돌하고, 상호 공명하거나 대결하는 세계의 다성성과 중층성을 현시하려는 것이자, 그것을 이미 그 내부에 품어 안고 있는 것이기도 하다.

　장석원의 자유간접화법은 들뢰즈가 "정념 안에는 너무도 많은 정념이 있고, 목소리 안에는 모든 종류의 목소리가 있으며, 요설 안에는 모든 종류의 소문이 떠돌고 있다. 이것이 바로 모든 담론이 간접적인 까닭이며, 언어에 고유한 전달이 간접화법이 그것인 이유이다"[18]라고 말했던 맥락에 견주어 보면 좀 더 선명하게 이해될 수 있을 것이다. 들뢰즈는 결국 "집합적 배치에서 결과하는 주체화의 상대적 절차를 결정해 주는, 혹은 담론 안에서 움직이는 개인성의 소환과 분배를 결정해 주는 그런 배치", 곧 언표 행위의 집합적 배치라는 표현으로 압축되는 언어-사회학적 규준과 언어의 정치학을 척도 삼아 자유간접화법을 정의하려 했기 때문이다. 마찬가지로 장석원의 시가 한국시에 불러일으킨 새로움 역시 기성의 언어-사회학적 규준을 전복하려는 미시정치학적 저항의 한 갈래인 자유간접화법에서 비롯하기 때문이다.[19]

장석원이 새롭게 창안한 자유간접화법은 세계의 안정성을 공고하게 구축하는 제도와 규범과 조직과 체계, 그 모든 영토적 권력에 대한 그의 뿌리 깊은 반감과 저항적 기질로부터 온다. 그가 "청춘"으로 살았던 1980년대란 권위주의의 폭력이 그야말로 토착화되어 있었던 시대였을뿐더러, 그가 등단 시인으로 나온 2000년대 초반은 자유주의의 충동과 에너지로 흘러넘쳤던 이른바 들뢰즈의 시대였기 때문이다.

어쩌면 시인이 헤비메탈을 비롯한 무수한 대중가요의 가사들을 끊임없이 소환해 올 수밖에 것 역시, '신성/세속', '고상/비천', '고급문화/하위문화', '다수자/소수자', '은유의 제국주의/환유의 유목주의' 등등으로 표상되는 위계와 구분과 차별을 말소시키려는 소수자의 정

---

18 G. Deleuze/F. Gattari, *A thousand plateaus*, p.77.
19 G. Deleuze/F. Gattari, *A thousand plateaus*, p.80.

치학과 그 미학적 기획에서 비롯하는 것인지도 모른다. 그리고 그것은 장석원의 "아나키스트"로서의 정신적 체질이 2000년을 전후로 들끓었던 우리 사회 전체의 자유주의의 벡터 또는 유목주의의 분위기와 자연스럽게 연동되면서 빚어졌을 것이 틀림없다.

들뢰즈는 독일에서 활동한 체코 출신 유대인 카프카를 각별하게 주목하면서, 그의 문학에서 프라하의 독일어라는 소수어가 탄생하는 장면을 "언어를 더듬거리게 하거나 삐약대거나…… 하게 하기, 언어 전체에, 씌어진 글에 대해서조차 텐서를 뻗치게 하기, 거기서 절규와 고함, 음고, 지속, 음색, 강세와 강렬도를 이끌어 내기"[20]라는 생생한 비유어들로 소묘한다. 장석원의 자유간접화법 또한 '잘 빚어진 항아리(The well wrought Urn)'라는 말로 대변되는 "명확한 언어라는 모조품", 곧 유기적 총체성과 작품 내적 통일성이라는 미학적 규준과 척도를 절름거리게 만들면서, 이질적 언어들의 낯선 조합과 병치를 통해 격렬하게 요동치는 기이한 이미지들의 리듬을 창출했다. 달리 말해, 2000년대 이전의 한국시에서 미학적 표준이자 다수자(majorité)의 지위를 차지했던, 곧 여백과 압축으로 단단하게 벼려진 정제된 이미지들과 고유한 내면적 미감으로서의 심혼의 독창성으로 표상되는, 저 완강하고 오래된 서정의 미학적 테두리를 해체-재구축하려는 소수자의 정치학을 수행했던 셈이다.

시인 장석원은 "소수자란 개념은 극히 복합적이어서, 음악적, 문학적, 언어학적인 것뿐만 아니라 법적이고 정치적인 것에까지 소급된다. 소수자와 다수자는 단지 양적인 차원에서 대립하는 것이 아니다. 다수자는 표현이나 내용을 측정하는 표준적 척도로서 그것들의 상수

---

20 G. Deleuze/F. Gattari, *A thousand plateaus*, p.104.

를 내포한다. 상수 내지 척도가 어떤 표준어를 쓰는-유럽의-이성애적 언어를 말하는-도시에 사는-백인-성인-남성-인간의 그것이라고 가정하자."[21] 같은 대목으로 축약되는 들뢰즈의 소수자의 정치학에서 큰 영감을 받은 것으로 추정된다. 그는 자신이 용맹하게 흩뿌려 놓는 자유간접화법이 소수자의 정치학과 더불어 태어나고 자라날 수밖에 없는 운명 공동체라는 사실을 또렷하게 자각하고 있었던 것으로 파악되기 때문이다.

감각 너머의 감각들, 비가시적인 힘들의 가시화—노춘기의 시

노춘기의 시는 범상한 시인들조차 알아챌 수 없는 감각 너머의 감각들을 보고 듣고 만지려는 자의 영감으로 번뜩거린다. 달리 말해, 그의 시는 우리들 몸에 들러붙는 무수한 감각들의 세계, 그 밑바닥을 가로지르는 초감각의 무대로 열린다.

시인의 첫 시집 『오늘부터의 숲』에 나타난 "그의 바깥엔 으르렁대는 침묵/침묵과 침묵 사이에 빈틈,/틈이 너무 많다/눈빛을 가린 잎들이 뒤척인다"(「잘 기억나지 않는 나무」), "어두운 사물들이 눈을 감고 있다/이 가면들, 사물들, 모르는 것들"(「형광등의 시선」), "아무도 그곳에 들어서지 않는,/길모퉁이 안쪽에서 대숲처럼 서걱거리는,/죽은 여자들이 사선으로 솟구치고/함부로 버려진 담배꽁초 끝에서/입을 가린 이름들이 타오르는"(「그늘이 있다」) 같은 형상들을 보라. 이들은 우리들의 통상적인 시선과 감각을 벗어난, 그리하여 저 인간주의적 원근법으로는 도무지 감지할 수조차 없는 몸의 세계들과 세계의 몸들이 이루어 내는 무궁무진한 힘과 파동과 흐름을 현시하려 한다.

---

[21] G. Deleuze/F. Gattari, *A thousand plateaus*, p.105.

그의 두 번째 시집 『너는 레몬 나무처럼』(2014)에 나타난 "누군가 나를 발견할 수 있을까/나는 이 거대한 세계를 향하여/몸을 툭 내밀었다/손끝에서 빛이 먼지처럼 흩어졌다/입을 크게 열어젖힌 어둠이/건물 벽의 바람을 삼키고 있다/나를 발견하는 누군가를 볼 수 있을까"(「움푹 파인 구멍」), "그냥 묵묵한 벽처럼 나는/아무런 이유 없는 창문 너머처럼 여기에 있기만 하면 되는 거잖아/너는 유령이잖아/네가 혼자 타고 온 버스에 나를 앉히고/내 주소를 찾아가는 너를/한참 동안 바라보아야 하잖아"(「버스를 타고 나에게로」), "귓속에 들려오는 여러 개의 숨소리에 맞추어/감은 눈꺼풀 안쪽에서 어머니가, 아내가, 아버지가, 다시 어머니가/얘야, 그의 이름을 부른다/그는 다시 한번 눈을 감는다"(「깊은 우물」) 같은 형상들을 다시 꼼꼼히 되짚어 보라.

이들에선 귀기(鬼氣)의 뉘앙스와 분위기가 스며 나온다. 이들은 노춘기의 시가 우리 몸의 감각으로부터 시작되지만, 그것을 넘어선 흐릿하고 어렴풋한 감각들의 세계, 곧 "유령"으로 표상되는 어떤 공포와 불안과 전율과 반수면 상태와 같은 순간적이면서도 몽롱한 감각들에서 예술적 영감을 얻는다는 사실을 암시한다.

시인 노춘기는 '보이지 않는 것의 현시'라는 말로 명명될 수 있을 2000년대 젊은 시인들의 방법론을 부단히 탐구하면서, 그것에 자기만의 빛깔을 입힐 수 있는 새로운 미학적 영토를 개척하려 한 것이 분명해 보인다. 그의 시는 인간주의적 소실점을 벗어나거나, 원근법적 지각의 한계와 맹점이 발가벗겨지면서 그것이 무력해지는 무수한 현상과 흐름에 자신의 촉수를 드리운다. 그의 시편들에서 "틈""사이" 같은, 사물이나 사건들의 관계와 변이 과정을 표현하는 시어들이 빈번하게 나타나는 까닭 역시 이와 같다. 이들은 결국 '있는 것(有)'도 아니고 '없는 것(無)'도 아닌 '없음으로 있는 것'이며, 이쪽에 있는 것도 아니고 저쪽에 있는 것도 아닌, 양쪽의 변두리(二邊)의 "사이" 공간인 중도(中道)이자 양쪽 "틈"의 빈자리(空)이며, 그 관계의 밀도를 나타내기 위한 시어들이기 때문이다.[22]

이에 따라 노춘기의 시에서 "틈"과 "사이"란 보이는 것인 동시에 보이지 않는 것이며, 지각할 수 있는 것인 동시에 지각할 수 없는 것이다. 나아가 그 사이 공간의 마디마디들을 가로지르는 어떤 흐릿하고 모호한 감각 현상들 전체를 대리표상하는 제유법의 이미지들로 기능한다. 이는 실체론적 사유가 아닌 관계론적 사유, 대상과 실체의 분석론이 아닌 힘과 흐름의 과정론에 시인이 깊은 호감과 집중력을 기울이고 있다는 사실을 넌지시 일러 준다.

이와 같은 시인의 집중력은 비단 지각할 수 있는 것들 너머의 모호한 감각들이나, 감지할 수 없는 미시적 세계를 가시적 이미지로 현현하는 자리에 그치지 않는다. 오히려 시인은 세계 삼라만상에 새겨진 저 엄청난 운명의 폭력성 역시, 우리가 감지할 수 없는 어떤 감각 현상들이 한데 어우러지거나 흩어져서 일어나는 것일지도 모른다는 의문을 우리에게 던지고 있기 때문이다. 이 의문의 한복판에서 시인의

---

22 "衆因緣生法 我說則是無 亦爲是假名 亦是中道義 未曾有一法 不從因緣生 是故一切法 無不是空者." "여러 가지 인연에서 生한 존재를 나는 空이라고 말한다. 왜 그런가? 여러 가지 인연이 다 갖춰지고 화합하여 사물이 생기는데 이 사물은 여러 가지 인연에 속하기 때문에 그 실체(=自性)가 없다. 실체가 없기 때문에 空하다. 더욱이 이 空도 역시 또 空하다. 다만 중생을 인도하기 위해 거짓된 이름(假名)을 붙여 (空이라고) 說한 것이다. 또 有와 無의 양극단(二邊)을 떠난 것이기에 이를 中道라고 부른다. 이 法은 그 自性이 없으므로 有라고 하지 못하고 공도 존재하지 않기에 無라고 할 수도 없다. 만일 어떤 法이 그 자성과 相을 갖는다면 여러 가지 인연을 만나서 존재하지는 못한다. 그렇게 여러 가지 인연을 만나지 않는다면 법도 존재하지 못한다. 그러므로 공하지 아니한 법은 존재하지 않는다." 龍樹, 『中論』, 김성철 역주, 경서원, 1993, pp.414-415.

감춰진 예술적 사유와 방법론이 보이지 않는 힘으로 꿈틀거린다.

시곗바늘이 한 칸 한 칸
전진하는 사이
지구가 자전하는 톱니바퀴
소리를 듣는다.

눈앞의 지구에서 구름이
걷히면 길쭉한 여객선에서
손을 흔드는 사람이 보인다.

어떤 이가 산 위에서
나를 올려다본다.
고래가 뛰어오른다.

지구가 돈다.
도는 지구는
네 엉덩이처럼 매끄럽고
부드럽다.

보이지 않는 뒤편으로 사라지는
저녁들에게
양 떼와 낙타와 전갈들에게
서둘러 산을 내려가는 소몰이꾼에게
서쪽으로 기울어지는

눈빛을 보낸다.

얼굴이 뜨거워졌다.

—「붉은 얼굴」 전문

먼저 인용 문장들을 말하고 있는 화자의 시각적 범위를 눈여겨보라. "지구가 자전하는 톱니바퀴/소리를 듣는다.", "어떤 이가 산 위에서/나를 올려다본다.", "보이지 않는 뒤편으로 사라지는/저녁들에게/(중략)/서쪽으로 기울어지는/눈빛을 보낸다" 같은 이미지들을 발설할 수 있는 자리는, 적어도 시공간적 유한성에 얽매일 수밖에 없을 인간의 제한된 시선은 아닐 것이다. 결국 "지구가 자전하는 톱니바퀴 소리를 들"을 수 있으며, "산 위"의 "어떤 이가" "올려다"볼 수 있는 "나"란 결국 신(神)이거나, 그것에 필적할 전지적 시점의 주체일 수밖에 없다.

그러함에도 불구하고, 시인은 「붉은 얼굴」의 거죽을 마치 한정된 사물의 관조라는 이미지즘 시작법을 바탕 삼아 그려진 것처럼 위장하고자 한다. 특히 "눈앞의 지구에서 구름이/걷히면 길쭉한 여객선에서/손을 흔드는 사람이 보인다"라는 2연의 이미지들을 좀 더 깊게 음미해 보라. 전지적 작가 시점을 취할 수밖에 없을 화자의 감각적 위상과 지각 능력을 마치 관찰자 시점인 듯, 극히 제한된 것으로 축소한 자리에서 이 시편의 예술적 구도와 방법론적 특이성이 마련된다는 사실을 감지할 수 있을 것이다.

전지적 시점이란 "눈앞"에서 일어나는 현상들만을 보고 듣고 기록할 수 있는 제한된 시선의 주체가 아니라, "눈" 없이도 그 전후좌우의 시공간 전체가 이루어 내는 삼라만상을 빠짐없이 알고 있는 주체를 임의로 가정하는 것이다. 따라서 이 시점의 주체는 "구름"이 있든 없든 "지구"에서 일어나는 모든 일을 감지할 수 있어야 하지만, "구름이 걷힌" 이후에야 어떤 현상을 볼 수 있는 것처럼 축소되어 소묘된다.

바로 이 자리에서 전지적 작가 시점과 제한적 관찰자 시점의 혼용을 통해 새로운 시작법을 마련하려는 시인의 예술적 사유와 방법론의 비밀이 제 윤곽을 드러내기 시작한다. 그렇다. 전지적 시점에서 "보이지 않는 뒤편"이란 존재할 수 없는 것임에도 불구하고, 시인은 이 시점의 주체에게도 마치 볼 수 없는 것들이 있는 듯 의뭉스럽게 위장하고 그 시선의 범위를 여타의 시선들과 혼재시킴으로써, 우리들의 자동화된 인식 범주와 그 지각 구조 전체를 일그러뜨려 놓는다.

따라서 「붉은 얼굴」에는 실상 전지전능한 신의 시선과 "나" "너" "그녀" 등과 같이 각각의 인칭으로 제한된 관찰자의 시선이 상호 교차하면서 공명하고 있다고 보아야 한다. 나아가 이 두 시선은 서로 투쟁하고 대립하면서 보이는 것과 보이지 않는 것의 팽팽한 일렁임, 개진과 은폐의 변증법적 리듬을 만들어 내는 원천으로 작용한다. 하이데거와 김수영을 동시에 수용하여 말하자면, '세계의 개진'과 '대지의 은폐'가 팽팽하게 일렁이는 힘과 긴장의 시학이 두 갈래의 상반된 시선이 대결하는 자리에서 태어나는 것이다.[23] 따라서 개진과 은폐로 둘러싸인 변증법적 사유의 리듬은 노춘기의 방법론적 탐구가 이루어 낸 예술적 독창성의 정수일 뿐만 아니라, 2000년대 한국시의 혁신적인 흐름이 도달한 방법론적 실험의 첨단을 예시한다.

---

23 이찬, 「김수영 시의 언어 문자 이미지와 에크리튀르의 정치학」, 『비교문화연구』 26집, 경희대학교 비교문화연구소, 2011, pp.175-180; 이찬, 「김수영 시와 산문에 나타난 시뮬라크르의 정치학」, 『한민족문화연구』 40집, 한민족문화연구, 2012, pp.288-289; 이찬, 「우리 시대 시의 예술적 짜임과 미학적 고원들」, 『현대시』, 2012.6, pp.104-110.

너는 매번 북쪽에서 온다
너는 이상한 선물을 준비하지만
이해할 수 없는 선물을
쉽게 받아 줄 수는 없다

네 눈에서 불어오는 사막의 바람
네가 입으로 토해 내는 바람의 떨림
너는 그림자를 등지고
이 방의 가장 깊은 곳에서 나를 바라본다

너는 나를 기다리고 있는 것이다
나와 나 사이, 침묵이 빙글빙글 돌아가는
이곳에서 모든 이야기가 잊혀진다
바람 속에서 하강하는 시간이 보인다

달빛은 조각조각 흩어지고
새벽 별빛 아래 벗어 둔 가죽신 위로
찬바람이 분다
이슬이 빛난다
나도 선물을 준비해야 한다
—「바람이 불어오는 곳 1」 전문

인용 시편은 "나" "너"라는 인칭대명사를 앞면으로 전진 배치하면서, 그 둘의 "사이", 곧 양자의 관계론적 배치와 밀도를 사유하도록 강제한다. 이는 이 시편의 의미 지력선이 "나"와 "너"의 관계에서 생성될 뿐만 아니라, 그것을 어떠한 메타포로 읽는가에 따라 전혀 다른 해석이 마련될 수 있다는 사실을 뜻하는 것이기도 하다. "너는 매번 북쪽에서 온다"라는 첫머리 형상에 주목해 보라. "매번"이라는 시어는 "너"가 어떤 개별적인 인물이나 사물을 지시하는 것이 아니라, 오히려 그 모든 인물과 사물들을 에두를 수 있는 어떤 힘의 형세를 은유하는 것처럼 읽힌다.

특히 "네 눈에서 불어오는 사막의 바람", "네가 입으로 토해 내는 바람의 떨림" 같은 구절들을 살피면, 그것은 천지의 자연과 우주의 삼라만상이 스스로 만들어 내는 문자, 곧 세계 자체가 이루는 '원초적 에크리튀르(archi-écriture)'를 뜻하는 것으로 해석된다. 데리다는 모든 종류의 언어 안에 이미 들어와 있는 어떤 문자적 표기, 곧 모든 언어의 가능 조건으로 그 언어 안에 작동하는 표기의 궤적을 '원초적 에크리튀르'라고 명명한 바 있다.[24] 이는 또한 모든 나타남의 최초 조건인 동시에 세계 삼라만상에 일어나는 그 모든 시공간적 분기의 운동을 표현하기 위한 것이기도 하다.

그렇다. "너"는 이 시편의 표제의 일부로 선택된 "바람" 그 자체일 수도 있고, 아니면 그것이 몰아오는 어떤 기상 현상들일 수도 있다. 그러나 "너"에 대한 단 하나의 정확한 의미를 찾으려는 단선적인 해석의 시도는 오히려 그것이 거느리고 있는 풍요로운 의미론적 운동을 미리 봉쇄하는 결과만을 초래할 것이다. 정작 중요한 문제는 "너"와 "나", 그러니까 "너"로 명명된 세계 자체가 이루어 내는 시공간적 분기의 운동인 저 '원초적 에크리튀르'와 "나"로 발설된 시인 자신의

---

24 J. Derrida, *of Grammatology*, translated by G. C. Spivak, The Johns Hopkins Universty press, 1977, pp.6-10, pp.56-65; 김상환, 「데리다의 글쓰기와 들뢰즈의 사건: 구조주의 수용의 두 양상」, 『기호학 연구』 29집, 한국기호학회, 2011, pp.18-23.

'개별적 에크리튀르' "사이"에 깃들어 있는 것으로 보인다.

가령 "너는 나를 기다리고 있는 것이다/나와 나 사이, 침묵이 빙글빙글 돌아가는/이곳에서 모든 이야기가 잊혀진다/바람 속에서 하강하는 시간이 보인다"라는 3연의 이미지들의 의미 매듭과 미학적 짜임새를 거듭 되짚어 보라. 세계 삼라만상이 펼치는 시공간적 분기의 운동 가운데 하나일 수 있을 바람, 추위, 황사, 눈 같은 기상 현상들, 곧 '원초적 에크리튀르'가 "나"의 '개별적 에크리튀르'인 시 창작을 불러일으키는 원초적 터전으로 자리하고 있다는 사실을 감지할 수 있을 것이다.

더 나아가, "너와 나 사이, 침묵이 빙글빙글 돌아가는/이곳에서 모든 이야기가 잊혀진다"라는 구절이 이 시편의 의미론적 배꼽을 이룰 뿐만 아니라, "너"라는 세계의 시공간적 분기의 운동인 '원초적 에크리튀르'와 "나"라는 시인의 '개별적 에크리튀르'인 시 창작, 그 "사이"에 가로놓인 "침묵"의 공간에서 이 작품이 태어난다는 사실을 알아챌 수 있다. 결국 「바람이 불어오는 곳 1」은 세계의 천변만화하는 현상들과 그 운동의 궤적들이 시인에게 강제해 온 예술적 영감과 시혼의 탄생 과정을 주제로 삼은 메타시의 풍모를 드러낸다. 따라서 끝자락에 아로새겨진 "이슬이 빛난다/나도 선물을 준비해야 한다"라는 형상은, 노춘기 자신의 시가 막 태어나려는 그 찰나의 번뜩이는 광휘를 청신한 시각적 이미지로 벼려 낸 것이라 하겠다.

교회의 첨탑에서 너는 날아오른다
상승 레버를 천천히 밀어 올린 글라이더처럼

좁은 수로를 따라 수초들이 흔들리는

청록색의 벌판이 바람을 따라
네 몸속으로 밀려든다

몸을 꺾으면 좀 더 넓은 물과
모래톱과 물가의 사람들이
손을 흔든다 높은 전선 위로
부드럽게 방향을 돌리는 창공

너의 바람이
구름과 돌밭을 맨발로 디디며
지상의 구름을 일으킨다
손에 쥔 세계가 회전한다

너는 세차게 펄럭이는 모자를 꽉 붙들고

높은 나무 위에서 손 흔드는
잊혀진 사람들의 얼굴을 본다
　　　　　　　　　　　—「바람이 불어오는 곳 2」 전문

　「바람이 불어오는 곳 2」의 예술적 짜임새 역시, 전지적 작가 시점과 1인칭 관찰자 시점을 겹쳐 놓는 자리에서 비롯한다. 이 시편은 1인칭 시점의 화자를 고용하고 있을뿐더러 화자가 자신의 감정과 사유와 가치를 말하는 것이 아니라, "너"로 명명된 타자의 그것들을 진술하고 있다는 점에서 관찰자 시점을 설정하고 있는 것이 분명하다.
　이와 같은 관찰자 시점은 통상적으로 세계와 타자들의 외양 묘사의 차원에서는 구체적인 감각과 세부 질감을 표현할 순 있어도, 그 내면성의 굴곡을 빠짐없이 꿰뚫어 볼 수 있는 전지적 시선을 포함할 순 없다. 달리 말해, 관찰자 시점의 탄생 배경에 현대적 원근법과 과학적 표상 작용의 일상적 저변화라는 전제가 깔려 있을 뿐만 아니라, 현대 세계에서 도입되기 시작한 개별자 인칭으로 분화된 시점의 제한성이 세계를 바라보는 일반적 규준이자 통념적 체계로 자리매김했다는 측면을 암시한다는 것이다. 이에 따라 현대 세계에서 원근법적 시선의 제한성은 합리적이고 상식적인 차원으로 규정되고 통용된다고 하겠다.

「바람이 불어오는 곳 2」는 현대적 원근법이 일상적 차원에 유포시키는 시각 체제의 통념과 그 안정성의 장을 일그러뜨리는 전복의 힘을 행사한다. 이는 원근법이 전제로 삼는 시각적 합리주의와 과학적 표상 작용의 범주에서 노춘기의 예술적 작업이 멀찌감치 떨어져 있다는 사실을 암시한다.

가령 그의 두 번째 시집 『너는 레몬 나무처럼』에 등장하는 "담배 연기 속에서 뛰쳐나와 목에 매달리는/이 참을 수 없는 짐승은 무엇인가/죽은 그녀의 머리카락은/아직도 너의 몸을 가리키고 있는가/꿈틀거리며 네 몸에 엉겨 붙는 문자들"(「거짓말」), "골목 바깥은, 그리고 지금 여기는 이미 떠나 버린 것들의 귀환으로 증명되었다/어머니 자꾸 돌아오지 마세요/(중략)/떠난 것들이 네 앞으로 돌아오는 것이지/바깥에서 온 것이라는/어떤 확신도 없이"(「가능한 죽음」), "금지된 문양을 들어 올리는/그 소리, 얼굴이 없다//(중략)//물길을 막고 엎드린 너는 얼굴이 없다/너는 지상에 엎드린 채 물길을 연다 살풋 엉덩이를 들어 올린다"(「떠다니는 집」) 같은 구절들을 보라.

이들은 실상 원근법적 시각 체제가 관장하는 시각적 합리주의나 과학적 표상 작용으로 수렴되지 않을뿐더러 그 "바깥"에서 꿈틀거리는 무수한 신비 현상들을 생생하게 보여 준다. 이러한 측면은 또한, 시인이 유령과 귀기와 운명이라고 일컬어지는 보이지 않는 감각들이나 신비 현상들에 관심을 두고 있다는 사실을 암시한다. 여기서 나타난 "문자들", "떠나 버린 것들", "금지된 문양들"이란 바로 원근법적 지각 구조와 합리적 감각의 범주를 벗어나 있지만, 우리 생의 무수한 순간마다 곳곳에서 언뜻언뜻 나타나는 보이지 않는 감각들을 현시하는 낯선 징후들이다.

따라서 「바람이 불어오는 곳 2」에 등장하는 "너"는 원근법적 시선의 합리성으로 설명될 수 없을뿐더러, 그것이 공고하게 구축해 놓은 과학적 표상 작용의 안정화된 일람표를 뒤흔들어 놓는다. 특히 "너는 세차게 펄럭이는 모자를 꽉 붙들고//높은 나무 위에서 손 흔드는/잊혀진 사람들의 얼굴을 본다"라는 마지막 장면은 "너"가 통상적인 일반인들이 아니라, 우리가 볼 수 없고 지각할 수 없는 것들을 알아챌 수 있는 전혀 다른 영성의 존재임을 주지시킨다.

더 나아가, "교회의 첨탑에서 너는 날아오른다", "청록색의 벌판이 바람을 따라/네 몸속으로 밀려든다", "너의 바람이/구름과 돌밭을 맨발로 디디며/지상의 구름을 일으킨다" 같은 구절들은, 이 시편 역시 1인칭 관찰자 시점을 짐짓 가장하고 있지만, 실상 "너"의 내면적 질감들을 모조리 투시할 수 있는 신(神)의 시선, 곧 전지적 시점에서 기술되고 있다는 사실을 넌지시 일러 준다.

어쩌면 「바람이 불어오는 곳 2」는 시인의 예술적 작업의 행보가 현대적 시각 체제를 지배하는 원근법적 지각 구조를 통해서는 보거나 들을 수 없는 매우 낯선 감각들의 세계로 치달아 갈 수밖에 없는 이유와 근거를 계시해 주고 있는지도 모른다. 이에 따라, 노춘기의 시는 우리들의 경험 세계에서 일어나는 무수한 감각들 너머에서 암시되는 보이지 않는 운명선의 징후들이나 신비스러운 영적 현상들을 새로운 예술적 이미지로 창안하는 방향으로 나아갈 것이 틀림없어 보인다.

시인 노춘기에게 시란 보이지 않는 운명선에서 휘날려 오는, 혹은 세계 스스로가 이루는 '원초적 에크리튀르'를 받아 적는 또 다른 영매(靈媒)의 통로이자, 신탁(神託)의 글쓰기와 같은 것으로 전제되고 있는 것이 틀림없으므로.

모나드와 주름—이현승의 시

'주름(le pli)', 그것은 들뢰즈가 라이프니츠의 모나드(monad)를 수용하여 새롭게 빚어낸 라이프니츠의 다른 얼굴을 표상한다. "이제 모나드가 발산하는 계열들로 구성되는 한(카오스모스), 또는 주사위 던지기가 충만함의 놀이를 대체하는 한, 모나드는 투사에 의해 변형 가능한 닫힌 원 안에서처럼 더 이상 온 세계를 포함하지 않고, 중심으로부터 점점 더 멀어지는 확장 상태의 궤도 혹은 나선으로 열려 있다"[25]라는 표현처럼, 들뢰즈는 외연의 충만한 연속성과 가장 내포적이고 가장 내밀하게 응축된 개체성을 조화시키는 자리에서 자신의 특질을 유감없이 발휘하는 라이프니츠의 세계, 곧 모나드의 닫힌 필연성의 세계를 변형하고자 한다. 달리 말해, 단자론(monadologie)을 유목론(nomadologie)으로 뒤바꾸려 한다는 것이다.[26]

이와 같은 측면은, 수렴만을 긍정하고 발산을 배제하는 예정조화설에 따른 필연의 왕국인 저 닫힌 모나드가 아니라, 이제 반쯤 열려 있

---

25 질 들뢰즈, 『주름, 라이프니츠와 바로크』, 이찬웅 역, 문학과지성사, 2004, p.250.

는 모나드로부터, 곧 지배 모나드의 실체화 관계(vinculum substantiale)에서 벗어난 여러 차원의 겹주름으로부터 자유롭게 뻗어 나가는 발산과 탈주의 계열들이 긍정된다는 것을 암시한다.

한 주에 세 번 문상을 하고 나서
죽음이 얼마나 가까운지 깨닫는 일은 공교롭고 새삼스럽다.
죽음은 너무나 당연해서 생략 가능한 문장 같지만
생략된 것을 더듬을 때마다 가슴이 눌린다.
　　　　　　—「부끄러움을 찾아서 2」(『생활이라는 생각』, 2015) 부분

아이들은 그냥 사라지지 않았을 것이다.
불행은 보살피던 자의 주의를 빼앗고 발을 묶은 뒤
결정적으로 아이를 가로채며 스스로를 완성했을 것이다.
변변한 사진 한 장 없다는 사실이 미아들을 웅변한다.
　　　　　　　　　—「사라진 얼굴들」(『생활이라는 생각』) 부분

하루 각자의 시간을 보내고 다시 만나기로 한 날
나는 약속 시간에 늦게 되었다. 어쩌면
모든 것이 정해진 궤도 위를 움직이는 우주에서
기다림에 등 떠밀려 그가 다시 우주로 향하는 사이
나는 약속 시간에 늦기 위해 헐레벌떡 뛰어오고 있었던 것이다.
　　　　　　　　　—「먼지는 외롭다」(『생활이라는 생각』) 부분

---

26 질 들뢰즈, 『주름, 라이프니츠와 바로크』, p.251.

이현승의 세 번째 시집『생활이라는 생각』에 나타난 "죽음은 너무나 당연해서 생략 가능한 문장 같지만/생략된 것을 더듬을 때마다 가슴이 눌린다"라는 형상이 명징하게 알려 주듯, 시인 이현승은 "너무나 당연해서 생략 가능한" 사실성을 그 자체로 받아들이지 않는다. 도리어 "생략된 것"의 뒷면에 켜켜이 잠겨 있을 다른 진실들을 찾아내어 함께 앓고자 한다. "가슴이 눌린다"라는 말은 저 진실들이 황폐하고 참혹할 수밖에 없을 것이라는 둔중한 깨달음을 그 뒷면에서 풍긴다. 또한 "불행은 보살피던 자의 주의를 빼앗고 발을 묶은 뒤/결정적으로 아이를 가로채며 스스로를 완성했을 것이다"라는 「사라진 얼굴들」의 한 무늬는 세계에서 일어나는 무수한 사건·사고들을 향한 시인의 애달픈 숨결과 안타까운 마음씨를 넌지시 일러 준다.

시인은 우리에게 이렇게 묻는 셈이다. 과연 저 "불행"은 "미아들"의 모나드 각각에 이미 휘감겨 있었던 어떤 술어들인가? 그리하여, 그것은 그 누구도 어찌할 수 없는 운명선에서 휘날려 오는 것인가? "스스로를 완성했을 것이다"라는 작은 무늬는, 시인이 거스를 수 없는 숙명의 덫이자 필연의 사슬처럼 느끼고 있다는 것을 웅변해 주는 것만 같다. 또한 「먼지는 외롭다」가 선사하는 은은한 유머의 한복판에는 격렬한 침묵으로 응집된 비장한 운명론이 숨겨져 있다. 특히 "모든 것이 정해진 궤도 위를 움직이는 우주에서"라는 구절에 스민 저 예정설의 감각을 보라. 이는 마치 시인 이현승을 필연성의 왕국에 붙들린 라이프니츠 단자론의 사제처럼 보이도록 이끈다.

그러함에도 불구하고, 그의 운명론적 사유는 '예정조화'와 범(汎)우주론의 조화의 질서를 미리 전제하는 라이프니츠 단자론으로 수렴되지는 않는 것 같다. 오히려 그것은 우주적 질서의 원환에서 빠져나가고 버려진 것들이 상호 교차하면서 이루는 무한한 발산의 계열들이

자, 여기서 탄생하는 무한한 '생성-창조-되기'의 사건들을 응집한 개념, 곧 들뢰즈의 '주름'에 가깝다. 들뢰즈가 제시한 주름은 필연과 숙명에 고스란히 복종하는 것이 아니라, 그것을 수긍하고 인정하면서도 결국은 다른 '생성-창조-되기'를 꿈꾸고 지향하는 소수자들의 존재 원리를 서술하기 위한 목적에서 태어난 것이 분명하기 때문이다. 아니, '생성-창조-되기'의 무한성, 그것에 깃든 잠재력의 벡터와 그 역량의 최대치를 응축하고 있는 것이 바로 '주름'이란 말의 진의일 것이 틀림없다.

결과의 자리에 가서 보면 모든 것이 너무나 분명하다.
올챙이는 개구리가, 애벌레는 나비가,
씨앗은 나무가 될 수밖에 없었던 것이다.
우리는 의심범이 아니라 확신범이 되고 싶다.

우리는 갑자기 발생한다.
뭐였더라 뭐였더라
잘 기억나지 않는 단어처럼 희박하다가
강물로 섞여 드는 빗물처럼 희미하다가
　　　　　　　　　　　—「자기공명조영술」(『생활이라는 생각』) 부분

도로와 함께 내려앉은 차량의 탑승자도
별일 없이 이 구덩이를 통과할 생각이었을 것이다.
응 지금 거의 도착했어 어쩌면 휴대전화로
오 분 뒤의 도착을 알리는 중이었을지도 모른다.
지갑을 놓고 와 되돌아가는 짜증스러운 오 분 탓에

누군가는 덧없이 덫을 피해 갔는지도.

—「씽크홀」(『생활이라는 생각』) 부분

　시인 이현승에게 운명론자의 체취와 흔적은 지극히 당연한 것처럼 보인다. 특히 "결과의 자리에 가서 보면 모든 것이 너무나 분명하다./올챙이는 개구리가, 애벌레는 나비가,/씨앗은 나무가 될 수밖에 없었던 것이다." 같은 문양들은 그의 사유가 라이프니츠의 모나드에서 온다는 사실을 좀 더 또렷한 형세로 예시하는 것만 같다. 그러나 "우리는 갑자기 발생한다"라는 작은 무늬는 이현승이 저 필연성의 왕국에 자신의 운명을 내맡기지 않을뿐더러, 수동적 허무주의자의 체념이나 허무감에서도 멀찌감치 물러나 있다는 사실을 우회적으로 표상한다.

　가령 "뭐였더라 뭐였더라/잘 기억나지 않는 단어처럼 희박하다가/강물로 섞여 드는 빗물처럼 희미하다가"라는 구절은 그가 우리 의식 바깥의 무수한 진실들을 바닥까지 들춰 보려 할 뿐만 아니라, 이로부터 "갑자기 발생"하는 우발성의 유물론을 제 곁에 늘 간직해 두고 있다는 사실을 암시한다. "지갑을 놓고 와 되돌아가는 짜증스러운 오분 탓에/누군가는 덧없이 덫을 피해 갔는지도"라는 문양 또한 인간의 유한한 시선과 지혜로는 결코 알아챌 수 없을 세계의 무한정한 신비와 변화무쌍한 사건의 계열들을 환기한다.

　그렇다면, 시인 이현승이 제 시편들의 거죽을 운명론적 지력선과 필연성의 무늬들로 소묘하면서도 그 뒷면에서 자유의지와 우연성의 뉘앙스가 은은하게 배어 나오도록 한 것은 어떤 이유에서일까? 이미 오래된 일이 되었지만, 동료 시인 오은이 겪어 낸 불행한 사고를 함께 앓으려는 이현승의 독특한 운명론, 곧 '주름'의 사유를 다시 떠올려 보자. 이 자리에서 저 의문을 풀어낼 수 있는 실마리를 발견하게

─── 될지도 모른다.

　도주 경로를 가리키는 혈흔처럼 꽃이 피었다
　개활지에서 더 깊고 높은 곳으로 야생은 사라진다

　개화와 낙화의 사이에서 난분분
　징후와 흔적 사이에서 나는
　열매가 아니라 핏자국을 본다

　찬란함에 가닿을 수 없는 자에게 눈부심은 참혹하다
　쌓는 것만큼의 힘이 무너뜨리는 데에도 필요하고
　봄 햇살 아래 꽃 핀 자리는 겨울이 지나간 자리다

　형형색색이라는 말의 난폭함이
　원색의 꽃들에는 복수심처럼 선명하게 새겨져 있다
　나는 살려는 자의 적의를 이해하면서부터
　악에 대한 의심을 버렸다

　내가 보고 있는 것은 벌떼들,
　피 냄새를 맡고 몰려드는 피라니아들
　미망도 망각도 몸이 시키는 명령 앞에선 속수무책이다
　난분분 난분분 꽃들이야 난생처음 눈부시느라 바쁘지만
　꽃이 피었다는 사실을
　꽃이 지는 것을 보면서야 깨닫게 되는 것이다
　나는 탐색견의 코에 있는 그 눈으로

멀리 달아나고 있는 것을 바라본다

나무들이 무심하게 저녁을 건너고 있다
　　　　—「용의주도—오은에게」(『친애하는 사물들』, 2012) 전문

'엑세이떼(heccéité)', 그것은 본래 둔스 스코투스가 사용했던 말이지만, 들뢰즈는 주체나 사물의 개체성과는 다른 사건의 개체성을 표현하기 위한 말로 다시 활용하고자 했다. 그는 이렇게 말한다. "무엇이 어느 날, 어느 계절, 어떤 사건의 개별성인가? 더 길거나 더 짧은 하루는 정확히 말해서 연장이 아니라, 연장에 고유한 정도들이다. 그것은 마치 열과 색깔 등에 고유한 정도들이 있는 것과 마찬가지이다. 따라서 우연한 형태는 합성 가능한 수많은 개체화에 의해 구축되는 위도를 가지고 있다. 하나의 정도, 하나의 강도는 다른 정도들이나 강도들과 합성되어 또 다른 개체를 형성하게 되는 하나의 개체이자 사건적 개체성(heccéité)이다."[27] 이에 따르면 '엑세이떼', 곧 사건적 개체성이란 결국 주체와 대상을 둘러싸고 있었던 계절과 기후, 대기의 음영과 공간의 분위기, 나아가 그 상황을 둘러싸고 있었던 모든 감응의 형세와 강도와 밀도 등이 다 함께 어우러진 어떤 장면이자 그것을 불러일으켰던 무수한 힘들의 얽힘과 움직임을 일컫는다.

　「용의주도—오은에게」의 맨 앞머리에 나타난 "도주 경로를 가리키는 혈흔처럼 꽃이 피었다"에서 만물이 소생하는 봄의 개방되는 풍경의 변화와는 다른, 어떤 불길한 사건의 징후를 읽을 수 있다면, 당신은 시라는 예술이 즐겨 활용해 온 침묵의 말과 행간의 미감을 이미 깊

---

27 G. Deleuze/F. Gattari, *A thousand plateaus*, p.253.

게 감수하고 있는 자일 터이다. 이 시편에는 '엑세이떼', 곧 개별적 사건들 몇몇이 동시에 주름져 있다. 이 사건들은 우리가 예측하거나 준비할 수 있는 합리성의 공화국에서 오지 않는다. 오히려 그 너머에 실재할 보이지 않는 운명의 궤적과 불가해한 리듬을 타고 온다. "봄"이라는 계절에 "꽃"이 피어나는 자연현상은 지극히 자연스러운 것이겠지만, 시인은 "꽃"에서 아름다움을 보는 것이 아니라 "혈흔"을 본다.

그렇다. 부제에서 알아챌 수 있듯, 이 시편은 2009년 봄이 오는 문턱에서 오은의 운명으로 휘날려 온 불행한 사건·사고를 배경으로 삼는다. 시인은 이 작품에서도 이렇게 묻는 셈이다. 오은에게 들이닥친 저 사건은 그저 우연에 불과한 것인가? 혹은 오은이란 모나드에 이미 잠겨 있었던 어떤 예정된 운명이 펼쳐진 것인가? "징후와 흔적 사이에서 나는/열매가 아니라 핏자국을 본다"라는 구절은 오은이 겪은 불행한 사고 이후에 빚어진 하나의 형상, 곧 사후적으로 재구성된 이미지가 틀림없을 터지만, 그 뒷면에는 나날의 반복되는 일과표에 갇혀 살 수밖에 없는 우리 현대인들의 좁디좁은 시선에서 멀찌감치 날아올라, 운명이라 일컬어지는 어떤 필연성의 섭리를 직관하려는 의지가 스며 있다.

이와 같은 측면은 "개활지에서 더 깊고 높은 곳으로 야생은 사라진다", "개화와 낙화의 사이에서 난분분" 같은 구절에서도 어슴푸레한 빛으로 암시되어 있지만, "형형색색이라는 말의 난폭함이/원색의 꽃들에는 복수심처럼 선명하게 새겨져 있다"라는 이미지에서 훨씬 또렷한 윤곽을 얻는다. 그러나 이 운명론적 직관은 어떤 신비주의적 영감이나 강신술을 뜻하지 않는다. 그것은 오히려 이현승이 오은의 삶으로 들어가 그의 몸과 마음결 자체가 될 수 있었던 참된 공감의 능력으로부터 온다. 아니, 그야말로 오은-되기의 필사적인 진정성, 그 위험천만한 감응의 참된 위력으로부터 기원한다. 이현승은 결국 오은-되기를 통해, 그야말로 오은의 처지와 시선에서 체득한 어떤 운명론을 설파하고 있는 셈이다.

이와 같은 운명론은 "나는 살려는 자의 적의를 이해하면서부터/악에 대한 의심을 버렸다"에서 보다 첨예하면서도 증폭된 무늬들을 얻는다. 그렇다. 프로이트가 죽음충동을 "유기체가 무기체로 되돌아가려는 충동" 또는 "그 모든 외부 자극으로부터 회피하여 흥분량을 제로 상태로 만들려는 충동"이라고 정의했던 것처럼, 죽으려는 자에게는 삶의 마디마디에서 솟아날 수밖에 없을 희로애락의 들썩임과 웅성거림, 살아 있음의 그 현란한 엇갈림의 리듬을 감당하고 견뎌 낼 가장 원초적인 힘과 충동조차 없는 것이다.

따라서 "살려는 자의 적의"란 주체가 외부에서 치밀고 들어오는 무수한 자극에 대항하여 자신을 든든하게 세울 수 있는 자기 존립의 충동과 의지를 뜻한다. 곧 "살려는 자"에게는 세상이 가해 오는 무수한 억압과 폭력에 맞서 싸울 수 있는 "적의"가 필수 불가결한 것이리라. 그러하기에, 그것은 결코 "악"일 수 없다. 도리어 삶을 유지하고 지탱하기 위한 필요충분조건 같은 것일 수밖에 없으리라.

어쩌면 시인은 오래전 기형도가 자기 운명을 예감하며 쓴 「빈집」의 한 구절 "잘 있거라, 더 이상 내 것이 아닌 열망들아"에 깃든 죽음충동을 마치 자신의 것처럼 감수하여, 이를 다른 문양으로 변신시킨 것인지도 모른다. 이 구절은 이젠 자기 삶에서 그 무엇도 "열망"하지 않게 된 자의 마음 상태를 가리킬뿐더러, 그 열망이 가져다주는 기대와 좌절, 영광과 비참이라는 생의 원초적 리듬에서 벗어나겠다는 바람을 공표하기 때문이다. 곧 살아 있는 모든 것들이 품을 수밖에 없을 자극과 흥분의 등락 상태에서 벗어나 자신을 무기체의 상태, 곧 '흥분량제로'의 상태로 들어서게 할 것만 같은 강력한 비감을 흩뿌려 놓기 때문이다.

따라서 기형도의 "열망"이라는 말은 이현승에게는 "적의"였던 셈이며, 기형도의 운명에 새겨져 있었을 저 치명적인 죽음충동의 문양을 이현승은 삶의 충동과 의지가 스스로 움터 나는 반대쪽의 자리에서 해체-재구축했던 것이리라. 후반부에 등장하는 "미망도 망각도 몸이 시키는 명령 앞에선 속수무책이다"는 구절을 거듭 되짚어 보라. 여기서 본능이란 말로 일컬어지는 자연의 필연성의 궤적을 쉽게 감지할 수 있을 것이다. 그리고 그것이 비단 자연적인 일상사에 그치는 것이 아니라, 인간의 길흉화복에 영향을 끼치는 어떤 운명선의 징후이자 복선처럼 기능하고 있다는 사실을 눈치챌 수 있을 것이다.

그렇다. "나는 탐색견의 코에 있는 그 눈으로/멀리 달아나고 있는 것을 바라본다"는 말처럼, 시인은 어떤 특정한 하나의 사건에서 그 사건 자체만을 보지 않는다. 오히려 그것을 둘러싼 어떤 운명선 같은 것을 직관하고 통찰하려 한다. 따라서 저 운명선을 라이프니츠의 모나드와 단자론적 사유로 해명하는 것 역시 충분히 가능한 일일 터지만, 세계의 모든 사건을 충족이유율을 통해 낱낱이 해부하여 필연성의 왕국으로 수렴하려는 단자론(monadology)의 테두리로 시인은 휘말려 들어가지 않는 것 같다.

맨 끄트머리에 아로새겨진 "나무들이 무심하게 저녁을 건너고 있다"는 구절은 한편으로 오은의 불행한 사고와 운명선을 어찌할 도리 없이 그저 바라만 볼 수밖에 없는 이현승의 "속수무책"의 마음결과 무기력을 공표한다. 그러나 시인은 그 뒷면에 모나드와 단자론의 필연성에 맞서 그것을 변환시킬 수 있는 자유의지와 우발성의 유물론을 슬며시 곁들여 놓는다.

"이제 모나드가 발산하는 계열들로 구성되는 한(카오스모스), 또는 주사위 던지기가 충만함의 놀이를 대체하는 한, 모나드는 투사에 의해 변형 가능한 닫힌 원 안에서처럼 더 이상 온 세계를 포함하지 않고, 중심으로부터 점점 더 멀어지는 확장 상태의 궤도 혹은 나선으로 열려 있다"[28]라는 들뢰즈의 표현처럼, 이현승이 아로새긴 "나무들이 무심하게 저녁을 건너고 있"는 풍경은 다른 미래를 향해 끊임없이 열리는 모나드들의 변이 능력, 곧 들뢰즈의 주름을 환기하기 때문이다.

더 나아가, "자신들을 이끌고 가는 포착의 블록과 분리 불가능한 채로 서로 침투하고 서로 변형시키는"[29] 들뢰즈의 주름을 휘감고 있을 것이 자명하기에.

---

28 질 들뢰즈, 『주름, 라이프니츠와 바로크』, p.250.
29 질 들뢰즈, 『주름, 라이프니츠와 바로크』, p.250.

여성-하기, 사랑과 죽음 사이에서
—김혜순의 시집과 다른 보편주의를 위하여

1.

　김혜순 시에 광범위하게 산재하는 "죽음" 이미지들은 생물학적 차원에 그치는 것이 아니라, 복잡다단한 의미론적 계기들을 포함하고 있을뿐더러 다양한 사회·정치적 함의들을 거느린다. 이는 김혜순 시의 "죽음" 이미지들이 ① 여성성의 차원 ② 소수성의 차원 ③ 창조성의 차원으로 변별되는 서로 다른 의미 영역들을 가로지를 뿐만 아니라, 이 영역들을 생산하는 예술적 사유의 태반이자 이들을 암시적으로 표현하는 이미지의 중핵으로 기능한다는 사실을 암시한다.

　따라서 김혜순의 "죽음" 이미지는 부정적인 의미로 국한되지 않는다. 그것은 특히 "여성성"의 문제가 사회·정치적 차원의 소수성이라는 문제와 결부될 수밖에 없는 필연성의 맥락들을 우회적으로 현시한다. 나아가 변화되어야 할 인간성의 지평과 변화될 세계의 미래에 대한 우리의 상상력을 촉발한다. 김혜순 시집 『죽음의 자서전』은 표제어에 나타난 것처럼, "죽음"의 문제를 전면에 내세운다. 이 시집은 특히 6세기경 중국에서 생겨난 불교의 제사 의례인 사십구재(四十九齋)라는 형식적 틀에 맞추어 각각의 시편들을 배열하는 독특한 모양새를 띤다. 이는 "죽음"의 무수한 양태를 바닥까지 들추어 보려는 시인의 미학적 기획과 윤리적 태도에서 비롯한다.

이와 같은 맥락에서, 『죽음의 자서전』은 현대인들이 나날의 삶에서 경험하기 어려운 실존적 충격과 전율의 미감을 내뿜는다. 이 시집이 세계적인 문학상으로 평가받는 캐나다 그리핀 시 문학상(Griffin Poetry Prize)을 받게 된 주요 계기들 역시, "죽은 자가 아닌 산 자로서 쓴 죽음의 자서전이었기에 인간 보편의 정서가 심사 위원들의 마음에 닿지 않았나 하고 짐작한다"[1]라는 수상 소감에 고스란히 깃들어 있는 것으로 보인다. 달리 말해, 나날의 삶에서 우리가 경험하는 "죽음"의 무수한 형상들을 시인 자신이나 어떤 개인적인 체험의 영역을 넘어서, 존재론적 보편성의 차원으로 확장하는 자리에서 세계적인 성취를 거둘 수 있었다는 것이다.

따라서 세계적인 문학적 영예를 획득한 동시에 하나의 문학사적 사건으로 기록될 수 있을 『죽음의 자서전』과 더불어 최근 시집 『날개 환상통』에 나타난 "죽음" 이미지의 다양한 변주를 갈피 짓는 일은 한국시의 주요 과제를 이룰 수밖에 없을 듯 보인다. 특히 이 시집들을 진리-사건과 새로운 보편주의 정립이라는 문제 설정으로 새롭게 해석하는 일은, 한국문학이 세계문학에서 차지하는 위상 변화를 구체적으로 점검해 보는 차원에서도 중요한 과제를 이룰 것이 분명하다. 이들은 한국문학의 세계적 위상과 향후 방향성을 구체적인 차원에서 검토할 수 있는 탁월한 사례에 해당하기 때문이다.

---

1 최규승, 「살아서 죽은 자의 49일을 담은 『죽음의 자서전』」, 『시사저널』, 2019.7.6.

이 시집들을 충실하게 검토하기 위해서는, 2000년대 이후 시인이 계속 관심을 표명해 온 "여성성"에 관한 몇 권의 산문집 역시 섬세하게 갈피 짓는 과정이 필요할 것이다. 김혜순의 시와 산문에서 "여성성"은 "죽음"과 별개의 범주를 이루는 것이라기보다는, 동시에 논의될 수밖에 없는 내재적 외부일뿐더러, "죽음으로서의 삶"[2]에 함축된 역설적 공존 상태로 에둘러진 것이기 때문이다. 김혜순 시에 내장된 "죽음" 이미지의 복잡 미묘한 의미 맥락을 해명하는 과정에서, 그것이 한국과 아시아라는 지역성의 한계를 가로질러 "인간 보편의 정서"를 현시하면서, 세계적인 성취를 거둘 수 있었던 요인과 배경 역시 충실하게 드러날 수 있을 것이다. 나아가 한국시와 한국문학이 참된 세계화와 진정한 보편주의를 이룩하기 위한 구체적인 비전과 세목들이 가시화될 수 있기를 기대한다.

2.

김혜순의 시집 『죽음의 자서전』(2016)과 『날개환상통』(2019)은 2000년대 이후 시인 자신의 첨예한 화두로 삼았으리라고 추정되는 "여성성"의 다양한 문제들을 새로운 이미지와 리듬으로 형상화한다. 이와 같은 측면은 시인이 시를 쓰기 시작했던 바로 그 순간부터 잠재되어 있었을 것으로 짐작되지만, 시론집 『여성이 글을 쓴다는 것은』 발간 이후부터는 명시적인 화법으로 공표되기 시작한다. 이렇듯 "여성성"에 대한 발본적인 문제 제기는 이 책의 첫머리에서부터 나타난다.

더구나 나는 문학의 보편성이라는 이름으로 불리는 남성적 원전에

---

2 김혜순, 『여성이 글을 쓴다는 것은』, 문학동네, 2002, p.21.

부대끼면서도, 페미니즘이라고 불리는 서양적 담론으로부터도 멀리 떨어져 사는 제3세계의 여성 시인이다. 그럼에도 이 자리, 이 이중삼중의 식민지 속에서 나는 여성의 언어로 여성적 존재의 참혹과 광기와 질곡과 사랑을 드러내는 글쓰기에 대해 말해야 한다. 이것이 나에게 시를 쓰게 하고, 이 글을 쓰게 하는 동력이다. 아마도 이 글을 써 나가는 동안 바리데기가 와서 나와 함께 걸어 줄 것 같은 예감이 든다.[3]

인용 구절은 김혜순 시의 역사에서 펼쳐진 '여성-하기'의 무수한 굴곡을 응집하고 있는 하나의 단자(單子)이다. 그것은 지금-여기에서 우리가 당면할 수밖에 없을 사회·정치적 문제들에 대한 예지적 통찰을 이미 선취하고 있었던 것으로 추정된다. 그것에 압축된 김혜순의 사유는 시의 형식 실험과 새로운 이미지의 창안이라는 텍스트의 미시적 차원으로부터, 2020년대를 지나고 있는 당대 우리 사회의 가장 뜨거운 화두인 페미니즘 운동을 비롯한 사회·정치적 문제들에 이르기까지, 그 전체를 폭넓게 아우를 수 있는 선구적 혜안을 구비하고 있기 때문이다.

따라서 김혜순의 '여성-하기'는 우리가 나날의 삶에서 떠안을 수밖에 없을 무수한 갈등과 모순과 한계를 그 근저에서부터 거듭 성찰하게 하는 윤리학적 항목들을 포괄하고 있었던 것으로 보인다. 그러하기에 또한, 보편주의 위상을 함축하게 되었던 것이 분명해 보인다. 나아가 현재에 이르기까지 여전한 영향력을 행사할 수 있는 발본적인 문제를 제기했던 것으로 파악된다.

이렇듯 김혜순의 "여성성"에 대한 문제 제기가 다양한 차원으로 연

---

3 김혜순, 『여성이 글을 쓴다는 것은』, p.5.

동되는 중요한 요소들을 포함할 수밖에 없었던 것은 남/여의 성차에 기초한 생물학적 차원의 "여성성"이 아니라, 이를 넘어선 존재론적 차원에서 시인의 고유한 사유와 담론이 개진되었기 때문일 것이다. 달리 말해, 성차의 구분과 경계를 횡단하고 말소하는 존재론적 차원, 또는 미시정치학의 다양한 차원에 근거하여 "여성성"을 재정립하는 자리에서, 김혜순의 사유와 담론은 자기 독창성을 마련할 수 있었다는 것이다. 김혜순이 제시하는 "여성성"이란 "밖에서 주어졌던 자신의 정체성에 대한 반동으로부터 터져 나오"는 "여성의 언어"로부터 시작되는 것이며, 이를 기반으로 삼아 "시인 내부에 잠들어 있는 에너지, 창조의 원천인 여성성을 이끌어 내"는 "시"의 탄생 과정과 같은 맥락을 이룰 수밖에 없기 때문이다.[4]

"나는 어머니의 죽음의 힘으로 나라고 불리는 이것, 이 죽음에 들린 존재를 벗어날 수 있다. 그리고 나의 언어로 그렇게 내 몸속에 죽음으로 살아 있는 자연을 쓴다. 자연 혹은 세상과 나는 시 속에서 나라는 몸을 통해 맞물린 생산을 실현하고, 또 다른 몸들인 시들을 출산한다."[5] 같은 문장들을 보라. 이들을 세심하게 살피면, 김혜순이 새롭게 제시하는 "여성성"의 문제는 "어머니"와 "죽음"과 "시"라는 세 가지 다른 영역들로 확장될 수밖에 없다는 사실을 분명하게 인지할 수 있을 것이다. 더불어 김혜순이 "여성성"의 통시적 차원에 깃든 희생과 헌신의 의미 계열과 함께 "여성성"의 공시적 차원을 이루는 "출산"의 이미지를 겹쳐 세우는 자리에서 "죽음"과 "시"를 등치관계로 설정하는 숨겨진 맥락을 발견할 수 있을 것이다.

---

4 김혜순, 『여성이 글을 쓴다는 것은』, p.6.
5 김혜순, 『여성이 글을 쓴다는 것은』, p.17.

이와 같은 측면은 시인 김혜순이 새롭게 제시하려는 "여성성"이 기존 "여성성"의 "죽음"을 통해서만 마련될 수 있다는 것을 암시한다. 또한 "죽음과의 관계 속에서만 명명될 수 있는 다른 방식으로 규정되는 정체성"[6]을 통해, 시인이 "여성성"과 "시"의 위상을 동시에 재정립하려 한다는 사실을 유추할 수 있다. 김혜순에 따르면, "여성 시인들"은 "죽음으로서의 삶을 얻게 되"는 "죽음과 삶의 거리는 뭉개져버리"는 과정에서 "자신들의 타자, 바리데기 식으로 말하면 자신들의 단골들과 은유적 확장의 관계를 맺게 된다"[7]고 한다.

이 관계 맺음의 순간에서 "여성 시인들"이 마주하는 "죽음으로서의 삶", 곧 "죽음"과 "삶"의 동시적 공존 상태는 서로 분리된 별개의 과정이 아니라, "참으로 존재하는 현실 세계"[8]를 마주할 수 있게 만드는 참된 자각의 과정을 이룬다고 하겠다. 그것은 "이 지상에서 버려진 존재로서의 자신을 유일하게 생산적인 것으로 치환시켜 주는 기제"로 작동하기 때문이다. 이러한 "죽음"과 "여성성"은 기성의 보편성 논의와는 전혀 다른 차원의 보편성 또는 보편주의 맥락을 사유하도록 강제한다고 하겠다.

김혜순의 "여성성"의 사유와 담론은 "병"이나 "접신"의 문제와도 연동된다. 이는 근래 출간된 산문집 『여성, 시하다』에서 좀 더 명시적으로 나타난다. "여성적 징후인 여성의 병과 접신하는 여성들의 목소리를 대변하는 존재"[9]로서의 "영매"인 "여성성"은 그들 자신의 고통과 타자들의 고통이 마주칠 때에서야 비로소 "주체로 등극하여 발

---

6 김혜순, 『여성이 글을 쓴다는 것은』, pp.20-21.
7 김혜순, 『여성이 글을 쓴다는 것은』, p.21.
8 김혜순, 『여성이 글을 쓴다는 것은』, p.21.
9 김혜순, 『여성, 시하다』, 문학과지성사, 2017, p.141.

설(공수)할"[10] 수 있는 지위를 얻는다. 따라서 김혜순이 말하는 "병"과 "접신"이란 단지 무속적 차원의 신비 현상을 가리키지 않는다. 오히려 자신의 고통과 "다른 고통(손님, 청자의 고통)"을 함께 느끼고 동시에 살아가면서, 세상이 호명하고 훈육해 온 자기 정체성의 "죽음"을 통해 남성 중심적 상징계(the Symbolic) 질서의 억압과 제한성을 자각하는 과정을 뜻한다. 또한 "부재를 통한 무수한 존재의 발견", 곧 실재계(the Real)의 보편성을 자각할 수 있게 하는 절실한 체험 과정을 일컫는다.[11]

더 나아가, "영매의 존재"로서 "여성"들이 겪어 낼 수밖에 없을 "고통"을 "이타성의 흔적이고, 신이 내린 상처로부터 연유한 것"[12]이라고 부연하는 대목에 이르면, 김혜순이 새롭게 정의하는 "여성성"이란

---

10 김혜순, 『여성, 시하다』, p.142.

11 라깡의 정신분석 담론에서 핵심어를 이루는 실재계는 세상을 지배하는 상징적 질서 내부에서 이미 요동치고 있는 근원적인 결여로 정의될 수 있을 것이다. 또한 상징계 내부에는 실재계가 이미 그 '외상(外傷)의 중핵'으로 자리 잡고 있다는 라깡의 전언에서 알 수 있는 것처럼, 실재란 그 정체가 이미 다 드러난 이후에도, 상징계의 그 모든 질서를 허물어 버릴 수 있는 실재계의 근원적이고 불가해한 힘을 암시한다고 하겠다.(숀 호머, 『라깡 읽기』, 김서영 역, 은행나무, 2006, pp.155-157.) 상징계와 실재계가 맺는 상호 관계에 대해서는 지젝의 다음과 같은 구절들을 통해 좀 더 명징하게 이해할 수 있을 것이다. "오늘날 라깡적인 주체가 분열되어 있고, 빗금 그어져 있으며, 기표 연쇄 속에서의 결여와 동일시된다는 것은 너무나 잘 알려진 사실이다. 하지만 라깡 이론의 가장 급진적인 차원은 이 사실을 인정했다는 데 있는 게 아니라 큰 타자, 상징적 질서 자체도 어떤 불가능한/외상적인 중핵, 중심의 결여를 중심으로 구조화되어 있다는 점을 깨달았다는 데 있다. 타자 속에 이런 결여가 없다면 타자는 밀폐된 구조가 될 것이며 주체에게 열려진 유일한 가능성은 타자 속에서의 완전한 소외가 될 것이다. 따라서 주체로 하여금 라깡이 분리라고 부른 일종의 탈-소외를 성취할 수 있도록 하는 것은 바로 타자 속의 이러한 결여이다."(슬라보예 지젝, 『이데올로기라는 숭고한 대상』, 이수련 역, 인간사랑, 2002, pp.213-214.)

12 김혜순, 『여성, 시하다』, p.142.

"사랑"의 문제로 확대될 수밖에 없음을 분명하게 알아챌 수 있을 것이다. 가령 "희한하게도 사랑을 경험할 때 여자와 남자는 둘 다 여성성을 갖는다. 사랑이라는 초자아의 함정에 빠진 육체는 느닷없이 여성적인 것이다. 그럼에도 불구하고 사랑에 병든, 빠진 몸, 그래서 죽음에 한쪽 발을 담그게 된 목소리, 투명한 약동의 목소리로 언어를 '몸하고', '시하면' 시의 언어가 확산하고 증발한다."[13] 같은 표현이나, "대상을 또 다른 나로 인지하는 잉태의 행위에 의해서만, 서로 맞물려 서로의 몸을 출산하는 사랑의 방식을 통해서만, 시인은 타자를 만나고 시는 쓰여진다"[14] 같은 문장들을 보라.

이 문장들은 김혜순의 "여성성"이 다시 "사랑"과 관계될 수밖에 없다는 사실을 명징하게 입증한다. 또한 "타자의 몸"을 잉태하고 출산하는 "사랑의 방식"이 곧 "시"의 생성 원리이자, "시하다"의 근본 전제를 이룬다는 것을 명시한다. 결국 김혜순이 말하는 "여성성"이란 타자들을 잉태하고 출산하는 어머니-하기("진짜 시인은 다 어머니")인 동시에 그 모성적 경험을 통해 비로소 제 실존적 정체성의 외피를 뚫고 나와 "타자를 만날 수 있다"라는 것을 의미한다. 또한 "아이라는 또 다른 나, 투명한 나", "나와 이어진 나이면서 당/신"[15]이 되려는 그 실천적 과정의 벡터를 가리킨다.

그리하여, 김혜순에게 "시인"이란 타자가 될 수 있는 자이며, 어머니-하기를 통해 지금-여기로 내던져진 현사실성(Faktizität)의 존재와는 전혀 다른 몸이 되려는 존재론적 이행의 실천인 동시에 그 몸을

---

13 김혜순, 『여성, 시하다』, p.128.
14 김혜순, 『여성, 시하다』, p.131.
15 김혜순, 『여성, 시하다』, p.131.

산출하는 몸이 되려는 처절한 몸부림의 삶을 의미한다. "시인"이란 결국 "나"와 "당신"이 더불어 다른 존재들을 낳을 수 있는 "다른 몸"을 "하는" 그 실천 행위 자체를 가리키기 때문이다. "언어를 몸하고, 시하는"이란 기이하고 문법 파괴적인 조어법에 깃든 윤리적 지향과 창조적 비전 역시 이와 같다.

3.

『죽음의 자서전』은 동아시아 문화권에서 오랜 관습으로 행해져 온 사십구재(四十九齋)를 예술적 주도 동기(leitmotif)로 삼아, "죽음"의 무수한 양태들의 근원을 응시하려는 가공할 에너지로 응집된 시집이다. 또한 "하루"에서 "마흔아흐레"에 이르는 날짜들을 부제로 삼고 있다는 점을 염두에 두면, "죽음" 이후에 머문다는 중유(中有) 세계의 노정기(路程記)를 형상화한 것 같은 느낌을 전달한다. 실제로 한 기자간담회에서 시인은 "죽은 자가 중음(中陰)의 공간에 머문다는 49일간을 염두에 두고 49재를 의식해 49편으로 꾸몄다"[16]라는 사실을 명시적으로 공표한 바 있다.

    지하철 타고 가다가 너의 눈이 한 번 희번득하더니 그게 영원이다

    희번득의 영원한 확장.

    네가 문밖으로 튕겨져 나왔나 보다, 네가 죽나 보다.

---

16 박해현, 「죽음에 버금가는 삶의 고통… 어머니 떠올리며 노래했죠」, 『조선일보』, 2019.6.26.

너는 죽으면서도 생각한다. 너는 죽으면서도 듣는다.

아이구 이 여자가 왜 이래? 지나간다. 사람들.

너는 쓰러진 쓰레기다. 쓰레기는 못 본 척하는 것.

지하철이 떠나자 늙은 남자가 다가온다.
남자가 너의 바지 속에 까만 손톱을 쓰윽 집어넣는다.

잠시 후 가방을 벗겨 간다.
중학생 둘이 다가온다. 주머니를 뒤진다.
발길질. 카메라 셔터를 누른다.
소년들의 휴대폰 안에 들어간 네 영정사진.

너는 죽은 사람들이 했던 것처럼 네 앞에 펼쳐지는 파노라마를 본다.
바깥으로 향하던 네 눈빛이 네 안의 광활을 향해 떠난다.

—「출근—하루」 부분

　인용 시의 제목에서 알 수 있듯, 「출근—하루」는 『죽음의 자서전』을
여는 작품이다. 그것은 2015년 출근길의 지하철에서 쓰러진 시인의
실제 경험을 형상화한 작품이라고 널리 알려져 있다. 한 문예지와의
대담에서 나타난 "저는 이 시집에서 화자를 '너'로 지칭했는데 그것
은 마치 내가 유체 이탈했을 때처럼 제 죽음의 실감을 마주 보아야만
했기 때문이었습니다"[17]라는 언술 내용처럼, 이 작품은 "유체 이탈"

을 모티프로 삼아 "죽으면서"의 몸이 되어 버린 하나의 같은 인격체를 "너"라고 호명하면서, 저 너머의 다른 세계에서 화자인 "나"가 이를 마주 보며 언술하고 있는 담화 상황을 예술적 구도의 중핵으로 삼는다.

이렇듯 하나의 인격체를 "죽으면서"의 몸인 "너"와 1인칭 화자인 "나"로 분리하는 기묘한 담화 상황은 시인이 제 몸으로 겪어 낼 수밖에 없었던 "죽음의 실감"에서 유래하는 것처럼 보인다. 또한 "죽음"이라는 절대적 타자성의 시간이야말로 한 사람의 주체성을 몸과 넋이 분리된 존재들로 묘사하도록 강제하는 방법론의 터전을 이루는 것으로 이해된다. 이 시집 전체를 타고 흐르는 분열-혼종의 기이한 목소리, 곧 '방법적인 정신분열'[18]은 시점, 화법, 이미지 구성법 등으로 요약되는 형식적 차원이 실험 정신에 머무르지 않는다.

"저는 죽은 자의 죽음이 아니라 산 자의 죽음을 쓴 것입니다. 아직 살아 있는 자가 경험하는 죽음.", "시인, 작가가 된다는 것은 죽음이 자신을 맴도는 것을 목격하는 일입니다."[19] 같은 시인의 실존적 육성(肉聲)이 담긴 문장들에 주목해 보라. 이들이 선명하게 일러 주듯, "죽음"은 "도저한 부정성"으로서의 "여성성"일뿐더러, "세월호" 희생자

---

17 김혜순·정용준(대담), 「어느 시간의 맥박들」, 『Axt』 25호, 2019.7-8.
18 "마케팅 지향의 시대에서 다른 미래를 만들어 내기 위하여, 상상적인 것의 온갖 충동과 무의식의 온갖 힘을 해방하기 위하여 시인과 작가는 난폭한 시대만큼이나 난폭한 환경 전환에 의지하지 않을 수 없다. 이곳에 있는 물건들을 이곳이 계시하는 다른 곳에 새로운 상태의 현실을 드러내는 전투적 모험은 모든 감각의 착란을 수반할 정도로, 이루 말할 수 없을 만큼 고통스러운 작업일 것이다. 그러나 그 환경 전환의 착란은 삶을 바꾸고 세상을 바꾸려는 **방법적인 정신분열**일 것이다. 시대의 주형에 맞추어 꾸며 낸 자아를 초월하지 않으면 우리는 결코 제 나와 제집밖에 모르는 독단에서 해방될 수 없다." 김인환, 「스투디움과 풍크툼」, 『글쓰기의 방법』, 작가, 2005, p.257.
19 김혜순·정용준(대담), 「어느 시간의 맥박들」.

를 포함하여 우리 곁에서 찢기고 버려지고 죽어 간 그 모든 소수자와 그 망각의 역사를 기억하고 보듬으려는 실천적 노력과 이행으로서의 "사랑"을 포괄하기 때문이다.

『죽음의 자서전』은 언뜻 보아 이상(李箱)으로 대변되는 한국시의 전위적 첨단이 일구어 놓은 '방법적인 정신분열'을 계승하고 있는 듯 보인다. 그러나 그 어떤 시인도 감당할 수 없었을 "죽음"과 사후 세계의 아수라도(阿修羅道)를 직접 보고 듣고 만지는 것만 같은 "실감"의 형상들을 흩뿌린다는 점에서 이들과 확연한 차이를 보인다. 바로 이 지점에서, 이 시집은 한국시의 역사를 새로운 국면으로 도약하게 하는 하나의 '사건'으로 기록될 수밖에 없을 필연성이 도출된다. 물론 서정주의 『花蛇集』에 수록된 「西風賦」 「부흥이」 「復活」 같은 시편들은 삶과 죽음, 이승과 저승, 현세와 내세가 주술적인 차원에서 상호 교접하는 무속적 형상들을 현대적 문법으로 새롭게 창안한 것 역시 분명한 사실일 것이다.[20] 그러하기에 또한, 『죽음의 자서전』의 선례를 이룬다는 지적 역시 충분한 설득력과 타당성을 지닐 것이다.

그러나 "죽은 자의 죽음이 아니라 산 자의 죽음"을 이토록 무서운 깊이로 파 내려간 최초의 예술적 영예는 『죽음의 자서전』에 주어져야만 할 것이다. 그리하여, 『죽음의 자서전』은 우리 문학사에서 하나의 '사건의 자리(le site événement)'[21]를 이룬 것으로 기록될 것이 틀림없다.

---

20 이찬, 「1941년 2월 10일: 한국적 낭만주의의 탄생—서정주의 『화사집』」, 『시/몸의 향연』, 파란, 2019, pp.450-457.

21 "이처럼 비정상적인 다수를, 즉 원소의 어떤 것도 상황 속에서 현시되지 않은 속성을 가진 다수를 **사건의 자리**라고 부르겠다. 이 자리 자체는 현시되지만 그것 '아래에서' 는 그것을 구성하는 어떤 것도 현시되지 않는다. 그 자체로서 이 자리는 상황의 부분이 아니다. 나는 또한 그러한 다수에 대해 공백의 가장자리에 있다고 또는 정초적이라고 말할 것이다."(알랭 바디우, 『존재와 사건』, 조형준 역, 새물결, 2013, p.292.) 바디

나아가 '그리핀 시 문학상'이라는 서구 중심적 문학의 가치로 이루어진 상징적 질서에 구멍을 뚫어 버리는 하나의 진리-사건을 불러일으킬 수 있었던 것 역시, "사십구재"라는 동아시아 문화권의 제의적 형식을 활용하면서도, 그 지역성의 한계를 뛰어넘어 "죽음"으로 표상되는 존재 일반의 보편성, 또는 보편주의 사유로 확대할 수 있었던 시인의 열정과 혜안에서 비롯하는 것이리라.

이 시집이 형상화한 "죽음"의 보편성이 특히 기성의 권력과 담론, 지배 이데올로기 등등의 상징적 질서를 공백으로 만들고 있다는 점에 다시 주목해 보라. 이와 같은 보편성은 기성 보편사의 '배제적 충절(exclusionary loyalties)'[22]에 기초하지 않기 때문이다. 달리 말해, 특정 지역이나 인종, 특정 민족이나 사회 등을 보편성의 중추로 삼으면서, 그것으로 수렴되지 않는 것들을 배제하고 진보와 문명과 문화라는 이름으로 세계의 존재론적 위계와 차별을 합리화하는 기왕의 제

우에게 모든 사건은 진리의 과정, 곧 **사건의 자리(le site événement)**에서만 발생한다고 할 수 있다. 또한 이와 같은 사건적 자리는 어떤 필연적인 규칙을 따르지 않는다고 할 수 있다. 오히려 그것은 우연적이며, 환원 불가능하고 식별 불가능한 어떤 개별성들이 출현하는 장소를 일컫는다고 하겠다. 그는 이런 개별성들을 다시 특이성(singularité)이라 명명하거니와, 이 특이성의 항목들을 자연에 대립하는 것, 곧 정상적인 것에 대립하는 것으로서 비정상적인 것으로 지칭하기 때문이다. 이 항목들이 바로 역사적인 것, 곧 사건을 불러일으키는 동인이자 그것을 사유할 수 있도록 강제하는 그 무엇들이라고 할 수 있다. 이러한 특이성의 항목들은 또한 자연적 다수가 아니라 역사적 다수에만 존재한다."(이찬, 「날짜들, 사건들의 현시와 의미들의 계열화」, 『계간 파란』 창간호, 2016.봄, p.20.)

22 "사실들이 파묻혀 있는 집단적 역사로부터 그 사실들을 해방하려는 투쟁은 세계화된 사회 영역의 다공성을 드러내고 확장하려는 투쟁이다. 그 안에서 개인적 경험은 혼종적이라기보다는 차라리 인간적이다. 집단 정체성의 배제적 충절로부터의 해방이야말로 역사상의 진보를 가능케 한다." 수잔 벅 모스, 『헤겔, 아이티, 보편사』, 김성호 역, 문학동네, 2012, pp.202-203.

국주의적 보편주의를 거부할뿐더러, 그 상징적 질서를 교란하는 의미의 공백을 만든다는 것이다. 이 시집은 통념적 보편성의 의미 체계에 구멍을 뚫어 버리는 공백으로서의 사건인 "죽음"을 자기 사유의 중핵으로 삼고 있기 때문이다. 또한 저 "죽음"을 둘러싼 실천 과정의 충실성을 통해서만 도래하는, '다른 보편주의'를 근본적으로 다시 사유하도록 강제하기 때문이리라.

> 너는 이미 죽음 속에서 태어났습니다.(에코 49번)
>
> ―「이미-스무여드레」 전문

> 네 인형은 걷는다
> 네 인형은 말한다

> 몸속으로 눈동자를 떨어뜨리고
> 모가지가 돌아가도록 우는 저것

> 네가 죽으면 다시 살아 나올지도 모릅니다

> 그러나저러나 너는 이제 인형을 세울 수 없게 되었다
> 그러나저러나 너는 이제 인형을 걷게 할 수 없게 되었다
> 그러나저러나 너는 이제 인형을 웃길 수 없게 되었다

> 너는 이제 인형과 줄이 끊어졌다

> 인형에게: 너는 아직 저녁마다 침대에 눕히고 눈을 감겨 줄 사람이

필요해.

네가 편지를 쓴다.

—「사진—사흘」 부분

보고 싶다고 외치고 싶지만
바닥 밑에는 또 바닥이 있다.

독창을 하고 싶어도 너는 합창단원이다.
네 목소리를 구별해 들을 귀가 이 세상에는 없다.

유령들의 지병인 이 상사(相思)!
첫새벽처럼 날마다 밝아 오는 이 상사!

너는 바닥에 눈알을 매달고 애걸한다.
들여보내 달라고.
내 얼굴에 네 얼굴을 겹치겠다고.
내 혀가 네 혀라고.
네가 내 눈물을 흘린다고.

물이 줄줄 샌다.
환각을 본다.
미친다.

—「고드름 안경—서른아흐레」 전문

네위에

네아래

네곁에

네밑에

네옆에

네너머

네뒤에

네안에

누가 밤을 면도날로 긁고 있다고 말해야 하나

면도날 긁힌 자리마다 밤이 잠깐씩 환해진다고 말해야 하나

네가 울고 있다고 말해야 하나

네가 칭얼거리는 어린 죽음들에게 젖을 물린다고 말해야 하나

통 잠을 잘 수 없다고 말해야 하나

우리는 지금 마악 만난 사이라고 말해야 하나

벽에 머리를 쿵쿵 박고 있다고

비명이 수정처럼 차오른다고

벌써 목구멍까지 투명하고 딱딱한 수정이 올라왔다고 말해야 하나

—「우글우글 죽음—서른나흘」 전문

이 시집의 부분과 전체를 매듭짓는 미학적 구도의 핵심이자 이를
표상하는 "언어를 몸하고, 시하는" 같은 이미지는 "사십구재"라는 불

교 제의의 형식을 취한다. 그러나 그것은 "죽은 자의 죽음이 아니라 산 자의 죽음", 곧 생의 한가운데 들어박힌 "죽음들"을 소묘하는 자리를 향한다. 「이미—스무여드레」에서 단 한 행으로 집약된 "너는 이미 죽음 속에서 태어났습니다.(에코 49번)" 같은 형상들이 불러일으키는 정서 충격과 온몸의 전율처럼, 그것은 "죽은 자의 죽음이 아니라 산 자의 죽음", 곧 "아직 살아 있는 자가 경험하는 죽음"을 소묘하는 자리에서만 탄생한다.

이렇듯 "산 자의 죽음"을 "죽음" 이후에 머문다는 중유(中有) 세계의 사십구일, 그 날짜들의 매듭을 따라 조형된 이 시집의 도드라진 윤곽선은 "죽음"에 주름진 삶의 만상들을 빠짐없이 아우르려는 움직임을 낳았던 것으로 추정된다. 나아가 저토록 광대무변한 "죽음"의 상상력은 비단 삶과 죽음 사이를 넘나드는 주술적이고 종교적인 차원이 아니라, 우리가 모두 생의 한복판에서 맞닥뜨릴 수밖에 없을 "죽음"의 천태만상을 형상화하는 자리로 이끌었던 것으로 보인다.

따라서 『죽음의 자서전』은 나날의 삶을 살아가는 우리 모두의 육신과 영혼에 드리워진 "죽음"의 그림자, 그 처절한 삶의 가시밭인 "그로테스크의 강"을 건너가려는 결단과 더불어 그 누구도 응시하지 않으려는 "죽음"의 끔찍한 진실들을 심연까지 들춰 보려는 근본주의 윤리학으로 곧추세워진 하나의 기념비일 것이다. 이 시집이 바닥의 밑바닥까지 보여 준 "죽음"의 형상화는 기성 현실을 지배하는 권력과 담론과 이데올로기에 대해 근원적인 균열을 일으키는 하나의 사건이기 때문이다. 나아가 우리가 사전적 지식처럼 간직하고 있는 보편성에 대한 고정관념을 다시 근본적으로 의심하게 하면서, 기성과는 전혀 다른 사건으로서의 보편성을 정립하도록 강제하기 때문이다.

이와 같은 측면에서 「사진—사흘」에 등장하는 "인형"이나 「고드름 안경―서른아흐레」의 "유령", 그리고 「우글우글 죽음―서른나흘」의 "우리"는 사후 세계에서 온 어떤 영성(靈性)의 존재들로 해석될 수 없다. 오히려 이 비루한 지상의 삶 한가운데 깃든 "죽음"에 가까운 억압과 부조리, 병과 고통을 나타내는 알레고리 기호로 해석된다. 벤야민이 괴테가 규정한 상징과 알레고리의 위계적 가치체계를 부정하면서, 현대적 실존의 황폐한 진실들을 직핍하게 현시할 수 있는 일그러진 예술 표현 양식으로서의 알레고리의 의미심장한 위상과 전복적 가치를 재정립하려 했던 것처럼[23] 『죽음의 자서전』의 소름 끼치는 "죽

---

23 임홍배에 따르면, 괴테의 상징 개념은, 칸트가 '윤리적 상징으로서의 아름다움 (Schönheit als Symbol der Sittlichkeit)'을 규정한 것과 동일한 차원에서 진·선·미의 조화와 통일을 지향하는 것으로 정의될 수 있다. 또한 그것은 인간의 조화로운 인격적 완성으로 표상되는 '교양(Bildung)'의 이념의 배경을 이루는 고전주의 미학의 예술적 이상을 전제한다. 따라서 휴머니즘에 바탕을 둔 이러한 고전주의 예술관은 근대 자본주의 사회의 발흥기에 이루어진 인간 개개인의 자아실현과 자유의 실현을 최고의 덕목으로 설정했던 그 시대의 정신적 산물로 파악할 수 있다는 것이다.(임홍배, 「괴테의 상징과 알레고리 개념에 대하여」, 『비교문학』 45집, 한국비교문학회, 2008, pp.103-104.) 이에 반해 벤야민은 상징을 초월적이고 비역사적인 현상과 본질의 합치를 전제하는 것이라고 규정하며, 알레고리를 상징의 초역사적 보편성을 부정하면서 역사적 현실과 초월적 통합의 미적 이데올로기 사이에 가로놓인 균열을 드러내는 방법론으로 규정한다고 하겠다. "낭만주의적 상징이 초월적인 종합과 일치 상태를 미적으로 제시한다면, 알레고리는 현실과 이상, 현상과 본질의 불일치를 그대로 노출시키는 방식으로 양자의 관계를 '몽타주'적으로 제시한다. 이를 벤야민은 '변증법적 관계'라고 규정했다. 알레고리적인 미적 형식은 '극단들의 변형'을 통해서 구현된다. 여기서 '극단들의 변형'이라는 말의 의미는, 알레고리적인 미적 형식이 각각의 관계 항들에 대한 추상적인 보편적 규정을 파괴하면서, 이 관계 항들이 역사적인 지평 안에서 실질적이고 구체적으로 상호작용하는 관계의 역사성을 제시한다는 것을 의미한다. 사물과 현상에 내재하는 일종의 자연적인 본질로 간주되던 궁극적 조화 상태, 즉 '자연스러움'의 이데올로기가 낭만주의적인 상징미학의 전통적 토대라면, 바로크적인 알레고리는 이러한 자연스러움이 이데올로기라는 것을 노출하는 부자연스러움의 미학, 즉 '인위성'의 미학에 기초한다. 알레고리적인 미적 형식의 인위성, 일종의 몽타주적인 성격은, 자연 상태로 신화화된 전통과 지배적 이념에 대한 심문과 재해석의 기제로 작용한다.(정의진, 「발

음"의 형상들이란 나날의 생활세계에서 작동하는 국가 폭력과 생명 경시와 인격 살해 등등의 황폐한 진실들, 그렇게 버려지고 지워진 소수자들의 고통과 더불어 그들의 권리장전을 가시적인 차원으로 끌어 올리려는 필사적인 노력에서 생성되는 것이기 때문이다.

따라서 김혜순이 펼쳐 놓는 저 알레고리 형상들이란 곧 전통과 현대, 동양과 서양, 주술적 신비와 합리적 계산이라는 상호 이질적인 내러티브가 서로를 향해 대질심문하는 모양새를 취한다. 이 대질심문의 자리에서 벤야민이 말했던 변증법적 이미지들이 태어나는 것은 지극히 당연한 일일 터이다.[24] 그러나 그것은 서사적 담화 양식에 가까운 예술적 윤곽선을 구축하는 가운데서도, 시라는 예술 양식이 오랫동안 간직해 온 메타포의 함축성과 리듬의 박진감을 잃지 않는다. 특히 "시에 서사가 들어오면 우화적인 요소가 생기는데, 그런 시를 읽으면 참 저 시인이 급하게 말할 게 있구나 하는 생각을 하게 되지요. 사실 그렇다고 해서 그 시를 우화라고 부를 수 없을 겁니다. 제게 하신 이 질문은 소설가로서의 질문이라 생각합니다."[25]라는 시인의 고백을 오랫동안 들여다보라.

저 고백에서 유비 추론할 수 있듯, 이 시집의 무수한 형상들은 시적인 정서와 분위기와 뉘앙스를 크게 벗어나지 않는다. 가령 「사진―사흘」에서 형상화된 "인형"과 "너"라는 배역과 그 관계 구도의 변환을

터 벤야민의 알레고리론의 역사시학적 함의」, 『비평문학』 41호, 한국비평문학회, 2011, pp.394-395.)

24 "벤야민의 변증법적 이미지와 정지 상태의 변증법은 역사 속에 있는, 그리고 오늘날에 대한 역사의 관계 속에 있는 반목적 계기들의 성좌를 표상하고 있다. 이제까지 있었던 것들은 지금과 함께, 전광석화처럼 성좌 속으로 결합한다." 노베르트 볼츠·빌렘 반 아리엔, 『발터 벤야민―예술, 종교, 역사철학』, 서광사, 2000, p.93.

25 김혜순·정용준(대담), 「어느 시간의 맥박들」.

주의 깊게 살펴볼 필요가 있다. 이들이 현시하려는 것은 어떤 내러티브의 순차적 전개가 아니라, 우리 사회 곳곳에 켜켜이 쌓여 있는 부조리한 적폐로서의 갑을 관계를 뒤집어 놓는 진실의 형상이기 때문이다. 나아가 이 형상을 매우 암시적인 알레고리 이미지로 표현하고 있기 때문일 것이다.

"독창을 하고 싶어도 너는 합창단원이다"(「고드름 안경—서른아흐레」)라는 작은 이미지에 집약된 것처럼, 「사진—사흘」은 거시적 차원에서 작동하는 이데올로기의 억압과 횡포로 인해 "죽음"에 이르는 우리 모두의 자유와 생명을 현시하려 한다. 마찬가지로 「우글우글 죽음—서른나흘」에 등장하는 "네"라는 2인칭 대명사의 반복적 변형이나, "우리"라는 1인칭 복수 대명사의 급작스러운 출현은 발화자의 위치에 따라 그 맥락이 수시로 뒤바뀌는 대명사의 잠재적 역량이 최대한 발휘될 수 있도록 고안되었다는 점을 암묵적으로 시사한다. 대명사란 결국 어떤 인칭에서 누가 발화하느냐에 따라 그 맥락이 완전히 달라지는 일종의 전환사(shifter)일 수밖에 없기에.

「우글우글 죽음—서른나흘」의 앞머리를 이루는 "네위에/네아래/네곁에/네밑에/네옆에/네너머/네뒤에/네안에"를 다시 천천히 되짚어 보라. 그것을 구성하는 각각의 단위들이 띄어쓰기를 무시한 한 마디 한 행으로 이루어져 있으며, "위, 아래, 곁, 밑, 옆, 너머, 뒤, 안" 같은 말들이 "네"를 둘러싼 저 모든 방위각을 나타내는 저 은폐된 표면 효과를 발견할 수 있을 것이다. 마찬가지로 그것이 이 작품의 해석에 있어 관건이 될 수밖에 없는 까닭을 깨달을 수 있을 것이다. 이 시편의 제목이 "우글우글 죽음"인 까닭 역시, 대명사 "네"라는 청각영상의 반복과 천지사방을 은유하는 말들인 "위, 아래, 곁, 밑, 옆, 너머, 뒤, 안"의 잇따른 병치와 집요한 반복에서 솟아오르는 밀도 높은 뉘앙스의 발산에 깃들어 있는 것인지도 모른다. "우글우글"이란 어떤 특정한 장소의 모든 방위각에 그 무엇인가가 빼곡하게 들어서 있는 모양새를 나타내는 말이기 때문이다.

나아가 이와 같은 모양새를 말의 청각영상이 계속 이어지면서 빚어내는 뉘앙스의 융기, 이른바 리듬을 타고 번져 나도록 만들기 위해서는 기성 문법을 탈주하고 횡단하는 표기법이 필수적일 수밖에 없었을 것이다. 고정화된 문법의 위반과 새로운 리듬의 창안이야말로, 김혜순이 계속 언급해 온 기성 질서로 호명된 "여성성"의 "죽음"일뿐더러 "언어를 몸하고, 시하"는 말의 진의, 새로운 "여성성"의 탄생을 의미하기 때문이다. 따라서 이와 같은 "여성성"은 생물학적 성차로서의 여성의 고유한 특성을 표현하지 않는다. 여성이든 남성이든 관계없이 기성의 지시과 언어로는 표상 불가능한 보편성과 보편주의가 새로운 '사건의 자리'에서 출현한다는 사실을 함축하고 있는 용어일 수밖에 없기에.

그리하여, "나는 이 세 번의 부재(죽음) 경험이 바리데기의 시적 여정, 여성 시인으로서의 나의 시가 '시하는' 경험들이라고 생각한다"[26]라는 말은, "죽음"이 "여성성"의 본질적인 화두로 설정될 수밖에 없는 필연성의 맥락을 집약한다. 시인 김혜순은 우리 문학사에서 누구도 감당하지 못했던 "죽음"의 문제를 보이지 않는 심연까지 파고들어 가는 과감한 예술적 결단을 통해, 아시아 여성 시인 최초로 '그리핀 시 문학상'을 수상하는 새로운 사건을 불러일으킨 것이 틀림없기 때문이다. 괴테『파우스트』의 맨 뒷자락을 장식하는 "영원히 여성적인 것이 우리를 이끌어 올리도다(Das ewig Weibliche zieht uns hinan)"[27]라는 "신

---

26 김혜순, 『여성, 시하다』, p.18.

148

비의 합창"처럼, 여성과 남성이 모두 여성-하기를 이행할 수 있는 실천의 시간과 더불어, 이 과정을 새로운 보편성이 도래할 수 있는 태반으로 형상화한 지점이야말로, 이 시집이 불러일으킨 '사건의 자리'의 요체를 이룬다.

여성-하기, "삶"의 천태만상에 이미 낙인찍혀 있는 "죽음"이라는 존재론적 심연을 용맹정진으로 횡단하면서, 그 처절한 "삶"의 비극성을 "바리데기"의 순도 높은 언어와 더불어 "출산"으로 표상되는 존재론적 이행의 몸부림으로 전환하는 자리에서, 김혜순의 『죽음의 자서전』은 '사건의 자리'를 이루게 된 것이 분명하다. 또한 『죽음의 자서전』이 한국문화와 동아시아 문화권의 지역성을 표상하는 "사십구재"를 핵심 모티프로 활용하고 있음에도 불구하고, "죽은 자의 죽음이 아니라 산 자의 죽음"이라는 새로운 오브제를 마련할 수 있었던 것 역시, 기존의 상징적 질서를 공백으로 만들어 버리는 존재론적 이행과 사회적 실천 과정에서 비롯할 것이다. 이처럼 "죽음" 이미지로 표상되는 존재론적 이행과 사회적 실천이란 그 모든 차이와 경계를 가로지르면서, 새롭게 도래하는 보편성을 견지할 수밖에 없을 것이다. 나아가 이 보편성은 현실의 지배적인 권력과 담론을 구성하고 있는 상징적 질서에 균열을 일으키는 지속적인 실천과 투쟁의 과정에서만 현현될 수 있을 것이 틀림없다.[28]

---

27 요한 볼프강 폰 괴테, 『파우스트 2』, 정서웅 역, 민음사, 1999, p.389.

28 알랭 바디우에 따르면, 보편성의 문제는 항상 "진리 과정"과 그것을 촉발하는 사건과 결부되어 있다. 또한 "모든 진리가 개별적인 것으로서 돌발하는 것"이기에, "진리의 개별성은 즉각 보편화될 수 있"다는 것이다. "진리 과정"은 "정체성을 지향하는 것들 안에 닻을 내릴 수 있는 것도 아니"며, "보편화될 수 있는 개별성은 필연적으로 정체성을 추구하는 개별성과 단절하"기 때문이라 하겠다.(알랭 바디우, 『사도 바울』, 현성환 역, 새물결, 2008, p.27) 또한 바디우 연구자인 피터 홀워드는 바디우적 의미의 보편

이와 같은 맥락을 다시 세심하게 살피면, 김혜순 시론집의 표제어 "여성, 시하다"에 나타난 "시하다"의 진의 역시, '사건으로서의 보편성'이 전제하는 수행성(performance)의 실천적 맥락을 강조하는 데 있었음을 분명하게 감지할 수 있을 것이다. 이러한 수행성과 시적 실천을 포함한 사회적 실천의 문제는 최근 시집 『날개환상통』에서 좀 더 명징하고 첨예한 문법으로 나타난다. 나아가 이 시집은 이러한 실천의 문제를 미시정치학적 보편성의 차원으로 진전시켜 형상화하려는 기획에서 탄생한 것이 분명해 보인다.

4.

이 삶을 뿌리치리라
결단코 뿌리치리라

물에서 솟구친 새가 날개를 터는 시집

시방 새의 시집엔 시간의 발자국이 쓴 낙서

성을 "여덟 가지 테제"로 정리하여 제시한다. 이 가운데 가장 중요한 내용을 포함하고 있는 "테제 8"과 "여덟 가지 테제"에 대해 논의하고 있는 대목을 인용해 보면 다음과 같다. "테제 8: 보편성은 무한한 유적 다수성의 충실한 구성과 다름없는 어떤 것이다. 보편적이라는 말은 고유하게 판단이나 지식의 범주에 적용된다기보다는, 어떤 일정한 '존재의 지위'(그것의 순수한 존재로서의 존재라는 기준에 따라, 즉 진리 절차의 장치들을 통해 회집된 존재)에 적용되는 형용사다. 간략히 말해서 보편성은 하나의 결과다. 모든 보편적인 것은 예외적이며, 한 지점에 기원을 두고 한 단계씩 회집되며, 어떤 결정의 귀결이자 주체의 범주이며, 앎보다는 참된 존재를 관건으로 한다. 철학은 그러한 보편성들의 분석과 표명으로 구성된다."(피터 홀워드, 『알랭 바디우—진리를 향한 주체』, 박성훈 역, 길, 2016, p.406.)

세상에서 제일 무거운 연필을 들고
가느다란 새의 발이 남기는 낙서
혹은 낙서 속에서 유서

이 시집은 새가 나에게 속한 줄 알았더니
내가 새에게 속한 것을 알게 되는 순서
그 순서의 뒤늦은 기록

이것을 다 적으면
이 시집을 벗어나 종이처럼 얇은 난간에서
발을 떼게 된다는 약속
그리고 뒤늦은 후회의 기록

─「새의 시집」 부분

인용 시편의 제목에서 직감할 수 있듯, 『날개환상통』은 "결단코 새하지 않으려다 새하는" "시집"이다. 물론 이 말은 곧장 파악하기 어려운 복잡다단한 사유의 우회로를 함축한다. 그러나 이러한 우회로를 갈피 짓는 과정을 통해, 겹겹으로 에둘러진 이 시집의 진의를 파헤칠 수 있을 듯 보인다. 『날개환상통』의 맨 앞머리를 차지하는 시편이 「새의 시집」이라는 사실을 염두에 두면, 이 표제어가 시집 전체의 구도와 짜임새를 집약하고 있다는 암시를 발견할 수 있을 것이다. 또한 "이 삶을 뿌리치리라/결단코 뿌리치리라" 같은 형상들에서 엿보이듯, 『날개환상통』은 우리 삶의 곳곳에 스며들어 있는 억압과 부조리의 상황들로부터 훌쩍 날아오르려는 간절한 열망과 이를 좌절시키는 절망

사이에서 태어난 시집으로 파악된다.

따라서 「새의 시집」 도입부에서 등장하는 "이 시집은 책은 아니지만/새하는 순서/그 순서의 기록"이라는 구절은 이 시집의 의미망을 풀어낼 수 있는 핵심 매듭이 "새하는"에 있다는 사실을 암시한다고 하겠다. 『여성, 시하다』를 참조해 보면, "새하는"에는 시인이 실천하려는 정치적·미학적 비전이 포함되어 있을뿐더러, 시인이 오랫동안 천착해 온 세계에 대한 사유와 통찰이 충실하게 벼려져 있다는 사실을 실감할 수 있다.

특히 "서사 텍스트에 사로잡혀 밖으로 나오지 못하는 시 그 자체인 여자를 나의 노래로 살려 내는, 시하는 상상을 한다"[29] 또는 "내 몸으로 시를 쓴다는 것은, 시한다는 것은, 내가 내 안에서 내 몸인 여자를 찾아 헤매고, 꺼내 놓으려는 지난한 출산 행위와 다름이 없다"[30] 같은 문장들을 보라. 이들은 "시하는"과 "새하는"이 마치 한 몸처럼 밀착될 수밖에 없다는 숨겨진 맥락을 암시한다. 그리하여, "새하는"을 충실하기 이해하기 위해서는 "시하는" 또는 "시하다"라는 말에 드리워진 실존적 상황과 그 실감의 깊이를 생생하게 감수할 수 있는 섬세한 심미안과 첨예한 통찰력이 필수적으로 요청된다고 하겠다.

새는 나를 데리고 높이 떠올랐다가
저 혼자 가 버린다

나는 시를 못 견디듯

---

29 김혜순, 『여성, 시하다』, p.9.
30 김혜순, 『여성, 시하다』, p.11.

하늘도 못 견딘다

자아라는 이름의 뚱뚱한 소녀를 생각한다
그녀를 오늘 밤 굶겨 죽여야 한다

그 소녀를 죽이고 내가 해탈에 이르는 것은
과거보다 미래를 먼저 죽이는 짓인가 아닌가

―「Korean Zen」 부분

「Korean Zen」은 시인의 시 쓰기를 오브제로 삼는 시, 메타시의 문법으로 이루어져 있다. 이 작품의 미학적 구도의 중핵은 "나"와 "새"와 "소녀"의 관계 또는 그 관계를 구성하는 힘과 긴장의 등고선을 가로지른다. "새는 나를 데리고 높이 떠올랐다가/저 혼자 가 버린다//나는 시를 못 견디듯/하늘도 못 견딘다" 같은 구절에 암시된 것처럼, "새"는 나날의 생활세계를 둘러싸고 있는 비루한 지상의 테두리를 벗어나려는 자유의 충동과 탈주의 벡터를 은유하는 것으로 해석된다. 그리고 이 대목에 새겨진 이미지의 움직임을 좀 더 세밀하게 살피면, 자유와 탈주의 응집체인 "새"가 화자인 "나"에게 강제한 것이 바로 "시"라는 사실을 파악할 수 있을 것이다.

따라서 "새"는 이 지상의 압력과 생활의 감옥으로부터 훌쩍 날아올라, 이들을 자유롭게 조망할 수 있게 하는 그 모든 상황과 움직임을 표현한다고 하겠다. 나아가 이 맥락 전체를 폭넓게 아우를 수 있는 제유(提喩)의 수사학으로 이루어진 이미지처럼 보인다. 그 뒤에서 곧바로 이어지는 "나는 시를 못 견디듯/하늘도 못 견딘다//자아라는 이름의 뚱뚱한 소녀를 생각한다/그녀를 오늘 밤 굶겨 죽여야 한다"라는 이미지 매듭 역시, "시"와 "하늘"로 표상되는 자유로운 천상의 이미지와 더불어, "자아" "뚱뚱한 소녀" "굶겨 죽여야 한다" 같은 억압된 지상의 풍경이 결고트는 긴장 관계로 풀이할 수 있을 듯하다.

그렇다면, "나는 시를 못 견디듯/하늘도 못 견딘다"라는 구절이 현시하려는 것은 "시"와 "하늘"을 등가관계로 휩몰아 갈 때 형성될 수밖에 없을 예술적 지고함이라는 편향성의 경계, 또는 예술 절대주의라는 또 다른 이상주의가 가져오게 될 값비싼 대가인 미학적 나르시시즘에 대한 계고(戒告)일 것이 틀림없다. 이와 마찬가지로, "자아라는 이름의 뚱뚱한 소녀"라는 형상은 비루하고 볼품없는 시인의 일상적 정체성을 빗댄 것이며, "그녀를 오늘 밤 굶겨 죽여야 한다"라는 "자아" 정체성의 감옥을 벗어나고 싶은 욕망과 더불어, 이 자리에서만 솟아오를 수 있을 시와 예술의 존재론적 광휘, 초현실적 이미지들의 탄생을 함축하고 있는 것으로 해석된다. 시와 예술의 탄생 순간이란 그것이 현실을 사실적으로 재현하는 경우에서조차 일상적 "자아"가 지속해 온 정체성의 "죽음"을 기반으로 삼는 것이기 때문이다.

따라서 "그 소녀를 죽이고 내가 해탈에 이르는 것은/과거보다 미래를 먼저 죽이는 짓인가 아닌가"라는 대목은, "뚱뚱한 소녀"로 표상되는 지상적 삶의 얼룩진 현실로부터 완전히 벗어나 "해탈"이라는 천상의 세계를 추구하는 것이 도리어 "미래"의 무수한 변화 가능성을 차단하게 될지도 모른다는 자문(自問)의 상황을 표현한다. "해탈"이란 지상의 욕망과 번뇌에서 벗어난 이상적 완결 상태를 뜻하는 것이므로 더 이상의 변화란 존재하지 않을 것이며, 이에 따라 "미래"라는 것은 아직 도래하지 않은 잉여의 시간이자, 또한 그 어떤 의미도 품을 수 없을 무의미한 여백에 불과할 것이 자명하기 때문이다. 결국 "과거보다 미래를 먼저 죽이는 짓인가 아닌가"라는 시간성의 이미지는

"해탈"로 표상되는 절대적 이상주의가 더 나아갈 방향이 없는 일종의 무능력을 표상하는 것인 동시에 '비–잠재성(impotentiality)'의 상태에 이르게 할 것이라는 직관적 통찰을 품는다.

"Korean Zen"이라는 제목 역시 이와 같은 맥락에서 비롯할 것이다. 이는 김수영 시 「누이야 장하고나!」에 등장하는 "풍자가 아니면 해탈이다"라는 구절을 기원으로 삼고 있는 것이 분명해 보인다.[31] "풍자"란 누더기 같은 지상의 삶을 비판하고 조롱하는 것이기에, 그것을 다른 "미래"로 바꾸기 위해 모순과 부조리를 기꺼이 살아 내려는 태도를 뒷면에 전제하는 것이지만, "해탈"은 이 지상의 삶을 멀찌감치 초월한 무중력 상태로 올라선 것이기에, "미래"를 포함한 그 모든 시간은 무의미와 부재의 시간으로 수렴될 수밖에 없다. 나아가 이 시편은 김수영으로 표상되는 한국시의 최고 정점에서 펼쳐진 "해탈"에 대한 사유를 계승하면서 변형한 것이기에, "Korean Zen"이라는 제목이 붙여졌을 것이라 짐작된다. 그리고 그것은 시인 가슴 깊숙이 잠긴 김수영과 한국시에 대한 내밀한 자긍심이 암시적 문법으로 현시하고 있는 것으로 파악된다.

이와 같은 맥락에서, "깨끗한 A4용지를 한 묶음 사서/한 장 한 장 구겨서 버리는 시인처럼/나에겐 꺾고 싶은 새가 있다/마주 보는 거울 안의 한 가문 식솔들 같은 내 시들을 구겨 놓으면/거기서 날개를 푸드덕거리는 새들의 얘기가 들렸다"(「새의 반복」)라는 구절이나, "어느

---

31 "누이야/풍자가 아니면 해탈이다/너는 이 말의 뜻을 아느냐/너의 방에 걸어 놓은 오빠의 사진/나에게는 〈동생의 사진〉을 보고도/나는 몇 번이고 그의 진혼가를 피해 왔다/그전에 돌아간 아버지의 진혼가가 우스꽝스러웠던 것을 생각하고/그래서 나는 그 사진을 10년 만에 곰곰이 정시(正視)하면서/이내 거북해서 너의 방을 뛰쳐나오고 말았다/10년이란 한 사람이 준 상처를 다스리기에는 너무나 짧은 세월이다" 김수영, 「누이야 장하고나!」, 『김수영 전집 1: 시』, 민음사, 2003, p.235.

작은 시"라는 시편의 제목에서 명징하게 나타나는 메타시의 흔적들은 "새하다"가 "시하다"의 동의어임을 좀 더 분명하게 예시한다고 하겠다. 나아가 좀 더 넓은 범주로 확장된 시와 예술의 존재론적 특이점, 곧 시와 예술의 정치적·미학적 위상과 존재 가치에 대한 시인의 오랜 사유를 싸안고 있는 핵심 단자(monad)로 기능하는 것처럼 보인다.

그리고 바로 이 자리에서, 정치적 진보와 미학적 진보가 하나의 테두리로 겹치면서 공명 현상을 일으키게 되는, 시인 특유의 미시정치학적 사유가 휘황한 빛살로 펼쳐진다고 하겠다. 따라서 이 시집은 시와 관련된 그 어떤 어휘나 형상들이 가시적으로 드러나지 않는 경우라 하더라도, 그것에 관한 이야기와 담론을 우회적 드러내는 알레고리 이미지를 바탕으로 삼는다고 명확하게 규정할 수 있겠다.

또한 『날개환상통』 곳곳에 새겨진 "내 뒤(뭘 하고 계심?)에서/상담자가 말했다/자 그 새를 가슴에 넣고 안아 주세요//다음 날/상담자는 말했다/머릿속에서 새를 떠올리세요/자 어떤 새입니까?"(「날개 냄새」), "정신과 H 교수 진료실 앞 그리고 문밖의 소파까지 나란히 줄 맞춰 앉은 환자들과 그 보호자들의 얼굴을 안 보는 척 보고 있습니다 날마다 온 국민 온 날씨 온 뉴스 무섭습니다"(「작별의 공동체」), "피아노 속에 숨어 듣는 소리/미친놈의 잠꼬대, 무슨 개수작이냐, 죽어야 해/이걸 왜 하느냐고 이 피아노 줄을 끊겠다고/왜 이런 거냐고 이런 건 음악이 아니라고//그렇지만 설마 모른 척하시진 않겠지요?/당신 몸속엔 당신보다 훨씬 어려운 음악이 들어 있다는 것"(「불쌍한 이상에게 또 물어봐」) 같은 이미지들을 정밀하게 읽어 볼 필요가 있을 듯하다.

저 이미지들은 시인이 근래 겪은 실존적 환란의 체험들이 얼마나 힘겨운 상처와 고통을 가져다주었는지를 그 흔적들로 암시하기 때문이다. 특히 시인이 엄청난 고통으로 느낄 수밖에 없었을, 저 실존적 환란이 시인의 담론과 업적에 대한 평가이자 시집의 가치 평가에서 기원하는 것임을 염두에 두면, '여성-하기'로 집약되는 시인의 미시정치학적 사유가 어떤 까닭에서 "새"와 "새하다"로 요약되는 알레고리 이미지로 구현될 수밖에 없으며, 그것이 왜 존재 일반의 보편성을 겨냥할 수밖에 없는지를 가늠할 수 있을 것이다.

특히 미시정치학이란 거시적인 차원의 국가, 민족, 행정 기구와 사회제도들에 관심을 두는 것이 아니라, 오히려 그 내부에서 은밀하게 꿈틀거리는 감정의 교환과 욕망의 흐름, 그리고 이들의 상호 공명으로 이루어지는 정념의 발산과 탈주선의 창조에 초점을 둔다는 사실에 주목해 보라. 나아가 발터 벤야민이 부각하려 시도한 알레고리의 사유가 현대적 실존의 황폐한 진실들을 현시하는 파편화된 이미지들을 몽타주 방식으로 병치시킬 뿐만 아니라, 현실을 부유하는 지배적 언어와 의미망의 틈새 아래 은폐되고 억압된 소수자의 진실과 그 역사성을 복원하는 자리에서 비롯한다는 사실에도 깊은 주의를 기울여 보라. 이들은 『날개환상통』을 좀 더 깊게 이해하기 위한 필요충분조건을 이루는 것이 분명해 보인다. 아니, 『날개환상통』은 시인이 온몸으로 겪은 미시정치학적 사건들, 그 분자적 욕망의 활화산에서 펼쳐지는 "자세, 태도, 지각, 예상, 기호계 등등을 이미 조형하는 미시적 형성체들"[32]을 몽타주 방식으로 현시하려는 미시정치학적 기획으로 이루어진 시집일 것이 틀림없다.

시인의 미시정치학과 알레고리 이미지가 공명할 때 빚어지는 몽타주 형상들은, 시와 예술의 존재론적 터전이 "새하기", 곧 세상의 모

---

[32] G. Deleuze/F. Gattari, *A thousand plateaus*, translation by Brian Massumi, Minnesota university press, 1987, p.215.

든 구분과 경계와 차별을 해체하는 자유의 실천이자 새로운 창조성의 현장에 깃들일 수밖에 없다는 사실을 암시적 화법으로 웅변한다. 이 형상들은 또한 "죽음"과 "사랑"을 거듭하면서 매번 다시 태어나는 "여성하기", 곧 "새하기"를 계속 실천하는 자리에서만 구현될 수 있을 것이다.

따라서 『날개환상통』의 핵심 모티프를 이루는 미시정치학적 보편성이란 결코 "여성성"이나 "소수자" 같은 낱말들로 표상되는 피지배자나 피해자의 심상으로 국한되지 않는다. 오히려 인류 역사를 오랫동안 지배해 온 상징적 질서의 통념과 관행들이 그저 임의적이고 특수한 것에 불과하다는 진리-사건을 현시하며 도래하는 보편주의의 사유 계기들을 거느린다고 하겠다. 이들은 기성 정체성의 "죽음"과 "부재"를 나타내는 것일뿐더러, "아이"와 "시하기"를 "출산"할 수 있는 그 발생학적 터전으로서의 "사랑"을 전제하는 것이기 때문이다.

나아가 기성 정체성의 죽음과 새로운 존재 창조로서 규정될 수 있을 김혜순의 "사랑"은 수잔 벅 모스가 『헤겔, 아이티, 보편사』에서 제시한 "비역사적 역사들"과 "역사적 이형(異形)"을 기억하고 새롭게 발굴하여 기성의 보편사와는 전혀 다른, 새로운 보편사를 구축하려는 일관된 실천을 암시하는 것일 수밖에 없다.[33] 그리고 이와 같은 "사랑"의 실천이야말로 기성의 권력이나 담론, 지배 이데올로기가 구축한 자기중심적이고 배타적이고 안정화된 정체성으로서의 보편성이

---

[33] "인류 보편성에 대한 이러한 접근은 헤겔이 기각한 바로 그 "비역사적 역사들"에 가치를 부여한다. 그 역사들은 서구의 진보나 문화적 연속성, 계급투쟁이나 지배적 문명 따위의 일관된 서사 안에서 변칙적인 것으로 보이는 집단적 행동을 포함한다. 역사적 이형(異形)은 이제 핵심적 중요성을 띤다." 수잔 벅 모스, 『헤겔, 아이티, 보편사』, pp.202-203.

아니라, "역사의 지속이 아닌 단절, 안정된 정체성이 아닌 그것의 파괴"이자 "자신의 존재를 보증해 줄 대타자와 결별하는 그 위태로운 순간의 경험"[34] 속에서 도래하는 새로운 사건으로서의 보편주의일 수밖에 없을 것이다. 이 보편주의는 그 "날것의" 위험천만한 순간에 감응하는 "보편적 연대의 가능성"을 불러일으키는 것일뿐더러, "인류 보편적 태도"가 "모호한 인류나 세계에 대한 충절이 아니라, 자신의 존재가 뿌리 뽑힐 위험에 직면한 사람들의 특수한 상황 속으로의 개입"[35]을 통해서만 도래할 수 있다는 것을 강조하기 때문이다.

이와 같은 맥락을 대입해 보면, 김혜순이 새롭게 정의한 "죽음" "시하기" "새하기" "출산" "아이" 같은 어휘들의 진의는 '여성/남성'으로 명확하게 구분되고 고정될 수 있는 성차(性差)를 뜻하거나, 특정한 신분이나 계급적 지위에 의해 부여되는 사회적 정체성을 의미하는 것이 아니라, 그것을 넘어서는 보편성을 휘감고 있는 것으로 파악된다. 따라서 저 어휘들은 명백하고 가시적인 제도와 관습과 체계 내부에 깃든 공백과 무의미로서의 실재계(the Real)를 마주할 수 있는 주체적 자각의 과정이자, 이를 실천적으로 이행할 수 있는 지속적 차원의 보편성을 표현한다고 하겠다.

김혜순의 『죽음의 자서전』과 『날개환상통』의 "죽음" 이미지가 존재 일반의 보편성, 또는 다른 보편주의를 현시할 수 있었던 이유와 근거 역시, 지금-여기 우리 삶을 지배하고 있는 상징적 질서의 확고부동하고 반복적인 체계를 가로지르면서, 그 안정성에 구멍을 뚫어 버

---

34 김성호, 「보편사의 새로운 구상—옮긴이 해제」, 수잔 벅 모스, 『헤겔, 아이티, 보편사』, pp.238-239.
35 김성호, 「보편사의 새로운 구상—옮긴이 해제」, p.239.

리는 자리에서 비롯한다. 좀 더 명확하게 말하자면, 상징계의 임의성과 특수성을 끊임없이 현시하는 공백과 무의미로서의 실재계에서 유래한다는 것이다. 이는 "사랑"과 "출산"으로 표상되는 미지의 것을 향한 창조적 횡단, 이른바 사건으로서의 보편성이자 공백으로서의 보편주의를 향한 실천적 이행에서 비롯하는 것으로 파악된다. 김혜순이 말하는 "여성성"이 "죽음" "사랑" "출산" "시하다" 등등으로 표상되는 다른 범주의 어휘들을 빠짐없이 포괄하는 까닭 역시 이와 같은 맥락에서다.

따라서 시인이 『날개환상통』에서 형상화한 "새하기"로서의 여성-하기이자 시-하기는 궁극적으로 긍정과 생성과 창조의 잠재성(potentiality)을 지향한다고 규정할 수 있을 것이다. 그러나 그에 못지않게 부정과 소멸과 무능으로 대변되는 비-잠재성(impotentiality)[36]의 현상들을 다시 보듬어 안으려는, 또 다른 실천의 벡터가 그 이면에 가로놓여 있다는 사실을 곰곰이 반추해 볼 필요가 있으리라.

알랭 바디우가 "모든 특수성은 순응이자 순응주다. 중요한 것은

---

36 양운덕에 따르면, 아감벤의 '잠재성/비잠재성' 논의는 아리스토텔레스의 잠재성 개념을 수용한 것으로 요약될 수 있다. 아감벤이 말하는 "잠재성은 (단순히 특정한 것을 하는 잠재력이 아니라) '하지 않는' 잠재력(potenza 'di non'), '현실화하지 않는' 능력임"을 포함한다는 것이다. 결국 아감벤은 "아리스토텔레스가 '어두움을 위한' 잠재성을 지적한 점에 주목"하고 있으며, "흔히 생각하듯이 잠재성이 단지 보기 위한 능력일 뿐이고 빛이 현존할 때 보는 것 자체로만 존재한다면, 결코 어두움을 경험할 수 없을 것"이라고 본다. 결국 아감벤이 강조하고자 하는 것은 잠재성은 '하지 않는' 또는 '현실화하지 않는' 비잠재성을 포함하고 있다는 것이다. 양운덕의 다음과 같은 두 문장은 잠재성과 비잠재성의 관계를 명징하게 집약하여 표현한다. "아감벤은 인간 잠재성의 특성이 이처럼 '- 하지 않을' 잠재력, 어두움을 위한 잠재력(potentiality for darkness)이라고 본다." "이런 점에서 모든 잠재성은 비잠재성(impotentiality)이기도 하다." 양운덕, 「침묵의 증언, 불가능성의 증언—아감벤의 생명 정치의 관점에서」, 『인문학연구』 37집, 조선대학교 인문학연구원, 2009, pp.92-93.

항상 우리에게 순응하는 것에 대해 순응하지 않는 것이다. 사유는 순응의 시련 속에 있으며, 오로지 보편성만이 중단 없는 노동과 창의적 횡단 속에서 이러한 순응의 시련을 걸어 낸다."[37]라고 진술하면서, 보편주의의 비-순응적 역동성과 실천적 수행성을 강조했던 것처럼, 김혜순이 새롭게 현시한 "죽음"과 "여성성"의 이미지들은 기성의 보편성을 공백으로 만들어 놓는 진리-사건으로서의 보편성을 머금고 있기 때문이다. 달리 말해, 시인 김혜순의 보편주의는 「않아」라는 텍스트로 표상될 수 있을 비-잠재성의 현상들마저도 빠짐없이 쓸어안을 수 있을 바디우적 의미의 진리-사건, 그 보편주의 사유의 테두리에서 형상화된 것으로 파악되기 때문일 것이다.

음악이 없으면 걷지도 않아
레이스가 없으면 슬립을 입지 않아

때리면 피가 나는 드럼이 있어
맞으면서도 춤추는 데를 떠나지 않아

무너진 바다에 무너진 배 무너진 밤
무너진 배는 떠나지 않아

교황 아버지 앞에선 촛불을 들고 춤을 춰야 해
물속에 비친 촛불은 흐르는 피를 닦지 않아

---

37 알랭 바디우, 『사도 바울』, p.213.

출렁출렁 고통밖에 없는 고통이 흐릿한 뼈를 일으키는 밤
이생의 모든 내 얼굴이 나를 불러도 돌아보지 않아

물속엔 메아리가 없어서 울지도 않아
내가 여기 없어도 나는 떠나지 않아

아직
않아

—「않아」 전문

　"쓰는 동안에 거룩함이라는 쾌락, 연민이라는 자학, 건전함이라는
기만에만은 빠지지 말자고 다짐했습니다"[38]라고 시인이 고백했던 맥
락에 다시 주목해 볼 필요가 있다. 이른바 긍정성의 모든 국면과 판
단에 깃들일 수밖에 없을 순응과 순응주의를 부정하고 비판하는 메
시지를 내뿜고 있는 시편이 바로 인용 시편 「않아」이기 때문이다. 시
인은 "않아"라는 시어를 각각의 연마다 계속 반복함으로써, 성과주
의와 실적주의에 포위된 지금-여기, 우리의 나날의 삶이 지닌 한계
와 제한성과 특수성을 보여 주려 했던 것으로 짐작된다. 게다가 그것
은 '-하지 않을'이나 '현실화하지 않을' 등의 말들로 표상될 수 있을,
비-잠재성의 사건조차도 폭넓게 아우르려는 김혜순의 보편주의 사
유의 충실한 면모를 예시하고 있는 것이 틀림없어 보인다.
　김혜순이 새롭게 현시한 "죽음"과 "여성성"의 이미지들은 저 비-
잠재성의 사건 역시 포괄할 수 있다는 점에서, 기성 권력으로부터 배

---

38 김혜순, 「마지막 말」, 『않아는 이렇게 말했다』, 문학동네, 2016, p.390.

제되어 온 무수한 소수자들의 존재를 기존의 상징적 질서와는 전혀 다른 차원에서 기억하고 의미화하려는 노력이자 사회적 실천이라고 분명하게 규정할 수 있을 것이다. 특히 김혜순의 "죽음"과 "여성성"의 형상들이 현시하는 보편성은 모든 것을 동일화하는 고정된 체계와 상징적 질서로서의 보편성을 끊임없이 부정하면서, 그것과 전혀 상반된 차원을 구성하려 한다는 측면에 방점을 찍어야만 할 것이다. 시인이 형상화한 "여성성" 이미지의 보편성이나, "죽음"에 대한 보편주의 사유는 매 순간 끊임없이 발생하는 존재론적 이행과 결부된 실천 과정 자체를 가리키는 것이자, 기성의 지배 권력과 상징적 질서의 의미 체계에 구멍을 뚫어 버리는 공백으로서의 진리-사건을 자신의 존재 기반으로 삼기 때문이다.

이와 같은 "여성성"과 "죽음"에 대한 적확한 독법은 '사건으로서의 보편성'이라는 전혀 다른 차원의 보편성에 대한 의미 규정을 통해서만 가능할 것으로 보인다. 가령 "진리가 전진하는 세계 속에서 보편성은 모든 차이들에 노출되어야 하고, 그러한 차이들의 분유라는 시련 속에서 그러한 차이들을 횡단하는 진리를 받아들일 수 있다는 것을 보여 주어야 한다. 남자든 여자든, 유대인이든 그리스인이든, 노예든 자유인이든 중요한 것은 차이들이 그들에게 은총처럼 도래한 보편성을 담지하는 것이다."[39] 같은 알랭 바디우의 문장들을 음미해 보라.

위의 문장들을 관통하는 진리-사건의 사유와 보편주의 윤리학에 근거하여 김혜순의 시와 산문을 다시 반추해 볼 필요가 있겠다. 그녀의 "죽음" 이미지는 기존의 상징적 질서와 의미 체계의 뼈대를 이루는 보편성과는 전혀 다른 차원의 보편성을 제시하고 있는 것이 분명

---

39 알랭 바디우, 『사도 바울』, p.206.

하기 때문이다. 달리 말해, "여성하다", "시하다" 같은 시인의 새로운 용어들은 기성 질서로 구획된 성차(性差)나 장르 관행에 고착되는 것이 아니라, 오히려 이들이 임의적이고 가변적인 특수성에 불과하다는 것을 현시하며 새롭게 도래하는 진리-사건과 결부되어 있다는 것이다. 그리하여, 그것은 또한 이 사건의 과정에 충실하게 참여하는 주체의 실천적 지속성을 통해서만 나타날 수 있을 것이 틀림없다.

더 나아가, 이와 같은 지속성은 "(문화적) 파열 지점의 역사적 사건 속에서 출현"하거나 "역사의 불연속성 속에서"[40] 나타날 수밖에 없을 것이다. 이는 김혜순의 작업에서 새롭게 규정되고 있는 "여성성"과 "죽음"이 특정한 문화적·민족적·사회적 정체성이나 그 안정성의 테두리에 갇히는 것이 아니라, 오히려 그것을 뛰어넘는 어떤 진리-사건, 기존의 의미 체계를 공백으로 만들어 버리는, 다른 보편성의 현현 과정 자체라는 사실을 암시한다. 달리 말해, 저 현현 과정이 불러일으키는 진리-사건의 보편적인 감응(感應) 현상과 이를 충실하게 이행하려는 실천의 지속성을 통해서만, 김혜순의 보편주의를 표상하는 "여성성"과 "죽음"은 비로소 세상 속에 정립될 수 있다는 것이다.

그리하여, 김혜순의 시와 산문에서 계속 등장하는 "여성성"과 "죽음"의 이미지는 "문화적 파열 지점의 역사적 사건"을 만들어 가는 충실한 실천 과정을 표현하는 것으로 새롭게 해석될 수 있을 것이다. 그것은 또한 우리가 지금까지 논의해 온 '다른 보편주의'의 의미, 곧 '진리-사건으로서의 보편성' 또는 '공백으로서의 보편주의'라는 새로운 문제 설정을 통해서만 적확하게 이해될 수 있을 것이 분명해 보인다.

---

[40] 수잔 벅 모스, 『헤겔, 아이티, 보편사』, p.183.

치명적 애착의 리듬, 정치시의 야릇한 시작
—나희덕과 진은영의 시집

주술적 감각, 치명적 애착의 리듬

"나부끼는 황홀 대신/스스로의 棺이 되도록 허락해 주십시오"(「어떤 나무의 말」), "한때 나는 뿌리의 신도였지만/이미 허공에서 길을 잃어버린 지 오래된 사람"(「뿌리로부터」) 같은 문양들은, 나희덕의 시집 『말들이 돌아오는 시간』(2014)의 뼈대를 이루는 가장 굵직한 사유의 매듭과 이미지 조각술을 응축한다. 이는 『어두워진다는 것』(2001)에서부터 이미 그 흐릿한 윤곽선을 드러내기 시작한 것이겠지만, 시인 자신이 참담하게 겪어 낼 수밖에 없었던 것으로 감지되는 난폭한 실존의 고통과 불행의 그림자를 덧씌움으로써, 생의 막막함이 그야말로 가공할 만한 깊이로 습격해 오는 그 어두운 마음결의 늪지로 우리를 밀어 넣는다.

그렇다. "사체 보관실 문이 열리고/너는 침대에 누워 아무 말도 하지 않았다//그래도 이 외투는 입고 가렴,/네가 가야 할 먼 길이 추울지도 모르니"(「그날 아침」), "무엇보다도 네가 없는 이 일요일은/다시, 반복되지 않을 것이다/저 말라 버린 화초가 다시 꽃을 피운다 해도"(「다시, 다시는」), "독백도 대화도 될 수 없는 것/비명이나 신음, 또는 주문이나 기도에 가까운 것"(「상처 입은 혀」)이라고 하염없이 읊조려지는, 저렇듯 매번의 순간마다 다시 시퍼렇게 살아오는 망자의 숨결과 체취 앞에서 더 무슨 말이 필요하겠는가?

어쩌면 이 시집은 우리 곁에서 사라지고 버려지고 없어진 자들을 그저 다른 세상으로 떠나보낼 수만은 없는 자가 품을 수밖에 없을 치명적인 애착의 리듬감으로 빼곡하게 둘러싸여 있는지도 모른다. 마치 치명에 들린 듯 솟아나는 주술적인 감각의 번뜩임 또한, 시인이 필사적으로 치렀을 망자와의 참된 교접의 공간, 그 무서운 접신의 세계로 나아갈 수밖에 없었을 지독한 사랑의 깊이와 절실함의 무게로부터 태어난 것이 분명하리라.

> 어제도 뜬눈으로 밤을 보냈어요.
> 이 고통스러운 노래는 언제쯤 고요해지려는지.
> 귓속에서 수군거리는 그들.
> 쿵쿵거리는 발걸음들.
> 유리창 사이에서 파닥거리는 나방.
> 멀리서 우는 물푸레나무
> 아무것도 담을 수 없는 깨진 그릇
> 침대에서 쪼그린 채 견뎌야 하는 수많은 밤들.
> 희미하게 밝아 오는 창문들.
> 이제, 그만, 그만, 문을 닫고 싶어요.
> 겨우 여기까지 왔는데, 얼마나 더 가야 하나요?
> 저 검은 바다를 어떻게 건너야 하나요?

세상에서 가장 모진 것은 숨 쉬는 일이에요.

산소가 점점 희박해지고 있어요.

제발, 저, 좀, 도와주세요.

—「겨우 존재하는」 부분

시인이 제 온몸으로 보고 듣고 어루만지려는 것은, "유리창 사이에서 파닥거리는 나방", "멀리서 우는 물푸레나무", "아무것도 담을 수 없는 깨진 그릇" 같은 형상들로 비유된, 작고 가녀리고 겨우겨우 숨만 붙어 있는 것들이다. 이들을 쓸모없는 미물이라 부르든, 소수자 또는 고통받는 타자라 부르든, 그 명칭과 개념이 중요한 것은 아니다. "산소가 점점 희박해지고 있어요./제발, 저, 좀, 도와주세요."라고 외칠 수밖에는 없는, 저렇게 숨져 가는 것들 앞에서 개념은 그야말로 아무것도 아니다. 그렇다. 시인의 현묘한 직관력과 감각의 불꽃이 가닿는 자리는, 살아 있는 자들이 만끽하는 세계의 풍요로움이거나, 삶 자체가 축복일 수밖에 없을 정상적인 인간들의 세계가 아니다. 그것은 "겨우 존재하는"이란 표제에서 알 수 있듯, 이미 세상을 떠났기에 "귓속에서 수군거리는 그들"이거나, "겨우 여기까지 왔는데, 얼마나 더 가야 하나요?/저 검은 바다를 어떻게 건너야 하나요?/세상에서 가장 모진 것은 숨 쉬는 일이에요"라고 말할 수밖에 없는, 거의 죽음에 가까이 다다른, 아니 죽음을 욕망할 수밖에 없는 자들의 참혹한 세계이다.

특히, "어제도 뜬눈으로 밤을 보냈어요./이 고통스러운 노래는 언제쯤 고요해지려는지./귓속에서 수군거리는 그들./쿵쿵거리는 발걸음들."이라는 구절은, 현대 세계의 통념이 되어 버린 과학적 논증과 경험적 사실의 세계를 멀찌감치 뛰어넘어, 김소월과 서정주와 이영광이 일구어 놓은 한국시의 진경 한 자락을 펼쳐 놓는다. 그렇다. 이 구절은 "선 채로 이 자리에 돌이 되어도/부르다가 내가 죽을 이름이어!/사랑하든 사람이어!/사랑하든 사람이어!"(「招魂」), "부흥… 부흥… 부흥아 너는/오래전부터 내 머리속 暗夜에 동그란 집을 짓고 사렸다"(「부흥이」), "아, 決死的으로/總體的으로/電擊的으로/죽은 것들이, 죽지 않는다"(「유령 3」) 등으로 표상될 수 있을, 주술적인 리듬감과 초혼의 정치학을 고스란히 이어 나간 자리에서 태어난 것이 분명하다. 이들은 한결같이 타인과 세계를 향한 그 절박한 사랑의 깊이와 고통의 무게를 통해서만 빚어질 수 있는 것이 자명하기 때문이다.

이렇듯 타인과 세계에 대한 사랑의 에토스는, 시인에게 제도적이고 규범적이고 인공적인 것 바깥의 그 모든 살아 있는 것을 가로지르는 원초적 세계를 마주하도록 강제했을 것이 틀림없다. 가령 "자라기도 전에 날개가 꺾여 버린/하늘의 익사체들"(「취한 새들」), "죽음의 그림자와 애인의 얼굴/느릅나무와 플라타너스/불가능한 대화와 불충분한 대화/그럼에도 불구하고 수인과 시인은 함께 읽었다/비에 젖은 몇 편의 시를"(「그들이 읽은 것은」), "나는 눈 어두운 진흙의 사람./그러니 내 손이 진흙을 집어 들더라도/부디 놀라지 말기를!/가렸던 눈을 다시 뜬다 해도/나는 역시 한 줌의 진흙을 집어 들 것이니!"(「진흙의 사람」), "그녀의 산책은 자꾸 길어지고/창문들은 매일 다른 표정을 들려주고/창문 너머 그들은 불현듯 타인의 얼굴로 찾아오고"(「창문성」) 같은 이미지들을 보라.

이들은 우리들 나날의 삶을 규정하는 인간주의적 정상성이라는 유한한 평면을 벗어나, 그 바탕에 놓인 원초적 세계의 살아 꿈틀거리는 무대를 현현하게 한다. 시인이 결국 제 시편의 거죽 위로 끌어올리려는 것은, 이성적 주체라는 인간의 얄팍한 "마스크"가 겪어 낸 희로애락의 그림자이거나, 그 좁다란 "창문"을 통해 바라본 나르시시즘의 성채가 아니기 때문이다. 오히려 "불현듯" "타인의 얼굴로 찾아오"는 드넓은 몸들의 세계이자 세계의 몸들이며, 그 몸들로 이루어진 원초적인 힘들의 세계이기 때문이다.

> 부서진 돛대 끝에 매달려 보낸
> 수많은 낮과 밤, 그리고 계절들에 대하여
> 망루에서, 광장에서, 천막에서, 송전탑에서, 나부끼는 손들에 대하여
> 떠난 자는 다시 공장으로, 공장으로.
> 남은 자는 다시 광장으로, 광장으로, 떠밀려 가는 등에 대하여
> 밀려나고 밀려나 더 물러설 곳 없는 발들에 대하여
> 15만 4,000볼트의 전기가 흐르는 電線 또는 戰線에 대하여
> 어디에도 보이지 않는 불빛에 대하여
> 사나운 짐승의 아가리처럼
> 끝없이 다른 파도를 물고 오는 파도에 대하여
> 결국 산 자와 죽은 자로 두 동강 내는 아홉 번째 파도에 대하여
> ──「아홉번째 파도」 부분

"망루에서, 광장에서, 천막에서, 송전탑에서, 나부끼는 손들"이란 이 땅에 살아 있는 자들이 제 생존권을 지켜 내기 위해 치를 수밖에 없었을 신음과 절규와 죽음, 그 처절했던 투쟁의 현장을 암시한다. 시인은 이를 도입부에서 "오늘 또 한 사람의 죽음이 여기 닿았다/바다 저편에서 밀려온 유리병 편지"라는 이미지로 새겨 넣는다. 그리고 그들의 지독한 싸움의 강도를 "42피트………쌍용자동차/75피트………현대자동자/462피트………영남대의료원/(중략)/2,161피트

·········콜트-콜텍/2,870피트·········코오롱유화"라는 공포의 높이, 곧 "波高"에 빗댄다. 이는 "사나운 짐승의 아가리처럼/끝없이 다른 파도를 몰고 오는 파도"의 높이인 동시에 그들을 "산 자와 죽은 자로 두 동강 내는" 파멸의 높이, 곧 "죽음"에 이르는 높이라는 뜻을 동시에 휘감는다. 그러나 시인은 이들의 고통과 죽음 앞에서 그 무엇도 할 수 없는 자신의 무기력한 몰골을 다음과 같이 토로한다. "그들의 표류 앞에 나의 유랑은 덧없고/그들의 환멸 앞에 나의 환영은 부끄럽기만 한 것"이라고.

그렇다. 나희덕의 시집 『말들이 돌아오는 시간』은 그의 첫 시집 『뿌리에게』나 두 번째 시집 『그 말이 잎을 물들였다』의 중핵을 이루었던 부드럽고 연한 흙의 상상력, 또는 대지적 모성의 수용력이라는 주제 의식과는 전혀 다른 길을 모색하는 과정에서 이루어진 것이 아니다. 오히려 시인의 태생적 체질이라 부를 수밖에 없을 저 모성적 수용력이 좀 더 섬세해지고 민감해지고 첨예해진 그 시간의 깊이 속에서 건져 올려진 투명한 보석과도 같은 광채를 내뿜는다. 이 시집이 저토록 깊고 강인한 사랑의 빛을 뿜어내는 비밀스러운 자리를 우리는 다음과 같은 장면들에서 엿볼 수 있을지도 모른다.

인생의 삼 분의 일을
이스라엘군 초소 앞에서 기다린다는 시인을
검문을 받기 위해 종일 뙤약볕에 서 있는 그를
또 다른 삼 분의 일은
팔레스타인 사람이 살아 있다고 외치는 데 바치고
침묵과 절규로부터 살아남은 삼 분의 일만이
시인에게 허락된 시간이라는 것을

사랑하는 사람을 만나기 위해

사랑하지 않는 사람과 결혼하기 위해

누군가를 배신하기 위해

배신의 대가를 치르지 않고 살아남기 위해

위험하거나 안전한 장사를 위해

불법체류를 위해

금지된 국경을 상징적으로 부정하기 위해

단지 권태를 달래기 위해

저 너머에 가 보고 싶다는 충동에 충실하기 위해

국경을 넘는 사람들

총탄을 피해 달아날 자신이 없기 때문에

휠체어에 탄 아들 때문에

손녀를 둘이나 돌보아야 하기 때문에

지상과 천국의 국경이 얼마 남지 않았기 때문에

국경을 넘지 못하는 사람들

—「국경의 기울기」 부분

다리 저는 여자, 순정한 매춘부,

사랑에 빠진 남자, 잔인한 살인 청부업자,

교활한 상점 주인에서 천진한 소년에 이르기까지

누구라도 될 수 있고

비로소 아무도 아니게 될 수 있는 곳

무대에서는 널빤지와 걸레도 소품이 된다
그러나 무대 밖에서는
다시 널빤지와 걸레로 돌아가야 한다

연극보다 더 극적인 삶이 벌어지는 뒷골목에서
운명이 흘리고 간 빵가루를 주워 먹으며
때로는 우두커니 서 있는 그들
포충망 속의 나비처럼 파닥거리는 그들

모든 게 연극에 불과하다면
삶은 지퍼백처럼 얼마나 간편할 것인가
하지만 막이 언제 열리고 닫힐지
다음에 누가 등장할지 아무도 알 수 없다

—「등장인물들」 부분

『말들이 돌아오는 시간』에서 간추린 인용 구절들은, 시인의 타고난
성품인 모성적 수용력이 국가나 민족, 그 모든 종교적 율법과 정치적
이데올로기와 실정법의 테두리를 뛰어넘어, 고통받는 뭇 존재들을 향
한 공감과 사랑으로 진화해 왔다는 사실을 돋을새김의 필치로 보여
준다. 시인이 이렇듯 모든 경계와 소속과 당파를 가로질러 소수자의
처지에 놓인 무수한 타자들에게 제 몸과 마음을 온통 내어줄 수 있었
던 것은, 어쩌면 그의 시작 초기부터 드러났던 희생적 사랑의 태도로
부터 기원하는 것이겠지만, 그 투시력의 벡터를 인간주의적 시선과
사유 그 바깥에 실재하는 무수한 타자들로 뒤바꿔 놓은 자리에서 기

원하는 것인지도 모른다. 결국, 우리들의 의식 외부에 실재하는 무수한 타자들의 세계를 향해 나아가려는 시인의 필사적인 모험으로부터 "국경을 넘는 사람들"이든 "국경을 넘지 못하는 사람들"이든, 그 모든 소수자가 겪어 낼 수밖에 없을 가난과 애환과 고통을 함께 짊어지려고 하는 응답과 책임으로의 윤리 또는 '고통의 윤리학'이 움터 났을 것이 자명하다.

이 시집의 마디마디 그 모서리들에 깃든 고통의 윤리학은, 이전 시집들에서 명료하게 드러났던 모성적 헌신과 희생적 사랑이라는 시인의 정신적 체질에서 비롯되는 것이 분명하겠지만, 보이지 않는 저 후미진 세상 곳곳에서 신음하고 절규하는 소수자의 실존을 어루만짐으로써 훨씬 더 강력한 전율과 충실성의 위력을 선사한다. 결국, 시인의 몸과 마음은 우리들의 일상적 안정성을 짓부수고 나타나는 타자의 얼굴에 가닿을 수밖에 없는 숙명을 품고 있는 것이 틀림없기에.

우리들의 예상과 기획과 의도를 빗겨나 느닷없이 밀려닥치는 "다리 저는 여자, 순정한 매춘부,/사랑에 빠진 남자, 잔인한 살인 청부업자,/교활한 상점 주인에서 천진한 소년에 이르기까지" 저 숱한 타자들의 고통과 신음과 절규에 응답하려는 시인의 필사적인 충실성에서 끌어올려진 정화(淨化)의 언어들, 그것이 바로 『말들이 돌아오는 시간』이 내뿜는 신성한 광휘이자 가공할 만한 위력의 발원지일 것이다. 이 시집이 "끝내 하지 못한 말"은 우리들의 헛되고 헛된 탐욕을 정화하는 영혼의 보석처럼, "별처럼 박혀 있을 테니까".

혀의 뿌리와 맞닿은 목젖에서는
작고 검고 둥글고 고요한 목구멍에서는
이제 아무 소리도 나지 않는다

말이 말이 아니다

독백이나 대화도 될 수 없는 것
비명이나 신음, 또는 주문이나 기도에 가까운 것

혀와 입술 대신
눈이 젖은 말을 흘려보내는 밤
손이 마른 말을 만지며 부스럭거리는 밤

너에게 할 말이 있어
아니, 더 이상 할 수 있는 말이 없어
이생에서 우리가 주고받을 말은 이미 끝났으니까

그러니 네 혀가 돌아오더라도
끝내 그 아픈 말은 들려주기 말기를

그래도 슬퍼하지 말기를,
끝내 하지 못한 말은 별처럼 박혀 있을 테니까

—「상처 입은 혀」 부분

알레고리, 정치시의 야릇한 시작

지난 두 권의 시집에서 "플라톤을 베낀다 마르크스를 베낀다 국가
와 혁명을 베낀다/무엇을 할 것인가를 베낀다"(「어제」, 『일곱 개의 단어로
된 사전』), "마지막 사람은 엉터리/서툰 시 한 줄을 축으로 세계가 낯선
자전을 시작한다"(「앤솔러지」, 『우리는 매일매일』) 같은 구절로 표상되는,

한국시에서는 매우 낯선 브리콜라주와 알레고리를 새로운 이미지의 터전으로 일구었던 진은영의 사유와 필법은 『훔쳐 가는 노래』에서도 고스란히 살아 꿈틀거린다. 상징이라는 말에 주름진 미학적 완결성과 유기적 총체성의 신화를 일그러뜨리려는 정치적·미학적 기획에서 태어난 저 알레고리는, 어쩌면 "우리 시대의 독특한 실존 양식이 되어 버린 사소한 삶과 사물들 속에서도 새로운 진실을 발명해 내는 시적 기호를 찾아낼 수 있다"(「프루스트를 읽는 시간」, 『시로 여는 세상』, 2007.가을)라는 시인의 말과 믿음 속에 이미 깃들어 있었던 것인지 모른다.

그것은 "뜨거운 빵의 흠집 없는 표면들"(「나에게」, 『우리는 매일매일』)로 빗대어진 작품 내적 완결성, 그 통념적 미학 규범에 "안녕"이라는 작별 인사를 고하면서, "세계의 고통을 마주하고서 제 얼굴 가득히 동정과 연민을 나타내느라 우물쭈물 시간을 허비하는 대신, 주저함 없는 정확성으로 재빨리 상처에 손을 갖다 대는 문학"(「프루스트를 읽는 시간」)을 실천하려는 것과 같다. 이와 같은 "문학"은, 결국 "사소한 실존"으로 살아갈 수밖에 없을 우리들의 파편화된 삶과 그 폐허의 진실, 마치 깨어진 거울 조각 같은 불협화음의 삶의 조각들을 드러내려는 것이기 때문이다. 아니, 진은영의 알레고리는 "이미 승인된 문학적 진리를 재생산하는 대신 새롭고 이질적인 감각을 발명하고 이것들을 도처에 증식시키고 감염시키는", 그리하여 "떠나기, 떠나기, 탈주하기…… 지평선을 가로지르기, 다른 삶으로 스며들기"(「소통을 넘어서, 정동의 문학을 향하여」, 『문학판』, 2006.겨울)라는 삶 그 자체의 어떤 "되기"를 겨냥한다고 말하는 것이 적확하겠다.

『훔쳐 가는 노래』의 곳곳에 들어박힌 "초록빛 맑은 토사물 속에 구르는 별들/하느님은 가짜 교통사고 환자인 것 같다/천사들이 처방해 준 약을 한 번도 먹지 않은 것 같다"(「이 모든 것」), "내 옷도 아니고 당신 옷도 아닌/이 고백들 어디에 걸치고 나갈 수 없어 이곳에만 드높이 걸려 있을, 보여 드립니다/위생학의 대가인 당신들이 손을 뻗어 사랑하는/나의 이 천부적인 더러움을"(「나의 아름다운 세탁소」), "어릴 적 소풍 가서 먹다 잊은 복숭아 깡통 넥타를/(중략)/그것은 너와 나의 어린 시절이 작고 부드러운 입술을 대어 보았던 곳, 그 진실한 가짜 맛/그러다가 문득 시작해 놓은 시가 있으며"(「아름답게 시작되는 시」) 같은 야릇한 미감의 비늘들은, 알레고리라는 진실의 폐허에서 비롯된 것이 틀림없다. 그것들은 모두 진·선·미의 조화와 통일, 인간의 조화로운 완성이라는 교양의 이념을 아름답게 치장된 거짓된 가상의 자리로 끌어내리면서, 그 자신들이 "아름다움 너머에 있다는 것을 고백하"(발터 벤야민, 『독일 비애극의 원천』)는 것이기 때문이다.

"하느님은 가짜 교통사고 환자인 것 같다", "나의 이 천부적인 더러움을", "그 진실한 가짜 맛"이라는 문양들은, 우리들이 아름답다고 믿고 싶은 "그 모든 것", 그러니까 "낭만적 화장술"로 덧칠해진 마술환등(Phantasmagorie)이 꺼지는 순간, 바로 그 자리에서 일어서는 환상의 폐허와 미학의 형해를 발가벗겨 드러낸다. 이 폐허와 형해의 이미지가 바로 알레고리이다. 황현산의 말처럼, "알레고리는 감각적 대상과 관념적 대상 사이에 껄끄럽게 끼어 있는 폐허이며 해골"(『잘 표현된 불행』)이기 때문이다. 인용 시편들의 모서리마다 듬성듬성 들어박힌 "이 도시는 똑같은 문장 하나를 영원히 받아쓰는 아이와 같다/판잣집이 젖니처럼 빠지고 붉은 달 위로 던져졌다/피와 검댕으로 얼룩진 술병이 흰 비탈에서 굴러온다"(「이 모든 것」), "멀리 뛰다 절대 뒤돌아보지 않아도/이년아, 그년이 네 샛서방이냐/깨진 금빛 호른처럼 날카롭게 울리던"(「나의 아름다운 세탁소」), "투명한 삼각자 모서리처럼 눈매가 날카로운/관료에게 제출해야 할 숫자의 논문을 쓰고"(「아름답게 시작되는 시」) 같은 무늬들을 보라. 이들 역시 "아름다운"이라는 형용사와는 전혀 어울리지 않는, 오히려 그것을 일그러뜨리는 지저분한 얼룩들이자 그 비루한 진실의 파편 조각들에 가깝다.

따라서 진은영의 이미지 조각술의 중핵인 알레고리가 '정치시'라는 다른 실천의 명제로 진화해 간 것은 필연적인 경로였는지도 모른다. 그가 제안했던 '정치시'는 결국, "세계의 낡은 감각적 분배를 파괴하고 다른 종류의 분배로 변환시킴으로써 삶의 새로운 형태들의 발명을 동반"하려는 것이기 때문이다. "삶과 정치가 실험되지 않는 한 문학은 실험될 수 없다. 이것을 망각할 때 문학은 필연적으로 기만의 상황에 빠진다"(「감각적인 것의 분배」, 『창작과 비평』, 2008.겨울)는 말에 선명하게 나타나 있듯, '정치시'라는 새로운 명명법이 진정으로 갈망했던 것은 다른 "삶-되기", 새로운 "삶과 정치"를 향한 "온몸"의 실천이었기 때문이리라.

종이
펜
질문들
쓸모없는 거룩함
쓸모없는 부끄러움
(중략)
아무도 펼치지 않는
양피지 책
밤과 낮
서로 다른 두 밤
네가 깊이 잠든 사이의 입맞춤

푸른 앵두

자본론

죽은 향나무숲에 내리는 비

너의 두 귀

                               —「쓸모없는 이야기」 부분

우리는 둘이서 밤새 만든

좁은 장소를 치우고

사랑의 기계를 지치도록 돌리고

급료를 전부 두 손의 슬픔으로 받은 여자 가정부처럼

지금 주머니에 있는 걸 다 줘 그러면

시랑해 주지, 나의 가난한 처녀야

                               —「훔쳐 가는 노래」 부분

녹색 오렌지로 태양을 그리는 아이들은 어디 있나

바다를 술로 만드는 마술은 어디에 있나

망루에서 죽은 자에게

빌딩처럼 멋진 묘비를 세워 주는 도시는

어디 있나

                               —「지도를 찾아서」 부분

문학과 정치, 영혼과 노동, 해방에 대하여, 뛰어넘을 수 없는 반찬 칸
과 같은 생물들에 대하여

잠자코 듣고만 계시던 어머니 결국 한 말씀하셨습니다

멸치도 안 먹는 년이 무슨 노동해방이냐

—「멸치의 아이러니」 부분

시집 곳곳에서 가져온 인용 구절들은 현대 자본주의 사회 체제의 심장이자 신, 곧 물신주의와 상품미학 앞에서 "문학"이 처할 수밖에 없는 초라한 운명을 낮은 목소리로 읊조린다. "종이"와 "펜"과 "질문들"이라는 질료들의 결합으로 만들어지는 "문학"은 "쓸모없는 거룩함"이자 "쓸모없는 부끄러움"인 까닭에, "아무도 펼치지 않는/양피지 책"이거나 "쓸모없는 이야기"에 불과할지도 모른다. 「훔쳐 가는 노래」와 「지도를 찾아서」를 감싸고 있는 것은 피폐한 노동 현실과 이윤 착취의 실상을 고발하거나, 그 불지옥과도 같았던 용산 참사의 현장을 사실적으로 모사하려는 재현적 이미지가 아니다. 그것은 오히려 동화적 상상력으로 빚어낸, 마치 마법사가 들려주는 옛날이야기 같은 낯선 풍경들을 도입함으로써 1970-80년대 한국시의 주류를 이루었던 민중시의 리얼리즘 미학을 다른 차원으로 도약시킨다. 「멸치의 아이러니」에 나타난 "멸치도 안 먹는 년이 무슨 노동해방이냐"라는 힐문 역시 기왕의 노동시에서 나타났던 클리셰, 선/악의 도덕적 이분법적 도식을 멀찌감치 뛰어넘는다. 오히려 매번의 순간마다 달라질 수밖에 없을 우리들의 조각난 실존을 아프게 증언한다.

저렇게 비틀어진 실존의 얼굴이야말로 알레고리가 움트는 바탕 세계일 것이나, 시인은 현대 세계에서 "문학"이 차지할 수밖에 없을 소수자의 숙명에서 오히려 우리들의 "삶과 정치"를 바꿀 수 있는 비전을 찾으려 한다. 그것은 김수영이 말했던 "온몸에 의한 온몸의 이행"에서 착상을 얻은 "지게꾼-되기의 시"이다. 곧 "지게꾼이라는 타자를 만나는 새로운 방식 속에서 시인은 기존의 분배 방식에서 특수한 영역으로 할당된 자신의 존재를 지우고 지게꾼도 시인도 아닌 동시에 지게꾼이며 시인인 존재가 된다"는 것이다. 따라서 "지게꾼-되기의 시"는 다소 추상적인 차원에 머물러 있던 '정치시'라는 새로운 문학적 실천 명제에 감각적인 질감과 구체적인 방법론을 부여한 것처럼 보인다. "시인의 자리를 지게꾼의 자리와 뒤섞고 문학의 자리와 정치의 자리를 뒤섞음으로써 감각적인 것들의 완강한 경계를 넘어가는 시와 시인이 동시에 시작된다"라는 말로 풀이되는 그것은 '정치시'가 어떤 "삶-되기"이며, 어떤 실천의 과정을 통해서만 "온몸"으로 작성될 수 있는지를 생생하게 보여 주기 때문이다.(「한 진지한 시인의 고뇌에 대하여」, 『창작과 비평』, 2010.여름.)

『훔쳐 가는 노래』에는 시인의 실존적 체험이 많이 묻어난 시편들이 좀처럼 눈에 띄지 않는 구석진 자리에 웅크리고 있다. 가령 "불꽃, 너는/내부에 젖은 눈동자가 달린 동물 하나를 키우고 있다"(「노을」), "너는 맑스와 보들레르와 안데르센 혹은, 이웃집 사내가 이 층 창가에서 담배를 문 채 혼자 중얼거린 말을 좋아한다. 세상의 모든 말이 이미 내뱉어졌으니 무얼 덧붙일 필요가 있을까,라는 자조의 벌레가 네 검고 가느다란 핏줄 속에서 야광 솜털 같은 다리로 헤엄치기 때문이지"(「전생」), "아 그렇군, 아주 오래전/나는 어둡고 부드러운 세월과 결혼한 적이 있다/자두나무 두 그루 사이에 걸린/희미한 기타 소리 같은 얼굴/그 세월이 데려온 슬픔의 의붓자식/모든 청춘이 살해된 뒤에도 살아남을/비명의 공증인, 그는/내 안에 갇혔다"(「갇힌 사람—기형도에게」) 같은 형상들을 보라.

이들은 진은영의 알레고리, 나아가 "새로운" 삶을 향한 실험이자 "지게꾼-되기"로서의 '정치시'라는 이름의 문학적 실천 명제가, 재빠른 담론의 유행에서 온 것일 수 없음을 명징하게 보여 준다. 아니, 자신의 몸과 오랫동안 벌여 온 그 지긋지긋한 싸움을 정면 돌파하려는 목숨을 건 도약에서 비롯하는 것임을 전율 어린 뉘앙스로 일러 준다. 이 시집의 끝자리에 새겨진 「시인의 말」은 그래서 아름답다. 그것은 시가 아니지만 다른 어떤 시보다도 아름답다. 저토록 오래 많이 아프지만, 이를 넘어서려는 감응의 빛살로 가득하기에.

서른 살 무렵, 죽을 것 같은 기분이 들었다. 그때 카프카가 죽은 나이까지는 살게 해 달라고 빌었다. 그런데 하느님은 내 소원을 알아들으신 것 같다. 카프카가 쓴 것처럼 쓸 수 있을 때까지 살게 해 달라는 이야기로, 그리하여 나는 그 누구보다 오래 살고, 어쩌면 영원히 살게 될지도 모른다. 이 불미스러운 장수와 질 나쁜 불멸에 나는 곧 무감해질 테지. 문학은 나에게 친구와 연인과 동지 몇몇을 훔쳐다 주었고 이내 빼앗아 버렸다. 훔쳐 온 물건으로 베푸는 향응이란 본래 그런 것이지, 지혜로운 스승은 말씀하실 테지만 나는 듣는 둥 마는 둥, 소중한 것을 전부 팔아서 하찮은 것을 마련하는 어리석은 습관을 여전히 버리지 못했다.

—「시인의 말」 전문

리얼리즘의 승리, 한국 노동시의 진화
─일과 시 동인 시집 『못난 시인』

'노동자 시인 모임'인 '일과 시' 동인들의 시집 『못난 시인』은 그들이 "여태 살아오면서 쓴 시 가운데 열 편씩 가려 뽑아 펴낸" 것이다. 이 시집은 동인을 구성하는 열 사람의 시편들을 한자리에 모아 놓았다는 점에서, 그 스펙트럼과 진폭이 상당히 넓다는 측면을 충분히 가늠할 수 있을 듯하다. 그러나 시집 마디마디의 모서리들을 들여다보면 꼭 그렇지만은 않다는 사실에 적잖이 놀라게 된다. 이는 달리 말해, 이 시집에 수록된 거의 모든 시편은 이른바 민중문학·노동시의 테두리에서 크게 벗어나지 않는 것임에도 불구하고, 21세기 판본의 한국 노동시가 진화하는 양상을 선명하게 표상해 주고 있다는 것을 뜻한다.

『못난 시인』의 문학적 근본 개념과 문제 설정의 중핵은, "일하는 사람이 글을 써야 세상이 참되게 바뀐다"라는 머리글의 한 대목을 통해 알아챌 수 있다. 이는 결국 이 시집이 사회·역사적 상상력과 효용론적 문학 담론의 테두리를 품고 있다는 사실을 표상한다. 따라서 이 시집의 문학사적 지력선 역시, 지난 1970-80년대 민중문학의 혈맥에서 크게 벗어나지 않는다고 말하는 것이 적확할 것이다. 그러함에도 불구하고, 이 시집에 수록된 몇몇 시편들은 이른바 민중문학·노동시의 가장 중요한 대의적 명제인 혁명적 무기로서의 문학예술이라는 단일하고 강고한 이념적 지표를 다소간 다른 방향에서 사유하면서, 새로운 차원의 예술적 질감으로 이끌어 가고 있는 듯 보인다. 달래 말해 새로운 형질의 민중문학·노동시를 새롭게 개척하고 창안하려 한다는 것이다.

지금도 청천동 콘크리트 건물 밖에는 플러그 뽑힌 채 장대비에 젖고 있는 도요타 미파 브라더 싱가 미싱들이 있다 나오다 안 나오다 끝내 끊긴 황달 든 월급봉투를 무짠지와 미역냉국으로 빈 봉지를 우적우적 채우고 있다 얼어붙은 시래기 걸려 있는 담 끼고 굽이도는 골목 끝, 아득하고 고운 옛날 어진내라 불리던 인천 갈산동 그 쪽방에는 연탄보다 번개탄을 더 많이 사는 어린 소녀가 살고 있다 야근 마치고 돌아오면 늘 먼저 잠들어 있는 연탄불과 활활 타오르기 전 곯아떨어지는 등 굽은 한뎃잠이 있다

삼산동 논 가장자리에 앉혀진 그 붉은 벽돌집에는 아직도 비틀대는 깨진 유리창과 미친 칼을 피해 옆방으로 도망친 늙은 아버지 피 묻은 런닝구와 선홍색 유리 조각들이 장롱 속에서 오들오들 떨고 있다 배추밭에 배추나비 한가로이 노닐던 가정동 스레트 집 문간방에는 사흘 걸러 쥐어 터지던 젊은 해당화가 살고 있다 지금도 들리는 어린아이 울음소리 패대기쳐진 여인과 아이와 한 덩어리 된 어린 여자 눈물방울이 아직도 흙바닥에 뒹굴고 있을까

(중략)

이상하기도 하지
스무 해 도망쳐 왔는데 아직도 내가 거기에 있다니
내가 떠나온 그곳에 다른 내가 살고 있다니
푸른 작업복에 떨어지는 물방울
아직도 머리채 잡혀 끌려가고 있다니
앞으로 달려온 줄만 알았는데 뛰어도 제자리
러닝머신 위에서 뜀박질이었다니

—김해자, 「어진내에 두고 온 나」 부분

 시인의 숨결과 눈길이 머무는 곳은 지금-여기의 삶의 무대가 아니라, "스무 해 도망쳐 왔"던 "어진내라 불리던 인천 갈산동 그 쪽방"이다. 그러나 시인은 다시 이렇게 되뇐다. "내가 떠나온 그곳에 다른 내가 살고 있다니"라고, 또는 "앞으로 달려온 줄만 알았는데 뛰어도 제자리/러닝머신 위에서 뜀박질이었다니"라고. 이는 결국, 시인 자신의 삶 그 자체가 노동자의 피로한 일상과 비루하고 너절한 생활을 반복적으로 이어 가고 있다는 사실을 암시하는 것이기도 하지만, 다른 한편으로 "스무 해"가 지났음에도, 21세기 한국 사회에는 "연탄보다 번개탄을 더 많이 사는 어린 소녀"와 "야근 마치고 돌아오면 늘 먼저 잠들어 있는 연탄불과 활활 타오르기 전 곯아떨어지는 등 굽은 한뎃잠"이 공존해 있다는 것을 뜻한다.

 결국 시인 김해자는 "어진내"의 "쪽방"의 "어린 소녀"를 휘감고 있는 가난과 피로와 고통을 통해 "내가 떠나온 그곳에 다른 내가 살고 있"는 사회·역사적 차원의 실제 풍경들을 형상화하고 있는 셈이며, 저 몸서리치는 궁핍하고 비루한 일상을 밀착 묘사함으로써 오히려 매우 순도 높은 비애감을 틔워 올리는 성취를 이룬다고 하겠다. 이 시편에 등장하는 여러 사물과 사건의 형상들, 곧 "도요타 미파 브라더 싱가 미싱들", "황달 든 월급봉투", "얼어붙은 시래기 걸려 있는 담", "늘 먼저 잠들어 있는 연탄불", "비틀대는 깨진 유리창과 미친 칼", "피 묻은 런닝구와 선홍색 유리 조각들", "어린아이 울음소리", "패대기쳐진 여인과 아이와 한 덩어리 된 어린 여자 눈물방울", "푸른 작업복에 떨어지는 눈물방울" 같은 것들을 보라. 이들은 이른바 민중과 노동자라는 상투어들의 껍질을 꿰뚫고 들어가서, 그들의 살아 꿈틀거리는 몸의 감각들과 그것에 드리워진 곡진한 감수성의 세부를 거죽 위에 펼쳐 놓는다.

이른바 리얼리즘의 승리란 바로 저 생생한 감각적 장면들이 여백의 공간 곳곳에서 환기하는 생동감과 비애감을 일컫는다. 그렇다. 리얼리즘이란 어떤 이념적 강령의 선명성이나 관념적이고 추상적인 사유 모델에서 비롯하는 것일 수 없다. 그것의 정수는 무엇보다도 먼저, 구체적이고 감각적인 상황 그 자체가 만드는 어떤 사건들과 장면들에서 움트며, 그 사건들과 장면들을 둘러싼 서로 다른 여러 힘의 배치를 통찰할 수 있는 섬세한 안목과 직관력에서 비롯되는 것이 자명하기 때문이다. 「어진내에 두고 온 나」는 "스무 해 도망쳐 왔"던 시인 자신의 일상적 감각의 세부에서 "인천 갈산동 그 쪽방에는 연탄보다 번개탄을 더 많이 사는 어린 소녀"의 현재를 떠올리고 이들을 겹쳐 울리게 함으로써, 지금-여기서 이루어지고 있는 민중·노동자의 생활세계가 "스무 해" 전의 상황에서 그리 달라지지 않았다는 역사적 진실의 한 장면을 포착하는 성취를 이룬다고 하겠다.

어둠 깔린 가리봉 오거리

버스 정류장 앞 꽉 막힌 도로에

12인승 봉고차 한 대가 와 선다

날일 마친 용역 잡부들이 빼곡히 앉아

닭장차 안 죄수들처럼

무표정하게 창밖을 보고 있다

셋 앉는 좌석에 다섯씩 앉고

엔진 룸 위에 한 줄이 더 앉았다

육십이 훨 넘은 노인네부터

서른 초반의 사내

이국의 푸른 눈동자까지

한결같이 머리칼이 누렇게 쇠었다

어떤 빼어난 은유와 상징으로도

그들을 그릴 수가 없다

그들은 아무 말도 하지 않았다

　　　　　　　—송경동, 「그들은 아무 말도 하지 않았다」 전문

한 살이 모자랐다

키로 나이를 먹는 거라면

까치발만 해도 거뜬할 텐데

서른이 안 됐다고

난 일과 시 창립 동인이 되지 못했다

저들은 나이로 시를 쓰는가

일과 시 재수를 하면서
결혼을 하고
철도노동자가 되어
스물아홉 시인의 투쟁보다
서른 노동자의 잔업이 아름답다고
철길 곳곳에 시를 뿌리고 다녔다

아이 둘을 키우는 노동자에게
200자 원고지는
200개의 낭떠러지
가늘고 긴 위험 표지를 피하는 동안
그리움만 한 삽 떠서 보냈던 일과 시
시로 나이를 써 온 지 20년이 되도록
원고지에 빙 둘러앉지 못하고
용접 불똥에 군데군데 쉼표가 찍힌
작업복 시어들이
설 이후 끊겼던 철근을 다시 둘러메고
바람 빠진 희망버스 바퀴를 채우며
합평회를 한다

　　　　　　　　　　　　　　　—이한주, 「일과 시」 전문

쇳가루 마시면서 스무 해 지났습니다
느을 가슴이 뜨거워 쇳물 끓었으니
지금 내 목숨 절반은 쇳덩어리

당신을 향하여 남아 있는 반쪽 부드러운 목숨에
여러해살이 풀을 심어
쇳덩어리 파먹으라고 갉아먹으라고 합니다

이렇게 스무 해쯤 더 지나면
속 갉아먹힌 쇳덩이에
희디흰 꽃 한 송이 피어나지 않겠습니까

낮은 언덕에 올라 당신이 내뱉는 숨결에도
가을에는 바람이 일겠지요
아니라고 하여도 바람 한 점 꽃을 흔드는 저녁

얇게 남은 목숨
꽃빛으로 부서지면서
꼭 저 풍경 소리로 날아오르고 싶습니다

                                —김해화, 「가을 풍경 소리」 전문

새라면 아아 쫓겨나지 않는 새라면
해거름 속으로 평화롭게 귀가하는
새처럼 아, 날 수 없는 가난 때문에
꽃이라면 아, 뽑히지 않는 꽃이라면
사방 천지 들녘에 억세게 뿌리내린
들꽃처럼 아, 피어날 수 없는 가난 때문에
문패도 번지도 없는 주소 불명의 세대주여
강제집행 통지서 받아 든 불법 거주자여

이 지상의 집 한 칸

지고 갈 수도 없는 집 한 칸이 없어

잠든 자식 머리맡에서 시로 우는 아비여

　　　　　　　　　—조태진, 「이 지상의 집 한 칸」 전문

　　인용 시편들은 모두 민중 또는 노동자의 일상적 삶의 세부들과 그 현장감을 형상화한 것들이라 하겠다. 그러나 지난 1970-80년대 민중문학·노동시의 중핵을 이루었던 압제자에 대한 폭로의 수사학이나, 사회·역사적 진보에 대한 궁극적 낙관성과 혁명 주체의 도덕적 고뇌로 표상되는 천편일률적인 주제 의식을 새로운 감수성의 자리로 전환하고 있는 듯하다. 가령 송경동의 「그들은 아무 말도 하지 않았다」는 2000년대 이후 한국 사회의 노동시장의 변화, 곧 외국인 노동자들의 유입에 따른 노동운동의 변화 양상을 추적하고 있으며, 김해화의 「일과 시」라는 시는 '일과 시' 동인의 창립 과정에서 시인이 소외될 수밖에 없었던 저간의 사정과 더불어 노동자 시인으로서의 성장 과정을 섬세한 필치로 기술한다.

　　김해화의 「가을 풍경 소리」는 노동 현장의 피폐한 근로조건에서 비롯되는 육체적 소모와 악화 상황을 핵심 모티프로 삼고 있으면서도, "희디흰 꽃 한 송이", "바람 한 점 꽃을 흔드는 저녁", "풍경 소리로 날아오르고 싶습니다" 같은 이미지들로 표상되는, 건강하고 아름다운 삶과 심미적 감수성을 향한 본원적인 충동을 행간의 여백을 통해 감동적으로 그린다. 조태진의 「이 지상의 집 한 칸」 역시 지난 시대의 민중문학·노동시의 주요 오브제 가운데 하나였던 철거민들의 삶의 행로와 감각을 다루고 있지만, 철거 과정에서 행해지는 잔혹하고 폭력적인 물리력의 행사 과정을 밀착인화의 기법으로 드러내지 않는다. 오히려 그로 인해 생겨나는 마음결의 파문과 상흔을 감성적인 필법으로 소묘한다. 결국 「가을 풍경 소리」 「이 지상의 집 한 칸」 같은 작품들은 1970-80년대 민중문학·노동시에서 반복적으로 다루어졌던 소재들을 예술적 구도의 근간으로 삼고 있음에도 불구하고, 이를 인간의 건강하고 심미적인 삶에 대한 본원적인 충동이라는 새로운 지향성으로 전환함으로써 서정적 분위기와 미학적 밀도를 드높이는 성과를 보여 준다.

'일과 시' 동인의 시집 『못난 시인』은 21세기 한국 노동시의 현장과 현실적 상황을 판별할 수 있게 하는 표본적 위치를 품고 있을 뿐만 아니라, 그것의 미래 비전을 예감케 하는 예술적 변곡점들을 생성하고 있는 것이 분명해 보인다. 이는 저 민중문학·노동시의 시대와는 다른, 나아가 달라질 수밖에 없었던 우리 시대의 사회·역사적 상황과 조건에서 비롯되는 것이 틀림없을 것이다. 그러나 다른 한편으론, 한국 노동시의 주역으로 활동하고 있는 시인들의 관점과 태도가 좀 더 수준 높은 예술적 완성도와 심미적 감수성을 세련화하는 방향으로 전환되었다는 사실을 암시한다.

그렇다. 이 시집은 노동자-시인을 역사 발전의 소명 의식이나 민주주의를 향한 헌신이라는 신성한 가치를 에두르고 있었던 지난 시대의 특별한 존재로 기록하지 않는다. 그러나 전국 곳곳의 노동 현장에서 피땀 흘려 일하면서도 시를 쓸 수 있는, 그야말로 하나의 예술 작품으로서의 노동시를 창작할 수 있는 노동자-시인들이 이토록 많아졌다는 것을 구체적으로 예증한다. 이 시집을 발간한 '일과 시' 동인 이외에도 우리 삶의 현장에서 그 곡진한 노동의 실상과 경험을 형상화하고 있는 노동자-시인은 훨씬 더 많을 것은 너무 자명할 일일 터이다.

우리 시대의 한국 사회는 특별한 예술교육을 거친 지식인들만이 시와 예술을 창작하고 감수하고 향유할 수 있는 것이 아니라, 자기 삶의 체험과 현장을 끊임없이 반추하면서 자신의 감성의 촉수를 첨예하게 만들려는 모든 사람에게 그것이 가능한 단계로 진입하고 있는지도 모른다. 나아가 모든 사람이 시인이자 예술가가 될 수 있는 새로운 시대를 맞이하고 있는 것이 분명해 보인다. 이와 같은 시대는 우리 곁에 이미 성큼 다가와 있을뿐더러 우리가 함께 이루어 가야 할 미래 사회의 모습이기도 할 것이다.『못난 시인』의 출간은 민중과 노동자라는 이름으로 표상되는 우리 사회의 모든 구성원이 시와 예술을 널리 창작하고 감수할 수 있다는 잠재력을 구비하고 있다는 사실을 구체적으로 예증한다. 더 나아가, '일과 시' 동인이 빼어난 예술적 짜임새와 촘촘한 감수성의 밀도를 자랑하는 시편들을 부단히 생산하고 있다는 사실은 21세기 한국 노동시가 펼쳐 놓게 될 풍요로운 미래를 예고하는 단자(monad)일 것이 틀림없다.

가난보다
서너 발짝 앞서오는 겨울이
발을 뻗어
창신동 아랫목에
잠시 머무는 사이
동화처럼
눈이 내리고
비탈길
아이들은
햇살을 주워 봄이 된다

양철지붕 두드리며
밤새 내리는 비

나도 누군가의 영혼을 밤새 두드리는
겨울 찬비가 될 수 있다면
하지만 난 아직도
세상의 음계에 맞춰
내 노래 조율하는 법을 몰라

내 노래는 내가 죽어도
내 목 밖에서 객처럼 서성일 것인가
밤새 내 영혼을 두드리는
하얀 비

—송경동, 「하얀 비」 전문

깃을 세운 잠바를 보면 지금도 시가 보인다
심지를 넣은 빳빳한 시들이 거리를 거닐고 있다
미싱 판에 엎드려 심지에 쓴 시
작업하다 초크와 쪽가위로 새긴 시
방통고 다니던 현옥이 따라 끄적거린 시
뒤에서 쪽가위 두드리는 소리에 놀라
칼라와 함께 기워 버린 유산된 시
명사와 형용사만 앙상한 시에 조사를 붙이고 어미도 붙이고

사는 날 내내 이루어야 할 동사 한마디 이으려 길을 걷는다

아무도 보지 못한 숨은 시를 찾아

아무리 써 봐도 뻔한 레퍼토리지만

평생 살아 봐도 그리운 낱말 몇 개 순산하고 싶어

심지 속에 든 시를 더듬는다

—김해자, 「심지에 쓴 시」 전문

디아스포라, 다른 보편주의를 위하여
—하종오와 한명희의 시

단일민족국가의 종언

마르크스는 「공산당 선언」에서 "부르주아지는 세계 시장을 착취함
으로써 모든 국가의 생산과 소비를 범세계적으로 조직했다"고 말했으
며, 자본주의의 경제 체제의 도래와 더불어 비로소 진정한 세계사가
시작된다는 것을 『독일 이데올로기』에서 다음과 같은 문장으로 표현
했다. "발달한 생산양식과 교류, 그리고 그 결과로 여러 국가들 사이
에서 자연성장적으로 전개되는 노동 분업 등에 의해 각 국가의 본래
의 고립성이 파괴되면 될수록, 그만큼 역사는 세계사로 되어 간다."

2000년대 이후 우리 사회에서 주요한 문제들 가운데 하나로 거론
되어 온 동남아 출신의 이주노동자들이나 조선족으로 표상되는 '디
아스포라(Diaspora)'의 존재들은 마르크스의 저 오래된 명제들을 다시
금 상기시킨다. 이들 개개인의 구체적인 운명과 그 노동의 양태들은
최대 이윤의 생산이라는 목적을 위해서라면 국경과 민족이라는 경계
조차도 쉽게 허물어뜨리고 넘어설 수 있는 자본의 세계주의적 특성

과 그 파괴력을 우리의 생활세계 안에서 실감케 하는 하나의 구체적인 장면일 것이다. 그리고 그것은 현재 전 지구적인 차원에서 가속화되고 있는 신자유주의라는 자본주의 세계 질서의 새로운 재편 과정과 그 위력을 우리 내부의 타자들을 통해 목도하게 만드는 기호의 폭력이기도 하다. 이들이 우리에게 기호의 폭력으로 다가오게 되는 것은 우리에게 지극히 당연한 것으로 여겨져 왔던 단일민족국가라는 상식과 통념을, 민족주의라는 고정된 가치체계를 뒤흔들어 놓을 뿐만 아니라, 이것들이 은폐하고 있었던 이데올로기적 허상과 더불어 그 자명한 지대 속에 놓여 있었던 다른 진실을 재차 되묻게 하기 때문이다.

우리의 근대화 과정 속에는 일제 식민 지배의 끔찍한 수난사가 포함되어 있으며, 이 고난의 역사만큼이나 더욱 강고해져 온 민족주의 국가 담론과 그 안에서 파생된 단일민족국가라는 순혈주의 이데올로기가 존재해 왔음을 부인하기 어렵다. 한국 사회에서 이러한 민족주의 국가 담론은 조국의 근대화를 부르짖으며 자본주의적 생산력의 확대와 경제성장을 최우선 과제로 삼았던 개발독재 세력에게나 자유와 평등과 민주주의를 한국 근대화의 비전으로 제시했던 민주화 세력에게나 하나의 근본 개념처럼 똑같이 전제되었다고 할 수 있다.

우리 사회의 저 뿌리 깊은 민족주의라는 신성한 관념은 그만큼 한국의 근대사가 외세의 침탈과 지배로 얼룩져 왔다는 참혹한 역사적 사실을 반증하며, 이러한 부정적인 외부의 힘들에 맞서 우리 사회의 정치·경제적 생존과 문화적 정체성의 보존을 목적으로 했던 하나의 저항 이데올로기로서의 의미를 지닌다고도 볼 수 있다. 그러나 이러한 의미의 체계는 한국 사회가 세계 자본주의 체제에서 후진국이자 소수자(minority)일 수밖에 없었던 국면에서만 유효할 뿐이다. 다른 한편으로, 우리 사회 내부에서 민족주의 담론은 개인들의 인권을 압살하고, 이들을 맹목적인 충성의 이데올로기로 집단화하거나 성장 제일주의라는 지배 전략을 국민에게 유연하게 내면화시키는 통치 이데올로기로도 사용되어 왔다는 측면을 간과할 수 없다.

이렇듯 저항과 지배라는 상반된 의미의 벡터를 동시에 포함하고 있는 한국의 민족주의 국가 담론 또는 단일민족국가라는 우리들의 공통감각은 나날의 삶의 현장에서 부딪치게 되는 외국인 이주노동자들이나 시장과 거리와 식당에서 종종 마주치게 되는 외국인 신부(新婦)라는 이웃들을 통해 그 '의미의 위기'에 이미 봉착해 있다. 나아가 그다지 오래가지 않을 미래에 그 근본 개념의 혁신적인 전환을 요구받게 될 것으로 보인다. 민족주의와 단일민족국가라는 우리들의 공통감각을 위기에 빠뜨리고 있는 이러한 자본과 노동의 전 세계적인 이동과 분산, 그리고 그것의 탈-국가적, 탈-민족적 흐름과 현상들은 실상 자본주의 경제 체제의 확립과 불가분의 관계를 맺고 있었던 근대 민족(국민)국가 성립 초기부터 필연적으로 잠재되어 있었던 것이라고 할 수 있다.

"자본주의는 시작부터 국가에 고유한 탈영토화를 무한히 능가하는 탈영토화의 힘을 동원해 왔다"[1]라는 진술은 바로 이러한 민족과 국가라는 경계와 영역을 넘어서는 자본과 자본주의의 탈영토화(deterritorialization) 양상을 지적한 것으로 보인다. 또한 21세기 벽두에 이르기까지 세계를 휩쓸고 있는 FTA와 세계화(globalization)로 표상되는 신자유주의(neo-liberalism)라는 자본의 새로운 이데올로기는 "대외교환을 통해 국경을 가로질러 유통하고, 국가들의 통제를 벗어나고

---

1 G. Deleuze/F. Gattari, *A thousand plateaus*, translation by Brian Massumi, Minnesota university press, p.453.

다국적인 전 세계적 조직을 벗어나고 정부 결정들에 간섭받지 않는 사실상 초국가적 권력을 이루고 있는"[2] 국가 없는 통화 대중(stateless monetary mass)의 브레이크 없는 질주와 그것의 무제한적 확대재생산을 보장하기 위한 것으로 추론된다.

최근 우리 사회에서 쉽게 발견할 수 있는 동남아 출신 이주노동자들의 문제들이나 이들로 인해 야기되고 있는 혼혈의 문제 역시 이러한 세계화의 흐름 또는 신자유주의라는 자본주의 세계 질서의 새로운 재편 과정에서 파생되고 있는 사태들이라 인식된다. 이러한 현상들을 유심히 살피면, 한국 근대사에서 가장 지배적인 인식소(épistémè)를 이루어 왔으며 정치적 좌·우를 막론하고 거의 모든 지식인에게 강렬한 에토스와 실천적 추동력을 부여해 왔던 민족주의 국가 담론은 우리 내부의 낯선 타자들을 통해 그 의미 체계의 위기에 봉착하고 있는 것으로 보인다.

배타적 순혈주의와 그 의미의 벡터

십 년간 한국에서 직장 다닌 아버지는
스리랑카로 돌아가고 싶어 하고
아이는 한국을 떠나고 싶어 하지 않는다
그곳에도 슈퍼에 가면 아이스크림이 있는지 없는지
게임도 할 수 있는지 없는지 알 수 없는
아버지의 모국이 아이에겐 다른 나라다
아이는 한국을 우리나라라고 말한다

---

2 G. Deleuze/F. Gattari, *A thousand plateaus*, p.450.

우리나라에는 아는 친구가 많다

우리나라에는 아는 형이 많다

우리나라에는 아는 누나가 많다

한국인밖에 만난 적 없고

한국말밖에 할 줄 모르는 아이는

더 재밌는 놀이가 있다 해도

다른 나라에 가서 놀고 싶진 않다

아버지는 스리랑카에도 잘사는 사람과

못사는 사람이 있으나 이제 돌아가면

한국에서보다 훨씬 잘사는 축에 든다고 달래지만

아이는 다닥다닥 붙은 집과 높은 담 사이

골목을 어슬렁거리는 개와 종종거리는 비둘기가

쫓고 쫓기며 지내지만

자신이 다가가기만 하면 일시에 흩어지는

한국을 떠나고 싶지 않다

—하종오, 「한국 아이」 전문

"한국인밖에 만난 적 없고/한국말밖에 할 줄 모르는", 그러나 아버지가 "스리랑카" 사람인 "아이"를 "한국인"으로 볼 수 있을까? 이 질문은 우리 내면에 어떤 곤혹과 난처함을 안겨 준다. 이는 실상 너무나 자명한 것이어서 의심조차 필요 없었던 '한국은 단일민족국가이다'라는 공통감각과 그 내부에 숙명적으로 깃들게 마련인 순혈주의라는 우리 모두의 내밀한 자부심을 무너뜨리는 기호의 폭력을 작동시키기 때문이다. 시인 하종오는 인용된 시의 제목을 「한국 아이」라고 달았지만, "스리랑카인" 아버지에게서 태어나고, "한국을 우리나라라고 말"하는 저 "아이"를 우리와 같은 한국인이라 생각하고, 어떤 편견이나 차별도 없이 그와 함께 뛰놀고 기뻐하고 또 같이 슬퍼하고 괴로워할 한국인은 과연 몇이나 있을까?

우리의 고정된 감각과 일반적 통념으로 들어박힌 한국인이란, 순수한 민족적 혈통을 계승한 사람들로 국한될 뿐이다. 이 순수성을 교란하는 혼혈의 존재에게 따뜻한 시선을 보낸다는 것은 즉각적인 행위로 이루어지기보다는, 어떤 윤리적 요청에 의한 당위적 실천으로 나타날 가능성이 크다. 이 작품에 적나라하게 드러나 있듯, 우리는 저 "한국 아이"와 같은 존재들에게 "자신이 다가가기만 하면 일시에 흩어지는", 소외와 차별을 절감하게 하는 억압의 세계로 작동할 것이 틀림없다.

이와 같은 측면은 한국 사회 전반이 실상 배타적 민족의식과 인종적 편견에 사로잡혀 있다는 사실을 감각적인 차원에서 반증한다. 나아가 우리가 저 편견과 배타의 시선을 품은 채 바라보는 사람들이란 경제적으로 궁핍한 동남아시아 출신의 노동자이거나 그 가족들일 것이 자명하다. 이러한 현상들은 우리 일상의 구체적인 차원에서 민족(인종)과 계급, 다수자와 소수자에 대한 새로운 사유와 윤리 정립의 문제를 요구해 오는 것이 분명할 것이다.

　세계 각국 사람들이 다 모이는
　한국어 시간
　앉아 있는 것만 봐도
　세계지도를 알겠다
　미국 사람들 주변으로는 캐나다가 모이고
　네팔은 인도와 짝이다

소란스럽고 질문이 많은 건

미국이나 호주고

베트남이나 라오스는 아무래도 말수가 적다

      —한명희, 「힘내라 네팔—외국인을 위한 한국어 초급반 1」 부분

필리핀, 인도네시아 사람들이

가장 먼저 배우고 싶어 하는 말은

사장님, 기사님이고

캐나다, 호주 사람들이

가장 먼저 가르쳐 달라고 하는 말은

얘들아 조용히 해라다

아무리 숨겨 보려고 해도

직업을 어쩔 수가 없는 것이다

인도네시아 사람이 나를 사모님이라고 불러서

한바탕 웃은 적도 있지만……

      —한명희, 「직업—외국인을 위한 한국어 초급반 2」 부분

그때 대만 사람이 이라크 사람을 가리키며 말했습니다

독재자! 독재자!

나는 어떻게 그런 한국말을 다 알까 그것만이 신기했는데

이라크 사람 얼굴이 붉어집니다

그것이 무슨 뜻이냐고 사람들이 나를 쳐다보는 사이

미얀마에서 온 수녀님이 '딕테이터'라고 말하는 사이

다국적 사람들이 다국적으로 고개를 끄덕이는 사이

강의실 공기는 딱딱하게 굳어 갑니다

나는 게임에서 이겼을 뿐이라고

후세인과 나와는 아무 관계가 없다고,

이라크 남자는 울다시피 말했습니다

왜였을까요? 그때 내게

뉴욕이나 시드니에 있는 영어 초급반 교실이 자꾸 생각나는 것은

초급반 교실에서 영어를 배우고 있을 한국 사람들이 자꾸 떠오르는 것은

―한명희, 「독재자, 독재자―외국인을 위한

한국어 초급반 8」 부분

시인 한명희는 한국어를 배우는 외국인들 사이에서 세계의 정치·경제적 지배구조와 노동 분업의 양상을 읽는다. "미국 사람들 주변으로는 캐나다가 모이고/네팔은 인도와 짝"이 되는 이유가 비단 지정학적 인접성에서 오는 것만은 아니다. 영어를 모국어로 사용하는 나라의 사람들이 한국에 들어오게 된 것은 영어라는 하나의 언어가 한국뿐만이 아닌 세계 전역에서 무소불위의 지배권을 행사하고 있기 때문일 것이며, 영어권 국가들이 전 세계 자본주의 체제의 패권을 거머쥐고 있기 때문일 것이다. 이 국가들이 지닌 힘은 한국이라는 머나먼 이국땅의 외국어(한국어) 교실에서도 그대로 나타나는바, 시인은 이 맥락을 "소란스럽고 질문이 많은 건/미국이나 호주고"라고 표현한다. 또한 "캐나다, 호주 사람들이/가장 먼저 가르쳐 달라고 하는 말은/얘들아 조용히 해라다"라는 「직업―외국인을 위한 한국어 초급반 2」이라는 시의 한 구절은 영어권 국가의 사람들이 한국으로 이주하게 되는 주요인을 명징하게 형상화해서 보여 준다.

반면, 이와는 달리 우리보다 경제적으로 어려운 나라에서 온 사람

들은 '한국'이라는 '또 다른 선진국'(?)에서 억눌리고 주눅 들 수밖에 없다. 예컨대 "베트남이나 라오스는 아무래도 말수가 적"을 수밖에 없으며, "미국 사람은 한 번도 들어 본 적이 없을 그 말"인 "야 임마" 와 "이 새끼야"를 '파키스탄 사람'은 "무슨 말이냐고 물을" 수밖에 없는 것이다. 이들 나라에서 온 사람들은 우리 사회의 분업 구조 속에서 맨 하층의 노동을 담당하게 되며, 따라서 이들이 알고 싶어 하는 한국어 역시 자신들을 고용한 고용주와 그 관리인들을 향한 존대어일 수밖에 없다. 즉 "필리핀, 인도네시아 사람들이/가장 먼저 배우고 싶어 하는 말은/사장님, 기사님"일 수밖에 없는 것이다. 위의 시편들에서 감각적으로 표현된 이러한 현상들은 실상 전 세계가 하나의 체제를 이루고 있으며, 이 체제 아래에서 세계 노동 분업의 배치와 그 위계화기 이루어지고 있다는 사실을 말해 준다.

동남아 각지에서 빈곤과 허기와 모진 삶의 운명을 벗어나기 위하여 국경을 넘어온 사람들, 또 한국이라는 머나먼 나라에서 좀 더 많은 돈을 벌고, 자신들의 고국으로 금의환향하겠다는 가슴 벅찬 '코리안 드림'을 품고 들어온 이주노동자들, 이러한 사람들과 아직은 오지 않은 미래의 직업 시장에서 더 나은 경쟁력과 구매력을 갖추기 위해서 영어권 국가들로 어학연수를 떠나는 우리의 아이들은 그 이주 사회(국가) 내부에서는 힘없는 후진국에서 온 소수자에 불과하다는 점에서 같다. 시인은 한 개인의 정체성과 인격을 그가 속한 국가의 정치·경제적 수준과 동일시하는 이러한 일반 대중들의 편견과 선입견을 "대만 사람"이 "이라크 남자"를 "독재자"라고 호명하고, 이에 대해 "다국적 사람들이 다국적으로 고개를 끄덕이는" "외국인을 위한 한국어 초급반" 교실의 한 모퉁이에서 발견한다.

시인은 이토록 우스꽝스러우면서도 지극히 완강한 국민국가

(nation-state)의 이데올로기로 '민주국가/독재국가'로 전 세계를 양분하면서, 자신들의 전쟁과 세계 패권 전략을 세계 평화를 위한 정의의 집행으로 포장하려는 미국의 지배 이데올로기가 은폐되어 있다는 사실을 읽는다. 더불어, 그것이 세계 곳곳의 일상적인 차원에서 유포되고 행사되는 끔찍스럽도록 놀라운 파급 효과를 직감한다. 더 나아가, 시인은 "이라크 남자"의 난처한 상황과 "뉴욕이나 시드니에 있는 영어 초급반 교실"에서 "영어를 배우고 있을 한국 사람들"이 감내할 수밖에 없을 난관과 고통의 상황을 겹쳐 읽는다.

「독재자, 독재자—외국인을 위한 한국어 초급반 8」이라는 인용 시편의 마지막 구절은 우리의 사회 구조 속에서는 동남아를 비롯하여 후진국에서 온 사람들이 소수자의 처지이지만, 마찬가지로 영어권 국가로 진입하는 바로 그 순간, 우리가 또한 소수자의 처지로 전락할 수밖에 없는 잔인한 진실을 암시적으로 나타내고 있는 것이 분명해 보인다. 그리고 우리 사회 내부에 이미 깊숙하게 들어와 있는 이주노동자들의 인권 유린 상황과 열악한 노동 조건에 우리가 왜 관심을 기울여야만 하는지를 넌지시 일러 준다.

국가·민족·문화를 넘어서는 소수자들의 가난과 고통

동남아에서 온 이주노동자들이나 후진국 출신의 이주민들의 현실 상황에 우리가 공감할 수 있는 근본적인 이유는 어떤 선험적인 도덕률이나 '우리는 소수자들에게 호의와 선행을 베풀고 있다'라고 하는 윤리적 나르시시즘의 가면에서 올 수 없다. 그리고 어떤 이데올로기적 실천의 좌표에서 기원할 수도 없을 것이다. 오히려 그것은 매우 단순하게도 한국의 사회·경제적 조건이나 입지 또한 근대 자본주의 세계 체제에서 소수자의 위치를 점유해 왔을뿐더러, 우리 사회의 서

민들 역시 외국인 이주노동자들과 마찬가지로, 언제라도 실업자가 될지 모른다는 불안감에 매 순간 시달리고 있다는 상황의 보편성에서 비롯할 것이 분명해 보인다. 나아가 이들의 일상 또한 경제적 궁핍과 고난에 휩싸여 있다는 육체적이고 감각적인 차원에서 나올 수밖에 없을 것이다.

하종오의 『국경 없는 공장』은 이러한 외국인 노동자들의 현실 상황과 더불어 그들에 대한 우리의 시선과 태도의 문제를 정면에서 문제 삼고 있는 최초의 한국 시집이라고 규정할 수 있겠다. 이 시집에 수록된 여러 시편은 동남아 출신 이주노동자들이 결코 이질적인 존재들이 아니라, 서로 매한가지의 상황과 처지를 지닌 똑같은 소수자라는 사실을 구체적인 사건과 장면들로 소묘한다.

낯선 남자 둘이 문 열고 들어오자
젊은 네팔리는 창문을 뛰어넘었다

입국한 지 오 년 되었다
젊은 네팔리는 귀국하여
빚 갚기에는 저금액이 너무 모자랐다
일곱 군데나 다니다가 온 봉제공장에는
공장주와 그 아내와 젊은 네팔리뿐이었다

창문 아래는 서너 길 낭떠러지였다
젊은 네팔리는 발목이 으스러져서
구급차에 실려 응급실로 갔다
주문하러 왔다 돌아간 낯선 남자 둘은

그 뒤로 다시는 방문하지 않았다

공장주는 늙은 장모를 모시고 와서
전기 재봉틀 앞에 앉혔다
밤새워 옷을 박지 않으면
젊은 네팔리의 치료비를 댈 수 없었다

　　　　　　　　　　　　　　　　　　―하종오, 「단속」 전문

서랍장공장 하는 친구 찾아왔다가
부도내고 도망갔다는 말 듣고
돌아가는 길에 둘러보니
앞 책걸상공장이 문 닫고
뒤 수납장공장이 문 닫고
앞 장롱공장이 문 닫은
가구공단 한 모퉁이에
동남아인 노동자들이
삼삼오오 모여 앉아 있었다
가구가 팔리지 않는다는 건
집집마다 정리해 둘 살림살이가
전혀 늘어나지 않는다는 것
생각해 보니 오래전부터
나는 책장 하나 사 들이지 못하고
책을 방바닥에 쌓아 두기만 했다
(중략)
서랍장공장 하는 친구에게

친구의 취직을 부탁하러 왔다가 허탕 친 길에서
나와 동남아인 노동자들은
서로 알지 못하는 채로 멀어져 갔다

—하종오, 「실업자들」 부분

간밤 재배 하우스에 모닥불 피워 놓고
인근 목재공장에서 쫓겨난 외국인 노동자들 모여
술 마시더라는 증언도 말다툼하더라는 증언도
주먹질하더라는 증언도 중구난방으로 나왔다

잿더미 속에서 신원이 확인되지 않은
시신 한 구 발견되어 실려 갔고
얼어 죽은 뒤 불에 탔다는 부검 소견이 알려진 날
농민이 대출 농자금 상환 못 해 비관 자살하고
지방 도시 변두리 재배 하우스 불탄 자리에
함박눈, 함박눈 밤낮으로 내렸다

—하종오, 「가랑눈 함박눈」 부분

인용 시편들은 한결같이 우리 서민들의 삶의 모양새와 "동남아인 노동자들"의 현실 상황이 다르지 않다는 사실을 명징하게 예시한다. 「단속」에 등장하는 "공장주"는 상식적인 차원에서의 경영주나 자본가와는 거리가 멀다. 그는 "단속"을 피하려고 "창문을 뛰어넘었다"가 "발목이 으스러져서/구급차에 실려 응급실로" 간 "젊은 네팔리의 치료비"를 마련하기 위하여 "늙은 장모"조차 "전기 재봉틀 앞에 앉"혀야만 하는 절박한 상황에 내몰린 또 다른 소수자에 지나지 않는다.

여기서 한국인 자본가는 착취자이고 외국인 노동자는 피착취자라는 이분법적 도식과 통념은 지극히 추상적이고 무용한 것일 뿐이다. 이 작품에 나타난 한국인 "공장주"나 "젊은 네팔리"는 모두 곤궁한 삶의 굴레를 벗어나기 위해 갖은 발악과 발버둥을 쳐야만 하는 이른바 '벌 거벗은 존재'일 뿐이기 때문이다.

따라서 이들을 동일성의 존재로 묶어 주는 것은 어떤 거창한 이념 이나 이데올로기적 단수로서의 보편적 윤리가 아니다. 그것은 지극히 단순하게도 벼랑 끝에 선 절망감과 지독한 경제적 고난과 가혹한 신 체적 고통이며, 이들을 똑같이 체험함으로써 생겨나는 헐벗음의 감 각이자 그것에 오는 신체적 공명(共鳴)이자 감통(感通)일 것이다. 이와 같은 공명과 감통은 선험적인 윤리의 차원에서 나오지 않는다. 오히 려 낱낱의 개별 상황들에 같이 참여하고 있는 주체들의 신체와 감각 의 차원에서 발생하는 것일 수밖에 없다.

「실업자들」에서 화자는 "서랍장공장 하는 친구에게/친지의 취직을 부탁하러 왔다가" 그가 "부도내고 도망갔다는 말"을 듣는다. "허탕 친 길"에서 화자의 눈에 들어오게 된 것은 "가구공단"의 연쇄 도산에 따 라 일자리를 잃고 "삼삼오오 모여 앉"은 "동남아인 노동자들"이다. 시 의 화자는 이들과 "문을 닫은 가구공단"의 공장주들과 "책장 하나 사 들이지 못하고/책을 방바닥에 쌓아 두기만" 하는 자신과 "부도내고 도 망"간 친구와 "취직을 부탁"해야만 하는 처지에 놓인 친지 모두가 결 국, 국경을 넘어선 "실업자들"일 수밖에 없다는 한결같은 "동류의식" 을 느낀다. 이러한 "동류의식"은 비단 나르시시즘적인 주체가 가지는 일종의 연민, 또는 선의의 가면에서 비롯하는 것만은 아닐 것이다.

이러한 경제적 소수자들에게 국가와 민족이라는 울타리는 실상 큰 의미를 지닌다고 보기 어렵다. 이들이 겪는 가난과 고통을 해결해 주지도 않을뿐더러 이들의 생존을 보장해 주지도 않기 때문이다. 따라서 이들에게 국가 혹은 민족은 총을 들고 싸워서 지켜야만 하는 어떤 신성한 것일 수 없다. 오히려 가난과 고통에서 벗어날 수 있으며, 더 나은 물질적 삶을 보장받을 수 있다면 언제든 뛰어넘을 수 있는 '상상의 공동체'에 불과할 가능성이 훨씬 더 크다. 자본과 상품에 국경이 없듯이, 가난과 헐벗음에도 국경은 존재하지 않기 때문이다. 또한 이들 사이에서 움터 오르는 서로를 향한 공감과 연민은 지극히 당연한 결과라고 하겠다. 나아가 이들 사이에서 생겨나는 연대의 감각은 이들이 똑같은 고통을 겪고 있다는 신체적 차원에서 발생하는 것이라 하겠다.

"실업자들"이라는 시의 제목에서 이미 알 수 있듯, 시인은 "동남아인 노동자들"과 경제적 빈궁 상태에 놓여 있는 우리가 서로 다른 존재가 아님을 역설한다. 「가랑눈 함박눈」에 등장하는 "대출 농자금 상환 못 해 비관 자살"한 한국인 "농민"이나 「단속」에서 형상화된 "서너 길 낭떠러지"의 "창문을 뛰어넘"은 "네팔리"나 「실업자들」에 등장하는 "동남아인 노동자들" 모두 국경 없는 자본에 의해 지배당하고 규제받을 수밖에 없는 벌거숭이 노동자이자 그 냉혹한 메커니즘에 희생당한 소수자일 뿐이기 때문이다.

따라서 이 소수자들을 하나의 존재로 묶어 주는 강력한 촉매는 민족적이거나 종교적이거나 이념적인 어떤 이데올로기일 수 없다. 마찬가지로 저 이데올로기가 품을 수밖에 없을 동일성과 배타성에 기초한 권력이거나 관습의 힘일 수 없다. 오히려 그것은 이들 개인 각자의 신체와 감각에서 발생하는 허기와 가난과 고통의 체험들이며, 이 체험들이 응당 불러일으키게 마련인 신체적 공명과 연대의 파토스일 것이 틀림없다. 시인 하종오는 「점심」이라는 시에서 "허기"라는 특정

한 하나의 신체 상황이 종교와 문화와 국경을 넘어서 만인을 하나의
동일성의 존재로 묶어 줄 수 있는 가장 강력한 기제가 될 수 있는지
를 다음과 같은 문맥으로 형상화한다.

> 눈 털며 들어오는 동남아인 노동자 둘
> 옆자리에 앉으며 젖은 양발을 만지작거린다
> 김치와 마늘과 된장과 새우젓갈과 양념들……
> 순댓국 두 그릇과 밥 두 그릇이 상에 놓인다
> 동남아인 노동자 둘 얼른 말아 간을 맞춘 뒤
> 돼지고기 한 점 건져서 후후 분다
> 삶은 돼지고기를 먹으려 하다니,
> 이슬람교도는 먹지 않는다고 했던가
> 힌두교도는 먹지 않는다고 했던가
> 내가 잘못 알고 있는가
> 어떤 율법도 허기를 나무라진 못할 것이다
> 나는 갑자기 시장기를 느끼고 허겁지겁 떠먹는다
> 눈길 마주친 한 동남아인 노동자가 싱긋 웃고 나도 싱긋 웃는다
> ──하종오, 「점심」 부분

미적 감성과 신체적 상황의 동일성

> 한국말을 잘 못해서 서로 가까워질 수 없는
> 아시안들이 음악으로 통하게 되고
> 그런 만국 공통어를 구사하는 것이
> 지금은 오직 자신들의 악기뿐이라는 사실을

4인조 밴드는 기뻐한다

(중략)

어떤 나라 말을 하지 않아도 마음을 알 수 있는 자리
미얀마리즈는 전기기타 솔로로 미얀마 곡을 치고
네팔리는 베이스기타 솔로로 네팔 곡을 치고
인도네시안은 드럼 솔로로 인도네시아 곡을 치고
스리랑칸은 피아노 솔로로 스리랑카 곡을 친다
　　　　　　　　　　　　　—하종오, 「4인조 밴드」 부분

옷자락에 흩뿌려지던 핏방울을 떠올리며
물 마른 도랑을 건너가던 한 인도네시안이
어, 어, 멈춰 서서 깁스한 손가락으로 가리켰다
단풍잎들이 바람에 날려서 붉게 덮는 숲
새들이 흰 날개를 펴고 선회하고 있었다
고국에선 전혀 볼 수 없었던 늦가을 풍경에
외국인노동자병원에 진료받으러 가야 한다는 걸 잊고는
두 인도네시안은 한참 동안 서 있었다 저렇게 아름다운
잎사귀들을 기꺼이 놓아 버리는 나무들이 자라는 땅에서
자신들이 홀대받는 게 믿어지지 않는다는 듯이
　　　　　　　　　　—하종오, 「외국인노동자병원 가는 길」 부분

　「4인조 밴드」에서 단번에 알아챌 수 있듯, 언어와 국가, 인종과 민
족이라는 차이와 경계를 넘어 모든 사람이 더불어 소통할 수 있는 것

은 예술과 미적 감성의 공명을 통해서이다. 서로 다른 언어의 장벽으로 인해, "서로 가까워질 수 없는" 아시아 각국 출신의 노동자들이 "통하게 되"는 것은 지금-여기의 공용 언어인 한국어가 아니라 "어떤 나라 말을 하지 않아도 마음을 알 수 있는" 만국 공통어인 음악을 통해서이다. 이 시에서 음악은 단조롭고 기계적인 노동의 반복과 그 피로를 "잊게 해서 좋은" 휴식인 동시에 놀이이며, 네 명의 "아시안들" 각자가 지닌 모든 경계와 차이를 삽시간에 무너뜨리는 자발적 연대의 장이자 원동력일 것이 분명하다.

「외국인노동자병원 가는 길」에 구체적으로 묘사된 것처럼, "인도네시안" 둘을 참으로 하나 되게 하는 것은 그들의 국적이 아니다. 오히려 "기계톱 다루다가 같이 잘려 봉합한" "깁스한 손가락"이며, 그 "손가락에 찬바람 들까 봐 겨드랑이에 넣게" 된 실존의 염려에서 나오는 신체의 감각과 그 행위 과정의 동일성이다. "단풍잎들이 바람에 날려서 붉게 덮는 숲/새들이 흰 날개를 펴고 선회하고 있었"던 "저렇게 아름다운" "고국에선 전혀 볼 수 없었던 늦가을 풍경"이 선사하는 미적 감성의 동일성이다. 자연의 변화가 가져다주는 아름다움은 똑같은 국적이 가져다주는 연대감을 흘러넘쳐 이들을 하나로 감응하는 미적 주체를 이루도록 강제한다. 이 순간이야말로 바디우가 말하는 도래하는 동일성의 장이 펼쳐지는 바로 그 시간이라 하겠다.

어쩌면 우리 이웃에 거주하게 된 이주노동자에게 공감할 수 있는 근거를 '타자에 대한 인정'이나 '차이의 윤리학'이나 '다문화주의'라는 관점과 시각을 통해서는 온전하게 확보할 수 없을지도 모른다. "외국인노동자병원"에서 일어나는 여러 에피소드를 오브제로 삼은 『국경 없는 공장』의 몇몇 시편들은, 병들고 불구화된 신체들과 이들 사이에서 촉발될 수밖에 없는 감각 또는 감성의 동일성에서 개개인들이 여태까지 지녀 온 다양한 차이를 넘어설 수 있는 공감의 가능성과 감통(感通)의 근거를 발견한다.

이들 이주노동자 개개인에게 산업재해 또는 신체적 불구의 상황은 인종과 국적과 혈통이라는 일상적인 구분과 경계를 넘어서, 이들을 하나의 동일성의 주체로 도래하게 만드는 어떤 사건을 이룬다. 또한 이 과정의 지속적 형태에 충실할 수만 있다면, 이들은 서로 다른 낱낱의 개별자들이 아니라, 병든 신체로서의 동일자 또는 불구의 신체를 가진 동일성의 주체로서 보편성을 획득하게 된다고 하겠다. 이들의 국적은 각자에게 차이를 부과하지만, 이들의 신체적 상황은 이들을 동일성의 존재로 도래하도록 강제하기 때문이다. 자본과 상품과 공장에 국경이 없듯, 이와 같은 신체의 고통과 불구의 신체라는 상황에도 국경은 존재할 수 없고, 존재하지도 않기 때문이다. 더 나아가, 이와 같은 신체 상태를 부과한 사건의 지속성은 이들을 동일성의 주체로 명명하기 때문일 것이다.

동일자로서의 소수자, 새로운 보편주의를 위하여

"사실상 동일자란 존재하고 있는 것(또는 차이들의 무한한 다양성)이 아니라 도래하는 것이다"[3]라는 말에 주목해 보면, '동일성'이란 인종이나 민족과 같이 유전적 동일성으로 획득되는 생물학적 종과 유의 집합도 아니며, 정치제도와 실정법과 국경을 통해 선험적으로 부여되는 '국민국가'와 같은 것일 수도 없다. 그것은 무한한 요소들이 참여하는 사건들 또는 상황들에서 형성되는 어떤 것으로 파악된다. 이렇듯 하나의 고정된 모델이나 이미 주어진 제도로서의 동일성이 아니라, 어

---

3 알랭 바디우, 『윤리학』, 이종영 역, 동문선, 2001, p.37.

떤 유일한 상황 속에서만 도래하는 동일성은 미적 감성이나 신체적 감각의 차원에서 발생하는 동일성으로 서술될 수 있을 것이다. 이 자리에서 발생하는 동일성이란 이미 있는 관습과 제도, 지식과 이데올로기에 의해 정착적으로 분배되는 것이 아니다. 오히려 어떤 개별적 상황이나 특정 사건으로 도래하는 것이라 하겠다.

알랭 바디우는 이와 같은 동일성의 인정이야말로 "대단히 어려운 진짜 문제"가 된다고 말한 바 있다. 그것은 지금-여기의 세계를 지배하고 있는 고정화된 권력의 배치와 현실로 굳어진 법과 제도와 관습, 나아가 일반적인 지식과 선험적인 윤리의 이데올로기에 의해서 이미 주어져 있는 것이 아니기 때문이다. 아니, 이 모든 것들을 가로지르면서 새롭게 도래하는 동일성이자 보편주의이기 때문이다.

앞서 살핀 시편들에서 소묘된 외국인 노동자들 사이에서, 나아가 그들과 우리 모두를 하나로 만드는 연민과 공감이란 이미 '존재하고 있는 동일성'이 아니라, 어떤 상황에 대한 어떤 실천적 개입을 통해서만 '도래하는 동일성'일 수밖에 없을 것이다. 따라서 '도래하는 동일성'이란 어떤 상황에 대한 감정적 개입과 실천적 지속성을 통해서만 형성되는 동일성이며, 영원불변의 항구성이 아니라 개별 상황들 그 자체가 강제하는 어떤 사건들 속에서만 존속되는 특성을 품는다고 하겠다. 달리 말해, 그것은 한국인 또는 한민족과 같은 추상적 집합체이거나 특정한 관습과 제도와 지식의 체계에 의해 전승되고 유포되는 정착민들의 정체성으로 풀이될 수 없다는 것이다. 오히려 이와 같은 동일성이란 어떤 개별적인 상황들 자체가 그것에 참여하고 있는 각각의 개별적인 존재자들의 일반적인 지식과 관습적인 윤리의 이데올로기를 단숨에 허물어뜨리는 개별적인 사건들을 통해 새롭게 발생하는 것이라 하겠다.

따라서 이 사건들은 "환원 불가능한 개별성들"이라고 명명할 수 있을 것이며, 우리에게 새로운 인식과 실천의 방식을 결정하게 하는 강제력을 행사한다. 또한 기존의 지식 체계에 구멍을 뚫어 버리는 내재적 단절로서의 진리의 과정을 포함한다고 하겠다. 이 단절의 과정이 내재적인 까닭은 "하나의 진리는 결코 다른 어떤 곳"이 아니라 바로 "상황 속에서 전개"될뿐더러, "진리들의 하늘"이란 존재할 수 없기 때문일 것이다.

알랭 바디우의 이와 같은 사건과 진리의 과정에 대한 사유와 통찰은 단일민족국가라는 우리들의 상식과 민족주의라는 우리들의 자명한 가치체계의 정당성을 재차 되묻게 만든다. 우리 내부의 타자들인 외국인 이주노동자들이 불러오는 혼혈이라는 현실적인 문제는 이미 주어진 우리의 상식이나 통념으로 환원될 수 없는 잉여적 부가물이라는 점에서, 한국인 누구에게나 하나의 '사건'으로 호명될 수 있을지도 모른다. 또한 그것은 민족 또는 민족주의에 대한 우리 사회의 지배적 담론과 지식 체계에 구멍을 뚫어 버리고 있다는 점에서, 하나의 진리 과정으로 수용되어야만 할 것이 틀림없어 보인다.

따라서 이 진리 과정에 참여할 수 있는 주체는 우리의 고정된 감각과 사유를 뒤흔들 뿐만 아니라, 어떤 새로운 인식과 실천의 방식을 결정하도록 강제하는 사건 그 자체에 충실해야만 할 것이다. 나아가 이미 제도화된 공간에서 유통되는 지식에 구멍을 뚫는 '단절의 힘'을 행사할 것이 분명하다. 그것은 이 진리의 과정에서 발생하는 낯선 것들이 가해 오는 폭력과 그 잔인성에 대해서도 충실한 실천의 지속성과 그 태도를 가리키는 것이기 때문이다. 그리고 이러한 지속성과 태도야말로 단수의 이데올로기로서의 윤리가 아니라 바디우가 말하는 진리의 윤리학을 가능케 하는 전제 조건이기 때문이다.

지금까지 우리는 언어와 국가, 인종과 민족이라는 경계와 차이를 넘어서, 가난과 신체적 고통이라는 현실적 상황, 또한 신체 감각과 미적 감성의 공명이라는 차원이 어떻게 각각의 개인들을 하나의 동일자, 달리 말해 도래하는 동일성의 주체로 만들 수 있는지를 살펴보았다. 소수자는 현실의 무수한 표준적 척도나 공리, 고정된 지식과 가치의 체계로부터 이탈해 있는 존재라는 점에서, 사건과 진리의 과정과 충실성이라는 진리의 윤리학의 세 가지 핵심적 차원을 모두 관통할 수 있는 주체로 기능할 가능성이 크다. 어쩌면 우리가 저들과 똑같은 소수자-되기를 수행할 수 있을 때, 외국인 이주노동자들과 진정으로 교감할 수 있는 동일성의 시간은 도래할 수 있으며, 그야말로 새로운 보편주의가 정립될 수 있는 것인지도 모른다. 그리고 이 정립의 과정에서 우리는 진리의 윤리학을 일관되게 실천할 수 있는 주체로 우리 자신을 변환시킬 수 있을 것이 틀림없다.

　그러나 외국인 이주노동자들의 존재와 그들의 현실 상황이 우리 모두에게 사건이 되는 것은 아닐 것이다. 결국 사건은 그 진리 과정에 참여하고 있는 주체의 결단과 실천의 궤적을 통해서만 도래할 수 있는 것이기 때문이다. 마찬가지로 단일민족국가의 종언 또는 민족주의 담론의 위기라는 21세기 벽두의 현실 상황에서, 이 문제를 하나의 사건으로 받아들이고 그 과정에 충실하게 참여하고 실천하는 주체들에만 진리의 윤리학이 도래할 수 있을 것이 분명하다. 사건은 그 진리의 과정에 충실하게 참여하고 실천하는 주체에게만 그야말로 사건이 될 것이 틀림없기에.

우리 시대 시의 예술적 짜임과 미학적 고원들 Ⅱ
―이우성과 황인찬의 시

여백과 침묵의 공간, 그 실존의 '비밀'을 찾아서

나는 언어가 의미를 떠날 수 있다고 믿고 있지 않다. 그러므로 분명
히 나도 의미화를 지향하고 있다. 단지 내가 표현하고자 하는 것이 명명
하거나 해석에 의해 의미가 정해져 있는 형태가 아닌 다른 것일 뿐이다.
내가 표현하고 싶은 것은 사변화되거나 개념화되기 이전의 의미인 '날
이미지'다. 그 '날이미지'는 정해져 있는 의미가 아니라, 활동하는 이미
지일 뿐이므로 세계를 함부로 구속하거나 왜곡하거나 파편화하지 않는
다. 그리고 그것은 살아 있는 '세계의 인식'이면서 또한 '세계의 언어'인
'현상'의 형태로 나타난다. 나는 그런 '현상'으로 된 '날이미지시'를 쓰고
싶어 한다.

―오규원, 『날이미지와 시』

이우성 시에서 흔히 나타나는 현상은 행과 행 사이, 연과 연 사이,

나아가 모든 이미지의 사이와 틈새가 지극히 넓다는 것이다. 따라서
이들에 새겨진 감각의 파장과 의미의 매듭은 좀처럼 손에 잡히지 않
는다. 이는 시인이 감정 절제와 더불어 풍경 묘사의 뒷면을 이루는
"빈자리"를 통해, 미학적 여운과 소리 없는 울림을 만드는 데 탁월하
다는 것을 암시한다. "우리의 벼랑과 우리의 벼랑을/우리의 벼랑과
벼랑은 우리가 묻은 벼랑/구름과 치아와 숨이 빈자리//균형을 잡는//
밖/자라나는 손/다가오는 먼 곳"(「이음」) 같은 구절이 "우리"와 "벼랑"
이라는 똑같은 말을 거듭하고 있음에도 불구하고 그 의미의 지력선
을 좀처럼 감지할 수 없는 것처럼, 이우성의 거의 모든 시편은 서로
가까운 자리에서 공존할 수 없는 것들을 접합시키거나 병치하는 이
미지 구성 원리로 빚어진다고 하겠다. 물론 「이음」이라는 시편은 "다
가오는 먼 곳"이라는 끝자리의 형상과 제목이 서로를 마주 보고 함께
울리는 유비의 거울로 기능하면서, 그 마디마디의 이미지들에서 보이
지 않는 감응의 빛살을 내뿜고 있긴 하지만.

소금이라고 믿는 구름
여자들이 누워 있던 공기
강아지가 공을 숨긴 풀 풀 풀

드문드문 팔
드문드문 날개

많이는 아니지만 한 장씩 가져가지는 마세요
돌아서서 잃고 다시 잊고

어른이니까

나는 목 뒤가 간지러워 금방 시원하다

어쩔 수 없이 가벼운 의자에

앉아

나는 발견되었다

—「꽃이었을 때」 부분

    비평가 강계숙은 이우성 시의 특질을 "인식되기 위한 지움", "비움
으로 가능한 이해", "복잡한 미니멀리즘" 같은 말들로 풀이했다. 나아
가 "추상에의 의지, 자기 충족적인 아름다움을 위한 현실 세계의 소
거, 감정의 배제와 최소화된 형식미 등이 시의 전면에 부각될 때, 세
계 상실의 인식은 이러한 특성을 지지하는 전제 조건이지만, 상실된
세계의 크기만큼, 순수미로 그것을 보충하려는 크기만큼, 자아는 커
지고 확대된다"(「지우는, 지워지는 나르키소스」)라고 말했다. 이 말은 매우
적확한 분석과 추론을 포함하고 있는 것이 틀림없으나, 이우성 시가
품은 예술적 사유의 바탕과 이미지 조각술의 속살을 헤집어 보려는
우리의 호기심은 다른 자리를 훔쳐보고자 한다.

    「꽃이었을 때」에 등장하는 "소금이라고 믿는 구름", "여자들이 누워
있던 공기", "강아지가 공을 숨긴 풀 풀 풀"은 시인의 어떤 감정과 사
유와 가치를 전달하려는 비유적 이미지가 아니다. 그것은 차라리 김
춘수가 "이미지가 관념의 도구로서 쓰여져 있지 않고 이미지가 그 자
체를 위하여 동원된" 순수한 이미지라고 정의했던 서술적 이미지에
가깝다(김춘수, 「시론—시의 이해」, 1971). 이우성의 이미지들은 사실상 소
금처럼 흰 "구름"과 "여자들이 누워 있던" 그 고요한 분위기와 "강아
지"로 인해 "풀" 속 어딘가로 사라져 버린 "공"을 그대로 전사(轉寫)한

것만 같은 풍경의 한 조각으로 보이기 때문이다. 따라서 이들의 뒷면에 드리워져 있는 것은, 시인의 사유와 감정과 가치라는 어떤 관념이 아니다. 이들을 짜고 엮고 닦는 이미지의 방법과 기술이며, 그 전체를 타고 흐르면서 울려 퍼지는 뉘앙스를 조율하는 예술적 사유와 구상력일 것이 분명하다.

그러나 김춘수가 "공통성이 적은 것들을 선택하여 결합시킨" 이미지 또는 "본의와 유의와의 연속성에 있어 그 범위가 좁은" 이미지를 "래디컬 이미지"라고 명명하면서, 이를 통해 "서술적 이미지"의 역사적 사례들과 그것의 진화론적 필연성을 하나의 첨예한 문학사적 장면으로 부각하려 했던 것처럼(이찬, 『20세기 후반 한국 현대시론의 계보』) 이우성의 시 역시 "서술적 이미지"라는 용어를 통해서는 적확하게 해명되지 않는다. 이는 「꽃이었을 때」에서 펼쳐지는 이미지들의 연쇄를 보면 쉽게 알아챌 수 있다. 앞서 살핀 이미지들을 연결 짓고 있는 것은 한 연으로 이루어진 "드문드문 팔/드문드문 날개"이다. 이 또한 어떤 사유와 감정의 고리로 이어진 것인지를 도통 알 수가 없다. 다시 그 뒤를 잇는 "많이는 아니지만 한 장씩 가져가지는 마세요/돌아서서 잃고 다시 잊고"라는 연이나, "어른이니까/나는 목 뒤가 간지러워 금방 시원하다/어쩔 수 없이 가벼운 의자에/앉아/나는 발견되었다"라는 이미지의 매듭 역시 이와 다르지 않다.

이들은 한결같이 이질적인 시공간에 놓인 아주 작은 형상들을 과감하게 오려 붙인 것이거나, 어떤 이미지들의 자연스러운 흐름과 이음매를 조각내고 도려내어 극소량의 풍경들만을 거죽 위에 남겨 놓은 것이 분명해 보인다. 이에 따라 이우성의 시는 김춘수의 "래디컬 이미지"에 매우 근접한 예술적 짜임새와 미학적 형상들을 간직하게 된다. 아니, 이를 계승하면서도 다른 차원의 이미지 계열을 덧붙임으

로써, 자신만의 고유한 시적 풍경을 창안하고 있다고 말하는 것이 적
확하겠다.

> 박물관에서는 주머니에 빛을 담지 않는다
>
> 사과를 토해 내지 않는다
>
> 가지를 깨물지 않는다
>
> 박물관에서는 손가락 끝을 보지 않는다
>
> 박물관에서는 눈을 깜박이지 않는다
>
> 나무를 흔들지 않는다
>
> 뿌리에서 사과까지의 거리를 가늠하지 않는다
>
> 숨 쉬지 않는다
>
> 그림자 위에 눕지 않는다
>
> 주머니에 기차를 숨기지 않는다
>
> 손가락을 세지 않는다
>
> 손가락을 세지 않는다
>
> 박물관에서는 사과를 따라가지 않는다
>
> ─「어쩌면 이 모든 식물이」 부분

　위의 풍경들 역시 이미지들의 매듭과 다른 매듭들 사이의 유사성
이나 인접성이 지극히 엷다는 점에서 "래디컬 이미지"를 과감하게 활
용하고 있는 것이 분명해 보인다. 그러나 「어쩌면 모든 식물이」에 나
타난 "박물관"의 이미지에서 볼 수 있는 것처럼, 그의 시는 인간주의
적 시선에 의해 오염되고 왜곡된, 곧 우리의 미적 쾌락과 이상적 조
화의 안락감을 제공하기 위하여 자연-사물들을 방부 처리할 수밖에
없을, 저 박제화된 전시품을 형상화하지 않는다. 달리 말해, 시인은

인공 낙원으로서의 "시"를 꿈꾸지 않는다는 것이다. "박물관"에서는 "사과를 토해 내"거나 "가지를 깨물"거나 하는 일이 발생하지 않을뿐더러, "나무를 흔들지 않는다", "숨 쉬지 않는다", "사과를 따라가지 않는다"라는 형상과 같은, 바로 지금-여기에서 살아 펄떡거리는 몸의 세계나 세계의 몸이 서로 뒤엉키는 일은 일어나지 않기 때문이다.

이와 같은 측면에서 보면, 이우성의 시는 인간주의적 시선으로 명명되거나 해석되지 않는 세계를 형상화하고 있는지도 모른다. 곧 오규원이 창안한 바 있었던, 인간에 의해 "사변화되거나 개념화되기 이전의 의미인 '날이미지'"를 매우 명민한 방식으로 재구성하고 있는 것으로 여겨진다. 그의 모든 시편이 "날이미지"로 수렴된다고 규정할 순 없겠지만, 그의 예술적 사유와 이미지 구성법이 그것과 인접한 자리에서 움트는 것은 명확해 보인다.

가령 "걸을 때 새는 기계 같아/땅속에 들어가 묻히면 나무가 돼//동그란 입구/먼 곳의 발//테이블 위의 초록색 식탁보"(「농부의 귀가」), "동그라미를 그린다/벽에 붙인다/들어간다//떨어진다"(「흑백 사과」), "해는 도전하고 있다 그리고 새는 그림을 그리기 위해 태어난다//스님이 새 나이키 운동화를 신고 내소사 뒤뜰로 걸어서 간다/그리고 나의 여든이 넘은 외할머니가 전나무 하나에서 전나무 하나로 손바닥을 옮긴다"(「미래의 굴」) 같은 형상들을 보라.

이들은 인간주의적 시선과 관점이 최소치로 덜어 내어진 직핍한 풍경 묘사만으로 이루어진 시편들 속에서 가장 선명하게 나타난다는 점에 주목할 필요가 있겠다. 나아가 그의 몇몇 시편들은 인간주의로 점철된 원근법적 시각성을 일그러뜨리면서, 김춘수의 "래디컬 이미지"와 오규원의 "날이미지"를 동시에 계승하고 융합하여 다른 차원의 이미지를 생성하고 있는 것으로 보인다. 그 놀라운 장면들을 다시 우리 눈앞으로 소환해 보자.

입은 하늘로 열린 통로

멀리와 로켓
부러진 부스킷과 쉬운

동그라미라는 수

화살표를 따라 분말소화기는 문에 더 가까워지고
달리기를 멈춘 감정이 그곳이 어딘지 알았을까
나는 무지개가 아니지만 멀고 가만 보면 일곱 개보다 많은 색이고 양
치질하는 오후야

오후야
너도 점심을 먹니

문을 열고 구름이 들어온다
머리에 사과에 적고 싶은 말

나는 그 순간 그를 많이 좋아했다

안녕
여러 색인 누구야

　　　　　　　　　　　　　　　　　　　　　　　　—「날아간다」 부분

나는 첫사랑보다 인기가 있을 거야 직장의 정식 직원이고 시도 감각
적으로 쓰니까

풍선이 하늘을 부풀리니
하늘이 손을 붙든 해 흐려지니
찢어지면 접어서 방에 묻자

그럼 내가 자라는 걸까
그만 자라야 되는데

몸은 고민하는 빛

하늘이 아니면 바다 바다가 아니면 젊은 사람
젊은 사람이 젊은 사람을 만진다
구체적이다

아래에서 아래로 나는 것
위에서 위로 나는 것

노란 풍선을 잡아라 그것은 녹는다
파란 풍선을 잡아라 그것은 깊다
풀빛 풍선을 잡아라 그것은 열린다

뜨거운 과일
그건 내 방

아이를 가졌을 때 아이의 이름을 지어 주고 아이를 부르지 않았을 때
아이가 시작되고 아이가 끝날 때

한 방향으로 걷는 다리를 세우고 앉는다
있던 곳으로 돌아갈 수 있다
그러나 방에 들어와 있는 나는 발굴한 字 같다

꽃병에서 손가락을 꺼내 바닥에 눈을 많이 그린다 손가락을 꽃병에
넣는다
　꽃들

발이 닿지 않는 곳을 볼 수 있다
　　　　　　　　　　―「오래전의 내가 분명해지는 때」 부분

발이 네 개인 것들이 쫓아온다 발이 더 많은 것들도
미남이 되겠어
내 첫 경험은 합체
발이 네 개인 것들과 발이 더 많은 것들이 밀고 들어온다

나는 어떻게든 태어났어
몰라 내가 낳은 건 아니야
그런데 왜 엄마가 내 엄마야
너는 어리고 내 옆에 있었거든

크고 떠나면 아이는 크고 떠나

어른이 더 크면

새는 이제와 왔다 그러기에 가만히 앉아 있었으면 좋았을걸

태어나서 태어나러 가는 거야
자꾸 고개를 숙여서 다시 작아질 수 없을 것 같다

—「구체화」 전문

「날아간다」에 나타난 "입은 하늘로 열린 통로", "멀리와 로켓", "부러진 부스킷과 쉬운", "동그라미라는 수"라는 이미지들이나, 「나」에 등장하는 "아래에서 아래로 나는 것", "위에서 위로 나는 것", "노란 풍선을 잡아라 그것은 녹는다", "파란 풍선을 잡아라 그것은 깊다", "풀빛 풍선을 잡아라 그것은 열린다" 같은 구절들은 특정한 풍경의 감각적 현존 상태를 순간적으로 잡아챈 것이 분명해 보인다. 그러나 이들은 옆자리에 나란히 배치됨으로써, 사실-풍경의 단순한 밀착인화를 넘어서 오규원이 말했던 "생성의 시간적 언어인 현상을 기록할 수 있다면 그것은 살아 있는(生) 언어이며, 동시에 굳어 있지 않은 의미로서의 이미지"에 인접한 자리를 차지한다.

더 나아가, 날이미지시가 인간적 시선으로는 쉽사리 포착되지 않는 "시간적 순차성"에 의해 존재가 새롭게 생성되고 변환되는 "살아 있는 현상 세계"를 드러내려는 자리에서 태어났던 것과 마찬가지로, 이우성의 시 역시 특정한 하나의 순간에 고정된 외연을 점유하는 사물-풍경의 정태적인 윤곽과 모양새를 그대로 모사하려는 재현의 수

사학을 동반하지 않는다. 오히려 "시간적 순차성"에 따라 천변만화하는 사물-풍경의 몸과 그 속살의 깊이를 어루만지려는, 나아가 표상 너머의 입체적 차원들을 현시할 수 있는 새로운 방법을 진지하게 실험하고 있는 것 같다.

그러나 이우성의 시는 날이미지시가 추구했던 "살아 있는 언어", "살아 있는 현상 세계"를 이미지의 근본적인 생성 원리로 폭넓게 수용하면서도, 이와 전혀 다른 차원에서 빚어진 이미지들을 덧씌운다. 가령 "달리기를 멈춘 감정이 그곳이 어딘지 알았을까", "나는 그 순간 그를 많이 좋아했다", "나는 첫사랑보다 인기가 있을 거야 직장의 정식 직원이고 시도 감각적으로 쓰니까", "그럼 내가 자라는 걸까", "그만 자라야 되는데" 같은 구절들에서 볼 수 있듯, 우리의 감정과 판단과 가치로 얼룩져 있는 이미지들을 생성하고 병치한다고 하겠다. 따라서 저 이미지들은 우리 제 각자의 경험적 침전물에 의해 생겨나는 숱한 왜곡과 편견과 선입견을 최소치로 덜어 내어 투명하고 객관적인 순수 의식의 공간을 구축하려 했던 현상학의 '판단중지'나 '사태 그 자체로'라는 명제와 부합하지 않는다. 오히려 '현상학적 환원'을 발생적 기원으로 삼고 있는 날이미지시의 정반대 쪽으로 나아가려는 필법과 스타일을 보여 준다고 하겠다.

"이 짧막한 한 편의 시(「눈물」, 인용자)는 세 개의 다른 이미지에다 두 개의 국면을 보여 주고 있다고 할 것이다. 말하자면 이 시는 몇 개의 단편의 편집이다. 나의 작시 의도에서 보면 그럴 수밖에 없다. 뚜렷한 하나의 관념을 말하려는 것이 아니다. 관념은 없다. 내면 풍경의 어떤 복합 상태—그것은 대상이라고 부르기도 곤란한—이중사(二重寫)에 지나지 않는다"(김춘수, 『의미와 무의미』, 1976)라는 표현을 천천히 들여다보라. 이우성 시의 이미지 배열법과 예술적 조감도에 얽힌

"비밀"을 풀어낼 수 있는 단서를 찾을 수 있을지도 모른다. 이 단서는 「오래전의 내가 분명해지는 때」에 나타난 세 가지 장면들의 교차편집을 통해, 서로 다른 세 매듭의 사실-풍경을 연이어 오려 붙인 것으로 짐작되는 「구체화」의 구성법을 통해 제법 뚜렷한 윤곽선으로 드러나기 시작한다.

「오래전의 내가 분명해지는 때」에 새겨진 "아이를 가졌을 때 아이의 이름을 지어 주고 아이를 부르지 않았을 때 아이가 시작되고 아이가 끝날 때", "한 방향으로 걷는 다리를 세우고 앉는다/있던 곳으로 돌아갈 수 있다/그러나 방에 들어와 있는 나는 발굴한 字 같다", "꽃병에서 손가락을 꺼내 바닥에 눈을 많이 그린다 손가락을 꽃병에 넣는다/꽃들//발이 닿지 않는 곳을 볼 수 있다"라는 세 매듭의 이미지를 보라. 이들은 자신이 품은 의미들을 빠짐없이 지울 정도로, 매우 함축적인 방식의 행갈이와 연의 배치, 그리고 엇붙이기의 구성법을 보여 준다. 그러나 그 매듭 낱낱은 하나의 동일한 시공간에서 일어난 사건적 개별성(heccéité)의 자리에서 뿜어져 나온 것으로 추론된다. 나아가 이들을 연달아 이어 놓음으로써, 김춘수가 시도했던 "몇 개의 단편의 편집" 또는 "내면 풍경의 어떤 복합 상태"의 "이중사"를 은밀하게 축조하고 있는 것이 분명하다. 따라서 이우성의 시편들 가운데 대다수는 오규원이 "반추상 풍경화"라고 불렀던 바로 그 장면을 다시 스케치해 보여 주고 있는 것이 틀림없어 보인다.

가령 「구체화」에서 나타나는 "발이 네 개인 것들이 쫓아온다 발이 더 많은 것들도/미남이 되겠어/내 첫 경험은 합체/발이 네 개인 것들과 발이 더 많은 것들이 밀고 들어온다", "나는 어떻게든 태어났어/몰라 내가 낳은 건 아니야/그런데 왜 엄마가 내 엄마야/너는 어리고 내 옆에 있었거든/크고 떠나면 아이는 크고 떠나//어른이 더 크면",

"새는 이제와 왔다 그러기에 가만히 앉아 있었으면 좋았을걸//태어나서 태어나러 가는 거야/자꾸 고개를 숙여서 다시 작아질 수 없을 것 같다"라는 구절들을 보라. 이 구절들에서 세 매듭의 사실-풍경을 병치시키는 교차편집으로 이루어진다는 것을 직감할 수 있을 것이다. 특히 이들의 거죽에서 어떤 유사성이나 인접성의 고리를 찾아내기 어렵다는 점을 반추해 보면, 이들은 결국 오규원이 말했던 "반추상 풍경화"를 소묘하고 있다는 사실을 알아챌 수 있을 것이다.

그러나 "나는 어떻게든 태어났어/몰라 내가 낳은 건 아니야/그런데 왜 엄마가 내 엄마야/너는 어리고 내 옆에 있었거든/크고 떠나면 아이는 크고 떠나//어른이 더 크면" 같은 구절들은 이우성의 몇몇 시편들에서 문득문득 나타나는 저 "미남"의 형상들이 고독한 나르키소스의 표상이 아닐지도 모른다는 생각을 불러온다. 나아가 시인의 심각한 운명적 비애감이거나 처절한 실존의 얼룩에서 기원하는 것일지도 모른다는 추정을 뒷받침한다. 그것은 「오래전의 내가 분명해지는 때」에 나타난 "아이를 가졌을 때 아이의 이름을 지어 주고 아이를 부르지 않았을 때 아이가 시작되고", "그러나 방에 들어와 있는 나는 발굴한 字 같다" 같은 시인의 유년과 관련된 몇몇 장면들을 통해서도 확인할 수 있지만, 그의 시편들 곳곳에서 드러나는 반-성장의 모티프들은 저 비애감과 얼룩으로부터 비롯하는 것일지도 모른다는 추정을 낳는다.

가령 "돌아오다 길을 잃으면 권위적인문구점이 어딘지 물어봐 예쁜 여자라고 무조건 따라가지 말고/모르는 어른이 되면 누굴 데리고 어디로 가야 하는 거야/늙은 고아들에게 편지를 써야겠어"(「진짜 어른이다」), "풍선과 나와 표정과 방/손을 잡고 손을 잡고 가장 낮은 곳으로 내려가면/거기 내 비밀이 걸려 있고/흙에서 살냄새가 나겠지"(「가

벼운 공간」), "날아가는 아이도 걷는 아이도 입속에 열대어를 숨기고 헤
엄치는 아이도 그런 어른도 침대에 누워 높이를 의심하는 어른도 가
슴주머니에서 하늘을 꺼내 펼치는 어른도 수평선에서 떨어지지 않는
어른도 그런 아이도"(「동생들」) 같은 형상들을 보라. 이들은 시인의 유
년 풍경들의 한복판에 "입속에 열대어를 숨"길 수밖에 없는 어떤 치
명적인 "비밀"이 얼룩져 있음을 암시하는 것인지도 모른다.

　만일 이러한 추정이 사실이라면, 이우성의 시는 결코 나르키소스
의 아름다운 선율을 흥얼거리고 있는 것이 아닐 터이다. 오히려 끊임
없이 떠돌 수밖에 없을 이방인으로서의 두려운 불안감을 그 뒷면에
감추고 있는 것이 틀림없다. 어쩌면 그의 모든 시편에서 나타나는 감
정적 절제와 미적 여백, 보이지 않는 침묵의 공간을 빚는 솜씨 역시
저 불안감에서 움트는 것인지도 모른다. 남달리 곡진했던 것으로 보
이는 그의 가족사와 그 난폭한 실존의 몸부림에서 솟아난 것으로 추
정되는 반-성장의 간절한 호소 역시 이와 같은 맥락들에서 비롯하는
것임을 힘겹게 읊조리고 있기에. 아래 새겨진 "구체화"와 "사과얼굴"
이 겨우겨우 드러내는 아픈 풍경들처럼.

　　구름을 파고 머리를 내려놓고 주저앉아 버렸어
　　나한데 반했던 여자들이 지나갔어
　　나를 못 알아봤어
　　막대풍선에 바람이 차듯 나무가 자랐어 내가 열렸고 내가 떨어졌어
　　그걸 다 그 많은 여자들이 먹었어 너도 그중 하나였잖아
　　　　　　　　　　　　　　　　　　　　　　　　—「사과얼굴」 부분

　　나는 어떻게든 태어났어

몰라 내가 낳은 건 아니야

그런데 왜 엄마가 내 엄마야

너는 어리고 내 옆에 있었거든

크고 떠나면 아이는 크고 떠나

—「구체화」부분

타자의 얼굴, 그 '죄악감'의 기원을 찾아서

먼저, 얼굴의 정직함이 있다. 숨김없이 얼굴을 드러낸다. 얼굴의 살
갗은 발가벗었고 헐벗은 채로 있다. 깔끔하긴 하지만 여하튼 발가벗었
다. 그리고 헐벗었다. 얼굴에는 가난이 깔려 있다. 흔히 어떤 자세를 취
하고 무슨 내용을 담아 그 가난을 없애려고 노력하는 것만 보아도 그 점
을 알 수 있다. 얼굴은 위험 앞에 노출되어 있다. 마치 폭력을 저지르도
록 우리를 끌어들이는 듯하다. 동시에 얼굴은 우리의 살인을 금지한다.

얼굴과 말은 서로 연결되어 있다. 얼굴은 말한다. 모든 말을 가능하
게 하고 모든 말을 시작하는 것이 얼굴이다. 그 점에서 얼굴은 말한다.
조금 전에 나는 다른 사람과의 관계를 기술하기 위해서, '본다'는 개념을
거부했다. 그 말은 좀 더 정확히 말하면 응답이요 책임이다.

—엠마누엘 레비나스, 『윤리와 무한』

앞서 살핀 이우성의 시와 마찬가지로, 황인찬의 시 역시 단아하
고 깔끔하게 벼려진 거죽과 안정된 모양새를 띤다. 또한 절제와 여백
과 침묵의 공간을 최대치로 활용하는 이미지 구성 원리를 품는다. 가
령 "그것을 생각하자 그것이 사라졌다//성경을 읽다가 다 옳다고 느
꼈다//예쁜 것이 예뻐 보인다/비극이 슬퍼서/희극이 웃기다//좋은

것이 좋다//따뜻한 옷의 따뜻함을 느낀다/컵 속의 물을 본다//투명한 빛이 바닥에 출렁인다//그것은 마시라고 있는 것"(「그것」), "양옥 정원에서 조용히 퍼져 가는 물소리와 매미 소리, 매미 허물을 발견하고 들떠서 들여다볼 때, 그러면 안 된다고 네가 말한다//오래 보면 영혼을 빼앗길 거야. 겁이라도 주는 것처럼/비장한 표정으로 네가 말해서 정말 그러면 어떡하지? 덜컥 겁이 났지만//아무런 일도 일어나지 않는 것이다 아무것도 빼앗기지 못한 것이다 매미 소리가 징징징 울리고 있는데//이젠 정말 끝이구나, 네가 말한다"(「말종」), "교탁 위에 리코더가 놓여 있다/불면 소리 나는 물건이다//그 아이의 리코더를 불지 않았다/아무도 보지 않는데도 그랬다//보고 있었다//섬망도 망상도 없는 교실에서였다"(「레코더」) 같은 이미지들을 보라.

이와 같은 이미지들은 단형 소품의 표면을 띤 시편들에서 가장 도드라지게 나타나며, 이들 마디마디의 "빈자리"에서 울려 퍼지는 소리 없는 일렁임이 그의 실존의 어떤 치명적인 얼룩과 맞닿아 있다는 점에서, 이우성의 시와 같은 미학적 고원으로 수렴될 수 있는 특이점을 품는다고 하겠다. 이 두 시인은 2000년대 한국시가 일구었던 새로운 흐름이자 그야말로 하나의 문학사적 사건으로 기록될 것이 틀림없을, '미래파'의 과격한 형식 실험이나 분열적 주체의 과감한 돋을새김과는 다른 길을 만들고 있는 것으로 보인다. 마찬가지로 익명의 주체들이 분출하는 다성적 목소리의 산포라는 근래 한국시의 '예술적 짜임'과는 다른 별자리를 생성하고 있는 것이 분명해 보인다. 적어도 시의 표면과 형태의 차원으로 좁혀 보면, 황인찬과 이우성의 시는 요설과 다변, 장르적 관습의 해체와 더불어 장르 횡단과 융합을 즐겨 활용했던 2000년대 젊은 시인들 곧 '미래파'를 멀찌감치 벗어나 있는 것으로 보인다.

달리 말해, 이들은 시의 전통적인 미감으로 표상되어 온 절제와 여백의 수사법을 통해 함축성의 밀도가 매우 높을 뿐만 아니라 암시의 깊이를 극대화하려는 이미지들을 펼쳐 놓는다. 이들의 시에서 형태론적 안정감과 더불어 전통적 미감에 가까운 감각적 형상들이 곳곳에서 나타나는 현상 역시 이와 같다. 따라서 황인찬과 이우성의 시가 하나의 미학적 고원을 이루어 가고 있다고 말하는 것은 그리 과장된 표현은 아닐 것이다. 그러나 이 둘은 또한 분명하게 다른 자기 고유성을 가진다. 황인찬의 시를 이우성의 시와 섬세하게 갈라낼 수 있는 변곡점은 "죄악감"이라는 말에 주름진 무시무시한 윤리학적 비전에 있다.

동네의 오래된 폐가였다

이곳에 오면 미래의 연인을 만날 수 있다는 그러한 말을 나는 믿었다

숨을 쉬면 빛이 흩어지는 곳이었고 어두운 데로 무엇인가 몰려가는 곳이었다

나는 자정이 오기를 기다렸다 그러자 내일이 왔다

이 어두운,

아무도 없는 집에서 나는 알았다 내 사랑의 미래가 거기에 있고 지금 내가 그것을 보았다는 것

나는 깜짝 놀라서 집을 나왔고

이제부터 평생 동안 이 죄악감을 견딜 것이다

—「인덱스」 부분

　이우성의 다른 시편들과 마찬가지로, 「인덱스」 역시 행과 행 사이의 틈새와 여백이 깊다. 한 행이 한 연을 이루면서 총 8행 8연의 형태적 짜임새를 지닌 이 시편은 "동네의 오래된 폐가"를 오브제로 삼지만, "폐가"를 시각적 질감에 지나지 않는 관조적 형상으로 그리지 않는다. "나는 깜짝 놀라서 집을 나왔고"에서 볼 수 있듯, 오히려 "폐가" 속으로 들어가 그 안에 깃든 다른 몸의 세계와 이야기를 나누고 그 속살을 어루만지려는 응답과 책임의 윤리를 찾아온다. 2연의 "이곳에 오면 미래의 연인을 만날 수 있다는 그러한 말을 나는 믿었다"라는 구절과 더불어, "아무도 없는 집에서 나는 알았다 내 사랑의 미래가 거기에 있고 지금 내가 그것을 보았다는 것"이라는 6연의 형상은 이 작품이 "폐가"에 대한 외부 정경 묘사를 중핵으로 삼는 것이 아니라, 그것을 심리적 공간으로 치환시켜 일종의 메타포처럼 활용하고 있다는 사실을 소리 없이 일러 준다.
　나아가 "숨을 쉬면 빛이 흩어지는 곳", "어두운 데로 무엇인가 몰려가는 곳"이라는 장소의 이미지는, "동네의 오래된 폐가"가 결국 '타자성'을 공간적 형상으로 바꾸어 놓은 비유적 이미지라는 사실을 알려 준다. "거기" "동네의 오래된 폐가"는 보고 듣고 만질 수 있는 것들의 표상인 "빛"은 존재하지 않고, "어두운 데"라는 "무엇인가"를 명확히 알 수 없는 어떤 표상 불가능한 것들만이 우글거리는 "곳"이기 때문이다. 또한 "나는 자정이 오기를 기다렸다 그러자 내일이 왔다"

우리 시대 시의 예술적 짜임과 미학적 고원들 Ⅱ　233

에 스며 있는 심리적 음영은 이 시편에 듬성듬성 들어박힌 다른 심리적 무늬들과 함께 울리면서, "폐가"라는 시어가 미지의 심적 영역, 곧 실재계(the Real)를 암시하는 이미지라는 추론을 가능케 한다. 실재계란 그 "무엇인가"가 있다는 것만을 어렴풋이 알 수 있을 뿐 그것을 또렷하게 알 수 없는, 따라서 그 무엇이라고 말하거나 표상할 수 없는 세계이기 때문이다. 실재를 의미들 속의 구멍이자 주체성 또는 상징계(the Symbolic)의 심부에 있는 외상적 중핵이라고 집약할 수 있는 것도 같은 맥락에서다.

이와 같은 추론에 공감할 수 있다면, "나는 깜짝 놀라서 집을 나왔고//이제부터 평생 동안 이 죄악감을 견딜 것이다"라는 끝자리 문양의 의미 매듭은 쉽게 풀어질 수 있다. 그것은 바로 실재계라는 두려운 진실의 세계와 마주 선 자의 경악과 참담함을 표현하는 동시에 그 진실을 회피하는 데서 흘러나오는 "죄악감", 그 내면적 뒤틀림 자체를 현시한다. 고통의 윤리학을 정립한 레비나스(E. Levinas)에 따르면, 내 안의 타자, 동일자 안의 타자가 자기 자신을 드러내는 어떤 에피파니(epiphany)의 순간일 것이다. 따라서 "이제부터 평생 동안 이 죄악감을 견딜 것이다"라는 구절은 상반된 욕망과 의지를 품는다. 그것은 한편으로 "죄악감"을 떨쳐 버리고 싶다는 욕망을 지니고 있으면서도, 자신의 몸에 안은 채로 살아가겠다는 의지를 동시에 거느리기 때문이다.

이렇듯 "죄악감"으로 표상되는 윤리학적 비전과 사유는 황인찬의 거의 모든 시편의 마디마디에 징표와 흔적을 남긴다. 그것이 선명하게 드러난 장면들을 인용하면 다음과 같다.

　　한 사람이 말을 꺼내려 한다

한 사람이 말을 아끼려 한다
한 사람은 말을 이해하지 못한다

식탁 위의 사물은 차가워진다

한 사람에게 잘못을 떠넘기는 것.
우리는 그것이 구원이라고 믿는다

누군가 잘못된 발음으로 말문을 열자
동생이 돌아온다
어른의 모습이 되어서

—「자정이 가까운 시간」 전문

어느 날의 수업 시간, 내가 좋아하던 아이가 내게 속삭이듯 말했다

"나는 곧 죽을 거야. 나는 네가 참 밉다."

머지않아 그 애는 전학을 갔고 그 애를 다시 보는 일은 없었지만 나
는 생각했다

좋은 일을 하면서 살아야 한다고

그 애가 없는 저녁의 교실을 혼자 서성이다 본 것은 저 너머의 작은
산이었다

작은 산이 무너지고 있는 것이었다

세계의 끝이 아니고, 누군가의 죽음도 아닌 일이 일어나고 있었는데

나는 한 가지 일만 계속 생각하고 있었다

　　　　　　　　　　　　　　—「아름다운 마음들이 모여서」 전문

봄은 오고
사방으로 피어오르는 것들 꺼지는 것들

실내의 가짜 꽃나무 아래 내가 앉아서 거리를 헤매는 나를 불렀다

이리 와 여기로 와
어서
나는 그 말을 듣지 못한 채 떠났다
실망한 나머지
진짜 꽃나무에 목매달았다

굽어 가는 마음과 굽이치는 마음이 서로 부딪히고
소용돌이가 소용돌이치는 봄날이 조용히 계속되었다

이후로도 나는 드문드문 나에게 나타났다
여기로 오라고 나는 부르며

꽃나무에 매달린 채로 나에게 손짓했다

멀어서 잘 모이진 않았지만
목소리만은 어쩐지 선명하였다

간혹 죽은 내가 잠든 나를 깨우기도 했다
소용돌이가 소용돌이치는
그 애매하고도 분명한 곳에

―「소용돌이치는 부분」 전문

「자정이 가까운 시간」에서 풍크툼(puctum)의 화살은 "한 사람에게
잘못을 떠넘기는 것./우리는 그것이 구원이라고 믿는다"라는 장면
에서 날아온다. 롤랑 바르트가 "찔린 자국이고 작은 구멍이며, 조그
만 얼룩이고, 작게 베인 상처이며―또 주사위 던지기"라고 말했던 것
처럼, 저 장면 속에 야릇한 질감으로 스민 윤리적 부채감과 죄의식은
바로 풍크툼의 화살이 시인의 가슴 한복판을 꿰뚫고 지나갔을 바로
그 순간의 생생한 느낌을 휘감아 온다. 그렇다. "한 사람이 말을 꺼내
려 한다/한 사람이 말을 아끼려 한다/한 사람은 말을 이해하지 못한
다"라는 이미지 매듭은 비단 시인의 가족뿐 아니라 우리 마음에 남겨
진 불편하고 두려운 진실들, 아니 그것을 회피하면서 끝내 자기기만
을 통해 자신의 허물과 잘못을 합리화하려는 모든 인간의 왜곡된 담
화 상황 전체를 제유(synecdoche)의 수사법으로 드러낸다.
　나아가 이 구절에 담긴 "우리는"이라는 주어는 시인 자신의 개별적
인 상황을 넘어선 인간 전체가 맞닥뜨릴 수밖에 없는 보편성의 맥락
을 강제한다. 따라서 이 시편 마지막 대목에 나타난 "누군가 잘못된
발음으로 말문을 열자/동생이 돌아온다/어른의 모습이 되어서"라는
형상은 저 불편하고 비릿한 진실들이 서로의 참된 "말"을 통해 소통

되지 못하고, 겉만 번지르르하게 남게 된 피상적인 대화의 상황을 암시한다. "동생"이 "어른의 모습"으로 뒤바뀌는 마지막 장면은 결국 그 모든 진실의 사막이 사라져 버린 상징계의 언어 질서, 그 규범적 안정성의 메커니즘을 비유하는 것이기 때문이다.

「아름다운 마음들이 모여서」에 나타난 "나는 곧 죽을 거야. 나는 네가 참 밉다"라는 "그 애"의 말은 보이지 않는 뒷면에 화자의 윤리적 부채감과 죄의식을 거느린다. 이 부채감과 죄의식은 4연에 나타난 "좋은 일을 하면서 살아야 한다고"라는 형상으로 나타나지만, 후회와 반성이라는 단순한 차원의 내성적 드라마를 훌쩍 뛰어넘는다. 나아가 이 시편을 다른 여백과 침묵의 세계로 인도한다. 이러한 이미지 전개의 활력과 역동성은 "작은 산이 무너지고 있는 것이었다//세계의 끝이 아니고, 누군가의 죽음도 아닌 일이 일어나고 있었는데//나는 한 가지 일만 계속 생각하고 있었다"라는 구절이 환기하는 상상력의 깊이에서 온다. 그것은 고통으로 얼룩진 타자의 얼굴과 그 말 없는 호소에 응답하거나 책임을 다하지 못하거나 그것에 등을 돌려 버릴 때 싹트는 우리 모두의 보이지 않는 저 "죄악감"을 소리 없이 울려 퍼지도록 강제하기 때문이다.

그러나 「여름 이후」라는 시편에 등장하는 "경미의 마음은 알 수 없지만/경미는 애들 마음속에 살아 있고,/애들은 아직 살아 있다"라는 구절은 끝내 사라지지 않고 "애들 마음속에 살아 있"는 "죄악감"에서, 오히려 어떤 '윤리적 주체'가 탄생할 수 있는 에피파니의 순간을 예감하고 있다는 사실을 암시한다. "경미"의 죽음이라는 사건, 고통받는 타자의 얼굴이 현현하는 순간이야말로, 오히려 그를 영접하고 환대할 수 있는 윤리적 주체가 탄생한다는 이상한 역설이 "죄악감"이란 시어에 주름져 있기 때문이다. 따라서 "죄악감"에 깃든 초월적 계시

(epiphany)의 순간이야말로, "타인을 위해서 대신 죄를 짊어지고 고난을 당하는 자", 타인의 고통과 잘못을 나의 고통과 잘못으로 수용할 수 있는 대속(代贖)의 윤리 주체가 탄생할 수 있는 참된 계기와 조건을 이루는 것인지도 모른다.

그것은 또한 레비나스가 사유했던 윤리적·책임적 주체로서의 메시아를 태어나게 하는 가능성의 터전이자, 주체에서 타자로의 이행이라는 사건이 일어나는 존재론적 모험이자 초월의 근원적인 바탕일 것이 틀림없다(강영안, 『타인의 얼굴』). 내재 속의 초월이라는 레비나스의 용어 역시 같은 맥락을 품는다. 그것은 결국 우리 인간들이 먹고 마시고 쉬고 잠자고 성관계를 맺는 향유와 존재 경제의 테두리를 넘어 느닷없이 밀려닥치는 고통받는 타인의 얼굴과 그 현현의 사건을 가리키는 말이기 때문이다. 더 나아가, 타자로의 무한한 열림과 타자에 대한 응답과 책임으로서의 윤리를 빠짐없이 껴안을 수 있는 말이기 때문이다.

「소용돌이치는 부분」의 "진짜 꽃나무에 목매달았다" 같은 섬뜩한 형상은 죽음 모티프를 그 바탕으로 삼는다. 그러나 "이후로도 나는 드문드문 나에게 나타났다", "꽃나무에 매달린 채로 나에게 손짓했다", "간혹 죽은 내가 잠든 나를 깨우기도 했다" 같은 이미지들은, 이 작품이 어떤 귀기나 혼령의 세계를 도입한 것이 아니라, "나"와 또 다른 "나"가 서로 싸우고 갈등하는 내면 풍경의 드라마, 곧 분열된 주체의 심리적 궤적을 소묘하고 있다는 사실을 넌지시 암시한다. 이렇듯 분열된 주체를 돋을새김의 필치로 드러내는 것은 황인찬의 시 마디마디를 가로지르는 이미지의 지력선이며, 몇몇 시편들에서 얼굴을 내미는 귀신의 목소리들 역시 분열된 주체의 다양한 비유적 표현들로 읽을 때, 좀 더 깊은 울림을 감수할 수 있을 것이 분명하다.

성가대에 들어간 것은 중학교 때였다
일요일 오후엔 찬양 연습했다
끌어내리듯 부르는 것이 나의 문제라고

노래 부르는 것을 좋아하지 않았다
기도하는 것을 좋아하지 않았다
나무로 된 긴 의자와 거기 울리는 소리가 좋았다

말씀을 처음 배운 것은 말을 익히기 전의 일이었다
그것을 배우며
하나님의 목소리는 무엇일까 생각했다

연습이 진행되는 동안
목소리가 커졌다 잦아들었다

공간이 울고 있었다

낮은 곳에 임하시는 소리가 있어
계속
눈앞에서 타오르는 푸른 나무만 바라보았다

끌어내리듯 부르지 말라는 말을 들었다

마음이 어려서 신을 믿지 못했다

—「낮은 목소리」 전문

「낮은 목소리」에는 시인의 유년 시절에서 기원하는 것으로 짐작되는 실존적 체험의 어떤 한 장면이 마치 오래된 사진의 낡은 풍경처럼 그려져 있다. 또한 이 고유한 체험의 공간은 크리스테바(J. Kristeva)가 코라(chora)라고 불렸던 공간과 맞닿아 있는 것으로 파악된다. 이 작품은 인간의 무의식적인 욕망의 충동과 사회적 상징체계의 요구가 서로 맞부딪치면서 이루어지는 근원적 공간 혹은 율동적 공간으로 요약되는 코라를 연상시키기 때문이다. 좀 더 자세하게 말하자면, 인간의 무의식적 충동 속에 들어 있는 잠재적이고 의미 지향적 요소인 의미론적인 것(semiotic)과 개인과 그 충동의 사회적 질서에로의 편입을 나타내는 동시에 잠재적인 의미가 언어로 표현되기 위한 필수적 전제 조건인 상징적인 것(symbolic)이 서로 대결과 투쟁을 벌이면서 만들어지는 율동적 공간이자 근원적 공간으로 축약할 수 있듯(『시적 언어의 혁명』), 「낮은 목소리」 역시 시인의 마음 한복판에 깃들어 있었을 의미론적인 것과 더불어 상징적인 것이 서로 대결하고 투쟁하는 내면의 드라마처럼 읽힌다는 것이다.

크리스테바의 코라가 말하는 주체에게 내장된 무의식적 충동과 의식적 동기화의 분열상, 곧 분열된 주체의 그 생생한 파열음과 혼란스러운 어둠을 강조했던 것처럼, 「낮은 목소리」 역시 시인의 마음 깊은 곳에 웅크리고 있었을 제 실존의 어떤 치명적인 장면을 거죽으로 끌어올린다. 따라서 이 시의 끝자리에 남겨진 "마음이 어려서 신을 믿지 못했다"라는 표현은 지독한 역설을 품고 있는 것으로 보인다. 황인찬의 몇몇 시의 마디마디에서 "교회" 이미지들이 나타난다는 점을 유추해 보면, 시인의 실존이 그것과 깊은 관련을 맺고 있는 것은 분명한 사실일 것이다. 또한 "성가대에 들어간 것은 중학교 때였다", "일요일 오후엔 찬양 연습했다", "노래 부르는 것을 좋아하지 않았다", "기도하는 것을 좋아하지 않았다"라는 문양들은 시인의 실존적 체험을 고스란히 옮겨 놓은 것이 틀림없다.

이 시에서 무의식의 에너지가 가장 강렬하게 응집된 부분은 "하나님의 목소리는 무엇일까 생각했다", "낮은 곳에 임하시는 소리가 있어"이다. 양자는 시인이 현실의 제도적이고 규범적인 차원의 "교회"와 그 너머의 잠재적인 차원에 깃들어 있을 "하나님의 목소리" 사이에서 시인이 고뇌하고 갈등했을 것이라는 추정을 가능하게 한다. 나아가 상징계로서의 "교회"를 박차고 나와, 참된 복음의 비전일 수밖에 없을 "낮은 곳에 임하시는 소리"에 자신의 온몸을 던졌다는 사실을 암묵적으로 일러 준다.

따라서 "마음이 어려서 신을 믿지 못했다"라는 마지막 문장은 상징적 질서로서의 종교 표상인 "교회"를 "믿지 못했다"라는 사실을 가리키는 것이 분명해 보인다. "마음이 어려서"라는 형상 역시 "하나님의 목소리는 무엇일까 생각했다"라는 이미지와 더불어 울리면서, 그 말의 참된 의미로서의 예수, 그의 사랑의 복음과 실천을 시인 자신의 실존으로 받아들였다는 사실을 암시하는 신성한 징표인지도 모른다.

황인찬 시의 거죽에 아로새겨진 절제된 언어 감각과 단아한 형식미, 그리고 보이지 않는 여백과 침묵의 공간의 소리 없는 울림은, 그의 유년으로부터 비롯했을 "교회"와 "낮은 곳에 임하시는 소리" 사이의 치명적인 자기분열 의식에서 빚어진 것이 틀림없을 것이다. 어쩌면 황인찬이 시를 쓸 수밖에 없었던, 아니, 시인 황인찬으로 다시 태어날 수밖에 없었던 까닭 또한 저토록 힘겨운 자기분열 의식에 깃들어 있었던 것인지도 모른다. "마음이 어려서 신을 믿지 못했다"라는 문장 뒷면에 감춰진 "나"의 갈라진 목소리는 근원적 공간으로서의 코라일 것이 틀림없기 때문이다. 보이지 않는 침묵의 공간에서 소리 없이 울려 퍼지는 아래의 소름 끼치는 진실들처럼.

　　여름 성경학교에 갔다가
　　봄에 돌아왔다

　　꽃냄새와 물 냄새가 입안에 가득하다

　　병상 너머에 앉아 계신
　　할머님과 목사님

　　그 얘기는 처음 듣는 것 같다

　　인간의 얼굴이 웃고 있다

―「개종 5」 전문

제2부 실재의 현시

실재를 현시하려는 시적 언어의 모험들
―신동옥, 박장호, 김근, 김경주, 조연호의 시집

실재와 사유와 언어의 트라이앵글

불교의 언어관을 집약적으로 표현하는 '가명(假名)'이란 말은, 이 세계에 존재하는 그 모든 것들에게 있어서 영원불변하고 확고부동한 실체란 존재하지 않는다는 것을 의미할뿐더러, 문명사의 찬란한 꽃으로 부를 수 있을 언어가 거짓된 이름, 지극히 임의적이고 자의적인 것에 불과하다는 사실을 그 자체로 나타낸다. "서구의 철학사란 플라톤 철학의 주석의 역사에 불과했다"라는 화이트헤드의 말을 따른다면, 더 나아가 "태초에 말씀이 있었다"는 창세기의 한 구절을 이성중심주의(logocentrism)라는 서구 문화 전통의 핵심을 표상하는 것으로 해석한 데리다의 논의를 따른다면, 서구 문명사에서 지배권을 행사해왔던 사유의 틀은 실체론적 사유라고 명명할 수 있을지도 모른다. 그리고 이러한 사유 속에서 그 핵심을 지탱해 왔던 것 역시 수학적 이성이었음은 주지의 사실일 것이다.

옥타비오 파스는 "근대성은 신과 존재, 이성과 신의 계시 사이의 대립이 현실적으로 해결될 수 없다는 의식과 함께 시작되었다"(『흙의 자식들』)라고 말한 바 있지만, 또 이 문장을 서구 사상의 역사를 헬레니즘과 헤브라이즘의 투쟁과 각축의 역사라는 좀 더 더 거시적인 문제 설정으로 확장할 수 있겠지만, 우리가 문제 삼고자 하는 것은 수학적 이성과 신적 계시 사이의 길항 관계가 아니다. 오히려 서구의 실체론적 사유 속에서 공인되어 온 수학적 이성과 시적 형상 사이의 위계적 관계, 곧 철학과 문학(예술) 사이에 배치되었던 가치론적 위계화이다. 플라톤의 시인추방론이라는 명제가 그 위계화의 기원에 해당하는 것이라면, 서구에서 철학을 중심으로 한 이론적 학문의 권위는 18세기 낭만주의 예술이 출현하기 이전까지 하나의 근본 개념처럼 전제되었다고 할 수 있다.

낭만주의는 근대 세계 이후에 펼쳐졌던 여러 예술 사조들 가운데 하나에 불과한 것이 아니라, 서구의 바로 저 지극히 오래된 철학중심주의 혹은 이성중심주의에 대한 혁명적 봉기였다는 점에서, 다른 예술 사조들과 확연하게 구분된다. 그것은 말라르메의 '미의 영광화'라는 말이 표상하고 있는 것처럼, 플라톤 이래의 도덕적이고 이론 중심적인 사유를 미적이고 예술 중심적인 사유로 뒤바꾸어 놓았다는 점에서, 낭만주의는 매우 근본적인 혁신의 흐름이었다고 말할 수 있을 것이다.

이러한 낭만주의자들의 사유를 계승한 말라르메는 '꽃'이라는 낱말과 그것이 담을 수 없는 꽃의 색깔과 향기 사이에 놓인 필연적인 거리를 넘어서 사물의 실재 그 자체와 "충만하고 순결한 관계를 맺을 수 있는 지점까지 시구를 파 들어갔다"라고 할 수 있다. 다시 말해, 움직이고 분열되어 있고 미망뿐인 우리들의 일상적 언어와 그것을 바탕으로 축조된 경험적 현실 세계를 벗어나 존재의 본질, 혹은 그 실재에 도달할 수 있는 시적 언어를 만들고자 했다. 그가 기도했던 "이 세상에 단 한 권밖에 없다고 확신하는 대문자 책(le Livre)"은 바로 이러한 시적 언어들로 축조된, 따라서 "오직 그 내부의 질서가 존재할 뿐 바깥이 없"으며, "우주에 대해서, 우주에 의해 작성되는" 그런 책이다. 말라르메의 이 원대한 기획이 '불가능한 기획'이었을뿐더러 '좌절'에 부딪치게 되었을 것은 지극히 당연한 결과이겠지만, 우리에게 여전히 사물(실재)과 생각(사유)과 말(시)의 관계에 대한 깊은 성찰의 공간을 마련해 주고 있는 것은 분명한 사실일 것이다.

탈주의 긴장과 대결

신동옥의 『악공, 아나키스트 기타』는 앞에서 말했던 이 세계의 실재와 화자의 사유와 시 작품의 언어로 구성되는 저 근본적인 트라이앵글의 공간에 대한 깊은 고뇌가 담겨 있는 것으로 보인다. 이 고뇌는 때로 피로 유전되는 원형의 힘, 혹은 표제작인 「악공, 아나키스트 기타」에서 "소리분리수거법"으로 표현된 상징계(the Symbolic)의 언어질서에 가로막혀 그가 투시하려는 실재(the Real)의 세계에 도달할 수 없을지도 모른다는 어두운 불안의 정조를 낳는다. 그리고 이러한 불안은 종종 동음이의어와 이음동의어를 느닷없이 조합하는 언어유희로 나타난다. 그러나 이는 유쾌한 감각의 놀이를 동반하지 않는다. 오히려 저 유희에는 경험의 침전물과 기표의 자의성을 결코 벗어날 수 없는 언어가 품은 불완전함에 대한 절망과 조롱이 담겨 있는 것으로 파악된다. 손창섭의 「비 오는 날」에서 몇몇 모티프들을 인유하고 있는 그의 시 「비 오는 날」은 1953년 손창섭의 "동옥"과 "동욱" 자매를 시인이 분신이 틀림없을 2002년의 "동옥"이 살아가고 있는 시공간으로 소환한다. 이 대목에서 시적 판타지 혹은 상호텍스트성이라는 개념을 들이미는 것은 그의 시를 적확하게 감수하기 위한 유효적절한 방법일 수 없을 듯 보인다.

「핼리로부터 게걸스러운 태양까지」에서 나타난 것처럼, 신동옥의 시는 "기원전 233년의 브류타뉴"와 "1705년의 핼리라는 이름의 별"과 "1758년의 새벽 크리스마스"라는 엄청난 시공간의 거리로 떨어진 형상들이 서로 연결되고, 마주 보고 함께 울리는 아날로지의 성좌들을 이룩한다. 아날로지는 "먼 곳으로부터 먼 곳으로 몸이 아프다"(「먼 곳으로부터」)라는 시구에 집약된 것처럼, 서로 다른 시공간에 놓인 감각과 사물들을 거침없이 연결 짓는 상호 원심력의 벡터를 기저 원리로 삼는다. 그것은 또한 근대 이전 시대를 관류했던 주술적 세계관의 인식론적 바탕일뿐더러, 시적 언어의 중핵을 차지하는 은유와 상징의 근간이자 우주적 차원의 유사성을 전제하는 용어이기도 하다. 따라서 신동옥 시가 아날로지의 감각과 사유를 근저로 삼고 있다는 말은 일종의 상투 어구에 지나지 않을 것이다. 현대 세계에서 시는 과학적 세계관에 의해 추방된 저 아날로지의 사유가 여전히 생생하게 살아 꿈틀거리고 있는 희귀한 무대일 것이나, 또한 아날로지의 원리를 완전히 벗어난 시 역시 존재할 수 없기 때문이다.

신동옥의 시 「별들의 옷」에서 "나"는 "고양이"이고, 또 죽으면 "별들의 옷"이 되는 동시에, "샤먼"이며 "악몽"이며 "괴기"이자 "마녀"가 될 수 있고, "가장 오만한 걸음걸이 그 자체"가 될 수 있는 까닭 역시 이와 같다. 이 작품에서도 아날로지가 매우 강력한 힘을 발산하면서 곳곳으로 뻗어 나가고 있기 때문이다. 그러나 신동옥이 활용하는 아날로지는 시인의 외부에 존재하는 세계의 조화로운 선험적 질서의 체계나 시인의 사유와 감정과 가치를 빠짐없이 수렴할 수 있는 의미화의 중심점으로 포획되지 않는다. 바로 이 자리에서 신동옥의 시는 서정이라는 저 오래된 문턱을 넘어선다. 그것은 또한 서정의 기원적 원리를 이루는 아날로지를 혁신하고 변환하게 만드는 특이점으로 자리한다. 또한 상호 이질적인 이미지들을 과격하게 연결 짓고 병치시키는 것으로 김춘수가 정의한 '래디컬 이미지(radical image)'를 신동옥은 적극적으로 생산하고 또 빈번하게 활용하고 있는 것으로 보인다. 따라서 그가 아날로지를 활용하는 동시에 혁신하고 있다는 말은, 비유적 이미지로 시를 구성하는 것이 아니라, 매우 자각적인 방식으로 래디컬 이미지를 활용하고 있다는 사실을 암시한다고 하겠다.

> 한 해 한 페이지씩의 살점을 아들에게 떼어 주고
> 남은 몫으로 순한 날개를 펄럭이는
> 아버지 비밀한 경전이 되었다.
>
> ─「아비 정전(正典)」 부분

> G: 그렇습니다. 흐름, 그것이 중요합니다. 당국은 단 한 줄기의 흐름이 탈취되는 것도 허락하지 않습니다. 당신 내부에 누수가 진행됩니다. 당신은 접지가 안 된 채 떠 있군요. 당신이라는 귓바퀴 자체가 거대한 도적 소굴입니다. 경전에 당신은 '진흙으로 빚어져 시간이라는 아버지를 두었다'고 쓰여 있지요 (중략) 당신은 존재합니다. 알 수 없는 곳으로 끊임없이 새어 나가면서. 당신은 단 한 번도 스스로를 소유하지 못하고 우선 있어 왔을 뿐입니다. 그러니까……
>
> ─「누전」 부분

신동옥의 시적 사유를 이끌어 가는 두 개의 기둥은 "유전(遺傳)"이란 말로 표상되는 원형적 이미지의 세계와 더불어 "누전(漏電)"이란 말로 집약되는 탈주적 이미지의 세계다. "유전"이란 시어는 "아비" "정전" "관원" "가족" "부족" 등의 이미지들로 연쇄되면서, "원형"이라는 단 하나의 뿌리를 전제하는 수목 형태의 사유로 계열화된다. 이와 반대로 "누전"이란 말은 "누수" "도둑 소굴" "아나키스트" "복화술" "초음파" 같은 이미지들로 구상화되면서, 리좀 형태의 사유로 계열화된다. 수목(樹木)이라는 비유적 언어가 단일한 기원을 전제하면서, 이 세계의 다양한 현상들을 그것의 파생물로 간주하려는 구심력의 세계를 표상한다면, 뿌리줄기인 리좀(Rhizome)은 그 자체가 뿌리이자 줄기이며 기원이자 현상인 다중적(多重的) 원심력의 세계를 표상한다. 「아비 정전」에 나타난 "비밀한 경전"으로서의 "아버지"는 결국 누구도 어쩔 수 없는 것인 유전적 필연성의 힘, 또는 "정전"으로서의 코스모스의 세계를 표현하는 이미지일 것이다. 반면 「누전」에서 등장하는 "알 수 없는 곳으로 끊임없이 새어 나가면서" "우선 있어 왔을 뿐"인 저 "흐름"은 유전적 필연성과 구조적 안정성을 벗어나는 탈주의 바이러스, 곧 카오스의 세계를 비유하는 이미지일 것이다.

시인은 이 두 갈래의 이미지 가운데 하나를 선택하여 일방적으로 추종하지 않는다. 그는 매우 명민하게 양자를 대극적 구도로 활용함으로써, 시 내부의 이미지와 이미지 사이에서, 시 작품 사이에서, 그리고 시집 전체를 구성하는 1부와 2부와 3부 사이에서 시적 긴장이 깃들게 만들고 있는 것으로 보인다. 양자의 팽팽한 긴장과 의미론적 교차점은 「공소년의 무한 질주」라는 작품에서 "우리는 클라인의 병 안팎을 돌고 도는 넋 나간 개미에 불과할까?"라는 자조적인 이미지를 거느리고 나타난다. 이는 코스모스와 카오스의 세계가 마주 보고 더불어 울리면서, 마치 뫼비우스의 띠처럼 안과 밖이 구분되지 않는 세계가 『악공, 아나키스트 기타』에서 탄생한다는 사실을 가리킨다. 달리 말해, 반복(안)이면서 차이(밖)이고 차이이면서 반복인 세계, 시인의 유전(안)이면서 누전(밖)이고 누전이면서 유전인 세계, 곧 카오스모스 (chaosmos)의 세계가 신동옥의 시에서 새롭게 태어난다는 사실을 의미한다. 더 나아가 시인이 카오스모스를 실재의 세계로 파악하고 있을뿐더러, 자신의 시를 빚는 창작의 핵심 원리로 활용하고 있다는 사실을 넌지시 일러 준다.

그렇다면 다음과 같은 질문들이 가능할 것이다. 신동옥이 구성하려는 카오스모스의 시학은 오래전 김수영이 말했던 생산적 카오스를 견지하고 있는 것일까? 김수영은 이제하 시의 카오스가 지나치게 과잉되어 있다는 의미로 이 말을 활용하였지만, 역으로 신동옥 시가 "유전"으로 표상되는 원형적 세계, 또는 반복적 필연성이라는 저 어두운 코스모스의 세계에 결박될 수 있을지도 모른다는 우려는 어쩌면 지극히 자연스러운 것이리라. 그러하기에, 오래전 김수영이 언급했던 이제하 시의 경우와는 조금 다른 차원을 이루겠지만, 밝은 저항과 혁신의 원동력으로써 저 생산적 카오스가 신동옥 시에 도입될 수 있기를 바란다. 이 시집의 마지막에 배치된 「요들링」은 신동옥의 시적 사유가 결코 벗어날 수 없을 것만 같은 비극적 운명의 예감, 그 어두운 필연성의 코스모스의 뉘앙스를 풍기고 있기 때문이다. 아니, 그것을 수긍하고 인정해야만 하는 어쩔 수 없는 필연성으로 받아들이면서, 투항하는 듯한 암시를 주기 때문일 것이다.

이와 같은 측면은 몸으로 기록되고 새겨진 사건들과 그것을 타고 흐르는 특유한 정념보다는, 좋은 시를 구성할 수 있는 시적 기술과 방법에 대한 명민한 관념들이 신동옥의 시 창작 순간에 훨씬 더 강력하게 작동하는 데서 오는 것인지도 모른다. 어쨌든 그의 시에는 래디컬 이미지를 구성할 수 있는 빼어난 언어 운용 능력과 시적 긴장을 부여하는 언어들의 역동적 배치에 대한 자각적인 의식이 명민하게 깃들어 있는 것은 틀림없는 사실일 것이다. 그러나 그의 첫 시집 『악공, 아나키스트 기타』가 몸이 부서져 내릴 것만 같은 강렬한 전율의 순간, 숨이 멎을 것만 같은 감동의 순간을 가져다주지 못하는 까닭 역시, 이와 같은 자리에서 비롯한다는 지극한 아이러니를 시인이 오랫동안 생각하기를 바랄 뿐이다.

분열증의 목소리, 존재의 주름

박장호의 『나는 맛있다』에 수록된 여러 시편은 1인칭 화자를 내세우고 있다는 점에서, 전래 서정의 관례적인 화법에서 크게 벗어나 있지 않은 것으로 보인다. 그러나 그의 화자들은 세계의 사물들을 지배하고 통어할 수 있는 투명하고 단일한 내면을 품지 않는다. 오히려 여러 갈래로 분열된 까닭에, 우리에게 친숙한 서정의 언어들을 발설하지 않는다고 하겠다. 이 분열된 목소리로서의 화자는 그러므로 순결한 자아의 내면이라는 소실점을 상실할 뿐만 아니라, 때때로 그 의미화의 지배권을 자신 내부에 이미 주름져 있는 타자들에게 내어주기까지 한다. 그의 시의 화자인 "나"는 "진실에 중독되었다"가 다시 "거짓에 매료되"기도 하며, "상처와 고통과 위안은 항상 변한다"(「변성기」)라는 사실을 자각하고 있을뿐더러, "죽어도 시작되는 이 노래 속에 나는 살고 있"으며, "나는 노래 밖에 죽어 있"어서, "내 밖엔 내가 너무도 많"(「마이크 속의 고독」)다고 읊조리는 자이기 때문이다.

따라서 화자인 "나"는 "미치고 싶은 것도 당연하다, 정신 차리고 싶은 것도 당연하다"(「11월의 비」)라는 모순된 언술을 사용하는 분열증적 주체(schizophrenic subject)로 규정될 수 있을 것이다. 분열증적 주체가 "나"를 "거짓말쟁이"로 자각하고, "나는 당신의 악보대로 말을 잃을 거예요"(「검은 립스틱을 바르는 남자」)라고 말하는 것 역시 지극히 자연스러운 것이리라. 이 주체는 자기 내부에 무수한 "나"가 있다는 것을 자각하고 있을뿐더러, 자기 내부에 주름져 있는 타자들의 목소리와 흔적을 제거하지 않고 오히려 온전하게 보존하는 자이기 때문이다. 또한 "나는 당신의 악보대로 말을 잃을 거예요"라는 시적 발화에는 완강한 타자성의 세계가 이미 그 자체로 주름져 있기에.

> 감정 없는 나의 심장이 표정 처리반을 조직했다.
> 건물처럼 텅 빈 나의 표정을 처리한다.
> 나에 대한 오해로 너는 견고해진다.
> 너는 새를 좋아한다고 말했다.
> 새가 좋아 하늘에서 죽인 사람을 옥상에 올렸다.
> 너는 나무를 좋아한다고 말했다.
> 나무가 좋아 산에서 죽인 사람을 3층에 넣었다.
> 죽지 않은 것이 분명하다면 너는
> 나의 표정을 목격하는 최초의 사람이 되는 것이다.
> 나는 수집한 표정을 전시하는 표정 처리반
> 나의 건물에 들어온다면 자가수분하지 못하는
> 내 감정의 자식을 알게 될 것이다.
>
> ─「표정 짓는 3층 건물」 부분

현대인에게 여러 개의 가면(persona)이 존재할 수밖에 없다는 것은, 그들의 코기토(cogito)가 중세 신학의 율법으로부터 자유로운 권리를 부여받았으면서도, 동시에 그 합리성의 공화국에서 추방되지 않기 위해서는 자신의 목소리와 표정을 자율적으로 규제해야만 한다는 끔찍한 사실을 암시한다. 모든 현대인에게 "나"는 자율적으로 생각하는 존재이기는 하지만 그 "나"가 이 세계에 존재하기 위해서는 그 생각은 합리적으로 조율되고 규제되어야만 한다. 그러므로 데카르트의 저 유명한 명제는 다음과 같이 수정되어야만 할지도 모른다. '나는 합리적으로 생각한다. 그래야만 나는 존재한다.'라고 말이다.

저 비틀린 명제는 실상 현대 세계가 얼마나 지독하게 합리적 인과성의 연쇄라는 또 다른 억압의 사슬을 그 세계를 살아가는 인간들의 발목에 채웠는가를 비유적으로 반증한다. 따라서 현대 세계에서 온전한 존재로 살아가기 위해서는 "감정 없는 심장"을 가져야만 하고 "표정 처리반"을 조직할 수밖에 없는 것이다. 이 "감정 없는 심장"과 "표정 처리반"이란, 그러므로 아담 스미스의 보이지 않는 손이자 라깡의 상징계이며, 알뛰세르의 이데올로기의 감각적 형상물이라 하겠다. 그리하여, 「표정 짓는 3층 건물」에서 볼 수 있는 것처럼, 이 "건물"의 심층이나 외부에는 "자가수분하지 못하는/내 감정의 자식"들이 얼마나 많을 것인가? 또 "나"의 저 깊은 내면에는 "새도 나무도 돌도 파도도 좋아하지 않는" 얼마나 많은 "나의 표정들"이 "지하에 가두"어져 있을 것인가?

시인 박장호가 1인칭 화자를 주로 활용하고 있음에도 불구하고, 그의 시는 화자의 유토피아적 영혼, 또는 나르시시즘적 내면이라는 순결한 단독자의 자리로 나아가지 않는다. 오히려 그의 시는 화자 내부에 이미 들어와 있는 타자들의 힘과 흔적의 자리, 더 나아가 "나" 내부에 이미 주름져 있는 세계의 실재들로 나아간다. 어쩌면 그의 시 내부에서 화자들의 권위가 취약해지고, 매우 빈번하게 그들의 진술들이 신빙성 없는 어떤 착란의 상태를 드러내게 되는 것은, 시인의 집중력과 시선이 분열된 자아들 속에 이미 깃들어 있는 실재의 세계를 향해 있기 때문인지도 모른다. 따라서 그 실재의 세계란, "내가 꿈꾸는 세상"이 "모두 나에게 발각당하는"(「인스턴트 데이」) 자리이자, "내 열 개의 손가락 속에서 나를 쟁탈하려는 비유적 기능들이 화학적인 질투를 벌이"(「맨해튼 스카이라인」)는 시공간이자, "죽은 말들의 사육장"이자 "죽은 말들의 제사장"(「마신들의 죽음」)으로 비유되는 자리일 것이다.

이와 같은 박장호의 시적 사유 속에서, 시적 화자로서의 주체는 명징하고 단단한 고체의 이미지, 달리 말해 확고부동한 정체성을 가진 것이 아니라, 매번의 상황과 조건과 배치에 따라 달라지는 어떤 정념과 욕망을 표상하는 액체적 유동성의 이미지를 걸쳐 입고 나타난다. 그러하기에, 이 주체는 고정된 실체가 아니라 변화와 이행의 과정에 있는 흐름이자 과정 자체를 표현한다. 그의 시의 화자들이 단일한 인격적 실체를 표현하기보다는 그것으로 환원되지 않는 탈-인격적 정념과 욕망을 비유하게 되는 것이나, 모든 존재자의 갖가지 변양, 곧 역동적인 힘과 욕망과 정념의 배치들을 암시하게 되는 것 역시, 이와 같은 맥락에서 나온 자연스러운 현상이라 하겠다.

가령 "녹음실에서 녹음된 음악은 모두 박제된 음악이죠. 고정불변이란 말씀입니다. 우울한 마음의 무엇이 박제되었을까요? 두말하면 잔소리죠. 그의 생각이죠. 생각은 항상 변하는 것 아니겠습니까? (중략) 여보시오. 작잔지 평론간지 디제인지 골초인지 양반. 이것도 녹음된 음악이오. 당신도 지금 녹음되고 있소"(「플리즈 플리즈 라이브 액션」) 같은 구절을 보라. 여기서 선명하게 나타나듯, 시인 박장호는 우리가 사용하는 언어가 실재와 얼마나 먼 거리로 떨어져 있는 멋진 매트릭스의 세계인가를 통렬하게 풍자한다. 더 나아가, 그의 시 곳곳에서는 고체로서의 언어를 사용할 수밖에 없는 자신의 언어가 가진 숙명적 한계에 대한 자각이 빈번하게 나타난다고 하겠다.

어쩌면 시인 박장호는 자신의 언어가 세계의 통념적인 표상 체계의 너머에 있을 실재의 세계에 도달할 수 없다는 것에 절망하면서도, 그 세계의 본질과 진리를 파헤쳐 보려는 의욕과 모험의 태도를 동시에 품고 있는지도 모르겠다. 그의 여러 시편에서 화자들이 분열과 착란의 상태에 빠져 있으면서도 겸허하며, 또 화자 밖의 모든 존재자가 그 자신들의 감각적 내용과 구체적인 파동을 고스란히 간직하고 있는 것은 그의 이러한 시작법의 태도에서 나오는 것으로 짐작된다. 그의 시에 고전주의 언어의 명징함과 정갈함이 깃들어 있으면서도 아방가르드적인 역동성과 저항성이 동시에 뿜어져 나오는 것은, 그가 자신의 시 쓰기가 이루어지는 매번의 순간마다 겸허와 모험의 동시적 공존이라는 윤리적 태도, 곧 참된 예술가에게 필수적으로 요청되는 저 실천의 준칙들을 충실하게 이행하려는 자리에서 기원하는 것으로 추정되기 때문이다.

비-인칭의 목소리, 샤먼의 시선

김근의 『구름극장에서 만나요』에 실린 시편들 가운데 1인칭 화자 "나"가 거죽에 드러나 있는 작품은 극히 드물다. 특히 제1부를 구성하는 「바깥에게」 「잠 서기관」 「복도들 1」 「새벽의 할례」 등을 제외하면, 그의 시편들에서 "나"는 표면에 거의 등장하지 않는다. 따라서 1인칭 화자로서의 "나"는 자신의 실존적 내면과는 거의 관계가 없는, 그야말로 텅 빈 기표로 기능한다. 이는 달리 말하자면 김근 시의 거의 모든 화자가 자신의 어떤 감정과 사유와 가치를 말하는 순결한 단독적 영혼의 주인이 아니라는 사실을 말해 준다. 아니, 어떤 사건들의 비밀 혹은 그 광경의 진상과 실재를 구술하는 복화술사에 가깝다는 것을 암시한다. "나"는 "온전히 안도 아니고 바깥도 아닌 채 쉼 없이 꿈틀거리기만 하는 여기 이 혼곤한 배아지 속, 행방마저 그만 묘연해져 버린 나"(「복도들 1」)이자, "아예 안 보이게 될까 가까스로 나라고 생각되는 몸을 만지"는 "나"(「새벽의 할례」)이며, 또 "꼬리가 몇 개인지 잘은 보이지 않아도 여우의 중얼거림이 스웨터의 풀리는 올처럼 기다랗게 내게 옮겨붙는다"(「여우의 시간」)라고 말하는 샤먼에 가까운 자이기 때문이다.

이와 같은 시적 화자들에게 그 자신의 내면은 존재하지 않거나 존재한다고 하더라도 그 자신의 고유하거나 특유한 그 무엇일 수 없다. 차라리 그것은 이 세계 혹은 저 세계의 모든 영혼이 머무르고 지나가는 텅 빈 자리이자, 그것들과 자신의 영혼이 뒤섞여서 그 모든 경계가 흐려지고 무너지는 어떤 공백의 자리, 또는 '혼종성'의 공간에 가깝다. 이 시집을 여는 첫 시 「바깥에게」에서 화자가 "너를 죽이면 나는 네가 될 수 있는가/모든 안은 다시 바깥이 될 수 있는가"라고 말하고 있는 것처럼, 이 시집에서 들뢰즈가 기관 없는 신체라고 불렀던 이미지가 나타나는 것은 필연적이다. 그것은 주체의 유동성과 변이 역량을 표상하는 무형의 신체 공간이자 잠재력의 극대치를 표현하는 용어이기 때문이다. 따라서 김근 시의 이미지들에서 "안"과 "바깥"의 경계가 흐릿해지고, 결국 그 경계조차 사라지게 되는 현상 역시 지극히 자연스러운 것이라 하겠다.

하므로 피 흘리잖아도 이 배아지 속이든 저 배아지 속이든 웃음과 울음의 골이 패어 꿈틀거리는 것이라고

그놈 불타는 이마 참 손 데겠다고 그놈 목덜미 참 곱다고 그놈 불타는 젖꼭지 참 빳빳하다고 그놈 살 속이 참 매끈하다고 갈비뼈 튼실하다

고 그놈 심장 날뛰는 말새끼 같다고

—「복도들 2」부분

　너 오는가 흰 고개 검은 고개 넘어 한 푼 노자도 없이 시푸른 대지팡
이 하나 없이 걷고 걸어 너 오는가 흰 강아지 흰 강아지 그만 놓쳐 버리
고 안개강 다시 되돌아 물먹은 시체처럼 띵띵 불어 갈라지고 터지는 시
간 푸르고 붉게 시반 찍으며 너 오는가 어린아이도 되었다가 주름 자글
자글한 늙은이도 되었다가 어미도 되었다가 아비도 되었다가 머리 풀고
땅을 치며 갈기갈기 옷 찢으며 잘은 찾아지지도 않는 여기로 용케도 이
죄 썩어 빠지고 코는 주저앉고 눈알 데구루루 굴러가 버리고 어디 비쩍
마른 새 한 마리 날아와 쪼아 터트려 먹었는지 모르고 듬성듬성 머리칼
몇 개 붙어 하늘하늘거리는 피 모조리 빠져나가고 살은 살끼리 말라붙
어 죽지도 썩지도 못하는 겨우 있는 나한테로 너 오는가

—「너 오는가」부분

　「복도들 2」에서 "나"의 정체는 과연 무엇일까? 그 정체는 혼령인지
샤먼인지 아니면 시인이 고용한 어떤 특정한 주체인지 명확하게 구
분하기 어렵다. 아니, 모든 주체가 하나로 뒤섞이면서, 어떤 혼종성의
발화가 탄생하는 것으로 보인다. 혼종성의 발화는 그의 시「복도들 2」
의 언어가 이 주체들의 스밈과 겹침으로 구성되어 있다는 것을 뜻하
기도 하고, 이 모두를 뒤섞은 어떤 혼종성의 주체가 새롭게 탄생하고
있다는 사실을 나타내기도 한다. 이 두 측면은 실상 쌍생아와 같은
것이리라. 본래 샤먼이란 자기 몸과 영혼에 새겨진 실존의 고통을 말
하는 자가 아니라, 우리가 이해할 수 없는 실재의 세계에 존재할 상
처와 고통과 비탄의 주체에게 자신의 몸과 영혼을 빌려주는 자이기

때문이다.

따라서 샤먼의 목소리가 바흐친이 말했던 다성성의 목소리로 이루어지게 되는 것은 너무나 자연스러운 것이다. 그의 입과 눈에서는 무수한 타자의 목소리와 시선들이 뿜어져 나올 수밖에 없기 때문이다. 김근의 여러 시편에서 민간의 설화들에서나 찾아볼 수 있는, 다성성의 카니발이 폭죽처럼 터지고 빛을 발하게 되는 이유 역시 이 자리에서 온다. 샤먼에게 단 하나의 정체성이란 존재하지 않는다. 「너 오는가」에서 볼 수 있는 것처럼, 샤먼이란 "어린아이도 되었다가 주름 자글자글한 늙은이도 되었다가 어미도 되었다가 아비도 되었다가" 할수 있는, 그야말로 그 어떤 단일한 정체성으로 기관화되지 않는 텅 빈 신체와 내면 공간을 소유하는 자이기 때문이다. "한때 나는, 바깥에 속해 있고 싶었다. 안이란 안은 모두 버리고 오직 바깥의 세계에만 속해 있길 바랐다. 나를 버리고 오직 그대에게 속해 있기만"(「시인의 말」)이라는 시인의 실존적 육성 역시, 텅 빈 공백의 자리로서의 기관 없는 신체를 표현하고 있는 것이리라.

따라서 김근 시의 화자들은 "나"라는 1인칭으로 명확하게 표기될 때조차, 실상 그 주관성을 상실하게 된다. 나아가 그 어떤 화자의 목소리로 발화하게 되는 경우라도, 그것은 3인칭이 아니라 비(非)-인칭이라 지칭할 수밖에 없을 낯선 익명의 목소리들을 현시한다. 이는 또한 그의 시가 가진 독특한 매력이자, 또 그의 독특한 시적 발성법이 도달할 수밖에 없는 자연스러운 경로인지도 모른다. 그의 화자들은 1인칭 시점에 서 있는 경우이든 3인칭의 화자로 변모되는 경우이든, 자기 몸과 내면의 실존적 감각의 파장을 말하는 자가 아니라 그 너머에 실재할 무수한 타자의 영혼의 목소리를 끌어올리려는 자이기 때문이다. 달리 말해, 이 세계와 저 너머의 세계, 그 모든 경계가 지워져 우주라고 표현할 수밖에 없을, 그 모든 세계에 존재할 어떤 사건의 실재를 현시하려는 자이기 때문이다.

이와 같은 맥락에서, 「처녀들은 둥글게 둥글게 자라고」에서 자주 활용된 어미 '-이지 못했대', '-이었다던가', '-였다나' 같은 어미들은 비-인칭의 목소리들을 표시하는 어미들이다. 나아가 "문득 사라졌다고 말하는 그의 말도 조금씩 사라지고 있었고"(「어깨들」), "가수들은 실은 언제나 노래의 바깥에 있었"고, "매 순간 분출하지 않으려는 가수들의 완강한 몸짓에도 노래는 뿜어져 나오고 노래에 닿은 우리도 꼭 무언가의 바깥에 있게 되었네" 등의 형상들은 3인칭 관찰자의 목소리가 아니라 이 세계의 비밀이자 그 실재의 한 단편을 엿본 샤먼의 목소리에서 나온 것이라 하겠다. 그렇지만 저 목소리들은 근대 이전의 고전소설에서 우리가 친숙하게 접했던 전지적 화자의 목소리 역시 아닐 것이다. 고전소설의 전지적 화자가 세계에 실재할 그 낱낱의 사건들을 우주적 필연성으로 빨아들이는 진리 독점의 권위와 지배권을 행사한다면, 그의 시의 화자들은 이 세계의 실재들을 엿보긴 했으나, 그 모두를 투명하게 알 수 없는, 어리둥절한 경악과 전율을 고스란히 간직하고 있는 자이기 때문이다. 따라서 그들은 "거기, 채 태어나지도 않은 애비도 끓고 있는지 모르고, 채 태어나지 않은 나도, 어쩌면 모르고, 모르지"(「국솥에서 끓고 있는 저 구렁이」)라고 말할 수밖에 없는, 한낱 비-인칭의 주체일 수밖에 없을 것이다.

김근 시에 나타난 이러한 '비-인칭의 목소리', 혹은 '샤먼의 시선'은 한국 현대시 전체를 비추어 보아서도 매우 희귀하고 독창적인 것임에 틀림없다. 또한 이 목소리와 시선이 몸의 리듬과 호흡에 밀착해 있는 빼어난 감각과 이미지들을 거느리고 있으며, 그리고 전율에 가까운 매우 섬뜩한 공명의 순간을 산출하고 있는 것 역시 틀림없는 일이다. 다만 그의 시가 이렇듯 '샤먼의 시선' 혹은 어떤 혼령들의 목소리를 구술하는 것에 육박해 갈 때, 그것이 "신들로부터 신탁과 영감을 받아 그것의 비밀스런 의지와 섭리를 단지 옮겨 적을 뿐"[1]이었던 고대 시인들의 시에 가까워지는 것은 아닌가 하는 우려가 생겨나는 것 또한 어쩔 수 없는 일인 듯하다. 그의 시가 '도시의 피로'가 가져다주는 현대성의 매혹과 환멸에 자신의 감각과 촉수를 드리우지 않고, 고대적인 민담과 전설이나 현대문명 바깥의 야생적 자연과 그 활력에 젖줄을 대고 있는 것 역시 바로 이 지점에서 기원하는 것이라 짐작된다.

그러나 또한 그의 시는 그것들에 그 어떤 영원불변한 신성성을 부여하여 그 의미를 종결시키려 하기보다는 오히려 그것들을 불가해한 신비와 활력을 얻어 낼 수 있는 드넓은 실재의 세계이자 미지(未知)의 원천으로 수용하려 하는 까닭에, 이와 같은 우려는 그야말로 기우에 지나지 않을 것이다. 그의 표제작 「구름극장에서 만나요」는 나의 이런 우려가 지나친 기우에 지나지 않음을 강력하게 주장하고 있기 때문이다.

가볍게 천사는 되지 못해도 얼굴이 뭉개진 천사처럼 하얗고 가볍게 이따금 의자를 딸깍거리며 구름처럼 증발해 버리는 사람이 있어도 그런 건 그리 대수로운 일은 아니지요 구름극장이 아니어도 우리도 모두 그처럼 가볍게 증발해 버릴 운명들이니까요 햇빛 따위는 잊어버려도 좋아요 구름에 관한 동시상영 영화들은 그리 길지 않아요 영화를 보기 위해

---

1 황현산, 「두 번째 편지: 무의 발견과 말의 소멸」, 스테판 말라르메, 『시집』, 문학과지성사, 2005, p.17.

서는 아니지만 그래도 우리 구름극장에서 만나요 저녁이면 둥실 떠올라

세상에는 아주 없는 것 같은 구름극장 말이에요

—「구름극장에서 만나요」 부분

시적 언어의 모험과 시인의 충실성

하이데거는 「무엇을 위한 시인인가」라는 글에서 지금 우리 시대를 "세계의 밤이라는 궁핍한 시대"라 칭하면서 다음과 같이 말했다. "세계의 밤의 시대에는 세계의 심연이 경험되고 감내되어야 한다. 그러나 그러기 위해서는 심연에까지 이르는 사람이 필요하다." 그에 따르면, 이 궁핍한 시대에서 시인이 부여받은 사명은 존재의 극단적 망각을 넘어서 존재 그 자체로 되돌려 그것에 가까워지는 것이다. 하이데거의 이러한 통찰은 비단 낭만주의 시대에서만 유효한 이야기는 아닐 것이다. 이른바 탈-낭만주의 시대라고 일컬어지는 지금-여기, 21세기 벽두에도 여전히 시인들은 언어의 자명한 지시 체계, 그 사이 공간의 틈 속에서 "존재의 가깝게 하는 가까움", 곧 "우리 삶의 근원적 처소"를 찾아내려 하기 때문이다.

이와 같은 모색이 혹여 "존재의 환한 밝힘으로부터 규정된" 장소성(Ortschaft)에 다다르지 못하고, 나아가 진리 체험의 순간조차 가져오지 못한다고 하더라도, 우리 시대 시인들에게 화폐로서의 언어를 넘어서려는 모험과 지향성이 존재론적 깊이로 스며 있는 것은 분명한 사실일 것이다. 이 모험이 설령 하이데거가 기획했던 존재의 개방성이라는 표어에 부합하는 탁월한 결과를 산출하진 못할지라도.

김경주의 시집 『기담』은 "우리는 조금씩 불순물에 가까워질 뿐이다"로 표상되는 자조(自嘲)의 태도를 드러내고 있긴 하지만, "언어를 열고 보면 그 속에 존재하는 멀미와 미로 때문에라도 언어 속의 가로

등과 진피가 재구성되어야 한다"(「시인의 말」)가 명시하는 것처럼, 존재에 가까워지려는 언어적 모험의 뉘앙스를 강렬하게 발산하고 있는 것 같다. 시인의 이러한 자조의 태도는 이 시집을 때로는 "별을 노래하는 마음으로 모든 죽어 가는 것을 청색 테이프로 붙여 주어야지"(「곤조(GONJO)」)와 같은 언어유희로 나아가게 하는 것처럼 보인다.

저 언어유희는 때때로 "아들: 엄마 그럼 내 취미는 '젠장!'과 '벼락'이에요. 엄마: 애야, 그럼 엄마의 취미는 뭐라고 생각하니?"(「다섯 개의 물체주머니를 사용하는 자연 시간」)와 같은 시적 발화와 극적 발화가 뒤섞인 장르 혼종의 실험으로 진화하게 한다. 더불어 "인어(人語)와 언어(言魚) 사이에 지느러미가 있다"(〈제2막 인어의 멀미〉)에서 알아챌 수 있듯, 시인은 말과 실재 "사이"의 어쩔 수 없는 거리를 첨예하게 의식하면서 다양한 언어 실험들을 이행하고 있는 것이라 짐작된다. 물론 이 실험들은 하이데거의 "존재의 환한 열어 밝힘"이라는 지극히 고상한 근원에 가닿진 못할 것이다. 그러나 시인이 새롭게 창안하려는 새로운 "인어(人語)"의 표면에 그 지향성의 흔적을 남기고 있는 것은 또한 자명한 사실이리라.

근원에 대한 시인의 첨예한 자각은 때로 "형(形)" 이전의 "알 수 없는 사이"와 "언어의 공동(空洞)"과 "알 수 없는 미지의 혀"(〈제1막 인형의 미로〉)라는 오브제를 동원한 일종의 가면극으로 나타난다. 그러므로 이 가면극은 하나의 가상으로서, 그 자체가 이미 "자기부정을 수행할 때 열 손가락에서 생겨나는 얼 거짓말의 글쓰기"(「짐승을 토하고 죽는 식물이거나 식물을 토하고 죽는 짐승이거나」)라는 고백을 포함하고 있는 셈이다. 이 고백은 언어의 지시 작용이라는 자동화의 운명을 넘어서 사물의 실재에 가닿으려는 시인 자신의 모험이 좌절될 수밖에 없음을 암시한다.

나아가 "인간은 유령이 들고 있는 인형 같은"(「릴리 슈슈의 모든 곳 1」) 매트릭스로 비유되는 참담한 가상의 세계를 벗어날 수 없다는 절망의 뉘앙스를 휘감는다. 이 시집에서 빈번하게 등장하는 "언어" "혀" "인어" "형" "인형" "문자" "연필" "그림자" "문장" "기록" 같은 시어들은 한결같이 실재의 세계에 다다르지 못하는 매트릭스의 절망감을 표현하는 것이기 때문이다. 그러나 시인은 말과 실재의 "틈"을 돌파하려는 자신의 언어 실험이 인공어(人工語)의 운명을 벗어날 수 없다는 사실을 참담하게 자각하면서도, 그 둘이 서로 맞닿는 에피파니의 희귀한 순간을 기록하고자 한다. 이 순간은 "가장 높은 안개에 자신의 위도를 세우고 몸의 물관들을 바깥에 모두 열어 놓았다 그것은 눈부신 문자의 활공 같은 것"을 체험하는 순간이며, "알겠다 연필 속에서 물새들이 활공하는 소리, 들린다"(「물새의 초경」)라고 말할 수 있는 순간일 것이다.

　그리하여, 시인 김경주는 사물의 실재에 가닿으려는 자신의 언어 실험들이 매번 좌절되어, 결국 "우리는 모두 인형들이고 너희들이 들고 있는 인형 역시 나일 것이지만 너희들이라는 인형을 들고 있는 유령 역시 바로 나이지"(〈제1막 인형의 미로〉)라고 말할 수밖에 없는 상황에 놓여 있으면서도, "혼란의 형신을 수용할 수 있는 형식을 나는 찾고 있습니다"(「프리지어를 안고 있는 프랑켄슈타인」)라는 말을 재차 되뇔 수밖에 없는 모험의 주체일 것이 틀림없다.

　시인 김경주의 이러한 양면가치와 이중성의 태도는 그가 말과 실재의 "틈"을 쉽게 포기하지 않으려는 데서 온다. 나아가 시적 언어로 철학의 과제를 쉽게 봉인하려 하지 않는, 그 팽팽한 긴장과 대립 상태를 살아가려 하는 데서 비롯하는 것으로 짐작된다. 따라서 "이 극은 사이에서 빚어지고 사이에서 지워진다"라는 〈제1막 인형의 미로〉의

한 구절은 바로 포기와 봉인 사이에 놓인 시인의 심적 긴장과 대립 상태를 표현하는 말일 것이다. 더불어 이 시집이 연극적 발화와 이미지들을 적극적으로 도입하려는 까닭 역시 실재와 언어의 "사이" 그 "틈"에 대한 집요한 천착에서 발원하는 것으로 추정된다.

그러나 이와 같은 "사이" 공간에 대한 천착과 장르 융합의 언어 실험들은 다소 편리한 방식의 다성성의 카니발, 또는 지나치게 세련된 인공적 기교로 나아갈지도 모른다는 우려를 낳는다. 나아가 시인의 이러한 방법론적 기교가 극단적 형식주의로 함몰되지는 않을까 염려되기도 한다. "그러나 형식화가 번잡할 때는 다시 무의미가 입을 벌린다. 그 무의미의 아가리에 떨어졌을 때 의미는 내용이 형식에서 해방되어 소박한 상태로 복귀하는 운동 속에서만 다시 태어날 수 있다."[2]라는 한 철학자의 예언적 진술은, 이 글을 쓰고 있는 비평가의 우려와 염려가 한낱 기우가 아님을 유력하게 입증한다.

더 나아가, 저 진술은 김경주의 시집 『기담』만이 아니라, 언어 실험에 골몰하는 21세기 벽두의 한국시가 반드시 참조해야 할 어떤 예지를 품고 있는 것으로 여겨진다. 시와 예술의 그 모든 실험이 몸이 부서져 내릴 것만 같은 무서운 전율의 순간과 세계 전체의 상투성을 근본으로부터 뒤흔들어 버리는 어떤 공백의 순간을 가져다주지 못한다면, 그것은 이미 하나의 상투적인 파괴이자 새로움에 지나지 않을 것이기 때문이다. 그리고 이러한 전율과 공백의 순간은 자신의 실존 전체를 걸고 격투하는 시인의 충실성을 통해서만 현현될 것이 자명하기에.

---

2 김상환, 「대과(大過) 시대의 글쓰기」, 『창작과 비평』, 2008.겨울, p.94.

아포리즘의 글쓰기와 에세이의 형상들

조연호의 시집 『농경시』는 우주적 시공간의 광대무변한 세계를 꿈꾼다. 그러나 그것은 자연과 인간과 신의 연속적인 통일성과 그것들 사이의 조화로운 관계를 미리 예감하는 아날로지를 밑바탕으로 거느리지 않는다. 그것은 또한 자연의 우발적인 사건들이나 어떤 예외적인 차이들에 맞서 조화와 화합의 마술을 우리에게 선사해 주지 않는다. 그것은 오히려 "스스로의 정원으로 스스로를 가지 찢는 가혹"을 행하면서, "나" 자신을 "나의 종양(腫瘍)"(p.18)으로 바라보는 "돌림병"과 같은 어둡고 불길한 이미지들을 거죽 위에 새겨 넣는다. 그것은 우주 전체를 관통하는 사유와 상상력이기는 하나, "죄"와 "악"과 "고통"을 앞면에 내세우는 반-우주적인 태도로 에둘러져 있다고 하겠다.

시라는 문자 예술이 태초부터 지녀 왔던 비유와 상징이라는 아날로지의 수사학은 이 시집에서 자신의 거울을 깨뜨리고 짓부순다. 그리고 바로 이 자리에서 조연호가 새로운 형상들로 이룩하려 하는 아포리즘의 글쓰기가 태어난다. 그것은 "목가의 피는 대위된 훌륭한 화음처럼 불행에서조차 평화의 음정이 들려온다. 불치들, 백치들, 그리고 그들에게서 하나의 망령처럼 떠오르는 깊은 행복들, 이적이 아니라 일상에서 환상은 선택되고 있었다"(pp.50-51), "네 이웃에 성수를 뿜고, 자신의 천상에 새빨간 물감을 풀고, 어버이에게 돌을 던지고 오느라 오늘 밤의 자식들은 고전적 가치를 잃고 말았다"(p.57), "나의 현재보다 못한 변신을 고작 운명이 발견케 하는 자비로 나는 나에게 베풀어질 것이다. 원(圓)을 맴도는 자여, 지상과 교환되는 것으로 너는 천상을 살아가고 있지 않을 수 없는 만족스런 질병이다"(p.173) 같은 형상들에서 비교적 뚜렷하게 제 모습을 드러내지만, 이 시집 전체는 동서의 여러 고전 저작들에서 도려내거나 그것을 의도적으로 일

그러뜨린 아포리즘의 사슬로 가득 채워져 있다고 보아도 큰 무리는 없다.

인용된 형상들에서 "목가의 피"는 오랫동안 서정시를 관류하고 있었던 유비적 세계상(analogical vision)이 "피 흘리는 상처"로 기록될 수밖에 없을, 현대 세계의 탄생에 관한 아포리즘으로 해석된다. 또한 "오늘 밤의 자식들은 고전적 가치를 잃고 말았다"는 현대 세계의 문학과 예술이 지닐 수밖에 없는 길 없는 길, 형식 없는 형식, 전범 없는 전범, 곧 "고아"의 숙명을 우의적 어법으로 표현한 것으로 이해된다. 또한 "원을 맴도는 자여"는 불가에서 일컫는 윤회의 사슬을 암시하는 아포리즘으로 추론되며, 바로 그 뒤를 잇고 있는 "지상과 교환되는 것으로 너는 천상을 살아가고 있지 않을 수 없는 만족스런 질병이다"라는 구절은 불가의 해탈에 관한 교리를 뒤집어 놓은 패러디의 문양으로 보인다. 이와 같은 문양들은 시인이 일으키는 자유연상의 움직임을 비교적 뚜렷이 식별케 해 주는 것이라 하겠으나, 동서의 숱한 문헌들을 거리낌 없이 자유자재로 넘나드는 그의 상상력과 수사법은, 그 바깥을 향해 펼쳐져 나가는 것을 두려워하는, 어떤 신비스러운 주름을 품고 있는 것으로 추정된다.

시인의 이러한 글쓰기 방식은 "학문과 윤리 및 예술이 아직도 분화되지 않은 채 하나의 통일을 이루고 있던 상태"(게오르그 루카치, 「에세이의 본질과 형식」, 『영혼과 형식』)에서 비롯된 에세이를 겨냥하고 있는 것이 분명해 보인다. 어쩌면 에세이라는 형식은 이미 과거로부터 유통되고 교육되고 전승되어 온 글쓰기의 여러 갈래와 관례적 쓰임새를 뛰어넘을 수 있는, 곧 모든 글쓰기의 장르를 마음껏 넘나들 수 있는 혼종의 형식이란 점에서, 시인에게는 불가피한 선택지였을지도 모른다. 그가 꿈꾸는 것은 동서 고전들의 고답적인 권위와 지고한 가치를 그대로 추종하는 것이 아니라, 오히려 그 뒤를 덮쳐 새로운 무늬와 빛깔의 문양들을 창안해 낼 수 있는 전복적인 자유인의 초상을 그려 내는 데 있는 것으로 여겨지기 때문이다. 이 시집에서 "씨앗(種)"과 관련된 여러 시어, 예컨대 "絶種" "變種" "肉種" "落種" "散種" "浸種" 등과 같은 한자어들이 빈번하게 활용되는 까닭 역시, 이 자리에서 기원한다. 시인은 숱한 고전 저작들을 참조하긴 하지만, 그것들을 딛고 날아올라 자신 스스로가 새로운 글쓰기의 규칙과 원리의 주인, 곧 문학적 신기원의 창시자가 되려 하기 때문이다.

조연호의 시집 『농경시』는 우리가 익히 보아 왔던 시 또는 시작법이라는 좁은 테두리를 벗어나 있을뿐더러, 벗어나려는 열망으로 가득차 있다고 말해야만 한다. 그는 그것을 넘어서 문학적인 글, 또는 문학적인 글쓰기를 꿈꾸고 있는 것이 틀림없기 때문이다. 이 시집의 거의 모든 지면에서 혼종성의 사유와 이미지들이 곳곳에서 번뜩거리며 빛을 발하는 까닭 역시 이와 같다. 우선 문장이 그러하다. 가령 "윤회는 흐르지 않는 천구(天球)라는 이름으로 의심받지 않고는 홀로일 수 없었다"(p.45), "광인은 광증으로 만드는 새로운 일부일처로, 태양에 달라붙는 매춘으로, 수평선이 새 퇴비로 바다를 일으켜 세운 곳, 이 가는 소리가 비옥한 적명(謫命)에서 들려올 때, 나는 농기구로 목신의 머리를 가격(加擊)하리"(p.48) 같은 형상들을 보라.

이들은 적어도 문장 차원에서만 살피면, 글쓰기 장르를 뚜렷하게 식별하는 것이 사실상 불가능하다. 비록 단 두 문장을 예시했지만, 이 시집을 구성하고 있는 모든 문장은 이와 같다. 시적인 문장일 수도 있고, 철학적인 경구일 수도 있기 때문이다. 아니, 그 모든 문학적인 글쓰기를 포괄하고 있는 에세이일 수도 있으며, 매우 실험적인 소설의 한 문장일 수도 있기 때문이리라. 어쩌면 시인은 모든 문학 장르의 분화와 규범과 관행을 넘어서 그 모든 문학적 글쓰기가 서로 넘나들고 얽혀 들 수 있는 새로운 문장을 실험하고 있는 것인지도 모른다. 그러나 그것은 오래전부터 에세이라고 일컬어져 왔다는 점에서, 『농경시』가 행한 과감한 시도는 새로운 문장의 창안이 아니라 일종의 문학적 원형으로서 에세이를 가정하고서, 이를 되살리려는 복고풍의 작업을 수행하고 있는 것일 수도 있다. 이 시집에서 현재 우리가 사용하는 감각적인 우리말들과 지금은 거의 사용되지 않는 고전 한자어들이 한 문장 안에서 서로를 보고 마주 앉게 되는 것 역시 같은 맥락을 이룬다. 달리 말해, 우리말과 한자어, 고대어와 현대어, 감각적인 비유어와 사변적인 개념어, 종교적인 광휘로 휘감겨 있는 말들과 그로테스크의 음영을 뿜어내고 있는 말들이 하나의 문장 안으로 얽혀 든다는 것이다.

『농경시』는 모든 문장과 문장의 틈이 지극히 넓어서 상상력의 움직임을 모두 따라잡는 것 역시 불가능한 일처럼 느껴진다. 간혹 그 일관성의 구도를 짐작할 수 있는 문장이나 단락들이 나타나지 않는 것은 아니나, 종교와 의학, 역사서와 문학작품과 경전을 자기 마음껏 넘나드는 그의 수사법은, 시의 형식이 아니라 거의 모든 글쓰기의 갈래들을 자유롭게 가로지를 수 있는 에세이의 형식에 훨씬 더 가깝다. 어쩌면 이런 형식미학적 차원의 자유로움은 이 시집 곳곳에 그 흔적을 남기고 있는 영지주의(Gnosticism)라는 세계관적 차원에서 비롯되고 있는 것인지 모른다.

영지주의는 구약성서가 규정하고 있는 율법의 폐기를 주장하면서, 좀 더 차원 높은 삶을 추구했고, 개인적인 깨달음을 통해 구원에 이른다는 자유주의적인 세계관을 지녔으며, 유대 지방의 문화와 종교를 바탕으로 하여 그리스, 이란, 기독교 사회의 문화와 종교가 하나로 얽혀 있는 종교혼합주의라는 특질을 내장한 것으로 요약할 수 있기 때문이다. 나아가 『농경시』의 낱낱을 이루고 있는 문장-이미지로부터 그 전체의 형세와 짜임관계(Konstellation)에 이르기까지 일관된 벡터를 도출할 수 있는 주제 의식 차원의 유일한 핵심으로 추론되기 때문이다. 물론 이러한 해석은 좀 더 치밀한 논증이 필수 불가한 것이라 하겠으나, 이 시집이 영지주의로 표상되는 종교혼합주의 이미지 파편들을 주요 모티프로 활용하고 있는 것은 틀림없는 사실일 것이다.

이 시집이 보여 주고 있는 여러 언어·문장·형식의 실험들과 불가해한 이미지들은 시인 조연호가 가슴에 품고 있을 어떤 심원한 예술적 비전으로부터 비롯하는 것으로 짐작된다. 나아가 이 비전은 여러 고전 저작들과 장르를 불문한 숱한 문헌들에 대한 탐독으로부터 가능했을 것이다. 그러나 시인의 저토록 용맹하고 순정한 비전이 독자들에게 엄청난 인내심을 강요하는 것을 넘어서 그들과의 소박한 교감조차 거부하고 있는 것은 아닌가 하는 의문이 생겨나는 것 또한, 어쩔 수 없는 일이다. 하나의 문학적 사건이란 이제까지의 모든 예술적 짜임(an artistic configuration)을 하나의 공백 상태로 만들어 버릴 수 있는 자리에서 솟아오른다는 것은 틀림없는 사실일 것이나, 그것은 또한 자폐적이고 신비스러운 글쓰기의 밀실이 아니라 우리 모두를 감염시킬 수 있는 드넓은 예술의 광장에서 탄생한다는 것 역시 지극히 자명한 일일 터이다. 이와 같은 까닭으로, 나는 시인이 글쓰기라는 사원에 자신을 가두는 은자(隱者)가 아니라, 예술이라는 대지에 감염력의 씨앗을 흩뿌리는 충실한 농부, 이른바 수정의 메아리를 멀리멀리 더 멀리 흩날릴 수 있을, 감응의 발명가가 될 수 있기를 소망한다.

실재의 흔적, 낯선 시간의 주름들
―김혜순, 최정례, 조동범, 이승원, 김안의 시집

빈사(賓辭)의 미학과 형용사의 존재론

"하루 수백 번 표정이 바뀔 때마다 얼굴에서 물이 떨어지는 저 구름"(「구름의 노스탤지어」)은 김혜순의 시집 『슬픔 치약 거울 크림』에 펼쳐진 사유의 매듭들을 빠짐없이 쓸어안고 있는 하나의 단자(monad)이다. "구름"은 "하루"에도 "수백 번 표정이 바뀔 때마다 얼굴에서 물이 떨어지는", 천변만화를 거듭하는 카오스-수문이자, "몸의 테두리를 지우고 형용사가 되는"(「유령학교」) 것일 수밖에 없다. 이 시집에서 사물들의 뚜렷한 윤곽이나 정지 상태들은 거죽으로 솟아오르지 않는다. 대신 여러 사물이 나타나고 흩어지고 사라지는 힘의 분산과 전달의 상황들이 시집의 안팎을 점령해 들어온다. 그렇다. 이 시집은 매번의 순간마다 달라지는 상황들의 "표정"을 빠짐없이 실어 나르고자 하는 벡터를 품는다. 따라서 그것의 통사론적 결속의 상황에서 훨씬 더 강력한 빛을 뿜어내는 것은 명사와 실사(實辭)가 아니라 오히려 형용사와 빈사(賓辭)이다.

가령 "김수영은 김수영영영이고/김춘수는 김춘수수수이고/김종삼은 김종삼삼삼이고/왼발 다음엔 오른발/0 다음엔 1, 2 다음엔 3이고/우 다음엔 울이라고/세상에 가득 찬 수학이 출몰하는 밤/존경하는 시인님들은 아직 죽음의 탯줄에 매달려 계시고"(「우가 울에게」), "책만 펼치면/눈앞에 아물거리는/쉼표 하나/그렇게 행간을 돌아다니는 귀신이 되어서선/찾아 줘요 찾아 줘요"(「책 속에서 나왔다가 다시 돌아가지 못하는 여자처럼」), "그러나 시방은 토끼 리본을 달고/토끼 신발을 신고/열나게 토낄 시간/(빨간 눈 토끼야/나는 네 하얀 털을 쓰다듬으며/비행기를 타고 기차를 타고/뜀박질을 하고 있구나/이렇게 토끼고 있구나!/이렇게 보면 토끼고/이렇게 보면 오린데/토끼고만 있구나)"(「토끼야? 오리야?」) 같은 구절들을 보라. 이 구절들에서 의미론적 지배권을 행사하고 있는 것은 "김수영" "김춘수" "김종삼" "쉼표" "토끼"라는 명사들이나 실사들이 아니다. 오히려 저 고유한 실체들의 고정적인 윤곽들과 특징들을 흐릿하게 만드는 "-영영이고, -수수이고, -삼삼이고"라는 어미들이며, "아물거리는" "돌아다니는" "찾아 줘요" "달고" "신고" "토낄" "타고" "토끼고만" 같은 형용사와 빈사들이다.

　　이렇듯 자신의 주인을 배반하는 형용사와 빈사의 원심력은, 한편으로 「우가 울에게」 「지평선 스크래치」 「배꼽을 잡고 반가사유」 「높과 깊」 「바다가 왔다 갔다」 같은 시편들에서 볼 수 있듯, 안팎의 사이 공간이나 통사론적 구조의 좌우 대칭, 주술의 호응 관계 같은 언어의 결속 상황을 엇나가게 만드는 형태론적 실험과 말놀이로 번져 나간다. 그러나 그것은 '화폐로서의 언어'를 구부리고 망가뜨리는 데서 오는 언어유희의 단순한 쾌감만을 즐기려는 것은 아니다. 오히려 "촘촘히 빈틈으로 그물이 짜인 방/그리하여 입구도 출구도 없는 방/거울 속에서 유령이 시간 맞춰 나타나는 방"(「창문 열린 그 시집」)이라는 시구처럼, 기원과 파생이라는 위계적 존재론을 무너뜨리면서 자기 스스로가 이미 기원이자 파생일 수밖에 없을, 시와 예술이 품는 감응의 빛살, 곧 감염력을 현시하려는 속뜻을 품고 있는 것으로 보인다. 그것은 주어와 술어, 명사와 형용사, 실사와 빈사라는 모든 경계와 고정점을 이지러뜨리면서, 그 사이 공간에서 불현듯 번뜩이며 나타나는 것이기 때문이다.

따라서 시와 예술의 감염력은 실체적 대상들 속에서 나타나는 것이 아니다. 오히려 "빈틈으로" 촘촘하게 짜인 "그물"로 퍼져 나간다. 또한 "입구도 출구도 없는" 언제 그 누구에게나 열려 있는 주인 없는 "유령"의 "방"일 수밖에 없다. 따라서 그것은 들뢰즈(G. Deleuze)가 말했던 시뮬라크르(simulacre)를 시적인 이미지로 번역해 낸 것인지도 모른다. 시뮬라크르의 존재론적 가치 역시 그 자체가 뿌리인 동시에 줄기인 리좀(Rhizome)과 더불어, 매번의 상황마다 의미론적 표정을 다르게 구성하는 화용론(pragmatics)의 정치학으로부터 나오는 것이기 때문이다. 그것은 이 시집의 큰 윤곽들을 빠짐없이 가로지르면서, 시어와 이미지의 차원에서 형용사의 존재론과 유동성의 감각을 벼려 놓는다. 나아가 시집 구석구석 모퉁이의 작은 무늬들까지 섬세하게 스며들어 있다.

저 작은 무늬들을 추적해 보면 세 매듭으로 반짝거리는 사유의 이미지들을 찾아낼 수 있다. 이 가운데 하나는, "일곱 살에 입학해서 그얼마나 지났는지 나는 아직 학교에 있다/따끈한 콘크리트에 짓이겨져서 아직도 교실 벽에 발라지고 있는/그런 기분이 들 때가 있다"(「출석부」) 같은 문양에서 나타난 문학과 예술의 현실적인 무능력과 덧없음을 자조 섞인 목소리로 되새기고 있는 작품들이다. 다른 하나는 "저 투명한 알 속에 우리 이전과 우리 이후가 다 들어 있어"(「유리 우리」), "우리는 모르는 우리 몸속을 다 알고 있는 물이 한 컵"(「냉수 한 컵」) 등에 나타난 것처럼, 하나의 모나드(monad) 안에 깃든 무한한 사건의 계열들을 하나의 순간으로 나타나도록 만든 시편들이다. 마지막 하나는, "비 맞고 냄새나는 변발들아. 창궐하는 오랑캐들아,/저 하늘을 가라앉힐 만큼 내 몸엔 구멍이 많구나"(「전 세계의 쥐들이여 단결하라」)로 표상되는 실재의 카오스와 그로테스크를 표면으로 끌어올린 시편들이다.

이 세 매듭 가운데서 특히 실재를 현시하려는 시편들은 다른 단독자, 「맨홀 인류」라는 산문시를 태어나게 하면서 다시 그것으로 수렴되는 것처럼 보인다. "구멍, 만물의 심장"이 모든 형상의 주름과 펼침을 미리 암시하고 있는 것처럼, 이 시편은 상징적 질서 안에 이미 들어박힌 외상적 중핵이자 공백으로서의 실재를 촘촘한 비유의 사슬로 엮는다. 더불어 수학적 엄밀성의 최대치를 기울여 "내 몸속에서 유전하는 바다의 건축"(「내 안의 소금 원피스」)을 펼쳐 보이려 한다. 그러나 참으로 이상하게도, 이 수학적 "건축"의 설계 도면은 투명하게 파헤쳐질 수 없다. 그것은 비단 「맨홀 인류」가 "입구도 출구도 없는 방"(「창문이 열린 그 시집」), 수많은 "미로"들을 제 몸의 일부로 거느리고 있다거나, "당신이 깜빡 사라지기 전 켜 놓은 열쇠 구멍 하나"(「열쇠」)를 찾을 수 없다거나, 이미지와 이미지의 간격이 지극히 넓은 래디컬 이미지를 직조하는 데서 비롯하는 것은 아닐 것이다.

오히려 그것은 "구멍에 의한 구멍을 위한 구멍의 글" 곧 "구멍의 건축을 둘러싼 이 괴상망측한 구조물"을 정교하게 기획한 자리에서 유래하는 것이 틀림없다. "구멍의 건축"이 다소 지루한 느낌을 주는 디테일을 반복하고 있는 것이 분명하지만, 없음의 있음, 무의미의 의미, 말할 수 없는 것을 말하기 위해서는 산문시라는 방대한 체적과 정교한 이음매와 섬세한 무늬들이 필수적으로 요청될 수밖에 없기 때문이다. 이미 있었던 사실의 재현을 위해 복무하는 것이 아니라, 가시적인 차원으로 아직 도래하지 않은 실재의 현시를 겨냥한다는 점에서, 「맨홀 인류」는 한국 산문시의 새로운 사건으로 기록될 수 있을지 모른다. 저토록 정교한 이음매와 섬세한 무늬들로 번져 나가는 문장들의 기하학적 배치가 예증하는 것처럼.

구멍을 위한 구멍에 의한 구멍에 대한 사랑. 나는 사랑을 말하는 척하면서 구멍을 쓴다. 나는 슬픔을 말하는 척하면서 구멍을 쓴다. 나는 당신을 말하는 척하면서 구멍을 쓴다. 나는 나를 말하는 척하면서 구멍을 쓴다. 나는 구멍에 의한 구멍을 위한 구멍의 글을 쓴다. 쓰다 말고 나는 내 몸을 들여다본다. 이것은 구멍을 둘러싸고 있는 가면이다. 이 가면에 무늬를 새기다 사라져 가는 문명의 성쇠여. 이것을 찢으면 구멍은 없다. 나는 걸어 본다. 구멍의 건축을 둘러싼 이 괴상망측한 구조물이 덜그럭덜그럭 걸어간다.

—「맨홀 인류」 부분

아이온의 주름과 무능력의 성찰

"천둥 벼락 치는 한 십 년 또 흐르면 너의 눈길 희미해질 테고 아주 잊어버렸다가도 또 한 번 스쳤으면 바라지만 그렇지 않더라도 여름 산 솟고 가을 강 깊어지듯 너의 눈길 내 속에서 더 그윽해진다"(「여름풀」)라는 구절은, 최정례의 시집 『캥거루는 캥거루이고 나는 나인데』를 이끌어 가는 사유의 중핵을 표상한다. 그것은 다른 시편들을 끌어안을 수 있는 드넓은 의미 터전으로 퍼져 나갈 뿐만 아니라 "한 십 년 또 흐르면"이라는 시간의 깊이를 하나의 순간으로 겹쳐지게 만드는 주름의 위력을 행사한다. 그러나 이 주름은 자기 분신일 수밖에 없을 펼침을 불러오지 않는다. 오히려 그것은 이미 있었던 사건의 계열들이 지금-여기로 풀어져 나오는 것을 완강하게 봉인해 버리는 정지된 화면들과 더불어 어찌할 도리 없는 무능력의 시간을 도래하게 한다.

이와 같은 무능력의 시간은 시인 실존의 역사 속에 깃든 운명적인 어긋남으로부터 유래하는 것이겠지만, "꿈이 현실과 스윙 댄스를 추는 것"(「스윙 댄스」)을 소망하면서 이미 지나간 과거와 아직 오지 않은 미래가 충만한 현재의 살갗 속으로 함께 흘러들어 다른 삶을 꿈꾸는 아이온(Aiôn)의 시간으로 현상한다. 그것은 저 운명의 파열음이 그만큼 절실한 시간의 깊이로 울려 퍼졌다는 것을 뜻한다. 나아가 연대기적인 직선의 시간, 크로노스(Chronos)의 불가역성을 거스르려는 시인의 바람이 오랜 시간의 풍화를 겪어 내면서도 조금도 잦아들지 않았다는 사실을 암시한다. 그렇다. "구름이 변종 자기 복제자를 만들듯/그리움도 평생 자기 복제를 하면서/맹목적으로 불가항력적으로 헤엄쳐 가지"(「누가 칵테일 셰이커를 흔들어」)라는 쉰 목소리로 어떤 회한을 읊조리고 있는 자에게 "이런 모습의 영혼도 있었으면 좋겠다/물음표를 물음표가 등 뒤에서 끌어안고 있는 모습//갈 곳 없어 떠도는 영혼을 한 영혼을 포개 안고"(「??」)라는 간절한 소망의 목소리가 스며 나오는 것은 지극히 당연한 일인지도 모른다.

저 소망은 "그리움"이라는 "자기 복제"를 되풀이하면서 서로를 마주 볼 수밖에 없는 쌍생아를 낳는다. 이 가운데 하나는 "우리를 안았던 시간은 삭아서 갔고 죽죽 갔고/꿈속에서는 힘도 없는 병사들이 피라미드를 쌓고/내가 쌓는 네 생각도 무너져 내리는 모래 산이다"(「거대한 식당」), 또는 "고속도로 변에서/죽은 새끼 사슴 곁을/떠나지 못하고 머뭇대는 어미처럼//먼 곳에 갔다는 것은 없다는 것/새끼 잃은 짐승도 아니면서/이곳에서 머뭇거린다/내가 너라도 되는 듯이"(「너는 내가 아니다」) 같은 목소리들에서 엿보이는, 어떤 운명선의 붙들림과 머뭇거림을 함께 되새기고 있는 문양들이다. 다른 하나는 "빈집의 벽위에 지붕 위에/어둑한 그림자가 머물다 사라진다/나뭇잎은 나뭇잎끼리/자기 그림자를 업고 흔들리다/잎이 잎을 딛고 몸부림친다/누구 몸속에 갇혔던 폭풍인지//8월의 텅 빈 집들이 창문을 닫고 늘어서 있다/미래에서 보내온 엽서 같다"(「영원한 휴일」), "누군가 오기로 했던, 그러나 아무도 오지 않는 집에, 바람이 펄럭, 전화벨이 울리기로 했지만, 고요한 그런 일요일의"(「썸데이 라라라라 따라라」) 같은 정지된 화면이 보여 주듯, 되돌릴 수 없는 시간의 불가역성을 거슬러 이미 "얼룩덜룩"해진 여러 사건을 일순간 멈춰 서도록 만든 형상들이다.

어쩌면 최정례를 시인으로 "다시" 태어나게 한 원초적 장면 역시 "강물은 이미 흘러가 버렸고/산도 절도 밥도 시도/숨어서 울게 된다/그림자만 파먹게 된다/그림자가 되어/쥐처럼 기어 다닌다"(「늪과 시」)는 것을 익히 잘 알고 있지만, "다 잊어버리고 만다. 거기서 살아간다 어리둥절" "그래 거기서 만나"(「어리둥절」)를 간절하게 상상할 수밖에 없었던 그 "8월의 햇빛", "우리가 내뿜던 숨결 속에"(「영원한 휴일」) 있었던 것인지도 모른다. 그것은 한편으로 "쓰려고 했지만 써지지 않았던", "그에게 닿기를 바랐지만 닿지 못했던"(「있었다」) 시간의 "꽃 핀 저쪽"으로 내던져진 것이지만, 시인이 온몸으로 끌어올리는 깊이의 리얼리즘으로 환생하여 "느닷없이 훅/코에서 빠져나온 숨소리에/몸이 흔들리"(「잠의 들판으로」)는 신비와 경이의 세계를 현현하게 한다.

그러나 저 신비와 경이의 뒷면을 이루는 잠재성의 세계를 시인은 그다지 신뢰하지 않는 것 같다. 그것은 비록 "생시처럼 왔다 갔다"를 거듭하면서 "눈인지 흰 꽃잎인지 흩날렸다"는 기쁨과 행복의 리듬감을 가져다주지만, "눈뜬 구슬처럼 사라지는 것들"(「도둑들」)에 불과하다는 완강한 사실을 시인은 진저리치며 "다시" 수긍하고 있기 때문이다. 따라서 이 시집은 다른 미래로 열린 설렘과 황홀경 자체가 아니라, 오히려 똑같은 과거를 다른 감각의 깊이로 되돌려 놓으려는 의식의 모험과 예술적 기투를 펼쳐 보이려는 것이 틀림없다. 그것은 "그림자 밟고 지나가면/잠시 내 몸에 얼룩덜룩 올라섰다가/에라 모르겠다/다시 눕는 나무 그림자처럼/이런 생각은 길 위에서나 잠깐/잠깐하고/우리는 계속해서/가던 길이나 가는 거겠지"(「얼룩덜룩」)라는 문양에서 가장 도드라지게 나타나지만, 이미지들의 마디마디와 모서리의 속살들로 은은하게 번져 흐르면서 깊고 깊은 생의 관조와 자기 성찰의 미학을 완성한다고 하겠다.

따라서 이 시집의 근원적인 벡터는 미래로 던져진 다른 삶의 충동에서 나오는 것도 아니며, 과거에 붙들린 처연한 기억의 휘날림에서 비롯하는 것도 아니다. 지금-여기, 그저 그렇게 굳어져 버린 연기(緣起)의 사슬을 정지시켜 충만한 현재 속에서 다시 생생하게 살아나는 미감의 생동성으로 뒤바꾸려는 것일 뿐이다. 바로 이 자리에서 시인 최정례의 미증유의 문장과 예술적 영감이 움터 오른다. 이 자리는 전혀 다른 삶의 상상과 경이로부터 휘날려 온 "미래에서 보내온 엽서"(「영원한 휴일」)와 더불어, "다시 한번/나를 수치의 화염에 휩싸이게"(「있었다」) 만드는 과거의 완강한 지력선을 대질심문시키는 마주침의 공간이기도 하다. 그것은 시집 곳곳에 은밀하게 들어박혀 있는 부사어들, "갑자기" "느닷없이" "홀연" "다시" "이미" "하염없이" 같은 말들로 현현하면서, 김수영이 말한 "대지의 은폐"와 "세계의 개진"이 팽팽하게 맞서는 새로운 긴장의 미학을 탄생하게 한다.

그러함에도 불구하고, "사실 난 희망 나라와 체결한 계약서 따위는 없었다"(「로데오 구경」)라는 구절처럼, 충만한 현재의 순간 속에서 다시 꿈틀거리는 저 무수한 시간의 주름들은 결코 "희망"을 소환하지 않는다. 오히려 그 무엇도 하지 않았던 침묵과 정지의 시간, 그 무능력의 깨달음을 데려올 뿐이다. 그것은 비록 "아무 일도 하지 않는" 것에 지나지 않지만, 우리를 헛된 명령이 아닌 참된 성찰의 공간으로 인도해 줄 것이 틀림없다. 정지된 화면 뒷면에 흩뿌려진 보이지 않는 시간의 깊이를 힘겹게 걷어 올리면서.

오늘 아무 데서도 전화 오지 않았다
끊어진 형광등을 갈고
흔들리는 의자 다리를 어떻게 하려 했으나
내버려 두었다

오늘 아무 일도 하지 않았다
욕실 바닥엔 구부러진 머리카락도 몇 있었고
반찬 가게 주인이 깻잎을 사라고 했을 때
콩잎은 없느냐고 물었을 뿐이다

—「저무는 봄날」 부분

실재의 현시와 진실의 구술사

"바라볼 수 없는 곳에 당신들의 수많은 이야기가 있어요. 수많은 이야기의 어쩔 수 없는 모든 진실이 있어요"(「당신의 복화술」)라는 구절은 조동범의 시집 『카니발』을 구성하는 가장 핵심적인 사유 이미지를 거느린다. 그것은 존재하는 모든 것들의 궁극적 실재일 수밖에 없을 "죽음"의 여러 형상을 포함할뿐더러, 사라지고 버려지고 숨겨졌던 "모든 진실"을 우리 눈앞에 펼쳐 놓으려 한다. 그것은 나날의 삶의 편리하고 안락한 포장들 속에 이미 깃들어 있던 것이지만, 우리는 그것을 보거나 들을 수 없다. 아니, 보거나 들으려 하지 않는다. 바로 이 자리에서 이 시집은 태어난다. "검은 신문에서 검은 활자가 쏟아졌지만 아무도 그것을 본 사람은 없었다./검은 현관이 열리는 것을 본 사람도 없었다./썩은 생선이 담긴 남자의 가방이 검은 구두의 현관으로 들어서는 듯도 했지만 그것의 냄새를 맡은 사람 역시 없었다."(「검은 TV와 신문의 날들」)라는 구절에서 볼 수 있듯, 시인은 나날의 삶에 안정적인 리듬감을 부여하는 현대문명의 여러 장치와 지식과 정보들의 심부에 실재하는 무수한 "진실"을 집요하고 끈덕진 시선으로 드러내고자 한다.

이와 같은 시선은 시인의 실존적 태도로부터 나오는 것이겠지만, 시어들의 얇은 가닥이나 이미지의 뉘앙스가 풍겨 내는 마디마디의 예술적 짜임새로 고스란히 번져 나간다. 그것은 우선 형용사들의 쓰임새에서 가장 도드라지게 나타난다. 이 시집에서 빈번하게 사용된 "늙은" "죽은" "썩은" "더러운" "오래된" 같은 형용사들은, "검은"이라는 표상적인 어휘로 수렴되면서 두렵고 잔인한 "진실"을 우리 눈앞으로 불러들인다. 나아가 시집 곳곳에서 등장하는 "무심한"이라는 형용사는, "진실"의 참혹함과는 전혀 무관하게 그저 그렇게 반복될 수밖에 없는 뭇 생명의 자동화된 메커니즘을 현시한다. 또한 "아름다운" "풍요로운" "눈부신" "감미로운" "우아한" "완벽한" 같은 긍정적인 느낌의 형용사들은 저 무서운 "모든 진실"들을 다시 매끈하게 규격화된 안전과 쾌감의 영토, 그 세련된 문명의 치장으로 바꾸어 놓는 현대 세계의 상징적 질서를 환기한다.

"어느 곳에나 즐비한" 벌거벗은 생명의 무수한 "죽음"과 "피"와 "희생"을 펼쳐 놓으려는 시인의 용맹한 싸움은 두 가지 방법으로 현상한다. 하나는 보이는 것과 보이지 않는 것, 겉으로 드러난 피상적인 "정보"들과 사라지고 버려지고 숨겨진 수많은 "진실"들을 위상학(topology) 차원에서 구조화하려는 배치의 방법이다. 그것은 "바다 너머의 사건들은 알 수 없었고/심해를 향해 수많은 별자리의 이야기가 사라지곤 하였다"(「절멸의 시간」)라는 구절에 나타난 것처럼, '- 수 없는'이라는 언술 주체의 무능력을 표상하는 용언들로 구현된다. 앞서 살펴본 상반된 뉘앙스를 거느린 형용사들의 집요한 반복 역시, 보이는 정보의 표면과 보이지 않는 진실의 이면이라는 이원론적 대립 구조를 시집의 큰 윤곽선과 더불어 모서리 곳곳에 스며 있는 작은 무늬들에까지 관철하려는 미학적 방법에서 비롯하는 것이 분명해 보인다.

다른 하나의 방법은 "수많은 별자리의 이야기와 오래된 이누이트의 전설이 빙점을 향해 들어서는 시간이기도 했다"(「절멸의 시간」)라는 형상이 보여 주듯, "이야기" "전설" "신화" "소문" 같은 서사의 문맥들을 부분적으로 수용하거나, 그것을 새로운 "이야기"의 구조로 직조하는 것이다. 이 시집에 등장하는 "이누이트 전설" "백 년 동안의 고독" "Gaza" "캐딜락 엘도라도" "송성일" 등과 같은 모티프들은 이미 그 자체로 어떤 "이야기"의 맥락들을 품고 있는 것이며, 낱낱의 개별적인 시편들은 저마다의 고유한 사건들의 연쇄로 추동되는 어떤 서사 구조를 완결 짓기 때문이다. 따라서 이 시집의 거의 모든 시편은 문장 단위의 차원에서는 비유적 이미지의 시적 문법과 은유의 수사학을 직조하지만, 문장과 문장의 이음매, 행과 행의 연쇄, 연과 연의 결속이라는 차원에서는 서사적 문법과 환유의 수사학으로 매듭지어져 있다고 하겠다. 이러한 언어의 쓰임새 역시 시인이 은밀하게 지향하고 있는 "이야기" 구조의 흡인력과 알레고리의 방법론으로부터 나오는 것이 틀림없다.

이 시집의 이야기 문법과 환유의 수사학은 각각의 시편들을 구성하는 화자의 시점에서도 고스란히 드러난다. 이 시집 대부분의 시편은 3인칭 시점으로 구성되어 있으며, 1인칭 대명사 "나"가 등장하는 경우라도 자신의 이야기를 펼쳐 놓지 않는다. 이는 결국, 시인 실존의 역사 속에서 얼룩진 내면적인 정감들을 풀어놓는 데 이 시집의 방점이 찍혀 있는 것이 아니라, 타자들에게 일어났던 사건과 사고들을 생생하게 묘사하는 데 집중하고 있다는 사실을 암시한다. 이렇듯 타자들의 "이야기"에 골몰하는 시인의 시선은 3인칭 시점을 강제하는 원동력으로 기능한다. "당신은 피를 흘리고 있고, 그것은 불운이었을 *뿐!*이라는 당신의 생각에는 변함이 없다"(「즐거운 드라이빙 테크닉 스쿨」)라는 단 한 문장으로 예시할 수 있는 것처럼, 시인은 자신의 "이야기"가 아닌 "당신"이 "피를 흘리고 있"는 현재 사건의 상황과 "불운이었을 *뿐!*이라는 당신의 생각"을 동시에 읽는다. 여기서 앞의 상황을 시의 표면에 옮겨 놓고 있는 시점은 3인칭 객관 중립 서술에 가까운 것이지만, 뒤의 "생각"은 3인칭 전지적 작가 시점을 활용한 것일 수밖에 없다. 이러한 "생각"을 꿰뚫고 들어가 시의 화면으로 다시 옮겨 놓을 수 있는 전지적 능력은 신(神)의 시선에서만 가능하기 때문이다.

이렇듯 3인칭 시점이 품고 있는 여러 시선을 다채롭게 활용함으로써, 이 시집은 표면과 이면에서 전혀 다른 풍모를 띠고 나타날 수 있는 "진실"의 다면적인 얼굴들을 보여 주고자 한다. 그러나 "무성한 숲은 불온하였으나/숲에 도달한 사람은 아무도 없었으므로/모든 것은 풍문 속의 불륜이거나, 완벽한 살인과 같았다./가지를 뻗어/숲의 실체는 더욱 무성해졌지만/실체는 없었고 소문은 완벽했다"(「투명」)라는 구절에 나타난 것처럼, 시인은 자신이 추구하는 "진실"들이 "무엇 하나 분명한 것은 없었다"고 확신하고 있는 것이 틀림없다. "단단하게 완성되어 가"면서 "완벽해"지는 것은 "소문"일 뿐이며, "진실"의 어떤 "실체"가 아니기 때문이다. 시인이 가닿으려는 "진실"은 고정되고 완성된 실체를 가진 것이기보다는, "환하게 타오르며 사그라질"(「투명」) 수밖에 없는 것이므로, 언제나 그 "도달"이 연기될 수밖에 없는 것인지도 모른다. "숲에 도달한 사람은 아무도 없었으므로"라는 말로 시인이 제 무능력을 정직하게 고백할 수밖에 없는 까닭 또한 "진실"이 탄생하는 순간부터 거느리고 있는 빈자리, 공백으로서의 실재에서 비롯하는 것이라 하겠다.

따라서 이 시집은 "수많은 이야기"들을 전지적 시점에서 묘사하고 있음에도 불구하고, 제 무능력을 고백하는 여러 흔적을 남길 수밖에 없었을 것이다. 시집 곳곳에서 나타나는 "-지 못한" "-은 없었다" "-인지도 몰랐다" "- 않은" 같은 용언의 활용형들은 그 행위 주체의 무능력을 표상하는 것들이기 때문이다. 어쩌면 시인은 "죽음"이라는 궁극적 실재와 예기치 않은 순간에 다가오는 "낯선 사건"들이야말로 어떤 예외 상황들이 아니라, 우리들의 일상적 삶에 이미 내장된 "진실"이라고 파악하고 있는 것인지도 모른다. 일상의 말쑥한 안전장치 속에서 가려지고 숨겨진 "진실"의 잔혹성을 드러내려는 시인의 치열한 싸움은 자신의 시작법을 문제 삼는 시, 곧 메타시의 흔적을 남긴다. 이 흔적은 우리 모두의 안온한 망각들을 후려갈기면서, 보이지 않는 다른 "진실"의 터전으로 우리를 이끌어 갈 것이 틀림없다. 자신을 무섭게 학대하는 "진실"의 씨앗, "진실"의 구술사를 태어나게 하는 "카니발"의 언어를 흩뿌리면서.

당신의 리듬

하늘을 향해 활처럼 휜 당신의 손과,

손과 한 몸이 된 당신의 채찍과, 채찍의 허공과, 허공을 가르는 비명

상처와 한 몸이 되는 당신의

채찍

가학이라는 당신과

피학이라는 나

선명하게 아름다운, 당신이라는 이름과

당신이라는 나의, 그림자

—「당신과 나」 부분

반성장의 감각과 소수자의 윤리학

"성장은 키가 크고 목소리가 굵어지는 것이 아니지/파릇하게 분노가 자라고 날개처럼 증오가 홰를 친다"(「마이클 제라드 타이슨」)라는 구절은 이승원의 시집 『강속구 심장』에서 펼쳐진 근본 기분을 축약한다. 이 기분은 곳곳에 새겨진 반-성장의 감각과 소수자의 윤리학을 이끌고 나아가는 힘의 원천으로 작용한다. 가령 "치졸하고 무모한 격정이/숲에서 나무에 동화된 식물인간보다 탐스럽다"(「밀실을 벗어나」), "유령의 집에 가고 싶은가 그럼 월요일 오전 학교에 가 보라/도서관의 비밀통로에 묻어 있는 핏자국"(「오즈의 앨리스」) 같은 구절들을 보라. 이들은 학창 시절 우리 모두의 삶의 뒷면을 가로질렀을 반항의 열기를 지금-여기에서 되살려 놓는 현장감을 불러온다. "해가 떠오르면 성장(盛裝)을 하고 바삐 집을 나서는 시민들"(「강속구 심장」), "학교 군대

그런 건 모른다/천재는 아니지만 백만 명 중에 한 명이지/교실과 내 무반에서 입술과 혀는 잠시 잠은 잔다"(「천칭좌의 해체적 교감 관광쇼」) 같은 구절에는 정상적인 시민의 삶을 거부할 수밖에 없었던 맨살의 감각이 고스란히 깃들어 있다.

이 감각은 표현-형식과 의미-내용의 차원으로 각각 스며들지만, 서로를 마주 보고 함께 울리면서 소수자의 언어와 윤리학을 시집의 안팎에서 완결 짓는다. "때로 모든 것은 거침없이 다시 들어오고 혜화동 방소아과 흰빛이 도는 제복 회색 그림자 울음이 터져 말이 될 때 먼지가 묻은 맨발 갯벌처럼 찐득한 운동장 헌팅캡을 쓴 소년들은 탐험가이자 약탈자 사냥꾼이자 파괴자 싸구려 도넛과 뜨거운 간자장면으로 만든 괴물 감기약의 몽환이 주는 객관으로 나무가 뿌리째 뽑혀 부양했다"(「와상문」)라는 문양에서 나타난 것처럼, 소수자의 언어는 "제복" "운동장" "괴물" 같은 체언에 그것을 설명해 줄 용언들을 의도적으로 생략하거나 체언과 용언의 이음매를 기이하게 구부림으로써 발생한다. 여기서 생략된 용언들은 정상적인 통사론적 규칙을 배반하면서 새로운 시적 발화의 공간, 무수한 여백과 암시를 거느린 전혀 다른 산문시라는 소수자의 언어를 창안한다. 시집 곳곳에서 나타난 "배운다" "맛본다" "부르튼다" "흘린다" "반사한다" "그린다" 같은 현재시제 용언의 빈번한 활용 역시, 소수자의 감각이 발생하는 순간의 현장감을 드높이기 위한 미학적 전략에서 나온 것이 분명해 보인다.

이러한 전략은 사회의 정상적 질서가 이면에 드리우는 훈육의 폭력과 위선과 허위를 온몸으로 체감할 수밖에 없었던 실존의 파열음에서 번져 나온다. 이 파열음은 남들과 똑같은 삶의 궤도, "광장"으로 표상되는 개방된 공간의 습속이 아니라, "밀실"과 "다락방"으로 숨어든 폐쇄된 공간의 실존을 불러들인다. 이 시집에 빈번하게 등장하는

"연옥" "나대지" "은신처" "수상한 장소" "방" 등과 같은 음습한 장소는 모두 기성 사회가 규격화시키는 삶을 습속과 도덕을 거부하면서 제 스스로에게 절실했던 것만을 믿고 따르려 했던 실존적 내면의 공간을 뜻한다. 이 공간은 때때로 반사회적 행위를 유발하는 원한과 증오와 퇴락의 공간으로 귀결될 수도 있으나, 시인은 그 어지러운 감각의 혼돈 속에서 오히려 "사랑한다는 말은 아주 쉽다 문제는 사랑이지 사랑은 난제다"(「강속구 심장」)라는 "사랑"의 참된 윤리학을 찾아 헤맨다.

이 시집의 마디마디에서 종종 얼굴을 내미는 "오타쿠" 문화, 곧 일본 만화와 영화 등에서 수용한 "하위문화"의 모티프들은 무기력한 실패자의 서글픈 중독증을 표상하는 것이 아니라, 도리어 현대사회의 휘황찬란한 과학기술이 감추고 있는 규격화된 감각과 기만적 치장과 잔혹한 생존 욕망을 적나라하게 들추어내는 폭로의 수사학을 감추고 있는 것으로 보인다. 그것은 가족과 직장이라는 안전한 영토 내부에서 그저 교환가치를 위해 복무하는 자동화된 삶의 패턴을 행복의 증표라고 확신하는 우리 시대 문화적 패러다임 전체를 겨냥하고 있는 듯하다. "요시다 기주"의 영화 「연옥 영웅 교향곡」에서 "인간은 가난한 상태로 태어나/가난한 상태로 죽으며/그사이 부유하다고 착각한다"라는 존재론적 언어를 얻었던 것처럼, 저 "하위문화"의 형상은 정상성의 내부와 외부를 가르고 그것의 가치를 판결하는 현대 정치의 보이지 않는 손, 곧 내면적 도덕률이라는 통치 기술과 이데올로기에 구멍을 뚫는 단절의 힘을 행사한다.

어쩌면 저 단절의 힘은 2000년대 한국문학의 지배적인 감수성과 인식의 바탕으로 자리하고 있었던 소수자의 문화와 정치학에서 나온 것이기에, 또 다른 상투성에 불과하다는 의심 역시 충분히 가능할 것이다. 그러나 "나는 사랑과 기대의 시선을 등지고 밤거리를 선택한 아들 날이 어두워질수록 밝아지는 족속 붉게 충혈된 눈과 길쭉한 옥니를 지녔다"(「녹턴과 세레나데」), "골조는 멀쩡한데 옹벽이 문제라니/바로 우리 가정에 대한 은유다/난 쫓겨났고 장화는 제 발로 나왔다/담배 한 개비를 라면처럼 나누어 마셨다/마녀가 다가와 취직을 권하길래 쳐드세요 했다/이렇게 전 우주적으로 고독할 수 있구나/허기란 심히 문학적이다"(「회현소녀대」)라는 실존의 울부짖음을 보라. 이들은 시인이 펼쳐 놓는 소수자의 정치학이 우리 시대 지배적 담론과 지식의 기술 공학적 배치에서 유래한 것이 아님을 생생하게 증언한다. "반영구적인 흉터"(「그 거리」)라는 빼어난 무늬가 말해 주고 있는 것처럼, 그것은 시인 이승원의 고유한 실존의 역사로부터 빚어진 것이 틀림없기 때문이다.

"서울 아닌 다른 장소에 일주일 이상 머문 적 없는 나"라는 시인의 육성이 말해 주는 것처럼, 이 시집에는 "양화대교" "명동" "이태원" "서울역" "반포" "안암동" "한남대교" "청량리" "종묘" "아현고가" "충정교" 등과 같은 "서울" 곳곳의 장소들과 풍물들과 거리들이 빼곡하게 들어서 있다. 따라서 시인은 첨단의 기술 공학을 통해 매일매일 세련된 얼굴로 뒤바뀌어 가는 "서울"의 심장부와 그 반대쪽 뒷골목에서 도시인들의 욕망과 피로, 상처와 타락을 동시에 수집하는 벤야민(W. Benjamin)의 산책자이자 그 목록들의 변천사를 낱낱이 기록하는 고현학(考現學)의 채집가인지도 모른다. "춤추는 무대 앞 철시한 밤의 상가나 음식점들의 거리에서 오지 않는 차를 고대하며 정류장에 선 이방인처럼 명동 이태원 서울역 노량진 다시 명동을 배회하는 행인처럼"(「낙진」)이라는 구절이 넌지시 일러 주는 것처럼.

그러나 "서울"의 저 숱한 "거리"에서 여전히 "소년"일 수밖에 없을 시인은 "낯선 사람을 미워하고/잘 모르는 사람도 미워하고/곁에 있지도 않은 사람을 미워하"(「그 거리」)는 증오와 원한의 사슬을 끊을 수 있을 것인가? 그리하여 어느 날, "사랑"이라는 저 "난제"를 우리는 참으로 실현할 수 있을 것인가? 우리 시대 "소년"일 수밖에 없을 무수한 성년들을 대신하여, 저 "쓰레기" 같은 디자인 "서울"의 뒷골목을 관능과 우울이 뒤범벅된 시선을 품고 거닐면서도.

> 회전 관람차에서 보는 낮은 구름과
> 검게 느긋하게 늘어진 롤러코스터의 선로
> 대형 주차장에 모인 작은 자동차들이 만드는 무늬
> 일상을 증명하는 공동주택의 집합체들
>
> 목 놓아 부르는 격한 노래가 야구장에서 들려온다
> 번쩍이는 야간 조명
> 공원의 녹지에 숨어 있는 죽음의 의도와 생의 비밀
> 길의 끝에서 무엇을 만나게 하는가
>
> ─「동쪽 도시」 부분

비-잠재성과 메타시의 형상들

"일기장 구멍 속에 손을 집어넣어 비명을 만진다./언제 마를지 모른다. 눈을 감고 손가락을 핥으면/흉금 속으로 버려진 말들이 스미지만, 아주 깨끗하군요. 이제 더 이상 당신이 들리지 않습니다"(「버려진 말의 입」)라는 구절은 김안의 시집 『오빠 생각』 전체를 가로지르는 사유의 중핵을 대리표상한다. "버려진 말의 입"이라는 형상에 이미 드러나 있듯, 이 시집은 "혀끝에서 말이 되기를 거부하는 먹먹한 말"(「수간」)과 "밤의 언어를 뒤집어쓴 우리의 음성"(「파란 밤」)을 동시에 사유하고자 한다. 아감벤(G. Agamben)을 따르자면, '- 하지 않을 잠재성'인 비-잠재성과 '-할 잠재성'인 잠재성을 동시에 드러내고자 하는 것이다. 따라서 이 시집에서 "- 않는다", "- 못 한다" 같은 무능을 드러내는 용언들이 빈번하게 활용되는 것은 필연적인 일이라 하겠다. 어쩌면 "버려진 말의 입"이라는 탁월한 무늬는 다른 시편들의 표제로 나타난 "유령들" 또는 "보이스피싱"과 똑같은 뉘앙스를 풍기고 있는 것인지도 모른다. 이들은 모두, 지금- 여기에서 고유한 실체를 갖추지 않은 비-존재에 불과하지만, 우리에게 어떤 감정적인 영향력을 늘 불러일으키면서 현존하는 것이기 때문이다.

이러한 비-존재의 현존에 관한 시인의 깊은 성찰은 비단 「버려진 말의 입」이나 「악흥의 한때」 등과 같이 동일한 표제로 처리된 시편들에서만 나타나는 것은 아니다. "아직 나의 고백은 끝나지 않았는데 당신의 입안에서 내 손이 사라져요"(「서정적인 삶」), "나는 내 이름을 모두 받아들인다. 동시에 나는 끝없이 끝없이 침묵으로 나의 이름을 덮는다. 더 이상 내게 아무런 이름도 존재하지 않고, 동시에 내게 수많은 이름이 존재한다."(「보뮈뉴에서 온 사람」), "거의 모든 아침들 속에서 당신이 내게 건네준 몇 개의 언어들이 선명히 줄을 그으며 사라져 갈 때"(「거의 모든 아침」) 같은 구절들이 표상하는 것처럼, 그것은 오히려 시집 구석구석의 이미지를 짜고 엮고 다듬는 조각술의 중핵으로 깃든다.

「버려진 말의 입」이나 「악흥의 한때」 같은 제목의 시편들이 그 고유성을 표기하기 위한 숫자를 부여받지 않은 채 불명료한 덩어리들의 특이한 숨결로 방치되었던 까닭 역시, 비-존재의 현존이 거느리는 전개체적 특이성(préindividuel singularité)의 차원에서 찾을 수 있을지도 모른다. 저렇듯 사라지고 버려진 언어들이나 음악적인 감흥이 일어나는 하나의 순간이란 개개인이 소유하는 개별적인 항목일 수 없다. 그것은 어떤 상황들 속에서 일어나는 사건의 배치이자, 모든 인칭을 넘나들면서 퍼져 나가는 감염력의 흐름일 수밖에 없기 때문이다. 그것은 어떤 개별적 주체에게 부속된 유일무이한 단독성이 아니라 "나"와 "너", "그"와 "그녀", "당신"과 "우리", 그 사건에 참여하고 모든 것들이 함께 어우러지는 힘과 정념의 집합적 배치일 수밖에 없기 때문이다. 총 7편에 이르는 「버려진 말의 입」이라는 시편들이나, 4편의 「악흥의 한때」는 각자 개별적인 고유성을 품은 것이라기보다는, 전 개체적 특이성, 곧 익명성의 집합적 배치로 이루어져 있다는 사실을 강조하기 위한 것이 틀림없다. 달리 말해, 이 시편들은 미처 인간의 "말"이 되지 못한 익명 존재의 "목소리", 곧 자연 자체가 만드는 "음악"을 표현하기 위해 불명료한 덩어리들의 특이한 음색으로 처리될 수밖에 없었다는 것이다.

　이와 같은 "음악"은 이성적인 분별과 구획으로 생겨난 인공적인 것이 아니다. 오히려 "세상에 나오지 않은 악기들/한 번도 울려 본 적이 없는/음계들/음계들"(「연인들」)이라는 시구처럼, 그것은 인간의 언어와 동물의 소리로 분절되기 이전에 실재하는 모든 신체적인 것들의 펄떡거림을 현시한다. 따라서 "음악"은 인간이 심혈을 기울여 조성한 "음계들"의 연주가 아니라, "주어(主語) 없는 달짝지근한 말들"(「버려진 말의 입」)이자, "쏟아지는 햇빛 속에서 새가 노래하고"(「불두화들」) "인간과 짐승의 차이를 알 수 없는"(「긴 칼의 방」) "말과 울음 사이"(「버려진 말의 입」)에서 나오는 "야릇한 파동 흔들거리는 형태 없는 언어들"(「언어들」)일 수밖에 없다. 그것은 인간과 동물과 사물의 위계적인 차별과 생물학적 구분을 허락하지 않는 원초적인 "몸"의 소리이기 때문이다. 따라서 그것은 "쓰여지는 동시에 지워지는 문장처럼/혀끝에서 말이

되기를 거부하는 먹먹한 말처럼"(「수간」) 침묵과 무위가 그 뒷면에 거느릴 수밖에 없을 '- 않을 잠재성', 비-잠재성의 몸부림일 것이다.

멜빌(H. Melville)이 바틀비(Bartleby)라는 인물을 통해, '차라리 - 하지 않는 게 낫습니다(I would prefer not to)'를 거듭 발설하게 하면서, 변호사 화자의 안온한 일상에 균열을 일으켰던 것처럼, 비-잠재성이란 상징적 질서 내부에서 버려지고 사라진 것들을 다시 사유하도록 강제하는 것이다. 그것은 또한 잠재성이 '존재하거나, -를 할 잠재성'과 더불어, '존재하지 않거나, -를 하지 않을 잠재성'을 함께 포괄하고 있다는 사실을 일깨우는 것이기도 하다. 특히 '- 않을 잠재성', 비-잠재성을 강조한다고 하겠다. 따라서 그것은 과거에 있을 수도 있었으나 일어나지 않은 일을 되살림으로써, "버려진 말의 입", 곧 우리 곁에서 은폐되고 매장되었던 타자들을 구원할 수 있는 새로운 천사로 부활할 수 있을지도 모른다. 그것은 물론 그 어떤 적극적인 행동의 프로그램을 마련할 수 없을 것이 분명하지만, 적어도 안온한 일상의 "거울 뒤편 이목구비 외따로 흐르는"(「버려진 말의 입」) "유령"의 "말"과 "비명 소리들"을 도래하게 하는 충격 효과를 가져올 것이 틀림없다.

이 시집은 "유령"의 말과 "비명 소리들"에 관심을 집중시키고 있는 까닭에, 인류가 장구한 시간의 깊이로 지켜 왔던 인간에 대한 아름다운 통념을 모두 배신하는 것인지도 모른다. 그것은 인간주의라는 미명 뒤로 사라져 버린 낯선 존재의 흔적을 발굴하려는 고고학자의 몸짓을 닮기 때문이다. 이러한 흔적은 "벼려진 말", 곧 모든 존재의 생성과 변화의 리듬인 "음악"이자, "시"가 탄생하는 원초적 터전이기도 할 것이다. 따라서 시인 김안에게 "시"는 명징하게 조형된 언어의 보석일 수 없다. "내 말을 키운 것은 배신(背信)/배신이 말을 키웠고/씩어진 말들은 번번이 실패했지"(「수음(獸飮)」)라는 형상에서 돋을새김으로 나타난 것처럼, 그에게 "시"는 버려지고 사라진 말들을 되찾아오려는 고고학적 발굴 과정 자체이기 때문이다.

그리하여, 이 시집에서 "음악"과 "시"는 똑같은 바탕과 의미의 터전에서 태어난 쌍생아일 것이 분명하다. 이들은 한결같이 인간적인 음계와 분절음의 체계 너머에 실재하는 뭇 존재들의 "비명 소리"를 보고 듣고 어루만지려는 공통의 벡터로 이루어져 있기 때문이다. 저 "비명 소리"로서의 "음악"과 "시"는 이 시집의 여러 시편을 자신의 시 작법을 골똘하게 응시하는 시, 곧 메타시의 예술적 짜임새로 이끄는 원천을 이룬다. 이는 그만큼 이 시집이 "말들"에 깃든 잠재성과 비-잠재성의 현란한 엇갈림에 골몰하고 있다는 사실을 암시하는 것이기도 하다. 나아가 시와 시적인 것, 음악과 음악적인 것, 말과 몸짓, 사건과 흔적 등으로 예시될 수 있을, 보이는 것과 보이지 않는 것의 사이에서, 시인이 자신의 "말들"을 요동치게 했다는 사실을 암시한다.

따라서 이 시집은 우리 삶에 '- 않을 잠재성', 비-잠재성이 깊숙하게 주름져 있다는 사실을 발가벗겨 드러내고자 했던 최초의 시도로 기록될 수 있을지도 모른다. 자기 스스로 "소심하기 짝이 없는 괴물이 될 수밖에 없다고" 자인하고, "이 세계에는 아무런 사건이 일어나지 않았습니다"(「유령림」)라는 비-잠재성의 소리를 낮은 음색으로 읊조리면서.

하루 지난 신문을 보다가
분노할 줄도 슬퍼할 줄도 모르는 짐승 같아, 라고 적고선,
가난해서 천천히 당신을 만난다, 고 적고선
방 안에 틀어박혀
매시간마다 애인을 바꾸며 몽현간(夢現間)을 헤맨다.

내가 낳은 자식들은 모두 액체다.

시즙(屍汁)이다.

이 몸은 액상(液狀) 창고이고,

나는 그 많은 자식들 중 단 한 명의 얼굴도 기억할 수 없다.

온종일 텔레비전을 껴안고 지내던 아버지는 편육(片肉)이 되었다.

태양은 온종일 뜨겁고 육즙은 말라붙었다.

배 속에서 그것은 포식자가 된다.

텅 빈 밥통이 점점 더 뜨거워진다.

물 한 모금 마시고 베란다에 앉아 노을을 보고 있으면

배에 물이 차오르고

물이 끓고

물이 증발하고

텅 비어 간다.

일요일은 한없는 정밀(靜謐)이다.

이제 난 뒤로 말하리라.

—「일요일들」 부분

시, 진리들의 윤리학
―황성희, 김원경, 이영광의 시

사각의 캔버스를 들여다보고 있는 검은 남자
그의 인상착의를 설명하는 일은 매우 비현실적이다

원숭이는 이름 속에 갇혀 있을 때 가장 안정된 상태가 된다지만
오늘은 내가 체험할 수 있는 최고로 사실적인 상상
수많은 시간의 곡선이 바람 소리를 내며 허공에서 얽힌다
결심은 언제나 책상 위에서 책상 아래로 떨어지고
내가 될 것인가 나무가 될 것인가
절망은 6층 여자의 투신처럼 구체적일수록 그럴듯하다
아이들이 모여 종이비행기를 날린다
새는 어떻게 하늘을 날 수 있죠?
너희는 어떻게 두 발로 걸을 수 있니?
남자는 자신이 경험한 사건의 묘사에만 집착하고
종이비행기는 거실을 가로질러 욕실 앞에 떨어진다

바람 소리, 그것만이 내가 지워진 뒤에도 남을 시어

사과는 고양이의 항문 속에서 달콤하게 익어 가고

날개를 부정하는 힘으로 가파르게 날아오르는 나비

어항 속에서 태어난 고래는 파도 소리를 믿지 않아라

남자는 내게 눈물로 인과를 호소했지만

현실 안에서 초월, 초월하는 나의 화폭이 애처로워

흘릴 자신의 눈물에 대해 사실은 알고 있었을지도

　　　　　　　　—황성희, 「초현실주의 화풍의 모순」 전문

　　황성희의 「초현실주의 화풍의 모순」은 제목에서 알 수 있는 것처럼, 이성적 사유의 관습에서 벗어난 무의식의 흐름을 포착하기 위해서 인과관계가 매우 희박한 이미지들을 난폭하게 병치시켰던 초현실주의의 스타일을 계승하고 있는 것으로 보인다. 이러한 시 작품에서 이미지와 이미지 사이의 유사성의 거리가 매우 먼, 곧 상호 이질적인 성격을 가진 이미지들을 연쇄시키고 과격하게 병치하는 것으로 풀이될 수 있을 래디컬 이미지(radical image), 또는 여러 이질적인 소재들을 "사각의 캔버스" 내부에 잇대어 놓은 것과 같은 느낌을 주는 콜라주(collage)의 미학과 더불어 혼종성의 스타일이 나타나는 것은 필연적이다. 이 스타일의 위력은 여러 가지 잡다한 오브제들의 과격한 병치를 통한 예술형식의 파괴나, 또는 이미지들의 인과관계를 송두리째 무너뜨리는 이성적 논리의 해체 과정에만 깃들어 있는 것이 아니다. "오늘은 내가 체험할 수 있는 최고로 사실적인 상상" 같은 구절이 넌지시 일러 주는 것처럼, 그것의 진정한 힘은 오히려 "사실"과 "상상" 곧 현실성과 가능성이 동시에 공존한다는 사실을 매우 감각적인 필치로 현시하는 데서 온다. 그리고 "사실"과 "상상"의 사이 공간에서 상징계(the Symbolic)의 언어 질서로는 포획되지 않는 무의식의 진실을 찾으려는 자리에서 유래한다.

"수많은 시간의 곡선이 바람 소리를 내며 허공에서 얽힌다"는 표현처럼, 현실성과 가능성, "사실"과 "상상"은 "시간의 곡선"을 따라서 서로 넘나들고 또한 혼용된다. 현실성과 사실의 세계는 이미 있는 것의 좁은 차원의 것이지만, 가능성과 상상의 세계는 있을 수 있는 것 또는 앞으로 도래할 수 있는 것이라는 좀 더 넓은 차원의 것이라 하겠다. 이 두 차원이 한데 "얽혀" 있는, 따라서 "사실"과 "상상"이 서로 구분되지 않는 그야말로 "사실적인 상상"이라는 하나의 차원이 형성되는 유일한 세계는 바로 무의식이다.

이 세계에서 명석하고 판명한 사물들과 언어들의 세계는 결코 호명될 수 없다. 그곳에서는 "언제나" 명확한 의식적 판단일 수밖에 없는 "결심"이라는 하나의 심리적 양태가 "책상 위에서 책상 아래로 떨어지"게 될 것이며, "내가 될 것인가 나무가 될 것인가"라는 구절처럼, "나"와 "나무"는 명징한 신체적 윤곽들로 구분될 수 없기 때문이다. 나아가 이 세계 속에서 시간은 과거-현재-미래라는 연대기적 순차성으로 명확하게 구분되거나 분절될 수 없으며, 그 세계의 "수많은 시간의 곡선"은 "허공에서 얽힐" 수밖에 없기 때문이다. "허공"이라는 시어는 "초현실주의 화풍의 모순"이라는 표제에서 유추할 수 있는 것처럼, "사각의 캔버스" 그 내부에 놓인 빈 화면을 암시한다. 이 빈 화면 속에서만 과거와 현재와 미래는, 그리고 "사실"과 "상상"은 "인과"관계를 전혀 고려하지 않으면서도 상호 융합될 수 있기 때문이다.

이 시에 등장하는 여러 사물 형상들인 "종이비행기" "새" "사과" "고양이" "어항" "고래" 등은 그 "사각의 캔버스" 안에 담긴 오브제들을 나타내고 있는 것으로 파악된다. 이들은 하나의 "캔버스" 공간 내부에 공존하는 것이긴 하지만, 이들 사이에는 "인과"관계나 상호 연관성이 거의 존재하지 않는다. 이러한 측면은 "사과는 고양이의 항문 속에서 달콤하게 익어 가고/날개를 부정하는 힘으로 가파르게 날아오르는 나비/어항 속에서 태어난 고래는 파도 소리를 믿지 않아라" 같은 구절에서 도드라지게 나타난다고 하겠다. 이 구절의 각각의 행들을 구성하고 있는 어사들은 서로 인과적으로 연결될 수 없는 것들이며, 이 행들이 상호 연쇄되고 융합되는 방식 역시 매우 비-인과적인 병치로 구성되어 있기 때문이다. "사과"와 "고양이의 항문"과 "익어 가고"라는 시어들은 "인과"관계로 수렴될 수 없는 매우 이질적인 의미 단위들이자, 그것의 난폭한 결합 방식을 자체로 보여 주며, "어항 속에서 태어난 고래"라는 시어는 상상력의 매우 가파른 전환을 표현한다고 하겠다.

실상 이 시는 "사각 캔버스"라는 예술적 액자 장치를 활용하고 있다는 점에서, 메타예술론 의미소를 머금고 있다고 할 수 있다. 그것은 표제에서도 이미 예견할 수 있는 바이나, 정작 그것보다 훨씬 더 중요한 것은 "캔버스" 내부를 구성하는 존재자들이 매우 느슨한 "인과"관계조차 없이 난폭하게 혼용되고 있을 뿐만 아니라, "캔버스" 안팎의 존재자들이 서로를 넘나들면서 그 경계가 흐릿해진다는 데 있다. "캔버스"에 그림을 그리고 있는 주체가 "남자"인지 "나"인지 불분명하며, 이 작품에 "묘사"된 그 모든 사물과 행위들 역시 "캔버스" 내부의 것인지 외부의 것인지 구분할 수 없기 때문이다, 나아가 이 작품의 그 모든 것들이 "사실"인지 "상상"인지조차 명료하게 구별될 수 없을 정도로 한데 뒤섞여 있기 때문일 것이다.

어쩌면 "남자는 내게 눈물로 인과를 호소했지만/현실 안에서 초월, 초월하는 나의 화폭이 애처로워"라는 구절은 상징적 언어 질서로 포착되지 않는 의미와 가치의 구멍인 무의식과 실재의 출현을 "초현실주의 화풍"이라는 메타포에 빗대어 표현하고 있는 것인지도 모른다. 이렇듯 "모순"으로 가득 차 있는 이 작품 전반의 발화 양상이 "흘릴 자신의 눈물에 대해 사실은 알고 있었을지도"라는 매우 불분명하고 모호한 시어로 끝맺음하게 되는 것은 당연한 결과처럼 보인다. 인간의 무의식과 실재가 관습적이고 규범적인 언어의 사슬에 구멍을 뚫어 버릴 수밖에 없는 것처럼, 이성적 사유에서 벗어난 무의식의 흐름을 상호 연관성이 거의 없는 이미지들의 난폭한 병치로 묘파하고자 했던 "초현실주의" 스타일이 관습적인 언어 체계와 기존의 예술형식을 해체하게 되었던 것은 필연적인 현상이 분명하기 때문이다. 나아가 이 필연성은 예술 주체의 충실성이 결국은 마주칠 수밖에 없을 공백으로서의 실재와 더불어, 그 진리 과정을 일관되게 실천하려는 '진리들의 윤리학'(알랭 바디우, 『윤리학』)의 주체를 다시 불러올 것이 틀림없다.

벽에 걸린 수건처럼
밤새 앓던 몸이 허공에 가죽을 내려놓을 때
나는 공기를 타고 몸을 찢는 수증기가 되어
거대한 숲의 뇌수에서 흘러나오는 미세한 소리를 들었다

그 소리의 파장을 끓여 짐승의 냄새를 지우면
자잘한 뼈들이 촛농처럼 떨어지고
겨울 숲은 환한 울음소리를 내며 발목을 끌고 지나갔다

목탄으로 덧칠한 나의 대문으로
나를 초대했던 당신이 빠져나갔다
울창하게 자란 도시의 검은 협곡을 떠메고
나를 버려 놓은 당신이 빠져나갔다

그럴 때마다 인간이 접근할 수 없는 깊은 골짜기로 가
떼 지어 제 뼈를 묻는다는 어느 짐승처럼
날마다 자라는 송곳니를 분질러
깊고 고요한 곳에 묻어 두었다가
비밀스러운 상처를 덮어 주곤 했다

아득한 외로움이 폭설처럼 내리는 날이면
밀서를 전달하듯
참혹한 활자를 뱉어 냈다
아찔하고 황홀한 절벽 아래
내 안의 검은 밤바다가
몸을 풀며 출렁거리고 있었다
약간의 독이 맛있다며 야금야금
밀어(密語)를 뜯어먹고

차가운 밀어가 만들어 낸 불온한 합주가 끝나면
나는 살아서 묘비명을 쓰다 죽을 것이다
이 병이 나를 영영 버려 놓는 순간까지
                    —김원경, 「어느 연약한 짐승의 죽음」 전문

「어느 연약한 짐승의 죽음」의 표면은 "찢는" "빠져나갔다" "뱉어 냈다" 같은 시어들로 표상되는 유출의 이미지를 아로새긴다. 그것은 "비밀스러운 상처"와 "내 안의 검은 밤바다" 같은 이미지들로 표현된 자기 내면의 "깊고 고요한 곳"에 웅크리고 있는 실재(the Real)와의 "참혹한" 대면을 통해 태어난다. "벽에 걸린 수건처럼/밤새 앓던 몸이 허공에 가죽을 내려놓을 때/나는 공기를 타고 몸을 찢는 수증기가 되어/거대한 숲의 뇌수에서 흘러나오는 미세한 소리를 들었다"에서, 이들의 중핵을 가로지르는 의미소는 "벽에 걸린 수건"과 같은 고체의 이미지에서 "몸을 찢는 수증기"라는 기체의 이미지, 또는 "숲의 뇌수에서 흘러나오는"이라는 액체의 이미지로 전환되는 자리에서 태어난다.

이와 같은 이미지는 도입 부분으로부터 종결 부분에 이르기까지 이 작품 전체를 관통한다. 그리고 그것을 추동하는 주요 모티프는 "짐승의 냄새"라고 표현된 먹고 자고 마시는 동물성을 지닌 한 인간이, "내 안의 검은 밤바다"라고 표현된 자기 내면에 도사리고 있는 표상 불가능한 자기 실재와의 마주침을 통해 새로운 진리 주체로 전변한다는 사실에서 비롯한다. 이 시의 화자 "나"는 자신의 "가죽을 내려놓을" 뿐만 아니라, 그 실재의 작은 한 조각일 수밖에 없을 "참혹한 활자"와 "차가운 밀어"를 새롭게 발견해 낼 수 있는 실천적 힘과 윤리를 품기 때문이다.

우리는 저 윤리, 곧 진리들의 윤리를 통해 이 시의 제목 "어느 연약한 짐승의 죽음"이 암시하는 바를 좀 더 강렬하게 감수할 수 있을 것이며, 그것과 같은 의미 계열을 형성하는 이미지들의 연쇄를 우리 몸에 직접 와닿는 감각적인 것으로 좀 더 생생하게 이해할 수 있을 것이다. "어느 연약한 짐승의 죽음"에서 "짐승"은 생물학적 실체로서의 동물을 말하는 것이 아니다. 오히려 살기 위해 먹고 마시며 배설을 하고 잠을 자며 종족을 보존하기 위한 본능적 행위들에만 얽매여 있는 '인간 동물(animal humain)'의 삶을 표현하기 위한 형상으로 해석된다. 또한 "죽음"은 저 '인간 동물'의 유기체적인 기능의 종료를 의미하지 않는다. 오히려 인간의 생존 행위와 여러 이권과 얽힌 관심의 추구 속에 깃들일 수밖에 없을 동물적인 차원의 쾌락과 그 본능적 삶에서 벗어나기 위한 존재론적 기투를 암시한다.

따라서 2연에 나타난 "그 소리들을 끓여 짐승의 냄새를 지우면/자잘한 뼈들이 촛농처럼 떨어지고"라는 구절은 한 인간이 자기를 규정짓고 있는 생존의 조건과 이데올로기적 도덕규범과 안락한 삶을 향한 이해 관심들, 곧 '인간 동물'의 현재 조건을 둘러싼 그 모든 고정점이 녹아내리는 상황을 표현한다. 이 상황에서 "겨울 숲"으로 표현된 본래적 역사성(Eigentliche Geschichtlichkeit)이 "환한 울음소리를 내며 발목을 끌고 지나가"게 되는 것은 어쩌면 당연한 결과일지도 모른다. "죽음을 향한 존재를 앞질러 달려가 보는 결단성만이 본래적 실존으로 데려온다"(마르틴 하이데거, 『존재와 시간』)라는 말처럼, 현재의 여러 상황과 조건들에만 붙들려 있는 '인간 동물'이 자신을 둘러싼 여러 조건을 탈피하려는 싸움은 "죽음으로 미리 달려가 보는" 결단을 통해서만 시작될 수 있는 것이기 때문이다.

이와 같은 결단은 기존의 편안하고 안락한 삶의 조건들 안에 이미 깃들어 있었던 공백으로서의 실재와 마주칠 수 있는 진리의 주체를 새롭게 탄생시킬 것이 자명하다. 이 결단의 과정이 "환한 울음소리"라는 모순형용과 양면가치의 언어를 낳게 되는 것 역시, 필연적인 과정을 밟는다. 이 과정은 우리의 현존재(Dasein)를 구성하는 여러 조건을 해체하는 것이라는 점에서, 참혹한 "울음소리"를 동반할 수밖에 없는 것이면서도, 존재의 목소리, 곧 실재의 진실에 가닿으려는 것이기에

"환한"이라고 표현된 진리의 빛을 드리울 수밖에 없기 때문이다.

그리하여, 3연의 "나의 대문으로 나를 초대한 당신"이자 "나를 버려 놓은 당신"이란, 우리가 우리의 주체성 안으로 동화시킬 수 없는 절대적 타자성(숀 호머, 『라캉 읽기』)이자, 상징계로서의 대타자(the Other as symbolic order)를 비유하는 것으로 보인다. 라깡의 정신분석에 따르면, 우리의 현재 삶의 욕망을 꼴 짓고 그것을 이끌고 나가는 것은 나의 욕망 안에 이미 선행적으로 들어와 있는 타자의 욕망이기 때문이다. 아니, 나의 욕망은 곧 대타자의 욕망일 수밖에 없기 때문이다.

따라서 '인간 동물'로부터 벗어난다는 것은 "나를 초대했던 당신" 곧 상징계의 안정성의 질서가 무너지는 자리에서 솟아오르는 불안과 공포를 넘어서야만 하고, "나를 버려 놓은 당신" 곧 상징계의 억압과 배제의 사슬로부터 "빠져나가"는 것일 수밖에 없을 것이다. 이 과정을 시인은 4연에서 "인간이 접근할 수 없는 깊은 골짜기"라는 형상으로 표현한다. 이 형상은 다른 형상 "비밀스러운 상처"를 불러들인다. 앞의 형상은 상징계의 질서에 결박된 '인간 동물'이 자신을 전변시키기 위해 존재론적 싸움을 벌이는 보이지 않는 자리를 비유한다. 반면 뒤의 형상은 상징적 질서에서 벗어남으로써 생겨나는 의미와 가치의 공백, 곧 실재의 출현을 표현한다.

그렇다. 상징계의 안정화된 질서를 벗어나 실재의 황폐한 진실과 마주친다는 것은, 세속적이고 규범적인 "인간"이라는 틀을 벗어던지는 것이기에 "깊은 골짜기"로 들어가는 위험을 감수할 수밖에 없을 것이다. 나아가 그 행위의 궤적 속에서 기필코 달라붙게 될 억압된 것의 회귀(Return of the repressed)를 체험할 수밖에 없다. 왜냐하면, "인간"으로 표현된 상징계로서의 대타자를 이탈하는 행위는 무수한 억압들이 행해질 가능성을 미리 전제하고 있는 것인 동시에 "억압된 요소들은 억압에 의해 결코 완전히 없어지지 않기에 타협의 형태로 왜곡되어 다시 나타나게 되는 과정"(장 라플랑슈·장 베르트랑 퐁탈리스, 『정신 분석 사전』)을 부단히 반복하기 때문이다.

시인 김원경은 자신의 시 창작이라는 행위를 이러한 실재와의 마주침, 또는 진리 주체로 재탄생하는 과정에 비유하고 있는 것으로 추정된다. 나아가 그것을 작품 전체의 이미지들을 분배하고 조각하는 중심 모티프로 삼고 있는 듯 보인다. 이 이미지들의 조각은 마지막 두 연에서 빛을 발한다. 그것은 "밀서를 전달하듯/참혹한 활자를 뱉어 냈다", "약간의 독이 맛있다며 야금야금/밀어를 뜯어먹고", "차가운 밀어가 만들어 낸 불온한 합주가 끝나면" 같은 것들이다. 어쩌면 시작 행위를 비롯한 그 모든 예술의 창조 행위는 기존의 안정화된 지식과 도덕과 제도와 이데올로기로 환원되거나 종결되지 않는 의미의 공백을 불러일으키는 것이자, 상징계의 언어 질서로는 표상될 수 없는 실재와의 마주침을 미리 전제하고 있는 것인지도 모른다.

그리하여 이 마주침의 과정을 통해서만, '자신의 이해에서 벗어난 이해(disinterested interest)'를 추구할 수 있는 주체, 곧 자신의 진리에 충실할 수 있는 '진리들의 윤리학'의 주체가 탄생할 것은 자명한 일이다. 비록 그것이 희미한 가능성의 빛으로만 존재할지라도 말이다. 시인은 이러한 희미한 가능성을 현실화하려는 자신의 필사적인 싸움을 다음과 같은 형상으로 소묘한다. "나는 살아서 묘비명을 쓰다 죽을 것이다/이 병이 나를 영영 버려 놓는 그 순간까지"라고.

실직과 가출, 취중 난동에 풍비박산의 세월이 와서는 물러갈 줄 모르는 땅.
고통과 위무가 오랜 친인척 관계라는 곤한 사실이야말로 이 생의 전

재산이리라. 무릎 꿇고 피 닦아 주던 젖은 손 우는 손.

사색(死色)이란 진실된 것이다. 아픈 어미가 그러했듯, 내 가슴에도
창백한 그 화석 다발이 괴어 있어 오그라들고 까무러치면서도 한 잎 두
잎 쉼 없이 꺼내 마침내 두려움 없는 한 장만을 남길 것이다.

이 골짜기에는 돌연이었을 건축들 위로 출렁이는 구름 전함들이 은
빛 닻을 부리고 한 호흡 고른다. 깨뜨리고 싶은 열투성이 의식 불명을
짚고 일어나, 멀고 높은 곳에 불현듯 마음을 걸어 두는 오후

저 허공은 한 번쯤 폭발하거나 크게 부서지기 위해 언 몸 가득 다시
청색의 피톨들을 끌어모으는 중이지만, 전운(戰雲)이란 끝내는 피할 수
없는 것, 다만 무성한 속절의 나날에 대하여 나는

괴로워했으므로 다 나았다, 라고 말할 순 없을까.
살 것도 못 살 것도 같은 통증의 세계관(世界觀) 가지고 저 팽팽한
창밖 걸어가면 닿을까, 닿을 것이다, 닿을 수 있을 것이다, 환청처럼 울
리는 하늘의 먼빛

가시 숲에 긁히며 돌아오는 지친 새들도, '아까징끼' 바르고 다시 놀
러 나온 아이도, 장기 휴직 중인 104동의 나도 사실은 실전의 정예들,
　　　　　　　　　　　　　　　　　　—이영광, 「아픈 천국」 부분

이영광의 「아픈 천국」에는 참혹한 실재의 진실과 마주치려는 자의
고단한 마음의 숨결이 명시적인 화법으로 나타나 있다. 그것은 "실

직과 가출, 취중 난동에 풍비박산의 세월이 와서는 물러갈 줄 모르는 땅", "사색이란 진실된 것이다", "살 것도 못 살 것도 같은 통증의 세계관 가지고"라는 표현들에서 도드라지게 나타난다. 시인은 세상에서 자신이 차지하는 하찮은 처지와 예술가로서의 직분을 "세 들어 사는 자의 까칠한 눈으로, 나는 내가 먼빛의 명멸을 봤다는 생각이 든다. 쨍한 무심결의 일순, 아연실색할 악착이 유리 같은 불안이 심중에 없었다는 것"이라고 아로새긴다.

자신이 사는 세상에서 자기 가치를 "세 들어 사는 자"라고 말하는 자의 내면에 은밀하게 깃들어 있을 저 "통증의 세계관"이란 과연 어떤 질과 내용을 품고 있는 것일까? 어쩌면 교환가치라는 악령에게 자신의 영혼을 팔아 치우는 것조차 두렵지 않게 된 시대, 그러한 행위가 이미 우리 모두의 공통감각이 되어 버린 바로 이 자본주의의 상징적 현실에서 시인을 비롯한 예술가 대다수는 "세 들어 사는 자"의 초라한 운명을 가질 수밖에 없을 것이다.

그리하여, 이 예술 주체에게 현실의 패배를 정신의 승리로 바꾸려는 마조히즘(masochism)의 충동이 나타나게 되는 것은 필연적인 현상인지도 모른다. 세계의 모든 사물-상품과 교환될 수 있는 무소불위의 사물, 곧 화폐가 신의 자리로 올라서게 되는 현상인 페티시즘(fetishism)이야말로 자본주의를 살아가는 인간들의 공통감각을 구성하는 중핵일 것이다. 그리고 그 질서 속에서 시인은 한갓 "세 들어 사는 자"일 수밖에 없을 것이다. 이 하찮은 예술가가 자신의 진리에 충실하기 위해서는, 나아가 자신의 일관된 예술적 실천을 수행하기 위해서는 사회 현실에서의 금전적 무기력이라는 자기 형벌을 감당할 수 있을 정신적 자존이라는 쾌감이 필수 불가결하게 요청되는 것인지도 모른다.

따라서 "마조히스트는 순종 속에 거만함을, 복종 속에 반란을 감추고 있다"(질 들뢰즈, 『매저키즘』)라는 말은 교환가치가 지배하는 자본주의의 상징적 질서 속에서 자기 진리에 충실한 예술 주체가 체험할 수밖에 없을 자학과 자존의 변증법, 마조히즘의 내면적 드라마를 압축해서 보여 주고 있는 것이리라. "고통과 위무가 오랜 친인척 관계라는 곤한 사실이야말로 이 생의 전 재산이리라", "괴로워했으므로 다 나았다라고 말할 순 없을까" 같은 형상들은 이영광의 실존적 내면에 깃들어 있을 절박한 마조히즘의 드라마를 아프게 증언한다. 시인이 자기 자신을 "장기 휴직 중인 104동의 나"라고 호명했던 것처럼.

"사색이란 진실된 것이다"라고 토로하면서, "통증의 세계관"을 발설하는 시인에게 "깨뜨리고 싶은 열투성이 의식 불명을 짚고 일어나, 멀고 높은 곳에 불현듯 마음을 걸어 두는" 마음의 행로는 지극히 자연스럽다. 그에게 "실직과 가출, 취중 난동에 풍비박산의 세월이 와서는 물러갈 줄 모르는" 그 잔혹한 진실과의 충실한 대면은 '인간 동물'로서의 안락한 삶을 살기 위해서 요구되는 "아연실색할 악착"이나 "유리 같은 불안"을 넘어설 수 있게 하는 유일한 것이기 때문이다.

그리하여, 시인은 사회 현실 속에서 이미 안정적으로 유통되고 있는 지식과 관습과 제도의 재생산 회로 한가운데 이미 깃들어 있을 그것의 외상적 중핵으로서의 실재와 공백으로서의 진리에 가닿고자 하는 내면적 고투를 감행하고자 한다. 물론 그것은 "저 팽팽한 창밖 걸어가면 닿을까, 닿을 것이다, 닿을 수 있을 것이다"라는 형상처럼, 주저와 회의의 목소리가 다소간 뒤섞여 있는 미결정의 태도를 수반할 수밖에 없을 것이다. 나아가 "환청처럼 울리는 하늘의 먼빛"이란 시어에서 알아챌 수 있듯, 진리의 윤리학을 향한 지속적인 실천은 때때로 매우 희박하고 헛된 행위처럼 느끼는 참혹한 순간을 맞이하게 될 것은 틀림없다. 그러나 자신에게 깃든 주저와 회의와 "하늘의 먼빛"을 말하는 자의 내면은 아름답고 강인하다. 그것에는 그 어떤 나르시시즘적인 과장이나 자기 연민도 스며 있지 않기 때문이다.

자신이 가진 "통증의 세계관"이 결국은 그 어떤 진리에 "닿을 수 있을 것이다"라는 믿음을 말하는 자의 궁극적 낙관주의는 "풍비박산의 세월이 와서는 물러갈 줄 모르는 땅"에서 다음과 같은 태도를 낳는다. 곧 "가시 숲에 긁히며 돌아오는 지친 새들도, '아까징끼' 바르고 다시 놀러 나온 아이도, 장기 휴직 중인 104동의 나도 사실은 실전의 정예들"이라는 문양으로 표현되는 전투적 실재의 태도를 잉태한다. 이 형상들 내부의 존재자들이 이렇듯 "실전의 정예들"로 자리매김할 수 있는 것은, 이들 모두가 자신이 개입하고 있는 상황의 진리에 충실하기 때문일 것이다.

알랭 바디우의 말처럼, 상황의 진리와 그 진리의 충실성은 그 상황에 참여하고 있는 다른 모든 존재에게 끊임없이 말 건네어지는 보편성(universality)(『사도 바울』)을 도래하도록 강제할 것이 틀림없다. 시인의 진리에 대한 사랑은 그에게 그 사랑의 이름 아래서 "지친 새들"이든, "놀러 나온 아이"이든, "장기 휴직 중인 나"이든, 그 모든 존재에게 말 건네어지는 진리의 보편성을 구성할 뿐만 아니라, 모든 진리의 전투적 차원인 보편주의의 물질성을 구성하기 때문이다. 시인 이영광은 이와 같은 진리의 윤리학과 진리에 대한 사랑이 자신의 시를 일관되게 관통하는 지독한 운명임을 이 작품의 종결 부분에서 다음과 같은 이미지로 그린다.

목숨 하나 달랑 들고 참전 중이었으니
아픈 천국의 쾡한 원주민이었으니

감각적 실존의 사회사, 소극적 수용의 윤리학
—김정환과 박철의 시집

감각적 실존의 사회사에 스며든 사회사의 음영들

김정환의 시집 『거푸집 연주』는 자기 실존의 역사를 구성해 온 무수한 감각적 형상들을 통해, 현대 한국인의 삶과 기억에 아로새겨진 그 공통감각의 사회사를 거죽 위로 끌어올린다. 이 시집의 초점과 집중력이 시인의 개인적 추억의 회고담이 아니라, 그 뒷면을 가로지르는 사회적 공통감각과 시대적 감수성의 공동체를 더듬어 보는 자리를 향하는 까닭 역시 이와 같다. 나아가 어떤 "말"과 "언어"와 "수"와 "통계"가 드러내는 그 기호 체계들을 고고학자처럼 수집하고 해부하는 것을 넘어서, 그것이 우리네 삶의 속살을 빚게 했던 그 감각적 세계를 바로 지금-여기에서 살아 움직이는 것처럼 되살리려 한다. 달리 말해, 이 시집은 "말"과 "수"로 표상되는 기호 체계의 겉면, 그 "가상현실"의 "껍질"을 뚫고 들어가 그것에 켜켜이 휘감긴 실제 삶의 감각들을 어루만질 뿐만 아니라, 그것에 그림자처럼 스며들어 와 있는 사회적 힘들의 배치와 그 변환의 궤적을 재구성해 드러내고자 한다.

그렇다. "어릴 적 국광 껍질 정말 타개졌는데 '타개지다'라는 말 어디론가 사라지고 내 생애의 껍질로 들어섰다.//저물녘 아이 부르는 소리 들렸다, 아직 날이 어두워지지 않았는데 어두워지는, 한, 오십 년 전 골목, 어머니."(「국광(國光)과 정전(停電)」) 같은 무늬들에 잠긴 "오십 년 전 골목"을 가로질러 꿈틀거리며 되살아오는 생생한 감각의 휘감김을 보라. 이는 비단 시인의 실존적 기억을 현재화하는 데 그치지 않는다. 오히려 시인 개인적인 체험과 감각의 파동을 넘쳐흘러, "타개지다"라는 말에 깃들어 있었던 한국인의 실제 삶의 감각과 그 마음결의 움직임을 현재의 살갗으로 데려온다. 이는 시인이 제 삶을 이루어 온 그 모든 감각적 구성 요소들에 대해 매우 비범한 기억력을 지니고 있을 뿐만 아니라, 그 낱낱의 뒷면을 가로지르는 사회적 힘들의 압력과 변곡점을 빠짐없이 감지할 수 있는 빼어난 직관력과 통찰력에서 비롯하는 것이 틀림없으리라.

이 시집은 이미 지나가 버린 시간 속에 주름져 있는 시인 자신의 다양한 감각의 목록들을 확대 인화함으로써, 지난 반세기 동안 우리 사회 전체를 관통해 온 감성의 지도와 사회적 배치의 지력선을 보이지 않는 뒷면에서 현현하게 한다. 가령 "풍경과 '16-20 April 1957 VIET-NAM JAYCEE'/글씨 새겨진 검고동색 장식함, 아니 손궤가 제일 그럴듯하다./군납업자였던 우리 장인 그 시절 벌써 해외 청년상공회의소/회의를 들락거리셨나? 햇볕 쨍쨍한 통유리창 앞에서 손궤,/아니 장식함은 고전의 생기를 띤다. 쓸데없이 튀어나온 받침/테두리 없어지고 쓸데없는 세월도 간소화"(「장모 승천」), "아직은. 왜냐면 수박색/샤프로 나는 쓰고 있다. 많이 쓰고 있다./나는 늙지 않았다. 한 달도 채 못 넘기고 또 부고를 받는 나이에 달했을 뿐. 아주 늙은 친척/어른이나 스승에서 느닷없이, 놀랍게도를 거쳐/빌어먹을, 후배까지.

수박색 샤프로는/쓰는 것도 보는 것도 듣는 수박색./요새는 음악 쪽이 더 들리기는 하지만/그것도 듣는 수박색인지 모른다."(「수박색 샤프펜슬」), "밀주 시절 도시와 도시 중간을 비껴나/주모 있을 것 같은 한옥 술집 마루/반 너머 보란 듯 차지한 항아리에서 쌀막걸리 무르익기/직전 솔솔 풍겨 나는/농밀도 이리 상큼할 수 있다는/내색의 누룩 냄새 짙고 짙은 그 지도 경계선/원래 없었나, 선명만 너무 선명하고/추억이 주옥같아지는 시간만 있(었)나."(「新宿. 신주쿠, 밀주」) 같은 구절들을 보라. 이들의 앞면에 튀어나와 있는 것은 어떤 구체적 시공간을 차지하고 있었던 사물들이거나 그것이 환기하는 감각의 얼룩들이지만, 그 뒷면에는 현대 한국인 전체가 경험해 온 사회적 공통감각과 그 압력의 역사가 그림자처럼 스며 있다.

그렇다. 이렇듯 시인이 제 실존의 감각을 구성했던 무수한 미시사의 목록들로 우리 사회가 경험해 온 공통감각의 사회사를 암묵적으로 재구성한다고 할 때, 이 시집은 필연적으로 "수"와 "언어"의 기호 체계와 실제 삶의 경험과 역사적 현실 감각이 한 몸을 이루며 겹쳐 떨리는 공명의 자리를 찾아내야만 했을 것이다. 달리 말해, 언어와 실재, 기호와 현실, 미시사와 거시사가 돌발적인 뒤얽힘을 이루면서 울려 퍼지는 감각의 교향악과 그 물질성의 궤적, 이들이 바로 이 시집 전체를 가로지르는 미학적 지력선의 중핵이다. 이 궤적이 가장 도드라지게 나타난 장면들을 간추리면, 다음과 같은 이미지들을 만나게 될 것이다.

가령 "기쁨과 슬픔의/높낮이를 재는 중력에서 도시와 농촌의 오늘 날/가벼움의 민주주의에 이르는 동안/통계가 전체를 닮으며 미래를 부르고/도표가 지도를 새로 만드는/수의 역사를 따로 챙겼다"(「이것들이 인간 죽음에 간섭」), "말은 생각의 목소리고 언어는 생각이 말로 되는/

순간의 생각이고/언어는 조각이다./말씀의 생애가 펼쳐지기도 전에 말씀의/육체가 에로틱하다"(「조각의 언어」), "그렇게 생명은 생명의 가상현실을 벗고/서로의 손은 서로의 그릇 너머 벌써 거푸집이다"(「조각의 언어」), "나는 폴란드어 낱말 하나하나 번역하다가 음악과 미술이 만국 공통 언어이듯/시는 만국 언어 공통의 문법이라는 거다. 따져 볼 수 없더라도/생물이란, 생이 물의 번역이란 뜻이고/그 번역을 관통하는 문법과 문법 밖으로 색을 쓰는/뉘앙스가 있었던 것"(「폭설의 아내, 안팎과 그 후」), "나 앞으로 모국어 사전 찾겠고 앞으로는 끝없이 미래를 향해/열리던 와중 끝없이 과거를 향해 완성된 타자들이/끝없이 미래를 향해 열리는 와중 끝없이 과거를 향해 완성되려 했던/나를 능가하는 낱말 하나하나 장면에 익숙해지려고 찾겠다."(「전집의 역전」), "죽음이 그의 이름 미화하지 않고 그의 이름이 미화한다 죽음의 영역을. 이것을 우리는 비로소 평화와 희망의 이름이라 부른다. 목적격도 소유격도 없다. 김대중 이름"(「전집의 역전」) 같은 이미지들 말이다.

벤야민의 별자리 사유가 그러했던 것처럼, 이 시집은 감각의 미시사와 사회의 거시사가 동시에 울리는 교향악의 무늬를 빚기 위하여 각각의 시편들이 서로를 마주 보고 서 있는 마치 반향의 거울 같은 것들로 조형해야 했을 것이다. 아니, 우리가 "몸"으로 겪어 내야만 했던 그 "투명한" 감각의 울림과 떨림의 자리를 지금 우리 곁에서 살아 꿈틀거리는 것으로 되살려 내기 위하여 몇 편의 시편에서 "가상현실"이라는 메타포로 치환된 "수"와 "언어"를 비롯한 모든 기호 체계의 "껍질"을 벗겨 내려고 분투했을 것이 자명하다. 이 분투의 과정에는 시인이 간직하고 있는 방대한 지식의 정보와 두께, 그리고 그 자신의 기억에 아로새겨진 숱한 감각의 형상들이 함께 누적되면서 엇물려 있다.

이와 같은 이질적 장면들의 덧댐과 엇붙임은 콜라주와 자유간접화법으로 대변되는 2000년대 '미래파' 이래 한국시의 아방가르드적인 형식 실험과 같은 지력선을 이루는 것이면서도, 그것이 빠뜨리고 있던 가장 중요한 문제일 수밖에 없을 우리들의 실제 삶의 감각, 곧 사회와 정치와 역사를 가로지르는 그 "투명한" 몸의 질감을 되살리려 한다. 다시 말해, 실존적 차원의 미시사에 깃든 감각적 목록들을 매우 낯설고 이질적인 방식으로 조합함으로써, 사회적 차원의 거시사를 재구성할뿐더러 이들 내부에 이미 깃들인 상호 내포적 속성을 산문-연작시라는 희귀한 예술적 짜임새로 형상화하는 놀라운 미학적 성취를 이룬다고 하겠다.

이 시집에서 "수"와 "통계", "도표"와 "말", "언어"와 "디자인" 등으로 표상되는 기호 체계 전반에 대한 비판적 시선과 거리감은, 개인적 차원의 미시사와 사회적 차원의 거시사가 우리 삶의 세부를 구성하는 감각적 무늬들에 이미 주름져 있다고 보는 시인의 첨예한 통찰로부터 온다. 어쩌면 이 시집이 보여 주고 있는 감각적 실존의 미시사를 통한 사회적 거시사의 재구성이라는 방법론을 통해, 우리는 최근 답보 상태에 다다른 '정치시' 창작과 담론의 새로운 비전을 발견할 수 있을지도 모른다. 이 시집은 우리 눈앞에 명백하게 드러난 사회·정치적 현실을 고스란히 재현하려는 것이 아니라, 현재 우리 삶의 세부를 규정하는 감성의 지도와 인식 구조의 "거푸집"을 감각의 미시사라는 전혀 다른 리얼리즘의 접근법을 통해 뒤바꾸려는 의지를 품고 있는 것이 틀림없기 때문이리라. 아래 형상들에서 울려오는 "저 혼자 덜덜 덜 떨었"던 "내 몸"의 전율처럼.

일간지 문화면 신간 안내 톱기사 같다. 한두 달 걸러 잊을 만하면 나

오는 당신 칼럼 같다

　　술에 더 취해야 문득 부고. 영정이다. 그 환한 얼굴이 향년 팔십.

　　울지 않았다. 내 몸 저 혼자 덜덜덜 떨었다. 당신은 아주 오래된 농담
이고

　　내가 휘청거리는 오후니까.

　　세상에서 가장 오래된 틀니, 엄마의 말뚝…… 동그랑땡은 벌써부터
저승의 슬하 쪽을

　　더 배려하려는 내색으로 유구하다.

　　내 아들은 2박 3일 중국 여행 무사히 마치고 돌아왔다.

　　　　　　　　　　　　　　　　　　　—「전집의 역전」 부분

소극적 수용력과 숙명적 예외로서의 아이러니

　　"조용한 산이 높은 산이다"(「개화산에서」)라는 간결하고 압도적인 선
언은 박철의 시집 『작은 산』의 큰 윤곽선과 마디마디의 작은 무늬들
을 빠짐없이 관통하는 단자(monad)처럼 보인다. 이는 시인이 오랫동
안 품어 온 어떤 윤리적 비전에서 나오는 것으로 파악된다. 가령 「개
화산」을 구성하는 다른 이미지들인 "눈보라에 이것저것 다 내주고/
작은 구릉으로 어깨를 굽히고 앉았으나", "따뜻한 바람을 모아 군불
지피는/끝내 고향이 되어 버린 아우 같은 산" 같은 구절들은, 이 비
전이 비움과 내줌, 제 바깥의 타자들에 대한 소극적 수용력(negative
capability)에서 비롯한다는 것을 분명하게 일러 준다.

　　그렇다. 시인이 오랜 시간 동안 품어 온 것으로 짐작되는 소극적
수용력의 사유와 미학적 질감은 시집 모서리마다 그 흔적을 남긴다.
가령 "단지 먹기 위해 사는 것은 아니라고/안개 가득한 거리에서 오
늘도, 내일도/모든 서툰 사랑은 어디론가 뛰어간다"(「향하여」), "울며

태어나 서로 사랑하고 사랑받고/다시 사랑하고 사랑하다 쓰러지는 것이/사람의 일이라면/내가 쓴 시는 사람의 시는 아닐 듯하다"(「여자의 일생」), "허공을 치듯 지갑과 싸운 날은/내 마음, 큰 가방 두 개를 들고 산에 오른다/그러면 너무 많은 것을 배우고 가르치고, 작은 산/갈 곳 없는 이에게도/자귀나무는 솜털 같은 향기를 보낸다"(「작은 산」), "낮달 같은 우리 인연/자꾸만 멀어져 가는, 우리는 세상의 모든/사촌들이다"(「사촌」), "몇몇의 선으로 나뉘어져 살아나는/한 인생이 다소 낯설게 보여도/세월의 저편에는 기쁨이 돌처럼 굳게 뭉쳐 있다"(「만경(滿鏡)」), "할머니의 손이 아이처럼 작지만/따뜻한 건 저 지평선 너머까지 세상이 그런 탓이라고/아이는 다 아는 얘기를 자라며 확인할 것이다/할머니도 한때 아이였고 행복한 순간마다/주름살을 그리며 살아왔다"(「노인과 아이」) 같은 형상들을 보라.

이 형상들의 배면에서 울려 퍼지는 것은, 하나라도 더 갖기 위해 악다구니를 쓰는 모든 욕망의 소용돌이, 인정투쟁의 싸움터에서 물러나 우리 모두의 마음결 깊은 곳에 깃들인 "사랑"과 그것을 나누는 데서 오는 작은 행복감일 것이다. 이러한 소박한 인간애로 뒤덮인 세상을 꿈꾸기에, 시인은 자신을 적극적 주장과 개진의 무대에 올라서려 하는 것이 아니라, 소극적 수용과 배려의 뒷자리로 물러나려 한다. 어쩌면 시인은 그 무수한 뒷자리를 감당하고 있을 사람들의 보이지 않는 연대감으로부터 소박한 인간애의 세상이 실현될 가능성을 엿보고 있는 사람인지도 모른다. 따라서 시인이 가슴 깊이 숨겨 둔 소극적 수용의 윤리학이 시집 곳곳의 모서리들을 휘감고 있는 것은 자명한 사실일 것이다. 그러나 그것에 수반될 수밖에 없을 고통과 불안감은 다음과 같은 무서운 내면적 형상들을 낳는다.

"처음엔 외로움도 친구였으나/시간이 지나자 그도 내게서 등을 돌렸다/무섭고 서럽던 무릉도원에서/내가 한 짓이라곤 그렇게/밤새도록 구름 하나 안고 재우는 일이었다//그렇게 이 년을 살다 내려왔을 때/나는 미쳐 있었다"(「지리산에 살 때」), "오다가 낯선 나무라도 만나면/자기도 모르게 울컥 팔 내밀고/이상한 소릴 해 댈까 두려워/외로운 사람은 언제나 저 홀로/벼 이삭 누워 꿈을 꾸는 빈 들판으로 사라지지 더 이상/서 있는 누군가에게는 가지 않는다"(「가로수」), "지하철 계단에 앉아 대지의 순환을 그려 넣으며/좀처럼 잊히지 않는 이를 생각하노라니/오히려 지나는 객들이 두리번거리며 나를 스쳐 갔다/부르다가 열흘 만에 미쳐 버릴 이름"(「망원동 옛집」), "정말 그럴까/가끔은 두렵고 고개가 저어지기도 하지만/왜? 하고 뒤돌아보기도 하지만/결국 내 앞의 풍경을 사랑하는/나에게 지고 만다/기어이 일어서는 나에게 밀리고 만다/누가 이기든 지든 면류관을 나에게 돌리는 그대"(「보푸라기 꽃」) 같은 형상들을 다시 꼼꼼하게 되짚어 보라. 이들은 시인의 윤리학적 비전이 결코 완성될 수 없을 이상적 자아의 관념에 불과하다는 사실을 아프게 증언한다.

어쩌면 이 시집에서 가장 빛나는 장면들인 저 형상들은, 시인의 윤리적 비전이 참담하게 실패했던 순간을 스스로 누설하는 자리, 그러한 자기분열의 상처와 고통을 정면으로 드러내는 자리에서 피어오르는 것인지도 모른다. 나아가 이러한 자기분열 문양들을 행과 연과 시 작품들의 사이 공간에 끼워 넣음으로써, 이 시집은 묘한 긴장과 탄력을 얻는다. 이는 사회적 소수자들의 삶을 겉면으로 내세운 시편들에서도 다른 미감의 비늘을 걸쳐 입고 나타난다. 그들의 곡절 많은 삶의 애환과 고통과 희망의 의지가 시의 거죽 위로 도드라지게 솟아오른 장면들을 찾아보라.

이 시집 곳곳에 들어박힌 "그리움과 분노와 형체가 딱딱한 것들의/불편한 출발도 몸짓이겠으나/국경 너머 오는 밀입국자들/저렇게 무모한 사랑 없이 봄이 오겠는가"(「향하여」), "둥근 해가 애써 한 바퀴를 돌 무렵/찔레꽃 등진 벤치 끝에서/행색이 다른 두 노인이 싸우고 있었다/둥글게 둥글게 줄을 긋느라고/기력이 쇠했는지 능수버들 손으로/서로의 가슴을 치고 있었다/왜 이리 늦었느냐고/왜 이제 돌아왔느냐고"(「나이테」), "교양 강의라도 나가 돈을 벌어야기/먹고 사는 일에 대신 입바른 소리 자주 듣는 게 싫어/전 학생은 못 가르치고 선생들만 가르칩니다"(「방황」), "오늘은 당신 없이 하루를 살 수 있겠네/길 잃은 밤 더 다가선다는 거리의 여인/깊은 숲에서도 외로움만 더했으니/나 이제 마음의 먼지 조금 걷혔다"(「파란 달」), "가로등도 손이 닿지 않는/도무지 장사가 될 거 같지 않은 모퉁이에/작은 점이 하나 있다/온 저녁을 바쳐 도장을 찍는 아주머니의 발바닥이/붕어에게 군불이나 지피는 손길이/노동에 젖지 않았다고/저 대형마트의 주인은 말할 것이다"(「붕어빵과 詩」) 같은 형상들을 다시 느릿느릿 더듬어 보라.

이들은 밀입국자, 노인, 비정규직 강사, 거리의 여인, 붕어빵 장수 등으로 열거되는 소수자들의 곡진한 삶을 고스란히 시의 거죽 위에 끌어올린다. 그러나 그들의 일상적 삶을 가로지르는 고통과 억압과 부조리한 사건들을 그대로 재현하거나 비판적 시각에서 폭로하지 않는다. 오히려 그들의 너절한 삶의 주변성을 그 자체로 인정하고, 이를 자기 삶의 황폐함에 비추어 보려는 소극적 수용력의 빛살이 그 마디마디에서 은은하게 번져 나온다고 하겠다.

이와 같은 수용력의 뒷면을 가로지르는 것은 겸허와 공감의 윤리학이 틀림없을 터지만, 그것은 실상 세계의 모든 존재자가 서로 연속되어 있을 뿐만 아니라, 그 근본에는 평등과 조화의 원리가 이미 선험적으로 갖추어져 있다고 보는 시인의 우주적 상상력에서 나온다.

달리 말해, 아날로지(analogy)의 세계관에서 기원할 것이다.

어쩌면 시인은 현대 자본주의 문명의 언저리로 추방된 사람들, 그 휘황찬란한 가속도와 메커니즘이 훼손시키는 소수자들의 삶을 따뜻하게 보듬을 수 있는 하나의 방법으로 광대무변한 아날로지의 상상력과 그것에 깃든 형이상학적 사유를 수용한 것인지도 모른다. 아날로지란 자연과 인간과 신의 연속성과 통일성, 그것들의 조화와 균형을 전제하는 것이며, "인간을 포함한 모든 예외적 존재들이 자신의 닮은꼴과 감응을 발견하는 조화와 화합의 무대"(옥타비오 파스, 『흙의 자식들』)이기 때문이다. 좀 더 적확하게 말하자면, 시인은 자신의 외롭고 고단한 삶의 무게와 그 주변성을 여타의 사회적 소수자들의 삶이나 훼손된 자연 사물들의 상태에서도 똑같이 발견할뿐더러, 이들 모두를 어떤 닮은꼴의 우주로 빚어 놓으려 하기 때문이다.

저 닮은꼴의 우주 속에서 소수자의 감성은 파편화된 개인의 목소리를 넘어 서로를 부르는 메아리로 울려 퍼질 것이며, 시인과 이들 사이에선 사회적 연대 의식이 움터 오를 것이 자명하다. 이 시집은 21세기 자본주의가 유포하는 그 첨단의 감각에서 소외되고 이탈된 그 모든 주변부 존재들을 어루만지고, 이들 사이에서 발생하게 될 어떤 감성적 연대를 기획하는 방법으로 아날로지의 연속적 상상력을 적극적으로 도입했던 것이 분명해 보인다. 바로 이 지점이 1970-80년대 리얼리즘 문학의 도식성과 기계적 편향성을 보완해 주는 것은 틀림없는 사실일 것이다. 그러나 다른 한편으로, 시인의 저 아날로지 세계관은 그 자체와의 험난한 투쟁 과정에서 마련된 것이 아니라, 그가 선험적으로 품고 있는 어떤 관념의 취향이나 신념의 기호에서 비롯된 것일지도 모른다는 의심에서 자유롭긴 어려워 보인다. 그것은 우리가 살아가는 현대 자본주의 사회가 어쩔 수 없이, 아날로지가 '피 흘리는 상처이며, 숙명적 예외'이자 존재의 분열 그 자체일 수밖에 없을 아이러니를 우리 모두의 삶에 덧씌우기 때문일 것이다.

　우리 시대의 리얼리즘이 잔인한 리얼리즘이 될 수밖에 없는 까닭 역시, 저 숙명적 예외로서의 아이러니에서 오는 것인지도 모른다. 그리하여, 아래의 시편은 아름답다. 저토록 잔인하지만 사실 그 자체일 수밖에 없을 아이러니의 형상들로 우리 모두의 심장을 후려갈기기에.

　　오직 너만이 하얗게 다가왔다
　　너는 역경(逆境)이었다
　　처음엔 외로움도 친구였으나
　　시간이 지나자 그도 내게서 등을 돌렸다
　　무섭고 서럽던 무릉도원에서
　　내가 한 짓이라곤 그렇게
　　밤새도록 구름 하나 안고 재우는 일이었다

　　그렇게 이 년을 살다 내려왔을 때
　　나는 미쳐 있었다

　　　　　　　　　　　　　　　　—「지리산에 살 때」 부분

필경사의 에티카, 감응의 전위투사
—이원의 시

1.

이원 시에 켜켜이 쌓인 시간의 단층들을 섬세하게 들여다보려는 의지를 품어 본 사람이 있을 것이다. 이 글을 읽고 있는 그대가 만일 그런 사람이라면, "나는 클릭한다 고로 나는 존재한다"(「나는 클릭한다 고로 나는 존재한다」, 『야후! 강물에 천 개의 달이 뜬다』, 2001)로 집약될 수 있을 디지털 문명의 묵시록적 통찰이나, "몸"과 "살"에 깃들인 지극한 "어둠"조차 쓸어안으려는 "영웅"(「영웅」, 『세상에서 가장 가벼운 오토바이』, 2007)의 면모나, 최근 시편들의 앞면으로 솟아올랐던 "사랑"(「사람은 탄생하라」, 『사랑은 탄생하라』, 2017) 이미지들에 그리 오래 머물진 않을 듯하다. 아니, 이들의 바닥에 소리 없는 침묵처럼 깃들인 묘사, 이원의 객관 중립 서술이 그야말로 '원리로 환원될 수 없는 완강한 사실'처럼 아로 새겨져 있는, 그 기묘한 어긋남의 자리로 나아갈 것이다.

그렇다. 30년에 육박하는 시작의 내력을 이루면서 여섯 매듭의 결실을 거두어들인 이원의 시 세계는 제 몸과 살을 끊임없이 바꿔 온 것이 분명하다. 그러나 그것은 제 마음결의 영롱하고 휘황한 자취들을 아련한 회감(回感)의 무대인 양 뒤따르는 나르시스의 시선과 몸짓을 품지 않는다. 오히려 세계의 무수한 운명선들이 들고 나는 자리를 직핍한 앵글로 옮겨 놓으면서도, 그 안쪽에서 보이지 않는 기쁨이자 행복의 충동으로 일렁이고 있을, 더 나은 삶을 향한 감응(感應)의 도화선, 그 앙양의 빛살을 드리운다. 아니, 저 갸륵한 마음씨로 날마다 어룽대며 변해 가는 몸의 세계와 세계의 몸, 그 만화경(das Kaleidoskop)을 꿰뚫어 보려는 소망과 의지를 품는다.

그러함에도 불구하고, 시인은 결코 "소리 내어 외치지 않는다"(김수영, 「사랑의 변주곡」). 그저 묵묵히 우리와 더불어 곁에 있는 몸의 세계, 세계의 몸이 함께 이루는 그 만상의 변화들을 옮기고 보듬고 감쌀 뿐이다. 이는 이원이 제 욕망과 좌절과 상처를 기술하는 데 능란한 사람이기보다는, 도리어 타인과 세상이 불러일으키는 저 만상의 변화들을 고스란히 받아 적으려는 필경사의 윤리를 제 온몸에 새겨 넣으려는 시인임을 넌지시 일러 준다. 나아가 저 완강한 사실성의 시선을 제 실존의 불꽃처럼 간직할 수밖에 없었을 그녀의 지극한 운명선의 짜임에서 오는 것이리라.

그러나 이원은 필경사는 필경사이되, '- 않는 게 차라리 더 낫습니다(I would prefer not to-)'를 매번의 순간마다 되풀이하는 필경사 바틀비의 선례를 따르지 않는다. 오히려 바틀비가 그랬던 것처럼, 비-잠재성(impotentiality)의 주체로 살아갈 수 없음을 이미 오래전에 자기 운명으로 깨달아 버린 것이 틀림없다. 그리하여, 그녀는 사태 그 자체로라는 현상학의 핵심 명제를 최고의 덕목으로 존중할 수밖에 없는 필경사의 시선을 아주 오래전부터 품고 있었던 것으로 보인다. 나아가 천변만화하는 세계의 무수한 현상들을 시의 화폭에 옮겨 담으려는 모사가(模寫家)의 태도를 자기 숙명처럼 간직한 것으로 추정된다.

아니다. 이렇게 말하는 것만으론, 시인의 격물치지(格物致知)가 끝내 뻗어 가려는 대대(對待)와 감응의 자리, 그 미시적 차원을 가로지르는 감응의 빛살을 은밀하게 고취하고 조율하려는 잠행-실천가(le clandestin)의 혜안과 포용적 실천력을 적중시킬 수 없다. 시인 이원은 이미 있는 세계를 넘어서, 그 만화경들의 앞뒷면을 빠짐없이 꿰뚫어 볼 수 있는 현자의 눈길로 세상의 한숨과 눈물과 신음을 씻고 닦으려 한다. 그리고 이들 사이를 번뜩이며 가로지르는 감응의 여울목, 그 천진한 정서적 마주침의 거울들을 겹겹으로 마주 세우려 한다.

그리하여, 시인 이원은 우리 사회가 최근 겪어 낼 수밖에 없었던 저 통곡의 "바다", 그 깊고 깊은 심연의 자리에서 우리 "아이들"로부터 다시 돋아날 천진함의 "날개"를 미리 예감하고 촉진하는 "사랑"의 전위투사(le clandestin)로 살아가려는 것이 분명해 보인다. 달리 말해, 시인은 나날의 삶의 미시적인 차원들을 오가고 넘나드는 무수한 실존의 살(la chair), 그 온몸의 느낌과 생생한 직관들의 낱낱을 어루만지고 북돋으려는 감응의 전위투사일 수밖에 없으리라.

2.

헤드폰이 한 사람의 머리를 감싸고 있었다
덜그럭거리는 지구의 소리를 한 사람의 두 귀가 알고 있을 것이다
한 사람은 양쪽 주머니에 손을 넣고 걷고 있었다
손가락의 각도가 주머니의 뼈대를 바꾸고 있었다
한 사람은 흰 의자에 비스듬히 기대 있었다
한 손씩 팔걸이에 놓고 있었다

왼쪽 팔걸이 옆에 커다란 꽃병이 있었다

분홍 꽃이 피고 있었다

빨간 꽃이 피고 있었다 빨간 꽃 수술에는 미색이 있었다

하얀 꽃이 피고 있었다

뻗어 나간 허공에서 하얀 탑이 빛나고 있었다

파란 바다

파란 하늘이 출렁거렸다

꽃병과 파도 사이

구부린 철망으로 만든 울타리가 있었다

철망은 구부러짐 뿐인데 울타리는 사각형이었다

녹슨 흙이 차오르고 있었다

바위틈에서 흘러나오는 물소리

바위에 그어지는 칼자국처럼 UFO가 지나갔다

—「꽃병과 파도의 거리」 전문

우선 서술어를 보라. 열아홉 줄로 이루어진 작품의 짜임새에서 서술어가 활용되지 않은 부분은 12행과 14행과 18행이다. 그러니 이들을 제외하면 서술어는 모두 열여섯이어야 하지만, 시인은 9행에 두 문장을 병치하면서, 불규칙성의 리듬이 깃들게 했다. 따라서 이 작품은 총 열일곱의 서술어를 거느린다. 13행의 "출렁거렸다"와 더불어 맨 끄트머리에 놓인 "지나갔다"를 제외하면, 이들 모두는 "있다"를 활용한 어사들인 "있었다" "있을 것이다" "이었다"로 반복·변주되고 있음을 쉽게 알아챌 수 있을 것이다. 또한 "있었다"라는 서술어가 총 열두 차례나 반복되고 있다는 사실이 단박에 눈에 띌 것이다.

이와 같은 서술어의 거듭된 되풀이가 입말의 차원에서의 어떤 리

듬감을 불러올 수밖에 없는 것은 지극히 자명한 사실일 터이나, 그것은 유장하고 웅대한 리듬의 연속성이나 집중력을 타고 흐르지 않는다. "꽃병과 파도의 거리"라는 표제어가 암시하듯, 오히려 낱낱의 서술어들이 나타내는 사태와 사태 사이의 "거리"와 단절감이 말없이 풍겨 오르는 자리에 이 작품의 묘수가 감춰져 있다. 그리고 이를 헤아리는 것이 매우 중요하다. 이 자리에 「꽃병과 파도의 거리」에 주름진 존재론적 깊이와 미학적 혁신이 깃들어 있기 때문이다.

첫머리에서 등장하는 "헤드폰이 한 사람의 머리를 감싸고 있었다"는 우리 일상에서 쉽게 만날 수 있는 지극히 평범한 풍경일 것이다. 그러나 그 뒤에서 곧바로 나타나는 "덜그럭거리는 지구의 소리를 한 사람의 두 귀가 알고 있을 것이다"는 우리의 상상력을 단번에 멀찌감치 찢어 놓는다. 나아가 그 누구보다도 쉽사리 장악할 수 없을 것이 틀림없을, 우주적 이미지의 웅숭깊은 신비를 드리운다. "덜그럭거리는 지구의 소리"란 적어도 신과 같은 전지전능한 존재, 또는 그 신성한 비의를 엿볼 수 있을 비범한 자질을 품은 자만이 감지할 수 있는 것이기 때문이리라.

그러나 그 뒤의 3행부터 등장하는 이미지들은 부분 대상들의 환유 연쇄를 정교한 카메라 워킹(camera working) 기법으로 연출하고 있는 듯 보인다. 이 기법은 카메라를 움직이거나 렌즈 조작을 통해 촬영을 좀 더 효과적으로 연출할 수 있는 테크닉으로 요약될 수 있을 것이다. 나아가 카메라에서 멀리 떨어진 피사체를 줌렌즈로 끌어당겨 클로즈업의 효과를 만들거나, 카메라를 좌우로 수평 이동시켜 옆으로 긴 피사체를 드러낼 수 있는 기술 등으로 좀 더 섬세하게 풀이할 수 있을 것이다. 이 시편의 각 단위를 이루는 행들을 다시 골똘히 들여다보라. 그리하여, 이 행들이 잇달아 늘어섬으로써, 어슴푸레하게 엿보이는 그 장면들의 동선과 구도를 마치 한 편의 파노라마 영상처럼 떠올려 보라.

만일 각각의 시행들이 어떤 영상의 한 장면처럼 또렷하게 떠오른 다면, 줌렌즈로 피사체의 윤곽의 최대치를 끌어당겨 오는 클로즈업 카메라 워킹이 이 시편의 마디마디에서 활용되고 있다는 사실을 단 번에 감지할 수 있을 것이다. 나아가 총 열아홉 행, 열일곱 문장으로 이루어진 이 시편의 전체 짜임새가 카메라를 좌우로 수평 이동시키 는 기법을 원용하여 빚어졌다는 사실을 유추할 수 있을 것이다.

이와 같은 카메라 워킹 기법으로 포착된 것들이 3행부터 13행까지 나열된 "양쪽 주머니" "손가락의 각도" "흰 의자" "팔걸이" "꽃병" "분 홍 꽃" "빨간 꽃" "수술" "미색" "하얀 꽃" "파란 바다" "파란 하늘" 같 은 사물들이다. 이 사물들 각각은 낱낱의 개별 풍경을 이루는 것이 틀림없지만, 이들을 마치 하나로 이어진 피사체처럼 형상화할 수 있 는 카메라 워킹 기법에 시인의 탁월한 방법론적 혁신과 미학적 묘수 가 감춰져 있는 셈이다.

결국 「꽃병과 파도의 거리」에서 활용된 묘사의 방법이란 카메라의 시선과 초점을 좌우로 수평 이동시키는 카메라 워킹을 면밀하게 탐 사하는 자리에서 마련된 것이라 하겠다. 또한 좌우 수평으로 이동하 는 카메라의 제한된 시점(point of view)과 더불어, 그 자리에서 비롯하 는 소실점(vanishing point)의 시각적 왜곡 현상을 매우 역설적인 방식 으로 조율된 시각적 형상화의 원리로 응용하고 있는 것이 분명해 보 인다.

그렇다. 이 시편의 미학적 방법론의 탁월성은 일점원근법에서 기 원하는 소실점이라는 시각적 평면의 한계를 도리어 돋을새김의 필치 로 부각하면서도, 세계의 풍요로운 이면들과 사물의 깊이와 그 두터운 부피감을 역설 화법으로 현시하는 데서 비롯한다. 나아가 이 작품의 행과 행 사이, 그 "거리"에 깃들일 수밖에 없을 존재론적 간격과 단절감을 부각하면서도, 이들의 안쪽에 있는 무수한 사물들이 실상은 공실존(co-existence)의 몸을 가진 것일 수밖에 없다는 사실을 넌지시 암시하는 자리에서 온다.

따라서 이 작품에서 카메라 워킹 기법으로 잇대어진 무수한 사물들은 실상 서로에게 기대어 있는 연루된 존재들이자, 더불어 곁에 있으면서 함께 살아갈 수밖에 없는 대대(對待)의 존재들이라는 시인의 직관적 통찰을 휘감는다. 어쩌면 시인 이원은 큐비즘(cubism)의 기원을 이루는 화가 세잔이 제 화폭에 담으려 했던 평면의 깊이, 몸의 세계이자 세계의 몸을 형상화하려 했던, 바로 그 혁신의 자리를 충실하게 계승하고 있는지도 모른다.

다시 14행에 나타난 시구, "꽃병과 파도 사이"를 보라. 그것이 표제어로 솟아오를 수밖에 없었을 이유와 근거가 곧바로 이어지는 그 뒤의 시구에 휘감겨 있기 때문이다. 달리 말해, "구부린 철망으로 만든 울타리가 있었다/철망은 구부러짐뿐인데 울타리는 사각형이었다/녹슨 흙이 차오르고 있었다"에 날 선 침묵처럼 응집되어 있다는 것이다. "구부린 철망으로" "울타리"를 "만드"는 일은 지극히 오래된 생활과 습속의 범례일 것이나, "울타리"가 "사각형"의 모양새를 띠게 되는 것은 일상적인 차원에서 쉽사리 수용하기 어려운 형이상적 기상(奇想, conceit)을 이룬다. 더군다나 그 뒤에 나타나는 "녹슨 흙"이란 이미지는 무엇을 나타내려는 이미지인지 갈피 짓기 어렵다.

그러나 우리를 둘러싸고 있는 천지만물이 몸의 세계이자 세계의 몸을 이룬다는 사실에 방점을 찍으면서, 그 모든 존재자가 상호 의존 관계를 이룰 수밖에 없으며, 서로에게 연루된 억겁(億劫)의 인연들로 뒤얽혀 있다는 대대(對待)의 세계관과 형이상적 시선으로 바라볼 필요가 있겠다. "구부러짐"밖에 없는 "철망"으로 만든 "울타리" 역시 제 내부에 "사각형"의 모양새로 변모할 수 있는 잠재력의 터전을 이미 품고 있는 것이기 때문이다. 마찬가지로 저 잠재력을 지탱하는 억겁이란 시간적 풍화작용은 "녹슨" "철망"조차도, 세계 만물이 유전하는 생극(生剋) 작용의 한복판에 가로놓인 "흙"(土)으로 변화하게 만드는 것이기 때문이리라. 동아시아 문명에서 중도(中道)의 원리이자, 오행(五行) 가운데서 한가운데(中央) 자리를 차지하는 것은 바로 "흙"임을 오랫동안 천천히 되새겨 보라. "흙"에 주름진 원형적 상상력이란 만물을 낳고 기르는 대지의 모신(母神), 저 오래된 희랍 신화의 가이아(Gaia) 여신을 다시 불러들인다는 것을 알아챌 수 있을 것이다.

이와 같은 시인의 형이상적 상상력은 인류의 문명사에서 발명된 일점원근법이나 소실점이라는 제한된 시점과 왜곡 작용과 더불어, 그 배경을 지탱하고 있는 현대 과학주의의 한계를 넘어서려는 자리에서 오는 것이 분명해 보인다. 그러니까 우리 현대인들 모두가 상식처럼 품고 있을, "꽃병과 파도의 거리"로 표상되는 저 과학적 지식과 분류법이란 어쩌면 몸의 세계이자 세계의 몸 그 자체의 실상이 아닐 것이다. 그것이 그저 제한된 과학 실험실에서나 통용될 수 있는 한낱 조각난 풍경일뿐더러 왜곡된 모양새에 지나지 않는다는 것. 이것이 바로 「꽃병과 파도의 거리」에 드리워진 예술적 사유의 이미지이자 암시적 전언의 중핵이라 하겠다.

어쩌면 시인은 다음과 같이 말하고 싶은 것인지도 모른다. 맨 뒷자락에 나타난 "바위틈에서 흘러나오는 물소리/바위에 그어지는 칼자국처럼 UFO가 지나갔다"에 깃든 것처럼, 우주 삼라만상은 우리 현대인들의 알량한 과학적 지식에도 불구하고, 매번 스스로 융기하고 있다고. 나아가 "UFO"라는 미확인 비행체처럼 인류의 지성이 결코 거머쥘 수 없는 궁극적 비합리(ultimate irrationality), 그 억겁의 유전(流傳) 상황을 거듭하는 중이라고.

3.

이제 조금 배웠다

밤에 혼자 있는 사과에 불 밝혀 주는 방법
겨우 잠든 사과를 깨우지 않고 불을 꺼 주는 방법

—「ㅁ」전문

그렇다.「ㅁ」라는 작품의 제목에 나타난 저 단자론적 도상(monadological icon)이 축약하고 있는 것처럼, 이원의 작업은 근래 들어 세잔의 다중 초점 화폭을 시의 몸과 살로 육화하려 했던 오규원의 "날이미지' 시 세계를 수용하려는 방향을 취한 듯 보인다. 오규원의 '날이미지"에 대한 착상은 은유에 함축된 인간중심주의의 횡포와 폭력성을 최대한 축소하려는 자리에서 출발한 것으로 추론된다. 그에 따르면, "은유란 A=B라는 식의 의미 정하기, 즉 끝없는 대체 관념"에 불과하며, "인간 중심적 사고"에 입각하여 "세계를 함부로 구속하거나 왜곡하거나 파편화"하는 것이기 때문이다. 이는 "인간이 세계를 의미화하고 조직화하는 존재"가 바로 "언어"라는 그의 확신에서 비롯한다.

결국 오규원은 "인간인 나만이 아닌, 세계와 함께 언어를 사는 방법"을 부단히 모색하고 탐구하면서, "날이미지"라는 새로운 시작 방법론을 창안하고, 우리 시단의 새로운 화두로 제시했다고 하겠다. 이는 비록 정교한 철학적 언술을 수반하거나 치밀한 논증 과정을 거치진 않았지만, "인간인 나만이 아닌, 세계와 함께 언어를 사는 방법"이라고 표상될 수 있는 공실존의 세계관과 더불어, 동아시아 사상사에서 그 오래된 시간의 진폭을 품고 내려온 대대(對待)와 공생과 화합의 가치론을 부각했다는 점에서, 한국시의 역사에서 의미심장한 한 분기점을 마련한 것이 분명하다.[1]

오규원의 "날이미지"가 인간적 관념과 상상을 최대한 배제하면서 실제로 지각할 수 있는 사실적 존재만으로 시의 표면을 구성하려 했다면,「ㅁ」같은 시편에서 비교적 또렷하게 읽을 수 있는 것처럼, 이원의 방법론적 특질인 묘사와 객관 중립 서술은 단지 세계의 다중적인 차원의 깊이를 객관적으로 묘사하는 데 그치지 않는다. 이원은 객관적인 묘사이기는 하되, 그 곁에서 더불어 살아가는 무수한 존재들의 보이지 않는 이면들을 보듬고 어루만지려는 느낌 값의 하중과 정서의 가중치를 피하거나 지우려 하지 않기 때문이다.

따라서 오규원의 "날이미지"의 방법과 태도가 "관념적 의미"보다는 "표상적 의미"로, "해석적 지각"보다는 "감각적 지각"으로, "대치 관념 또는 사물"보다는 "사실적 정황"으로 나아갈 수밖에 없는 방향성을 띤다면, 이원이 오규원을 수용하여 새롭게 마름질하고 있는 묘사와 객관 중립 서술의 방법론은 그 모든 인간적 정념이 제거된 차갑고 메마른 객관적 시각과 정태적 재현의 세계로 국한되지 않는다. 오히려 오규원이 말한 "표상적 의미"와 "감각적 지각"과 "사실적 정황"을 고스란히 드러내려는 묘사적 방법론의 최대치를 구현하면서도, 바로 그 곁에서 세계 만상의 이면에 드리워진 그 실존의 살을 어루만지

---

1 이찬, 「오규원의 날이미지시론 연구」, 『한국시학연구』 30호, 한국시학회, 2011.

려는 감응의 힘과 보살핌의 윤리가 말없이 번져 나게 만드는 은은한 현시의 이미지들을 축조한다.

따라서 「ㅁ」에서 등장하는 "이제 조금 배웠다"는 구절은 스승 오규원의 그림자에서 벗어나 제 나름의 언어의 집과 미학적 이미지를 건축할 수 있게 된 시적 수도(修道)의 상태를 표현하는 겸양의 말일 수밖에 없을 듯하다. 아니, 그것은 멋들어지게 윤색된 자기 치장의 미장센(mise-en-scène)이 아니라, 참된 수도자라면 그 누구라도 겪어 낼 수밖에 없을 절망적인 한계 체험과 더불어 그것을 넘어서려는 앙양의 충동으로 에둘러진 것일 수밖에 없다. "밤에 혼자 있는 사과에 불 밝혀 주는 방법"이든 "겨우 잠든 사과를 깨우지 않고 불을 꺼 주는 방법"이든, 저 이미지들은 모두 헤겔이 설파했던 그 누구도 어쩔 수 없는 '주인과 노예의 변증법'을 한 걸음이라도 비켜선 자에게만 도래할 것이기 때문이다.

더 나아가, 저 이미지들은 '주인과 노예의 변증법', 그 인정투쟁의 드라마를 미시적인 삶의 차원으로 수용한 라깡의 정신분석 담론으로 이어지고 있는 듯 보인다. 라깡이 간파했던 것처럼, 이들은 우리가 품은 모든 욕망의 기원을 이루는 '타자(대타자)에게 인정받으려는 욕망'에서 비롯하는 '주체의 전복과 욕망의 변증법'을 바닥까지 꿰뚫어 보고, 그것에 깃들일 수밖에 없을 환상을 가로지르는 차원에서만 솟아날 수 있는 것이기 때문이다. 또한 이 환상 가로지르기(traversée du fantasme)를 통해서만, 제 온몸의 살을 열어젖히는 욕망의 욕망, 욕망을 욕망하는 욕망인 주이상스(jouissance)가 도래할 수 있기 때문이리라. 주이상스란 지극한 고통 속에서 환하게 드리워지는 창조성의 빛살, 그 허허로운 욕망의 창조성과 더불어 한계를 철저하게 자각한 자리에서만 솟아오르는 것이기에.

4.

「공용 키친」에 아로새겨진 "에브리원 칸"과 "에브리원의 것"과 "에브리원의 세계"란 시인의 말처럼 "이름 붙일 수 없는" 어떤 미지의 영역을 표현하는 것인지도 모른다. 우리가 발 딛고 살아가는 현대 세계의 일상이란 "자신의 이름을 쓴 메모지를 붙이는 방식"으로 표상되는 개인주의와 물신주의(fetishism)라는 보이지 않는 손에 억눌리고 조종당할 수밖에 없는 구체적 삶의 세계이기 때문이다. 어쩌면 "공용 키친"으로 표상되는 공동체의 생활 원리, 곧 나눔과 감응과 공생의 실천 덕목들이란 우리가 살아가는 현대 자본주의 세계에서 사람들 대부분에게 그저 부담스럽거나 감당할 수 없는 이상적 관념에 불과한 것으로 받아들여지고 있는지도 모른다.

그러함에도 불구하고, 시인은 언제나 기적처럼 도래할, 신의 은총처럼 드리워질 "사랑은 탄생하라"라는 그녀의 시어로 표상되는 메시아의 시간을 간절히 소망하고 있는지도 모른다. 아랫자리에서 슬며시 나타나는 "누군가 배려를 한 지 모르고 먹는 구조"라는 공동체적 가능성의 씨앗, 곧 방법으로서의 유토피아에 깃든 다른 미래가 가느다란 감응의 빛살로 솟아나는 것처럼.

여기는 세 면이 유리다. 지나가면 환히 보인다. 긴 직사각 식탁 끝에 또는 중간에 앉아 혼자 밥을 먹는 존재를 서로서로 거울처럼 보는 적이 많다. 식탁 너머에는 싱크대 싱크대의 한쪽에는 인덕션 인덕션 너머에는 냉장고가 있다. 양문형 공용 냉장고는 한 사람에게 한 칸이 배당된다. 자신의 이름을 쓴 메모지를 붙이는 방식. 두 번째 칸의 새송이버섯에 참숯으로 구운 햄에 열 개짜리 달걀 꾸러미에 같은 이름이 반복됨으로써 그것은 그 이름의 것이다. 그리고 이름이 붙여지지 않은 것과 에브리원 칸에 든 것은 모두의 것이다. 에브리원 칸에는 잘린 곳이 검어진 양배추와 당근이 듬성듬성 뒹군다. 에브리원 칸 안에 들어 있거나 에브리원의 것들은 이름을 붙일 수 없다. 에브리원의 세계는 누군가 많이 먹으면 나머지는 못 먹는 구조다. 며칠이 지나도 줄지 않는 식빵이 있다면 누군가 배려를 한 지 모르고 먹는 구조다. 냉장고를 열면 각자에게 할당된 칸과 각자의 이름이 붙은 재료보다 이상하게 에브리원 칸을 먼저 보게 하는 구조다. 재료 앞에서 머뭇거리는 것이 모두를 위한 기도로 간주되지는 않는 구조다. 쓰지 않고도 이름이 붙은 재료를 쓰지 않았나 하는 서성거림이 어김없이 발생하는 구조다. 자신이 쓴 그릇은 자신이 씻어놓는, 사용한 흔적이 없도록 치우는 것까지가 규칙인 이곳에서 의자들은 금방 돌아올 것 같은 모양으로 빠져나와 있고 똑같은 무늬와 사이즈의 슬리퍼들은 겹쳐지고 뒤집어지고 몇 개는 멀리 던져져 있다. 발이 슬리퍼를 빠져나오기 전까지가 공용 키친인 것이다

—「공용 키친」 전문

샤먼의 고고학, 사랑의 천수관세음
—김윤이 시집 『다시없을 말』

'-되기', 샤먼의 목소리와 고고학적 시간의 깊이

김윤이의 첫 시집 『흑발 소녀의 누드 속에는』은 "불모의 땅에서도 자라는 사랑은 미칠 듯 가볍게 농익은 봄날로 뚝. 뚝."(「여인과 우유 단지」), "가장 큰 슬픔은 언제나 빨간색/나는 둑방길에 쳐박혀도 태연한 척,/어른의 슬픔 아껴 먹었지 사실은"(「빨강 머리 Anne」) 같은 형상들로 집약될 수 있을, 제 실존의 성장사와 교양소설의 모티프를 예술적 단자(monad)로 삼았다. 두 번째 시집 『독한 연애』는 시인이 끔찍하게 치러 낸 "사랑"의 고통과 절망의 화인들이 그 속살의 마디마디를 힘겹게 가로지른다. 이 시집을 묶던 그 시절, 시인은 세상에 존재하거나 존재할 수 있을 "사랑"의 무한한 양태들을 '-되기'의 무대 위에서 살아 보려는 마음결로 불타올랐던 것 같다. 아니, 그러지 않고서는 제 실존의 무게를 버텨 낼 수 없으리라는 비장감에 사로잡혔던 것이 틀림없으리라.

그리하여, "나의 훔쳐보기 〈일인칭도 이인칭도 아닌 나 Ⅱ〉 앞에서 뒤에서부터 읽어도 같은 데칼코마니 기법으로 그려도 되겠다 모든 것의 결말이자 시작 그 강한 염원의 집결력은 시간이다"(『어제의 세계』)에 살뜰한 구심력으로 응집된 저 비장한 마음결의 움직임을 보라. 이는 무수한 여성들의 삶과 사랑과 고통의 내력들과 그것에 배어든 시간의 마디마디들을 제 살갗으로 피어오르는 "비자흔"처럼 현시하려는 자리에서 온다. 어쩌면 "350만 년 전 최고원인인 루시"에게 자기 몸과 마음을 더불어 봉헌하려는 자리에서 "그래,/오늘은 내가 루시다/오늘도 과거가 되살아나서 그렇다, 라 생각한다면 얼른/박물관으로 달려가 당신이 광적인 숭배물의 위치에서 당당하시도록/오, 한껏 눈물 나올 정도로 해피 데이!"(『루시와 나의 성(性)』)라고 시인이 외칠 수밖에 없었던 것 역시, 시인 실존의 역사에 켜켜이 잠긴 끔찍한 사랑의 "비자흔"에서 오는 것인지도 모른다.

김윤이의 이번 시집 『다시없을 말』은 지난 시집들의 미학적 등뼈를 이루었던 교양소설과 훔쳐보기라는 두 계열의 주도 모티프가 현란하게 엇갈리는 자리에서 탄생한다. 저 두 갈래의 이미지 매듭은 보이지 않는 뒷면에서 서로를 가로지르면서, 무수한 무늬들을 짜고 깁고 마름질하는 예술적 사유의 원천으로 깃든다. 『독한 연애』에 휘감겨 있었던 '-되기'의 연극적 몸짓이 제 온몸을 걸고 치러 낼 수밖에 없었을 샤먼의 몸부림과 같은 차원으로 전이되는 내면 풍경을 오랫동안 느릿느릿한 호흡으로 응시해 보라. 아니, 저 소름 끼치는 존재론적 전변의 과정을 좀 더 천천히 들여다보라. 『다시없을 말』은 "세상의 모든 연애"(전윤호), 그 무수한 사랑에 얼룩진 곡진한 사연과 미친듯한 선율을 현시하려는 몸부림에서 온 시집이기 때문이리라. 마치 샤먼이 된 듯, 시인은 세계 삼라만상에 깃든 사랑의 양상들과 무수한 희로애락의 그림자를 온몸으로 앓으려는 자가 틀림없기에.

굴신을 못 한 채 누웠네. 밑바닥 헹궈 설거지 그릇을 엎어 둔 듯 픽 쓰러진 몸으로 아랫배가 데워지길 기다리면 태반과 탯줄을 달고 나올 때부터였나. 産달엔 그토록 여자가 아프다던데 자연사박물관에 안치된 미라 산모가 된 기분이네. 가슴골을 대고 누우니 휑하니 뚫린 동공으로 캄캄절벽 솟고 살가죽이 사라지고 자궁만 남은 선대 몸이 바라다보이네. 아직도 못다 한 내 얘길 들어 주오 털끝만 한 실오라기 인연도 없는데 무슨 연유로 가위눌리고 헛배 불러 저 홀로 구슬픈 아낙 똑 나이며, 뭣이 보이는 듯이 그니는 낯선 땅을 나는 더께 뒤집어쓴 거리를 내다보나. 왕후가 아니라 전쟁터 아낙으로 방부 처리된 여자. 가엾어라, 등골 서늘히도 세상의 자궁에서 대번에 복원될 당신과 나란 존재. 장지(葬地)만 같은 이 저물녘 하많은 흐느낌 목 터지게 불러도 님 없는 영생 시간의 꿈일런가. 그 흔한 금반지 부장품 하나도 없는, 여자여. 한데 내 진실로 바라노니 홀로 슬퍼 말기를. 오늘 밤 마음 죄이고 창자가 타 버린 당신을 양팔로 꼭 끌어안고 왼 가슴으로 젖을 빨리며 살찌울 테니. 어미 혼(魂)을 내가 밸 테니 젖꼭지 문 아가여, 자장자장

— 「코기토(cogito)—미라 산모」 전문

"등골 서늘히도 세상의 자궁에서 대번에 복원될 당신과 나란 존재"라는 구절에서 단번에 알아챌 수 있듯, 시인은 수천 년을 거슬러 올라가 "미라 산모"가 되기를 감행하고자 한다. 이와 같은 '-되기'의 행위는 "자연사박물관에 안치된" 전시품을 그저 완상하는 것으로 그칠수 없다. 도리어 그것은 시인과 "미라 산모" 사이에 놓여 있을 엄청난 시공간적 거리를 뛰어넘어, "미라 산모"가 당대의 실존적 상황에서 느꼈을 육체적 감각들과 더불어 이로 인해 생겨났을 희로애락의 무수한 감정들을 시인 자신의 것으로 느끼려는 자리에서 비롯한다. 이

감각적 합일의 과정이 샤먼의 몸부림을 닮을 수밖에 없는 까닭은, 빙의 현상에서 볼 수 있듯 화석화된 망자의 눈빛과 목소리와 몸짓을 바로 지금-여기서 살아 꿈틀거리는 활물(活物)의 존재로 되살리려는 시도이기 때문이리라.

그리하여, "아직도 못다 한 내 얘길 들어 주오 털끝만 한 실오라기 인연도 없는데 무슨 연유로 가위눌리고 헛배 불러 저 홀로 구슬픈 아낙 똑 나이며, 뭣이 보이는 듯이 그니는 낯선 땅을 나는 더께 뒤집어쓴 거리를 내다보나"라고 시인이 외칠 때, 이는 샤먼들이 행하는 접신술, 곧 해원굿에 육박하는 절실함의 깊이를 얻는다. 물론 "왕후가 아니라 전쟁터 아낙으로 방부 처리된 여자", "그 흔한 금반지 부장품 하나도 없는, 여자여. 한데 내 진실로 바라노니 홀로 슬퍼 말기를" 같은 대목들에서 시인의 페르소나(persona)와 "미라 산모"의 거리감이 도드라진 형세로 나타나는 것은 분명한 사실일 것이다. 그러나 이 거리감은 시인이 일관되게 수행하려는 '-되기'의 충실성, 샤먼이 불러오는 생동감과 절실함의 깊이를 훼손하지 않는다. 오히려 시인의 필사적인 진정성과 그 과정에서 감당할 수밖에 없었을 주화입마(走火入魔)의 위험과 긴장을 말없이 휘감는다.

따라서 「코기토—미라 산모」의 마지막 대목에 등장하는 "내 진실로 바라노니 홀로 슬퍼 말기를. 오늘 밤 마음 죄이고 창자가 타 버린 당신을 양팔로 꼭 끌어안고 왼 가슴으로 젖을 빨리며 살찌울 테니. 어미 혼을 내가 밸 테니 젖꼭지 문 아가여, 자장자장"이란 이미지는 주화입마의 위험천만한 상황에도 불구하고, "어미 혼"의 세계로 들어가기를 자처할 수 있는 자만이 품을 수 있을 정직한 용기를 에두른다. 시인이 제 실존의 역사에 켜켜이 쌓인 "옛사랑"의 잔영들을 끊임없이 반추하면서, 이들을 바로 지금-여기서 살아 꿈틀거리는 감각의 일렁임으로 소환해 오려는 까닭 역시 이와 같다.

가령 "그때부터 되씹고 있다/오르가즘이란 말에 인도되어 사랑하면 물색없이 떠오르는 봉긋한 묘/겨우 몸 닿는 것이 아닌, 남아도는 시간 없는 몸의 끝/사랑 이후 죽음까지 훤히 보여 주는 결말/전속력으로 부서지는 숨!"(「사랑의 묘」) "힘줄 붙어 있던 굳은 몸을 벗기자, 홍조 띤 촉감이 살랑이며 돌아온다/숨죽이고 있던 키싱구라미가 살아나 그 부력으로 내가 가벼워진다/만 스무 살의 성인식인 듯 생생히/첫 에로틱이 이어지는 건 오랫동안 생의 신비이다"(「키싱구라미」), "온 정신 토막 낸 사랑은 몸에 들러붙었다/불타던 기세, 높은 이빨에 박히던 그 밤의 벼락 느낌/하므로 껌은 온통 씹히는 생각뿐이다"(「껌」) 같은 형상들을 보라. 그리고 이들을 당신의 살갗에 이는 소름처럼, 바로 지금 당면하고 있는 감각들처럼 생생하게 느껴 보라. 지금 당장 이들이 곤두세우는 사랑의 감촉과 황홀한 숨결과 괴로움의 잔영들에 젖어 들 수만 있다면, 당신은 김윤이가 마련한 '-되기'의 세계, 그 활물의 감촉과 실존적 체험의 살을 어루만지는 현재진행형의 상황일 것이 틀림없을 터이다.

자유간접화법—알레고리와 메타문학의 방법론

이제야 머릿속으로 피가 뜨거운 어머니를 낳아 본다

활활 타는 죽음과의 교접에서

활활 여심도 꽃피울 여자를 구해 본다

어머니는 어머니, 라는

내 몸에서 오래되어 어기지 못했던 수천 년 여자의 계명을 어겨 본다

밤새 여자들은 촉촉할 테니, 마음껏 적셔 보시라

—「여자는 축축하니 살아 있다」 부분

시인이 비루하고 부조리한 지상의 삶에서 여성들이 겪을 수밖에 없을 무수한 "사랑"의 양태들을 자기 실존에 얼룩진 "비자흔"처럼 앓으려고 할 때, 그것은 필연적으로 타인들의 말과 담론을 촉매 삼아 제 의지와 욕망과 행위를 드러내려는 자유간접화법을 동반할 수밖에 없다. 따라서 「여자는 축축하니 살아 있다」에 등장하는 "이제야 머릿속으로 피가 뜨거운 어머니를 낳아 본다" 같은 초시간성(anachronism)의 문양이나, "어머니는 어머니, 라는/내 몸에서 오래되어 어기지 못했던 수천 년 여자의 계명을 어겨 본다"라는 여성성의 혈통과 계보로 이어져 온 집단무의식의 형상이 나타나는 것은 무척이나 자연스럽다. 시인은 자기 실존이 치를 수밖에 없었을 무수한 "사랑"의 고통, 그 "비자흔"의 얼룩들을 사사로운 개인적 경험으로 가두려 하지 않을뿐더러, "수천 년 여자의 계명"이라는 집단적이고 사회적인 차원의 문제, 곧 계통발생적 무의식의 차원으로 넓혀 보려는 마음결의 벡터를 품고 있기 때문이리라. 따라서 이 시편의 대미를 장식하는 문양들인 "밤새 여자들은 촉촉할 테니, 마음껏 적셔 보시라"라는 "어머니"라는 말로 표상되는 무수한 여성들의 삶의 굴곡선, 그 희로애락의 만상들을 마치 자신의 것처럼 말하고 느끼고 전유하는 자유간접화법의 세계로 들어가겠노라고 공표하는 일종의 선언문인 셈이다.

나 세월을 더듬어 대대손손 여자를 터득한 책이 되었네. 그 누가 세월을 후히 베풀어 젖은 몸의 서사가 되었고 그 누가 없어 꽃피워 보지 못한 금서가 되었네. 사람이 나를 잊자 얼굴은커녕 발목도 잊혔네. 입술

을 축이며 차렵이불 속에서 혈흔처럼 빨간 줄 그었네. 어두컴컴한 내 속
이 통어할 수 없이 조여들었지. 속세의 사람이 날 잊었으므로 시든 꽃을
못 버리는 꼴로 남아 못내 못 여민 꽃시절 지니고 그 시절일 리 없건만
자꾸만 비집고 들어가 달궈 놓은 몸을 얹었네. 귓불에서 목덜미까지 열
기가 피고 별과 달과 한 여자가 울어 볼 만한 밤으로 화(化)해 버렸네.
빨간 실로 연인은 묶인 채 만난다 했지만 한평생 이야기 속으로 몸 감추
는 삶도 있지. 희희낙락 농락도 우스워진 나이여. 한갓 피조물 책을 값
지게 할 이 누구냐. 나를 만지지 마시게, 만지지 마시게,

—「통하다」 부분

나 늦여름 빗소리에 잠 깨어 들은 얘기는 지귀(志鬼) 설화였는데, 지
귀는 뜻을 품은 귀신이라서
　무어에 홀린 듯 비만 오면 혼이라는 소리에 홀리네

　천민이었던 지귀가 선덕여왕을 사모했다는 얘기
　불공드리는 왕을 기다리다 탑 밑에서 잠들었다는, 사모의 마음으로
심화(心火)가 일어 탑마저 불태웠다는 그 얘기
　≪삼국유사≫에 나온 얘긴 줄도 모르고 살다가 어느 날 알게 된 홑이
불을 혼이불로 듣게 한 얘기였든가

—「파국」 부분

　화폭이 담배 연기와 사람들로 꽉 막혀 있었다
　카페테리아 벽면 〈Nighthawks〉를 눈으로 더듬으며 나는 건성으로
그의 말을 듣고 있었다
　그가 말하는 특별한 관계란 식으로

귀엣말 속닥이는 남녀와 발라드가 우리 사일 참견하고 있었다

이웃한 남녀 웃음이 멍한 정신과 뒤엉켜나는 바람에 카운터에 쌓인
찻잔을 우리의 초상화로 앞당겨 보고 있었다

앉아 있기가 영 불편한 의자, 현재가 튀어나온 구상화 같았다

나는 마치 상감 세공된 액자의 누군가인 듯
사랑의 음각으로 들어간 이별 남녀를 눈으로 더듬고 있었다
그는 내 딴생각을 알아채고 얼굴에 맞지 않는 슬픔을 덧칠하고 있었
다
째깍째깍, 현재는 저마다 다르게 흩어지고 있었다

—「발견」 부분

「통하다」에 새겨진 "나 세월을 더듬어 대대손손 여자를 터득한 책
이 되었네"라는 구절은 김윤이가 '-되기'의 존재론과 고고학적 활물
성의 무대로 나아갈 수밖에 없었을 필연성의 행로를 암시한다. 이
는 또한 시인의 적지 않은 시에서 무수한 책과 이야기들이 차용되면
서, 그 안쪽에 주름진 다양한 담론과 에피소드들이 시인의 실존적 육
성과 겹쳐 울리는 자유간접화법이 등장할 수밖에 없는 연유를 공개
적으로 선포한다. "담론 안에서 자유로운 것으로 나타나는 배치로써,
하나의 목소리 안에 있는 모든 목소리를, 카를루스의 독백에서 젊은
여자들의 광채를, 언어 안에서 언어를, 말 안에서 명령어를 설명해
주는 것이 바로 이것이다"(들뢰즈·가타리, 『천의 고원』)라는 말처럼, 자유
간접화법이란 그 모든 1인칭의 발화 상황에 깃들일 수밖에 없을 타자
들의 목소리, 곧 만인의 언어 수행 상황에 반드시 들러붙게 되는 타

자들의 감각과 사유와 담론을 전제하는 용어이기 때문이리라.

이와 같은 자유간접화법은 「통하다」「파국」「발견」 같은 인용 시편에서도 거의 같은 방식으로 관철되고 있는 듯 보인다. 「통하다」는 다자이 오사무의 소설집 『쓰가루·석별·옛이야기』의 일부를 차용하고 있으며, 「파국」과 「발견」은 각각 『삼국유사』에 나타난 「지귀 설화」와 에드워드 호퍼의 그림 「밤새는 사람들(Nighthawks)」의 모티프를 활용하여 새로운 내러티브의 공간을 축조한다. 이렇듯 이 시집에서는 구체적인 예술작품이나 무수한 서책들에 담긴 이미지와 에피소드를 다채롭게 활용한 시편들이 서로를 비추는 여러 겹의 거울들로 더불어 겹쳐 울린다. 이 상호 공명의 현상들은 이 시집을 자유간접화법과 알레고리와 메타문학의 방법론이 강력한 구심력으로 들어박힌 예술적 짜임새로 빚어 놓는다. 인용 시편들처럼 구체적인 예술작품을 차용하지 않은 경우라 하더라도, 이 시집의 거의 모든 시는 작은 이야기의 매듭들이 얼기설기 얽혀 있는 다변과 요설의 품새로 이루어져 있기 때문이다.

어쩌면 자유간접화법을 자유자재로 활용하려는 시인의 욕망은 제가 겪어 낸 "사랑"의 고통과 "비자흔"의 무게를 타인들의 그것에 빗대어 자기 치유를 도모할 수밖에 없었을 내밀한 무의식의 무대에서 오는 것인지도 모른다. 그리고 그것은 필연적으로 알레고리의 문양들을 수반할 수밖에 없었을 것이다. 그렇다. 『다시없을 말』은 알레고리를 예술적 구도의 중핵으로 삼는다. 그러나 그것은 '인물, 행위, 배경 등이 표면적 의미와 이면적 의미를 모두 가지도록 고안된 이야기'로 정의되는 알레고리의 일반적 규정을 넘어설 뿐만 아니라, '특정한 개념으로 환원될 수 있는 표현 대상'이나 '기성관념과 지식의 개념적 도해' 같은 괴테적 의미의 알레고리 개념으로도 수렴되지 않는 것 같다.

오히려 『다시없을 말』이 품은 새로움의 참된 빛은 벤야민이 상징과 알레고리에 대한 괴테의 위계적 개념 규정을 전복하면서, 현대인들의 파편화된 실존에 깃든 야만적 현실과 교양이라는 허위의식을 폭로하려 했던 바로 그 자리에서 쏟아져 나오는 듯 보인다. 이는 또한 시인이 자신의 살갗으로 체험했던 사랑의 좌절과 성장의 실패와 교양의 환멸감에서 기원하는 것이 분명하다.

벤야민에 따르면, 예술작품에 있어서 알레고리의 침투는 상징이 전제하는 "유기적 총체성"의 신화를 아름답게 윤색된 허구적 가상의 자리로 끌어내릴 뿐만 아니라, "예술적 법칙성에 대한 고요함과 질서에 대한 무단 침범"으로 기능한다. 나아가 자기 스스로 "아름다움을 넘어서" 현대인들의 비루하고 황폐한 실존을 들추어내기 위한 존재임을 고백하는 것이기도 하다.(발터 벤야민, 『독일 비애극의 원천』) 따라서 이런 추정이 가능할지 모른다. 김윤이는 자유간접화법으로 일컬어지는 타인들의 말과 이야기에서 제 실존의 곡진한 목소리들이 겹쳐 울리는 혼종성의 무대를 마련했을 뿐만 아니라, 이를 통해 '무언가 다른 것을 말하기(other speaking)'라는 속뜻을 품은 그리스어 '알레고리아(allegoria)'에 적확하게 맞닿으면서도, 그 테두리를 초과하여 제 실존의 자잘한 이야기들이 소곤대듯 재잘재잘 펼쳐지는 기이한 이미지들의 숲을 창안하고 있다고.

이 시집의 알레고리가 값질 수밖에 없는 까닭 역시 저토록 자잘한 이야기들의 향연, 그 마디마디에 숨겨져 있는지도 모른다. 달리 말해, 김윤이의 알레고리가 품은 매력과 위상은 자기 실존의 찢김을 정직하게 대면하면서도, 그것을 딛고 일어서려는 처절한 몸부림으로 버둥거리는 자리에서 온다는 것이다. 이와 같은 실존적 맥락을 품고 있지 않은 그저 그런 형식 실험으로서의 알레고리란, 재빠른 유행이나 뒤쫓다 사라질 또 다른 상투성에 지나지 않을 것이 자명하다. 김윤이의 알레고리 이미지들이 다소 장황하고 수다스러운 내러티브로 이루어져 있음에도 불구하고, 참된 광휘를 내뿜을 수밖에 없는 까닭 역시 자신의 처절한 실존의 그늘을 필사적으로 대면하려는 자리에서 온다. 그리하여, 저 그늘마저도 "사랑"할 수 있는 운명애로 나아가려는 자리, 그 지독한 희망의 감각을 되찾으려는 몸부림의 시간에서 온다.

가령 "당나라 이야기에 이혼기가 있소. 왕주와 천랑이라는 남녀가 사랑했소. 한데 아버지가 딸을 혼인시키려 했답니다. 그건 아니지 않소. (중략) 그런데 장인 왈, 딸은 왕주가 떠난 뒤부터 병자로 누워 깨어난 적 없는데 뭔 소리냐 했답니다. 천랑이요. 육을 버린 영만으로 찾아간 거랄지."(「영통」), "사랑이 다할 가을 초엽 당신 알려 주었지요 레테 강물 마시면 전생이 되살아나는 시간의 손실과 이득을 말하였지요 그 후론 나 모르던 강과 평원 되뇌었지요"(「레테와 므네모시네」), "오르페 뒤 유리디체만큼 절 닮은 사람도 없어 보이는군요. 당신과의 거리가 좁혀지지 않으니 방은 신화의 형상을 갖춰 갑니다. 왠지 당신은 오르페처럼 장난질 치는 운명을 벗어날 거라고도 생각해요. 젖 물리는 여자처럼 날 따듯이 품으리라고도 생각하죠. 무엇이 우리 명(命)을 다하게 하나요."(「여자, 유리디체」) 같은 이미지들을 보라.

이들의 거죽을 타고 흐르는 우울과 환멸에도 불구하고, 제 운명에 드리운 불운과 저주와 곤욕마저도 "사랑"하려는 투지를 잡아챌 수 있다면, 시인이 벤야민의 알레고리 미학, 또는 메타문학의 방법론으로 나아갈 수밖에 없었던 그 실존의 행로를 단박에 알아챌 수 있을 듯하다. 어쩌면 시인은 제가 겪어 낼 수밖에 없었던 "사랑"의 고통과 좌절을 극복하기 위한 실존적 자기 치유의 한 방법으로써, 세상에 존재할 수 있을 만인들의 "사랑"을 빠짐없이 수집하고 그것 모두를 살아 보는 길을 택한 것인지도 모른다.

두 번째 시집 『독한 연애』에서부터 나타나기 시작한 김윤이의 알레고리와 메타문학의 방법론은 이번 시집의 미학적 정수로 고스란히 이어질 뿐만 아니라, "사람들은 내 밖에서 조용히 엿듣듯 지나가고/나는 풀과 가축들 냄새를 맡으며 장면처럼 흔들리고/운명은 날마다 공중제비를 해/윤회하는 인생이 날 사랑에 빠뜨리겠네"(「사랑의 블랙홀」)로 표상될 수 있을 운명애로 진화한 것처럼 보인다. 그리고 그것은 현실적 시간의 마디들을 잠재적 차원으로 뒤바꿔 바라보려는 존재론적 기투, 곧 아이온(Aiôn)의 시간으로 제 실존의 내력과 자잘한 체험의 매듭들을 반추하는 과정에서 마련된 것으로 추정된다.

주름―운명론적 사유와 아이온의 시간

돌이켜 보면 치매 걸린 외할머니 임종을 못 지킨 일이 걸린다, 캑캑
생선 가시처럼 틀어박힌 일들은 날 뚫고 나오지 못한다.
뭣도 필적하지 못하는 시간에 내가 들어가 눕듯이
과거는 이모가 트럭 사고로 식물인간으로 눕게 된 시간으로 뚝 떨어
진다, 캑캑
뜨뜻한 병원 공기가 무표정한 얼굴을 스친다.
캑캑, 이번엔 만삭 엄마가 일 나가던 폭설 길을 함께 걷고 있다.
손을 꼭 쥔 그녀를 느낀다. 운명처럼 그녀와 나란히 걷다가
돌아보니 그와 뻔질나게 드나든 골목에서 과거는 나만 퉤, 뱉어 놓는
다.

그래, 그와 나는 축축한 틈바구니까지 가 본 적 있다.

과거는 막다른 구석보다 더한 틈새였던가.

시름시름 앓았을 때 할머니 개떡을 먹던 아랫목,

아침나절부터 부엌 찬장에서 꺼내 먹던 해남 이모 쥐포,

삼십 해 지나 만삭인 동생, 헐려 버린 골목의 느티나무와 자갈 담장

……

무엇인가가 끝나지만 뻔한 애정사가 틈을 메워 간다.

이제 돌아가야 하는가. 나는 머리를 돌린다, 캄캄하구나.

한 번도 입을 닫지 않은 시간의 아가리.

—「과거 외전(外傳)」부분

  "과거 외전"이라는 표제어에 주름진 것처럼, 이 시편은 제 실존의
늪을 건너 시인이 여성성이란 말로 누대에 걸쳐 내려온 무수한 습속
들과 물질적 흔적들과 표상 체계들을 고고학적 시간의 깊이 속에서
탐사할 수밖에 없었던 배경을 암시하고 있는 듯하다. 표면적인 차원
에서 그것은 '본전에 빠진 부분을 따로 적은 전기' 또는 '정사(正史) 이
외의 전기' 같은 말들로 풀이할 수 있을 "외전"의 사전적 정의에 적확
하게 부합하는 작품처럼 보인다. 그러나 맨 뒷자락에 가로놓인 "이제
돌아가야 하는가. 나는 머리를 돌린다, 캄캄하구나./한 번도 입을 닫
지 않은 시간의 아가리."라는 구절을 골똘히 들여다보면, 「과거 외전」
은 애잔한 실존의 그림자들을 고즈넉한 회감(Erinnerung)의 차원에서
읊조리는 작품이 아니라는 사실을 어렵지 않게 알아챌 수 있다.

  그렇다. 「과거 외전」은 개인사의 자잘한 에피소드들을 나열한 작품
이 아니다. 도리어 지금-여기, 시인의 현사실성을 구성하는 그 모든
삶의 관계들과 배치들을 되짚어 보면서, 그 안쪽에서 전혀 다른 현실
이 되어 나타날 수 있었을 잠재성의 마디들을 거죽 위로 펼쳐 놓는

다. 그리고 이처럼 읽을 때, 이 작품의 한복판에 풍크툼(punctum)의 화살로 들어박힌 "운명처럼 그녀와 나란히 걷다가/돌아보니 그와 삔질나게 드나든 골목에서 과거는 나만 퉤, 뱉어 놓는다"의 옹골찬 마디들을 잡아챌 수 있을 것이다. 나아가 이 구절에 침묵처럼 스민 지독한 운명애의 드라마를 직감할 수 있을 것이다. 물론 이 시편의 앞면에 도드라진 형세로 드러난 것은 "치매 걸린 외할머니 임종", "이모가 트럭 사고로 식물인간으로 눕게 된 시간", "만삭 엄마가 일 나가던 폭설 길", "할머니 개떡을 먹던 아랫목", "부엌 찬장에서 꺼내 먹던 해남 이모 쥐포" 같은 시시콜콜한 사건들이다. 그러나 이들을 하나로 꿰는 구심력의 배꼽은 "과거는 나만 퉤, 뱉어 놓는다"로 표상되는 전혀 다른 시간의 가능성과 그 사건의 계열들에 대한 충실한 응시에서 비롯한다.

이렇듯 시인이 제 실존의 역사를 되돌려 보면서, 제가 가진 정념의 끝을 다해 과거의 특정 장면들과 끊임없이 마주치려는 까닭을 "한 번도 입을 닫지 않은 시간의 아가리"라는 마지막 구절에서 찾을 수 있을 듯 보인다. "한 번도 입을 닫지 않은"에 담긴 개방성과 불확정성의 뉘앙스가 암시하는 것처럼, 그것은 과거의 특정 장면들에 집요하게 달라붙는 어떤 원한(ressentiment)의 감정들을 토로하기 위한 것이 아니다. 오히려 그것은 이미 돌이킬 수 없는 시간의 매듭들에서 좀 더 낫게 살 수 있었을 방향과 선택지를 찾기 위한 절박한 몸부림에 가깝다. 이를 통해서만 시인의 몸과 마음을 송두리째 진창으로 밀어 넣었던 원한의 시간에 대한 망각의 자발적인 승리, 이미 일어난 것을 다시 욕망할 수 있는 지독한 긍정의 드라마, 그리하여 그 모든 '그러했다'를 '바로 그렇게 되기를 내가 원했다'로 뒤바꿀 수 있는 운명애 (amor fati)에 다다를 수 있기 때문일 것이다. 아니, 시인은 저 진창을 나뒹구는 값비싼 대가를 치를 때에만, 자기 생(生)의 한가운데로 운명애가 찾아들 수 있으리라는 그 곤욕스러운 마주침의 진실을 누구보다도 충실하게 자각하고 있기 때문이리라.

따라서 이 시집 곳곳에서 엿보이는 운명론적 사유는 어떤 결정론에 대한 승복이나 체념의 감정에서 비롯하는 것으로 볼 수 없다. 그것은 차라리 시인이 아무리 발버둥 쳐도 벗어날 수 없는 자기 삶의 행로와 인연의 선들을 수용하고 사랑하고 긍정하기 위한 분투의 과정에서 태어난 것이기 때문이리라. 그러기에, 그것은 역설적으로 시인 자신이 어쩔 수 없는 운명처럼 살았던 과거의 시간에서 전혀 다른 미래의 삶을 살아갈 수 있을 가능성의 터전을 마련하기 위한 희망의 씨앗 같은 것인지도 모른다.

피차 알 수 없는 인생사, 이래 봬도 애정이 무르익어 금낭 속 명경을 품던 남녀의 도취경 같았는데, 내 영원은 순간만 같았는가. 백발성성하여 고왕국 분묘까지도 함께할 수 있었는데, 순간은 영원으로 오갔는가. 내 세상은 파장한 매장처럼 더 이상 흐르지 않는 시간이었네. 너의 행동, 너의 웃음, 너의 옷차림, 널 흉내 낸 시간, 사랑은 주객을 전부 뒤집었지. 그러고 보니 널 마지막 본 나로군. 경! 너인 난 누군가. 사랑도 몸이 다 되면 죽는 겐가. 유리, 알루미늄, 청동, 주석, 은으로 돌아가려는 시간을 앓네. 이대로 정신을 놓는다면 어쩔는지. 누군가의 발소리가 내 속으로 걸어 들어오네. 조명이 느닷없이 온몸에 터지네, 쩡—

—「경」 부분

책 펼치고 대답을 따라 하자 초침이 흘러간다. 분침이 흘러간다.

힘써 지키지 않았는데 대단찮은 나이에 이르러, 돌이킬 길 없어라.

자서전 세 권 낼 때 되니 시간이 대갚음처럼 가진 것 없어도 중년 유명
세 없어도 중견이다. 뉘우칠 길 없어라. 관절이든 골수 든 정처 없는 영
혼으로만 채워지지 않길 비는 밤 기어이 울컥 복받친다.

엔트로피가 증가하며 모든 건 흩어진다. 멍한 머릿속 그를 사칭한 체
취와 두런거림은 흩어지지 않는다. 기억의 모략으로 그대로 있다. 공간
좌표 어디쯤에 나는 현재로 있다. 체중과 신장이 줄어든 몸만 중년으로
자청해서 들어간다.

— 「중반」 부분

한때는 뉘 집 귀한 여식이었을 엄마들 뒷바라지하느라 불러 보지 못
한 이름이 활짝 피었고요. 살아 올바로 호명 않던 날 책망하였지요. 암
요. 엄마, 라는 부름이 거짓 신앙고백 같고 지그시 눈감은 한 여자 두고
눈가가 주름진 두 사람을 본 듯하여 누구에게라도 고해하고 싶었습죠.
그가 내 이름자 불러 준 날도 이름의 깊이가 종일 온몸에 파고들었더랬
죠. 살갗에 대고 나를 깨워 울게끔, 같은 이름이나 평소와 판연히 다른
희(姬)였더랬죠. 토씨 하나 틀리지 않고 반복해 달라 할 나입죠. 재삼재
사 고해함으로써, 이제는 주름진 여자들을 조금쯤 시들게 해 주고 싶지
요.

— 「희(姬)」 부분

시집 곳곳에서 간추린 인용 구절들에는 우리가 통상적으로 지각하
는 시간과는 다른 시간의 깊이가 여울져 있다. "순간은 영원으로 오
갔는가. 내 세상은 파장한 매장처럼 더 이상 흐르지 않는 시간이었
네"(「경」), "기억의 모략으로 그대로 있다. 공간 좌표 어디쯤에 나는

현재로 있다. 체중과 신장이 줄어든 몸만 중년으로 자청해서 들어간다."(「중반」), "그가 내 이름자 불러 준 날도 이름의 깊이가 종일 온몸에 파고들었더랬죠"(「희」) 같은 형상들에 집약된 것처럼, 그것은 연대기적 순차성의 시간이 아니다. 오히려 과거와 미래의 그 모든 잠재적 가능성이 현재의 순간으로 달려드는 중첩된 시간일 것이다. 달리 말해, 그것은 이미 지나간 과거와 아직 도래하지 않은 미래가 현재의 시점으로 휘말려 들어오는, 비동시적인 것들이 동시적으로 공존하는 시간이자 이들의 중첩 현상으로 이룩된 시간이라 하겠다.

따라서 인용 시편들을 타고 흐르는 시간은 과거→현재→미래로 연쇄되는 물리적이고 직선적인 시간이나, 특정 주체의 연대기적 연속성이나 내면적 동일성에 의해서만 명료하게 확정되고 구획될 수 있는 시간인 크로노스(Chronos)의 차원으로 수렴될 수 없다. 이들은 현재적 시점 내부에서 작동하는 과거와 미래의 흔적들이자 아직 현실이 된 것은 아니지만, 언제 어디서든 현실적 사건들로 나타날 수 있는 잠재성의 시간, 곧 아이온을 바탕으로 삼고 있기 때문이다. 이 시간을 지배하는 것은 역시 1인칭 주체 "나"일 수 없다. 인용 시편들에 나타난 "나"는 각각 주어진 상황들에서 능동성의 지위를 행사하는 것이 아니라, 오히려 "나"의 의지와는 무관하게 도래하는 운명선의 굴곡을 수동적인 자리에서 그저 맞이할 수 있을 뿐이기 때문이리라.

더 나아가, 이와 같은 잠재성의 시간적 매듭들에서 과거와 현재와 미래로 표현되는 시간성의 마디들은 결코 1인칭 주인공 시점으로 수렴될 수 없다. 매한가지로 어떤 한 개인의 의식으로 독점될 수도 없다. 가령 "내 세상은 파장한 매장처럼 더 이상 흐르지 않는 시간이었네. 너의 행동, 너의 웃음, 너의 옷차림, 널 흉내 낸 시간, 사랑은 주객을 전부 뒤집었지."(「경」), "엔트로피가 증가하며 모든 건 흩어진다.

멍한 머릿속 그를 사칭한 체취와 두런거림은 흩어지지 않는다. 기억의 모략으로 그대로 있다. 공간 좌표 어디쯤에 나는 현재로 있다."(「중반」), "그가 내 이름자 불러 준 날도 이름의 깊이가 종일 온몸에 파고들었더랬죠. 살갗에 대고 나를 깨워 울게끔, 같은 이름이나 평소와 판연히 다른 희였더랬죠."(「희」) 같은 이미지들에 깃든 잠재적 시간성과 그 사건의 계열들을 뒤따라 보라.

이들을 발화하고 있는 주체는 분명 1인칭 주인공 시점의 "나"이다. 그러나 이들에 주름진 아이온의 시간적 매듭은 "나"를 넘어서 "주객을 전부 뒤집"어 놓을 뿐만 아니라, "그"의 "체취와 두런거림"을 고스란히 간직하고 있는 모양새로 나타난다. 또한 "같은 이름이나 평소와 판연히 다른 희"라는 상이한 존재들과 사건들을 현현하게 한다. 그것은 이미 일어났던(혹은 일어나지 않았던) 과거의 사건들과 더불어 그 언젠가 일어날(혹은 일어나지 않을) 미래의 시간을 빠짐없이 싸안고 있을 뿐만 아니라, 그 모든 과거와 미래라는 다른 시간의 테두리에서 항상 존속하고 있는 것이기 때문이다. 아니, 그것은 우리 모두에게 일어날 수 있는 그 모든 사건의 바탕이기에, 언제 어디서든 다른 몸을 걸쳐입고 실제 현실로 나타날 수 있는 것이기 때문이리라.

따라서 "그러고 보니 널 마지막 본 나로군. 경! 너인 난 누군가. 사랑도 몸이 다 되면 죽는 겐가."(「경」)라는 구절은 저 잠재성의 시간적 매듭을 제 비망록의 은밀한 터전으로 삼을 수밖에 없었을 시인의 실존적 배경을 휘감고 있는지도 모른다. 그것은 시인이 "사랑"의 고통과 절망의 화인들을 극복하기 위한 비책으로서, 이 세상을 살아가는 만인들의 "사랑"을 느끼고 체험해 보려는 위험천만한 시도를 감행하고 있다는 사실을 넌지시 일러 주고 있기에. 아니, 이와 같은 만인의 '사랑-되기', 불가에서 말하는 천수관세음(千手觀世音)의 손과 눈으로 체득된 "사랑"의 무수한 양태들을 추체험함으로써만, 시인은 저토록 깊게 그늘진 제 삶의 여정 전체를 지독하게 긍정할 수 있는 운명애를 거머쥘 수 있었을 것이 틀림없기에.

관세음보살이 제가 가진 두 손과 두 눈만으로는 모든 중생이 짊어진 삶의 애환들을 속속들이 들여다볼 수 없으니, 그 엄청난 과업을 감당할 수 있도록 '천수천안(千手千眼)이 되게 해 달라는 서원을 세워 천 개의 손과 천 개의 눈을 가진 천수천안관자재보살(千手千眼觀自在菩薩)'로 거듭났다는 불가의 고사처럼.

운명애―비루한 삶을 응시하는 신성성의 예지

사는 게
이렇게 멍한 얼굴로 나앉은 흐리멍텅한 색감
귀고리에 빛이 비쳐 얼굴은 드문드문 선 나무처럼 흔들거린다
어둠 속에 있다 빛 속으로 나온 얼굴이 구겨졌다 뜸 들인 후 펴지고
어지럼증처럼 잎사귀끼리 스치는 소리가 들린다

볼품없는 소극(笑劇: farce)이 되어 가는 삶에서
투명한 물이 떨어지고 홀가분해진 얼굴은
거울로 윤이 난다
물이 데일 듯 뜨거운 공기다
억지스럽지 않게 내 생의 채색도 바뀌어 올 것이다
갸웃이 열린 하늘, 침묵, 거대한 틈, 사이로 언뜻 보이는 빛, 그림자
……
한 끗 차이로 구름 행세를 했던 빗물이 다이빙한다

　「파랑을 건너다」의 뒷자락을 거머쥐고 있는 "볼품없는 소극이 되어가는 삶에서/투명한 물이 떨어지고 홀가분해진 얼굴은/거울로 윤이난다"라는 구절에 스며든 처절한 희망의 원리로서의 운명애를 진득하게 느껴 보라. 여기서 보이지 않는 음영으로 암시된 것처럼, 나날의 제 삶이 하찮고 비루한 것이 "되어 가"고 있음을 토로하면서도, 이를 인정하고 수용할 수 있게 된 제 실존의 품새를 시인은 "투명한 물이 떨어지고 홀가분해진 얼굴"이란 형상으로 소묘한다. 나아가 그러한 자신을 사랑할 수 있게 된 마음결의 매무시를 "거울로 윤이 난다"라는 이미지로 그린다. 그렇다. 우리 문학사에서 "거울" 이미지가 항용 그래 왔던 것처럼, 그것은 엄청난 고통과 절망의 시간을 모두 다넘어서고 새로운 삶의 희망을 찾아 나설 수 있게 된 내면성의 "빛", 시인의 내밀한 자존감과 자긍심의 광휘를 거느린다. 그리고 그것은 이제 사력을 다한 고투의 과정을 통해서가 아니라, 제 몸에 바짝 달라붙은 자연스러움이 되어 가고 있음을 "억지스럽지 않게 내 생의 채색도 바뀌어 올 것이다"라는 신성성의 예지로 새긴다.

　그러하기에, 맨 끄트머리에 매달린 "갸웃이 열린 하늘, 침묵, 거대한 틈, 사이로 언뜻 보이는 빛, 그림자……/한 끗 차이로 구름 행세를 했던 빗물이 다이빙한다"는 아름답다. 아름답다니! 그것은 자기운명에 드리워진 그 모든 상처와 고통과 절망마저도 사랑할 수 있게된 자만이 내뿜을 수 있을 운명애를 현시하기 때문이다. 나아가 자신의 미래로 덮쳐 올 수밖에 없을 그 모든 실패와 좌절과 환란마저도 저절로 그러한 자연처럼, 넉넉하게 받아안으리라는 소극적 수용력(negative capability)의 신성한 예지를 흩뿌려 놓고 있기 때문이리라. 그러니 그것은 결단코 아름다운 내면 풍경일 수밖에 없으리라.

이 글을 읽고 있는 그대가 저 내면 풍경이 어떤 간난신고를 겪고서야 비로소 안과 밖이 모두 옹골차게 아름다운 무늬들을 얻게 될 수 있었는지를 유추할 수만 있다면, 당신은 이미 이 시집의 속살에 깃든 단단한 아름다움에 깊이 젖어 든 자일 것이다. 아니, 당신은 미적인 것의 극단을 가로지르는 윤리적인 것의 위력을 느끼는 사람일뿐더러, 윤리적인 것의 끝자락엔 반드시 보이지 않는 혼과 영기(靈氣)로 미적인 것이 솟아오를 수밖에 없으리라고 느끼는 시적 정의(poetic justice)의 옹호자일 것이 틀림없다.

그렇다. 우리가 모두 삶의 밑바닥에 가득 고인 진창을 나뒹굴 때조차도, 시인이 나지막이 읊조리는 "거대한 틈, 사이로 언뜻 보이는 빛"은 그 어딘가에 존재할 수밖에 없으리라. 가령 "남자가 버릴 때 직장이 버릴 때 그 짧은 순간엔 어디서나 뽀얗게 먼지를 뒤집어쓴 햇빛이 두 눈 덮쳤네."(「오전의 버스」), "아 사랑의 예감. 어른이 되고부터 한 번도 마주한 적 없는, 진짜 이유. 관계를 저만치 이동시킨다. "찾던 게 있었는데, 다리가 달려 사라졌나 봐요." 내 흔들림을 붙잡고 있는 나."(「이유는 없다」), "지구는 돌고 나도 돈다/세포들도 몸속을 돌아 심장에 펌프질해 대고/어느덧 습습하고 찌든 기운까지 먹어 치운 몸에서/무슨 계시처럼 이미지가 살아 나온다"(「나를 지불하다」) 같은 형상들에 새겨진 어슴푸레한 "빛"을 보라.

이들에 스민 "햇빛"과 "예감"과 "계시"라는 희망과 구원의 비의들은 한결같이 운명이라 일컬어지는 그 멀고 먼 길을 돌아, 시인이 제 몸에서 가까스로 피워 낸 "사랑", 그 운명애를 희망의 원리로 감싸고 있기 때문이리라. 따라서 김윤이는 자신의 시인됨의 숙명을 "지상에 발 못 붙인 무상거주자; 성씨 없이 출몰하는 유령 작가; 이직을 밥 먹듯 하는 프리랜서"(「혼종」)라는 마조히즘의 메타포로 빗대어진 자학과 자존의 변증법, 곧 소수자의 실존이 펼칠 수밖에 없을 윤리적 저항 담론을 구축하는 자리에 멈춰 있진 않을 것이다. "나직이 속삭여 보았다 나의 새야, 두려워 말고 어서어서 날아가/고개 숙여 앉았어도 휠 휠 휠/너 있을 숲으로 활개 치는 나의 두 팔/난 진즉 알고 있었던 거다/내 사랑이 힘내서 땅 짚고 써 나가야 하는 일"(「새 폴더」)이라는 고백체의 이미지들로 펼쳐진 것처럼, 시인은 자신과 타인들, 그리고 세상 전체를 사랑할 수 있어야만 즐겁고 행복하게 살아갈 수 있는 사람이어서 그런 것인지도 모르겠다. 아니, 그녀는 자신의 "사랑"은 물론이거니와, 만인의 "사랑"이 치를 수밖에 없을 고난과 좌절과 비극의 드라마조차도 수용하고 인정하고 사랑할 수 있는 주체, 곧 운명애의 사제로 거듭나기를 간절히 바라고 있는 것이 틀림없으리라.

그리하여, 김윤이의 "사랑"은 이 시집 맨 뒷자락을 장식하는 아래의 시에서 솟구쳐 오르는 부활의 생동하는 불꽃인 빈센트 반 고흐의 "사이프러스 나무"처럼, "자신을 훨씬 넘는 키 높이 사랑"을 언제나 소망하고 있는지도 모른다. 이 누더기 같은 지상의 삶을 살아가는 우리 인간들에겐 불가능할지도 모를, 그러함에도 니체의 초인(Übermensch)에 버금갈 수도 있을 그런 "사이프러식 사랑"을.

밤에 말이야
사이프러스는 부부처럼 홀로 남겨진 시신을 살핀대
수십 세기 이녁을 저버리지 않는 사랑의 형상
못난 사랑은 세상 변해도 변경에서 자리 지키는 그런 거니까
후에, 훨씬 후에 자취 없이 말랐거니 싶어 눈 번쩍 떠도
펵은 그렁그렁 고인 슬픔의 묘지

한시도 그 없이는 못 살지만

맘속으론 울고 눈이고 코고 입술로는 웃을란다

달궈진 나무못 박아 입관된 사랑을 티 내진 않을란다

사이프러스식으로 그이 주변에만 서성이던 내 사랑에 관하여

언짢아는 말아 줘 꽃 따 안고 누운 훗날에도 나는, 오직

그를 사랑함으로 사랑하겠네

사랑을 뒤쫓다 땅끝까지 파 내려가고 또 파 내려가고 말겠네

숲속에서 묻는다 그대도 여태

자신을 훨씬 넘는 키 높이 사랑을 하느냐고

—「사이프러스식 사랑」 부분

운명애의 얼굴들, 낯선 시간의 전경화
―안주철과 정영효의 시집

고통의 윤리학과 운명애의 얼굴들

안주철의 시집 『다음 생에 할 일들』은 자기 생에 덧씌워진 운명선의 질곡과 용맹하게 마주친 자의 헐벗은 마음결과 짓무른 몸뚱이를 고스란히 내보인다. 이는 매우 예외적일 수밖에 없을 시인의 가족사의 내력, 또는 그 운명의 대물림에서 오는 것으로 보인다. 저 내력과 대물림은 니체가 말했던 원한과 운명애의 처절한 긴장 관계, 곧 영원회귀의 내면적 드라마가 빼곡하게 들어찬 실천의 벡터로 그를 이끌고 간 것이 틀림없다. 따라서 이 시집은 자신의 가족사를 향한 원한의 감정들을 바닥까지 밀고 가 그 끄트머리에서 운명애에 가까스로 다다른 자의 고단한 숨결과 헐떡이는 몸짓으로 얼룩져 있다. 그것은 한없이 처연하고 안쓰럽다. 아니, 저 표현은 그 무엇도 드러낼 수 없는 한없이 무능한 말에 지나지 않는다. 오히려 시집 마디마디 모서리에는 진저리쳐지는 실존의 찢김과 눅진한 생활의 고통이, 죽음으로 집약되는 생의 원초적 덧없음과 헛되고 헛됨이, 병든 몸이 짜내는 신음처럼 울려 퍼진다고 말해야만 적확할 것이다.

첫머리에 적힌 "물건을 찾다 엉덩이와 입을 삐죽거리며 나가는 아가씨가/술 취한 사내들을 보고 공짜로 겁먹을 때/이놈의 가게 팔아버리라고 내가 소리 지를 때/아무 말 없이 엄마가/내 뒤통수를 후려칠 때/이런 때/나와 엄마는 꼭 밥 먹고 있었다"(「밥 먹는 풍경」)라는 이미지가 우리를 깊고 깊은 절망의 수렁으로 내동댕이치는 것처럼, 이 시집은 시인의 가족사에 얼룩진 무시무시한 장면들과 비루한 생의 무늬들을 거죽 위로 끌어올린다. 그것은 밀착인화의 기법으로 그려진 "너덜너덜한 다리들이 조금씩 움직였다.//쥐 대가리들/짧게 끊어진 다리들/길고 긴 어둠에 불이 어디론가/떠나갈 준비를 하고 있었다.//이런 동물을 나는 마을이라 부른다./이런 동물을 나는 마을이라 부른다."(「마을」), "마른 닭똥을 겨울 내내 마대에 담아 몇 백 포씩/거름으로 팔고 나서도 어둠은 한 포대도 팔지 못했다./이제 겨울이다./추위가 몇 백 포씩 어둠과 함께 창고에 쌓이고 있다.//어둠은 햇볕에 말릴 수 없다."(「창고」), "별들의 서열을 지키며 이 깊은 밤/가족들은 병아리 축사로 걸어간다.//엄마도 따라온다. 다리를 절면서/얼마 남지 않은 세상을/마당에 꾹꾹 눌러 새기며"(「별들의 서열」) 같은 장면들에서 가장 도드라지게 피어오른다.

응당 저 밀착인화의 기법은 예술적 표현과 형식적 기법의 세련미만을 겨냥하지 않는다. 그것은 도리어 "달 뜨는 밤이다./어제저녁 엄마의 발가락에서/뼈 한마디가 떨어진다./희다. 피에 젖은 뼈는 더 희다"(「달 뜨는 밤」)는 문양에 응집된 것처럼, 시인 자신이 겪은 실존의 흉터와 더불어 찢기고 버려지고 외면된 그 모든 소수자의 통증을 함께 앓으려는 고통의 윤리학을 향해 뻗어 나간다. "물을 버리기 위해 대야를 들고 밖에 나가/엄마의 허연 뼈 한마디를 들고 서서 고민한다./

누구에게 엄마라고 불러야 하지?/거울 속에 다시 노을이 끓는다.//
나는 내 살이 어디까지인지 알 수 없다."(「겨울이 내 살을 만진다」), "저녁
이 되면서 그의 몸은 다 녹아내려 질척거리고/모닥불에서 가장 멀리
떨어진 살점부터/깨진 유리처럼 얼어붙기 시작했다."(「깨진 유리」), "사
내는 벽지에 찍혀 있는 누런 등들을 바라보네./누런 사내들은 컨테
이너 벽에 끼인 채/등에 힘을 주고 밖을 내다보네./십오 년째 뒤돌아
보지 못하네.//사내들은 자신의 누런 등을 바라보다/메모를 남기네./
Goodbye Korea, October 23, 2010"(「굿바이 코리아」) 같은 이미지들
은, 시인이 겪어 낸 예외적 고통을 세계 곳곳에서 신음하고 있는 소
수자들의 고통과 겹쳐 놓으면서 그들과 자신의 숙명적인 연대감, 마
치 신이 내린 것만 같은 참다운 공명의 순간을 간절히 소망한다는 사
실을 암시한다.

『다음 생에 할 일들』은 다치고 병들고 망가진 소수자들의 "몸", 그
것들이 품은 시간의 궤적과 감각의 깊이를 둔중하면서도 날 선 생동
성의 필치로 그려 내는 유채화의 형세를 품는다. 이는 거의 모든 이
미지의 지력선을 짜고 얽고 마름질하는 예술적 방법론의 중핵으로
기능한다. 그렇다. 시집 전체의 예술적 짜임새가 소수자들의 "몸"에
대한 눅진하면서도 섬세한 점묘화의 방법론으로 나아갈 수밖에 없었
던 필연성의 행로 역시, 타자들과 진정한 공감의 자리를 만들고픈 시
인의 간절한 소망에서 온다. 아니, 타자들과 참된 대화의 공간이 열
릴 수 있기를 기대하는 그의 애달픈 마음결로부터 온다. 이 소망과
기대는 타자들의 고통을 마치 시인 자신의 "몸"에서 욱신대는 통점처
럼 느끼고 똑같이 앓아 내려는 독특한 "몸"의 형상들을 낳는다.

가령 "죽은 노인의 혀를 잘라 냈다./달빛을 한 근이나 사용하고 나
서/노인의 질긴 혀를/노인이 유일하게 물려받은 묵은 나이에서/잘

라 낼 수 있었다./살아온 일생을 반의반도 담지 못한 가죽과/마누라와 자식을 패다 남은 힘이/뒤란에는 아직 몇 병 남아 있다"(「혀로 지은 집」), "부러진 나뭇가지에선/벙어리의 발음과 나무의 죽은 나이가 흘러나오고/도랑 끝에서/주인이 버린 개들이 나를 비추며 물을 마신다"(「모래로 덮은 말」), "뒤쪽 풍경엔 벼랑 끝에 발가락이 툭툭 끊어진 나무뿌리들,/닭똥들이 갓 뒤집어진 채 햇빛처럼 펼쳐진 마당,/개집 앞에서 살과 뼈가 잘근잘근 씹힌 병든 닭 반 마리,/파리 떼는 내 몸의 일부처럼 공생하고 있다."(「아프리카」) 같은 이미지들을 보라.

이들은 시인의 예술적 기교와 형식적 방법론이 그의 끔찍스러운 실존의 역사가 강제한 고통의 윤리학에서 온다는 사실을 선명하게 일러 준다. 이들은 결국 "등 너머에 엄마의 발가락이 보인다/발가락 끝이 벌어지고 뼈 한마디가 톡/대야에 떨어진다"(「겨울이 내 살을 만진다」)는 도상학적 이미지에 휘감긴 그의 참담한 실존의 내력으로부터 비롯된 것이기 때문이다. 그러나 시인은 "구멍 난 양말 속에서 죽은 새끼 쥐 냄새가/독하게 풍기고/벽돌을 집어 새카만 발등을/내려찍기 시작하면/나는 새로 지은 봄이 되었다"(「모래로 빚은 봄」)라는 희망의 아이러니를 포기하지 않는다. 어쩌면 저 희망의 아이러니는 저주스러운 자기 실존의 내력과 숙명적 불행을 바닥까지 되짚어 보면서 '모든 그러했다'를 '바로 그렇게 되기를 내가 원했다'로 뒤바꾸는 니체의 운명애에 도달했기에 가능한 것인지도 모른다.

그리하여, 이 시집의 표제어 "다음 생에 할 일들"은 시인의 저 엄청난 운명애의 역사를 빠짐없이 휘감고 있는 하나의 주름이다. 그것은 시집 구석구석의 모퉁이들로 펼쳐지면서 절망과 희망의 쌍곡선이 교차하는 사랑의 변주곡을 웅숭깊게 울리고 있기 때문이다. 시인의 몸에 아로새겨진 운명애의 교향악이 제 온몸을 치켜세우면서 흩뿌리는 희망의 아이러니, 그 눈부신 형상들을 보라.

가령 "눈동자에 모래가 박히자/나의 창문들이 울기 시작했다./빛과 희망을 미처 막아 내지 못했다."(「살아남은 사람」), "봄밤인가요? 봄밤입니다. 혼자 묻고 혼자 대답해도/봄밤입니다.//당신이 걷고 있는 길은 살아서 길길이 날뛰나요?/봄밤입니다."(「봄밤입니다」), "새 날아간 거친 하늘 위로/늦가을 꽃이 피고/열매 맺을 시간이/다음 생일 때"(「밤이 떨어질 때」) 같은 장면들을 보라. 이들은 시인이 범속한 사람들이 견딜 수조차 없을 실존의 찢김과 남루한 생의 얼룩 속에서도 끝내 자신과 타인과 세계를 빠짐없이 사랑할 수 있는, 아니 사랑할 수밖에 없는 또 다른 운명선을 찾았다는 것을 의미한다. 그리하여, 그 누구도 어찌할 수 없는, 자기 몸에 철썩 들러붙은 리듬이자 타고난 체질로서의 운명애를 자각하기 시작했다는 것을 암시한다.

앞으로도 안주철은 시인으로 살아갈 수밖에 없을 것이다. 아니, 시인이라는 운명은 그가 태어났던 바로 그 순간에 이미 "설계도"처럼 주어져 있었던 것인지도 모른다. "죽어서 자신이 어디에서 왔는지 모르고/죽어서 자신이 누구인지 모를 때/장미 두 그루는 완벽해질 것이다"(「장미의 설계도」)라는 말에 스민 운명애의 그림자를 보라. 시간의 마디마디를 뛰어넘는 절창으로 번뜩이면서, 그의 처절한 가족사의 질곡을 뚫고 스며 나오는 저 미친 사랑의 노래를.

나는 이 세상에 태어나지 않았는데

어느 날 턱에 흰 수염이 돋고
자식들이 아이들을 데리고 와서
울고 있다.

나는 어떠한 유언도 남기지 않았는데

자식들이 나의 유언대로

거울을 깨지 않고 거울 속에

나를 묻은 건

어려운 일이었다고 말했다.

나는 태어나지 않았는데

자식들에게 거짓말을 가르치고 말았다.

—「조상(祖上)」부분

순수추상과 낯선 시간의 전경화

정영효의 시집『계속 열리는 믿음』은 나날의 삶에서 체험하는 시공간의 완강한 사실성 내부에 은밀하게 들어박힌 기이하고 낯선 무대들을 현시하려 한다. 저 무대들은 일상적 시공간이 축조하는 상투적인 체험의 비늘들을 훌쩍 뛰어넘어, 기하학적 추상의 완전무결한 순수성을 첨예한 지성으로 추론하려는 시인의 원대한 기획에서 비롯하는 것으로 보인다. 또한 우리의 몸과 마음 전체의 움직임을 거머쥐고 있는 상식적 관행이나 통념의 규율 안에 이미 깃들인, 그것의 외상적 중핵이자 무의미의 구멍들인 실재의 세계에 대한 열망으로부터 비롯하는 것으로 추정된다. 이에 따라, "우연" "불확실" "무능함" "섬망" "불안" 같은 시어들이 공동으로 벼려 내는 이미지들의 지력선이 나타나게 되는 것으로 보인다. 달리 말해, 어떤 불확정적인 관계나 의미의 상태, 나아가 결코 명료해질 수 없는 몽롱한 의식 상태를 표현하는 어사의 계열들이 시집 곳곳에서 솟아오르게 되는 것은 필연적인 현상이라는 것이다.

"확신할수록 멀어지는 게 있었다 과거에 대한 일인지 내가 아닌 것들인지는 알 수 없었다"(「우상들」), "주머니에 넣을 수 있는 이야기가 다른 곳에 있을까 우리만 그럴듯하게 지어 줄 수 있는 이야기, 비밀이라 불러도 좋고 외계로 사라지는 행성을 닮은 이야기"(「주머니만으로」), "거의 진실처럼 여겨지거나/언뜻 거짓처럼 느껴지는 것을 믿었을 때/우리는 구성되고 있었다"(「사라졌다」), "수많은 이야기를 계획하며 주변을 세워 봤지만 무엇도 분명해지지 않는 구조로부터//유일하게 만들어진 구조는 방을 바라보는 나뿐이었고 유일하게 일어나는 사건은 나를 뺀 공간뿐이었다"(「우연의 방」) 같은 구절들이 풍기는 것처럼, 시인의 시선과 집중력이 가닿는 자리는 "-인지 -인지 알 수 없"는 세계, 곧 "비밀이라 불러도 좋고 외계로 사라지는 행성을 닮은" 그리하여 "진실"과 "거짓"의 그 완강한 구분법이 사라질 수밖에 없는 "이야기"이자 "무엇도 분명해지지 않는 구조"의 세계이다. 달리 말해, 어떤 미지의 세계들인 실재(the Real)가 도래시키는 저 무수한 공백으로서의 진실들이라 하겠다.

이렇듯 일상적 시공간의 체험을 지배하는 상징적 질서 한가운데 들어박힌 무의미와 카오스의 완강한 수학적 구조를 추론하려는 시인에게, '과거-현재-미래'로 이어지는 연대기적 순차성의 시간, 곧 크로노스(Chronos)의 시간이 그 친숙한 직선 방향의 날개를 잃고 휘청거리게 되는 현상 역시 지극히 자연스러운 것이라 하겠다. 이는 "일곱 시가 지나는 곳에 다섯 시의 빛이 저물고 있었다"(「비대칭」), "너는 탑을 쌓아 올리고 나는 돌을 나른다 탑을 완성하면 소원을 빌기로 했지만 그건 아직 이후의 일이다 그러나 아직 일어나지 않는 일 때문에"(「이미 시작하였다」), "여름에 헤어졌는데 어째서 지금은 같이 있을까 그것이 빨리 왔거나 그대로 왔거나 여름에 가졌던 문제를 겨울이 되어서야 꺼낸다 이미 어렴풋해진 기억을 떠올리며"(「겨울이 지나간다」), "도무지 차례가 다가오지 않았고 고민을 반복했다 예상에 없던 일이 시작되었다 사실 예상했던 것은 없었다//단지 차례를 기다릴 뿐이었고 지연된 이유가 다른 차례가 되었다는 게 문제였다 처음부터 그랬다는 듯 바라고 있었다는 게 문제였다 무엇도 정리하지 못한 채"(「빠른 길 쪽으로」) 같은 형상들에서 가장 도드라진 형세로 드러난다.

그렇다. 저 형상들은 "일곱 시"라는 지금-여기의 시간을 침공해 오는 이미 지나간 과거의 "다섯 시의 빛"인 동시에 "아직 일어나지 않은 일"이라는 말로 표현된 도래하지 않은 미래의 어떤 시간이 점령하고 있는 현재이기도 하다. 나아가 "겨울"이라는 계절의 현실성으로 잇따라 오지 않았던 "여름"이라는 과거에 휘감겨 있었던 보이지 않는 세계, 곧 잠재성의 차원들이 자기 궤적과 자취와 흔적을 가시적인 차원으로 드러나게 만드는 순간일 것이다. 이 순간은 또한, 우발성의 유물론이 자신의 몸을 바깥으로 밀어내면서 그 어딘가에 숨겨져 있었을 "인연"의 사슬이 수면으로 솟구쳐 오르는 사건의 시간일 수밖에 없을 것이다. 이 시간의 테두리에 휘감긴 자에게, 저 잠재성의 차원이 불러일으키는 우발적 사건의 좌표 위에 놓인 자에게, 시제의 구분은 의미 없는 것일뿐더러 불가능한 일이기도 하다. '-가 일어나지 않았던' 또는 '-가 일어났던'으로 표상될 수 있을 과거시제나, '-가 일어나지 않을' 또는 '-가 일어날'이라는 미래시제는 한결같이 현실성의 차원을 구성하는 가시적인 현상이나 물리적인 사실의 척도를 통해서만 측정되고 구분될 수 있는 것이기 때문이다.

따라서 저 잠재성의 차원에서 시간은 결코 과거-현재-미래라는 직선적 선형성과 연대기적 순차성으로 표현되지 않는다. 그것은 과거든 현재든 미래든 언제나 늘 존속해 온 것이기 때문이다. 나아가 이미 주어진 하나의 물질적 사태로서 아직 현실로 나타난 것은 아니지만 항상 잠재해 온 어떤 것이기 때문이다. 들뢰즈가 아이온(Aiôn)이라고 불렀던 저 낯선 시간의 개념과 명명법은 바로 이러한 사건의 시간성, 곧 잠재성의 차원이 현실성의 차원으로 육화되고 현현되는 바로 그 순간에 내포된 시간성의 여러 특질을 응축시킨 데서 비롯하는 것이 틀림없어 보인다.

시집 곳곳에 흔적을 남기고 있는 이름과 말의 자의성에 대한 시인의 통찰 역시 이와 같다. "글자에 묻은 음색의 취향과 얼굴을 함께 떠올리면/인연을 데려온 이력이 궁금하고/낯선 공명이 관계를 꺼낸 채 탁하게 사라지는 것이다"(「이름들」), "막혀 버린 대화의 어딘가에/뒤집기 힘든 오해의 어딘가에/좁아진 말들이 기다린다"(「코너」), "티베트는 거친 숨을 발음하는 짐승들의 밀담과/잠을 베고 잠든 이들의 잠꼬대를 닮았다/누군가 그 뜻을 묻는다면/내가 없거나 우리가 없이 번역될 수 있는 쓸쓸한 외래어"(「티베트 티베트」) 같은 이미지들을 보라. 이들이 나타내고 있는 것처럼, 그 모든 언어-문자들은 결국 실재 그 자체에 가닿을 수 없는 매우 임의적이고 가변적인 현실성의 외피를 뒤집어쓴 것에 불과하기 때문이다.

그렇다. 저 가늘고 얄팍한 현실성의 여러 상황과 조건들을 넘어서려는 시인의 인식론적 투쟁은, 우리들의 일상적 시공간과 경험 세계가 거느릴 수밖에 없을 가변성과 허구성을 초월하려는 욕망에서 비롯하는 것일 뿐만 아니라, 그 머나먼 배경에서 그것을 통어하고 지배하는 시원적 완결성의 세계를 탈환해 오려는 시도를 낳는 것으로 짐작된다. 어쩌면 정영효의 시는 기하학적 순수추상을 통해, 저 완결성의 세계를 복원하려는 열망에서 시작된 것인지도 모른다.

가령 "황사가 자욱하게 내린 골목을 걷다 느낀 사막의 질감/나는 가파른 사구를 오른 낙타의 고단한 입술과/구름의 부피를 재는 순례자의 눈빛을 생각한다/사막에서 바깥은 오로지 인간의 내면뿐이다/지평선이 하늘과 맞닿은 경계로 방향을 다스리며/죽은 이의 영혼도 보내지 않는다는 타클라마칸"(「저녁의 황사」), "그러나 상상으로 탑을 그려 미지의 질감을 욕심내는 건/이미 어리석은 일이었다/걸음보다 기대를 빨리 보낸 속도와/원근이 모자라 다급했던 마음"(「근시」), "바람은 시린 부리를 기억하면서 두통을 앓고/날개의 끝에서 시작된 새벽이 인간의 지붕으로 내려앉는다"(「독감」) 같은 구절들을 보라.

위에 인용한 구절들은 일상적 현재의 시공간에 스며든 시원적인 것의 흔적을 돋을새김의 필치로 명징하게 소묘한다. 시인이 그려 놓는 시원적 세계의 순수추상과 시공간적 메타포는, 현대 세계 일상의 그 좁디좁은 체험의 테두리를 훌쩍 뛰어넘어 광대무변한 우주적 상상력의 세계로 초대하고 있는 셈이다. 이 초대장은 어떤 무의미와 허무의 형상들을 새겨 넣는다고 하더라도, 순수추상 속에 이미 주름져 있는 수학적 지성과 기하학적 추론의 세계에서 그리 멀리 벗어날 수 없을 것이다. 그것은 우리가 겪어야 할 사건의 감각적 내용이나 세부적 경험의 무늬들이 아니라, 그것의 형식적인 체계와 구조와 패턴에 관심과 집중력을 기울이는 것이기 때문이다. 시집 구석구석을 가로지르는 이미지들의 움직임 전반에서 무심하면서도 첨예하게 절제된 하드보일드(hard-boiled) 문체와 더불어 철학적 알레고리의 풍모가 스며 날 수밖에 없었던 까닭 역시 이 자리에서 온다. 수학적 지성에 따른 순수추상의 시적 형상이란, 결국 우리 삶의 세부를 이루는 그 모든 경험의 육체적 질감들을 빠짐없이 비운 자리에서 움터 나는 전혀 다른 차원의 예술적 기호이자 미학적 구조물이기 때문이다.

지극히 당연하게도, 시인 정영효가 열망하는 시원적인 것의 완전성은 끝끝내 복원될 수 없는 한낱 신기루에 불과할 것이다. 그러나 그것을 되찾아오려는 시인의 번뜩이는 지성적 사유와 간곡한 열망은 이후로도 오랫동안 그 치열한 실존적 고뇌의 형상들을 계속 빚으려고 하는 의지와 운명을 강제할 것이 자명해 보인다. 아래 인용될 「나의 후보들」에서 나타난 "동시에 내가 생겨도 내일의 일을 벌써 계획한다 잠시 뒤에 터질 수 있는 우연들을 조심한다 나는 빠르게 꾸며지는 결론이다"라는 형상이 예언하고 있는 것처럼.

　나는 계속 확실해지지 않는다 자주 대화하고 남의 말을 잘 듣지만 이런 것들은 언제나 잠시 뒤에 다시 생각한다 내가 나서는 곳이 드러날수록 잠시 뒤의 나 자신을 더 잘 이해한다 미세한 호흡을 남이 알아채는 동안 조금 전에 있었던 나를 준비한다 차이가 없을 때 고민이 많아지고 고민이 많을수록 이유를 만들어 간다 잠시 뒤가 복잡해지면 한참을 망설인다 나를 불러 줄 목소리를 원한다 그대로인 것 같지만 지금보다 먼저 떠나간 내 얼굴을 상상한다 먼저 다가오는 그림자 옆에 붙는다 누구보다 일찍 말하며 누구보다 늦게까지 걱정한다 같은 곳에서 동시에 내가 생겨도 내일의 일을 벌써 계획한다 잠시 뒤에 터질 수 있는 우연들을 조심한다 나는 빠르게 꾸며지는 결론이다

—「나의 후보들」 전문

제3부 콜라주와 자유간접화법

비-인칭의 세계, 잠재적 사건들의 콜라주
—이근화의 시

"꼬리"의 시학

이근화의 시는 동시에 공존하거나 더불어 곁에 있을 수 없는 여러 사건과 다양한 에피소드들이 느닷없이 현현하는 자리에서 생성된다. 이는 첫 시집 한 귀퉁이에 적힌 "사이사이 사라지는 무한정 아름다운 꼬리와 단 하나의 꼬리 사이"(「눈뜬 이야기」, 『칸트의 동물원』)라는 구절에 암시된 것처럼, 이어질 듯하면서도 좀처럼 이어지지 않고 끊어질 듯 하면서도 쉽사리 끊어지지 않는 무수한 에피소드들의 다면체를 "단 하나의" 이미지로 집약할 수 있는 방법론적 지성에서 비롯한다. 또 한 이근화 시의 밑바탕엔 저 에피소드들이 서로 교차하고 흩날리면 서 빚어지는 잠재적 사건들을 표면 위로 끌어올려, 우리 삶의 세목들 과 그 이면에 들어박힌 실재의 세계를 입체적인 차원에서 통찰해 보 려는 윤리학적 의지가 소리 없이 주름져 있다.

그러나 시인은 여러 에피소드를 단적으로 압축시켜 표상할 수 있 는 제유(synecdoche)의 언어들을 적극적으로 활용하면서도, 코스모스로서의 시의 우주를 미리 전제하는 유기체적 전체성의 구성 원리나 세계관으로 확장하진 않는 듯 보인다. 오히려 이질적인 이미지들을 불현듯 출현시키거나 느닷없이 병치시키는 콜라주(collage)의 방법과 저 전통적 수사법으로서의 제유의 언어들이 팽팽하게 맞서면서 다시 긴장을 불러들이는 특이한 짜임새를 창안한다. 이는 결국 이근화 시가 낱낱의 미시적인 이미지 조각술의 차원에선 제유법의 수사학으로 빚어지지만, 그 전체의 짜임새는 아방가르드 예술가들이 창안했던 콜라주의 미학으로 구축된다는 사실을 암시한다.

그렇다. 시인 이근화의 독특한 조각술과 짜임새는 통상적인 감각으론 결코 인지할 수 없는 낯선 시공간들을 시의 표면 위로 끌어올린다. 첫 시집 『칸트의 동물원』(2006)부터 최근 시집 『우리가 무엇을 쓴다 해도』(2016)에 이르기까지, 서로 다른 시공간들이 마치 같은 시간의 테두리에서 공존하는 듯한 착시효과로 에둘러진 작품들이 빈번하게 나타날 수밖에 없는 까닭 역시 같다. 이근화의 거의 모든 시편은 현실적인 것과 잠재적인 것, 순간적인 것과 운명적인 것, 우연적인 것과 필연적인 것 등등으로 열거되는 상반된 벡터의 현상들을 마디마디에서 겹쳐 울리게 만든다. 나아가 이와 같은 대극적 이미지 구성법과 예술적 짜임새를 통해, 하나의 사건이나 에피소드를 이루는 무수한 힘들의 맞섬과 뒤얽힘, 그 복잡다단한 운명선의 파노라마를 빠짐없이 투시하려 한다.

그러나 제유와 콜라주로 표상되는 두 갈래의 이미지 지력선 이외에 또 다른 지력선 하나가 이근화 시를 가로지르고 있는 듯 보인다. 그것은 현대 세계의 시스템과 관계망을 추동하는 페티시즘(fetishism)과 더불어, 현대인의 파편화된 실존을 극적으로 표상하는 페르소나(persona) 현상들, 그리고 여기서 파생된 미장센(mise-en-scène)의 심리적 효과들을 형상화한 시편들의 계열을 일컫는다. 시인은 이들을 무심하고 냉정한 듯, 그렇지만 비판적이고 풍자적인 뉘앙스가 은은하게 풍겨 나오는 섬세한 필법으로 소묘한다. 이들이 덧붙여져야만, 이근화 시의 밑그림은 온전한 모양새를 갖출 수 있을 것이 틀림없다. 이들은 이근화 시의 저변을 가로지르는 가장 유력한 이미지 지력선 가운데 하나이기 때문이다. 또한 이를 통해서만, 그것의 전체 윤곽선과 입체적 해부도는 충실하게 그려질 수 있을 것이기에.

비-인칭의 세계, 미장센과 페르소나

당신의 모델은 누구인가
당신은 함께 살고 있는 사람이 있다
그 사람은 때때로 깨어 있다
침대를 나누고 식탁을 나누는 그 사람은 당신을 충분히 미워할 것이
다
당신은 당신의 모델과 다르므로
당신은 우유를 마실 때 자주 흘리고
휴지를 구겨서 아무 데나 버린다
당신은 모델로서 제격이 아니다

당신이 당신의 모델을 엿보는 순간
당신의 모델은 당신의 자리를 내버릴 것이다
당신은 한없이 깊어졌으나
당신은 새롭게 선택된다
그러므로 다시 당신의 모델은 누구인가

당신은 함께 살고 있는 사람이 있다

당신의 모델인 사람

그 사람은 오늘 머리가 아프고

내일은 새로운 과일이 먹고 싶어질 것이다

　　　　　　　　—「잃어버린 고양이와 바다를 찾아 떠나는

　　　　　　　　여행」(『칸트의 동물원』) 부분

　시인은 위에 인용된 「잃어버린 고양이와 바다를 찾아 떠나는 여행」에서 "당신이 당신의 모델을 엿보는 순간/당신의 모델은 당신의 자리를 내버릴 것이다/당신은 한없이 깊어졌으나/당신은 새롭게 선택된다/그러므로 다시 당신의 모델은 누구인가"라고 읊조린 바 있다. 이 구절에서 의미의 배꼽을 이루는 것은 응당 "당신"과 "당신의 모델"의 관계일 것이다. 그러나 "당신의 모델은 당신의 자리를 내버릴 것이다", "당신은 새롭게 선택된다" 같은 구절들이 넌지시 암시하듯, 이 관계는 고정되어 있지 않을뿐더러 끊임없이 전환된다는 측면을 눈여겨봐야만 한다. 그래야만 "당신"과 "당신의 모델"이 무엇을 빗댄 것이며, 이 관계의 역동성이 제시하는 바가 무엇인지를 적확하게 해석할 수 있기 때문이다. 나아가 저 역동적인 관계 전환의 이미지들을 통해 시인이 전달하려는 메시지 역시 분명해질 수 있기 때문이리라.

　첫 연에 등장하는 "침대를 나누고 식탁을 나누는 그 사람은 당신을 충분히 미워할 것이다"라는 이미지는 "당신"과 "당신의 모델"이 결국 가족구성원들의 관계를 형상화한 것이란 유추를 가능케 한다. 곧바로 이어지는 "당신은 당신의 모델과 다르므로/당신은 우유를 마실 때 자주 흘리고/휴지를 구겨서 아무 데나 버린다" 같은 구절 역시 가족이란 테두리에서만 가능할 수 있을 실존의 맨몸뚱이를 비유한 것이 분명해 보인다. 따라서 가족구성원들 사이에서 "당신은 모델로서 제격이 아니다"라는 말이 오가게 되는 것은 지극히 자연스러운 것일 수밖에 없다. 우리 모두에게 자신의 가족구성원이 "모델"로 표상되는 '자아 이상(Ego ideal)'으로 자리 잡을 가능성은 매우 희박하기 때문이다.

그러나 2연에서는 이와 같은 가족관계의 유비를 멀찌감치 벗어난 비약적인 상상력과 이미지들이 나타난다. 특히 "당신의 모델은 당신의 자리를 내버릴 것이다", "당신은 새롭게 선택된다", "당신의 모델인 사람" 등으로 연쇄되는 지력선은 이 시편이 결국 주체의 욕망과 환상을 주요 모티프로 활용하고 있다는 사실을 암시한다. 따라서 "당신"과 "당신의 모델"이란 이미지 역시 어떤 인물이나 인격체를 비유하지 않는다. 오히려 하나의 주체 내부에서 끊임없이 움직이는 욕망의 위상학(topology)이자, 그것의 무대화 장치로서의 환상을 일컫는다. 환상이란 결국 욕망의 대상이 아니라 욕망이 상연되는 무대 그 자체를 소망하기 때문이다.

따라서 이 시에서 빈번하게 나타나는 "당신"과 "당신의 모델"은 각각의 주체 내부에서 꿈틀거리는 환상, 곧 욕망의 무대화이자 무수한 미장센 효과들을 뜻한다. 이와 같은 해석을 통해서만, "당신의 모델은 당신의 자리를 내버릴 것이다"라는 구절로 비유되는 욕망의 전치(displacement) 현상과 더불어, "당신은 한없이 깊어졌으나/당신은 새롭게 선택된다/그러므로 다시 당신의 모델은 누구인가"라는 이미지로 표현되는 욕망의 무한한 미끄러짐 현상과 더불어, 그 환유 연쇄의 과정이 표면 위로 가시화될 수 있을 것이다. 또한 "당신"과 "당신의 모델"이 끊임없이 얼굴을 바꾸는 페르소나 이미지는 인간 존재의 근원적 결여를 메우려는 부단한 과정, 곧 욕망의 환유 연쇄에서 기원한다는 숨겨진 의미 맥락을 잡아챌 수 있을 것이다. 이 시의 제목으로 나타난 "잃어버린 고양이와 바다"는 끝내 채워질 수 없는 근원적 결여를 비유할뿐더러, "찾아 떠나는 여행"이란 우리 자신이 만족할 수 없는 욕망에 이끌리는 것, 곧 욕망의 환유 연쇄를 암시하기 때문이다.

「잃어버린 고양이와 바다를 찾아 떠나는 여행」의 사례 분석이 명시하는 것처럼, 이근화 시는 명료한 의식이나 투명한 내면성으로 환원되는 어떤 인물 형상이나 인격체를 전제하지 않는다. 이는 화자나 등장인물의 차원에서도 매한가지로 관철된다. 시인은 애초부터 자기 삶에서 일어나는 특정한 사건이나 체험이나 감각이 아니라, 도리어 만인이 겪을 수 있거나 느낄 수 있거나 생각할 수 있는 것, 곧 잠재적 사건들의 세계를 시 창작의 원천이자 오브제의 중핵으로 삼으려 했던 것인지도 모른다. 좀 더 넓은 차원에서 가늠해 보면, 이와 같은 현상은 2000년대 한국시에 도래했던 문학사적 사건, 그것의 근본적인 형질 변환에서 비롯하는 것처럼 보인다.

이근화 시를 수미일관하게 관통하는 비인격적 주체와 잠재적 사건들의 형상화 역시 2000년대 한국시의 진리−사건, 그 예술적 짜임(an artistic configuration)의 보이지 않는 압력에서 오는 듯하다. 이는 감각, 화법, 리듬, 어조, 이미지 서술법, 미적 구조 등등으로 열거되는 시작법의 거의 모든 차원에서 근본적인 단절을 거듭하고 있었던 2000년대 한국시의 새로운 배치이자 그 패러다임 전체의 변환을 의미하는 것이기 때문이다. 따라서 이 무렵 등장했던 대다수 시인이 그랬던 것처럼, 이근화 시 역시 그 배치와 테두리를 벗어나지 않는다. 그러나 시인은 2000년대 한국시의 새로운 예술적 짜임 내부에서 자신만의 고유한 독창성과 변곡점을 만들었을뿐더러, 그 요소들 가운데 하나를 좀 더 예리하고 세련되게 "진화"시킨 것으로 규정할 수 있을 듯하다. 이러한 측면 또한 "나" "너" "당신" "우리들" 같은 인칭대명사들을 폭넓게 활용하여, 우리 현대인이 실존적 상황에서 겪어 낼 수밖에 없을 익명성과 무수한 가면으로서의 페르소나 현상들을 섬세하게 소묘하는 자리에서 움튼다고 하겠다.

가령 "나의 창과 당신의 방패는/서로 다른 전쟁을 하고 있지/이 죽음은 마땅히 그러하므로"(「사소하고 개인적인 슬픔」, 『칸트의 동물원』), "곧게 발을 뻗으며/어깨를 앞뒤로 흔들어 본다/나는 운동하러 가는 저녁이 좋다/정해진 순서에 따라 호흡을 고르기 때문이다"(「식물들의 시간」, 『우리들의 진화』), "너는 멋진 주말이니까//먹는 것/입는 것/자는 것을 생각하다가/팔다리를 떨어뜨렸다//주말에는/풀장/유리잔/쌍둥이 같은 것이 보기에 좋다"(「입술의 세계」, 『차가운 잠』), 우리는 우리가 좋을 세계에서/흠뻑 젖을 수 있는 것이/다행이라고 생각하면서/골목에 서서 비의 냄새를 훔친다"(「소울 메이트」, 『우리들의 진화』) 같은 구절들을 보라. 여기서 나타난 "나" "너" "우리"는 결코 특정 개인이나 집단을 가리키지 않는다. 앞서 살핀 것처럼, 이들은 우리가 어떤 순간에 취할 수 있는 특정 자세와 페르소나이며, 만인이 품을 수 있는 어떤 감정 상태인 동시에 언젠가 촉발될 수 있을 어떤 감각의 내용물이기 때문이다. 따라서 그것은 어떤 한 사람이나 특정 집단이 소유하는 고유한 독창성과 정체성으로 고정될 수 없다. 오히려 그 모든 주체가 한 번쯤 마주치게 될 잠재적 사건들의 세계를 표상한다.

그러나 시인은 이 자리에서 멈추지 않는다. 저렇듯 한 편의 시 작품이 시인 자신을 비롯한 특정한 그 누군가의 체험이나 감정이나 사유를 다루지 않고, 만인이 겪어 낼 수 있을 잠재적 사건들의 세계를 소묘하게 될 때, 그것은 필연코 비-인칭의 세계 또는 익명의 주체로 나아갈 수밖에 없다는 사실을 깊숙이 감득하고 있는 것처럼 보인다. 그리하여, 시인은 "나" "너" "우리"라는 인칭대명사들이 언제라도 서로의 위치를 뒤바꿀 수 있는 순간적인 호칭이자 전환사(shifter)에 지나지 않는다는 사실을 말없이 공표하고 있는 셈이다. 또한 이들을 통해 가시화되는 우리 현대인의 실존 역시 그것이 처한 상황과 조건에 따라 끊임없이 전환될 수밖에 없는 무수한 가면으로서의 얼굴들, 곧 페르소나에 지나지 않는다는 사실을 섬세한 필법으로 소묘한다. 그리하여, 저 비-인칭과 익명성과 페르소나의 무수한 현상들이 현대적 실존의 중핵으로 들어박힐 수밖에 없는 까닭에, 이른바 서정이라는 하나의 시적 표현 양식이 현대시의 세계에서 주류로 자리하거나 지배권을 행사할 수 없다는 관점을 암묵적으로 내비치고 있는 듯하다. 이근화의 대부분의 시편은 한 개인의 고유한 심혼을 전제로 삼아, 그 인격체의 기억과 회감을 압축적이고 정서적인 언어로 형상화한다는 서정의 일반적 테두리로 수렴되지 않을뿐더러, 그것을 일그러뜨리는 이미지와 방법론을 곳곳에다 흩뿌려 놓기 때문이다.

제유의 수사학과 잠재적 사건의 콜라주

기차가 지나가는 것이 아니었을까
한밤중 의문의 소리에 대한 낭만적인 대답은
눈에 덮이지만
반쯤 가려진 세계는 위협적이다

유령이 발을 걸었던 것이 아니었을까
보도 위의 미끄러짐에 대한 그럴싸한 대답은
부러진 왼쪽 팔에 가닿았지만
나는 어디에나 갈 수가 있다

갑작스러운 부음에 모인 사람들
지난밤의 피로를 떨치지 못한 채
흰쌀밥을 조금씩 떠먹는다
숟가락과 젓가락에 자꾸 밥이 들러붙었다

굴뚝에 피어오르는 연기는
영하의 날씨를 실감 나게 한다
안팎이 매우 달라 부옇게 흐려지는 눈동자들
그래야 한다면 그럴 것이다

찻잎이 서서히 부풀어 오른다
부르튼 입술과 무거운 어깨는 나의 것이나
겨울은 알 수 없는 속도로 네게 가서 멈추었다
한밤중 떨어진 액자 속에서 추억이 조각나고 있었다

—「8초간 겨울」 전문

인용 시편에서 "8초간"이란 찰나적 시간의 마디와 "겨울"이란 계절을 가리키는 말이 결합하면서 이루어 내는 낯선 느낌과 분위기, 그리고 그것으로 수렴될 수 있는 무한한 장면들이 슬며시 떠오른다면, 당신은 이미 이 시편의 속살을 매만질 준비가 되어 있는 자일 테다. "8초간 겨울"이란 표제어에 이미 주름져 있는 것처럼, 이 시편은 "겨울"이라는 계절적 조건과 상황에서 그 누군가에게 일어날 수 있을 사건들을 소묘하고자 한다. 아니, 그 어떤 개인적 주체의 감정과 사유와 가치로 환원될 수 없는 만인이 체험할 수 있는 잠재적 사건들의 무대로서의 "겨울"을 형상화하고자 한다. 따라서 저 "8초간 겨울"이란 이 상야릇한 언어 조합은 어떤 특정한 개인의 독특한 체험을 담지 않지 않겠다는 것을 미리 선언하고 있는 셈이다. 아니, "겨울"이란 계절에 만인이 마주칠 수 있는 그 모든 잠재적 사건들을 동시에 펼쳐 보려는 의지가 침묵처럼 휘감겨 있다고 보는 것이 적확할 듯하다.

어쩌면 이근화의 시에서 코스모스로서의 유비 관계의 제유법이 아니라, 카오스모스로서의 사건들의 콜라주가 나타날 수밖에 없는 까닭은 침묵처럼 가라앉아 있는 그녀의 윤리학적 의지와 비전에 깃들어 있는지도 모른다. 그것은 "한밤중 떨어진 액자"로 표상되는 우발성의 세계와 더불어, 그 "속에서" 무수하게 "조각나"는 우리 모두의 "추억" 으로 표현된 잠재성의 세계를 빠짐없이 투시하려는 것이기 때문이다. 또한 저 잠재성의 세계에선 "나"와 "너"라는 인칭들은 실상 그 어떤 고유성도 소유할 수 없는, 순간적으로 주어지는 상황과 조건에 따라 언제든지 뒤바뀌는 것이기 때문이다. 아니, 「내가 부를 수 없는 이름」이라는 최근 시편의 "네 콧속에서 뿜어져 나온 숨 속에서/내가 태어나 조금 더 살아갈 것"이라는 이미지처럼, "나"는 "네"가 되고 "너" 는 "내"가 될 수 있는 그 가변성과 역동성을 극대화한 것이 저 잠재적 사건들의 세계이기 때문이리라.

따라서 이근화 시의 고유한 특장으로 지금까지 거론해 온 상호 이 질적인 시간과 장면들의 맞섬과 뒤얽힘은 최근 발표된 「8초간 겨울」 같은 시편에서도 고스란히 이어진다고 하겠다. 이렇듯 비동시적인 것 들이 동시적으로 공존하는 장면들이 이근화의 시편들에서 지속적으 로 나타날 수밖에 없는 까닭은 행과 행 사이 또는 연과 연 사이에서 급작스럽게 이루어지는 상상력의 전면적인 비약에서 온다. 달리 말 해, 이미지들의 마디마디를 갑자기 전환시켜 이들의 짜임관계를 상호 이질적인 것으로 비산시키려는 시인의 정교한 축조술과 방법론적 지성에서 비롯한다. 이는 지난 네 권의 시집에서 지속적으로 나타났던 것이긴 하지만, 「8초간 겨울」이란 최근의 작품에서도 또렷한 형세로 각인되어 있다.

다시 작품의 세부로 되돌아가 보자. "8초간 겨울"이라는 표제어를 오랫동안 들여다보라. 그것은 "겨울"이란 계절, 그 통상적인 시간의 체적을 통해서는 상상조차 불가능한 "8초간"이라는 수식어를 앞머리에 내세운다. 이를 통해 우리가 인지하는 시공간의 감각들은 이상야릇한 방식으로 일그러져, 매우 낯설고 어리둥절한 것들로 뒤바뀐다. 또한 지상의 현실에서 두둥실 떠올라 마치 무중력의 지대를 부유하는 것만 같은 환상을 불러일으킨다. 더욱 흥미로운 것은 저 "8초간"이라는 지극히 짧은 시간의 마디로 인해 "겨울"이란 계절에 일어날 수 있는 모든 사건들이 그 내부로 휘감겨 들어올 수 있는 가능성이 생겨난다는 것이다.

모두 다섯 연으로 이루어진 이 시편은 그 낱낱의 마디에서는 통상적인 차원에서도 충분히 납득할 수 있는 이야기의 매듭으로 이루어져 있다. 첫 연의 1-2행인 "기차가 지나가는 것이 아니었을까"와 "한밤중 의문의 소리"는 모두 청각이라는 감각소를 통해 연결되며, 3-4행에 등장하는 "눈에 덮이지만"과 "반쯤 가려진 세계는 위협적이다"는 보이는 것과 보이지 않는 것, 곧 은폐와 탈은폐를 형상화한 시각적 이미지의 자연스런 변주로 읽힌다. 2연의 이미지 전개 역시 그럴듯한 시간적 순차성을 품고 있는 것처럼 보인다. 가령 "유령이 발을 걸었던 것"과 "보도 위의 미끄러짐에 대한 그럴싸한 대답"과 "부러진 왼쪽 팔"과 "나는 어디에나 갈 수가 있다"는 이미지의 흐름은 비약과 단절이 거의 없는 순차적 시간성의 질서를 따르기 때문이다.

3-4연에서도 마찬가지로 이미지 단위들의 순차적 전개는 무리 없이 이어진다. 5연의 이미지들은 다소 가파르게 전개되기에, 쉽사리 잡아채기 어려운 깊은 함축성의 맥락들을 거느린다. 그러나 그렇다고 해서 이미지와 이미지 사이의 유비 관계가 지극히 희미한 래디컬 이미지(radical image)를 겨냥하고 있는 것은 아니다. 오히려 "찻잎"을 "부풀려" 가면서 "부르튼 입술과 무거운 어깨"로 표상되는 삶의 신산함을 토로하고 있는 사람들의 대화 장면이 그 바탕에 들어박혀 있음을 암시해 준다. 또한 이 장면을 단절시키는 어떤 우발사가 일어났다는 것을 맨 끄트머리의 편린들인 "겨울은 알 수 없는 속도로 네게 가서 멈추었다/한밤중 떨어진 액자 속에서 추억이 조각나고 있었다"에서 알아챌 수 있다.

그렇다면 1연에서 5연까지 연쇄되는 이미지들의 지력선은 어떤 유기적 전체성과 의미 구조의 지휘 아래 마련된 것일까? 이 의문은 이근화 시의 이미지 조각술과 예술적 짜임관계의 비밀을 묻는 것과 같다. 또한 이를 섬세하고 적확하게 풀어내기 위해서는 이근화 시의 부분과 전체가 상호 유기적인 코스모스의 세계를 이루지 않는다는 사실을 먼저 고려해야 할 것 같다. 그러나 이와 같은 측면은 이근화의 시가 미칠 듯한 정념으로 용솟음치거나 과격한 형식 실험이 넘쳐흐르는, 나아가 이미지들이 제멋대로 비산하는 낭만적 파토스와 아방가르드의 카오스로 얼룩져 있다는 것을 뜻하지 않는다. 오히려 차분하게 가라앉아 있을 뿐만 아니라, 얄미울 정도로 무심하고 냉정한 어조를 시종일관 유지한다. 또한 그 뒷면에서 이 어조를 천연덕스럽게 연기하고 있는 시인의 견고한 마음결과 신중한 표정이 느껴진다. 어쩌면 이는 방법적 고전주의자로서의 시인 이근화의 체질을 표상하는 것일 뿐만 아니라, 그녀의 거의 모든 시편들이 방법론적 지성의 강력한 구심력과 통어 아래 정념의 발산을 최대치로 억제하고 있다는 사실을 암시하는 어떤 징후일지도 모른다. 또한 저 고전주의자의 체질은 상호 이질적인 장면들과 이미지들을 병치시키는 콜라주 미학을 직조하는 순간에도 여지없이 발휘되는 것 같다.

明

너는 팔이 길고 검구나
스무 살쯤 어린 너를 가만히 보고 있어도
뚜렷하게 기억나는 것이 없었다
함께 아이스크림을 먹는 동안에
너의 이름이 환했다

밍

가까운 사원에 갔다
네가 기도하는 동안 나는 천천히 걸었다
그건 아마도 네 기도가 어딘가에 가닿는 시간
너의 이름을 숨겨 두고 싶었다
더러운 발로 잡풀을 밟으며 하염없이 걸었다

민

종일 비가 내렸다
억울했고 슬펐고 미웠다
그것이 나를 쓰러뜨리고 쓰러뜨리고 쓰러뜨렸다
쓰러진 나를 물끄러미 보는 너를 나는 부르지 않겠다
내게도 지워진 이름이 하나 있다

명

네가 환히 웃는구나 나도 웃어 주었다

무슨 말을 해도 서로 알아듣지 못하는 너와 내가

깊은 동굴 속으로 더듬더듬 들어갔다

죽은 나를 이끌고 네가 이 세계에 나온다

네가 더 크고 강하다 그런 너를 감히……

명

내가 부를 수 없는 이름으로 너는 살아갈 것이다

내가 늙고 병들고 외롭게 죽어 가는 동안

종종 너를 떠올리겠지

나는 모른 척할 것이다

네 콧속에서 뿜어져 나온 숨 속에서

내가 태어나 조금 더 살아갈 것이나

—「내가 부를 수 없는 이름」 전문

먼저 "明" "민" "밍" "명" "멍"이라는 글자가 각 연의 앞머리를 장식하고 있는 것에 주목해 보자. 이들은 동일한 말은 아닐지라도 유사한 음성의 반복을 통해 각각의 에피소드들이 서로 연동될 수 있는 가능성의 지대를 열어 놓는다. 그러나 저 에피소드들의 부분적 배치나 전체의 흐름은 상호 유기적인 조화 관계나 서로를 비추는 아날로지 (analogy)의 거울을 겹쳐 만들지 않는다. 설혹 존재한다 하더라도, 각각의 행과 연들 사이에 깃든 침묵의 공간에 깊숙이 숨겨져 있다. 이에 따라, 이 시편을 구성하는 각각의 행들과 연들은 매우 가느다란 연결고리로 이어지고 있는 듯 보인다. 그럼에도 불구하고, 이렇듯 희미한 유비 관계의 설정 역시 시인의 매우 자각적이고도 첨예한 의식, 곧 정교한 배치와 방법론적 지성에서 비롯한다는 점을 염두에 두어야만 한다. 또한 저 이미지들은 의미 내용과 주제론이 아니라 표현 형식과 방법론의 차원에서 먼저 읽어 내는 것이 합당할 듯하다. 이근화의 시는 의미 내용의 독특함과 진기함이 아니라 표현 형식의 새로움과 첨예함에서 제 진가를 유감없이 발휘하기 때문이다.

"내가 부를 수 없는 이름"이란 표제어를 다시 눈여겨보라. 이를 통해 각 연의 앞머리에 적힌 **"明" "민" "밍" "명" "멍"**이 각각 어떤 사람들을 지칭하는 이름은 아닐까 하는 추론이 가능할 것이다. 그러나 **"밍"**과 **"멍"**은 한국인의 이름을 일컫는 말로는 거의 활용되지 않는다는 점을 다시 고려해 보면, 그것은 어떤 특정한 인물이나 인격체로 환원될 수 없을 듯하다. 또한 "나"를 시인의 분신으로, "너"를 어떤 하나의 동일한 인격체로 읽어 내는 것은 작품의 전체 구조와 예술적 짜임관계를 조망할 수 없는 해석의 난경 상태로 이끌어 갈 것이 분명하다. 이미 우리는 시인 이근화가 인칭대명사를 폭넓게 활용하면서도, 그것을 특정 인물을 지칭하기 위한 것이 아니라, 오히려 비-인칭의 세계를 형상화하기 위한 메타포이자 도구들로 사용한다는 점을 살펴본 바 있다. 이는 달리 말해, 이근화의 인칭대명사가 만인들이 어떤 순간에 취할 수 있는 감정의 공동체, 또는 무한히 변양될 수 있는 가면으로서의 얼굴들인 페르소나를 소묘하기 위한 메타포이자 도구들이라는 것을 뜻한다.

「내가 부를 수 없는 이름」에서 어렴풋이 드러나는 것처럼, 시인의 저 독특한 인칭대명사 활용법은 보이지 않는 실재의 세계 또는 잠재적 사건들의 세계를 보다 첨예하게 현시하기 위한 방법론으로 진화한 것처럼 보인다. 또한 이근화 시의 정수에 해당되는 제유법의 수사학과 콜라주 미학, 그리고 이를 바탕으로 삼은 예술적 짜임관계가 보다 근본적인 윤리학의 차원을 겨냥하기 시작했다는 것을 암시하는 징표처럼 느껴진다. 이 시편의 1연 앞머리에 나타난 "明"이라는 글자와 맨 끄트머리에 등장하는 "너의 이름이 환했다"는 구절은 마치 수미상관의 대구를 이루는 것처럼 적확하게 대응한다. 2연의 "밍"과 "너의 이름을 숨겨 두고 싶었다" 역시 다소 복잡한 연상 과정을 거치면 서로 연결될 수 있는 유비 관계를 찾아낼 수 있다. "밍"이 우리 주변의 한국인들 사이에서 목도할 수 있는 어떤 인격체를 가리키는 것이 아니라, 도리어 "사원"과 "잡풀"로 표상되는 이국적 종교와 그 의례 절차를 표현하는 것으로 해석한다면, "밍"과 "너의 이름을 숨겨 두고 싶었다"는 문장은 서로 자연스럽게 연결될 수 있기 때문이다.

3연과 4연에 등장하는 "민"과 "명" 역시 매우 희미하지만 유비 관계를 찾아낼 수 있는 구절들을 제 뒷줄에 거느린다. 3연의 "민"은 "억울했고 슬펐고 미웠다/그것이 나를 쓰러뜨리고 쓰러뜨리고 쓰러뜨렸다" 같은 말들을 자신을 표현하는 술어들로 껴안을 수 있으며, 4연의 "명"은 "네가 환히 웃는구나 나도 웃어 주었다"와 표면적인 차원에서도 상호 조응 관계가 명확하게 확인된다. 특히 3연의 "민"을 '民'의 음차 표기로 이해한다면, "억울했고 슬펐고 미웠다"는 이미지들은 '民'으로 표기된 백성들의 일상적인 감정을 표현하는 술어들로 매우 적합한 것이라 하겠다. '民'으로 살아간다는 것은 결국 "억울했고 슬펐고 미웠다"는 감정 상태를 나날의 삶에서 매번마다 겪어 낼 수밖에 없다는 것을 뜻하기 때문이다.

그렇다면 5연에 나타난 "명"은 그 뒤를 잇는 구절들과 어떻게 연결될 수 있는 것일까? 이 질문은 조용하고 무심한 듯 진행되는 이근화

시의 "진화"를 유추해 낼 수 있는 근거를 찾아내는 것과 밀접하게 연관된다. "**멍**"을 나날의 실생활에서 습관처럼 사용되는 구어체의 뉘앙스에 비춘다면, '멍청하다' '멍때리다' '멍하다' 같은 말처럼 어떤 상황이나 사태를 제대로 파악하지 못하는 무능력의 상태 또는 그 무엇에도 빠져들지 못하는 방심 상태를 표현한 것으로 이해할 수 있다. 이에 따르면, "**멍**"과 "내가 부를 수 없는 이름으로 너는 살아갈 것이다"는 무리 없이 연결될 수 있는 가능성을 얻는다. "내가 부를 수 없는 이름"이란 결국 "내"가 지닌 감각의 무능력과 그 한계치를 표상하는 것이기 때문이다. 따라서 "네 콧속에서 뿜어져 나온 숨 속에서/내가 태어나 조금 더 살아갈 것이나"라는 끄트머리의 문양들은 이 시편이 우리의 경험 세계 너머에 실재할지도 모르는 망자와 영성의 세계에 제 시선을 집중시키고 있다는 것을 넌지시 암시하는 듯 보인다. 결국 저 망자와 영성의 세계란 우리들처럼 평범한 사람은 볼 수 없고 매만질 수 없는 세계, 곧 "내가 부를 수 없는 이름"의 세계일 것이 틀림없기 때문이다.

이렇듯 맨 끄트머리의 5연에 이르러서야 이 시편이 "내가 부를 수 없는 이름"이란 제목으로 결정될 수밖에 없었던 이유와 근거를 겨우겨우 알아챌 수 있을 듯하다. 그렇다. 저 제목이 암시하는 것처럼, 이 시편은 "나"로 호명되는 무수한 의식 주체가 제대로 파악할 수 없는 타자들의 세계, 또는 잠재적 사건들의 세계를 제 오브제로 삼고 있는 것이 분명하다. 특히 1연에서 5연까지 지속적으로 나타나는 망각과 미지와 상실의 이미지들, 가령 "뚜렷하게 기억나는 것이 없었다"(1연), "너의 이름을 숨겨 두고 싶었다"(2연), "내게도 지워진 이름이 하나 있다"(3연), "무슨 말을 해도 서로 알아듣지 못하는 너와 내가"(4연), "내가 부를 수 없는 이름으로 너는 살아갈 것이다"(5연) 같은 구절들은,

이 작품이 주체의 명료한 의식 너머에 존재하는 타자들의 세계 또는 잠재적 사건들의 세계를 소묘하고 있다는 것을 비교적 명료하게 입증한다. 결국 "내가 부를 수 없는 이름으로 너는 살아갈 것이다"라는 문장은 이 작품의 보이지 않는 뒷면에서 부분과 전체가 함께 울려날 수 있도록 강제하는 이미지들의 눈(眼), 곧 시안(詩眼)이자 롤랑 바르트의 풍크툼(punctum)으로 기능하기 때문이다.

「8초간 겨울」이나 「내가 부를 수 없는 이름」은 이근화의 시작 방법론이 제유법의 수사학과 콜라주의 구성 원리가 은은하게 겹쳐 울리는 교향악적 짜임관계로 이루어져 있다는 사실을 명징하게 표상한다. 이 시편들을 이루는 각각의 이미지의 매듭이나 에피소드들의 마디마디는 잠재적으로 일어날 수 있는 사건들 전체를 표상하는 제유법의 언어들로 빚어지지만, 이 행들과 연들의 관계론적 배치 또는 이들 전체의 지력선과 짜임관계는 상호 이질적인 사건들과 시공간들이 하나의 화면 내부에 동시에 병존하는 것처럼 구성되기 때문이다. 달리 말해, 이근화의 대부분의 시편들은 미시적인 이미지 조각술의 차원에선 하나의 단편적인 에피소드가 잠재적 차원에서 일어날 수 있는 사건들 전체를 표상하는 제유법의 수사학을 적극 활용하지만, 저 단편적인 에피소드들이 상호작용하면서 이루어 내는 전체 구성과 거시적 짜임관계의 차원에선 이질적인 소재들과 장면들이 병존하면서 난마처럼 뒤얽혀 있는 콜라주 미학을 정교하게 축조하고 있다는 것이다.

이렇듯 이근화 시의 방법론의 중핵은 제유법과 콜라주의 조합이란 말로 간명하게 요약될 수 있겠다. 그것은 부분적 차원에선 소우주와 대우주가 상응 관계의 그물망을 형성하는 코스모스의 질서를 따르지만, 그 전체의 차원에선 각각의 이미지 매듭과 에피소드들의 마디마디가 서로 대립하고 충돌하는 카오스의 무질서를 겨냥하기 때문이다. 또한 하나의 부분적이고 단편적인 이미지가 전체의 형세와 의미 벡터를 표상할 수 있는 수사법이 제유법이라면, 콜라주란 근본적으로 부분과 부분, 부분과 전체가 어긋나고 파열하는 불협화음을 짜임관계의 중심축으로 삼기 때문이다. 따라서 이근화의 시가 제유법의 수사학을 활용한다는 것은 코스모스의 질서를 염두에 두었다는 것이며, 콜라주의 미학을 전체 짜임관계의 중추 원리로 삼았다는 것은 카오스의 무질서를 겨냥했다는 것을 암시한다.

그러나 언뜻 보아 부분의 코스모스와 전체의 카오스가 팽팽하게 길항하는 것처럼 느껴지는 이근화의 시는 여기서 한 걸음 더 "진화"한 것처럼 보인다. 그것이 거느리는 부분의 코스모스와 전체의 카오스는 통사론적 인접성의 차원에선 파열음과 불협화음을 발산하는 것이 틀림없지만, 그 의미론적 유사성의 차원에선 서로 순환될 수 있는 공명과 이접(disjunction)의 유비 관계를 은은한 뉘앙스로 풍겨 내기 때문이다. 결국 시인은 서로 연결되거나 조합될 수 없는 제유법의 코스모스와 콜라주의 카오스를 융합시켜 자신만의 고유하고 독창적인 시작 방법론을 창안해 낸 것이라 하겠다. 또한 저 코스모스와 카오스가 보이지 않는 행간에서 겹쳐 울려나는 카오스모스의 시학을 한국시의 새로운 예술적 짜임관계로 제시한 것이 틀림없다.

타인의 고통과 윤리적 불면의 밤

식장을 나와 걷는데 광화문 거리에 노란 리본이 물결쳤어요. 아이들이 멈춰 서서 종이 위에 배를 그렸지요. 영문도 모른 채 삐뚤빼뚤 글자를 따라 썼습니다. 잊지 않겠습니다. 추모 엽서를 매단 줄이 바람에 가볍게 흔들렸어요. 리본도 바람도 너무 멀게 느껴졌습니다. 이제 봄꽃이 흐드러지게 필 것이고 짧은 순간 후드득 지고 말 것입니다. 물속의 어둠은 상상할 수 없고 아이들은 계속 태어나고 축하는 이어지고 또 언젠가는 예고 없는 죽음이 우리를 추격하겠지요.

주먹이 있고 빗자루가 있고 혁대가 있고 한 바가지 물이 있지요. 그게 몸을 향해 날아왔어요. 심각한 것은 아니었어요. 가방을 메고 뛰쳐나왔다가 도로 들어갔어요. 흔한 해프닝이고 눈물범벅이고 말없이 화해되는 유년 시절의 일들입니다. 이제 더 이상 맞는 일은 없는데 여기저기에 참 많습니다. 빈주먹이 나를 향해 날아옵니다. 내가 모른 척 방치한 것들입니다.

내가 지워지는 날들이 있어요. 내 죄가 나를 먹는 그런 날들. 다 먹힌 것 같은데 내일의 침묵 속에서 내가 다시 뛰어나오겠지요. 길거리에 마구 내뱉어진 내가 돌아갈 집은 헛된 망상처럼 높고 반듯하고 분명합니다.

—「내 죄가 나를 먹네」(『내가 무엇을 쓴다 해도』) 부분

2016년 말 출간된 『내가 무엇을 쓴다 해도』의 몇몇 시편들은 시인 이근화가 새롭게 창안한 시작 방법론이 무엇을 겨냥하며 어떤 것을 현시하려 하는지를 비교적 명료하게 짐작게 해 준다. 이는 「내 죄가 나를 먹네」를 비롯한 "죄"의 이미지들을 형상화한 시편들에서 가장 선명하게 나타난다. 먼저 "내 죄가 나를 먹네"라는 제목에 착안해 보자. 그것은 결국 이근화가 시인으로서의 자기 정체성과 시의 존재론적 가치와 기능을 윤리학적 근본주의에 두고 있다는 사실을 소리 없이 일러 준다. 또한 "광화문 거리"와 "노란 리본"이란 단 두 개의 낱말이 우리 모두의 가슴팍에 즉각적으로 불러일으키는 분노의 감정과

곤혹스런 전율처럼, 이 시편은 '세월호 참사'로 대변되는 작금의 사회현실에 대한 비판적 정치의식과 더불어 이에 충실하게 적극적으로 참여할 수 없었던 자의 한탄스런 자괴감과 참담한 반성이 동시에 얼룩져 있다.

그렇다. "물속의 어둠은 상상할 수 없고 아이들은 계속 태어나고 축하는 이어지고 또 언젠가는 예고 없는 죽음이 우리를 추격하겠지요"라는 구절에 선명하게 아로새겨진 것처럼, 어쩌면 우리들 대부분은 주변에서 매일매일 일어나는 타인들의 슬픔과 고통과 죽음 앞에서 고작 망연자실한 눈빛을 보내는 것 이외엔 아무것도 할 수 없었던 한심한 무능력자들에 불과한지도 모른다. 그리하여, 이 무능력들이 할 수 있는 일이라곤 겨우 "광화문 거리"에서 "영문도 모른 채 삐뚤빼뚤 글자를 따라 쓰"거나, "잊지 않겠습니다"라는 문장을 적은 "추모 엽서를 매다"는 것이 그 전부였을지도 모른다. 물론 이는 현실 정치와 그것에서 파생되는 부조리한 사회현상들에 대한 소극적 태도와 무관심, 또는 정치적 회의주의에서 비롯하는 것일 수 있다. 특히 실용과 선진화, 창조 경제와 문화 융성이란 그럴싸한 표어들로 위장한 개발독재 세력의 부활과 창궐, 민주주의의 기초적인 공공성과 인프라의 해체와 파괴, 국정교과서와 소녀상 철거로 요약되는 목불인견(目不忍見)의 사회 부조리들 앞에서 「내 죄가 나를 먹네」가 드러내는 소극적 태도와 회의주의는 결코 바람직한 것일 수 없다.

그러나 2연에서 별것 아닌 듯 무심코 발설되는 "유년 시절"의 폭력 장면들의 실감 어린 형상화를 다시 눈여겨보라. 특히 이 장면들의 밀착인화는 그저 그런 형식적 차원의 기교나 세련된 방법론의 탐색을 위한 것이 아니다. 오히려 시인의 윤리학적 시선이 근본주의적 차원으로 나아갈 수밖에 없는 그 필연성의 맥락을 예고한다. 어쩌면 우리들 대부분은 "주먹이 있고 빗자루가 있고 혁대가 있고 한 바가지 물"이 있는 끔찍한 교실 폭력의 장면들 앞에서 "흔한 해프닝이고 눈물범벅이고 말없이 화해되는" 일처럼 쉽고 무심하게 눈을 감거나 등을 돌렸을지도 모른다. 아니, 이를 단지 '아이들은 싸우면서 크는 것이다'라는 헐렁한 상투어구로 그냥 넘겨 버리거나, 그저 그런 "유년 시절의 일들"처럼 치부해 버린 것이 다반사였을 것이다.

시인 이근화는 이와 같은 일상적 폭력과 고통의 문제로 다시 되돌아가고자 한다. 그리고 이 문제로부터 제 스스로의 윤리학적 사유와 비전을 다시 예리하게 벼려 내려 한다. 2연의 뒷자리에 등장하는 "이제 더 이상 맞는 일은 없는데 여기저기에 참 많습니다. 빈주먹이 나를 향해 날아옵니다. 내가 모른 척 방치한 것들입니다." 같은 형상들은 근래에 이르러 시인의 윤리학적 사유와 비전이 나날의 삶에서 체험하게 되는 실제적 사건과 감각들에서 도출되고 있다는 사실을 명시적으로 보여 준다. 특히 "내가 모른 척 방치한 것들입니다"라는 마지막 문장은 시인의 윤리학적 비전이 레비나스의 '고통의 윤리학'과 매우 근접한 자리에서 마련되고 있다는 것을 또렷하게 입증한다.

따라서 3연에 나타난 "내가 지워지는 날들이 있어요. 내 죄가 나를 먹는 그런 날들. 다 먹힌 것 같은데 내일의 침묵 속에서 내가 다시 튀어나오겠지요."라는 이미지는 시인이 다시 새롭게 담금질하는 '고통의 윤리학', 그 윤리학적 사유와 비전을 명징한 직설화법으로 선포하고 있는 셈이다. 특히 "내 죄가 나를 먹는 그런 날들"로 압축되는 저 처참한 "죄"의 고백보다 이를 선명하게 표현할 수 있는 것이 또 있겠는가? 아니, "다 먹힌 것 같은데 내일의 침묵 속에서 내가 다시 튀어나오겠지요"라는 이미지가 적시하는 것처럼, 일상생활의 관성이나 자동화 현상만큼 우리 모두를 소극적이고 무력하게 만드는 것은 없다. 결국 시인은 그 어떤 내면적 곤혹이나 고통조차 느끼지 않는 윤리적 제스처나 정치적 행동이란 일종의 허위의식으로 빠져들 수밖에 없다는 것을 제 스스로에게 끊임없이 계고하려 했던 것으로 보인다.

그리하여, "길거리에 마구 내뱉어진 내가 돌아갈 집은 헛된 망상처럼 높고 반듯하고 분명합니다"라는 마지막 편린은 일상적 생활 감각과 정치적 실천 행동 사이에서 끊임없이 뒤척거리면서, 윤리적 불면의 밤을 겪어 낼 수밖에 없었던 자의 실존의 곤경과 내면의 고통을 역설적으로 부각시킨다. 고통스럽지 않은 것, 고통이 없는 것은 결코 윤리적일 수 없다는 '고통의 윤리학'의 참된 광휘와 가공할 위력은 일상생활에서 벌어지는 가장 구체적이고 감각적인 사건들을 통해서만 나타나기 때문이다. 아니, 그것은 나날의 삶에서 감각의 살갗으로 휘날려 오는 타인의 고통을 마치 제 것처럼 앓아 내는 실천적 이행의 순간에만 번뜩이며 현현하는 것이기 때문이리라. 어쩌면 시인이 창안하고 줄곧 진화시켜 온 제유법과 콜라주의 교향악, 카오스모스의 시학 역시 세계에 무수히 존재하는 타인들의 고통, 그 진실의 속살들을 어루만지려는 그녀의 윤리학적 비전에서 오는 것인지도 모른다.

비평가의 이름으로 감히 말하건대, 나는 이근화의 시가 저 윤리학적 비전을 좀 더 생생하게 그려 낼 수 있는 실제적 사건들의 세계로 용감무쌍하게 진격해 들어갈 수 있기를 소망한다. 아니, 『내가 무엇을 쓴다 해도』의 몇몇 모퉁이에 감춰진 "죄"의 이미지들을 보다 강렬하고 무시무시한 이미지들로 벼려 낼 수 있기를 바란다. 그리하여, 그것들이 훨씬 더 실감 어린 풍경들로 휘날려 오는 가공할 감염력(the intensive affects)을 분출할 수 있기를 고대한다. 이근화의 윤리학적 비전은 나날의 삶에서 벌어지는 실제 삶의 감각과 사건들을 제 이미지의 터전으로 삼을 때에서야, 비로소 제 스스로가 품은 참된 광휘와 엄청난 위력을 충실하게 뿜어낼 것이 자명하기에. 아래 새겨진 저 "모란장"에서 살아 꿈틀거리는 실제 삶의 풍경들처럼.

뙤약볕이 쏟아지고 있었다
개털과 닭털이 섞여 뿌옇게 몰려가고 있었다
기름이 지글거리고 있었다
마른침을 삼켰다

과일이 산처럼 쌓이다 허물어지기를 반복하였다
곡식이 시름시름 슬픔을 쪼개고 있었다
시장에 가는 게 내 잘못은 아니다

미친놈은 중얼중얼 취한 놈은 고래고래
욕설과 은어가 사람들을 튕겨 내고 있었다
낮달은 민민한 낯으로 하늘을 갉아먹고 있었다

헌 돈도 새 돈도 새파랗게 같았다
시든 야채에 물을 주면 살아날까 싶었다
살아남은 것이 너인가도 싶었다

약장수는 약 아닌 것도 끼워 팔고 있었다
너무 많이 배운 잉꼬가 형형색색 갇혀 있었다
덜 배운 비둘기가 회색빛 하늘을 날아가지 못했다
자유 평등 평화에 대해 묻지 않았다

좌판의 물건들이 나의 죄를 비추고 있었다

재래시장이 재래의 나를 비웃었다

숨바꼭질하듯 발걸음이 빙빙 돌았다

검은 봉다리를 주렁주렁 달고 걸었다

　　　　　　　—「모란장」(『내가 무엇을 쓴다 해도』) 전문

아비-찾기와 아비-되기, 그 파열과 곤욕의 리듬
—장석원의 시

1.

사랑하는 그대들
100일 후에……
당신들은 나의 유일한 사랑

굿나잇!
파란은 행복이었어요
감사합니다

2019년 5월 14일 오전 2시 47분. 인용 구절은 장석원이 내게 보낸
카톡을 그대로 옮겨 놓은 것이다. 이는 말줄임표와 느낌표로부터 띄
어쓰기와 행갈이에 이르기까지, 어떤 수정도, 윤문도 가하지 않은 날
것 그대로이다. 그렇다. 지극히 사소하고 신변잡기에 가까운 개개인

들의 감정이나 전언들 따위를 주고받는 카톡에 대하여 이토록 원문 자체를 강조하려는 까닭을 그대는 이미 알아채고 있을지도 모른다.

시인 장석원. 인용 구절들에 주름진 하나의 단자(monad)처럼, 그는 다감한 사람이 틀림없다. 그를 처음 만난 1997년 여름의 어느 날 이래, 그와 더불어 마음의 빗장을 허물었던 2000년 가을에서 이듬해 봄 사이에 매주 토요일마다 이루어진 상허학회의 '개화기 세미나' 이후로, 그는 늘 그랬듯 섬세한 감정 표현을 숨기지 않는 사람이었다. 아니, 이런저런 풍문에 휘말려 제 실존의 몸부림을 위태로운 지경까지 몰아갔던 곤욕의 시절에도, 몇 해 전 뜻을 모은 친우들과 함께 '파란'을 시작하던 그 무렵에도 그가 다감한 사람이 아니었던 적은 없었다. 어쩌면 시인으로 살아갈 수밖에 없었을 운명의 화살은 저 다감한 마음결 한가운데 이미 잠겨 있었던 것인지도 모른다.

적어도 시인으로서 장석원은 천운을 타고난 사람이라 생각해 본 적 있었다. 첫 시집 『아나키스트』가 출간된 2005년 11월은 '미래파'라고 일컬어졌던 한국시의 혁신적인 흐름이 곳곳에서 발흥하면서, 그야말로 최고의 절정을 구가하던 시기였음을 다시 떠올려 보라. 이와 같은 시대정신의 한복판에서 솟아난 시집의 제목이 "아나키스트"라니! 그러니까 장석원이 '미래파'의 중심을 차지할 수밖에 없는 필연성의 징후는 시집 제목에서부터 이미 점지되어 있었던 것이리라. "아나키스트"란 그 모든 체제와 제도와 규범을 벗어나려는 탈-중심의 해방감과 극단적 자유의 리듬을 전제하는 것일 수밖에 없기 때문이다.

"아나키스트"와 이음동의어를 이루는 '미래파', 그 이름으로 호명된 당대 젊은 시인들이 집단으로 수행했던 예술적 짜임(an artistic configuration)의 급격한 변환 역시, 기성의 지배적인 감수성과 상투적인 미학에 대한 파괴와 탈주를 감행했던 것이 틀림없으리라. 그리고 이를 통해, 자기 정체성과 진리-사건의 의미를 새롭게 부여하려 했던 것이 분명하리라. 그리하여, 장석원의 시집 『아나키스트』의 특이점을 가장 명징하게 집약하고 있는 「젊고 어리석고 가난했던」으로 잠시 되돌아가 보자.

2.

토요일 밤 9시 '리빠똥'에서
우리는 소진되었고. 문은 오로지
패배한 자를 위해 열려 있어.
10년이 지났을 뿐인데

크레모아 들고 적진에 뛰어드는 용기.
우리의 만남. 부자연스런 체위. 시와 혁명,
술과 사상, 노동자와 시인.
우리와 그들의 사랑은 소도미야.
소돔 성이 소도미 때문에 망하지는 않았어.
사랑의 힘 때문이야. 서풍이 분다.

혁명이 뭐겠어. 우리 결혼할래.
헬로와 헬로와 꽃들이, 헬로와 헬로와 우리들에게,
청첩을 돌린다면. 너와 나의 결합.
오래된 진리와 형체 없는 유행의 결합.
내 삶은 recycled life. 폐기해 줘. 철폐해 줘.
모든 법칙들을, 모든 용기를, 사랑의 만용을.

질풍노도의 시대. 그 시대의 아들이.

헤이 걸. 큰 젖을 가진 아가씨. 날 위해 울어 줘.

이봐. 웨이츄리스. 천 하나 더.

지하철공사 노동자들. 술을 마시고 있어.

파업 철도. 강철의 힘이란 옛날의 추억이라구.

옛날의 금잔디. 동산에. 아름다운 여인 메텔.

기차가 어둠을 헤치고 은하수 역에 멈춰 서면

차량 기지엔 햇빛이 가득했네.

투쟁하는 노동자의 눈동자.

그런 시대. 그런 아득한 날들 앞에

항복하고 싶다.

사랑은 어째서 고독하고,

나는 어쩌라고 약한가.

유일한 동력. 유일한 실존.

달콤한 알콜과 마리화나, 플라워 무브먼트.

살아 있는 무뇌아. 정주를 거부한 nomade에게

치욕의 힘, 생존 본능의 아름다움이 무늬진

창 너머 도시의 어둠에

꺼지지 않는 불빛의 술렁임 첫 파정의 현기증처럼

퍼져 오르고 늦은 사랑의 강이 흐르고

강 건너에는 잊었던 어둠이 흐르고

그 어둠 속엔 긴 겨울 끝

새봄 기다리는 마른 희망들

忍冬하고 있고 숨어 죽는 나뭇가지

끝에는 순백의 희망이······

창밖의 뚜렷한 현실. 거대한 뿌리의

숨 막힘 멀리 떨어져 있는. 언제나. 어둠.

은유의 시대는 끝났다. 여기

명확한 언어라는 모조품.

친구여. 혁명이 아름답던 은유의 날들을

내게 돌려줘. 청춘을. 부서진 내 청춘을. 꽃다운

우리 청춘 술잔 위에 떨어지는 불빛, 불빛.

불멸하는 이름. 사랑의 짝짜꿍으로.

낫과 해머. 핀란드역의 블라지미르.

역사의 기관차. 계급의 두뇌.

무너진 사랑탑에

눈이 내린다

너와 나 사이 폐허에

우리를 지켜보는 투명한 눈이

　　　　　　—「젊고 어리석고 가난했던」(『아나키스트』) 전문

　제목이 풍기는 것처럼, 「젊고 어리석고 가난했던」은 우리 현대사의 들끓는 활화산이자 혁명적 세계상의 심장부를 이루었던 1980년대에 대한 애도와 노스탤지어가 기묘하게 착종되어 있다. '독재 타도 호헌 철폐'라는 구호를 나날의 거리에서 부르짖어야만 했던 1987년 6.29 선언 세대에게 "혁명"이란 어쩌면 "사랑의 만용" 같은 것이었는지도 모른다. 그것은 그 세대에게 "청춘"을 탕진하도록 강제했던 찬란한 "진리"이자 극단적인 양가감정으로 뒤범벅된 아름다운 "폐허" 같은 것이었으리라. 아니, "크레모아 들고 적진에 뛰어드는 용기"란 작은 무늬에 축약된 것처럼, 저토록 지독한 마조히즘의 양가감정으로 살아 갈 수밖에 없었으리라.

그렇다. 1980년대의 청년들은 "시와 혁명", "술과 사상", "노동자와 시인"이라는 "부자연스런 체위"를 매일매일 살아 내면서 "질풍노도 의 시대"를 건너왔을 뿐인지도 모른다. "파업 철도. 강철의 힘이란 옛 날의 추억이라구"에 선연하게 "무늬진" 우리들의 "부서진 청춘" "젊 고 어리석고 가난했던" 나날들을 잠시 뒤돌아보라. 장석원이 처연한 음색으로 읊조리는 "그런 시대. 그런 아득한 날들 앞에/항복하고 싶 다.", "친구여. 혁명이 아름답던 은유의 날들을/내게 돌려줘. 청춘을. 부서진 내 청춘을. 꽃다운/우리 청춘 술잔 위에 떨어지는 불빛, 불 빛./불멸하는 이름." 같은 구절들을 타고 흐르는 저 야릇한 노스탤지 어의 감수성이 살아 꿈틀거리는 실감의 풍경들로 밀려닥칠 수 있을 지도 모른다. 또한 제 "청춘"을 돌이키면서 "오래된 진리와 형체 없는 유행의 결합./내 삶은 recycled life. 폐기해 줘. 철폐해 줘./모든 법칙 들을, 모든 용기를, 사랑의 만용을." 같은 말들로 과거의 행적들을 부 정할 수밖에 없는 자의 서글픈 몸짓과 마주칠 수밖에 없으리라.

어쩌면 "낫과 해머. 핀란드역의 블라지미르./역사의 기관차. 계급 의 두뇌."로 표상되는 동구 사회주의 교과서들을 통해 세계와 삶을 이해하는 방법을 학습했던 1980년대 사회과학 세대에게 "우리는 소진되었고. 문은 오로지/패배한 자를 위해 열려 있어."라는 "소진"과 "패배"의 감각은 이미 예견되어 있었던 참담한 숙명 같은 것이었는 지도 모른다. 저 교과서적 표어들은 "창밖의 뚜렷한 현실"이 아니라, "명확한 언어라는 모조품"이자, "오래된 진리와 형체 없는 유행의 결합"에 지나지 않았기 때문이다. "모든 법칙들을, 모든 용기를, 사랑의 만용을"로 표상되는 역사 발전의 합법칙성이라는 미명으로 그 진실 의 "폐허"들을 편리하게 묻어 버렸기 때문이리라. 아니, "혁명"이라는 이름의 메시아주의에 너무나 쉽게 "정주"한 데서 오는 필연적인 결과 일 것이 틀림없다. 따라서 1980년대의 한복판에서 "청춘"을 살아 냈 던 우리는 한결같이 "살아 있는 무뇌아"였는지도 모른다.

이 시의 뒷자락에 아로새겨진 "정주를 거부한 nomad에게/치욕의 힘, 생존 본능의 아름다움이 무늬진"을 눈여겨보라. 이는 시인이 "청 춘"을 살았던 과거의 시절들을 모두 "폐기"하면서 새롭게 설정한 담 론의 좌표 위에 들뢰즈의 유목주의(nomadisme)와 소수자(minorité)의 정치학이 자리했다는 사실을 암시한다. 달리 말해, 장석원 시의 중핵 이 들뢰즈의 미시정치학과 탈주의 생성론에서 기원한다는 사실을 넌 지시 일러 준다. 아니, 이에 필적할 "아나키스트"의 극단적 자유주의 와 탈영토화의 상상력을 돋을새김으로 휘갈기고 있는지도 모른다. 장 석원이 새롭게 빚은 자유간접화법은 세계의 안정성을 공고하게 구축 하는 제도와 조직과 체계, 그 모든 영토적 권력에 대한 그의 뿌리 깊 은 반감과 저항적 기질로부터 온다. 그가 "청춘"을 살았던 1980년대 는 권위주의의 폭력이 나날의 삶의 관성으로 토착화된 시대였으며, 그가 문단에 데뷔한 2000년대 초반은 자유주의의 열망과 탈주의 욕 망으로 넘쳐흘렀던, 이른바 들뢰즈의 시대였기 때문이다.

어쩌면 시인이 헤비락과 메탈 음악을 비롯한 무수한 대중가요의 가사들을 끊임없이 소환해 올 수밖에 없는 까닭 또한, '신성/세속', '고상/비천', '고급문화/하위문화', '다수자/소수자', '은유의 제국주의/환유의 유목주의' 등등으로 표상되는 위계와 차별을 말소시키려는 소수자의 미학과 정치학에서 비롯하는 것인지도 모른다. 이는 장석원의 "아나키스트"로서의 정신적 체질이 2000년을 전후로 들끓었던 우리 사회 전체의 자유주의의 벡터 또는 유목주의의 분위기와 공동체적 연대를 이룸으로써 빚어졌으리라. 그리하여, 들뢰즈가 독일에서 활동한 체코 출신의 유대인 카프카에 대하여 "언어를 더듬거리게 하거나 삐약대거나…… 하게 하기, 언어 전체에, 씌어진 글에 대해서조차 텐서를 뻗치게 하기, 거기서 절규와 고함, 음고, 지속, 음색, 강세와 강렬도를 이끌어 내기"(『천의 고원』)라는 멋진 비유어들로 소묘한 장면에 잠시 머물러 보라.

들뢰즈가 펼친 저 소수자의 미학과 정치학에 화답하기라도 하듯, 장석원의 자유간접화법 또한 잘 빚어진 항아리(The well wrought Urn)라는 말로 표상되어 온 "명확한 언어라는 모조품", 곧 부르주아 미학의 유기적 총체성과 작품 내적 통일성이라는 미학적 규준과 척도에 구멍을 뚫어 버리는 단절을 행사했다. 또한 이질적 언어들의 낯선 조합과 병치를 통해 질퍽거리면서도 격렬하게 요동치는 기괴한 이미지의 리듬을 창출했다. 달리 말해, 2000년대 이전의 한국시에서 미학적 표준이자 다수자(majorité)의 지위를 차지했던, 곧 여백과 압축으로 단단하게 벼려진 균제미의 이미지들과 고유한 내면적 미감으로서의 심혼의 독창성으로 표상되는 저 완강한 서정의 미학적 테두리를 해체-재구축하는 소수자의 미학과 정치학을 실천했던 셈이다. 그는 자신이 용맹하게 구축하는 자유간접화법이라는 새로운 이미지 지력선이 들뢰즈의 소수자의 정치학에서 태어날 수밖에 없는, 따라서 같은 운명의 테두리로 에둘러져 있다는 사실을 그 누구보다도 명료하게 자각하고 있었던 것이 틀림없기 때문이다. 아니, 장석원은 여전히 자유간접화법을 예술적 심부의 불꽃이자 이미지 조각술의 중핵으로 삼으려는 마조히스트의 미친 몸짓을 품을 수밖에 없는 자이기 때문일 것이다.

3.

장석원의 두 번째 시집 『태양의 연대기』(2008)는 『아나키스트』와는 정반대의 벡터, "눈뜬 침묵"과 "흔적 없이 지워지는 순간"(「이레이저 헤드」)으로 표상되는 절제와 사라짐의 이미지를 제 등뼈로 삼았다. 따라서 짧은 매듭들로 조형된 단형의 시편들이 이 시집을 도드라진 형세로 이끌었던 것은 자명한 일일 터이다. 물론 제3부 전체를 구성할 만큼 지나치게 긴 분량으로 기획된 「태양의 연대기」를 비롯한 몇몇 시편들은 『아나키스트』의 고유한 특질로 규정할 수 있을 자유간접화법을 고스란히 계승했다고 말할 수 있을 것이다. 그러함에도 불구하고, "조금 더, 가까이/침묵 쪽으로.//나의 절반인 당신께."(「시인의 말」)라는 실존적 육성이 암시하듯, 이 시집의 대다수 시편은 시라는 예술 양식이 전통적으로 존중해 왔던 여백과 절제와 압축이라는 표현 원리를 도입하려 했던 것이 분명해 보인다.

그렇다. 앞서 살핀 「시인의 말」은 『태양의 연대기』를 여전히 돋보이게 하는 그의 참담한 실존의 찢김을 예시하는 자리일 수밖에 없다. "나는 두려워하며 가빠지며/잘려 나간 그림자와 몸 아래에서"(「거미」)라고 말할 수밖에 없었던 그 무서운 실존의 위기와 사라짐의 충동을 불러일으키는 기원의 장소이기 때문이리라. 『태양의 연대기』를 묶던 그 시절, 시인은 자기 실존의 몸부림이 바닥으로 나뒹구는 혹독한 가슴앓이를 치러 냈던 것 같다. 그러지 않고서야, "고해와 밀고와 자백으로 가득 찬 공기 속에"(「무서운 해체의 순간 나는 낡은 사물」) 자기 자신을 방치하는 저 절박한 몸의 리듬은 결코 태어날 수 없기 때문이다. 아니, 우리 모두의 마음을 찢으며 다가오는 "침묵"의 고통과 "검은 공포"를 저토록 절박하게 노래할 리 없기에.

따라서 "검은 나무가 걸어온다/나는 어둠이 가득 찬 주머니/그가 내게 손을 대자 나는 주르르 쏟아진다/어둠의 성채로 흘러드는 길이 된다"(「검은 나무」)라고 미친 듯 읊조릴 수밖에 없었던 것은, 거의 반죽음 상태에 다다른 실존의 고통과 처절한 몸짓에서 온 것이 틀림없으리라. 『태양의 연대기』는 "검은 나무를 기술할 검은 혀"(「검은 혀」)로 표상되는 어두운 죽음의 이미지를 곳곳에 흩뿌릴뿐더러, "목 매달린 죄인처럼 바람결에 흔들리면서/확산되는 피의 영역에 갇혀 나는 처단되기를 기다린다"(「赤記」)고 부르짖을 수 있는 몰락의 윤리를 동시에 거느리기 때문이다.

그러나 그것은 "너는 내가 원하는 바 선은 행하지 아니하고/도리어 원치 아니하는 악을 행하였도다"(「인간의 먼지」)라고 말할 수 있는 정직한 용기를 수반한다. 어쩌면 이 시집이 어둡고 황폐한 마음의 질감들로 가득 차 있으면서도, 깊고 환한 감동을 선사하는 기이한 연유를 우리는 저 몰락의 윤리와 정직한 용기에서 찾아낼 수 있을지도 모른다. 더 나아가, 이 시집은 『아나키스트』가 보여 주었던 다변과 요설의 리듬만큼이나, 시인이 침묵과 절제의 이미지를 빚는 자리에서도 탁월한 능력을 발휘할 수 있다는 사실을 웅변해 주었다고 하겠다.

결국 『태양의 연대기』는 시라는 이름의 예술 양식이 전통적으로 존중해 왔던 여백과 침묵과 절제의 공간을 극대화하려는 서정의 존재론과 압축미를 섬세하고 또렷하게 축조한 것으로 요약할 수 있을 듯 보인다. 이는 정직한 용기를 가진 자라면 반드시 치러 낼 수밖에 없을 치명적 사건들과 은밀한 장면들로 제 온몸의 집중력이 치달아 가는 자리에서 온다. 결국 이 시집의 예술적 사유와 주도 모티프는 시인 자신의 실존적 찢김, "검은 나무"로 사방이 막혀 있었던 그 참혹한 장면들을 침묵과 여백의 말을 통해 서정의 압축미로 현시하는 자리에서 비롯하기 때문이다. 또한 저 참혹한 장면들은 시인이 제 목숨을 걸고 견뎌 낼 수밖에 없었을 "검은" 실존의 역사이기에, 앞으로도 거듭 튕겨 나오게 될 것이다. 이 장면은 프로이트가 정식화한 '억압된 것의 회귀(die Rückkehr der Verdrängten)'라는 말에 휘감긴 운명론적 징후 같은 것일 수밖에 없기 때문이다.

4.

장석원의 세 번째 시집 『역진화의 시작』(2012)은 프로이트가 정식화한 '억압된 것의 회귀'에서 태어난다. 어쩌면 "역진화"가 매번의 순간마다 다시 "시작"될 수밖에 없는 근본적인 까닭 역시, 이후로도 계속 회귀할 수밖에 없을 억압된 것에서 비롯하는 것인지도 모른다. 그것은 시인의 어두운 마음결 한구석에 감춰진 분노와 증오에서, 아니 연민과 환멸의 감정이 한데 뒤범벅된 어떤 비참한 마음결에서 온다. 달리 말해, "슬픔에 대한 오랜 환대"(진은영, 「거기」)일 수밖에 없을 뿌리 깊은 원한의 드라마와 더불어, 시인이 제 가슴에 버려 둔 "사랑"의 사이 공간에서 "역진화"가 "시작"된다는 것이다. 이는 "사랑"의 "은빛 날개"로 저 지긋지긋한 원한의 감정들을 지우려고 할 뿐만 아니라, 그 내면적 싸움의 시간적 궤적을 되돌려 보려는 성찰의 자리에 도달했다는 것을 뜻한다. 결국 "역진화의 시작"이라는 표제어는 자기 실존의 역사를 다시 되돌아보려는 욕망과 의지를 자기 책무처럼 부과하려는 명령어였던 셈이다.

    따라서 『역진화 시작』의 의미론적 중핵은 김수영의 한 산문에 기록된 "시도 시인도 시작하는 것이다. 나도 여러분도 시작하는 것이다. 자유의 과잉을, 혼돈을 시작하는 것이다. 모기 소리보다도 더 작은 목소리로 시작하는 것이다. 모기 소리보다도 더 작은 목소리로 아무도 하지 못한 말을 시작하는 것이다. 아무도 하지 못한 말을. 그것을 ……"(「시여, 침을 뱉어라」)이란 구절을 통해 가장 명징하게 표상될 수 있을지 모른다. 장석원의 시와 삶과 예술적 사유는 김수영이 이미 오래전 터득했던 생산적 카오스를 충실하게 감수하는 자리에서 시작되었다는 사실을 그의 곁에서 생생하게 마주한 바 있었기에.

    표제작에 해당하는 「역진화의 시작」이라는 시편은 "새"의 다채로운 움직임과 빛깔과 모양을 그려 내고 있는 마디마디의 작은 무늬들로 번져 나간다는 점에서, 어떤 일관성의 구도 아래서 빚어진 미학적 기획을 감추고 있는 것이 분명해 보인다. 이 기획을 엿볼 수 있는 실마리는 "새의 선택은 오로지 날개 방향은 하늘"에서 찾을 수 있다. 그것은 "죽음이 싫으면서/너를 딛고 일어서고/시간이 싫으면서/너를 타고 가야 한다//창조를 위하여/방향은 현대"(김수영, 「네이팜 탄」)라는 김수영의 시구를 수용한 것이면서도, 사랑과 죽음, 생성과 소멸, 에로스와 타나토스를 동시에 거머쥐려는 현대적 사유의 한 첨단을 예리하게 벼려 내고 있기 때문이다. 따라서 이 시편 전체를 가로지르는 "새"의 형상은 시인 자신의 실존을 비유하는 것이자 그의 시 창작 "방향"과 더불어 한국시가 나아가야 할 "방향"을 암시하는 알레고리로 읽힌다.

    우리에겐 기원이 없어요 잃어버린 진화의 고리 우리는 돌연변이예요 눈에서 레이저광선을 발사하거나 전자기파를 증폭하거나 금속을 통제할 수도 있어요 불과 얼음도 우리가 제어합니다 우리는 신인류입니다

우리는 차별받았고 노예에 불과했지만 지도자의 출현 이후 단결하여 조
직을 이루고 실천과 이론을 동전의 앞뒤 면처럼 결합하여 선조들과 갈
라설 수 있었어요 (중략) 저 오로라도 우리가 만든 것 변화 그것은 우리
의 시스템 새 인류의 에덴을 창조하기 위해 오늘은 파괴하고 지금은 전
투하자 관용과 용서는 인간들의 것 우리는 무성생식으로 번창한 내일의
존재 우리에겐 단절과 도약뿐 우리에겐 이별과 망각뿐 고통과 상처는
그들에게 투척하자

   —N·o·n·f·i·r·e 아파트 주민의 7월의 회의 녹취록 중에서

  그때 우리들을 간섭했던 것들: 뉴스데스크의 오프닝 멘트 시청자 여
러분 안녕하십니까 전국에 폭우가 내리고 있습니다 에프킬라 오렌지 향
의 분사 음. 썬키스트 파인애플 주스와 델몬트 당근 주스의 당도와 염도
를 감별할 수 있는 501호 남자의 능력에 대한 찬탄과 빙신 새끼 지랄하
고 자빠졌네라고 소리 없이 내뱉은 904호 남자의 미소. (중략) 동시에
열린 창문을 넘어 침입한 다른 불빛과 다른 습도의 바람과 죽도록 사랑
하면서 두 번 다시 만나지 못해 심수봉의 목소리 벨 소리, 아름다운 여
인들은 대개 목소리도 섹시하지 않나며 썩소를 날리던 이혼남 402호와
신세기교회에서 그를 만나 뜨거워진 윤아 엄마의 갤럭시에 도착한 문자
메시지 몇 대지 헐~ 모히칸 모텔 306호 앞 복도에서 그들을 목격하곤
생긋 웃던 소망약국 약사의 퍼지는 발 냄새

      —장석원, 「밤의 반상회」(『역진화의 시작』) 부분

  「밤의 반상회」는 『역진화의 시작』이 도달한 시적 사유의 종착지에
해당하지만, 시집의 맨 앞머리에 놓여 있다. 표제작 「역진화의 시작」
이 맨 끄트머리에 수록되어 있다는 점을 염두에 두면, 서두를 장식하

는 「밤의 반상회」가 이 시집의 귀결점을 이룰 수밖에 없는 맥락에 대해선 긴 설명이 필요치 않을 것이다. 인용 구절들 가운데서도 특히, "우리에겐 기원이 없어요 잃어버린 진화의 고리 우리는 돌연변이예요 눈에서 레이저광선을 발사하거나 전자기파를 증폭하거나 금속을 통제할 수도 있어요 불과 얼음도 우리가 제어합니다 우리는 신인류입니다" 같은 기괴한 이미지들을 눈여겨보라.

작품 곳곳에서 출몰하는 저 "돌연변이"의 형상들은 장석원 시의 도드라진 형세이자 예술적 사유의 배꼽을 이루는 카오스모스, 김수영이 말한 '생산적 카오스'의 리듬을 타고 흐른다. 또한 저 리듬이 불러들이는 비루한 마음결의 일렁임을 우리 모두에게 흩뿌리려 한다. 이 작품은 두 계열의 서로 다른 이미지들이 서로 팽팽하게 맞서면서 자기 윤곽선의 뼈대를 또렷하게 틔운다. 아니, 정확히 두 덩어리로 나누어진 이미지들의 흐름과 매듭과 윤곽선이 함께 평행선을 이루면서 새로운 긴장의 미학을 완성한다. 그리하여, 마치 공상과학만화에서나 튀어나올 법한 환상적인 정치성의 장면들과 더불어, 비루하고 산문적인 비속어들이 두 덩어리로 나누어져 내뿜는 야릇한 미감들의 충격을 선사한다. 달리 말해, "돌연변이" 형상들이 폭주하고 흩날리며 일으키는 경쾌하고 비약적인 리듬을 매우 낯선 장면들로 현시한다는 것이다. 어쩌면 저 이상야릇한 미감의 비늘과 이미지의 리듬감이야말로, 시인 장석원이 추구하는 카오스모스 시학의 밑그림일뿐더러, 시집 『리듬』을 예고하고 있었던 것인지도 모른다.

5.

장석원의 네 번째 시집 『리듬』(2016)은 지난 시집들을 관통했던 자유간접화법이 팽팽한 탄력으로 들어박히면서, 상호 이질적인 형상들의 조합과 난폭한 병치의 윤곽선들을 예리하게 틔워 올린다. 가령 "다면의 한 면이 깨지고 두 발 동물이 쿵 짝 쿵 짝 꿍짜라 꿍짝 네 박자 속에 떨어져 내리고 등받이 없는 의자에 앉아 허리를 곧추세우고 무기수처럼 두부의 얼굴로 갈아요 칼 갈아요"(「프롤레타리아의 밤」) "영원히선생님「한분」만을사랑하지오어서서서저를全的으로先生님만의것을만들어주십시오先生님의「專用」이되게하십시오"(「black」) 같은 형상들을 보라.

이들은 자유간접화법과 초현실주의의 콜라주 기법을 전면적으로 활용한다는 점에서 첫 시집 『아나키스트』를 고스란히 뒤따르고 있는 것으로 파악된다. 또한 시인 자신이 명명한 "DJ 울트라"라는 닉네임처럼 이들은 "리믹스"의 음악적 효과와 기법이 새롭게 구축하는 경쾌한 유희의 감각을 불러온다. 더 나아가, 『아나키스트』 이래로 늘 그래 왔던 것처럼, 자유연상의 기법에서 움터 오르는 우발적 이접(disjunction)의 언어들과 카니발(carnival)의 해방감을 흩뿌려 놓는다. 달리 말해, 이질적인 세계들의 모자이크와 자유로운 이미지들의 이종교배를 동시에 겨냥하면서 탈주의 쾌감과 해방의 환호성을 뿜어낸다는 것이다.

장석원의 시에서 줄글 형태의 산문시가 대다수를 차지할 수밖에 없는 까닭 또한 이와 같다. 산문시의 형태는 장석원이 시인으로 다시 태어날 수밖에 없었을, 그 운명선의 행로를 쓸어안고 있는 하나의 축도이기 때문이다. 아니, 폭포수처럼 쏟아져 내리는 유장한 마음결의 흐름을 고스란히 드러내기 위해서는 행과 연의 구분이 없는, 아우성치는 낱말들이 제멋대로 흘러가고 뻗어 나가 하염없이 휘발될 수 있는 줄글 형태의 표기법이 필수 불가결하기 때문이리라. 이는 시인 장석원의 원초적인 기질과 예술적 자의식의 무대가 카니발의 해방감에 있다는 사실을 넌지시 가리킨다. 또한 그의 시가 헤비락과 메탈 음악으로 표상되는 강력한 굉음이 선사하는 저항과 탈주의 에너지, 그리고 이를 거리낌 없이 분출하고픈 실존의 몸부림에서 온다는 사실을 암시한다. 저 쾌감과 몸부림은 줄글 형태의 산문시를 통해서만 실현될 수 있기 때문이다. 아니, 이들의 폭발적 분출을 보장할 수 있는 자유와 해방의 시 형태가 바로 산문시이기 때문이리라.

『리듬』의 미학적 지력선을 구성하는 또 하나의 매듭은 "아버지"로 집약된다. 그것은 때때로 자기 몸의 기원인 피붙이로서의 "아버지"를 가리키지만, 그것의 대부분은 실상 "선생" "국가" "민족" "사회" "조직" "집단" 등으로 나타난 상징적 질서의 표상으로서의 "아버지"를 일컫는다. 가령 "허벅지에 앉힌 아이가/새우깡을 먹는다//입술의 경련/뼛가루처럼//여객이 빨려 들고/미간으로 기차가 들어온다//낮은 어둠의 담장 아래/웅크리고 울던//선생(先生)의 당신/분쇄되어 나의 입속으로"(「영천(永川)」), "저 위의 아버지께 나는 발가벗고 조아리고/절망의 기원을 품신하신 아버지는 나를 배고/아버지를 닮아 나도 원하지 않은 아이를 분식(粉飾)/아버지의 방정식, 나와 그의 근의 공식"(「세계의 물질적 정치」), "내가 만든 것이 나를 지배한다/(내가 만든 아이가 나를 기다린다)/그곳에서 이곳으로 다른 것이 쳐들어왔다/(나의 아이가 나에게 오지 않으면 나는 존재하지 않는다)/나는 부(父)와 자(子)로 이분되었다"(「사랑과 절망의 둔주곡」) 같은 이미지들을 보라.

저 이미지들에서 나타난 "아버지"는 친부인 동시에 "선생"이기도 하며, 종교적 신앙의 엠블럼이자 "국가" "나라" "가족" "가장" 등과 같은 말들로 예시되는 상징적 질서를 표상하는 것이기도 하다. 또한 시간의 흐름에 따른 관계망의 변화에 따라 "父"와 "子"로 "이분될" 수 있는 "나", 시인 자신을 뜻하는 것이기도 하다. 이렇듯 『리듬』에서 "아버지" 이미지가 빈번하게 나타날 수밖에 없는 것은 그 말로 표상되는 권위와 억압과 제도와 규범과 조직의 질서에 대한 시인의 뿌리 깊은 반감과 저항의 마음결에서 온다. 그러함에도 불구하고, 그것은 "아버지"와 더불어 "아버지"로 살아갈 수밖에 없는 시인의 아픈 자화상이기도 하다. 나아가 우리 모두의 자화상일 수밖에 없으리라. 피붙이로든, 사제 관계로든, 나아가 사회적 제도의 차원에서든, 아니면 종교와 국가라는 보다 거시적인 차원에서든 죽음이라는 극단을 선택하지 않는 이상 우리는 언젠가 "아버지"로 살아갈 수밖에 없는 한결같은 운명을 회피할 수 없기 때문이다.

그렇다. 『리듬』은 "아버지"로 살아가기 위하여, "아버지"의 과거를 지우면서 "아버지"의 미래를 사랑하려는 자의 미친 노래다. 따라서 "아버지"의 "아버지"를 위한 "아버지"의 "사랑과 절망의 둔주곡"일 수밖에 없으리라.

6.

바람이 불어난다

바람이 바람을 밀어낸다

바람 사이 바람 사이 공간이 있다

내 몸으로 바람을 찌른다 바람의 폐포가 터진다

비명이 피부를 찢고 터져 나온다

깨진 손톱이 보인다

바람의 입구가 더 벌어진다

한꺼번에 눈을 뜬다

다른 바람이 솟아난다

바람 뒤에서

아이들이 노랗게 웃는다

나의 꽃들

다알리아 엉겅퀴 씀바귀 찔레

개망초 모란

피어난다…… 피는 사라진다 피는

사루비아 사그라든다

바람이 제 몸을 닫아건다

나는 돌아온 바람 나는 재

바람과 바람 사이 눈부신 꽃들 사이

부서진 꽃들

그 속에 재의 꽃

먼저 출발한 바람과 늦게 도착한

바람

함께 궤멸한다

— 「회화」(『서정과 현실』, 2016.여름) 전문

    장석원의 "사랑과 절망의 둔주곡"은 곳곳에서 타나토스(Thanatos)
와 에로스(Eros)의 평행선을 타고 흐른다. 그리고 바로 이 자리에서
대립과 긴장의 리듬감이 증폭되어 나온다. 인용 시편 「회화」에서는
타나토스를 극단까지 밀어붙임으로써, 과거의 무수한 실존의 얼룩들
을 "궤멸"시키고 "그 속에 재의 꽃", 곧 에로스의 미래를 "피어나"게
하려는 시인의 간절한 욕망이 스며 나온다. 그러나 "내 몸으로 바람
을 찌른다 바람의/폐포가 터진다/비명이 피부를 찢고 터져 나온다/

깨진 손톱이 보인다/바람의 입구가 더 벌어진다/한꺼번에 눈을 뜬다" 같은 이미지들은 "바람"이 단지 자연의 물리적인 현상만을 가리키지 않을뿐더러, 시인을 오랫동안 붙들어 두었던 내면적 욕망을 비유하고 있다는 사실을 암시한다. 또한 저 찢긴 이미지들을 타고 흐르는 것은 결국 시인의 마음결에 깃든 "바람"이자 사랑의 욕망이라는 사실을 넌지시 일러 준다. 그러지 않고서야 "비명이 피부를 찢고 터져 나온다/깨진 손톱이 보인다"라는 절박한 목소리는 새어 나올 수 없기 때문이다.

따라서 "다른 바람이 솟아난다/바람 뒤에서/아이들이 노랗게 웃는다/나의 꽃들"로 표현된 밝은 이미지의 매듭이 곧바로 다시 나타나는 것은 자연스러운 발생 경로를 품는다. 시인이 예전에 꿈꾸고 사랑했던 "바람"은 "사라지"고 "사그라든" 상태에 불과하지만, 이제부터는 "다른 바람이 솟아나"고 있기 때문이다. "다른 바람"이란 "나의 꽃들", "바람 뒤에서" "노랗게 웃"고 있는 "아이들"을 가리킨다. 따라서 그것은 사랑의 메타포로 기능하고 있는 것이 분명하다. "나의 꽃들"인 "아이들"이 "다알리아 엉겅퀴 씀바귀 찔레/개망초 모란"으로 비유되고 있음을 주의 깊게 살피면, 저 "아이들"은 시인의 피붙이만을 가리키는 것이 아님을 그리 어렵지 않게 알아챌 수 있다. 또한 우리가 한평생을 살면서 반드시 만나게 될 무수한 "아이들", 즉 후배나 제자나 학생 같은 후속 세대들을 암시하는 메타포임을 직감할 수 있을 것이다.

그렇다. 시인은 자신을 "아버지"의 자리에서 호명함으로써, "피"와 "부서진 꽃들"로 표상되는 제 실존의 마디마디를 뒤덮고 있었던 고통과 분노와 원한의 시간을 지워 버리려 하는 것이다. 그리하여, 자신의 몸과 영혼을 타나토스의 "검은 나무"로 내던져 버렸던 저 "바람"을

"궤멸"시키려 하는 것이 틀림없다. 따라서 이 시편 뒷자락에 아로새겨진 "바람이 제 몸을 닫아건다/나는 돌아온 바람 나는 재/바람과 바람 사이 눈부신 꽃들 사이/부서진 꽃들/그 속에 재의 꽃"은 아름답다.

아름답다니! 그것은 "아이"의 자리를 "아버지"의 자리로 뒤바꿀 수 있는 자에게만 도래하는 감동 어린 성장과 교양의 드라마를 쓸어안고 있기 때문이다. 달리 말해, 시인은 자신이 뒤따르고 존경할 만한 아비-찾기의 과정을 멈추고, 자신의 실존을 아비-되기라는 난처하고 궁색한 책임의 자리로 내던짐으로써, 시집 『태양의 연대기』의 윤곽선이 빚어진 바로 그 시절, 자신의 실존을 산산이 부서뜨렸던 "검은 나무"의 음해와 저주와 모략의 얼룩들을 닦고 씻으려 하기 때문이다. 곧 "검은 나무"의 시절에서 자신의 온몸을 뒤덮었던 실존의 상처와 치욕, 그 누더기 같은 시간 전체를 송두리째 정화하려 하기 때문이리라.

이제 시인은 "바람이 제 몸을 닫아건다"고 말함으로써 자기 실존을 둘러싼 과거의 그 모든 욕망의 얼룩들과 결별하겠다고 선언한다. "나는 돌아온 바람 나는 재"라고 말할 수밖에 없는 것도 이와 같다. 사랑받고 인정받으려는 욕망의 실패와 좌절, 그 절망감의 등고선에서 "피"로 응집된 타나토스가 움트는 것이라면, 이제 시인은 자신을 "돌아온 바람", 곧 사랑의 기쁨과 연대의 행복감으로 충만한 자로 호명하려 하기 때문이다. 나아가 저 충만한 "사랑"의 상태로 나아가기 위한 통과의례와 고난의 과정을 "재"에 비유하면서, 끝내는 "재의 꽃"이 되려 하기 때문이다. 그의 메타포를 활용하여 말하면, 타나토스의 "재"에서 다시 태어나 에로스의 "꽃"으로 "피어나"려 하기 때문이다.

이처럼 "재"가 "꽃"으로 되살아나는 부활의 이미지들이 장석원의 최근 시편들에서 빈번하게 나타날 수밖에 없는 맥락 역시 같은 테두리를 이룬다. 또한 저 부활의 이미지는 결국 아비-찾기의 절망을 아비-되기의 희망으로 뒤바꾸려는 간절한 "바람"의 자리에서 솟아오르는 것이 분명하다. 그것은 사랑받고 인정받으려는 시인의 원초적 욕망, 곧 아비-찾기의 과정에서 그가 마주칠 수밖에 없었을 절망과 죽음의 공포를 희망과 사랑의 믿음으로 뒤바꿔 놓으려는 자리에서 태어나는 것이기 때문이리라.

따라서 그에게 "바람"의 시간적 선후 관계가 그리 중요한 것은 아니다. "바람"이 "꽃"으로 비유된 사랑으로 되살아나기 위해서는, 그것은 모두 "궤멸"해야만 할 것이다. 이 시의 맨 끄트머리에서 솟아오른 "먼저 출발한 바람과 늦게 도착한 바람/함께 궤멸한다"에서 볼 수 있듯, "바람"의 "궤멸"이란 형상은 시인이 사랑으로 부활하기 위하여 반드시 치러야 할 필요충분조건으로서의 죽음을 암시하기 때문이리라. 바로 이 자리에서 아비-찾기에서 아비-되기로 자기 운명의 지력선 전체를 뒤바꾸려는 장석원의 필사적인 싸움이 시작된다고 하겠다.

> 지친 눈으로 절름거리는 다리로
> 새 사랑에 다가가지만
> 우리가 걸어가는 길
> 언젠가 걸어갔던 길에 다시 조종이
> 울린다
>
> 우리가 눈여겨보지 못했던 미시
> 미시 미시 존재들
>
> 우리가 살던 그곳
> 지평선 너머

환멸과 패배의 나라에서
멀고 먼 필연의 길에서
이별할 때마다 이 세계는 끝나고
무서운 반복

버려진 자들 우리의 발자국을
따라온다
시간이 우리의 몸을 앗아 가기 전에
그들을 안고 그들의 가슴에 들어
앉아
절망 없는 사랑을 이루리라

우리 닳아 가고 갉아먹히고
부패하자
대지의 풀은 바다보다 푸르러지고
하늘의 별은 먹빛보다 짙어지고
사랑하는 사람들이 빚어낸 그 밤의
광휘 때문에
우리의 발간 몸 구멍 나 밝아졌는데

우리는 우리를 불태우자
돌아갈 수 없게 그곳을 파괴하자
안에서 으르렁대는 파도에 난파되자
펄럭이는 민트빛 치마처럼
날아오르자 선두에서 부서지는

빛살처럼 뛰어내리자

—「Run like hell」(『서정과 현실』, 2016.여름) 전문

지금까지 우리가 말해 온 죽음과 사랑의 곤혹스러운 드라마는 「Run like hell」에서도 같은 지평으로 펼쳐진다. 여기서 등장하는 "사랑하는 사람들이 빚어낸 그 밤의/광휘"는 장석원이 시 창작 과정에 처음 입문했을 때 품었을 "순수", 곧 시로 나아가는 자의 환희와 열정과 자긍심을 뜻한다. 나아가 제 실존의 "암흑"을 기꺼이 대면하려는 자들만이 누렸을, 아니 시를 쓰는 자들 사이에서 밤새도록 오갔을 토론과 탐구의 시간, 그리고 그들 사이의 우정과 연대감이 마련했을 창조적 에너지를 암시한다. 시인은 저 "광휘"의 시간들로 충만했던 과거 어느 한 시절을 아프게 회고한다. 그것에는 어떤 계산도 없이 그저 시를 쓴다는 그 사실 하나만으로도 우정의 기쁨과 연대의 행복감을 축복처럼 누릴 수 있었던 자에게만 깃드는 애수의 노래, 노스탤지어의 비애감이 주름져 있다. "타락"과 "암흑"과 "용서"라는 시어들은 서로를 보고 마주 울리면서, 우리 모두를 빛나던 과거의 한 시절을 동경하고 어두운 현재 상황을 환멸스럽게 바라보는 느낌에 휩싸이도록 강제하기 때문이다.

이와 같은 느낌은 특히 「Run like hell」의 후반부에서 도드라진 형세로 솟아오르는 "-자"라는 명령어를 통해 구현된다. "버려진 자들 우리의 발자국을/따라온다/시간이 우리의 몸을 앗아 가기 전에/그들을 안고 그들의 가슴에 들어/앉아/절망 없는 사랑을 이루리라" 같은 4연 이미지들의 전개 과정을 골똘히 응시해 보라. 이들의 배치와 동선을 추동시키는 것 역시 매한가지임을 알아챌 수 있을 것이다. 그것은 과거의 상처들과 흉터들을 싸안으려는 사랑의 미래에 대한 자기

확신이자 미래의 사랑에 대한 자기 명령을 품고 있기 때문이다. 이는 특히 "절망 없는 사랑을 이루리라"는 구절이 곧추세우는 일종의 자기 최면이자 주술적 예감에서 도드라지게 나타난다.

따라서 이 시편의 표제어, "Run like hell"은 깊은 아이러니의 그림자를 드리운다. 물론 "우리 닳아 가고 갉아먹히고/부패하자"는 5연 첫머리의 문양들은 "hell"에 가까운 무수한 자유연상을 불러일으킨다. 그러나 그 뒤를 잇는 "대지의 풀은 바다보다 푸르러지고/하늘의 별은 먹빛보다 짙어지고/사랑하는 사람들이 빚어낸 그 밤의/광휘 때문에/우리의 발간 몸 구멍 나 밝아졌는데"라는 이미지들의 동선은, 비록 지나가 버린 과거의 시간에 존재하는 것이긴 하지만, 시를 통해 우리가 다 함께 성장하고 고양될 수 있었던 "광휘"의 순간들을 기록한다. 여기서 활용된 "-보다"라는 비교급의 어사는, 결국 시인과 그가 "사랑하는 사람"들 모두가 체험하게 되었던 예술적 성장과 인격적 고양 상태를 표현하기 위한 일종의 수사학적 장치이다. 또한 저 역설적인 표제어는 참된 예술과 이를 지향하는 예술가들이 마주칠 수밖에 없을 존재론적 모순 관계를 표현하기 위해 마련된 것이 분명하다.

이와 같은 모순 관계는 '쾌락과 고통의 결합'인 동시에 '고통 속의 쾌락'으로 요약될 수 있을 라깡의 주이상스(joissance)를 통해, 좀 더 명징하게 풀이될 수 있을 것이다. "날아오르자 선두에서 부서지는/빛살처럼 뛰어내리자"라는 「Run like hell」의 마지막 형상처럼, 참된 시와 예술은 어쩌면 고통과 쾌락, 죽음과 사랑, 타나토스와 에로스라는 두 극단 사이에서 끊임없이 긴장하면서 새로운 세계를 열어젖히는 그 "선두"의 자리에 서 있는 것인지도 모른다. 그것은 미지의 세계를 "선두"에서 개척하려는 "뉴프런티어"(김수영)일 수밖에 없기 때문이다. 아니, 저 두 극단을 동시에 체험하고 융합할 수 있는 유일한 주체가 바로 시인과 예술가이기 때문이리라. 따라서 "우리는 우리를 불태우자/돌아갈 수 없게 그곳을 파괴하자/안에서 으르렁대는 파도에 난파되자"는 "파괴"를 선언하고 강조하기 위한 이미지로 볼 수 없다. 오히려 "파괴"는 새로운 사랑과 생성으로 "날아오르"기 위한 전제 조건이며, "선두에서 부서지는 빛살"로 비유된 예술가의 진취성과 자긍심으로 나아갈 수 있는 통과의례를 암시한다.

시인 장석원은 "파괴"라는 통과의례를, 매번의 순간마다 다시 치르려는 예술적 모험을 마다하지 않는 듯 보인다. 이는 그만큼 그가 참된 예술가들에게 필수 불가결하게 요청되는 "뉴프런티어"의 자리에서 매 순간을 살아 내려 한다는 것을 암시한다. 장석원의 최근 시편들에서 종종 엿보이는 과거의 타나토스와 에로스의 미래라는 예술적 지력선의 원천은 결국 그가 참된 시인일 수밖에 없다는 사실을 말없이 암시한다. 이후로도 그런 시인으로 살아갈 수밖에 없을 것이라는 벅찬 예감을 "선두에서 부서지는 빛살처럼" 강렬하게 선사한다. 저 벅찬 예감이야말로 시인이 아비-되기를 감행하는 자리일 것이며, 그의 시가 그야말로 그윽한 깊이의 빛살을 에두르기 시작하는 순간일 것이 틀림없다.

아비-찾기에서 아비-되기로 전환된 시인의 생의 여정에, 그 길이 빚어낼 그의 사랑의 변주곡에 영광과 비참이라는 상반된 운명의 얼굴이 동시에 어룽대며 다가올 것은 지극히 자연스러운 일일 것이다. 비평가의 이름으로 말하건대, 나는 장석원의 시와 음악과 예술이 그의 삶이 치를 수밖에 없었던 그 깊은 곤욕과 다시 마주치기를 소망한다. 물론 이 말은 마조히스트로서 장석원이 품은 무한한 잠재력을 그만큼 신뢰하기에 발설될 수 있는 말일 것이다. "검은 나무"로 아로새겨진 미친 실존의 시간, 곧 그 끔찍한 곤욕과 고난의 시절을 겪으면서도 시인의 심성은 훨씬 더 넓어지고 부드러워지고 겸허해졌다는 비밀 아닌 비밀을 우리는 너무나 잘 알고 있기 때문이다.

가령 "나를 주저앉게 하네/이곳은 낙타의 꼬리 아래/우리가 아버지의 세계로 들어간 곳/30년 지나 다시 널 만나/사랑에 눈을 뜨네"(「-자유/-비애/-1987」, 『문학들』, 2018.봄)에 아로새겨진 저 "아버지"와 "사랑"의 형상들을 보라. 이들은 시인 장석원이 아비-찾기와 아비-되기, 그 파열의 리듬 위에서 여전히 격렬하게 버둥거리고 있음을 암시한다. 특히 "아들아 어디에 있었느냐/네가 열망했던 화폐와 욕정과 미학/너를 위해 마련한 사랑이 보이느냐"(「해체:사과」) 같은 이미지들을 면밀하게 살피면, 아비-되기라는 그 난처하고 곤혹스러운 책무의 자리로 자신을 몰아넣고 있음을 알아챌 수 있을 것이다.

한국시에서 불멸의 기념비로 기록될 한 시인이 "아들아 너에게 狂信을 가르치기 위한 것이 아니다/사랑을 알 때까지 자라라/(중략)/복사씨와 살구씨가/한번은 이렇게/사랑에 미쳐 날뛸 날이 올 거다!"(김수영, 「사랑의 변주곡」)라고 노래했던 것처럼. 시인은 아비-되기의 충실성을 다할 것이 틀림없다. 나아가 이 글의 맨 앞머리에 제시된 "사랑하는 그대들/100일 후에……/당신들은 나의 유일한 사랑"이라는 장석원의 카톡에서 직감할 수 있듯, 그는 앞으로도 계속 순도 높은 "사랑"과 새로운 예술적 창안, 그리고 진리-사건을 불러일으키기 위한 창조적 열정을 다할 것이 분명하다. 이와 같은 "사랑"과 열정이란 아비-되기의 윤리학, 그 책무와 충실성을 다하려는 자들만이 누릴 수 있을 기이한 지복(至福)일 수밖에 없기에.

그리하여, 2019년 6월 지금-여기, 시인 장석원의 실존을 이해하는 키워드는 아비-되기일 수밖에 없을 것이다. 한국시의 역사에서 아비-되기의 곤욕과 난경을 가장 첨예하게 보여 준 임화의 「너 어느 곳에 있느냐」가 지금-여기, 우리 모두의 뒤통수를 후려갈기는 것처럼.

　　사랑하는 나의 아이야

　　한밤중 어느
　　먼 하늘에 바람이 울어
　　새도록 잦지 않거든
　　머리가 절반 흰 아버지와
　　가슴이 종이처럼 얇아
　　항상 마음 아프던
　　너의 엄마와
　　어린 동생이
　　너를 생각하여
　　잠 못 이루는 줄 알어라

　　사랑하는 나의 아이야

　　너 지금
　　어느 곳에 있느냐
　　　　　　　　　　—임화, 「너 지금 어느 곳에 있느냐—사랑하는 딸
　　　　　　　　　　　　　　　혜란에게」 부분

기억의 습작, 또는 창조적 아이러니를 위하여
—채상우의 시집

　지난 두 권의 시집 『멜랑콜리』(2007)와 『리튬』(2013)에서 채상우는 '신성/세속', '진지/경박', '지식인/일상인', '고급문화/하위문화', '본격문학/대중문학' 등으로 표상되는 이분법적 가치 대립의 세계를 해체했다. 그리고 저 완강한 경계들을 자유롭게 넘나드는 형식 실험을 감행했다. 이 실험은 아마도 우리 일상에서 살아 꿈틀거리는 실물 감각의 세계를 그야말로 생생하게 묘파하려는 자리에서 기원했을 것이다. 그리고 바로 이 자리에서 시인은 그 누구도 넘보지 못할 능란한 솜씨와 재능을 유감없이 발휘한다.
　지난 시집들에서 눈에 띄는 대로 가져온 "초등학교 사 학년 때 장래희망란에 공무원이라고 또박또박 새겨 넣은 적이 있는 경기권 대학 운동권 출신의 영업외판사원(단란주점 글루미썬데이와 그린스파불가마사우나와 일산원조뼈해장국에서도 이미 수백 번 설파한 바 있는): Imagine there's no heaven it's easy if you try, nijugurissibpapaly …… you, nijugurissibpapaly"(「기적의 조건」, 『멜랑

콜라』)나, "그러니까 HD 포르노처럼 길가메쉬의 수메르어 판본과 아카드어 판본에 대해 유머의 정치경제학적 비판에 대해 언젠가 동쪽으로 불어 갔던 바람처럼 비단거북이의 사라진 줄무늬처럼 정성스럽게 그리하여 모태주와 새우청경채볶음과 철없는 이데올로기에 대해 차츰차츰 위중해지는 십팔 세기의 찻잔처럼 시어핀스키 삼각형에 대해"(『쓴다』, 『리튬』) 같은 이미지들의 짜임새를 촘촘한 시선으로 들여다보라.

이들은 "운동권"과 "영업외판사원", "단란주점"과 "글루미썬데이", 존 레넌의 세계적인 명곡 "Imagine"의 의미심장한 노랫말과 욕설에 가까운 우리말 조롱 어구 '니주구리씹빠빠'를 영어로 표기한 "nijugurissibpapaly"를 저돌맹진의 기세로 횡단하고 융합한다. 나아가 "HD 포르노"와 "길가메쉬의 수메르어 판본", "유머"와 "정치경제학", "새우청경채볶음"과 "이데올로기" 등등의 상호 이질적인 사물과 사태와 지식을 과감하게 결합하고 병치시키는, 채상우의 독특한 변형 생성문법과 과격한 형식 실험을 대리표상한다.

어쩌면 초현실주의 화가들이 발명했던 콜라주(collage) 기법에 비견될 수 있을 채상우의 과감한 통사구조 해체-재구성은, 그가 청소년 시절 반드시 넘어 다녀야만 했을 "미아리 고개"의 원체험에서 오는 것인지도 모른다. 또한 1991년 5월 대학가를 불바다의 통곡 소리로 뒤덮게 했던 '분신 정국'과 '유서 대필 사건'으로 인해 나날의 삶이 곧 시위 현장으로 얼룩질 수밖에 없었을 새내기 시절의 또 다른 원체험에서 온다. 아니, "미아리 고개"와 "운동권 출신"이 그야말로 생짜로 섞여 드는 자리에서 오는 것이 틀림없다. 따라서 시인은 정반대의 차원을 구성하는 저 원체험의 감각 자료들 가운데서, 그 낱낱의 가녀린 비늘 하나조차도 잃지 않으려는 지독한 기억의 윤리학의 수행자이자 섬세한 마음 나눔의 실천가일 수밖엔 없다.

우리는 지금 기억의 윤리학이라는 다소 둔중한 말을 활용하고 있는 셈이나, 오랫동안 시인을 곁에서 지켜본 사람이라면 저 말이 어떤 내포의 음영과 마음결의 파장을 거느릴 수밖에 없는지를 이미 알아채고 있을 터이다. 그리하여, 만일 채상우가 보르헤스의 '기억의 천재 푸네스'와 같은 비범한 기억의 소유자이자 그 누구의 마음도 상하거나 다치지 않게 하려는 지극한 배려심의 소유자라는 사실을 직접 겪어 본 사람이라면, '기억의 윤리'란 그에겐 어쩔 수 없는 숙명이자 체질일 수밖에 없다는 사실을 이미 오래전부터 깨닫고 있었으리라.

그렇다. 채상우는 제 기억의 낱낱을 채록하면서 그것에 깃든 섬세한 마음의 자취를 매번 다시 되살피려는 자이기에, 윤리학적 근본주의자로 살아올 수밖에 없었을 것이다. 그리고 그 숙명의 테두리를 결코 벗어날 수 없었으리라. 그러나 『필』에서 집요하게 관철된 현재진행형 시제와 기억의 윤리로 집약되는 시인의 체질이 뫼비우스의 띠와 같이 하나의 매듭으로 이어져 있다는 사실을 눈치채고 있는 사람은 많지 않을 듯하다.

가령 똑같은 제목을 달고 있는 40편의 「필」 가운데서 다섯째 순서로 등장하는 "다시 열이틀을 꼼짝없이 앓고 나니 사는 게 꼭 귀신의 일만 같다/스물여덟 해 전이었던가 여인숙 앞마당 요강에 눈이 소복이 담기던 입춘 아침/차비가 없다던 그 사람은 무사히 돌아갔을까 여태 소식 모를 사람/입안이 비릿하다/어치가 몇 남지 않은 산수유 열매들을 쪼고 있다"(「필」) 같은 이미지들을 오랫동안 심안(心眼)으로 들여다보라. 이렇듯 정갈하고 아름다운 단형 시편에서도 기억의 윤리는 여지없는 현재진행형의 시간으로 현현하고 있기 때문이리라. 아니, 우리 존재의 중핵에 깃들인 오롯한 마음의 풍광 하나가 웅숭깊은 침묵의 공간 위로 아름답게 펼쳐지는 장면을 목격할 수 있으리라.

그렇다. "스물여덟 해 전"으로 시간을 되돌려 "입춘 아침"의 풍경을 떠올리는 시인에게, 그날 일어났던 모든 사건과 감각 자료들은 이미 지나가 버린 과거의 유물이거나, 지금-여기의 삶과는 무관한, 저 머나먼 세월의 뒷면으로 먼지처럼 가라앉은 퇴색한 마음의 잔영일 수 없다. 오히려 "여태"라는 탁월한 부사의 쓰임새가 휘감아 오는 팽팽한 긴장의 뉘앙스처럼, 지금 바로 이 순간을 향하여 쉴새 없이 진격해 들어오는 현재진행형의 어떤 벡터에 가깝다. 좀 더 적확하게 말하자면, '무언의 말'(김수영, 「말」)이 드리우는 행간의 음영과 침묵의 빛살을 질료로 삼아, 시인이 아름답게 빚은 존재론적 영기(靈氣)-분위기일 것이 틀림없으리라.

흔히 아우라(Aura)라는 말로 표상되어 온 저 영기-분위기가 채상우의 몇몇 시편들에서 휘황한 흔적으로 남겨질 수밖에 없는 까닭 역시, 그의 지독한 기억의 윤리학에서 온다. 그는 자신이 만난 사람들 또는 사물들을 단 하나도 빠뜨리지 않고 기억하려는 사람이기 때문이다. 아니, 이들 모두를 현재진행형의 시간으로 불러들여, 그 엇나간 마음의 흔적들과 매 순간을 현란하게 엇갈리며 달아나 버리는 무수한 시간의 조각들을 대질심문하려는 벤야민의 변증법적 이미지의 구현자이기 때문이리라. 현재진행형 시제로 이루어진 채상우의 시편들이 이른바 비동일자의 구원이라는 의미소(意味素)를 품을 수밖에 없는 맥락 역시 이와 같다. 이번 시집 『필』에 수록된 단형시 형태의 작품들에서, 억압된 과거와 깨어난 현재가 서로에게 달려들어 통상적인 시간의 흐름을 멈춰 버리고, 과거의 유토피아적 기억이 마치 한순간을 번뜩이며 스치는 섬광처럼, '지금-시간'(Jetztzeit)의 휘황한 빛살로 나타날 수밖에 없는 것도 같은 이유에서다.

가령 "날도 저물기 전 미아슈퍼 앞 자귀나무 아래 평상에 앉아 반병 남은 소주 마저 먹고 소금 찍어 먹던 사람 삼십 년 전 그 사람//비로소 내가 된 당신"(「필」), "수국이 무더기로 피어 있다 곧 질 것이다/하루 종일 당신 대신 통조림에 대해 생각했다/프롤레타리아는 매일 매시간 자신을 팔아야만 한다/결코 다다를 수 없는 하얀 공단 같은 밤이다"(「필」), "비니루 한 장 저 검은 비니루 한 장 한겨울 대곡역 앞 사과나무밭 두엄더미에 걸려 있는 검디검은 비니루 한 장//문득 나부낄 때 만장처럼 나부낄 때 혼신을 다해 바람은 불어오고 반드시 불어오고//불현듯 모든 것이 이해되려 할 때/어쩌자고 무작정 달려오고만 있는가, 당신은"(「필」), "구 년이 지나갔다/구 년이 지나갔다//구 년이 지나고 보니/구 년 전에 무슨 일이 있었는지 기억나질 않는다//다만 지난 구 년이 하루만 같다/하루 같은 구 년이 꼬박 구 년 동안 지나갔다//구 년이 지나고 보니/할 일도 없어졌고 살 일도 없어졌다//구 년만 같은 하루가 끝나지 않는다"(「필」), "붓꽃이 피었다 진 자리//그대 모르게 그를 보고파/그대 모르게 그를 보고파//보이지 않는 바람과 같이/보이지 않는 바람과 같이//거짓말은 진실이 되니까/거짓말도 진심이 될 테니까"(「필」) 같은 단형시의 무늬들과 예술적 짜임새를 보라.

이들은 「필」이라는 똑같은 제목을 지니고 있지만 다른 이야기들을 자기 안에 품는다. 그러나 저 이야기들은 어구와 어구 사이, 행과 행 사이, 연과 연 사이, 그 무수한 여백의 공간들에서 우리가 상상하기조차 어려운, 무한정한 시간의 깊이와 사건의 넓이를 드리운다. 그리고 이 자리에서 이들은 똑같다. 물론 이와 같은 시간과 사건의 확장술은 겉면 위로 드러나지 않는다. 그 누구도 측정할 수 없는 여백의 공간으로 숨어들어, 보이지 않는 감응의 빛살로 휘감겨 올 뿐이다.

우리는 "삼십 년 전 그 사람"이 "비로소 내가 된 당신"으로 바뀌는 그 시간의 무수한 굴곡과 사건들의 디테일을 도무지 따라잡을 수 없기 때문이리라.

그러나 시인은 측량할 수 없는 저 무한한 감각 자료들을 무언의 말과 침묵의 그림자로 직조함으로써, 시라는 예술 양식이 그 오랜 역사로 간직해 온 여백의 미학, 그 무수한 사이 공간에서 상상력의 여운이 서서히 스며 나오도록 그 미감의 움직임을 섬세하게 조율한다. 따라서 인용 구절들에서 나타난 "하루 종일", "불현듯 모든 것이 이해되려 할 때", "구 년이 지나갔다" 등등의 특정한 시간의 길이와 단위를 표현하는 어사들은, 그것이 품은 축자적 의미의 명료성에도 불구하고 지금까지 우리가 말해 온 무한정한 시간의 깊이와 사건의 넓이를 휘감는다. 이들은 모두 시인이 자기 생에서 만난 모든 사람과 사물들을 하염없이 들여다보고 있었다는 사실만을 넌지시 강조할 뿐, 그 내부에 어떤 사연과 곡절이 담겨 있는지 짐작조차 할 수 없게 만들기 때문이다. 아니, 이들이 품은 서로 다른 시간의 길이와 체적이란 실상 수사학적 언어 표현에 불과할 뿐이며, 모두 한결같이 시인이 기억의 습작을 위해 공들인 그 시간의 밀도를 나타내고 있으므로.

"구 년이 지나갔다"로 시작되는 「필」이나, "붓꽃이 피었다 진 자리"를 첫머리에 얹은 「필」 역시 무수한 사이 공간에다 시인의 생 한가운데 있었을 무한정한 사연과 곡절들을 말없이 포개 놓는다. 따라서 다른 무수한 「필」과 다르지 않을 것이다. 그러나 이 작품들은 특정 어사들의 반복과 변주를 통해, 소리마디들의 흐름 자체로 어떤 뉘앙스를 풍긴다는 점에서 조금 다른 차원을 열어젖힌다. 그렇다. "거짓말은 진실이 되니까/거짓말도 진심이 될 테니까"라는 반복이자 변형의 구절이 탁월하게 응집하고 있는 것처럼, 시인은 저 집요한 반복-변형

어구들을 활용하여 나날의 삶에 도사린 너절하고 비루한 감각들에서 도리어 시적인 순간을 되찾아오려는 예술적 기투를 감행하려 한다. 그리고 이를 잠시도 멈추지 않았던 것 같다. 어쩌면 "거짓말은 진실이 되"고, "거짓말도 진심이 되"는 생의 아이러니가 비일비재하게 나타나는 것은 시와 예술의 영역에서인지도 모른다. 아니, 저 아이러니란 시와 예술 자체가 품을 수밖에 없을 표현론적 초월성에서 기원하는 것이 틀림없으리라.

그렇다. 시인 채상우는 우리 생이 단순한 가치 대립으로 환원될 수 없을뿐더러, 오히려 무수한 대립의 항목들이 서로를 넘나드는 자리에서 우리가 살아가는 실제 삶의 역동적 생동감을 포착할 수 있음을 이미 오래전에 체득했던 것으로 보인다. 또한 교과서적 지식과 관념으로 구획된 특정한 가치체계와 정서의 세계를 시적인 것으로 수용해 온 작시법의 관행을 깨뜨리려는 창조적 저항감으로 충만했으리라 짐작된다. 그리고 이를 "여태껏" 견고하게 유지해 온 것이 그야말로 자명해 보인다. 그리하여, 채상우의 이번 시집 『필』에 아로새겨진 지난 시집들의 보이지 않는 미학적 관성의 압력이자, 그 수미일관한 산문시의 벡터를 아래와 같은 구절들에서 다시 절절하게 느껴 보라.

이번 시집 곳곳에서 간추린 "아이는 공을 차는 것 외에는 거의 움직이지 않는다 거의 움직이지 않고도 아이는 공을 찬다 정확하게 찬다 정확하게 再斯可矣라고 했다 再斯可矣라고 거듭 말했다 저 아이는 오늘 처음 본 아이다 오늘 처음 본 아이가 공을 찬다 오늘 처음 본 저 아이가 언제부터 공을 차고 있었는지는 모르겠다"(「천국을 보는 눈」), "점심으로 설렁탕 먹으러 가던 길에 조붓한 화단에 핀 제비꽃을 보았다 참 예뻐서 스마트폰을 꺼내 들었다가 페이스북에 포스팅한 김민정 시인의 글 하나를 읽었다 읽었는데 아프면 와서 자라 하셨다라는 문장 앞에서 나도 그만 무너졌다"(「한데서 국수를 먹다 보면 여기가 春川 같기도 하고 장강 같기도 하고 꿈결 같기도 하고」), "그 벽에는 당연히 얼레리꼴레리가 있다 얼레리꼴레리 아래엔 미선이 누나와 낯선 형이 있다 이십삼 년째 있다 이십삼 년째 미선이 누나는 낯선 형과 얼레리꼴레리 중이다 그 벽에는 이십일 년 전 삼양교회 중등부가 부르던 크리스마스의 캐럴이 있다 이게 크리스마스라니 이게 크리스마스라니 우리가 대체 무슨 짓을 하고 있는 건가요"(「신묘장구대다라니」) 같은 구절들을 보라. 이들은 채상우의 빼어난 시적 재능이 산문시의 형태로 나타났다는, 이미 상식이 되어 버린 사실 하나를 낯선 시간의 풍경처럼 빚어 놓는다.

그렇다. 「천국을 보는 눈」은 "아이"와 "찬다"를 주어와 서술어로 집요하게 반복하면서, 이를 『논어』 공야장 제오(公冶長 第五) 제19장에 등장하는 "季文子三思而後에 行하더니 子聞之하시고 曰 再斯可矣니라(季文子가 세 번 생각한 뒤에 행하였는데, 孔子께서 이 말을 들으시고 말씀하셨다. "두 번이면 可하다")"[1]라는 문구의 "再斯可矣"에 잇대어 놓음으로써, 평범한 일상적 풍경 하나를 지극히 낯선 아우라로 에둘러진 것으로 만든다. 아니, 어떤 신성한 광경처럼 빚어 놓는다. "천국을 보는 눈"이란 제목이 이를 좀 더 견고한 유토피아주의로 이끌어 올리는 것은 두말할 나위 없다. 반면, 「신묘장구대다라니」에서 엿보이는 "얼레리꼴레리"와 "삼양교회", "크리스마스 캐럴"과 "신묘장구대다라니" 같은 형상들의 조합은 신성과 세속, 종교적인 것과 일상적인 것, 기독교 성탄절 찬송가와 불교 경전 천수경의 주문 같은 상반된 이미지들을 시인이 용맹정진의 필법으로 횡단하고 있다는 사실을 비교적 또렷하게 보여

---

1 성백효 역주, 『論語集註 附 按設』, 전통문화연구회, 2013, p.225.

준다.

그리하여, "김민정 시인의 글"과 연관된 에피소드를 예술적 오브제로 삼고 있는 시편은, 「한데서 국수를 먹다 보면 여기가 春川 같기도 하고 장강 같기도 하고 꿈결 같기도 하고」라는 제목의 시편에서 이어진 같은 이미지의 다발, 곧 한 편의 시처럼 읽힌다. 물론 시인은 손사래를 쳤다. 그러나 나는 『필』 61쪽에서 64쪽까지 나타난 저 이미지들을 한 편의 시처럼 읽었고, 반드시 그래야만 하리라고 다시 시인에게 제안한다. 그럴 때에야 비로소, 지극히 뻔한 일상과 지극히 낯선 풍경 사이에서 기적에 가까운 시적 긴장 상태를 팽팽하게 지속시키는, 이 작품의 놀라운 독창성이 고스란히 살아날 수 있기 때문이다.

나아가 이와 같은 독법을 통해서만, 「한데서 국수를 먹다 보면 여기가 春川 같기도 하고 장강 같기도 하고 꿈결 같기도 하고」라는 시편에서 평균치보다 훨씬 큰 활자체로 인쇄된 이미지의 계열이 "설렁탕"과 "공원"과 "두부"로 표상되는 일상적 산문체의 역동적 생동감과 결부되어 있다는 사실이 선명하게 드러날 수 있을 것이다. 또한 이와 다른 평균치의 이미지 계열이란 "귀신은 보이지 않고 당신만 보인다", "오래 아프다 뒤미처 오는 것들이여"로 표상되는 시적 수사학의 예술적 높이를 표상한다는, 수미일관한 이미지 지력선이 우리 눈앞으로 드러날 수 있을 것이다.

따라서 이와 같은 이미지 지력선이란 채상우 시 전체를 섬세하게 갈피 지을 수 있는 심미적 통찰과 정교한 해석을 제공할 것이 분명해 보인다. 또한 그의 시를 생생하게 감수할 수 있는 가장 유효한 독법이자 근본적인 문제 설정으로 자리하게 될 것이다. 이에 따르면, 채상우가 첫 시집부터 일관되게 수행해 온 상반된 대립 가치들의 해체-재구성은 이 작품에 이르러, 그야말로 최고 순도의 광휘를 내뿜는다는 해석에 동의할 수밖에 없기 때문일 것이다. 마찬가지로 이 작품의 제목이야말로 화룡점정을 찍는다고 보는 해석 역시 같은 맥락을 이룬다.

그리하여, "한데서 국수를 먹다 보면 여기가 春川 같기도 하고 장강 같기도 하고 꿈결 같기도 하고"라는 과감하고 탁월한 제목을 다시 곰곰이 들여다보라. 그것은 겉보기엔 산문적인 것이 틀림없으나, 제목에 대한 우리 모두의 상식과 통념을 근본적인 차원에서 깨뜨린다는 점에서, 다른 그 무엇보다도 시적인 것의 풍모를 두루 갖춘 것일 수밖에 없기 때문이다.

그렇다. 채상우는 이번 시집 『필』에서 지금까지 자신이 일관되게 축조해 온 특정 어구의 반복-변형을 통해, 지리멸렬에 가까운 우리네 일상 풍경을 다채로운 예술적 실험과 창조적 유희가 샘솟는 축제의 터전으로 바꾼다. 그리고 이 자리에서 빛을 발하는 것은 시인의 천분(天分)의 솜씨에서 빚어지는 집요하면서도 유장한 반복의 리듬일 것이다. 나아가 이 리듬을 타고 흐르는 정치적 저항과 예술적 유희의 뉘앙스이리라. 아니, 저 이미지들의 무수한 사이 공간을 타고 파죽지세처럼 뿜어져 나오는 카니발의 리듬, 그 흥성거림의 감각일 것이다. 어쩌면 시인은 시집 곳곳에다 저 카니발의 리듬을 마치 한줄기 빛살처럼 틔워 올리면서, 뻔하디뻔한 일상의 권태와 우리네 삶의 진부함을 전혀 다른 창조적 이미지와 휘황한 예술적 짜임새로 바꿔 놓았다는 점에서, 이미 탁월한 성취를 이룬 것인지도 모른다.

그러나 『필』을 이전의 시집들과는 전혀 다른 미감을 함축한 것으로 이끄는 것은, 똑같은 제목으로 이루어진 40편의 「필」이라는 사실 앞에서 우리는 잠시 걸음을 멈추어야만 한다. 나아가 이들의 공분모를 형성하는 것은 단형시의 형태이자 아름답게 절제된 침묵의 미감이란 사실을 다시 한번 더 생각해야만 하리라. 아니, 이번 시집의 예술적 중핵으로 자리한 여백의 미감과 무언의 움직임이 불러일으키는 보이지 않는 '감응의 빛살'을 온몸으로 느껴야만 할 것이다. 그리하여, 그것마저 다시 아이러니의 미궁으로 빠뜨려 버리는 창조적 아이러니, 그 아이러니의 아이러니가 불러오는 예술적 추동력을 오랫동안 되짚어 보아야만 할 것이다.

아마도 『필』의 끄트머리에서, 다음 시집의 휘장이 이미 나부끼고 있는 듯한 이상한 기시감이 생겨나는 것은 채상우가 성취해 온 저 환골탈태의 미학이 과연 어디로 나아갈 것인지를 그 누구도 예측할 수 없다는 데서 비롯할 것이다. 아래 새겨진 아름다운 서정성의 아우라와 더불어, "눈 속의 눈을 도려내는 중입니다"로 표상되는 창조적 아이러니를 다시 아이러니의 상태로 휘몰아 가는 시인의 첨예한 실험 정신과 용맹정진의 결단력이 일러 주는 것처럼.

십일월의 비 내리는 저녁 당신은 오늘도 당신의 한쪽 눈을 도려내고 있습니다 당신은 고통을 모릅니다 당신 눈에서 피가 솟구치고 있는데 당신의 얼굴은 저녁처럼 담담합니다 저는 그 저녁 속을 걷고 있습니다 매일매일 당신은 당신의 한쪽 눈을 도려내고 있고 저는 사념 없이 저녁 속을 걷고 있습니다 우리 행복했었던가요 지금은 이 저녁이 언제부터 시작되었는지조차 기억이 나지 않습니다 다만 당신은 여전히 당신의 한쪽 눈을 도려내고 있고 저는 저녁 속을 걷고 있습니다 시름없이 프리지아가 피어나고 있네요 십일월인데 이 비는 이제 마지막일까요 아직 시작되지 않은 것은 무엇인가요 제 질문은 부질없어집니다 당신은 그저 당신의 한쪽 눈을 도려내고 있고 저는 무량하게도 순정해집니다 십일월의 비 내리는 저녁처럼 십일월의 비 내리는 저녁의 프리지아처럼 당신은 당신의 한쪽 눈을 도려내고 있고 저는 고통을 잊어버린 저녁 속을 걷고 있습니다 맨 처음 고백은 힘들어라 우리 사랑한다는 말을 했었던가요 십일월의 비 내리는 저녁 당신은 얼굴 한번 찡그리지 않고 어제 그랬던 것처럼 눈 속의 눈을 도려내는 중입니다

—「November Rain」 전문

미학들, 세계로 열린 창문들
—김민정과 이근화의 시집

블랙 유머와 그로테스크 리얼리즘

김민정의 세 번째 시집 『아름답고 쓸모없기를』에는 지난 두 권의 시집을 도드라진 윤곽으로 곧추세웠던 욕설과 비속어, 육두문자와 장광설이 아이들이 신이 나서 터뜨리는 폭죽처럼 활달한 뉘앙스로 흩뿌려져 있다. 또한 이 시집의 앞머리에 들어선 몇몇 시편들은 제 일상의 속살을 과감하게 노출하는 밀착인화의 기법과 극사실주의 방법론을 도입함으로써, 그 사실성의 무늬들을 전위적 예술성의 형상들로 변신시킨다. 바로 이 자리에서 시인 김민정만의 독특한 예술적 마력과 과격한 실험성이 동시에 빛을 발한다. 이 마력과 실험성은 시적인 것을 어떤 특별한 삶의 순간들에서 찾아내려는 것이 아니라, 도리어 나날의 안정된 삶의 질서들 곳곳에 들어박힌 비루하고 끔찍하고 권태로운 형상들 속에서 빚으려는 그녀의 고유한 미학적 자의식과 이미지 조각술에서 비롯한다.

매일매일의 일과표, 그것의 한 편린을 이루는 "아빠 김연희의 메일", "시인 장철문의 카톡", "화가 차규선의 문자", "편집자 황예인과의 채팅"에서 "나 이 구절 시로 써도 되냐"(「수단과 방법으로 배워 갑니다」)로 표상되는 시적인 것의 원천을 길어 올리는 용맹정진의 감각과 비범한 솜씨를 눈여겨보라.

가령 "아내가 아프오/물 쟁반을 든 할머니가 안방 문을 열었을 때/나는 직사각형으로 드러누운 푹 꺼진 보료를 보았다/흙만이 사각형의 기억을 갖고 있는 건 아니구나/이불과 베개도 네모라서 네모라고 메모하는 참인데"(「춘분하면 춘수」), "만나 보라는 남자가 82년생 개띠라고 했다. 나보다 여섯 살이나 어린 핏덩인데요. 이거 왜 이래 영계 좋아하면서. 젖비린내 딱 질색이거든요. 이래 봬도 개가 아다라시야, 아다라시. 두툼한 회 한 점을 집어 우물우물 씹는데 어느 대학의 교수 씩이나 하는 그가 내게 되물었다. 아나, 아다라시? 무슨 스끼다시 같은 건가요? 일본어 잘 몰라서요. 왜 그래 아마추어같이."(「그럼 쓰나」) 같은 구절들을 보라.

이들에서 스며 나오는 시인의 예리한 눈매와 탁월한 예술적 직관력을 감지할 수 있다면, 그대는 '시적인 것'에 대한 교과서적 지식과 학습의 테두리를 멀찌감치 넘어서 있는 사람일 것이 틀림없다. 그리고 그것이 어떤 자리에서 태어날 수밖에 없는 것인지를 이미 알아채고 있을 터이다. 시인은 시적인 것을 찾기 위한 목적에서 나날의 삶의 현장을 가로지르는 욕설과 비속어의 세계를 외면하지 않는다. 오히려 그 세계의 한가운데 진득하게 눌러앉아 비루하고 난폭하고 불경한 온갖 것들과 더불어 키득거리면서 한바탕 신나게 놀아 보려는 자세를 취한다.

이러한 측면들은 "뼈가 내는 아작 소리를 아삭하게 묘사해야/고통에서 고통으로 고통이 전해질 수 있는 거니까"(「엊그제 곡우」)라는 형상이 암시하듯, 그녀의 정신적 체질 자체가 견리사의(見利思義)의 떳떳함과 낭중지추(囊中之錐)의 첨예함을 가지고 살아갈 수밖에 없다는 것을 암시한다. 하기야 어느 해 여름 "하지"의 "오후 2시께", "횡단보도 앞에 나란히 선" "두 대의 택시" 사이에서 오간 대화를 포착하여 그 날 것의 형상들을 직설화법으로 드러낸 "—어디 가냐/—집에 간다/—대낮부터 마누라 너무 조지지 말고/—해수탕 가고 없다 내 마누라/—그럼 디비 자라 딸딸이 졸라 쳐 대지 말고/—손님 카드 긁을 힘도 없다 이 씹새끼야"(「오늘 하지」)라는 구절들 앞에서 무슨 말이 더 필요하겠는가? 아니, 살아 펄떡거리는 저 비루한 날것들의 감각들과 그로테스크의 박진감 앞에서 우리는 모두 무장해제의 너털웃음만을 지을 수밖에 없지 않은가?

그렇다. 김민정의 시에서 빈번하게 도입되는 밀착인화의 기법과 극사실주의 방법론은 궁극적으로 블랙 유머와 그로테스크 리얼리즘을 겨냥할 뿐만 아니라, 이들에서 스며 날 수밖에 없을 아이러니의 희극적 쾌감과 카니발의 해방감을 흩뿌려 놓는다.

예컨대, "그런 그가 한국에 와 처음 배운 단어는 밤도 아니고 별도 아니고 바람도 아니고 자지라 했다. 자라고 할 때는 자지, 보라고 할 때는 보지. 그렇지. 그건 맞지."(「그럼 쓰나」), "희고 가느다란 네 열 손가락/이 빌어먹을 자위 기구가 좆같이 비싸단 말씀이야"(「망종」), "간만 먹는 내가/소금은 털고/남의 간이나 씹는 내 앞에서/아줌마가 레모나 빈 껍데기로 이를 쑤시었다/이가 썩었나 이 사이에 뭐가 꼈나/잇새를 파는데 끼룩끼룩 소리가 났다/종이컵으로 입 한 번 헹구더니/아줌마가 레모나 빈 껍데기로 다시금 이를 쑤시었다"(「냄새란 유행에 뒤떨어지는 것」), "내가 손으로 그랬듯 그들 또한/날달걀에 비빈 밥을 더는 비려 하지 않을 나이 마흔이면/모르긴 몰라도 똥 하나는 기차게

싸게 될 거야"(「소서라 치자」) 등의 이미지들을 보라. 그리고 이들이 종
횡무진으로 움직이면서, 틔워 올리는 블랙 유머와 그로테스크 리얼리
즘의 가공할 만한 위력과 생동감을 온몸으로 느껴 보라.

러시아의 한 언어철학자는 그로테스크 리얼리즘이란 "육체 자체와
먹고 마시고 배설하는 것, 그리고 성생활의 이미지들과 같은 삶의 물
질·육체적인 원리"를 품고 있는 것으로 규정했다. 또한 "고상하고 정
신적이며 이상적이고 추상적인 모든 것을 물질·육체적 차원으로, 불
가분의 통일체인 대지와 육체의 차원으로 이행시키는 것"(미하일 바흐
친, 『프랑수아 라블레의 작품과 중세 및 르네상스의 민중문화』)이라고 말한 바 있
다. 따라서 이번 시집 『아름답고 쓸모없기를』을 위시한 김민정의 거
의 모든 시편은 그로테스크 리얼리즘의 범주로 수렴되는 동시에 그
것을 초과하는 면모를 지닌다고 보는 것이 적확하겠다. 곧 그녀의 시
어와 문장들이 내뿜는 그로테스크는 "공식적인 축제와는 대조적으로
카니발은, 마치 지배적인 진리들과 현존하는 제도로부터 일시적으로
해방된 것처럼, 모든 계층 질서적 관계, 특권, 규범, 금지의 일시적 파
기를 축하하는 것이다"라는 바흐친의 말로 응축될 수 있을 카니발의
요소들을 과감하게 수용하고 있다는 것이 좀 더 섬세하고 적확한 해
석일 듯하다.

그러나 카니발의 감각과 그로테스크 리얼리즘과 블랙 유머 뒷면에
은밀하게 숨겨진 시인의 둔중한 자기 성찰과 윤리적 몸부림을 읽어
내지 못한다면, 당신은 이번 시집과 김민정 시의 고작 반만을 읽은
셈일 터이다. 아니, 이번 시집 첫머리와 끄트머리의 시편들인 「아름
답고 쓸모없기를」과 「근데 그녀는 했다」에서 희미한 흔적처럼 암시된
"사랑" 혹은 우정의 대위법적 변주곡을 들을 수 없다면, 김민정 시의
중핵에 결코 도달할 수 없을 것이 분명하다. 따라서 그녀가 돋을새김

의 필치로 드러내는 저 노골적인 위악의 가면은 더 나은 사람으로 살기 위한, 좀 더 좋은 세계와 다른 미래로 나아가기 위한 그녀의 헌신적인 노력에서 비롯할 것이다. 아니, 그것을 가로막는 그 모든 것들과의 가차 없는 투쟁에서 비롯되는 절규이자 신음일 것이 틀림없다. 시인이 보이지 않는 곳에 깊숙이 감춰 둔 저 "사랑"의 변주곡을 느리게, 좀 더 느리게 들어 보라.

> 물은 죽은 사람이 하고 있는 얼굴을 몰라서
> 해도 해도 영 개운해질 수가 없는 게 세수라며
> 돌 위에 세숫비누를 올려 둔 건 너였다
> 김을 담은 플라스틱 밀폐 용기 뚜껑 위에
> 김이 나갈까 돌을 얹어 둔 건 나였다
> 돌의 쓰임을 두고 머리를 맞대던 순간이
> 그러고 보면 사랑이었다
>
> ―「아름답고 쓸모없기를」 부분

양망이라 쓰고 망양으로 읽기까지

메마르고 매도될 수밖에 없는 그것

사랑이라

오월의 바람이 있어 사랑은

사랑이 멀리 있어 슬픈 그것

낯선 것의 휘날림과 윤리적 불면의 밤

이근화의 시집 『내가 무엇을 쓴다 해도』는 나날의 삶에서 마주치는 사소한 사물들과 현상들과 에피소드들을 제 몸의 터전으로 삼는다. 그러나 이들은 지루한 반복과 권태로운 패턴 속으로 휘말려 들어가지 않는다. 나아가 그 자신들의 고유한 존재의 빛깔과 음영을 말소시키지 않는다. 오히려 일상의 구조적 중력과 그것을 넘어서려는 탈주의 원심력 사이에서 번뜩거린다. 곧 일상적 영토화의 질서 한복판에서 잠재적 탈영토화의 순간을 느닷없이 현현하게 한다고 하겠다. "사이사이 사라지는 무한정 아름다운 꼬리와 단 하나의 꼬리 사이"(「눈뜬 이야기」, 『칸트의 동물원』)라는 첫 시집의 작은 형상에 축약된 것처럼, 이는 지난 세 권의 시집에서 시인이 부단히 벼려 왔던 비동시적인 것들의 동시적 공존, 또는 공존하거나 병립할 수 없는 사건의 계열들이 곳곳에서 "꼬리"를 물고 나타나는 이상하고 낯선 세계를 그려 내려는 자리에서 비롯하는 것인지도 모른다. 달리 말해, "가능하지 않은 다른 세계"이자 그 "가능 세계"(질 들뢰즈, 『의미의 논리』)를 섬세하고 정교한 필치로 소묘하려는 데서 이근화 시의 고유한 감각과 사유가 솟아오른다는 것이다.

가령 "곧 쓰레기가 될 이 비닐장갑은/우주선의 이름 같다/이백 매인지 아닌지 세어 보지 않겠지만/미아가 될 우주선의 운명처럼/내 손은 이백 번씩/투명하게 빛날 것이다"(「코맥스 200」), "오늘은 검은 비닐봉지가 아름답게만 보인다/곧 구겨지겠지만 그게 무슨 상관이람/사물의 편에서 사물을 비추고/사물의 편에서 부풀어 오르고/인정미 넘치게 국물이 흐르고/비명을 무명을 담는 비닐봉지여/오늘은 아무렇게나 구겨진 비닐봉지 앞에서/미안한 마음이 든다"(「유통기한」), "삼일절이다/대한은 독립/한 끼는 빵을 먹고 만세/태극당 옛날식 빵집에 앉아/크림빵 도넛 카스텔라를 먹고 있는 사람들/입속 가득 뭉개지는 것이 정말 빵이란 말인가/도대체 무엇으로부터 독립할 것인가/반죽처럼 엉키는 질문들"(「태극당 성업 중」), "낮잠에서 깨어나 우는 아이를 업었는데도 조그만 손가락으로 고약을 간단히 떼어 버리고 종기를 후벼 팠다. 순간 욕이 튀어나왔다. 한쪽 눈을 지그시 감고 휘휘 둘러본다. 더 잘 본다는 것은 무엇인가. 두 눈을 똑바로 뜨고 봤던 것들이 나를 비웃었다. 날마다 곪아 터지는 것은 종기가 아니다"(「한쪽 눈을 지그시 감고」) 같은 이미지들을 보라. 특히 이들에 은은하게 스며 있는 일상생활의 무늬들을 휩싸고 도는 저 낯선 것의 휘날림을 보라.

이들 가운데서도 "코맥스 200"이란 "비닐장갑"의 음성 효과에서 갑자기 "미아가 될 우주선의 운명"을 읽어 내거나, 매일매일의 일과 가운데서 반드시 한 번쯤은 마주치게 되는 "검은 비닐봉지"에서 "인정미 넘치는 국물"이나 "비명과 무명"의 탄력과 흔적을 알아채는 장면을 눈여겨보라. 나아가 우리가 하루에 한 번쯤 들르게 되는 제과점의 표상인 "태극당"과 "삼일절"이 이상야릇하게 조합될 뿐만 아니라, 이들이 서로 자유연상의 관계를 이루면서 만들어 놓는 "도대체 무엇으로부터 독립할 것인가/반죽처럼 엉키는 질문들" 같은 구절들이나, "등"에 생겨난 "종기"로 인해 여러 불편과 고통을 겪어 내면서 품게 된 저 둔중한 존재물음(Die Seinsfrage)을 천천히 되짚어 보라.

이 구절들은 우리가 무심결에 지나치는 사물과 현상들에서도 그것에 켜켜이 잠겨 있을 다른 이들의 실존적 파동이나 내력을 시인이 투시하고 있다는 사실을 넌지시 일러 준다. 또한 이를 통해, 나날의 자동화된 삶의 패턴이 거느리는 안정적인 관계들을 일순간 찢어 버리는 미학적 충격과 전율에 집중력을 쏟고 있다는 것을 암시한다. 이들은 이근화의 시가 러시아 형식주의자들이 명제화한 낯설게 하기(defamiliarization)라는 현대미학의 정공법과 핵심 요소를 충실하게 이행하고 있다는 것을 명징하게 예증하는 단서들이라 하겠다. 롤랑 바르트의 『카메라 루시다』에 기대어 말하면, 이근화의 시는 일상의 관성적인 인식 패턴을 이루는 스투디움(studium) 한복판에 풍크툼(punctum)으로 표상되는 충격과 전율의 장면들을 아로새긴다고 하겠다. 어쨌든 시인 이근화가 빚고 있는 저 낯선 것들의 돌발적 현현은 하이데거가 말했던 전체로서의 세계, 우리가 이제껏 전혀 관심을 두지 않았던 삶의 전체적 의미 연관과 그 바탕 세계를 마주 보도록 강제할 것이 틀림없다.

시인 이근화에게 하이데거의 존재물음과 전체로서의 세계는 어쩌면 나날의 삶의 관성 속에서도 시인으로서의 자의식과 예술적 자아를 일관되게 견지하도록 강제하는 매우 예리한 감각의 무대이자 존재론적 사유의 드높은 성채 같은 것인지도 모른다. 이는 시집의 표제작 「내가 무엇을 쓴다 해도」에 나타난 "그건 내가 너를 만나는 동안 만들어 낸/길쭉한 귀 동그란 코 벌어진 입술" 같은 문양에서도 이미 어슴푸레하게 암시되어 있다.

또한 "내가 나를 갖게 되었어/나는 부자네 그리고 내 몸이 있다/머리카락이 돋았다/그것도 나의 것이다"(「트렁크」), "연못의 고요는 허구야 물고기들이 떼로 트림을 하고/야구장의 함성은 언제나 침묵과 고요의 시간 뒤에 오고/머리카락이 싹둑 잘려 나갔지만 아무것도 반성하지 않았다/희고 딱딱한 귀가 오늘은 파도 소리를 담으러 바다로 간다"(「스파이」), "너의 집은 어디니/누군가 진지하게 물었다/정확히 그것을 모르지만/나는 밤마다 발이 닳도록/그곳을 찾아가요"(「집은 젖지 않았네」), "임시 가교를 수개월 동안 건너다닐 것이다/나의 두 발을 사랑해야겠다/뚜렷하게 발음되지 않았지만/그냥 그럴 것이다/기록되지 않은 하루를"(「집으로 가는 길」) 등의 구절들을 보라. 이들에 암시된 시 쓰기의 근원과 장차 도달해야 할 시의 정수를 나날의 생동하는 감각들과 그 너머의 초감각들의 현란한 엇갈림을 통해 현시하려는 시인의 원대한 기획과 비범한 솜씨를 보라.

이들은 시인 이근화가 새롭게 마련한 메타시 계열의 시편들에서도 하이데거의 존재물음과 전체로서의 세계가 전체의 윤곽선을 이끌어가는 주도 모티프로 기능하고 있다는 사실을 암시한다. 나아가 생활인으로서의 이근화가 시인 이근화로 다시 태어나는 순간들을 분열적 주체의 탄생을 비유하는 이미지로 음각하고 있을 뿐만 아니라, "집"의 이미지들을 일상의 처소인 동시에 예술작품의 근원이라는 양면가치의 의미 벡터로 아로새긴다고 하겠다.

그렇다면, 이 시집을 지난 시집들과 확연하게 다른 차원으로 도약하게 만드는 것은 과연 무엇일까? 그것은 시인 자신의 일상적 자아에 대한 성찰과 그것을 일순간에 넘어서려는 시적인 것의 번뜩임에서 오지 않는다. 그리고 나날의 삶을 느닷없이 후려갈기는 존재물음과 전체로서의 세계, 달리 말해, 예술적 자아로 다시 태어나는 그 첨예한 감각적 충격의 장면들에서 비롯하지 않는다. 그것은 지난 세 권의 시집들로부터 이번 시집에 이르기까지 그 이미지 지력선들의 중핵을 부단히 이끌어 온 주도 모티프로 기능했다고 보는 것이 합당하다. 어쩌면 이 의문에 대한 답변은 아래의 이미지들의 한가운데 들어박힌 저 이상야릇한 윤리적 뒤척거림에서 찾을 수 있을지도 모른다.

가령 "좌판의 물건들이 나의 죄를 비추고 있었다/재래시장이 재래의 나를 비웃었다/숨바꼭질하듯 발걸음이 빙빙 돌았다/검은 봉다리를 주렁주렁 달고 걸었다"(「모란장」), "내가 지워지는 날들이 있어요. 내 죄가 나를 먹는 그런 날들. 다 먹힌 것 같은데 내일의 침묵 속에서 내가 다시 튀어나오겠지요. 길거리에 마구 내뱉어진 내가 돌아갈 집은 헛된 망상처럼 높고 반듯하고 분명합니다."(「내 죄가 나를 먹네」), "오월이고 사찰의 연등은 봄꽃보다 빛난다. 나무 위에 걸린 몸들이 말라서 바람을 타고 팽이처럼 돈 적이 있다. 바람은 기억할 수 있을까. 무정형의 죄를 어디에 앉힐까. 흩어진 밥알, 물렁한 밥, 뭉개진 한 그릇. 봄비가 내리고 물은 가장 낮은 곳까지 가는 법을 알고 있다. 그것이 물의 몸이니까. 구석구석 스미면서 더 멀리 더 깊숙이 가려 할 것이다. 뜨거운 피는 굳고 그것을 뚝뚝 떠먹는 일은 사람만이 한다. 튀기거나 썩히거나 조리거나 데치거나 모두 사람의 일인 것처럼. 죄는 희고 물렁하다. 끝까지 사람을 닮으려고 한다."(「두부처럼」) 같은 구절들을 보라. 이들의 공분모를 이루는 "죄"의 이미지를 곰곰이 살핀다면, 저 윤리적 뒤척거림을 단번에 알아챌 수 있을 것이다.

미적인 것과 윤리적인 것, 아름다운 것과 정의로운 것이 그저 대립하는 것이 아니라, 어떤 자리에선 서로 횡단하고 융합될 수밖에 없는, 어떤 필연성의 맥락을 머금는다고 믿는 사람들에겐 이근화의 "죄" 이미지들은 매력적일 수밖에 없을 것이다. 시와 예술이 추구하는 미적인 것이란 결국, 나날의 삶에서 주어지는 비루하고 황폐한 진실들을 정면으로 응시하지 않고서는 마련될 수 없을 것이 자명하기 때문이다. 나아가 이 진실들과 더불어 살아가려는 용기, 곧 진실의 윤리학과 윤리적 불면의 밤이란 이미 그 자체로 아름다운 것일 수밖에 없기 때문일 것이다. 따라서 이근화의 근작 시집『내가 무엇을 쓴다 해도』의 변곡점이자 보이지 않는 중핵과 비약의 지점은 윤리적인 것들 속에서 미적인 것들의 현현 순간을 섬세하게 잡아채는 자리에서 마련되는 것이 틀림없어 보인다. 시집 맨 끄트머리에 새겨진 "가슴도 음부도 없는 같"이 "죽어" 간 "그녀"와의 필사적인 "친구 되기"의 "노력"처럼.

> 그녀의 턱은 사각인데
> 그녀의 입술은 삐뚤어졌다
> 그녀의 머리카락은 짧은데
> 그녀의 눈은 점점 파래진다
> 그녀가 무슨 말을 할까
> 어떻게 죽어 갔을까
> 그녀는 아무것도 궁금하지 않고
> 그녀는 아무래도 옷을 입지 않은 것 같다
> 그녀는 가슴도 음부도 없는 것 같다
> 입술 속에 숨었다
> 손톱 밑에서 운다
> 아무와도 눈을 마주치지 않는다
> 약속은 자꾸 미뤄지지만
> 친구 되기를
> 그녀와 나는 노력해 본다
> 이 삶에 대해서도

—「나의 친구」 전문

음악적 순수추상, 자유간접화법의 모자이크
─신동옥과 김상혁의 시집

음악적 순수추상과 유토피아적 환상

신동옥 시집 『웃고 춤추고 여름하라』의 이미지 조각술과 예술적 짜임새의 중핵을 이루는 것은 래디컬 이미지이다. 그것은 이미지와 이미지 사이의 유사성의 밀도가 매우 엷은 것일 뿐만 아니라, 상호 이질적인 이미지들을 잇대어 놓거나 과격하게 중첩하는 자리에서 태어난다. 나아가 이 시집은 래디컬 이미지를 미학적 지력선의 기저로 삼고 있다는 점에서, 시인의 첫 시집 『악공, 아나키스트 기타』에서 크게 벗어나지 않는 모습을 보여 주는 것 같다. 그러나 "유전(遺傳)"과 "누전(漏電)"이라는 시어로 표상되는 이분법적 대립 구도, 곧 코스모스의 필연성과 카오스의 우연성이라는 이항 대립적 이미지의 계열을 통해 제 실존의 들끓는 정념과 고통의 얼룩들을 표면으로 끌어올렸던 첫 시집과는 달리, 이번 시집은 여러 갈래의 음악들에서 비롯한 사유의 이미지로부터 순수추상에 대한 착상을 얻어 내고, 이러한 비-대상성의 문양들이 촘촘히 들어박힌 자리에서 새로운 미학의 별자리를 일군다.

"몸부림마다 묻어 둔 내밀한 문법이여/여태 우릴 이력한 눈먼 믿음의 무릎이여"(「왈츠」), "서로는/서로를/사냥하며//외국말을 배우는 시간//AMMA//어떻게 읽는 걸까?"(「무궁동(無窮動) 왈츠」), "우린 머리를 맞대고 마주 앉았지./나쁜 행동을 접는 대신 나쁜 염원에/쉽게 빠져들었다 가능한 모든 리듬을 들이켜며/음악은 계속되어야 한다는 압박에 시달렸다"(「앙코르」) 같은 문양들이 현시하는 것처럼, 이 시집의 몇몇 시편들은 우리가 한결같이 경험하는 사실적 시공간을 대상으로 삼지 않는다. 오히려 시인이 애호하는 어떤 음악들의 "내밀한 문법"과 마치 "외국말을 배우는 시간"과도 같은 낯선 선율의 모티프와 더불어, "가능한 모든 리듬을 들이켤" 수 있는 어떤 추상적인 느낌과 분위기와 리듬감을 거죽 위에 돋을새김하려 한다. 이는 음악에서 나타나는 소리의 움직임과 그 규칙적 선율을 시각적인 이미지로 번역해 놓은 시편들에서만 나타나는 현상은 아니다. 어쩌면 이 시집의 대다수 시편은 제 내부의 소재를 이루는 사물과 사건의 윤곽을 희미하게 지워 내고, 바로 그 자리에 음악적 추상성과 그 변양의 리듬감을 내뿜는 이미지들을 들어앉히려는 새로운 실험을 기획하고 있는지도 모른다.

저 구름은 언제 또 어떻게 걷으라는 말일까? 혓바늘을 잠재우듯 느꺼운 밀어(密語)가 비강을 간질간질 덥히고 사라지고 덥히고 사라지고 불란서에 날아가 눕는다면 불안하지는 않을 거야 그치? 서로 다짐하던 밤 눈을 감으면 아무 얼굴 꽃잎처럼 말라붙는 표정들 돌처럼 작아지는 어깨들 네가 인간으로 태어나서 나는 기쁘다 열에 한 번은 환할 수도 있지 않아 열에 한 번쯤은? 침을 삼키는 연습을 하고 거울을 보며 웃는 연

습도 가끔 한다 걷는 일은 즐겁고 가만 앉아 있는 것도 좋다 눕지만 않

는다면 이대로 좋아 딱 이만큼의 낱낱의 앤솔러지…… 어디를 접고 어

디를 펼치고 어디는 뜯어 가도 좋아

　　　　　　　　　　　　　　　　　　　　　　　—「역접(逆接)」 부분

　"逆接"이라는 한자어 제목이 이미 풍기고 있는 것처럼, 위 시편의
문장들과 이미지들은 선형적 인과율과 연속적인 의미의 벡터를 따르
지 않는다. 오히려 "어디를 접고 어디를 펼치고 어디는 뜯어 가도 좋
아"라는 구절이 명징하게 표상하듯, 각각의 문장들과 이미지들은 이
미 그 자체로 "낱낱의 앤솔러지"를 구성할 수 있을 에너지를 발산한
다. 그것은 이 시편이 비약적인 이미지들의 상호 병치, 또는 콜라주
기법으로 빚어진다는 사실을 의미한다. 따라서 "역접"이라는 제목은
이 작품이 각각의 문장들 사이와 이미지의 매듭들 사이, 나아가 그
모든 사이 공간이 어떤 필연적인 결속의 맥락과 구조를 품는 것이 아
니라, 그것을 거스르고 뒤틀면서 어떤 의미들의 발생을 지연하거나
억제하고 있음을 암시한다.

　이와 같은 방법론적 기획은 "중간에서 시작하여 중간으로 들어
가고 나가는, 시작도 종말도 없는 자기 운동이라는 또 다른 여행의
방식"(『천의 고원』)이란 말로 요약될 수 있을 들뢰즈·가타리의 리좀
(Rhizome)을 수용한 것이 분명해 보인다. 나아가 이 시집의 대다수 시
편을 마름질하는 가장 원초적인 힘은, 단 하나의 기원으로서의 뿌리
와 그것에서 파생된 다양한 갈래의 서로 다른 잎사귀들로 비유되는
수목(樹木)의 사유 체계가 아니라, "출발하거나 끝에 이르지 않는" 따
라서 "언제나 중간에 있으며, 사물들 사이에 있는 사이-존재요, 간주
곡"(『천의 고원』)으로 풀이될 수 있을 리좀의 사유 이미지에서 새어 나

오는 것으로 추론된다.

이와 같은 사유 이미지가 표면 위로 도드라지게 솟구쳐 오른 시편들에서는 두 갈래의 의미 계열이 형성되는 듯 보인다. 하나는 "나비, 투명하다 우리의 메리-고-라운드 곁에는 언제나 나만의 아뜨레가 있었다 아뜨레 아뜨레 나비, 나 투명하다 메리-메리-고-라운드로 나비, 나, 너, 투명하다 아뜨레 아뜨레 아뜨레 목조 계단을 걸어 올라오는 남자의 머리엔 창백한 구름 창백한 구름이 지구 반대편이거나 지중해 어디의 바다를 비추고 있다"(「아뜨레—깃」), "그러나 죽는다는 건 호소(湖沼)와 한 몸이 되는 것이거나, 한 몸이 되어 고운 가루가 되어 서로의 땀구멍으로 스미는 것, 가죽도 이빨도 뿔도 꼬리도 없는 몸으로 기는 법을 배우는 것. 땅도 하늘도 녹아 스민다. 녹아 스미는 속력을 좇아 무리는 북으로 북으로 걷다 지치고 남고 남았다"(「간빙기」) 같은 이미지들이 보여 주는 것처럼, 그 기원과 파생을 알 수 없을뿐더러 그 무엇과도 접속될 수 있고 어느 방향으로도 나아갈 수 있는 잠재적 가능태로서의 힘이자 신체, 곧 '기관 없는 신체(corps sans organes)'를 소묘한 시편들이다.

다른 하나는 "누이가 우리 집이라 말했던 그곳을 떠나고 나는 쉬이 다른 사랑에 빠졌다/떠날 때마다 표정을 바꾸고 뒤태를 바꾸는 파렴치한으로/더는 이 세상에 고향을 두지 않는 족속이 되어 버렸다"(「이사철」), "꽃병에 담긴 썩은 물처럼 끈적끈적 취해 뒤엉기다 멈칫, 멈칫 불타오르는 붉은 머리카락과 선정적으로 창백한 볼로 오라빌 올려다보던 누이, 꾹꾹 눌러 재워도 샘솟는 이 근친상간의 친밀감은 누구의 피일까?"(「회기(回期)」), "여태 우릴 결정(結晶) 지운 죄악은 무얼까?/'헤어지자……'//이건 마치 오가며 할퀴고 물어뜯고 젖어 드는 싸움만 같아/헤어지자……/하면, 금세 살 깊어"(「이슬점」)라는 형상들에 나타나 있듯, 가족 서사 내부에 도사린 상징계 질서로부터 탈주하려는 몸부림을 표현한 시편들이다. 이러한 몸부림은 가장 직접적인 몸의 차원에서 작동하는 상징계의 억압 체계를 드러내는 동시에, 이를 넘어설 수 있는 자유로운 생성과 창조의 세계에 대한 일종의 은유처럼 읽힌다. 달리 말해, 시인은 모든 억압적 질서를 넘어서 있는 절대 자유의 유토피아적 시공간을 자신의 소망 세계로 전제해 두고 있다는 것이다.

어쩌면 기관 없는 신체와 유토피아 시공간은 같은 태반에서 자라난 일란성 쌍생아인지도 모른다. 이들은 결국 모든 생명 주체가 이미 잠재적으로 품고 있는 자기 확장의 욕망, 또는 자아 팽창의 벡터를 전제하는 자리에서 태어난 것이기 때문이다. 가령 이 시집 곳곳에서 얼굴을 내미는 "오라비는 자꾸만 움츠러드는 남성을 비빈다/피를 찍어 얼굴을 그린 무명천을 지붕마루에 널어 두렴/칼로 감나무 둥치에 젖을 새겨 젖꽃판은 인두로 그릴까"(「첫, 월경하는 누이를 씻는 백야의 푸주한」), "내가 욕조 속에 구겨진다/내가 변기를 타고 흐른다/머리통이 돈다/타월로 머리통을 밀자/두피에 묻어난 고백이 돈다/앞으로나란히로 머리통을 받치고/모가지에 핏줄 다발을 덜렁/머리통 악보를 읽으며 부르는 노래"(「합창」), "내 한마디 한마디에 네 온 핏줄은 양잿물로 들끓을 테다, 행여 더러운 몸이라면 즐겨 흘레붙으라, 내 너희의 온 몸뚱이 넋 껍데기를 뭉치고 다져 묻으리니, 삼라만상을 덮고도 남을 염통 하나 억겁을 거슬러 구천을 건너라"(「시나위」) 같은 이미지들을 보라. 이들의 절단되고 조각나고 도려내진 신체의 형상들이나, 마치 어떤 '희생 제의'를 직접 목격하는 듯한 섬뜩한 살풍경은 '기관 없는 신체'를 이룩하지 못하는 자리에서 움트는 좌절과 비탄과 죽음의 몸 이미지에 그치지 않는다. 오히려 그 뒷면에서 마치 침묵의 공간처럼 소리 없이 울려 퍼지는 것은, 세계의 모든 질서와 제도와 규범 체계를 벗어나 절대 자유의 세계를 마음껏 누리고 싶은 시인 자신이 품은 지극한 욕망의 벡터, 곧 유토피아적 환상이라 하겠다.

이와 같은 유토피아적 환상은 이 시집이 우리가 살아가는 경험적 현실 세계에서 자양분을 얻기보다는 몇몇 마니아(mania)만이 은밀하게 공유하는 예술적 가상에서 이미지의 물질성을 확보한다는 사실을 암묵적으로 일러 준다. 어쩌면 시집의 마디마디에 메타예술의 형상들이 포진되면서 그것 자체가 시인 자신의 예술론에 대한 알레고리로 기능하게 되는 현상 역시, 영지주의(Gnosticism)를 비롯한 종교혼합주의와 블랙메탈, 그리고 헤비메탈 음악에서 영감을 얻은 시편들이 대다수를 이루기 때문인지도 모른다. 이 비밀스러운 음악-예술-종교의 사원이 그에게 어떤 자부심을 가져다주는 것은 틀림없는 사실이겠지만, 그것이 또한 우리 모두를 시와 예술의 광활한 대지로 스며들도록 하는 절실한 감염력으로 재탄생할 수 있기를 소망한다. 다만 우리는 시인의 유년기 실존이 생생하게 묻어난 제4부의 시편들과 그 형상들에서 제 몸에 찰싹 들러붙은 자연스러운 말의 리듬감과 절박한 숨결을 느낀다는 사실을 전하고 싶을 뿐이다. 그야말로 저릿저릿한 몸의 감촉과 무서운 전율의 순간을 체감하게 된다는 그 사실을. "겨울 모시 잣다 입술이 다 부르텄다"는 저 처연한 "청상"의 형상처럼.

이장은 사망신고서 몇 통을 주머니에 욱여넣고 신작로를 재촉하는 언덕 머리 지붕 꼭지서부터 썩은 짚단이 툭 툭 떨어지고 사방치기 하던 자식새끼는 구멍 난 머리통을 싸매고 정주간 마른 솔가지에 벗은 등을 찔려 가며 처운다 그래 누구 하나 새벽길을 쓸지 않는 입동 지나고 경칩까지는 따뜻했지

농한기 동각 마당서 성마른 농투성이들이 서로 저이 멱살을 쥐어뜯
을 때

청상, 겨울 모시 잣다 입술이 다 부르텄다.

―「청상」 부분

자유간접화법의 모자이크

김상혁의 시집 『이 집에서 슬픔은 안 된다』는 이미지와 이미지 사
이의 지극히 넓은 간격에서 제 거죽의 무늬들과 예술적 짜임새를 마
련한다. 이는 보이지 않는 뒷면에 버티고 선 다양한 서사 맥락과 모
티프, 또는 시인의 사유와 감정과 가치로 열거되는 어떤 관념의 벡터
를 감춰 둔 자리에서 움튼다. 이는 "그리스 신화 속 세 자매 그라이아
이(Graiai)는 태어날 때부터 백발 노파였다. 아틀라스 산맥 동굴에 살
았으며, 그들은 하나의 입을 서로 돌려 가며 사용했다"(「태몽」 부기) 같
은 형상들에서 명징하게 나타나지만, 이 시집의 대다수 시편은 이러
한 서사 모티프를 자유간접화법을 활용하여 오려 붙이기 형상으로
빚어 놓는다고 하겠다. 이 시집이 다소 난해하게 느껴지는 까닭 역
시, 저토록 다채롭게 활용된 알레고리 형상들과 더불어 사방에서 도
려내진 이미지 조각들이 함께 울리는 자리에서 비롯한다.

이 시집의 모퉁이에서 간간이 얼굴을 내미는 "그러니까 말할 수 없
었다/왜 그런 것인지 대답할 수 없는 슬픔은/금지되곤 했다 내가 치
마를 입고 죽어 있다 해도/집에서 불쌍해지는 건 내가 아니었다"(「학
생의 꽃」), "종종 나무의 배후에서 당신을 봅니다만 그것은 비밀에 부
칩니다 나는 말을 못하는 일에 익숙하지요 사랑하는 사람들은 나를
금방 비밀로 삼았습니다"(「묵인」), "화장실에 좀 가고 싶은데/쉽게 지

나가지 않는 밤과 침묵/치마를 좀 추기고 싶은데/이런 광경을 성스럽다 할 수 있을까/두 사람을 父子라고 부를 수 있을까"(「엎드린 사람」), "머리에 검은 비닐을 쓴 키다리가/치마를 올리고 뾰족한 곳을 보여주었다/불결한 입김으로 우리 얼굴을 닦아 주었다/자기의 타액 냄새를 맡으며 그 키다리는 우리가 떨고 있음을"(「외설」) 같은 구절들을 보라. 이들은 시인 실존의 역사에 난폭하게 얼룩진 성(性) 정체성의 혼란으로부터 기원하는 것처럼 보인다.

이와 같은 측면이 사실 자체이든 그렇지 않든, 우리의 관심은 저 "외설" 장면의 노출이 하나의 낯익은 풍경으로 자리매김했다는 사실, 곧 우리 시대 한국시의 예술적 짜임의 근본적인 변환으로 가닿는다. 우리 사회의 그토록 완고했던 성(性) 기율과 그 관념의 뿌리를 송두리째 뒤흔들 만큼 강력했던 황병승의 시적 모험은 그야말로 목숨을 건 도약이자 온몸에 의한 온몸의 이행 자체였을 것이 틀림없다. 또한 그것이 힘겹게 일구어 놓은 한국시의 새로운 예술적 짜임은 우리에게 한국시 전체의 테두리와 그 첨단의 자리를 다시 상상하도록 강제했다.

성 정체성의 혼란과 경계 해체를 중핵으로 삼은 이 시집의 몇몇 시편들은, 자아 정체성을 의심하거나 가족이라는 상징적 질서의 대행자에 균열을 가하면서, 그것에 깃든 억압적 진실들을 폭로하는 이미지들을 낳는다. 가령 "내가 궁금해한 건 그 순간을 겪는 나의 표정이었어요 은밀하고 신비해요 모든 나를 아무리 잘게 잘라도 단면마다 다른 표정이 보일 테니 나를 훔쳐볼 수만 있다면 눈이 먼 피핑톰(peeping tom)이 소돔 기둥이 돼도 좋아요 거기, 거울을 들이밀지 마세요 표정은 보려는 순간 간섭이 생겨요 맑게 훔쳐보지 않는 한"(「정체」) 같은 구절들을 보라. 이들은 매 "순간"마다 달라질 수밖에 없는 "표정"을 통해 개인의 확고부동한 자아 정체성을 부정하고 상황에 따라 그 무엇으로도 변이될 수 있는 주체의 무한한 얼굴들을 그려 낸다는 점에서, 김행숙이 일구어 냈던 기체적 상상력 또는 순간적 페르소나의 미학을 고스란히 따르는 것처럼 보인다.

더 나아가, "일상 집들이 흔들리는 것을 봅니다/모든 가족에겐 아이가 필요합니다/엄마는 재혼을 포기하셨지요/집을 바꾸고 학교를 아빠를 바꾸는 일"(「이사」), "1979년 5월 28일 오전 5시 발신/母/구멍 잘 파는 아이 낳음. 水中戰. 얼룩말처럼 입은 심판이 안주머니를 만지작거릴 때 진통 중 딸기 트럭에 실려 병원에 도착. 아들, 돌아오라. 트럭은 무사하다"(「전보」) 같은 이미지들은 시인의 가족사 내부에 웅크린 내밀한 기억과 곡진한 사연들을 추문에 가까운 어조로 현시하는 대담함을 보여 준다. 아니, 그것에 들러붙는 온갖 자기애의 치장술과 낭만적 목소리를 지워 버리고, 비루한 그로테스크 동화처럼 바꿔 놓는다. 바로 이 지점에서 김상혁의 『이 집에서 슬픔은 안 된다』는 조연호의 첫 시집이 마련했던 가족 잔혹극을 재상연하고 있는 듯 보인다.

이렇듯 순간적 페르소나와 가족 잔혹극으로 표상되는 이 시집의 두 갈래 이미지 계열은 곳곳으로 스며들어 자명한 경계들을 이지러뜨리는 힘을 발산한다. 가령 "내가 나한테 들려주는 거짓말이 미래엔 잊지 못할 장면이 되겠습니다 완벽한 나신들의 비행이 창을 흔드는 밤 나는 대구처럼 침대를 두드리고 내가 부상하는 방식을 기록하고 있습니다"(「조립의 방」), "야구 모자를 쓴 한 명은 모자 속으로 사라졌습니다. 남은 자는 이유를 알 수 없고 모자는 말이 없고. 그는 다시는 모자를 쓰지 않습니다. 어색한 기분으로 밤은 길어졌습니다"(「주격조사」) 같은 장면들을 보라. 이들은 매번의 순간마다 뒤바뀌는 주체의 무한정한 가변성, 곧 실체적 자아 없는 무수한 거짓 얼굴로서의 가면

(假面), 또는 자기기만으로서의 페르소나(persona)를 표상한다.

또한 가족 잔혹극의 형상화는 "그녀는 모친이 죽기 일 년 전부터, 병상 위 늙은이를 아이 취급했었다. 단지 엄마에게 죽음이 임박했다는 점 때문에. 지금 산드라는 남편의 나긋나긋한 목소리를 들으며 절망적인 모욕감을 느낀다. 죽음의 고통으로 인한 귀 막힘이나 침 흘림이 병자의 정신까지 어린애로 만들진 않는다는 거."(「죽어 가는 산드라」), "언젠가 자식들의 행렬은 숲을 가로질러…… 밝고 행복하기를…… 아이를 가지려고 서로의 귀에 속삭인다. 창밖에 속삭인다./마을의 무수한 계절이 장례로 가득하다, 온통 기침과 연기 속에/아이들이 허리에 밧줄을 묶는다./여자들이 고깔을 다린다"(「사육제로 향하는 밤」) 같은 형상들에서 도드라진 제 윤곽과 형세를 얻는다. 이 형상들이 넌지시 암시하듯, 김상혁의 상상력은 인간주의적 정상성의 한계치와 인간 생명의 존엄성의 임계점을 무너뜨리는 자리로까지 치닫는다.

이 시집의 모서리마다 들어박힌 인간주의적 경계를 허물어 버리는 해체적 표상들은 시인의 고유한 실존의 체험이나 내밀한 기억에서 오지 않는다. 오히려 지금-여기, 그와 같은 시대를 살아가는 시인들이나 비평가들이 공유하는 사유와 감각과 지식의 체계로부터 비롯한다.

그렇다. 이 시집에 새겨진 숱한 그로테스크 이미지들이나 해체적 사유의 표상들 역시, 시인이 읽고 감탄했을 뿐만 아니라, 그에게 이지적인 쾌감과 감각적인 전율을 선사했던 선행 텍스트에 대한 알레고리에서 태어난 것이 분명해 보인다. 나아가 선배 시인들이 빚어 놓았던 일종의 이상적 질서, 그 사이 공간에서 새로운 일관성의 구도를 창안해야만 하는 시를 고민했던 것으로 짐작된다. 달리 말해, 김상혁의 시는 자신의 시 창작에 대한 성찰 과정을 주도 모티프로 삼는 시, 이른바 메타시의 자리에서 솟아난 것이 틀림없어 보인다. 이 시집에

서 '미래파'로 지칭되어 온 시인들, 황병승과 김행숙, 조연호와 이장
욱의 이미지와 목소리가 또렷하게 느껴질뿐더러, 이미지 구성법이나
시작법의 차원에선 장석원과 진은영의 모험적 열정이 함께 뒤섞여
있는 듯한 느낌을 주는 이유 역시, 선배 시인들이 실험했던 알레고리
와 메타시의 방법을 추구하는 자리에서 기원하는 것으로 보인다.

어쩌면 시인이란 상징적 질서가 구획해 놓은 모든 경계와 정상성
(正常性)의 이데올로기를 의심할 수밖에 없는 존재인지도 모른다. 시
인은 세상이 정상성이라고 부르는 자리에 온갖 억압과 부조리와 기
만이 은폐되어 있다는 사실을 절감하는 존재이기 때문이다. 나아가
세상의 무수한 이면들, 보이지 않는 진실의 세계를 우리 눈앞으로 현
현하게 하려는 자이기 때문일 것이다. 이 시집이 새롭게 빚은 알레고
리 어법을 수용하여 말하자면, 시인은 성별을 포함한 그 모든 정체
성의 테두리를 뒤흔드는 "외설"의 존재이자 "외계인"이며, 끊임없는
"이사"를 통해 혼돈으로 가득한 정념의 무대를 매번 새롭게 기획하는
자, 곧 "사육제"의 주연 배우일 수밖에 없기에.

따라서 이 시집의 거죽을 타고 흐르는 기괴한 형상과 이상야릇한
목소리와 이질적인 무늬들의 현란한 엇붙임은 현대 세계에서 시인이
자처할 수밖에 없을 "외계인"의 운명을 알레고리 기법으로 표현한 것
이 분명하다. 시인과 시가 거느릴 수밖에 없는 숙명적인 마조히즘의
자취, 나아가 자신의 시에 대한 병적인 애착과 그 뒷면에 깃들일 수
밖에 없는 어쩔 수 없는 불안의 그림자는, 김상혁이라는 고유명사가
아니라 시인이라는 일반명사가 품을 수밖에 없을 운명의 질곡이자
그 감각의 속살에 해당하기 때문일 것이다.

이 시집이 새롭게 마련한 미학적 매듭은 참된 시인이라면 반드시
치를 수밖에 없을 존재론적 숙명을 온몸으로 받아들여, 서로 다른 서

사 모티프로 그것을 자유롭게 치환하려는 자유간접화법의 극대화된 활용법에서 나온다. 이렇듯 이질적 파편들의 모자이크, 콜라주 기법의 극대치가 시인됨의 첨예한 자의식과 겹치면서 단순한 언어유희와 상투적인 형식 파괴에서 벗어나게 해 주는 것은 틀림없는 사실일 것이다. 그러나 시인의 온몸에 철썩 들러붙은 자연스러운 리듬을 통해서만, 훨씬 더 밀도 높은 감염력을 내뿜는 시가 탄생할 수 있다는 딜레마를 이 시집은 어떤 책무처럼 떠안아야만 하리라. 우리 시대의 문학청년들에게 아이들과 익명의 목소리와 분열증적 주체는 이미 하나의 규범적인 코드이자 관행적 모델이 되었기 때문이다. 그리고 그것은 소위 클리셰의 중압감으로 이미 작동하고 있는 것이 틀림없기에.

예술적 가상의 황홀경, 도상학적 운명론의 현시
―신동옥의 시집

    신동옥의 『고래가 되는 꿈』은 지난 두 권의 시집 『악공, 아나키스트 기타』(2008), 『웃고 춤추고 여름하라』(2012)의 이미지 조각술의 중핵을 이루었던 래디컬 이미지를 그대로 활용하고 있는 듯 보인다. 이는 『고래가 되는 꿈』의 뒷자리에 배치된 "비트"라는 부제를 달고 있는 모든 작품을 휘감고 있는 주도 모티프이자 미학적 지력선의 중핵을 이루긴 하지만, 시인의 현재 삶과 생활의 모양새를 다룬 작품들에서도 빈번하게 나타난다. 래디컬 이미지를 이미지들 사이의 유사성이 거의 없을뿐더러 서로 다른 이미지들을 오려 붙이거나 그 일부의 조각들을 과격하게 잇대어 놓는 것으로 요약할 수 있다면, 『고래가 되는 꿈』 가운데서도 특히 제2부의 시편들은 시인이 그간 즐겨 탐닉해 온 래디컬 이미지를 고스란히 계승하고 있는 것이 분명하다.

    그러나 래디컬 이미지를 예술적 짜임새의 주춧돌로 활용해 온 시편들이 제2부의 뒷자리로 물러나 있다는 것은, 이들이 『고래가 되는 꿈』의 미학적 정수를 이루지 않는다는 사실을 어렴풋이 암시한다. 달리 말해, 제2부의 시편들은 지난 시집들에서 습관적으로 행해졌던 시쓰기의 반복적 취향이자 패턴에서 비롯하는 것이기에, 이 시집이 품은 고유성과 차별성을 도드라지게 만드는 촉매로 기능하지 못한다는 것이다. 마찬가지로 여기서 나타난 예술적 실험이나 미학적 기법 역시 명징한 윤곽과 형세를 북돋진 못하는 것으로 보인다. 이러한 측면은 지난 두 권의 시집에서 이번 시집에 이르기까지 시인이 계속 활용해 온 관행적 시작법에서 기원하는 것이 분명해 보인다. 나아가 여타의 텍스트에서 유래하는 특정 관념과 사유의 도해로서의 알레고리를 시 쓰기의 원천으로 삼는 우리 시대 젊은 시인들의 예술적 방법론의 공분모, 그 패러다임의 관행에서 비롯하는 것인지도 모른다.

이와 같은 맥락에서 쉽게 알아챌 수 있듯, 『고래가 되는 꿈』을 지난 시집들과 명징하게 구분 짓게 만드는 작품들은 제1부에 흩어져 있다. 이들 가운데서도 특히, 시인 자신의 생활상을 가감 없이 드러내면서도, 그 비루한 풍경들을 예술적 스펙트럼이나 미학적 여과 장치를 통해 해체-재구축한 시편들이 매력적인 미감들을 흩뿌려 놓는 것 같다. 나아가 이 시편들은 『고래가 되는 꿈』을 지난 시집들에서 멀찌감치 도약하게 만드는 예술적 변곡점의 원동력으로 기능한다. 아래와 같은 몇몇 장면들을 보라.

미용실 노란 간판 아래서 노랑머리 미용사는 셔터를 내리고 풍을 맞고 쓰러진 건강원 노인의 새 아내는 타카총처럼 호스를 흔들고 고기를 구우며 동네 우편물을 대신 받는 맘씨 좋은 생고깃집 노부부의 사전 검열 바지는 호호백발 스머프 할머니들이 재봉틀을 돌리는 수선집에서 찾아야 한다. 날을 세워 시간강사 밥벌이를 나서야지.

개년 쌍놈

싸우며 가을봄여름을 난 앞집에선 치매를 앓는 쌍놈이 개년의 어깨를 붙잡고 걸음마를 다시 배우는 골목

한결같이 노인이고 한결같이 어린아이다.
이들의 고통은 봄이 생일이고 모두 추운 겨울 남쪽 나라에서 태어난 것처럼 골목을 돌본다. 고양이는 고양이대로 개는 개대로 오소리는 오소리대로 누구도 누구를 절멸할 권리는 없다는 듯
우리를 사로잡는 작은 카스트
틈바구니에서 올봄에는 내 딸아이도 태어나 이 골목에서 한국말을 배울 테지. 좋은 쌀이 넘쳐나는, 꿈을 품은, 사투리로 질척거리는, 근본 없고, 갈 곳 모르는, 말을 배워서, 새의 이름을 이야기하고, 별들의 이름을 다시 짓듯이, 부모보다 먼저, 골목을 익히겠지.

—「송천동」부분

지난봄엔 '송천동'이라고 시를 썼는데 잠시 시에 등장한 욕쟁이 앞집 노인이 그예 죽었더군. 그녀 머리맡에서 시든 장미와 시가 실린 잡지를 들고 길음2재정비촉진구역으로 가서 노인의 부음(訃音)을 함께 묻어 두고 돌아왔지. 누군가
악무한의 명령법으로 저 물소리 납작집 둔덕을 한 삽에 퍼 갔나?
현대백화점, 롯데백화점, 이마트 사이에 황토 둔덕 하나. 누군가
아스팔트를 걷어 내고 저 바다 밑바닥 백상아리 울음소리라도 들으려는 요량인가?

(중략)

그래 어디 한번

파고 파고 또 파내어 바다 밑바닥까지 내려가 보자.

비록 그녀와 내가 헤엄을 쳐서 메마른 길음 송천을 건너는 법을 영영
모른다 해도

그녀와 나는 물살에 몸을 맡기고 어딘가로 떠내려가겠지

이름에 다시 이름을 쓰며, 이름에 다시 이름을 부르며

길음 송천 흘러가겠지

—「길음2재정비촉진구역」 부분

그날 나는 더러운 오래된 마을에서 더러운 오래된 시간을 끌고 온 마
부처럼 행진했다. 피로연이 끝나고도 웨딩홀 유리문은 황홀하게 빛났
다. 여의도가 한눈에 바라다보이는 호텔 욕조에 누워 머릿속으로는 국
회의사당 지붕을 지대공 미사일처럼 팡 팡 터트리며 두 몸의 삶과 돈벌
이를 생각했다 포트럭 파티의 마지막 단지 속에 남은 포춘쿠키처럼 대
문이 하나뿐인 신혼집에서, 넝마주이 같은 선후배 시인들의 갸륵한 축
복으로 시작하기도 전에 이미 다한 것은 내 불운일까? 내 행운일까?

—「시인의 아내」 부분

인용 시편들은 결혼 이후 펼쳐졌을 시인의 생활 풍경들을 돈을새
김의 필치로 과감하게 드러내 보인다. 그러나 비루하고 세속적인 풍
경 속에 갇히거나, 일상의 구조적 중력으로 휘말려 들어가지 않는다.
오히려 저 구질구질한 풍경 한복판에 동화적 모티프나 기원의 상상
력에서 움터 오르는 신화적 이미지를 엇물리게 함으로써, 그것들에서
낯설고 신비로운 시공간이 다시 태어나도록 강제한다. 시인이 생활
을 영위하는 실제적 삶의 공간은 가난하고 더럽고 초라한 "송천동"의

"골목"이거나, "길음2재정비촉진구역"이다. 그러나 "치매를 앓는 쌍놈이 개년의 어깨를 붙잡고 걸음마를 다시 배우는 골목"이자 "아침이면 골목 끝에 골목이 더해지고 그 끝에는 온통 파헤쳐진 길음2재정비촉진구역"으로 아로새겨진 시인의 궁핍하고 비루한 생활 풍경의 세계는 "호호백발 스머프 할머니들"로 표상되는 동화적 모티프들이나, "바다 밑바닥 백상아리 울음소리"라는 기원적 상상력의 형상들을 통해 신비스러운 풍모와 비의를 거느리고 있는 전혀 다른 미감의 차원들을 에두른다.

인용 시편 「송천동」 「길음2재정비촉진구역」에서 생략된 몇몇 구절들, 예컨대 "그래 덩굴장미는 뿌리서 제일 먼 끄트머리부터 이파리를 틔우고 이파리 다 여문 꽃받침 아래 가시를 숨기고 그 우듬지에 꽃을 피운단다. 하지만 이 골목을 가득 메운 꽃향기는 누구의 몫인가?/꽃은 늘 눈앞 아스라이 저만치에 피어나고/향기는 늘 등 뒤 어디만치 멀리서 피어나는데/여기는 땅 밑인가? 구름 속인가? 에스컬레이터 위인가?"(「송천동」), "기리묵골, 기레미골, 기리물골……/골짝을 따라 흘러내리는 물소리가 맑고 고와서 길음(吉音)이라고 썼단다. 북한산 모과나무 산등성이를 돌아 삼각산 납작집 돌무덤 위로 구름이 한 덩이씩 굴러 내리는 빗소리를 들으며/그 길음, 속에서 나는 한 여자에게 고백했다.//(중략)//이 동네는 원래 길음이었는데 나중에 송천(松泉)이 되었다고. 길음 물소리에 취해 자란 소나무 아래 맑디맑은 샘이 하나 있다 하여 송천이라고 썼단다."(「길음2재정비촉진구역」) 같은 이미지들을 천천히 음미해 보라. 각박한 생계의 문제나 비루한 욕설과 육두문자의 살풍경, 황폐한 실존의 악다구니와 그 마음결의 얼룩들로 빼곡하게 채워진 "송천동"과 "길음2재정비촉진구역"의 기정사실의 세계로부터 훌쩍 날아오른 미학적 가상의 황홀경을 만끽할 수 있을 것이다.

그렇다. 시인 신동옥은 『고래가 되는 꿈』에서 실제 삶의 무대인 "송천동"과 "길음2재정비촉진구역"의 갖가지의 현사실적 풍경들과 세태들을 앞면으로 내세우면서도, 바로 그 곁에 동화적 모티프와 기원의 상상력으로 덧칠해진 예술적 가상의 세계를 병치한다. 나아가 그것의 시공간적 좌표와 벡터를 낯설고 신비스러운 동화의 세계인 양 뒤바꿔 놓는다. 이는 제1부의 거의 모든 시편에서 나타나는 주요 현상이기에, 이 시집의 주도 모티프이자 예술적 짜임새의 변곡점을 이룬다고 규정할 수도 있겠다.

이 변곡점에서 시인의 가슴 깊은 곳에 벼려진 예술가로서의 자의식이 절실하면서도 아름다운 광휘로 유감없이 뿜어져 나온다. 아니, 둔중한 생활의 무게를 지탱하면서도, 그 곁에서 이상하리만치 세련된 가상의 이미지들을 피어나게 할 수 있는 것은 시인이 여태껏 품어 왔을 예술가적 자의식의 오랜 내력과 절실함의 깊이에서 기원하는 것으로 보인다. 이는 "그날 나는 더러운 오래된 마을에서 더러운 오래된 시간을 끌고 온 마부처럼 행진했다"라는 작은 무늬를 통해 단적으로 표상될 수 있지만, "여의도가 한눈에 바라다보이는 호텔 욕조"와 "두 몸의 삶과 돈벌이"라는 상반된 대극(對極) 이미지들의 폭력적 결합은 시인이 처할 수밖에 없었을 예술적 가상의 황홀경과 "돈벌이"의 현사실성 사이에 가로놓인 엄청난 격차를 절감케 한다. 어쩌면 이 격차가 강요하는 시인의 절박한 실존의 무게와 절망의 깊이에서 저토록 극단적인 대극의 형상들을 난폭하게 잇대어 놓는 시인의 고유한 방법론이 탄생하는 것인지도 모른다.

그러나 "이 땅을 버리고/맨 처음 바다로 나아간/한 마리 고래가 되어서/내 남은 숨 모두 들이켜고도/차고 넘칠 퀴퀴한 추억에 익사하던 어느 먼 옛날/전생의 힘을 빌어서도 끝장내지 못한 미련은/나도 모를 누구의 꿈결을 텀벙거리며/치달리고 치달릴까?"(「고래의 꿈」), "그동안/한 명의 한국어 사용자로서 시인으로서/나는 피붙이보다 낯모를 사람들과 귀신의 무리들을 더 사랑했다"(「드러눕는 밤」), "드러누워서 아예/지구의 현생 인류의 이름으로/드러누워서 아주/우주의 부피로/영영/대놓고/드러누워서"(「드러눕는 밤」) 같은 이미지들을 다시 오랫동안 헤집어 보라.

이들이 집약하고 있는 것처럼, 이 시집에서 빈번하게 등장하는 전생과 귀기와 운명론과 이를 응축한 도상학적 이미지들은 시인이 처한 비루한 생활의 현장들을 넘어서려는 몸부림에서 기원하는 것이 틀림없어 보인다. 시와 예술이란 지금-여기, 현실의 세부를 뒤덮는 비루하고 황폐한 생활을 바닥까지 들여다보려는 진리의 윤리학에서 시작된다는 것은 지극히 자명한 일일 터이다. 그러나 그 현실을 넘어서 "고래가 되는 꿈"이란 이 시집의 표제어로 상징되는 기원과 소망과 이상향의 세계에 대한 원초적 충동과 상상력에서 비롯한다는 것 또한 분명한 사실일 것이다. 따라서 지금-여기, 기정사실의 세계를 구성하는 온갖 억압과 부조리를 넘어서 더 나은 삶과 다른 미래로 나아가려는 우리 모두의 간절한 욕구와 상상력이야말로 시와 예술의 가장 근본적인 태반을 이룰 것이 틀림없다.

이런 까닭으로 『고래가 되는 꿈』에 나타난 시인의 자전적 성격의 시편들은 아프다. 그러나 아름답다. 어쩌면 그의 예술가적 실존이 당면하고 있을 모든 간난신고(艱難辛苦)는 우리 사회 현대성의 역사 전체에 스며들 수밖에 없었을 낙후성과 기형성, 우리 한국인의 내면에 웅크리고 있을 천민자본주의에서 파생된 신종 "카스트"(「송천동」)에서 기인하는 것인지도 모른다. 2017년 벽두인 지금-여기, 우리가 당면해 있는 가장 시급하고 중차대한 사회공동체의 문제인 동시에 역사적 소명일 수밖에 없을 탄핵 심판과 민주주의 재건의 과제 역시 같은 맥락을 품는다. 이들 역시 우리 마음 깊숙이 뿌리박힌 "카스트"의 심리적 침전물들을 정화하려는 다양한 실천을 강제하기 때문일 것이다. 시와 예술은 기정사실을 둘러싸고 있는 모순과 한계를 극복하려는 행복의 충동이자, 이를 나날의 감각으로 구현하려는 분투의 과정에서 탄생하는 것이란 전제에 동의할 수 있다면.

물론 이와 같은 전제가 성립하기 위해서는, 시가 빚는 예술적 가상들이 그저 나르시시즘의 만족과 관념의 유희에 그치는 것이 아니라, 우리 모두의 실제 삶과 정치를 바꾸는 하나의 작은 움직임이 될 수 있으리라는 꿈과 믿음이 그야말로 필수 불가결하리라. 그리하여, 지금은 작고 가녀린 "촛불"에 지나지 않지만 기어이 다른 미래를 열어젖히는 광장의 들불로 번져 나갈 수밖에 없으리라는 꿈과 믿음이.

아무도 죽지 않는 나라에서는 염장이마저 굶어 죽고

당신의 살인자마저 살해당하는 나라에서는 누가 노래를 끝마쳐야 하나요?

나의 아름다운 동상들, 우리의 영혼은 짐승의 냄새를 경작하고 있습니다

파도가 끝나는 곳에 구름이 구름이 끝나는 곳에 바람이 일듯

소금호수를 걸어간 파리한 사나이

제 피의 농도를 가늠하며 피눈물을 한 방울씩 떨구네요

맑게 더 맑게… 스미라고 숨으라고… 꼭꼭 숨어 영영 이 나라를 떠나라고

—「나의 아름다운 동상들」부분

추문이 꽃 사태처럼 바람에 불려 간 자리

낮꿈의 속임수를 벗어나려 안간힘을 쓰는 밀어
오래 귀담아들을수록 달콤해만 가는 거짓
꼭 같은 찻잔을 감아쥘 때 떠는
꼭 같은 파동의 상쇄
번개의 끈으로 묶어 놓은 고요

그대였던 단 한 사람을 일깨우는 노래가 타오르는 촛불처럼 일렁인
다.

—「시」전문

제4부 다른 보편주의를 위하여

여성적인 것의 숨결과 살갖
―신영배의 시집

1.

　여성에 의한 여성을 위한 여성의 이미지는 어떻게 만들어지는가?
맨 앞머리부터 끄트머리까지 여성적인 감각의 세밀하고 현란한 움직
임을 놓치지 않을뿐더러, 여성적인 말소리의 울림과 그 살갖의 떨림
을 보듬으려는 시집은 과연 어떤 모양새와 윤곽선을 그릴 수 있는가?
이 두 가지 질문은 신영배의 네 번째 시집『그 숲속에서 당신을 만날
까』를 깊고 섬세하게 감수하기 위한 필요충분조건을 이룬다. 지난 세
권의 시집에서 여성적인 것의 무수한 다양성을 집약할 수 있는 도상
학적 이미지와 알레고리 형상을 실험해 왔던 신영배의 필법은 이번
시집『그 숲속에서 당신을 만날까』에서도 고스란히 이어지고 있는 듯
하다. 아니, 좀 더 웅숭깊은 감각으로 섬세지고 드넓은 세계로 확
장되어 일종의 보편주의 차원에 다다르고 있는 것처럼 보인다.
　그녀의 지난 시집들에서 빈번하게 나타났던 "물" "그림자" "몸" "자
국" "달" "소녀" 같은 이미지들은 이번 시집에서도 그 예술적 짜임새

의 중핵으로 들어박힌다. 이들을 빠짐없이 쓸어안으려는 목적에서 태어나고 변주된 것으로 여겨지는 "물울" "달물" "물로" 같은 독특하면서도 추상적인 낱말들 역시, 『그 숲속에서 당신을 만날까』에서 계속 출현하는 "물랑"이란 낯선 시어의 원천을 이루는 것으로 보인다. 이번 시집에서 가장 핵심적인 의미의 배꼽으로 기능하는 "물랑"은 이전 시집들에서 선보인 "물울" "달물" "물로" 등과 겹쳐 울리면서, 신영배의 시 전체에서 휘황한 빛으로 솟아오르는 여성성의 유비(analogy), 그 상응의 별자리를 떠오르게 한다. 어쩌면 이 시집의 분기점마다 기어코 등장하는 "물랑"이라는 미학적 단자(monad) 속엔 여성적인 것을 형성하는 무수한 몸과 사물과 이야기들이 빼곡히 주름져 있는지도 모른다.

2.

미미는 만났던 사람이었고 미미는 살았던 집이었고 미미 지금도 만나는 사람이고 미미 지금 사는 집이고 미미 어느 날 연락이 끊어지고 미미 안개에 덮이고 미미 죽었을지 모르고 미미 도로가 들어설 예정이고 미미 문득 그립고 미미 창가에 해가 들고 미미 문득 살아 있고 미미 문을 연다 미미 물을 흘리는 알몸이고 미미 물이 흐르는 잠 속이고 미미 사랑에 빠지는 계절이고 미미 이사철이다 미미 물결이 일고 미미 잠깐 살아 본다 미미 헤어질 것이고 미미 떠날 것이고 미미 물랑 미미 물랑

—「미미 물랑」 전문

"만났던 사람"이자 "살았던 집"이고, "물을 흘리는 알몸"이면서 "물이 흐르는 잠 속"이자 "사랑에 빠지는 계절"로 그려지는 "미미"는 과

연 무엇을 가리키는 것일까? 나아가 맨 끝자락에 매달린 "미미 물랑 미미 물랑"이라는 반복 어구에서 "미미"와 "물랑"이 결국 같은 내포를 품은 서로 다른 기표라는 뉘앙스를 읽을 수 있다면, 이 시집의 주요 장면들에서 매번 등장하는 "물랑"은 도대체 어떤 상황-사건을 표현하는 것일까?

우선 첫머리에 나타난 "미미는 만났던 사람이었고 미미는 살았던 집이었고 미미 지금도 만나는 사람이고 미미 지금 사는 집이고" 같은 구절들을 눈여겨보라. 이는 "미미"가 과거에서 현재로 이어지는 그 모든 시간의 마디와 굴곡들을 함께 살아가고 있는 것임을 넌지시 일러 준다. 따라서 그것은 어떤 특정한 여인을 가리키는 고유명사이거나, 그녀를 암시적으로 빗댄 메타포일 수 없다. 오히려 신영배의 모든 시편을 관통하는 여성적인 이미지, 나아가 그녀의 여성적인 것에 관한 집요한 탐구나 낯선 발견을 염두에 두면, 이는 여성적인 것이 감쌀 수 있을 잠재성의 터전이자 여성성의 범주로 수렴될 수 있는 그 모든 상황과 사건들을 축약한 말인 듯하다.

"미미"를 표현하는 다양한 술어들인 "만났던 사람이고", "살았던 집이고", "만나는 사람이고", "지금 사는 집이고", "어느 날 연락이 끊어지고", "안개에 덮이고", "죽었을지 모르고", "도로가 들어설 예정이고", "문득 그립고", "창가에 해가 들고", "문득 살아 있고", "문을 연다", "물을 흘리는 알몸이고", "물이 흐르는 잠 속이고", "사랑에 빠지는 계절이고", "이사철이다", "물결이 일고", "잠깐 살아 본다", "헤어질 것이고", "떠날 것이고" 같은 말들을 다시 느릿느릿 더듬어 보라. 이들은 "미미" 또는 "물랑"이 한 인격체로서의 여성이 취할 수 있는 무수한 사태들을 감싼 것일뿐더러, 세계의 모든 사물과 현상들에서 시인이 새롭게 취한 여성적인 것의 세목들에 해당한다는 사실을 슬며시 비춘다.

어쩌면 시인은 "살았던 집"이라는 사물이나 "물을 흘리는 알몸"이라는 육체적 상태, 나아가 "사랑에 빠지는 계절", "이사철", "헤어질 것", "떠날 것"이라는 특정한 시간대의 특질이나 상황들을 여성이 수행하는 그 무엇, 또는 여성적인 것으로 선별해 내고 있는지도 모른다. 그리하여, 언뜻 보아 별다른 인과성이나 숨겨진 유비 관계조차 없이 무심하게 나열되는 듯했던 "미미"의 술어들은 어떤 한 여성적 인격체가 경험할 수 있는 그 모든 상황을 대리표상할뿐더러, 여성적인 것의 범주로 호명될 수 있는 세계의 모든 사물과 현상들을 상징하는 것으로 여겨진다. 달리 말해, 신영배는 "안개" "창가" "알몸" "물" "잠" 등과 같은 현상이나 사물들을 여성성의 분신들로 다시 새롭게 호명하면서, 우주 삼라만상 전체를 여성적인 것의 범주로 다시 재편하여 형상화하려는 미학적 실험을 소리 없이 감행하고 있는 셈이다.

사라지는 당신을 생각해 책 위에 빛이 쏟아질 때 이유를 알아 버릴 시와 당신을 생각해 시작처럼 끝처럼 공간은 빛나지 우리가 걸어가는 곳은 사라지는 숲속이야 숲이 왜 사라지는지 묻지 않고 고요할수록 빛나는 부리를 부딪치지 우리가 사랑을 나누는 곳은 사라지는 물속이야 물이 왜 사라지는지 묻지 않고 발끝이 다 닳을 때까지 푸른 가슴을 끌어안지 물랑 당신을 그렇게 부르고 싶어 당신도 나를 그렇게 부르지 물랑 누가 먼저인지 모르게 사라지는 계절, 우리는 물랑 사라지는 노을 속에서 잠이 들지 노을이 왜 사라지는지 묻지 않고 서로의 붉은 몸을 만지지 물랑을 생각해 날개만 남은 채로 의자에 앉아 책을 펼칠 때 책이 왜 사라지는지 묻지 않고 우리는 조금 쓸쓸할 거야 날개가 서서히 사라지는 계절, 물랑은 사라지는 달 속에서

 지난 시집들에서 자주 나타났던 "물" "달" "그림자" 같은 이미지들이 한결같이 여성적인 것의 속성이나 현상들을 상징하는 것임을 고려하면, 「물랑」에서 빚어진 신비롭고 몽환적인 분위기와 더불어 그 한가운데 들어박힌 "책" "시" 같은 언어–문자 이미지 역시 여성적인 것을 암시하는 도상(icon)으로 기능하는 것이 틀림없어 보인다. 나아가 시인이 빈번하게 활용하는 "문" "문장" "시집" 같은 이미지들은 단지 세계를 모사한 미학적 가상이거나 예술적 기호 체계에 머물지 않는다. 오히려 세계의 "살갗"과 "몸" 자체를 이룬다고 보는 시인의 독특한 이미지 사유와 예술론을 응축한다. 이들에서 특히 들뢰즈가 새롭게 규정한 시뮬라크르(simulacre)의 역동성과 실제성을 직감할 수 있다면, 시와 시 쓰기의 존재론적 근거를 성찰하는 메타시 계열의 작품들 역시 여성적인 것의 예술적 형상화로 집약되는 신영배의 고유한 문제 설정으로 수렴된다는 사실을 단번에 알아챌 수 있을 것이다.

 「물랑」은 이 시집에서 계속 등장하는 "물랑"이 무엇이며 어떤 것을 나타내려는 말인지를 비교적 선명하게 일러 줄 뿐만 아니라, 거의 모든 시편이 일종의 연작시를 이루며 보이지 않는 유비(analogy)의 별자리들을 곳곳에다 펼친다는 사실을 암시한다. 「미미 물랑」에서 이미 살펴보았듯, "미미"가 여성적인 것으로 수렴될 수 있는 모든 것들을 일컫는 말이자 "물랑"이 그것의 이음동의어라면, 「물랑」에 등장하는 "물랑"은 첫 소절부터 나타나는 "당신"을 풀이할 수 있을 때 적확하게 이해될 수 있을 것이다. 또한 "당신"이 "책" 또는 "시"와 겹쳐 울린다는 점을 고려하면, 그것은 시혼(poésie)이자 예술적 영감을 표현하는 시어가 틀림없어 보인다.

따라서 첫머리에 나타난 "사라지는 당신"이란 시인 신영배의 영혼을 사로잡았다가 이내 휘발되어 사라지는 시혼 또는 예술적 영감을 나타내는 것으로 추론된다. 이는 "책 위에 빛이 쏟아질 때 이유를 알아 버릴 시와 당신을 생각해"라는 후속 이미지와 자연스러운 연결고리를 이룬다. "책 위에 빛이 쏟아질 때"라는 구절은 다른 시인들이나 예술가들의 저작들에서 느닷없이 도래하는 시혼의 현현 순간을 비유한 것이며, "이유를 알아 버릴 시와 당신을 생각해"는 "당신"으로 표기되는 시혼이 "사라질" 수밖에 없는 그 "이유를 알"고 있는 주체가 시인이 아니라, 오히려 "시" 또는 시혼 그 자체라는 사실을 암시하기 때문이다. 이는 또한 시혼이나 예술적 영감이 시인이 주체적으로 생산하거나 제작할 수 있는 능동성의 산물이 아니라, 도리어 시인 자신도 알 수 없는 어떤 미지의 영역 또는 신비의 차원에서 휘날려 오는 수동성의 영역이라는 숨겨진 맥락을 함축한다. 이 수동성 역시 여성적인 것의 우주를 구성하는 하나의 별자리로 귀속되는 것은 두말할 나위 없다.

이 시편에서 부단히 나타나는 소멸의 이미지에 다시 주목해 보라. 가령 "사라지는 숲속", "사라지는 물속", "사라지는 계절", "사라지는 달" 같은 형상들이 펼쳐 놓은 이미지의 움직임과 뉘앙스의 흩날림을 느껴 보라. 이들은 모두 "물랑"과 연관된 어떤 장소들이거나 그것을 표현하는 술어들임을 간파할 수 있을 것이다. 또한 "물랑"이 여성적인 것으로 수렴되는 다양한 몸체들과 속성들과 현상들을 다 함께 일컬으려는 목적에서 창안된 낯선 조어임을 고려하면, 시인은 필경 시혼과 예술적 영감이 거느릴 수밖에 없을 소멸의 이미지 자체를 여성적인 것의 항목들 가운데 하나로 귀납하여, 우주 삼라만상의 범주 전체를 새롭게 분류하려는 것이 분명해 보인다. 특히 첫 시집 『기억이동장치』의 후미진 자리에 흔적처럼 남겨진 "사라지는 시를 쓰고 싶다"는 시인의 전언, 곧 "사라지는 시/쓰다가 내가 사라지는 시/쓰다가 시만 남고 내가 사라지는 시"(「시인의 말」)라는 실존적 육성에 비추어 보면, 저 소멸의 이미지란 여성적인 것과 예술적인 것을 동시에 표현하는 것일뿐더러 양자를 동일한 것으로 분류하는 시인의 도상학적 사유에서 움터 난 것이 틀림없다.

따라서 이 시집 맨 끝자락에 배치된 「물랑」이란 시편은 "말" "단어" "시" "문" "문장" "책" 같은 언어-문자 이미지들과 더불어 이들을 오브제의 중핵으로 삼은 시편들의 알몸과 속살을 비추는 미학적 거울로 기능한다. 또한 저 이미지들과 시편들 전체를 빨아들이는 일종의 블랙홀처럼 기능한다. "노을이 왜 사라지는지 묻지 않고 서로의 붉은 몸을 만지지", "책을 펼칠 때 책이 왜 사라지는지 묻지 않고 우리는 조금 쓸쓸할 거야" 같은 이미지들은 부분적 차원에서 대위법적 구조를 형성하면서, 이러한 소멸의 이미지들에 여성성의 알레고리가 덧씌워지고 있다는 사실을 암시한다. 시인은 단단하고 고정된 실체가 없는, 따라서 영원불멸할 수 없을뿐더러 찰나의 시간만을 살다 사라지는 모든 시뮬라크르 현상들을 여성적인 것으로 사유하고 있는 셈이다. 나아가 이 현상들이 불러들이는 육체성과 실제 효과들을 과감하게 부각함으로써, 이들을 마치 제 몸에서 일어나는 실제적 사건들처럼 느끼고 소묘하려 한다는 뉘앙스를 흩뿌린다.

3.

지금까지 말해 온 신영배의 독특한 감각과 예술적 방법론은 지난 시집들에서 이미 또렷하게 아로새겨진 바 있다. 가령 "서로의 얼굴에 입김을 불고/글자를 쓰는 일/연애란//그리고 사라지는 글자를 보는 일//목이 떨어지는 일"(『해변의 비디오』, 『오후 6시에 나는 가장 길어진다』) 같은 이미지들을 보라. 이에 따르면 실체와 가상, 원본과 복사본, 기원과 파생이라는 형이상학적 범주론과 위계적 존재론은 해체될 수밖에 없다. 이와 같은 시인의 감각과 방법론은 "글자를 쓰는 일"을 "연애"로 느끼고, "사라지는 글자를 보는 일"을 "목이 떨어지는 일"이라고 발설하면서, 언어-문자 이미지 자체를 실제적 사건처럼 느끼고 감수하는 자의 숨결과 살갗을 우리 곁에 고스란히 현현하도록 만들기 때문이다.

신영배의 여러 시편에서 "글자" "문" "문자" "시" "책" 같은 언어-문자 이미지가 끊임없이 출현하는 비밀스러운 맥락이 바로 이 자리에 잠겨 있다. 가령 시집 곳곳에 들어박힌 "같은 물을 먹으며 우리는 무슨 색으로 변하는 걸까요 빛이 벽을 하얗게 감싸고 문을 흉내 내고 있어요 잠깐 문장이 사는 곳입니다 그 문으로 초대합니다"(「초대」), "가슴에 가깝고/단어는 흩어지는 공기//희미하게 생겨난 단어가/사라지기 전에/한 번 빛이 나는 하루다"(「두 음 사이」), "물랑 지우개를 쥐고 있다 시를 쓰며/지우면 그 자리에 물랑이 생긴다/어느 날은 손목에서 단어가 떨어지지 않는다/지우개로 지우자 손목에 물랑이 생긴다/어느 날은 두 다리에 문장이 붙어 있다/지우고 너를 만난다/사라진 긴 문장만큼 걷는다"(「물결 속에서」), "소녀들이 버린 시는 아직 우리 쪽에 있다//푸른 나무들에 둘러싸여/바람의 빛을 흔들며/소녀들이 걷다가 우리를 돌아본다//거기 있어요?//여기서 우리는 어두운 골목에 덮여 있다//시를 줍는 새는 빛을 낼까?"(「발끝이 흔들린다」) 같은 언어-문자 이미지들을 보라. 그리고 이들이 불러일으키는 현실 세계로의 융합 과정이나 상호 침투의 움직임을 좀 더 섬세하게 느껴 보라.

여기서 등장하는 "시"를 비롯한 언어-문자 이미지들은 우리의 몸이나 삶과 상호작용이 없는 독립적인 구조물이거나 가치중립적인 인식 대상일 수 없다. 이와는 정반대로, 우리를 살아 움직이고 다른 욕망으로 꿈틀거리게 만드는 촉매이자 우리 몸으로 휘날려 오는 감각의 파노라마, 또는 우리 몸의 한 부면인 것으로 나타난다. 따라서 시인에게 언어-문자 이미지와 더불어 이들을 매개로 빚어진 "시"는 고립된 기호 체계이거나 미학적 독립체일 수 없다. 오히려 시인의 숨결이자 살갗이며, 몸 자체인 동시에 여성적인 것의 범주를 구성하는 모든 세부 항목들이 움터 오르고 고스란히 보존되는 원초적 자궁에 가깝다.

> 찾을 수 없는 단어들로 밤이 좁아질 때
> 집을 나온 소녀처럼 위험해진 골목이
> 시의 첫 행을 물고 달릴 때
>
> 방향을 잃고 흔들릴 때
> 그 빛을 가져가며 달은 위험해졌다
>
> 바람은 없다
> 위험해진 돌멩이가 위험해진 돌멩이를 버릴 때
> 위험해진 나무가 위험해진 나무를 벗을 때
>
> 흔들며
> 위험해진 달이 더욱 위험해질 때까지
>
> 시의 마지막 행으로 위험해진 소녀가
>
> ─「혼자」 부분

달이 물로 뛰어들고
노란 빛
움직이는 몸 이야기
다리를 세지 않는다 손가락이 몇 개인지
목이 몇 개인지 세지 않는다 묘사하지 않는다
한 번도 써 보지 않은 시처럼 사랑을

물랑

달빛이 살에 닿는 것만으로도
우리는 연주를 하지

팔 하나를 나눠 가진 나무들의 세계
입 하나를 나눠 가진 새들의 노래

꽃이 걷다 잠든 곳엔
발 하나를 나눠 가진 연인들이 아직 걷고 있네

—「물랑의 노래」 부분

그녀는 내가 사랑하는 사람이고 끝을 가지고 있다
끝은 날카롭지 않고 차갑지 않다
무겁지 않고 점점 부푼다
떠다니고 잠을 자기도 한다
끝을 잡으면 몸이 부드럽게 풀어지는 기분
어디라도 흘러갈 수 있다

끝에 서면 아주 작은 깃털을 꺼내는 기분

반짝이며 날 수 있다

끝을 안으면 가슴이 다시 생기는 기분

같이 살고 싶다

끝을 읽으면 시를 쓰는 밤들이 늘어나지

물랑 물랑

끝내 그녀는

내가 사랑하는 사람

—「그녀의 끝」 전문

　시집 곳곳에서 간추린 인용 구절들은 "시" 또는 "시집"을 이미지 지력선과 예술적 도안(圖案)의 중핵으로 삼는다. 또한 이들은 우리 몸이나 삶과는 무관한, 저 멀리 우두커니 서 있는 관조적 진열품이거나 독립적 기호 체계로 존재하지 않는다. 오히려 "찾을 수 없는 단어들로 밤이 좁아질 때/집을 나온 소녀처럼 위험해진 골목이/시의 첫 행을 물고 달릴 때", "달이 물로 뛰어들고/노란 빛/움직이는 몸 이야기/다리를 세지 않는다 손가락이 몇 개인지/목이 몇 개인지 세지 않는다 묘사하지 않는다/한 번도 써 보지 않은 시처럼 사랑을", "끝을 안으면 가슴이 다시 생기는 기분/같이 살고 싶다/끝을 읽으면 시를 쓰는 밤들이 늘어나지/물랑 물랑/끝내 그녀는/내가 사랑하는 사람" 같은 이미지들이 또렷한 윤곽으로 보여 주듯, 우리 삶 자체를 "위험"하게 만들기도 하고, 우리 몸을 "움직이"게 하여 "끝내"는 "사랑"으로 이끄는 실제적 힘과 사건들로 존재한다.

　이와 같은 이미지들은 환영(phantasma)이나 복사물의 복사물(une copie de copie), 곧 원본과의 유사성에서 아득히 멀어진 헛것이자 결여와 미달 존재자로 정의되는 플라톤의 시뮬라크르가 아니라, 차이를 발산하고 탈중심화를 긍정하고 변이의 잠재력을 극대화하려는 실천적 기호이자 그 수행의 이미지인 들뢰즈의 시뮬라크르를 겨냥한다(질 들뢰즈, 「플라톤과 시뮬라크르」, 『의미의 논리』). 이렇듯 시인이 언어-문자 이미지들과 예술적 기호 체계로서의 "시"를 우리들의 몸과 삶에 직접 작동하는 실제적 힘과 사건들처럼 느끼고 형상화할 때, 그것은 기필코 어떤 "위험"을 감수할 수밖에 없을 것이다. 가령 「혼자」에 나타난 "찾을 수 없는 단어들", "집을 나온 소녀처럼 위험해진 골목이/시의 첫 행을 물고 달릴 때", "시의 마지막 행으로 위험해진 소녀" 같은 형상들을 보라.

이 형상들은 들뢰즈의 새로운 시뮬라크르 용법에 고스란히 부합하듯, "시"와 그 바깥의 현실 세계가 서로 교호하고 융합하는 환상적인 풍경들을 새롭게 창안한다. 또한 "혼자"라는 표제어가 이미 그 뉘앙스로 풍기고 있는 것처럼, 이들은 전통적인 형이상학의 범례와 통념적인 예술론의 범주를 전복시키려는 시인이 감당할 수밖에 없었을 고독과 소외감, 더 나아가 새로운 실험과 존재론적 전회의 시도가 불러들일 수밖에 없을 두려움과 초조감을 힘겹게 펼쳐 놓는다. 이러한 뒤숭숭한 마음결의 파문 역시 엘리엇(T. S Eliot)이 「전통과 개인적 재능」에서 말했던 전통이 이룩하는 완강한 '이상적 질서'에서 비롯하는 것인지도 모른다. 그에 따르면, 시인과 예술가의 개인적 재능이란 불멸의 고전들이 서로를 비추면서 펼쳐 놓는 '이상적 질서'를 완전히 벗어나는 자리에서 발휘되는 것일 수 없다. 오히려 그것은 '이상적 질서'의 테두리를 수용하고 계승하는 자리 위에 한 가닥의 새로운 선이나 다른 매듭을 덧붙이는 것에 불과하기 때문이다.

이와 같은 맥락에서, 「시집과 발」은 「혼자」에서 형상화된 신영배의

"위험해진" 예술가로서의 자의식을 좀 더 강렬하게 드러낸 작품임이 분명해 보인다.

  갔던 집에 또 갔을지 모른다 발, 창문이 다가온다. 집을 지나쳤을지 모른다 발, 탁자 위에 찻잔이 놓인다. 집을 두고 돌아섰을지 모른다 발, 찻잔 위에 탁자가 세워진다, 도망쳤을지 모른다 발, 찻잔과 탁자가 쓰러진다, 거의 다 와서 못 찾았을지 모른다 발, 찻잔이 탁자에서 멀어진다, 잊었을지 모른다 발, 창문이 돌아선다, 아예 모른다 발, 단지 헤맨다 발
  　　　　　　　　　　　　　　　　　　　　　―「시집과 발」 전문

  시인은 자신이 감행하는 예술적 실험과 존재론적 전회의 시도가 과연 어떤 의미와 가치를 거둘 것이며, 그야말로 새로운 질서를 구축할 수 있는지를 계속 자문했던 것 같다. 이는 "시집과 발"이라는 표제어와 "갔던 집에 또 갔을지 모른다 발"이라는 첫머리의 이미지만으로도 직감할 수 있을 터이다. 또한 이 시편에 등장하는 "집"이 고전을 이룩한 작품들의 '이상적 질서'를 암시할뿐더러 그 내부를 구성하는 "창문" "탁자" "찻잔" 등과 같은 사물들이 낱낱의 예술가들과 작품들을 표상한다는 것을 간파할 수 있다면, "발" 이미지가 결국 시인 자신이 부단히 수행해 온 예술적 실험과 존재론적 전회의 시도를 빗댄 것임을 어렵지 않게 유추할 수 있을 듯하다.

  따라서 이 시편의 마지막 부분을 장식하는 "아예 모른다 발, 단지 헤맨다 발"은 시인 자신이 수행해 온 저 실험과 전회의 시도가 한낱 상투적인 새로움에 불과하거나 무의미한 노고에 그칠지도 모른다는 불안감을 명시적으로 내비친다. 그러나 이 불안감은 불멸의 고전들이 지금-여기 시간에 드리우는 '이상적 질서' 위에 새로운 분기선을 창

안하려는 참된 예술가들의 숙명 같은 것인지도 모른다. 아니, 저 숙명에 들러붙을 수밖에 없을 불가피한 대가, 그 마음결의 어둠인지도 모른다. 시인의 "발"을 매번 다시 돌아오게 만드는 "집"의 보이지 않는 압력처럼.

4.

시인이 다채로운 언어-문자 이미지들과 "시" "시집" "음악" 같은 예술적 기호 체계들을 마치 살아 꿈틀거리는 생명현상처럼 틔워 올리면서 육체적 활동성과 능동적 수행성을 덧입힐 때, 이들은 세계의 모든 사물이나 자연현상에도 영성과 생명이 깃들어 있다고 보는 물활론(hylozoism)이나 애니미즘(animism)을 닮는다. 또한 시인은 실증주의적 관찰과 실험, 객관적 수치와 통계로 요약되는 현대과학의 인과적 합리성과 효율성에 의해 우리들의 몸과 삶, 곧 현대인의 생활세계 전반의 테두리에서 추방당한 물활론적 사유를 여성적인 것의 소수성과 같은 것으로 간주하고 있는지도 모른다. 아니, 그것을 자신이 빚는 이미지들의 거죽 위로 과감하게 끌어올림으로써, 고전 작품의 '이상적 질서'를 초과하는 새로운 예술적 분기선을 창출하려는 것이 틀림없어 보인다.

가령 "문 앞에 나는 서 있었다/바닥으로 그림자가 떨어졌다/겨우, 들여다보았다/발가락 두 개, 다리 하나,/초록색/문장을 쓰는 몸이 꿈틀거렸다/나는 그림자를 뒤집어썼다/문을 열고 밖으로 나갔다 겨우/다시 문을 열고 밖으로 나갔다 겨우/다시 문을 열고 겨우"(「겨우」), "물랑 종이에 연필로 물고기를 그린다/물랑 물고기가 종이 밖으로 나온다/공중을 헤엄친다 물랑 물랑/물랑 물고기가 벽으로/물랑 물랑 벽에서 나비가 튀어나온다/꽃병이 벌어진다/물랑 나비가 꽃병으로/물

랑 물고기가 천장으로/물랑 물랑 천장에서 거미가 내려온다/거미줄
이 흔들린다 물랑 물랑"(「물결을 그리다」), "흑백사진 위에 물 한 방울
이 떨어진다/여인이 일어서고 어지럼병이 돈다/촉촉한 들판/향기로
운 무늬/돌아갈 수 없었던 고향 마을이 물로 온다/돌을 던지던 사람
들의 팔은 사라지고/물의 집에서 어머니가 나온다/물나무 아래에서
여동생이 뛰어온다"(「검은 들판」), "아마 그녀는 이파리 하나로 아직 생
겨나지 않은 꽃을 흔든다/아마 꽃이 흔들린다/아마 살짝 아마 반짝/
아마는 물결 속으로/소녀를 불러들이고/아마 활짝 아마 붉게/노을
속에서 여자들을 꺼내고"(「아마」), "겨우와 아마는 겨우 아마와 겨우
는 아마 아마에 피어나고 겨우 가을에 털갈이를 하는 아마 식물로 겨
우 동물로 아마 말은 겨우 말은 살아가는 듯 멈춘 아마 멈춘 듯 살아
가는 겨우 겨우 아마 어둠만 몰려오는 밤에 겨우 발끝을 세우고 아마
아마 언덕 위에서 달을 기다리는"(「말 풍경」) 같은 구절들을 보라.

여기서 나타나는 여러 낱말과 사물들은 스스로 움직이고 자라나는
생명력을 품는다. 그리하여, 이들은 "나" "여인" "어머니" "그녀" "소
녀" "여자들"로 호명되는 "사람들"과 동등한 생명력과 존재론적 권리
를 가진 수행의 주체들로 소묘된다. 「겨우」라는 시편에서 "나"와 "그
림자"의 관계는 서로 "뒤집어"진 형세를 드러낸다. "나"는 "그림자
를 뒤집어써"야만 "겨우" "문을 열고 밖으로 나갈" 수 있기 때문이다.
「물결을 그리다」에선 "물랑 종이에 연필로 그린 물고기"가 "공중을 헤
엄치"거나 "벽에서 나비가 튀어나오"는 애니미즘 현상들이 돋을새김
의 필치로 그려진다.

또한 「검은 들판」이나 「아마」 같은 작품들에선 "흑백사진" 내부의
인물 형상들인 "여인"과 "어머니"와 "여동생"이 "물"에 의해 되살아서
"뛰어오"는 신비스러운 현상과 더불어, "물결"과 "노을"이 "소녀"와

"여자들"의 "살고 죽는 일에 돌아가는 일을 더하"는 운명의 점지자로 나타난다. 달리 말해, "물"과 "물결"과 "노을"은 "사람들"의 생사와 운명을 결정하는 주술적 권능을 지니고서 실제적 차원의 힘을 행사하고 있는 셈이다. 「말 풍경」은 앞서 살핀 「겨우」와 「아마」라는 시편들에서 이어진 연작시의 풍모를 드러내면서, "겨우"와 "아마"라는 "말" 자체를 "식물"이나 "동물"처럼 실제로 "살아가는" 생명력을 품은 것으로 아로새긴다.

물론 이와 같은 현상들은 현대과학의 합리성에 기초한 우리들의 실제 생활세계에 비추어 보면, 그야말로 주술적 차원의 환상이거나 신화적 모티프를 수용한 것에 지나지 않는다. 그러나 시인은 현대과학이 추방한 신화와 주술의 세계, 곧 물활론과 애니미즘의 현상들을 제 예술적 작업의 주춧돌로 활용할뿐더러 이들을 소중하게 보듬고 감싸려는 모험을 충실히 이행하려는 듯 보인다. 어쩌면 시인은 세계를 지배하고 있는 중심 담론과 권력으로부터 버려지고 망가지고 찢겨 나간 모든 소수자를 여성적인 것의 범주로 다시 쓸어안으면서, 이들의 존재론적 가치를 되살리려는 윤리학적 실천을 말없이 지속해 온 것인지도 모른다.

따라서 『그 숲에서 당신을 만날까』에서도 빈번하게 출현하는 "물랑" "물결" "물 한 방울" "물의 집" "물나무" 등과 같은 신영배의 독특한 "물" 이미지는 우주 만물의 생명력의 원천이자, 세상 모든 것을 드넓게 포괄할 수 있을 소극적 수용력(negative capability)의 최대치를 상징한다. 나아가 무수한 소수자의 상처를 치유하고 그들의 존재를 싱싱하게 되살리는 부활의 엠블럼(emblem)으로 기능한다. 그리하여, 신영배의 예술적 실험과 존재론적 전회의 시도는 결코 미학적 차원의 실천에 그치지 않는다. 오히려 세상에 존재하는 모든 소수자를 부둥

켜안으려는 그녀의 필사적인 고투가 휘감긴 윤리학적 실천이자 이행의 미래를 예기한다.

버려진 날에는 집을 지나 더 걸었다

발은 백지가 되었다

물을 건넜다
구름을 딛고 나무에 매달렸다
물에 빠져 죽은 여자를 오래 들여다보았다

새들을 따라 날았다

모래언덕 위에 앉았다
백지를 읽었다
더 걸었다
뒤꿈치가 부풀었다

더 걸었다

물집을 키웠다
밤을 기다렸다

떠올랐다

—「달 구두」 전문

먼저 「달 구두」의 한복판에 나타난 "물을 건넜다/구름을 딛고 나무에 매달렸다/물에 빠져 죽은 여자를 오래 들여다보았다//새들을 따라 날았다"라는 이미지들에서 피어오르는 주술성과 신비감을 가만히 느껴 보라. 화자는 우리와 같은 평범한 인간으로 설정되어 있지 않은 듯하다. 오히려 "구두"를 신고 "걸어"가는 여인의 모양새와 천지사방의 어둠을 두루두루 비추는 "달" 이미지를 겹쳐 세움으로써, 인격화된 여신으로서의 "달" 이미지를 새롭게 선보일뿐더러 그것을 발화의 주체로 설정하는 미학적 구도의 비약을 일으킨다. 따라서 이 시편에선 한편으로 "더 걸었다/뒤꿈치가 부풀었다//더 걸었다//물집을 키웠다"로 표상되는 "구두"의 주인공인 여성의 이미지가 엿보이고, 다른 한편으로 "물" "구름" "나무" "새들" "모래언덕"으로 표상되는 광대무변한 시공간을 자유자재로 이동할 수 있는 "달" 이미지가 새어 나오는 듯 보인다. 아니, "구두"로 표상되는 한 사람의 여성과 더불어 "달"로 상징되는 세계 곳곳의 어둠을 비추고 보듬는 여신의 이미지를 중첩하여, "달 구두"라는 전혀 다른 차원의 여인-신의 이미지를 창안한 것이 틀림없다.

결국 "물에 빠져 죽은 여자를 오래 들여다보았다"라는 이미지가 집약적으로 드러내듯, 이 시편은 세계에 만연한 어둠을 밝히고 곳곳에 감춰진 원혼을 달래고 그 상처를 부드럽게 보듬는 "달" 이미지에 "구두"와 "뒤꿈치가 부풀었다"로 표상되는 여성적 헌신의 이미지를 덧붙임으로써, 마치 천상과 지상을 이어 주는 무지개와 같은 진기한 이미지인 "달 구두"를 창안한 셈이다. 이는 또한 시인이 명확하고 분명하고 확실한 실체가 아니라, 그 바깥으로 추방당한 무수한 가상과 주술적 환상과 시뮬라크르 현상들, 그리고 "아이"와 "소녀"와 "여자"와 "어머니" 등으로 열거되는 모든 소수자의 존재를 전면적으로 부각하려 한다는 사실을 뜻한다. 나아가 "물에 빠져 죽은 여자"나 "죽은 노인이 술래/소녀들이 숨는다/여자들이 숨는다/물랑 물랑 물랑 물랑/노인이 모두 찾아낸다"(『숨바꼭질』)라는 구절로 표상되는, 이미 현실 세계에서 사라져 버린 망자의 존재마저도 "찾아내"어 표면 위로 끌어올리려 한다는 것을 암시한다.

시인은 저 소수자들이나 사라져 버리는 모든 존재를 여성적인 것으로 받아들이면서, 이들의 유약하고 비가시적인 실재를 우리 눈앞에 가시화하려는 노력을 지속해 온 것으로 추정된다. 아니, 세계의 모든 소수자란 결국 여성적인 것의 우주를 구성하는 낱낱의 원소들일 뿐만 아니라, 저 여성적인 것의 광활한 수용력이야말로 세계의 상처와 고통과 폭력을 달래고 치유할 수 있는 원초적 생명력으로 파악하고 있는 것이 분명해 보인다.

5.

『그 숲속에서 당신을 만날까』를 비롯한 신영배의 모든 시집에서 남성적 뉘앙스를 풍기거나 그 범주로 귀속될 수 있는 이미지들은 거의 등장하지 않는다. 그러나 이 시집에서 매우 드물지만 계속 등장하는 남성적 이미지가 있다면, 그것은 바로 "군인들"이다.

가령 "군인들이 지나가고 달이 살빛을 드러낸다/새들이 야행을 나서고 나무들이 밤을 밟는다/사라지기 전에/소녀는 아직 걸려 있고 찢어져 있다"(『달과 나무 아래에서』), "어느 나라의 소식엔 군인이 군홧발로 소녀의 가슴을 누르고 총부리로 소녀의 얼굴을 겨누고 있었다 바닥으로 한없이 미끄러져 물이 고였다 고인 물이 점점 불어나더니 둥글게 방을 이루었다 밖에서 군인들의 발소리가 들려왔다 나는 도망쳐 오는 소녀를 얼른 잡아끌었다 소녀를 안고 웅크렸다 우리는 숨을 죽였다 세상은 언제 다 군인들이 지나가는 것일까"(「검은 물방울」), "군인들이 지나는 도로를 가로질러/검은 숲속/여자가 방으로 들어간다/옷을 벗는다/옷을 벗자 여자는 더 어두워진다/거대한 밤의 곤충이 다리로 밤하늘을 꼭 붙들고 있다/여자는 욕조 속으로 들어간다/물속에서 몸을 뻗는다/다리들도 오고 가는 것이라면/물속은 고요해서 두 눈이 다 녹겠지/밤의 곤충은 날고/별들이 쏟아진다"(「욕조식물」) 같은 구절들을 보라.

이 구절들에서 등장하는 "군인들"은 "소녀"와 "여자"로 제시된 여성적인 것의 우주를 찢고 부수고 망가뜨리는 폭력적 주체이거나, 그것의 헌신적 보살핌과 부드러운 치유력에 의해 되살아나야 할 훼손된 존재로 그려진다.

군인들이 지나는 도로를 가로질러

검은 숲속

여자가 방으로 들어간다

옷을 벗는다

옷을 벗자 여자는 더 어두워진다

거대한 밤의 곤충이 다리로 밤하늘을 꼭 붙들고 있다

여자는 욕조 속으로 들어간다

물속에서 몸을 뻗는다

다리들도 오고 가는 것이라면

물속은 고요해서 두 눈이 다 녹겠지

밤의 곤충은 날고

별들이 쏟아진다

욕조는 환해지고 다리들이 온다

쫓기던 다리들이 와서 눕는다

멍든 다리들이 와서 눕는다

굽은 다리들도 천천히 온다

여자는 다리들을 쓰다듬는다

별빛에서 새가 떨어진다

밤의 틈이 벌어지고 그 틈으로

물이 흘러간다

다리들이 물을 따라서 간다

멀리 전쟁이 그친 해변으로

—「욕조식물」 전문

인용 시편에 나타난 "옷을 벗"고 "욕조"의 "물속에서 몸을 뻗"는 "여자"의 이미지는 얼핏 섹슈얼리티를 표현한 것처럼 보이지만, 그보다는 오히려 "물"에 깃든 원초적 여성성의 상징, 곧 생성과 부활을 동시에 암시하는 것으로 해석하는 것이 적확할 듯하다. 특히 "욕조는 환해지고 다리들이 온다/쫓기던 다리들이 와서 눕는다/멍든 다리들이 와서 눕는다/굽은 다리들도 천천히 온다/여자는 다리들을 쓰다듬는다" 같은 구절은 마지막 행에서 등장하는 "멀리 전쟁이 그친 해변으로"와 겹쳐 울리면서, 이 시편이 "전쟁"으로 표상되는 무수한 싸움과 대결의 현장에서 몸을 다친 자들을 되살리는 헌신적 보살핌과 치유의 주체로서 여성적인 것을 형상화하고 있다는 사실을 넌지시 일러 준다.

따라서 여기서 등장하는 "물"과 "여자"와 "욕조"와 "식물"은 서로를 비추는 거울을 겹쳐 세우면서 여성적인 것의 우주를 구축하는 순환적 이미지로 기능한다. 또한 마무리를 장식하는 "밤의 틈이 벌어지고 그

틈으로/물이 흘러간다/다리들이 물을 따라서 간다/멀리 전쟁이 그친 해변으로"라는 이미지들의 움직임은 세계의 온갖 폭력과 상처와 고통과 폭력을 씻어 내고 정화시키는 "물", 곧 여성적인 것만이 펼쳐 낼 수 있을 순결한 사랑의 힘과 부드러운 평화의 비전을 드리운다.

『그 숲에서 당신을 만날까』는 지난 시집들에서 신영배가 줄곧 시도해 온 여성적 이미지들로 이루어진 시 쓰기의 세계를 좀 더 드넓은 차원에서 완성한다. 그것은 투명한 시선으로 나타나진 않지만, 세계의 저변을 가로지르는 무수한 존재의 흐름이나 보이지 않는 흔적들, 나아가 "환청" "그림동화" "마술" "신화" 같은 시어들로 표상되는 환상과 주술의 세계를 여성적인 것의 범주로 재분류하여 그 존재론적 깊이를 고스란히 되살리려고 하기 때문일 것이다. 이러한 측면은 아직 현실로 도래하지 않은 잠재적인 것과 무수한 소멸의 이미지들, 나아가 시뮬라크르 현상들마저도 시인이 새롭게 재편하는 여성성의 우주로 수용하려는 자리에서 기원하는 것이라 하겠다.

이 시집에서 신영배의 다양한 여성적 이미지들이 주로 "물"과 "어머니"로 상징되는 포용과 치유와 부활의 벡터로 기울어지게 된 것 역시, 그녀가 끊임없이 구축해 온 여성적인 것의 우주를 완결하려는 원대한 미학적 기획과 윤리학적 비전에서 비롯하는 것인지도 모른다. 또한 신영배의 『그 숲에서 당신을 만날까』를 통해 우리 한국시는 비로소 여성적인 것이 누릴 수 있는 한없이 순결하면서도 부드럽고 끝없이 헌신적이면서도 열정적인, 희귀한 여성성의 세계를 처음 마주하게 되었는지도 모른다.

그리하여, "모두가 차 버린 모서리"와 "안길 줄 모르는 구석"과 "곰팡이가 번지는 치마"와 "썩은 발톱"과 "다섯 가지 향을 가진 손가락"처럼 현실 세계에서 내버려진 것들을 "건드리지 마", "내가 기를게"

라고 외쳐 대는 시인의 날 선 목소리는 아름답다. 그러나 아프다. 우리 모두의 마음결을 후려갈기면서 그 밑바닥의 윤리적 무의식을 찔러 오기 때문일 것이다. 그러니 이제 당신 차례. 신영배가 초대하는 여성적인 것의 우주, 그 첨예하고 아름다운 세계로 찬찬히 들어가 보라. "건드리지 마 내가 기를게"라고 외치는 시늉이라도 내보면서.

건드리지 마
내가 기를게
모두가 차 버린 모서리
안길 줄 모르는 구석
곰팡이가 번지는 치마
썩은 발톱
다섯 가지 향을 가진 손가락
뒤꿈치에 숨긴
버린 집과 새로 버릴 집
시궁창에서 자란 머리키락
죽은 입술
그리고 푸른 물랑
건드리지 마
여인이 등 뒤로 소녀를 얼른 감추었다
방 안은 흘러들어 온 자들로 붉고
치고받으며 빗방울이 튀었고
백열전구가 흔들리자
서로에게 피곤한 기색이었다
여기가 끝인 모두의 자정이

소녀에게 무심히

칼을 뻗을 때

건드리지 마 내가 기를게

창밖에서 비가 크게 소리를 질렀다

—「건드리지 마」 전문

다중 초점의 풍경들
―이세화의 시집

충격 체험과 절망의 리듬

이세화의 첫 시집 『허물어지는 마음 어디론가 흐르듯』은 "흔한 등짝을 가진 네겐 그 어떤 위로도 해 줄 수가 없구나"(「말씀」) 같은 이미지로 표상될 수 있을 자기 실존의 충격 체험(Erlebnis)을 산산이 부서진 파편 조각의 형상으로 드러낸다. 이는 우리가 살아가는 현대 세계의 물신주의(fetishism) 풍속에선 그 누구라도 겪을 수밖에 없을 공통된 내면성의 벡터에서 오는 것이겠지만, 시인이 제 온몸으로 앓았으리라 짐작되는 각별한 체험과 마음결의 뒤척거림으로 절실하면서도 둔중한 절망의 깊이를 얻는다. 이 시집이 품은 독특한 감응의 힘과 섬세한 감수성의 무늬 역시, 격렬한 침묵으로 응집된 듯 보인다.

어쩌면 시인의 실존 한복판을 꿰뚫고 지나갔을, 저 절망의 리듬이란 현대 세계가 촉진하고 강제하는 연속적 경험(Erfahrung)의 단절과 파편화 현상, 곧 타인들과 더불어 삶의 제반 양상들을 공유하지 못하고 그저 일회적인 것처럼 스쳐 지나가는 우리 모두의 체험 구조에서 오는 것인지도 모른다.

> 우리는 염려나 안부를 외면한 채
> 언제나 다시 집으로 돌아온다
>
> 불을 켜 보니 낯선 사람들이 비밀 얘기를 하고 있었다
> 문제에 대해 이야기하고 있다고 손짓을 하는데
>
> 나는 두 눈을 마주 보며,
> 숨기고 싶었어, 말하게 되고

―「수은」 부분

그렇다. 시인이 나지막한 목소리로 읊조리고 있는 것처럼, 현대인의 나날의 삶을 꼴 짓는 것은 "염려나 안부" 같은 인간적 표상이 아닐 것이다. 도리어 "염려나 안부를 외면한 채/언제나 다시 집으로 돌아온다"라는 이미지에 휘감긴 형식적 겉치레이자 금전 거래 관계 같은 것에 지나지 않을 것이다. 이른바 돈으로 표상되는 교환가치의 추구와 탐닉이 우리 삶의 과정이자 목적 그 자체가 될 때, "염려나 안부"로 집약되는 인간적 교감과 유대 관계의 상징이란 "외면"당할 수밖에 없는 것이기 때문이다. 따라서 "비밀 얘기", "숨기고 싶었어" 같은 시어들이 응축하고 있는 저 은닉의 이미지란, 복잡하게 뒤얽힌 진실들이 가려지고, 그저 말쑥한 겉모양새로 비틀어진 세상의 통념과 소문들이 기정사실인 양 둔갑하게 되는 미시 권력들의 폭주와 집단 담론의 왜곡 현상들을 설핏한 그림자처럼 암시하고 있는 듯 보인다.

「수은」 끝자락에 놓인 "나는 두 눈을 마주 보며,/숨기고 싶었어, 말

하게 되고" 같은 형상들에 또렷한 형세로 움터 오른 것처럼, 이 시집의 느낌과 분위기를 조율하는 이미지의 핵이자 감응의 비등점으로 들어박힌 것은 타인과의 진정한 대화가 불가능하다는 소통의 절망감이자, 왜소하게 조각난 개인성에 대한 통절한 자각이다. 가령 "흔한 등짝을 가진 네겐/그 어떤 위로도 해 줄 수가 없구나"(「말씀」), "용서할 수 없다면서 너는/왜 이렇게 친절한 거야/입을 가리고 웃는다"(「신기루」), "휘어지듯 자라나 마음이 마음대로 되지 않는 일/슬픈 팔을 휘두르며 희망을 반복하는 일"(「부정교합」), "술잔 위에 머무는 겹겹의 원형들/당신은 아는 게 많아서 외롭지"(「플라스틱 러브」), "몸과 헐거워진 영혼을 붙잡고 울었다/나는 어디에서도 주인은 아니었다"(「미래에게」) 같은 구절들을 보라. 그리고 이들에 주름진 저 끔찍한 실존적 체험 상황을 떠올려 보라.

나아가 시인이 "살아가는 동안 너무 어두워지면/방 안은 수술실이 된다/조용히 칼날을 세워 몸을 해부한다/어느 날은 낯선 그늘들이 일렁였고/어떤 날은 다 타 버린 재만 가득했다"(「미래에게」)라고 제 실존의 맨얼굴을 노출할 때, 그렇게 될 수밖에 없었을 어떤 운명의 벡터를 뒤따라 보라. 나아가 그것으로 날아든 갖가지 사건들의 숱한 곡절을 마주해 보라. 아니, 「미래에게」라는 제목의 시를 쓰면서 "견디기 어려웠다/몸에 기생하며 살고 있다는 게"라는 지극한 불행의 이미지로 제 "미래" 전망을 어두운 색감으로 소묘하면서 그 끝을 마무리할 수밖에 없었을 그 너덜너덜한 실존의 찢김을 오랫동안 더듬어 보라.

그리하여, 시인이 "자고 나면 새로 태어난다는 이야기를 믿고 있어. 이어진 기억만 공유할 뿐, 매일 다른 영혼이 들어온대. 기억이 피고 지는 이유. 없던 기억이 자라는 이유. 꿈을 꾸는 이유. 지금, 아니, 앞으로 언제까지."(「편지」)라고 제 삶의 모든 국면으로부터 훌쩍 날아오르고픈 간절한 소망을 읊조리게 된 그 마음의 자취를 뒤따라 보라. 아니, 저 불행과 괴로움의 계기적 매듭들을 단번에 지워 버릴 "이야기" 판타지를 꿈꿀 수밖에 없었을 시인의 내면적 몸부림을 온몸으로 느껴 보라. 이 과정이 마치 손에 잡힐 듯 생생하게 느껴진다면, 그대는 이세화 시집의 살(la chair)로 이미 절반쯤 들어선 셈이리라.

진실의 왜곡과 말할 수 없는 자의 윤리

『허물어지는 마음 어디론가 흐르듯』의 곳곳에서 발견되는 절망과 비관의 이미지는 집단 담론의 강력한 미시적 은폐 작용과 더불어 그 조각난 진실들의 왜곡 현상, 나아가 이를 토로할 수 없게 하는 겹겹의 억압 구조에서 비롯하는 것처럼 보인다. 이는 한편으로 시인이 겪었을 심각한 체험의 무게만큼 자기감정의 여러 굴곡을 마음껏 내지르지 못하도록 강제하는 구조적 억압 상황을 부여할 뿐만 아니라, 시집의 안팎을 이중 구속의 굴레로 들씌워지게 만든다.

그러함에도 불구하고, 이 시집은 저 몸서리치는 이중 구속의 딜레마를 예술적 절제력으로 뒤바꿔 놓는다. 그리고 그 마디마디에서 아득한 신비의 공간들을 새롭게 창출하는 예술적 성취를 이룬다. 시인이 감당해야만 했을 갖은 부조리 체험들에 비례하는 강력한 정서적 폭발력이 나타나지 않을뿐더러, 시인 자신이 확신하고 있는 진실들마저도 다중 초점의 시선으로 되짚어 보려는 복합성의 이미지들이 그물처럼 드넓게 펼쳐져 있기 때문이리라. 이 그물코의 마디마디에는 그 누구도 쉽게 뚫고 들어갈 수 없을 무수한 사람들의 서로 다른 여럿의 진실들이 아우성치고 있는 것이 틀림없기에.

입을 벌렸다가

입을 다물었다가
혀를 내밀었다가
말아 넣었다가

말을 하기 위해서가 아니라
무게만큼이나 짓눌리는 액체의 부력을
친화적으로 견뎌 내기 위해서

—「기질」 부분

그 목소리는
물에 가까워지는 중이에요
바다가 꿈인 나와 닮았죠
하지만 내 안엔 마른 모래만 가득해
목 안에서는 하얗게 질린
고래가 죽어 가요

—「경계」 부분

남몰래 하는 건 다 습관이다
혼자 있는 방에서 말이 많아지는 것도
초침처럼 벽에 머리를 박는 것도
웃는 것도 우는 것도

참으면 병이 된다며
혼자 끙끙 앓지 말고
다 털어놓으라 하는데

사각거리는 연필 끝에 말했다

저는 괜찮습니다
이제 그만 쓰세요
연필 끝이 점점 닳아요

—「상담 시간」 부분

　인용 시편들은 말할 수 없는 고통, 고백의 불가능성과 침묵의 억압적 강제력을 알레고리 문법을 활용하여 암시적으로 드러낸다. 특히 "입을 벌렸다가/입을 다물었다가/혀를 내밀었다가/말아 넣었다가" 같은 「기질」의 심상들은 시인의 밑바닥에서 용솟음치는 황폐한 진실의 잔혹성을 발가벗겨 드러내고픈 간곡한 욕망을 나타내면서도, 이를 다시 진중하게 가라앉힐 수밖에 없었을 억압적 상황과 조건들을 암시한다. 나아가 「경계」에 등장하는 "내 안엔 마른 모래만 가득해/목 안에서는 하얗게 질린/고래가 죽어 가요"라는 구절이나, 「상담 시간」에 나타난 "참으면 병이 된다며/혼자 끙끙 앓지 말고/다 털어놓으라 하는데/사각거리는 연필 끝에 말했다" 같은 이미지들 역시, 침묵할 수밖에 없는 현실적 조건과 발설하고 싶은 욕망의 극한 사이에서 매번 거듭하여 몸부림칠 수밖에 없었을 격렬한 마음의 소용돌이, 그 실존의 괴로움을 도드라진 필법으로 아로새긴다.
　「기질」에 나타난 "말을 하기 위해서가 아니라/무게만큼이나 짓눌리는 액체의 부력을/친화적으로 견뎌 내기 위해서"라는 구절에 깃든 강제된 침묵과 더불어 이를 고스란히 인내하는 과정에서 생겨났을 자폐적인 마음의 상흔들을 보라. 또한 「경계」의 거죽으로 솟아오른 "목 안에서는 하얗게 질린/고래가 죽어 가"는 형상이나, 「상담 시간」

의 "연필 끝이 점점 닳아" 가는 작은 무늬에 깃든 "말을 하"지 못하는 고통의 절규와 고백조차 불가능케 하는 강력한 구조적 억압의 힘과 뉘앙스를 온몸으로 느껴 보라.

그렇다. 인용 시편들은 이원 대립적 이미지들의 현란한 엇갈림을 제 예술적 구도의 중핵으로 삼고 있는 셈이며, "말을 하기 위해서"로 표상되는 고백과 발설의 이미지와 더불어, "친화적으로 견뎌 내기 위해서"로 축약되는 침묵과 인내의 이미지를 똑같이 반복·변주하고 있는 것이리라. 이 두 계열의 이미지들은 「경계」에선 "목소리"와 "하얗게 질린 고래"로, 「상담 시간」에선 "다 털어놓으라"와 "참으면 병이 된다며" 같은 형상들로 반복·변주되면서, 발설의 욕망과 침묵의 강제 사이에서 서로를 견인하는 힘과 긴장의 미학을 낳는다. 이것 역시, 시인이 체험한 이중 구속의 곤혹스러움 또는 이원 대립적 상황 구조에 매번 붙들릴 수밖에 없을 그녀의 태생적인 "기질"에서 비롯하는 것인지도 모른다.

그러나 시인은 제 실존의 삶에 드리워진 저 이중 구속의 난처함을 하이데거의 「예술작품의 근원」을 전유하여 김수영이 설파하고자 했던 '힘으로서의 시의 존재', 곧 세계의 개진과 대지의 은폐 사이의 긴장 관계로 시의 존재를 가늠해 보려 했던 그의 '미학적 사상'과 동궤의 맥락으로 만들어 놓는다. 이는 주도면밀한 시작법이나 정교한 예술적 짜임새에서 비롯하는 것은 아닐지라도, 이세화라는 한 사람이 체험할 수밖에 없었을 지독한 실존의 딜레마, 그 섬뜩한 양가감정(ambivalence)을 필사적으로 넘어서려는 고투에서 오는 값비싼 대가일 것이 틀림없다. 그야말로 값비싼 대가로써 시인이 얻게 된 창조적 직관이자 예술적 영감 같은 것인지도 모른다.

시인이 펼쳐 놓는 개진과 은폐의 대극(對極) 이미지 창안, 그 수사학적 장치로서의 힘과 긴장의 미학은 다른 한편으로 파울 클레가 현대미학의 첨단의 문제 설정(problématique)으로 제시했던 '보이지 않는 것의 현시'라는 방법론과 연동된 것처럼 보인다. 가령 "잘 보이지 않는 모습과/잘 들리지 않는 말이 있었지만"(「속기」), "이미 일어난 일을/숨기는 것과 보여 주는 것의 차이라고"(「뉴페이스」), "삶을 놓아 버린 사람에게/대화는 중요하지 않았다/도대체 뭐가 괜찮은 건데, 같은 말은/배 속에서/산산이 찢어 두기로 한다"(「과조(寡照)」), "오래전 어둠 너머로 돌아간 네 형상을 상상하며/소리를 질러 보겠지 저 멀리/닿지 않는 메아리를 믿어야겠지"(「인간의 숲」) 같은 이미지들을 다시 떠올려 보라.

『감각의 논리』에서 들뢰즈가 '어떻게 비가시적인 힘들을 가시적으로 만들 수 있는가?'라는 의문을 제기했던 것처럼, 이 시집에서 빈번하게 활용되고 있는 낯설고 특이한 문법 가운데 하나는 "잘 보이지 않는 모습과/잘 들리지 않는 말"(「속기」)로 표상될 수 있을 듯하다. 이는 비-감각적인 것들을 거죽 위로 끌어올려 마치 감각적인 형상들처럼 돋아나게 만드는 예술적 방법론 또는 현시의 미학이 이 시집의 중심부를 가로지르고 있다는 것을 뜻한다. 달리 말해, 이세화의 여러 시편엔 감각이란 통상적인 방식으로는 감지할 수 없는 것들을 감지해야만 하는 역설적 과정 자체를 가리킨다고 진술한 들뢰즈의 감각론으로 수렴될 수 있는 이미지 조각술과 미학적 구도가 관통하고 있다는 것이다.

가령 「뉴페이스」에서 엿보이는 사실과 진실 사이에 놓인 개진과 은폐의 함수관계, 「과조」에서 등장하는 "같은 말은/배 속에서/산산이 찢어 두기로 한다"에 깃든 말과 진실의 파편화 현상, 「인간의 숲」에 나타난 "어둠 너머로 돌아간 형상"과 "닿지 않는 메아리" 같은 이미지들을 보라. 이들이 함께 드리우고 있는 비-감각적인 것들의 감각적인 형상화라는 방법론과 미학적 구도 역시 들뢰즈의 감각론과 같은 맥락을 이룬다는 것을 곧장 깨달을 수 있을 것이다. 이 시집 곳곳에서 엿보이는 질병과 장애의 이미지들 역시 보이지 않는 것의 현시, 또는 비-감각적인 것의 가시화로 축약될 수 있을 현대미학의 임계점과 연동된 것처럼 보인다.

아니다. "안과는 마음을 치료하는 곳이 아니라/다 털어놓을 수는 없었지만/그동안 내 안쪽에는 알게 모르게/좋지 못한 것이 고여 있던 거야"(「안구건조증」), "보이지 않는 눈을 더 멀어 버리게 하려고 열심히 빛을 굴절시키고 있는 손가락보다 두꺼운 안경알이 오늘따라 멋져 보이고"(「대결」), "이 세계의 풍경을 견디지 마라/죄는 눈먼 바람을 따라 유목하는/다리가 긴 짐승이다"(「처음으로 나를 사랑하기 위해서였다」), "씨 없는 처녀땅은/살꽃 한번 못 피우고/흉터 같은 그늘만 솟아난다/떠돌이 여자의 몸이고 싶다"(「꽃자리」) 같은 알레고리 형상들을 다시 진득하게 들여다보라.

그리하여, 이와 같은 질병과 장애의 이미지들을 빚어내도록 강제했을 뿐만 아니라, 자기 실존의 비밀스러운 맥락들로 인해 정상적인 사회관계조차도 힘겨웠을 시인의 곡진한 체험들을 다시 상상해 보라. 나아가 저 이미지들이 시인이 겪은 가공할 만한 체험 위로 얼룩진 세상의 위선과 더불어, 이른바 공적 담론에 깃들인 이데올로기적 허위의식을 진실의 법정 위로 소환할 수 없으리라는 절망감에서 온다는 사실을 다시 한번 되짚어 보라. 이들은 결국 시인의 내면이 품을 수밖에 없었을 불구와 장애 상태가 우화적 기법으로 표현될 것일 수밖에 없다는 사실을 넌지시 암시한다.

그러나 "뼈 없는 생명의 살갗은/맵고 서럽다"(「우울한 봄」), "지워 버리려다가/정말로 기억 속에서 투명해진 사람이/물길을 스친다"(「바가지탕」) 같은 구절들이 선명하게 나타내는 것처럼, 시인은 저 황폐한 진실들을 토로하거나 발설하지 못하는 자신의 처지와 상황을 실존적 장애 또는 신체적 불구 상태에 가까운 것으로 호명하고 있을뿐더러, 이를 감각적 차원의 결손을 드러내는 이미지들로 치환할 수 있는 방법론적 직관을 거머쥐고 있는 것처럼 보인다. 이 결손의 이미지들은 물론 시인의 실존 자체가 머금은 흉터의 흔적일 것이 자명하지만, 그 뒷면에선 비가시적이고 비-감각적인 것들을 가시적인 감각들과 형상들로 틔워 올리는 시작법의 통찰로 개화(開花)하고 있는 것이 틀림없기에.

다중 초점의 풍경과 공실존의 감각들

서로 귓바퀴를 만지며 젖어 가는
연인들의 대화를 뒤로한 채 걸었다

골목 끝에는 나보다 큰 무화과 열매가 자라나고 있었다
손가락처럼 얇은 뱀 그림자가 발등을 지나고

손끝이 까맣게 익어 가는 오늘은
다 자란 문장이 훨훨 날아가 버리는
어떤 날과는 다르다

앙상한 개가 다가와
오랫동안 손을 핥아 주었지만

이것은 약이 될 수 없고
봄과 어울리지 않는다

그저
풍경을 믿는 수밖에

—「오늘의 풍경」 부분

'보이지 않는 것의 현시'로 요약될 수 있을 『허물어지는 마음 어디론가 흐르듯』의 비-표상적 이미지 조각술과 그 미학적 방법론의 세부 장치들은 우선 서술 주체의 다중 초점으로 구현되고 있는 듯하다. 시집을 관류하는 여러 겹의 초점들은 작품 안쪽에서 뿐만이 아니라, 시편과 시편 사이에 걸쳐 있는 유사 이미지들의 배열과 그 관계의 그물에서도, 일반적인 서정의 시작법 원리와는 다르게 작동하는 듯 보인다. 곧 원심력과 환유적 언어를 주축으로 삼는 시적 언어의 구조 원리를 보여 준다는 것이다. 이와 같은 측면들은 이 시집의 주요 작품들이 은유와 명사와 이미지의 구심력으로 축조되는 서정의 시적 전통을 뒤따르기보다는, 도리어 환유와 동사와 이미지의 원심력을 제 예술적 짜임새의 원천으로 삼고 있다는 사실을 가리킨다.

가령 「오늘의 풍경」의 거죽을 채우고 있는 "귓바퀴" "연인들의 대화" "골목" "무화과 열매" "손가락" "뱀 그림자" "손끝" "오늘" "문장" "날" "개" "손" "약" "봄" 같은 시어들을 보라. 이들은 모두 명사가 분명하지만, 시인이 설정한 그 어떤 사유와 감정과 가치에 도달하기 위한 단일한 의미의 축을 구성하지 않는다. 이 시편에서 의미화의 지배권을 행사하는 것은 "만지며 젖어 가는" "걸었다" "자라나고 있었다"

"지나고" "익어 가는" "날아가 버리는" "다가와" "될 수 없고" "어울리지 않는다" "믿는 수밖에" 같은 동사의 활용형들이라는 사실에 주목할 필요가 있다. 이 사실은 「오늘의 풍경」이 시인이 설정한 특정한 사유와 감정과 가치로 그 모든 시어와 사물들을 빨아들이는 단일한 위계화의 중심으로 기능하지 않는다는 측면을 암시한다. 나아가 저 낱낱의 시어들이 자기 나름의 의미들을 자율적으로 개진하면서 여타의 것들과 나란히 공존하거나 병렬될 수 있는 환유적 개방성의 공간을 창안하고 있다는 사실을 넌지시 일러 준다.

이렇듯 「오늘의 풍경」의 느낌과 분위기를 마름질하는 초점화의 중핵이 명사가 아닌 동사로 전환될 수밖에 없는 까닭 역시, 저 오래된 서정의 시적 전통을 추종하지 않는 자리에서 온다. 그것은 특정한 의미화의 초점으로 여러 명사를 빠짐없이 수렴하여 이들을 한낱 대체 관념이나 대체 사물로 전락시킬 수밖에 없을 서정의 은유적 언어 체계를 뒤따르지 않기 때문이다. 이 대목에서 "명명하는 사고의 근본인 은유적 사고의 축을 버리고, 그리고 그 언어도 이차적으로 두고"[1]라는 표현으로 집약될 수 있을 '날이미지'의 문제를 다시 떠올려 볼 필요가 있을 듯하다. 나아가 「오늘의 풍경」에서 볼 수 있듯, 감각과 풍경을 오브제의 중핵으로 삼고 있는 이세화의 거의 모든 시편이 은유적 사고의 테두리를 벗어난 자리에서 제 예술적 광휘를 유감없이 뿜어낸다는 사실을 다시 섬세하게 재음미해 볼 필요가 있겠다.

이는 결국 이세화의 몇몇 시편들이 은유적 명명법의 순환 체계와 명사적 대체 관념의 구심적 회로를 탈피해 있을뿐더러, 환유적 사고와 동사 중심의 언술과 묘사를 주축으로 삼는 수사학적 장치를 최대

---

1 오규원, 「날이미지와 시」, 문학과지성사, 2005, pp.106-107.

한으로 활용하고 있다는 것을 의미한다. 달리 말해, 시적 화자의 단일한 시점과 목소리가 아니라, 도리어 이를 둘러싸고 있는 무수한 사람과 사물과 풍경들이 저 시편들의 느낌과 분위기를 조율하는 일종의 미학적 장치로 기능하고 있다는 것이다.

어쩌면 시인 이세화는 2000년대 초반 한국문학에 새로운 활력을 불어넣으면서 한꺼번에 등장했던 젊은 시인들을 일컫는 말이기도 했던 '미래파'를 계승하고 있는지도 모른다. 또한 '미래파'로 지칭되었던 당대 젊은 시인들 가운데서도 특히 "다른 서정"이라는 새로운 시적 방향성에 동의하면서 시의 시점과 화법, 스타일과 이미지 배열 구조 등등의 거의 모든 형식 차원들의 실험에 매진했던 시인들의 작법 원리를 수용하고 있는 것이 분명해 보인다. 『허물어지는 마음 어디론가 흐르듯』의 중심부를 이루는 시편들은 1인칭 발화 주체의 권위적 진리를 흩어 버리면서, 여기에 필연적으로 부착될 수밖에 없을 나르시시즘적인 초점과 인간중심주의 시선을 벗어나는 자리에서 제 예술적 방법론과 미학적 구도를 마련하기 때문이다.

이 시집의 몇몇 시편들에서 여러 갈래의 시점들이 혼재하면서 다중 초점의 문맥들이 나타날뿐더러 이를 통해 시의 평면에 깊이감이 부여되는 것 같은 느낌이 휘감겨 오는 것 역시 이와 같은 맥락에서다. 이 시집은 은유적 언어의 단일한 평면에 환유적 세계의 다채로운 깊이와 부피감을 만들고자 했던 오규원의 '날이미지'를 계승하고 있는 동시에 2000년대 '미래파'의 한 갈래를 이루는 "다른 서정"의 새로운 시작 방법론과 미학적 구도를 적극적으로 수용·변용하는 자리에서 자신의 예술적 집과 문학적 살을 마련한 것으로 추정되기 때문이다.

　소리가 다가온다

입이 벌어지는 것보다 빠르게
혀끝에 녹고 있는 비스킷보다 천천히
소리가 다가오고 있다

방 안에 그림자가 하나, 둘
소리의 주인은 하나, 둘, 셋……

소리는 소금쟁이 다리로 찻잔을 건너는 중이다
잠 못 이루던 우리가 거닐던 해안처럼
점을 찍는 발아래로 홍차가 끓어오른다

—「만남」 부분

반 시든 장미가
정오의 바람을 맞으며 몸을 편다

꽃은 어제보다 조금 자라 있었다
이곳은 살아 있을 때와는 달라
있던 것들이 사라져도
아무도 아프지 않지

그것 참 다행이구나, 대답을 하며
천천히 병 안으로 들어간다

반투명 유리병 안으로
길고 얇은 빛이 통과하고 있다

병 안엔 어둠이 가득 차 있고
흔들리기도 하였다

소리 없는 이 풍경이 불편하면
물을 섞으면 되겠다

한껏

—「수채화」 부분

「만남」에 등장하는 "소리" "혀끝" "그림자" 같은 시어들과 연관된 감각들을 상기해 보라. "소리"가 청각과 관계된 것이라면, "혀끝"은 미각, "그림자"는 시각과 결부될 수밖에 없다는 것을 곧바로 직감할 수 있을 것이다. 이는 결국 이세화의 시가 시각, 청각, 미각 등등의 특정한 감각기관들로 분화되기 이전의 원초적인 감각, 들뢰즈가 신에스테지아(synaesthesia)라고 불렀던 서로 다른 감각들을 넘나들고 뒤섞을 수 있는 감각의 무한한 가능성, 그 잠재적 역량의 최대치를 겨냥하고 있다는 사실을 넌지시 일러 준다. 아니, 기관 없는 신체(corps sans organes)라는 말로 널리 알려진, 기성의 감각과 그 억압 체계로부터 자유롭게 해방된 원초적인 감각의 세계를 적극적으로 도입하려 한다는 사실을 넌지시 암시한다.

이러한 측면들은 「수채화」「선인장」 같은 시편들에서도 고스란히 반복되어 나타나지만, 다소 다른 스타일과 짜임새로 변형되고 있는 듯하다. 가령 「수채화」의 인용 구절 첫머리에 등장하는 "이곳은 살아 있을 때와는 달라"라는 이미지를 골똘하게 들여다보라. 이는 살아 있는 사람의 감각이 아니라, 영성(靈性)의 존재만이 느낄 수 있을 듯한 감각의 착란 상태를 스케치하고 있는 것이 분명하다. 나아가 화자가 사후 세계를 발화할 수 있는 위상을 점유하고 있다는 사실을 염두에 두면, 이 시편이 전지적 작가 시점을 부분적으로 활용할 수밖에 없는 필연성의 구조를 쉽게 알아챌 수 있을 것이다.

이는 결국 「수채화」가 제 몸의 특정한 신체 기관으로 부딪쳐 오는 감각 현상들을 기술하는 1인칭 주인공 시점의 화자를 활용하고 있는 것이 분명하지만, "이곳은 살아 있을 때와는 달라"라는 영매(靈媒)의 낯설고 신비스러운 감각을 덧붙임으로써, 그 뒤를 잇따르는 이미지 계열 전체를 인간의 합리적 감각이나 추론의 범위를 넘어선 초-감각적 감각의 세계, 곧 신적인 영성의 감각들로 바꿔 놓는다는 것을 의미한다. 물론 이 작품에서도 "빛"과 "어둠"으로 표상되는 시각과 더불어 "소리"라는 청각, "바람을 맞으며"라는 촉각 등등이 현란하게 엇갈리는 미분화된 원초적 감각의 융합과 횡단 현상이 나타나는 것은 두말할 나위 없겠지만.

현대미학의 임계점과 공생의 비전

몸 부수는 소리에 상관없이
건물 위로 부서지는 빛은
무심해서 비참했다

울음에 속지 않기 위해 눈과 입을 벌린다
크게, 더 크게 힘을 주면
숨쉬기에 조금 나았다

목 안에 어떤 말이 바람과 부딪히며
눈 속이 겨울 호수처럼 바싹 말라 가고

몸이 차가워지면 잠이 온다
정면으로 해를 바라보다가 눈을 감으면
빛무덤 안에 타오르는 당신이 보였다

무덤 앞에 다가가 바늘이 가득 자란 혀로
내 말이 가시가 되면 어쩌나 물어보고

당신은 가만히 누워 말이 없다

당신은
몸 곳곳으로 액체 같은 걸 흘렸던가

—「선인장」 부분

문밖에 가만히 서 있던 나는 홀린 사람처럼 발을 딛는다 문을 넘으려는 내게 신은 인간의 것을 모아 놓은 함짓방에 들어갔다간 다시 돌아갈 수 없는 것이라 말했다 그렇다면 내 감정은 어디에 있는 걸까 수많은 도형 앞에 내 것을 찾기란 어려웠지만 그 세계 문턱에서 쭈그려 앉아 한참 들여다보니 후회나 그리움이나 저주도 결국 다면체의 일부인지라 언젠가는 한 낱도 안 되는 바람결에 다시 돌아오기도 하고 아무것도 아닌 빈 면으로 구르기도 하는 것이었다

—「다면체」 부분

가슴팍을 벅벅 긁어도 그 감촉은

손가락 사이에 흘러 남았고

밤이 오면 그 무더기 안쪽에서

수많은 벌레들이 기어 나와

온몸을 헤집고 다니는 터에

사방으로 괴롭기도 하였다

그렇게나 사나운 계절이 가고

내 안에 온 세상 아래로

매운 꽃이 핀다

—「서정」 부분

「선인장」이란 시편은 「만남」에서 선명한 형세로 나타났던 신에스테지아, 또는 기관 없는 신체의 이미지들을 고스란히 견지하고 있으면서도, 「수채화」의 특이점으로 규정할 수 있을 영성 존재와의 교감 상태를 매우 감각적인 표지들로 구상화하고 있는 듯 보인다. "빛" "울음" "혀" "말" "액체" 같은 시어들에서 이미 파악할 수 있는 것처럼, 이 작품 역시 시각, 청각, 미각, 촉각 등등으로 분화되고 특정화된 감각들을 마치 미분화된 하나의 원초적인 감각처럼 서로를 넘나들 수 있는 것으로 형상화하는 특징적 면모를 보여 준다. 또한 "무덤"의 형상에서 포착할 수 있듯, 이 시편 역시 「수채화」에 나타난 저 신적 영성의 존재와 교감을 이룬 듯 보이는 기이하고 신묘한 감각들을 펼쳐놓는 특이점을 마련한다.

특히 「선인장」의 한복판에 솟아오른 "빛무덤 안으로 타오르는 당신"이나 "가만히 누워 말이 없"는 "당신"이 "몸 곳곳으로 액체 같은 걸 흘리"는 형상들을 곰곰이 뜯어보라. 이 형상들은 이세화의 시작법 원리가 애초부터 환유와 동사와 원심력으로 표상되는 형식 실험과 미학적 혁신을 넘어서는 자리를 겨냥하고 있음을 암시하고 있는 것처럼 보인다. 이들은 영매(靈媒)와 신기(神氣)라는 말로 일컬어지는 신적인 세계와 교감하는 것만 같은 연상작용을 불러일으킬뿐더러, 이른바 접신술로 알려진 다른 영적 존재들과의 감각적 공유 상태를 현대미학의 임계점과 연동된 것으로 만들어 놓고 있기에.

「다면체」의 "문을 넘으려는 내게 신은 인간의 것을 모아 놓은 함짓방에 들어갔다간 다시 돌아갈 수 없는 것이라 말했다"라는 구절에서 가장 도드라지게 나타나듯, 시인은 무속의 빙의 현상에 가까운 감각의 혼재 양상과 착란 상태를 '보이지 않는 것의 현시'로 집약될 수 있을 현대미학의 첨단을 구성하는 문제 설정과 연동시키고 있는 것이 분명하다. '접신'이라는 것 역시, 보통 사람들에겐 보이지 않고 들리지 않고 만질 수 없는 감각이 가능한 것이기 때문이다. 나아가 감각 가능한 것 그 너머에 존재할 비가시적이고 비-감각적인 것을 형상화한다는 것 자체가, 이미 있는 대상을 재현하는 것일 수 없기 때문이리라. 달리 말해. 이세화의 몇몇 시편들은 아직 세상에 드러나지 않은 미지의 것을 현시한다는 현대미학의 첨단을 구성하는 문제 설정과 합류할 수밖에 없다는 것이다.

「다면체」의 "그렇다면 내 감정은 어디에 있는 걸까", "후회나 그리움이나 저주도 결국 다면체의 일부인지라" 같은 구절들이 흩뿌려 놓는 묵시적 감응 효과들을 다시 온몸으로 느껴 볼 필요가 있겠다. 이 시편이 선명하게 표상하는 것처럼, 이세화의 시는 서정적 1인칭의 확고부동한 "감정"이나 사유가 아니라, 도리어 이러한 1인칭 주체의 전면을 둘러싸고 있는 무수한 타자들, 그 "다면체"에 제 미학적 정수를 드리우고 있는 것으로 보이기 때문이다. 또한 「서정」은 제목과는 정반대로, 시인의 몸을 "헤집고 다니는" "수많은 벌레들"과 "내 안에 온 세상 아래로" 저토록 "매운 꽃이 핀다"는 황폐한 진실들과 정직하게 마주칠 수 있는 진리 주체의 윤리학적 면모들을 충실하게 갖추고 있는 것이 틀림없어 보이기 때문이다.

이세화의 첫 시집 『허물어지는 마음 어디론가 흐르듯』이 자신의 안팎을 에두르고 있는 "다면체", 곧 타자성에 관심을 기울인다는 것은 시인이 자신에게 집중력을 쏟는 나르시시즘적인 서정을 선호하지도, 그것에 능숙하지도 않다는 사실을 예증하고 있는 셈이다. 따라서 마치 격렬한 침묵처럼 소리 없이 응집된 공생의 비전은, 시인의 시적 여정이 타자성의 탐구와 다중 초점의 진실을 향해 나아갈 수밖에 없는, 그 운명적 행로를 이미 예고하고 있는 것처럼 보인다. 아래 시편에 아로새겨진 "새파랗게 태어난" "네 식구들, 파란 식구들"이 내뿜는 저 산뜻하고 아름다운 생명의 신비스러운 기운과 분위기처럼.

> 우리 집 거실에서 새파랗게 태어난
> 밤마다 우리 가족들을 내려다보는
> 네 식구들, 파란 식구들
>
> 호흡은 파랗게,
> 더 파랗게 물들어 가고
>
> 나의 가난한 밤일은
> 손톱만 한 잔돌과
> 몇 마디 말들을 주워 오는 것

네 뿌리 사이에 손가락을 넣어
깊숙이 찔러 넣는 것

하지만 아무도 죽어지지 않았다
갈 곳 없는 불쌍한 것 거두어 줬더니
흙구덩이를 파낸다며 고양이만 혼이 나고

네 허리춤 주변으로 작은 무덤만 늘어났다
그 모습을 보며 헤프게 웃었었지

산세베리아,
꽃을 피워 낸 산세베리아

산세베리아 푸른 발아래
손가락을 넣어
부서진 사랑니를 닮은
조각들을 꺼내 본다

우리 집에서 너는
나보다 더 잘 자라는구나

—「화분」 부분

아뇩다라 삼먁 삼보리(阿耨多羅 三藐 三菩提)를 찾는 고행의 길 위에서
—장석원 시집『유루 무루』를 중심으로

1.

"旗未動 風也未吹 是人的心自己在動(깃발도 움직이지 않고 바람도 불지 않는데 괴로워 몸부림치는 것은 오직 사람의 마음일 뿐)". 이는 왕가위 영화「동사서독: 리덕스」(2008) 첫 장면, 그 출렁이는 금빛 물결 위로 솟아오른 육조(六祖) 혜능(惠能)『법보단경(法寶壇經)』의 한 문구이다. 여기서 우리 이야기를 시작해 보자. 이 문구는 장석원의『유루 무루』에서 고단하게 일렁이는, 오랫동안 찢긴 그의 마음을 능히 감당할 수 있을 듯 보인다. 이 시집은 "사랑하"고 "사랑받"는 일이 불러들이는, 그 복잡다단한 무닛결이 시간의 여울목에 따라 부풀고 비틀리며, 들뜨고 어긋나는 마음 리듬의 벡터를 정직하게 따라간다. 그리고 그 바닥의 밑바닥까지 꿰뚫으려는 자리에서, 제가 발휘할 수 있는 최고 순도의 공력을 기울였노라고 말할 수 있겠다.

저토록 오랜 갈애(渴愛)가 흔히 무명(無明)이란 말로 일컬어지는, '인연생기(因緣生起)'의 이치를 제대로 깨닫지 못하고 맹목적 성향에 이끌리는 심리 상태'에서 온다는 사실을 시인은 그 언젠가부터 절감하게 되었으리라. 이 시집 앞쪽에 들어박힌 「몽유」와 더불어, 그 끄트머리 언저리에 배치된 단 한 줄의 「염송」을 인용한다.

그러나 체온이 너무 낮고, 결정적으로, 내가 없다는 것, 오래전에 깨졌다는 것, 아무도 나를 사랑하지 않았다는 것, 나는 사랑받고 싶었는데 그 사람은 나를 선택하지 않았고 나는 버려진 것이었고, 그렇다, 절단, 한 발짝 더 나아가려 한다, 촛농처럼 머뭇거리는, 나는, 영원히 허공에 붙들린 자

—「몽유(夢遊)」 부분

나부터 봉쇄 나부터 붕괴

—「염송(念誦)」 전문

「몽유」는 '시달림과 번뇌, 그리고 윤회의 원인을 이루는 욕망의 추구'로 정의될 수 있을 갈애(渴愛)가 불러들이는 절망의 리듬을 제 마디와 모서리를 윤곽 짓는 이미지 지력선의 명치에 내걸었다. 어쩌면 간절히 "사랑"을 구하는 자가 그것을 외면당할 때 받게 되는 짓무른 마음의 상처와 고통은 우리가 상상하는 것보다 훨씬·오랫동안 깊은 곳에 머무르는 것인지도 모른다. "오래전에 깨졌다는 것"과 "나는, 영원히 허공에 붙들린 자" 사이에 가로놓인 엄청난 감정의 낙차와 진폭을 그대의 마음처럼 느껴 보라. 특히 저토록 곡진한 감정이 서로를 부르고 찾으면서, 마주 선 거울처럼 서로를 비추는 오롯한 "사랑"이었음을 헤아려 보라. 그대가 만일 저 "사랑"의 살(la chair)로 들어가 볼 수만 있다면, 그것을 아예 "절단"하는 과감한 결행을 시도하지 않고선

매일같이 사무쳐 오는 분노와 원망과 미련의 메아리에서 벗어날 수 없단 사실을 단번에 직감할 수 있을 것이다. 어쩌면 저 메아리에서 파생되는 마음의 독(毒)과 찌꺼기와 온갖 부스러기들을 온전히 씻어 버린다는 건 우리 같은 생활인에겐 불가능한 일인지도 모른다.

따라서 "나는, 영원히 붙들린 자"라는 표현은 앞서 제시된 "절단"이란 시어를 다시 휘감아 오는 회귀의 궤적을 그린다. 이 장면은 프로이트가 「억압에 관하여(Die Verdrängung)」에서 언급하고, 「두려운 낯설음(Das Unheimliche)」에서 심층적으로 주제화한 '억압된 것의 회귀(Wiederkehr des Verdrängten)'가 시의 거죽 위로 현현한 것으로 이해해도 좋을 듯하다. 그리고 그것은 저 미칠 것만 같은 감정 상태로 되돌아갈 수밖에 없는 자의 서글픈 뒷모습과 버둥거리는 정신의 몸부림을 가득 머금고 있는 것이 분명하다. 한 시인이 언젠가 "사랑한다는 것은 너를 위해 죽는 게 아니다./사랑한다는 것은 너를 위해/살아,/기다리는 것이다./다만 무참히 꺾어지기 위하여."(최승자, 「그리하여 어느 날, 사랑이여」)라고 노래했던 것처럼, 그것은 "사랑"을 되찾고 다시 이루려는 자가 다가올 시간 속에서 반드시 감당할 수밖에 없을 시달림의 마음 순례를 매일같이 거듭하겠다는 미래 선언을 어렴풋이 드리우기 때문이다.

「염송」이란 작품이 단 한 행으로 이루어진 단형시의 외관을 띠고 있으며, 그것의 사전적 의미가 '마음속으로 부처를 생각하고 불경이나 진언 등을 외움'으로 풀이되는 맥락을 다시 곰곰이 되짚어 볼 필요가 있다. 시인의 마음속엔 "나부터 봉쇄 나부터 붕괴"로 표상되는 아상(我相)의 집착과 번뇌에서 벗어나 무아(無我)의 경지로 자신을 이끌어 올리려는 의식의 모험, 즉 비범한 자기 고양감으로 나아가려는 추동력이 넘쳐흐르기 때문일 것이다. 그러나 시인의 자기의식의 추동력은 「몽유」에서 암시된 마조히스트의 자기 학대와 팽팽한 힘의 균형으로 맞서면서, 기이한 평행선을 달리게 하는 듯 보인다. 더 나아가, 양자는 "사랑"의 탈주/회귀로 요약될 수 있을, 이 시집의 강유상추(剛柔相推)의 평행선을 상호 횡단케 하는 촉매로 기능한다. 달리 말해, 이 시집의 전체 짜임새를 상생(相生)과 상극(相剋) 작용이 동시에 일어나는 대극(對極)의 순환 구도로 이루어 놓는다는 것이다.

이와 같은 생극(生剋) 작용이야말로, 『유루 무루』의 마디마디를 가로지르는 첨예한 긴장의 리듬이자 예술적 도화선의 불꽃으로 휘감겨 있다고 하겠다. 이는 결국 시인이 저 "사랑"으로부터 필사적으로 탈주하려 하면서도, 끝끝내 회귀할 수밖에 없는 진퇴유곡의 늪에서 허우적거리고 있음을 암시한다. 그러함에도 불구하고, 저 늪이야말로 그 무엇보다도 강렬한 장석원의 시를 낳는 역동적 태반으로 자리하는 것이 틀림없다. 그것은 격렬한 자기 파괴의 감정과 자기 소멸의 욕망이 시적 창조성의 욕망으로 거듭나는 극단적 아이러니의 기원이자, 이 시집 곳곳에 숨겨진 창조적 예술성의 원천으로 깃들어 있기 때문이다.

2.

검은 비 어룽거린다 그 몸을 소유하라 그 몸을 절취하라 그 몸을 노략하라 되돌리기 위해 움켜쥐기 위해 뚫고 나가기 위해 나를 격파한다 절멸의 시간 무릎 꿇고 대곡한다 나를 제거한다
　　　　　　　　　　　—「아상(我相), 수련 잎에 떨어지는 빗방울」 전문

「아상, 수련 잎에 떨어지는 빗방울」에서도 "되돌리기 위해 움켜쥐

기 위해 뚫고 나가기 위해 나를 격파한다"로 표현된 마조히즘의 자기 파괴를 통한 내밀한 정신승리법의 그림자가 어른거린다. 그러나 그 뒷자리에 매달린 "절멸의 시간 무릎 꿇고 대곡한다 나를 제거한다"라는 이미지는, 표제어로 나타난 "아상(我相)"과 더불어 울리면서 이 작품의 극진한 아이러니를 꼴 짓는다. 달리 말해, 작품 내부에 긴장의 평행선과 대극의 원환(圓環)이라는 상호 모순적인 움직임을 동시에 그려 놓는다. "아상(我相)"이 '나에 대한 관념과 이를 중심으로 형성된 일련의 관념'을 가리키는 말이며, 이와 유사한 개념으로 '아견(我見), 아집(我執), 아만(我慢), 아상(我想), 아인상(我人相), 인상(人相) 등이 두루 나타날 수 있다'라는 의미 맥락에 주목해 보라. 특히 그것이 '내가 있다는 근원적인 무지에서 파생된 미혹된 관념'(『한국민족문화대백과』, 한국학중앙연구원)이라는 부정적인 뉘앙스로 정의되는 불교적 맥락을 좀 더 면밀하게 뜯어볼 필요가 있을 듯하다.

그렇다. 『유루 무루』의 불교적 맥락을 좀 더 섬세하게 헤아릴 수만 있다면, 표제어로 나타난 "아상"의 축자적 의미와는 달리, 견딜 수 없는 번뇌와 고통을 가져다주는 자아의 관념과 저토록 둔중한 마음의 감옥에서 벗어나기 위하여 시인이 오랫동안 몸부림쳐 왔음을 눈치챌 수 있을 것이다. "절멸의 시간 무릎 꿇고 대곡한다 나를 제거한다"라는 마지막 대목은 결국 "아상"을 넘어서 해탈의 자리로 상승하고픈 시인의 또 다른 욕망, 곧 욕망을 지우고 넘어서려는 욕망이 존재한다는 것을 암시한다. 달리 말해, 욕망이 불러오는 생의 온갖 소용돌이에서 벗어나려는 욕망, 곧 해탈의 욕망을 그 뒷면에 소리 없이 드리워 놓는다는 것이다. 저 해탈의 욕망이야말로, 『유루 무루』의 뒷면에서 말없이 울려오는 시인의 궁극적 전언이자, 그의 간절한 소망이 끝끝내 겨냥하는 숨겨진 과녁인지도 모른다.

시인이 몇몇 불교 용어들을 이 시집 깊숙이 드리워진 살(la chair)을 풀이할 수 있는 일종의 주제어이자 상징적 기호로 활용하는 맥락 역시 이와 같다. 앞서 살핀 「아상(我相), 수련 잎에 떨어지는 빗방울」이나, 「갈애(渴愛)」「아녹다라 삼먁 삼보리」「선근(善根)」「염송(念誦)」「무모하다 사미(沙彌)여」 같은 불교 모티프의 시편들이 넌지시 일러 주는 것처럼, 시인은 "아상"으로부터 훌쩍 날아올라, 그 너머에 존재할지도 모를 "아녹다라 삼먁 삼보리"로 나아가려는 열망을 품고 있는 것이 분명하기 때문이다. 달리 말해,『금강경(金剛經)』「구경무아분(究竟無我分)」에 기록된 "아녹다라 삼먁 삼보리"의 경지, 곧 '부처님께서 깨달으신 지혜'의 세계이자, 좀 더 깨달아야 할 '위 없는 바르고 원만한 깨달음'의 세계를 시인은 내심 욕망하고 있기 때문일 것이다.

이와 같은 맥락에서, 이 시집에 빈번하게 등장하는 마조히즘적 처벌과 자기 파괴의 이미지 역시, 시인의 정신승리법이 수반할 수밖에 없었을 양면가치(ambivalence)이자 무의식의 벡터에서 비롯하는 것으로 보인다. 곧 지극한 자기 학대를 통해 비범한 자기 정신의 긍지를 확인하려는 역설적인 마음의 벡터, 그리고 이를 통해 자존감의 앙양 상태에 이르려는 고단한 내면적 드라마에서 태어난 것으로 읽힌다는 것이다. 나아가 저 마조히즘의 형상들이란 시인의 실존이 치달을 수밖에 없었을 극단적 아이러니가 남긴 고통의 자취이자, 날카로운 흔적으로 축적된 시달림의 시간 같은 것인지도 모른다.

저주에는 고구도 투시도 없다
나는 덫에 걸린 먹잇감
벌거벗은 몸으로 철퇴
맞는다 무릎 꿇는다

초승달 갈고리

가슴을 뚫는다

그날 나는 불탔다

—「비명(碑銘)」 부분

나는 깨물린 과육

이마 위로 보름달 내려왔지만

그날의 살과 뼈

더듬고 냄새 맡고 만지는

그 몸 누구의 것입니까

배꼽 맞대자 적반이 피어나요

가려워요 도려내고 싶어요

증발 후

어떤 몸을 기억하는 일

목덜미 잇자국 그리고

어떤 몸

—「영벌(永罰)」 부분

　「비명」에는 시인이 자기 실존의 차원에서 겪을 수밖에 없었을 선구적 죽음 체험이 깃들어 있다. 또한 「영벌」은 "그날의 살과 뼈/더듬고 냄새 맡고 만지는/그 몸 누구의 것입니까"라는 구절에서 비교적 또렷하게 나타나는, 시인을 심문하고 처벌의 대상으로 내몰았던 그해 "8월"의 어떤 장면이 작품 전체를 관통하는 예술적 주도 동기로 자리한다. 물론 이 작품들의 겉면으로 나타난 것은 죽음과 처벌이라는 서로 다른 모티프이다. 그러나 그 밑바닥을 일관되게 가로지르는 것은, 오히려 "쾌감을 경험하기 전에 먼저 처벌의 고통을 겪어야 한다", "고통 그 자체는 쾌감의 원인이 아니라 쾌감을 얻기 위한 필수적인 전제 조건일 뿐이다"(질 들뢰즈, 『매저키즘』)라는 말로 집약될 수 있을, 마조히스트의 실존적 태도와 자세이다. 들뢰즈는 마조히즘을 '사디즘의 보완적 변형', 또는 '나 자신에게로 되돌아온 사디즘'으로 규정했던 프로이트의 견해를 반박하면서, 양자가 전혀 다른 기원과 뿌리에서 비롯한다는 관점을 피력했기 때문이다.

들뢰즈가 새롭게 정의한 마조히즘이란 결국 '아버지'라는 상징적 기호로 표상되는 '법'과 '현실원칙'에 대한 비판과 도전을 감행하는 것이자, '초자아'가 장악하고 있는 현실적 지배 질서에 구멍을 뚫어 버리거나 무력화하기 위하여, 그것을 조롱하거나 처벌의 고통을 감수하려는 '자아'의 가치론적 투쟁과 결부된 것으로 요약할 수 있겠다. 시인이 "벌거벗은 몸으로 철퇴/맞는다 무릎 꿇는다" 같은 자기 처벌의 이미지를 끊임없이 소환하면서, 이를 현재의 당면 상황처럼 형상화하려는 이유 역시 이와 같은 맥락에서다. 저 이미지 또한 시인의 마조히즘에서 비롯하기 때문이다. 시인의 자기 처벌 이미지는 '초자아'로서의 '아버지', 곧 법과 현실원칙을 지배하는 상징적 질서로서의 '초자아'가 '자아'를 학대하고 벌주는 것이 아니라, 오히려 '자아'가 '초자아'를 조롱하거나 무력화시키려는 마조히즘의 가치 전복에서 잉태된 것으로 이해되기 때문이다.

이와 같은 전복적 상상력은, 시인이 오랫동안 즐겨 활용해 왔던 자유간접화법에 입각한 콜라주 양식의 돋을새김, 또는 미친 듯 들끓는 정념과 저항의 활화산으로 뒤범벅된 산문체의 유장한 리듬에서 멀찌감치 벗어나, 이와 정반대의 시적 리듬과 예술적 짜임새를 모색하고 구현하는 방향으로 귀결된 듯 보인다. 첫 시집 『아나키스트』에서부터 네 번째 시집 『리듬』에 이르기까지, 작시법의 중심으로 자리했던 자유간접화법이나 콜라주의 방법론은, 실상 "아버지"에 대한 애증의 쌍곡선, 곧 지배적 상징 질서에 대한 격렬한 양가감정(ambivalence)에서 유래하는 것으로 추론되기 때문이다.

장석원이 헤비메탈 음악에서 다양한 영감을 얻거나, 그것에 담긴 저항적 노랫말들을 시의 뼈대로 새겨 넣으려는 까닭 역시 이와 같은 맥락에서 온다. 그는 그 모든 다수자/소수자의 위계와 차별을 원천적으로 거부하기 때문이다. 따라서 그는 다수자의 안정성의 표준을 거부하고, 그것을 조롱하거나 무력화하려는 마조히스트인 동시에 "아나키스트"로 살아갈 수밖에 없다. 그의 모든 시집에서 한결같이 마조히스트의 풍모와 더불어 "아나키스트"의 목소리가 겹쳐 울릴 수밖에 없는 것 또한, "아버지"로 표상되는 상징적 지배 질서에 대한 근원적 반감과 강렬한 저항 의식에서 오는 것이 틀림없다.

이는 물론 시인의 문청 시절을 장악하고 있었을 1980년대 민중문학의 시대적 분위기와 더불어, 1990년대 후반에서 2000년대 초반까지 우리 인문학의 대세를 이루었던 소수자의 정치학이 무리 없이 융합되는 자리에서 기원했으리라. 그리고 바로 이 자리에서 마조히즘으로 충만한 "아나키스트" 시인이 탄생했으리라는 추정 역시 충분한 설득력과 타당성을 품을 것이다. 그러나 그것은 장석원 시집들의 거죽에 드러난 작시 방법론이나 정서적 분위기만을 뒤따라간 부분적 인상 표현에 지나지 않는다. 아니, 형식미학에 치우친 단식 판단에 불과할 것이다.

2002년 등단 이래로 정확히 20년이 흐른 지금-여기에 이르기까지, 장석원의 시 내부에서 그 살(la chair)을 짜고 엮고 마름질하는 예술적 구도의 중핵은 "아버지"로 표상되는 사회적 상징 질서와 시인의 자기의식이 맺는 상호 승인 또는 인정투쟁의 과정에서 유래하는 것이 분명해 보인다. 곧 헤겔이 '주인과 노예의 변증법(Die Dialektik von Herr und Knecht)'이라고 불렀으며, 라깡이 이를 수용하여 '대타자에게 인정받으려는 욕망'이라고 일컬었던 저 상징적 승인 절차와 인정투쟁의 자리에서 출현하는 것으로 파악된다는 것이다. 이는 결국, 시인 장석원의 마음 깊은 곳에 '주인과 노예의 변증법'이 여전히 격렬한 리듬을 타고 펼쳐지고 있다는 사실을 암시한다.

따라서 헤겔의 『정신현상학(Phänomenologie des Geistes)』에서 기술된 "노예가 사물을 형성하고 세상을 지으면서 서서히 자기감정을 얻어가"며, 그에게 "자신의 대자적 내면성을 자각하게 되는" 변증법적 계기를 부여하는 것은 노동이라는 매개 과정이라는 사실에 다시 주의를 기울일 필요가 있겠다. 이와 같은 노동의 과정을 통해서만, "노예는 처음에 상실했던 대자적 자립성을 점차 회복하고 주인을 능가하는 자유를 획득할" 수 있을뿐더러, "주인은 노예의 노예가, 노예는 주인의 주인이 된다"라는 문장으로 집약되는 '주인과 노예의 변증법'은 실제 구현 가능성을 얻을 수 있을 것이 자명하기 때문이다(김상환, 『철학과 인문적 상상력』). 어쩌면 시인이 마조히즘적 처벌 무대이자 자기 학대의 공연장으로 끊임없이 자신을 소환할 수밖에 없는 까닭 역시, '주인과 노예의 변증법'의 가장 요긴한 매개인 노동을 오랫동안 수행해온 그 실존의 역사에서 기원하는 것인지 모른다. 그렇다. 헤겔이 말한 것처럼, 그는 주인을 위한 지속적인 노동을 오랫동안 수행해 왔다

는 그 사실 하나만으로도, 이미 '주인의 주인'이 될 수 있는 자격을 확
보한 것이나 다름없으므로.

3.

애와 증의 변증법. 일자(一者)여 귀환했구나. 바람 일자 길을 잃고
말았네. 같이 보냈던 모든 시간이 역겨워. 진실이 아니란 걸 알지만. 그
말은. 정작. 내가 했던 말. 잘 길들여진. 잘 잘 조련된 몸. 나에게, 착 감
기는 옷 같은. 연착한 너의. 몸이라고 말했지. 일어서. 앉아. 엎드려. 박
아. 48회. 몇 회. 8회. 8회. 체조 : 신체 연주, 교관 : 단체 조련. 나와 너
는 한 몸. 유격은 없다. 실제 상황이다. 감정교육 시작. 군림하라. 작동.
잘되는. 조교가 되자. 한 발밑. 오른뺨에 닿은 흙냄새.

─「훈육과 훈제」 부분

그 사람의 목소리로 말하는 나는 누구일까

내 몸 안에 살고 있는 다른 사람은 누구일까

그 사람을 뚫고 나오는 것, 다른 몸과 몸들

우리는 서로를 통과하는 중이야

그 사람의 복수(腹水), 팽만한 눈알 밖으로 날아가는 새

*

내 사랑은 너무 커서 그 사람을 용서할 수 없어

그 사람 너무 커져서 날 사랑할 수 없어

　　　　　　　　　　　　　　　—「바늘처럼 눈빛이 묻었다」 부분

　인용 시편들은 한결같이 주인을 위한 노동을 수행하는 과정에서 시인의 몸과 마음에 가해졌던 "훈육"의 장면과 그 이데올로기적 주체화의 내면 풍경, 그리고 이 자리에서 파생된 기이한 감정적 유착 관계를 생생한 몸의 느낌으로 아로새긴다. 가령 「훈육과 훈제」에서 등장하는 "잘 길들여진. 잘 잘 조련된 몸. 나에게, 착 감기는 옷 같은. 연착한 너의. 몸이라고 말했지. 일어서. 앉아. 엎드려. 박아. 48회. 몇 회. 8회. 8회." 같은 이미지들을 보라. 이들은 우리의 몸에 직접 행사되었던 체벌의 구체성과 더불어, 그것의 "훈육" 효과로 생겨나는 신체 조련과 억압적 상황들을 적나라하게 소묘한다. 또한 "실제 상황이다. 감정교육 시작. 군림하라. 작동. 잘되는. 조교가 되자." 같은 형상들은 우리의 정신에서 일어나는 상징적 규율 질서의 주체화 과정, 이른바 "훈육" 이데올로기의 내면화 과정을 풍자적 필치로 그린다.

　이와 같은 상징적 질서의 내면화는 「바늘처럼 눈빛이 묻었다」에서 좀 더 섬세하면서도 끔찍한 내면적 동일성의 목소리를 묘사하는 자리를 향해 나아간다. 가령 "그 사람의 목소리로 말하는 나는 누구일까//내 몸 안에 살고 있는 다른 사람은 누구일까//그 사람을 뚫고 나오는 것, 다른 몸과 몸들//우리는 서로를 통과하는 중이야" 같은 형상들을 보라. 이들은 전혀 다른 영성의 존재들에게 제 몸을 고스란히 내어주는, 샤먼의 목소리를 빌려 온 것 같은 느낌을 준다. 샤먼이 우리 몸 내부에 다른 영성을 가진 여러 주체가 공존할 수 있음을 전제하는 말임을 다시 천천히 생각해 보라. 여기서 나타난 무속적 상상력이란 결국 시인의 내면에 들어박힌 초자아, 또는 상징적 규율 질서에 완전히 복속되어 시인의 자아가 그 동일성의 테두리에서 벗어날 수 없는 지경에 이르렀음을 표현하는 것이기 때문이다. 그리고 바로 이 자리에서, "그 사람" 또는 "다른 사람"으로 호명된 타자성의 주체는 주인의 자리를 차지하고, "나"는 그 주인의 "목소리"를 고스란히 재현하는 노예의 자리로 들어서는 관계, 곧 '주인과 노예의 변증법'이 소리 없이 정립되기 때문일 것이다.

따라서 이 작품의 마지막 대목에서 등장하는 "내 사랑은 너무 커서 그 사람을 용서할 수 없어/그 사람 너무 커져서 날 사랑할 수 없어"라는 구절은 시인이 겪은 주인과 노예의 변증법, 그 복잡다단한 인정투쟁의 내면적 드라마를 압축하고 있는 제유의 이미지일 것이다. "내 사랑"을 "그 사람"에 대한 "용서"와 결부 짓고, "그 사람"의 크기를 "나"에 대한 "사랑"의 실제성으로 연결 짓는 시인의 화법은 '주인과 노예의 변증법'의 중핵을 구성하는 인정 욕망에서 발현되는 것이기 때문이다. 결국 "자신이 스스로 경험하는 자신의 진면목을 타자에게 인정받아 처음의 불일치를 교정하고 싶은 욕망"(김상환, 『철학과 인문적 상상력』)이 저 인정 욕망의 탄생지이며, 『유루 무루』의 한복판을 가로지르는 '주인과 노예의 변증법'과 더불어 여기서 빚어지는 모든 예술적 이미지의 기원엔 시인의 인정투쟁이 자리하고 있기에.

4.

사랑하는 사람이 없어졌는데
이미지 조각나지 않네

달큰한 이름 심장에서 들끓네

사랑이 오면 바람 도망치고 구름 맑아지고 하늘 빛나고 물살 드센 강
넘치고 푸른 들판에 온통 그 사람이 들어찬다 보이는 것 솟아 나오는 것
의지를 무찌르고 우뚝 일어나는 그것,
　사랑은, 끝나지 않았네

　　　　　　　　　　　　　　　　　—「Temps fugit, amor manet」부분

내가 나를 비우자 비 오고
비 비 비 당신은 부동의 수직선
붙들린 가을처럼 서 있을 것이네

11월처럼 기다린다
비를 비의 당신을 움직이는 비애를
견디고 견디지만 견딤은 부질없는 것
비에 쓸리는 흙처럼 당신을 잊는다
11월의 비 나를 가르고

나란히 서 있는 나의 비, 비, 비
비는 비애가 아니다 나의 비는 비는
비가 아니다 나의 비
그치지 않는 11월의 비
거울 밖 나를 씻어 낸다

　　　　　　　　　　　　　　　　　—「ㅣㅣㅣ」부분

만일 그대가 장석원의 시를 오랫동안 즐겨 읽고 사랑해 온 사람이라면, 앞서 살핀 '주인과 노예의 변증법'이 수반할 수밖에 없을 '생사를 건 투쟁(Kampf auf Leben und Tod bewähren)'으로 인해, 근심 어린 표정을 짓거나 낙담하는 느낌을 가슴에 품진 않아도 좋을 듯하다. 앞부분에 인용한 「Temps fugit, amor manet」의 표제어이자, '시간을 흘러도 사랑은 남는다'로 번역될 수 있을 저 라틴어가 넌지시 일러 주듯, 시인은 그것을 "사랑은, 끝나지 않았네"라는 시어로 다시 옮겨 놓고 있기 때문이다. 또한 "푸른 들판에 온통 그 사람이 들어찬다"라는 지긋지긋한 자신의 미련과 회귀의 감정을 두렵게 토로하면서도, 시인은 끝끝내 "그 사람"과의 "사랑"이 다시 이어지기를 바라는 지극한 순애보의 주인공일 수밖에 없기 때문일 것이다. 더 나아가, 저 순애보조차 겉으로 내비치는 것이 부끄러워, "우리의 고통 때문에 최후의 죄와 벌이 완성된다"(「망질(望帙)」), "열렸다 닫히는 눈꺼풀, 단심(丹心), 으깨진다."(「이별 후의 이별」)라는 말로 표상되는 위악(僞惡)의 페르소나를 취할 수밖에 없는 사람이기에.

따라서 「ㅣㅣ」에서 나타나는 비움과 정화의 이미지란 시인의 마조히즘적 가치 전복의 기획이나, 주인과 노예의 변증법의 고단한 인정 투쟁에 휘말려 들어간 시인에겐 필수 불가결한 해독제 같은 것일 수밖에 없으리라. 시인은 "사랑하는 사람이 없어졌는데"도, 여전히 "달큰한 이름 심장에서 들끓네"라고 읊조리고 있는 사람이기 때문이다. 그리하여, 한없이 미련하기에 "위대의 소재"(김수영, 「나의 가족」)를 또한 끊임없이 간구할 수밖에 없을 무량(無量)한 "사랑"의 주체이기 때문이리라. 아니, "비를 비의 당신을 움직이는 비애를/견디고 견디지만 견딤은 부질없는 것/비에 쓸리는 흙처럼 당신을 잊는다"고 처연하게 노래하면서도, 가슴에 켜켜이 쌓인 마음의 독을 "씻어 내"어 간곡한 정화(淨化) 상태에 이르려는 자기 성찰의 주체일 수밖에 없기에.

어쩌면 이 시집의 뒷자락에 배열된 "나는 사라지기 위해 살았습니다"(「잔디/잔디/금잔디」), "망각은 한 번도 이뤄진 적 없다 마르는 그 얼굴을 바로 본다"(「동통(疼痛)」), "이 병을 잃고 싶지 않아 옛사랑을 잊지 못해 환각이라도 좋아 상처를 간직하고 싶어"(「무모하다 사미여」) 같은 단형시의 형상들 역시, 시인의 곡진한 "사랑"의 욕망에서 오는 것인지도 모른다. 시인은 시간의 풍화작용이 저절로 그렇게 만드는 우리 모두의 "망각"을 온몸으로 거부하면서, 니체가 주제화한 영원회귀(Die Ewige Wiederkunft des Gleichen)로서의 "사랑", 이른바 운명애(amor fati)로 귀결될 수밖에 없을 지독한 "사랑"의 몸을 단련하고 있기에.

아래 새겨진 "아뇩다라 삼먁 삼보리(阿耨多羅 三藐 三菩提)", "비"와 "정결"의 이미지가 넌지시 암시하는 것처럼. 아니, 좀 더 차원 높은 운명을 이루어 가는 초인(Übermensch), 운명애의 주인공으로 거듭나려는 저 눈부신 고두례(叩頭禮)로서의 정화 의식(儀式)이 그러하듯.

비가 나를 斜脚 射角 갉아먹는다 떨어지는 母音 ㅣㅣㅣㅣㅣ 누가 영광의 왕인가 비가 찾아왔다 비는 내리고 소리를 남기고 ㅣㅣㅣㅣㅣ 비는 걸어간다 비와 비 ㅣㅣㅣㅣㅣ 비가 나를 정결하게 했다
　　　　　　　　　　　　　　　　　―「아뇩다라 삼먁 삼보리」 전문

두두물물 화화초초(頭頭物物 花花草草)와 더불어 사는 일
—홍신선 시집『가을 근방 가재골』

1.

홍신선의 시집『가을 근방 가재골』은 언젠가부터 두드러진 형세와 윤곽으로 나타나기 시작한 불가(佛家)의 상상력이 그 전체를 아우르는 예술적 성좌(Konstellation)의 빛살로 쏟아져 내린다. 아니, 세상의 온갖 사물들에 감춰진 광명변조(光明遍照)의 자취를 보고 듣고 어루만지려는 심상으로 가득 채워져 있다고 말하는 것이 옳겠다. 이는 "갖가지 자연현상들을 무슨 경전처럼 받들고 읽었다"라는「시인의 말」에서부터 이미 엿보이거니와, 당대(唐代) 조사선(祖師禪) 어록으로부터 전해져 내려오는 두두물물(頭頭物物), 그것에 주름진 "의미와 값"을 더불어 살고 있을 "가재골"에서의 마음 풍경은 이 시집 마디마디에 벼려진 화화초초(花花草草)의 만상을 낳는 이미지의 터전이자 동역학의 불꽃으로 깃든다.

주워 모은 잡석들로 터앝 배수로 돌담을 쌓는다. 막 생긴 놈일수록

이 틈새 저 틈새에 맞춰 본다. 이렇게 저렇게지만 뜻 없이 나뒹굴던 돌 멩이가 틈새를 제집인 듯 척척 개인으로 들어가 앉는 순간이 있다. 존재 하는 것치고 쓸모없는 건 없다는 거지. 그렇게 한번 자리 찾아 앉은 놈 은 제자리에서 요지부동 끄떡도 않는다.

사람도 누구나 어디인가 제 있을 자리에 가 박혀 보편

오 돌담처럼 견고한 칠십억 이 세상을 이룬다

—「막돌도 집이 있다」 전문

"존재하는 것치고 쓸모없는 건 없다는 거지"라는 구절에서 선명하 게 나타나듯, 「막돌도 집이 있다」는 두두시도 물물전진(頭頭是道 物物全 眞), 두두물물 진로현신(頭頭物物 眞露現身) 같은 선어(禪語)들에 스민 비 로자나불(毗盧遮那佛)의 참된 광휘를 되비친다. 달리 말해, 두두물물 화화초초(頭頭物物 花花草草), 길가의 이름 모를 꽃 한 송이와 풀 한 포 기조차도 모두가 부처이며, 비로자나진법신(毘盧遮那眞法身)을 이루고 있다는 화엄(華嚴)의 세계상을 아로새긴다고 하겠다.

화엄경(華嚴經)이 잡화경(雜華經)이란 다른 말로 일컬어질뿐더러 대 승 경전의 꽃으로 추앙되고 있다는 사실을 다시 세심하게 되살피면, "주워 모은 잡석들", "막 생긴 놈", "나뒹굴던 돌멩이" 같은 허접한 존 재들을 표상하는 이미지들이 이 시편에서 돋을새김의 필치로 나타날 수밖에 없는 까닭을 단번에 직감할 수 있을 듯하다. 마찬가지로 이들 이 "틈새를 제집인 듯 척척 개인으로 들어가 앉는 순간"이란 우리와 더불어 살아가는 세계 삼라만상 전체가 상호 의존성의 그물을 짜고 엮는 인연생기(因緣生起)의 무궁무진한 현상들이자, 이른바 연기법(緣 起法)의 보이지 않는 사슬에서 오는 무량(無量)한 사건이자 존재임을 암시의 조각술로 현시한다.

　가령 시집 곳곳의 모퉁이에 들어박힌 "바람 한 오라기 없는 공중에/서로 앞서거니 뒤서거니 어깨 부딪치고 때로는 누군가의 등판 짚고 뛰어오르기도 하며"(「이 낙화 세상을 만났으니」), "명부전 뒤 으늑한 어느 땅이 생판 모를/한 포기 민들레를 가부좌 튼 무릎 위에 앉히고/서로 체온을 나누며 서로의 온기를 말리며/화엄 하나 이룬 것을"(「내 안의 절집」), "오오냐 오오냐 여기서도 이렇게 살고들 있구나/오오냐 오오냐 여기도 괜찮은 세상이로구나라고/집 담장 뒤 은행나무의 고요에 주저앉았던/칡덩굴이 이따금 바싹 마른 얼굴 내두르며 혼잣말 내뱉는다"(「도처가 살 만한 세상이다」), "볕 바른 석축 틈에 돋았던 몇 포기 수선화들/이 전가(田家)에 와 큰 회향(廻向)인 듯/제 몸 걸레 삼아 갖가지 비바람과 갈급한 욕망도/열심히 닦고 또 빨아 닦아 내더니/그러다 꽃줄기도 잎들도 시름시름 삭다가 멸진(滅盡)되었는지/어느 날 보니/그렇게 후질러진 몇 그루 걸레들 터전이 휑뎅그렁 비었다"(「수선화는 걸레질을 한다」) 같은 '연기(緣起)'와 '보시(布施)'의 무늬들을 살뜰한 눈길로 다시 매만져 보라.

　저 무늬들은 「수선화는 걸레질을 한다」에 나타난 "법거량(禪問答)"의 전형적 사례로 운위되는 운문문언(雲門文偃)의 '똥막대기(乾屎橛)'(僧問雲門 如何是佛 門云乾屎橛: 어떤 스님이 운문 스님에게 물었다. "무엇이 부처입니까?" 스님이 말씀하시길 "마른 똥막대기니라.") 문답법(問答法)이나, 조주종심(趙州從諗)의 그 유명한 뜰앞의 잣나무(趙州因僧問 如何是祖師西來 師曰 庭前柏樹子: 한 스님이 물었다. "무엇이 조사가 서쪽에서 오신 뜻입니까?" "뜰앞의 잣나무다.")라는 공안(公案)과 결부된 것으로 보인다. 나아가 이들의 바탕을 이루는 법신불 사상에서 유래하는 것으로 이해된다. 달리 말해, 청정법신 비로자나불(淸淨法身 毘盧遮那佛), 원만보신 노사나불(淸淨法身 毘盧

遮那佛), 천백억화신 석가모니불(千百億化身 釋迦牟尼佛)로 일컬어지는 불가의 삼신불(三身佛) 가운데서도, "부처나 중생이나 국토나 할 것 없이 일체의 모든 것은 비로자나불의 화현"[1]이라고 보는 법신불(淸淨法身 毗盧遮那佛) 사상을 어슴푸레한 분위기로 새겨 넣고 있다는 것이다.

따라서 이 시집에 등장하는 무수한 자연 사물 형상들은 단순한 시적 이미지를 넘어서, 불가의 사유와 교리들을 순도 높게 응축한 상호 반조(返照)의 별자리로 빛난다. 나아가 법신불을 이루는 저토록 비루한 동시에 고귀한 불성으로 에둘러진 두두물물 화화초초의 이미지들이란 최근 귀착한 "가재골"에서 시인이 그야말로 청정한 몸과 마음으로 더불어 살아가고 있음을 방증하는 징표일 것이다. 아니, 불법(佛法)에 이르려는 간절한 그리움으로, 치성을 올리는 수도자처럼 살아가고 있기에 나타날 수 있었을 것이 자명하다. 어쩌면 시인은 백장회해(百丈懷海) 선사 이래 조사선(祖師禪)의 승려들이 견지했던 '하루 일하지 않으면 하루 먹지 않는다(一日不作 一日不食)', 곧 '낮에는 일하고 저녁에 수행하는 평상선(平常禪)과 여래선(如來禪)을 주축으로 수행 체제를 확립한'[2] 이른바 선농불교(先農佛教)의 계율을 "가재골"에서 더불어 사는 삶으로 몸소 실천하고 있는지도 모른다.

"두두물물(頭頭物物)이 제 나름 속뜻이 있거니/두어라 적막도 하나의 소리이고 전언이니/전언이 자욱이 깔린 저 허공. 허공이 쥐어짜이 마을에/뜻 오독한 문장을 내걸고 있는 나는 누군가."(「이 낙화 세상을 만났으니」) 같은 형상들에 격렬한 침묵으로 응집된 것처럼.

---

1 카마타 시게오, 『화엄경 이야기』, 장휘옥 역, 불교시대사, 2015, pp.66-67.
2 원오 역해, 『백장록 강설』, 비움과소통, 2012, p.5.

2.

고작 전공서의 복사본 아니면 영인본, 시집들, 그리고
책등이 해진 사전류들만 **빽빽**한 시실(詩室)에서
나는 두 어깨를 추켜올리며 이따금 긴 숨을 내뱉는다.
이걸 언제 다 읽어 낼 거나 책 구입도 이젠 영락없는 헛발질인데
그동안 읽다가 중도에서 뛰어내린 신간 서적들은 무릇 얼마인가.
밀쳐 둔 책뿐인가 이 찬비 내리는 산골에 와 살며
새삼 앞에 펼쳐 놓은 푸나무들, 가을 새나 뜬구름들을
얼마 남지 않은 앞길에
나는 언제 다 읽어 낼 것인지 독파할 일인지.
그런데 우공이산 연목(年目) 구십에도 큰 앞산 둘을 옮긴
우공이 너 아니냐고
이즘 네 얼굴이 딱 그 낯빛이라고
내 안에서 누군가 핀잔을 툭툭 던지곤 한다.

　　　　　　　　　　　　—「신 우공이산(愚公移山)」 전문

　시인은 『열자(列子)』 탕문(湯問) 편에 등장하는 "우공이산(愚公移山)"
우화에 빗대어, "얼마 남지 않은 앞길"을 고고학적 성찰의 깊이로 되
살리려는 실존론적 기투를 벌이고 있는 듯 보인다. 나아가 매일 마주
하는 뭇 존재들에게 자신의 힘과 정성을 남김없이 내어주려는 사람
에게서만 뿜어져 나오는 허정(虛靜)의 광휘를 내비친다. 이는 또한 시
인이 여생(餘生)의 시간 곳곳에 저 "우공이산"의 빛살을 빼곡히 드리
우려는 수행자의 길로 접어들었다는 것을 암시하는 것인지도 모른
다. 첫머리에 등장하는 "고작 전공서의 복사본 아니면 영인본, 시집

들, 그리고/책등이 해진 사전류들만 빽빽한 시실"이란 그의 실존에 휘감긴 시력(詩歷)의 깊이와 더불어, 그 '공들임의 함수'(김인환)에 포개어진 시간의 주름을 펼쳐 보인다. 또한 "밀쳐 둔 책뿐인가 이 찬비 내리는 산골에 와 살며/새삼 앞에 펼쳐 놓은 푸나무들, 가을 새나 뜬구름들을/얼마 남지 않은 앞길에/나는 언제 다 읽어 낼 것인지 독파할 일인지" 같은 구절들은 시인이 청년 시절부터 늘 관심을 가져온 불가의 공부를 알음알이로 표상되는 지식의 높낮이 차원이 아닌, 한결같은 수행의 실천인 용맹정진(勇猛精進)의 태도와 자세로 살고 있음을 적시한다.

도가(道家)의 한 갈래를 이루는 『열자』의 "우공이산" 우화에서 '우공(愚公)'과 '지수(智叟)'라는 이름을 다시 곰곰이 헤집어 보라. 이들의 겉면에서 드러나는 어리석음이나 지혜로움과는 정반대로 펼쳐지는 역설적 맥락들이 우리 생 한가운데로 다시 진격해 올 수밖에 없음을 예감할 수만 있다면, 그대는 이 시집에 켜켜이 쌓인 실존론적 시간의 깊이와 더불어 저토록 깊고 깊은 인연생기(因緣生起)의 가느다란 실마리나마 붙잡게 된 셈이리라. 또한 '공덕(功德)'이란 말로 호명될 수 있을 저 오래된 미래의 둔중한 시간성의 아이러니가 뒷자리로 밀려닥칠 수밖에 없음을 깨닫게 될 것이다.

따라서 시인이 새롭게 펼쳐 보이려는 "신 우공이산"이란 '사람이란 꾸준히 노력하면 산과 바다라도 옮길 수 있다'[3]라는 교훈적 설법의 평면적 차원에 머무르지 않는다. 오히려 '계속하시오!'[4]라는 실천 명제로 표상될 수 있을 '충실성(fidelité)'의 윤리학이라는 좀 더 깊은 사유

---

3 열자, 『열자(列子)』, 김학주 역, 연암서가, 2011, p.234.
4 알랭 바디우, 『윤리학』, 이종영 역, 동문선, 2001, p.108.

맥락과 접속되어 새로운 차원으로 진화한다. 「신 우공이산」이 건네려는 궁극적 전언이란 결국, 언젠가 우리 모두 당면하게 될 노년의 생을 어떻게 살아야만 하는지에 관한 진중한 물음을 거듭 강제하기 때문이다.

이와 같은 맥락에서, "그런데 우공이산 연목 구십에도 큰 앞산 둘을 옮긴/우공이 너 아니냐고/이즘 네 얼굴이 딱 그 낯빛이라고/내 안에서 누군가 핀잔을 툭툭 던지곤 한다"라는 마무리 구절들을 다시 한 번 느릿느릿 음미해 보라. 십여 년 전 '김달진문학상' 수상 소감으로 시인이 직접 발설하기도 했던 '반상합도(反常合道)'라는 지극한 아이러니에서 이 구절들이 기원함을 알아챌 수만 있다면, 시집 곳곳을 가로지르면서 아슴아슴한 분위기로 아롱진, 경건하면서도 아름답고 둔중하면서도 허허로운 삶의 비의와 감응의 빛살 아래 우리 마음 한 자락을 넉넉히 내어줄 수 있으리라. 나아가 불가의 역설적 수사법을 드넓게 활용한 진득한 사유의 깊이와 더불어, 겹겹의 아이러니로 번뜩이는 자기 성찰의 오롯한 분위기를 고스란히 감수할 수 있을 것이다.

그리하여, '반상합도'를 "일반 통념과는 상반되지만 바로 '참'에 부합하는 일이나 경우"[5], 또는 "상식을 뒤집음으로써 진리를 보여 주는 것이며, 선불교의 가치에 기반한 것"[6]이라는 시인의 말을 온몸으로 느껴 보라. 시인이 여생의 푯대 위로 내건 "신 우공이산"이라는 새로운 기치(旗幟)가 무명(無明)으로 표상되는 불법(佛法)의 세계와 "우공이산"으로 빗대어진 용맹정진의 수행법 사이에서 소리 없이 나부끼는 오롯한 풍경을 마주할 수 있을 것이다. 그리고 이 풍경 아래 숨겨진

---

5 홍신선, 『장광설과 후박나무 가족』, 천년의시작, 2014, p.130.
6 홍신선, 「시와 타협 않고 뿌리 뽑겠다」, 『서울신문』, 2010.5.26.

참된 성찰의 불꽃을 발견하게 될 것이다.

　마찬가지로 이 불꽃만이 튕길 수 있을 첨예한 긴장의 리듬, 반상합도를 휘감고 도는 "본래면목(本來面目)"의 무궁한 아이러니를 감지할 수만 있다면, 그대는 이 시집 한가운데 깃들인 예술적 정수에 이미 다다른 셈이리라. 어쩌면 시인은 불가에서 활용되는 '반상합도'라는 어휘들 가운데, '返常合道'라는 한자로 표기되는 또 다른 말을 염두에 두고 있었던 것인지도 모른다. 나아가 그것에 응축된 "상리(常理)에 일치하고 도(道)에 합당함"[7]이라는 진의, 곧 범상한 나날의 삶으로 가라앉았다가 돌아와 다시 되비쳐 보아도 직도(直道)에 부합한다는 참뜻을 어른어른한 그림자로 드리워 놓았던 셈이다.

　이 시집 마디마디에 단단한 옹이처럼 들어박힌 "폐위된 군주처럼 새벽이 꼬리를 감추고/간밤 설치며 면벽한/이 마을의 고요는/얼마나 더 서슬 돋군 정신을 내게 채굴해 줄 것인가"(「매화 곁에서」), "만절(萬折)의 일만 굽이 휘돌아 나오며 그 고비고비를/죄지은 악업과 헛된 말들을 불사르는데/내 안의 내가 홀로 곱씹어 내뱉는다./언젠가 명계(冥界)로 드는 심판이란 이런 것인가/생애고(生涯苦)의 정화란 이런 것인가."(「초열의 나날들에서」), "누가 농사와 선(禪)이 둘이 아닌 하나라고 했는가./한나절 갈아엎다 보면/일체 잡념들 흙밥에 깊이 묻히는데/위 평전(平田) 아래 평전 거기/그냥 올해도 빈 허공이나 한철 내내 가꾸고 키워야 되리라."(「도시농부」), "찬 바람머리 널 것 다 내다 널고 난/저들의 빈 공장 안엔 수명(壽命)만이 횅뎅그렁 남아 소슬한 건지/이내 너나없이/삭신들만 겸허한 허공에 깊이 못 박히고 있다"(「캐나다 단풍나무」) 같은 형상들을 보라. 그리고 이들에 촘촘한 기세로 서린 아

---

7 안동림 역주, 『벽암록』, 현암사, 1999, p.226.

름다운 앙양의 빛, 청정법신의 존재로 거듭나려는 저 눈부신 마음결의 결기를 들여다보라.

이 형상들의 중핵을 이루는 "서슬 돋군 정신", "생애고의 정화", "농사와 선", "겸허한 허공" 같은 어휘들이 서늘하면서도 옹골찬 마음의 메아리로 흩뿌리고 있는 것처럼, 시인은 "얼마 남지 않은 앞길"을 나날의 몸에 붙여 두고 살면서도 청정법신의 자리로 이르려는 "고두례(叩頭禮)", 그 오체투지의 소리 없는 모험을 불사(不辭/佛事)하고 있는 듯 보인다. 그리고 그것은 저 머나먼 숲길(Holzwege)의 사원에서 이루어지는 것이 아니라, 나날의 삶과 더불어 있는 "내 안의 절집", 곧 "풀들의 대장경을 한 대문(大文) 한 대문 파헤치며 읽는"(「터알을 읽는 일」) 일로 대변될 수 있을 "농사와 선"이라는 신성한 노동, 그 신실한 나날의 수도 과정에서 행해지고 있는 것이 분명하다.

따라서 이 시집의 구석진 모서리에서 또 다른 불광(佛光)의 별자리로 빛나는 "갈림길 모퉁이 막 돌아서 간 저 뒤통수는/여태도 나를 찾는 어느 누구인가/술래인가/바루땡 인정땡/삼경 전 고구마 떴다/암행어사 출두야"(「술래잡기」), "깜짝 택배처럼 받은 목숨을 끌러 한 시절 환호작약하고/한 시절은 죽음도 유희처럼/즐겁게 놀고 있는 저들은"(「즐거운 유희」) 같은 유머의 수사학이나 희화의 이미지들은, 시인이 도달하려는 법신불의 감각과 사유에서 기원하는 것이 자명하다. 곧 시인 스스로가 비로자나불을 이루기 위하여 감내해야 할 수행법의 한 갈래이자, 공(空)과 가명(假名)과 중도(中道)가 하나로 갈마들 수밖에 없다는 심오한 불법에서 비롯한다는 것이다.

이른바 공가중(空假中) 사상으로 명명되는 불가의 진리 수행법은 나날의 차별과 분별심으로부터 일어나는 그 모든 알음알이를 바탕에서부터 끊는 자리, 곧 언어도단 불립문자 심행처멸(言語道斷 不立文字 心行

處滅)에 이르려는 나날의 수양 과정으로 요약될 수 있을 것이다. 이를 나가르주나(龍樹)의 『중론(中論)』에 기대어 풀어 보면, "여러 가지 인연으로 생(生)한 존재를 나는 무(無)라고 말한다. 또 가명(假名)이라고도 하고 또 중도(中道)의 이치라고도 한다. 인연(因緣)으로부터 발생하지 않은 존재는 단 하나도 없다. 그러므로 일체의 존재는 공(空) 아닌 것이 없다.(衆因緣生法 我說卽是無 亦爲是假名 亦是中道義 未曾有一法 不從因緣生 是故一切法 無不是空者)"[8] 같은 표현으로 선명하게 집약될 수 있을 것이다.

그리하여, 우리는 공가중(空假中)이 하나의 테두리로 스며들 수밖에 없는 이유와 근거를 공(空)은 연기(緣起)와 같은 것일뿐더러 유(有)도 아니고 무(無)도 아니기에 중도(中道)일 수밖에 없으며, 진리 자체를 표현하기 위한 임의적인 이름(假名)일 뿐이라는 불법의 맥락에서 찾을 수 있을 것이다. 달리 말해, 인연(因緣)이 짓는 바인 그 모든 현상은 자성(自性)을 갖지 않으므로 공(空)이며, 있음(有)도 아니고 없음(無)도 아니기에 "없음으로 있는 것"[9]인 중도(中道)일 수밖에 없다는 것이다. 그것은 "공(空) 역시 자성(自性)을 갖지 않는 것이므로, 다시 공하다(空亦復空)"[10]는 지극한 역설의 언어와 창조적 아이러니의 존재론, 곧 가명(假名)을 통해서만 드러날 수 있을 것이 틀림없다.

3.

시인이 청년 시절부터 오랫동안 수행해 온 것이 틀림없을 공가중(空假中)의 감각과 사유는, 나날의 굴곡과 깨달음의 진리를 한자리로 불

---

8 龍樹, 『中論』, 김성철 역주, 경서원, 1993, p.414.
9 김인환, 「스투디움과 풍크툼」, 『글쓰기의 방법』, 작가, 2005, p.255.
10 박경일, 「해체철학의 선구들」, 『동서비교문학저널』 3호, 한국동서비교문학학회, 2000, p.82.

러들이려는 회통(會通)의 사유로 나아가고 있는 듯 보인다. 그리고 그 것은 "하나가 아니나 둘을 융(融)하였으니 진(眞)이 아닌 사(事)가 아직 속(俗)이 된 것이 아니며, 속(俗)이 아닌 이(理)가 아직 진(眞)이 된 것 도 아니요(夫一心之源 離有無而獨淨 三空之海 融眞俗而湛然 湛然融而而不一 獨淨離 邊而非中 非中而離邊 故不有之法 不卽住無 不無之相 不卽住有 不一而融二 故非眞之事 未始爲俗 非俗之理 未始爲眞也)"[11]라는 말로 풀이될 수 있을 불일불이(不一不 異), 그 아득한 법문(法門)의 세계와 마주칠 수밖에 없었을 것이다.

이와 같은 불일불이(不一不異)를 "둘을 아울렀으면서도 하나가 아니 고, 하나가 아니면서 둘을 아우르는 역설의 진실, 비논리의 논리, 비 합리의 합리"[12]라는 말에 다시 촘촘히 견주어 보라. 그것은 이 시집 구석구석에 시인 김명인이 주제화한 '적막의 모험'[13]으로 깃든, 그 순 결한 마음의 빛살로 반짝이는 "됐다 그만, 면벽하듯 네 안의 숨은 나 찰과 맞장이나 떠 보라고"(「적막과 한때를」), "나이 들수록 속 깊이 마음 을 어르고 달래며 다듬고 추슬러"(「다시 세상을 품다」), "빗발이 석축 돌 에 옥쇄하듯 온몸을 깨어 무늬를 짓는다"(「내 공명(功名)은」) 같은 지극 한 역설의 "무늬"들을 낳을 수밖에 없다. 그리하여, 하나(一)도 아니 며 둘(二)도 아닌 지극한 모순형용(不一不二)의 자리에서, 도리어 대극 (對極)의 힘과 긴장의 리듬으로 솟아오르는 저 아득한 포에지(poesie) 가 물 흐르듯 태어나는 현장을 다시 천천히 더듬어 보라.

고래실 건넛집 안뜰에 불이 환하고

---

11 元曉, 『金剛三昧經論』, 이기영 역, 한국불교연구원, 1996, p.25.
12 조동일, 『한국문학사상사시론』, 지식산업사, 1978, p.41.
13 이혜원, 「적막의 모험, 깊이의 시학」, 『문학과 사회』, 2006.겨울, p.434.

나도 이제는 마음 툭툭 털어 가진 것 모두 내려놓아야 하리,

실솔들의 강물 소리 말라 잦고

지닌 잎들 다 떨구어야 비로소 헐벗은 제 본래에 돌아가는

겨울 적막 앞에 마악 서기 직전 나무처럼.

—「가을 새벽 잠 깨어 보면」 부분

간밤 내내 내 잠의 밑바닥까지 굴러떨어지던

원뢰(遠雷) 몇 수(首) 듣더니

허공과 면벽 중인 터앞 복숭아나무

과연 그 밑에 해탈한 낙과들 때 없이 편안하게 뒹굴고 있다.

—「낙과를 보며」 부분

갇힌 방 창턱에 두 손 포개 올린 채 넋 놓고 내다보는

초겨울 빗속

이즘 김장밭 무 밑드는 소리에

귀도 깨진

환히 살 마른 늙정이 초개(草芥) 하나

빗발들 사타구니에 고개 쑤셔 박은 채 서럽도록 춥다

오 저게 내 본래면목인가

—「어느 것이 본래면목인가」 부분

시인이 잔잔한 어조로 들려주고 있는 것처럼, 우리가 제아무리 "우
공이산"의 충실성을 온몸으로 수행한다고 하더라도, "겨울 적막", "해
탈한 낙과들", "늙정이 초개"로 비유된 절대적 타자성으로 덮쳐 오는

죽음의 숙명 자체를 우리는 벗어날 수 없다. 따라서 『가을 근방 가재골』에서 빈번하게 나타나는 "헐벗은" "굴러떨어지던" "마른" 등등의 결핍과 하강을 표현하는 말들이 그 심부의 미감을 갈피 짓는 근본 정서로 자리하게 되는 것은 지극히 당연한 결과일 수밖에 없으리라. 어쩌면 시인은 "죽음을 향한 존재를 앞질러 달려가 보는 결단성"[14]을 이미 오래전부터 자신의 온몸으로 실행하고 있었던 것인지도 모른다.

이와 같은 맥락에서 시인이 "오 저게 내 본래면목인가"라고 나지막이 읊조릴 때, 그것은 하이데거가 본래적 실존(Die eigentliche Existenz)이라고 부른 존재의 목소리(Die Stimme des Seins)를 그저 받아들이기만 하는 운명적 수동성의 자리에 머무르지 않는다. 오히려 도연명이 「귀거래혜사(歸去來兮辭)」맨 끄트머리에 아로새긴 '낙부천명부해의(樂夫天命復奚疑)', 곧 '천명을 즐거워하거늘 다시 무얼 의심하리'[15]라는 말로 번역될 수 있을 운명애에 다다르려는 순결한 열망을 간직하고 있는 듯 보인다. 따라서 저 결구를 다시 도연명의 「자제문(自祭文)」에 등장하는 '부지런히 일해 남은 힘을 없게 하였고 마음은 항상 한가하여 천도를 따라 즐거워하였으며 본분을 따르며 일생을 살아왔네(勤靡餘勞 心有常閑 樂天委分 以至百年)'[16]라는 주제문에 결부시켜 본다면, 21세기 한국 시인 홍신선의 「어느 것이 본래면목인가」에서 나타나는 운명애란 도연명이 주제화한 '자연명정론(自然命定論)'[17]과 같은 테두리로 수렴된다고 평할 수 있을지도 모른다.

그리하여, 그 누구인들 "죽음"이라는 절대적 불안, 그 벼랑 끝에 선

---

14 마르틴 하이데거, 『존재와 시간』, 이기상 역, 까치, 1998, p.509.

15 도연명, 『도연명 전집』, 이성호 역, 문자향, 2010, p.271.

16 도연명, 『도연명 전집』, pp.320-322.

17 리진취엔, 『도잠 평전』, 장세후 역, 연암서가, 2020, pp.274-277.

마음의 그늘을 "편안하게 뒹굴" 수 있으랴만, 시인은 "허공과 면벽 중인" "해탈한 낙과들"을 보면서, 죽음조차도 넉넉하게 수용할 수 있는 마음 수양의 넓이와 자기 성찰의 깊이를 "두두물물"에 덧입히려 하는 것이 틀림없어 보인다. 이러한 마음의 대극(對極), 그 팽팽한 힘과 긴장이 불러일으키는 등락(登落)의 리듬감은 자신의 묘비명(Epitaph)을 아래와 같이 새겨 넣는 것으로 나타난다.

여기 시(詩)의 나그네였던 한 사람 잠들어 있다.

위 인생 말 뒤꽁무니만 따라다녔던 외길 한 가닥의 긴 행로(行路)를 접고

뒷날에 묻는 뭇 시편들 남겨 두고

세상(世上)에서 내려와 총총히 더 먼 시간 속으로 돌아간

시(詩)의 길손 한 사람 여기 쉬고 있다.

—「Epitaph」 전문

「Epitaph」는 비장하면서도 담박하고 자연스러우면서도 부드러운 허정(虛靜)의 미감과 인생관을 내비친다. 시인은 『가을 근방 가재골』을 생의 마지막 기념비가 되리라고 예감하고 있는지도 모른다. 이 시집의 거의 모든 매듭에서 정신분석이 주제화한 열반 원칙(nirvana principle)의 그림자가 얼비치는 것 또한 시인이 오랫동안 소묘해 온 "마음경(經)", 이른바 "해탈"에 이르려는 간절한 노역(勞役/老役)에서

오는 것이리라. 열반 원칙을 "바바라 로가 제창하고 프로이트가 받아들인 용어로 내외적인 기원의 모든 흥분량을 제로로 만들거나, 적어도 가능한 한 축소하려는 심리 장치의 경향"[18]이라고 규정할 수 있다면, 그것은 '쾌락과 소멸 사이의 깊은 관계'로 이루어진 것일뿐더러, 이른바 죽음충동(death drive)이라는 무(無)와 소멸로 내딛어 가는 존재의 벡터를 지극히 편안한 열락(悅樂)의 상태로 뒤바꿀 수 있을 매우 모순적인 정신의 움직임을 가리키는 것으로 파악할 수 있을 것이다.

따라서 시인은 "Epitaph", 자신의 묘비명을 미리 새김으로써 "해탈" 또는 '열반 원칙'에 도달하려는 자신의 "마음경"을 허허로운 필치로 적어 내려간 것이리라. 이는 생의 마지막 순간이 오는 그날까지도, 시인이 "삶에, 죽음에, 병에, 늙음에 공을 들"[19]이고자 한다는 사실을 암시한다. 나아가 "삶에, 죽음에, 병에, 늙음에" 깃들게 될 그 무수한 우여곡절들을 빠짐없이 쓸어안을 수 있는 "시"에 한결같이 공들이며 살아가고 있을뿐더러, 그렇게 살아가리라는 예감을 만인 앞에 넌지시 공표하고 있는 셈이리라.

이와 같은 맥락에서 "세상에서 내려와 총총히 더 먼 시간 속으로 돌아간/시의 길손 한 사람 여기 쉬고 있다"라는 「Epitaph」의 마무리 문양들은 무(無)와 소멸에 이미 도달한 자의 평안(平安)과 복록(福祿)을 뜻하지 않는다. 오히려 "이제는 하릴없이 늙어/노골로 선 그 등줄기엔 반들반들/줄곧 세월이 오르내린 길도 나 있다"(「두어 닢 그늘을 깔기까지는」), "아무도 모르게 숨어 녹아 흐르는 흥건한 마음이 있다"(「눈 개인 아침」), "이따금 목울대에 깊이 잠긴 이바지 기쁨마저/컥컥 힘들

18 장 라플랑슈·장 베르트랑 퐁탈리스, 『정신분석사전』, 임진수 역, 열린책들, 2005, p.260.
19 김인환, 「문장유단(文章有段)」, 『글쓰기의 방법』, p.250.

여 토하듯/전신을 뒤틀기도 하며"(「가을 기부 천사」) 같은 이미지들로 표상될 수 있을, 세계 삼라만상으로 열리는 보시(布施)의 상상력을 "얼마 남지 않은 앞길"에 몸소 실천하려는 불가의 보편주의(universalism)를 역설적 필치로 드러낸다고 하겠다.

4.

갈다가 옆으로 넘어지면 쟁기 다시 일으켜 제 고랑에 세운다. 보습밥이 얕게 쏟아지면 다시 몸을 얹어 깊이 갈아엎는다. 더러는 무릎 꿇고 헐거워진 나사를 조인다. 그렇게 멍에 지운 마음을 깊게 얕게 밀고 간다.
　　설익은 밭갈이에 세월 쏟아붓는
　　이 집중된 울력을 어떻게든 나는 길들여야 한다.
　　누가 농사와 선(禪)이 둘이 아닌 하나라고 했는가.
　　한나절 갈아엎다 보면
　　일체 잡념들 흙밥에 깊이 묻히는데
　　위 평전(平田) 아래 평전 거기
　　그냥 올해도 빈 허공이나 한철 내내 가꾸고 키워야 되리라.
　　시와 농사가 하나라고
　　뒤엎은 생흙에서는
　　영문 모를 습작의 풋내가 끊임없이 떠돈다.
　　보습 날에 뽀드득대며 말 한 줌 곤두박질로
　　흘러내리는 소리.
　　　　　　　　　　　　　　　　　　　　─「도시농부」 부분

「도시농부」의 아랫단에 "농사와 선(禪): 백장 회해 선사의 어록 중에서"라는 주석으로 나타난 것처럼, 시인은 "농사와 선이 둘이 아닌 하나라고" 주창한 선농불교(禪農佛敎)의 계율을 충실히 이행하고 있는 듯 보인다. 이는 "갈다가 옆으로 넘어지면 쟁기 다시 일으켜 제 고랑에 세운다. 보습밥이 얕게 쏟아지면 다시 몸을 얹어 깊이 갈아엎는다. 더러는 무릎 꿇고 헐거워진 나사를 조인다. 그렇게 멍에 지운 마음을 깊게 얕게 밀고 간다."라고 아로새겨진 노동 현장에 대한 섬세한 세부 묘사에서 이미 엿보인다고 하겠다. 이는 시인이 직접 "농사"를 짓는 고역을 치르지 않고서는, 살아 움직이는 현장감의 역동성으로 결코 되살아날 수 없는 것이기 때문이다.

시인에게 "쟁기 다시 일으켜 제 고랑에 세우"고, "다시 몸을 얹어 깊이 갈아엎"으며 "헐거워진 나사를 조이"는 "농사"의 일이란 "멍에 지운 마음을 깊게 얕게 밀고 간다"라는 형상으로 비유된 '선정(禪定)'에 드는 일과 같은 것일 수밖에 없었을 것이다. 시인은 소멸과 하강의 이미지들을 집요하게 붙들고 삶과 죽음에 대한 불교적 성찰, 이른바 "해탈"을 이루기 위한 '공(空)'의 수양을 거듭하고 있긴 하지만, 여전히 갈고 닦고 벼려야 할 자신의 시와 시업(詩業)에 대한 형상들을 빚어 놓고 있기 때문이다. 달리 말해, "농사와 선이 둘이 아닌 하나라고" 말했던 영원성의 스승이 "백장 회해" 선사라면, 이를 이어받은 21세기 시인 제자 홍신선은 "시와 농사가 하나라고/뒤엎은 생흙에서는/영문 모를 습작의 풋내가 끊임없이 떠돈다"라고 읊조리고 있기 때문이리라.

어쩌면 "영문 모를 습작의 풋내"로 표현된 문학청년의 엠블럼(emblem)은 시인의 마음결 그 어느 언저리에 "이 여름 초열(焦熱)의 모진 심판을 견딘 나무들"(「초열의 나날들에서」)처럼 살아가려는 젊음의 기백과 투혼이 감춰져 있음을 어릿어릿한 기색으로 건네고 있는지도 모른다. 따라서 이번 시집의 제목 "가을 근방 가재골"에서 "가을"이 란 말에 다시 주목해 볼 필요가 있을 듯하다. 특히 "가을"이 천지만물 이 소멸하고 사장된 계절이 아니라, 도리어 세상으로부터 거두어들 이고 다시 되돌려주어야 할 고단한 노역(勞役/老役)으로 붐빌 수밖에 없는 시절을 상징하는 말임을 오랫동안 숙고해 볼 필요가 있을 것 같 다. "때 없이 서리 묻은 세월의 언저리가/더 시려 와도/밤새/멀찍이 밀쳐 두었던/이 산골 세상을 나는 다시 품에 안을 수밖엔……"(「다시 세상을 품다」) 같은 구절들에 침묵의 그림자로 깃든 대승(大乘)의 실천 과 구도의 수행을 좀 더 섬세하게 들여다볼 수 있기 때문이다. 이들 을 여전히 지속할 수밖에 없는 실존의 치곡(致曲), 시인 홍신선이 "세 상"과 각별하게 맺는 그 살(la chair)의 깊이를 꿰뚫어 볼 수 있는 심안 (心眼)이야말로 가장 요긴한 것일 수밖에 없기에.

따라서 "저들 뒤쫓아 이 마을에 봄도 이내 오리라./살 만큼 살았어 도 나는 나날의 삶이 늘 낯선 초행길이어서 헤매는데"(「이른 봄 풀싹에 는」), "그러나 제 안에 한 시절은 지옥을 한 시절은 극락을 겪어도 지 삶에는 지가 주인이었다고……"(「산역 있는 날」), "마디마디 투명하게 삭 을수록/기다린 듯 이 고장 손돌바람 속에 얼굴 묻고 켜는/그들에게 서/갯벌 울리는 통랑한 반음들이/두어 키 낮춰서도 토악질처럼 쏟아 진다"(「갈대는 왜 웃는가」) 같은 구절들을 다시 눈여겨보라. 이들에서 등 장하는 살아 펄펄 뛰는 "봄"과 "주인"과 "통랑한 반음들", 즉 세계 만 상이 스스로 자라나려는 힘을 내뿜는 자리에서 소리 없이 밀려오는 '존재의 함성(la clameur de l'etre)'을 그대의 온 감각을 기울여 어루만져 보라.

그리하여, 『가을 근방 가재골』의 뒷자리에서 "낭비 마라 자신을 낭 비하지 마라, 텅 빈 허공 속에 우는 저 소리는 어디서 태어나 어디로

가는지, 기어가다 달려가다 또 기어가다 결국 하늘 한끝에서 소멸하
는 것을, 그게 누구나의 순식간 부생(浮生)인 것을"(「송뢰를 듣다」) 같은
구절로 표상되는 힘과 긴장의 "소리"를 은은하게 되비치는, 그 역설
적 맥락을 꿰뚫을 수 있는 자리로까지 나아가 보라. 저 미묘한 "소리"
의 참뜻을 느낄 수만 있다면, "부생"이란 시어에 응집된 개인 주체의
참된 깨달음과 더불어, 세상이 모두 인정하는 보람된 공명(功名)이라
는 양면가치(ambivalence)가 공존할 수밖에 없는 깊은 아이러니의 맥
락을 감지할 수 있을 것이다.

더 나아가, 주체적 깨달음으로서의 선(禪)과 세상 만물로 열리는
중생 구제(救濟)의 심상이 하나로 겹쳐 빛난다는 사실을 불현듯 알아
챌 수 있을 것이리라. 아니, 시인이 온몸으로 지속하고 있는 시업(詩
業), 그 역설적 노역(勞役/老役)이야말로 불법에 이르려는 힘과 긴장의
"소리"로 거듭 뿜어져 나온다는 기묘한 맥락을 좀 더 깊은 안목에서
통찰할 수 있을 것이 틀림없다.

아래 시편의 모서리, "놀란 억새들 목을 길게 뽑아/가을을 새삼 만
난다는 듯 둘러볼 것이다"라는 구절의 뒷자리에서 말없이 일렁이는,
더 나은 시와 삶으로 나아가려는 끊임없는 의욕과 열망이라는 극진
한 아이러니처럼.

마지막을 저 노을에 기대어
붉고 환하게 서녘 하늘 끝을 태워 지고 가는 저이는 누구인가.
이윽고 어스름 녘이 광폭의 걸개그림처럼
건곤에 걸리고
이 번민 저 아픔에 찔려 쏟아 낸
한 편 또 한 편……

내 시에는 고스란히 지난 세월들이 고여 있어

마지막 내 모니터 화면에 환히 붉게 일렁인다.

머지않아 스무닷새 달 뜨면

놀란 억새들 목을 길게 뽑아

가을을 새삼 만난다는 듯 둘러볼 것이다.

―「가을 근방 가재골」 부분

더불어 사랑하며 시를 짓는 일의 아름다움
—김추인 시집『해일』

1.

  김추인의 시집『해일』은 인간의 학명을 뜻하는 "HOMO"에 다양한
라틴어 어사를 조합한 시 작품의 부제(副題)들을 잇달아 제시함으로
써, 인류학적 성찰의 깊이를 은은하게 현시한다. 그리고 우리 모두에
게 부드럽게 강제한다. 이는 시인의 마음결 한복판에 어진 성품과 다
감한 기질이 밝은 빛살처럼 아롱져 있음을 넌지시 일러 준다. 나아가
인(仁) 또는 자비(慈悲)라는 말로 일컬어져 온, 다른 사람을 측은하게
바라보며 사랑의 마음으로 중생에게 즐거움을 주거나 애틋하게 여기
는 마음으로 만인의 괴로움을 없애 주려는, 갸륵한 기운과 마음 씀씀
이가 시인의 나날의 몸에 자연스러운 몸짓으로 배어 있다고 말해도
좋을 듯하다.

  기시감의 골목, 솟을대문 앞이다 쫄바지를 입은 6살 상고머리 아이
의 낯짝은 닫힌 문 안인지 내내 뒤통수뿐이다 시간의 세포들 매 순간 찌

들고

이제 누구의 뒤통수에도 묻어 있지 않을 아이의 울음, 내 망막 속 물
증들에도 더 이상은 포착되지 않는 대신 웬 영문일까 싶게 저 낯선 무수
한 면면들에 묻어 있는 낯익음은
　　음흉과 비겁, 무심과 연민, 조(躁)와 울(鬱), 늙음과 젊음
　　나, 나, 나, 나
　　거리를 지나는 모든 그들은 행인 3이다 나다
　　　　　　　　　　　　─「나는 행인 3이다─호모 사피엔스의 幻」 부분

　　우리 모두의 상투적 예감에서 멀찌감치 벗어난 시인의 상상력은
"저 낯선 무수한 면면들"에서 "다중 우주, 다중의 내가 포착되는 교차
로"를 발견하는 모양새로 나타난다. 가령 "기시감의 골목, 솟을대문
앞이다 쫄바지를 입은 6살 상고머리 아이의 낯짝은 닫힌 문 안인지
내내 뒤통수뿐이다" 같은 구절을 보라. 이 구절이 선명하게 표상하
듯, 김추인의 시에선 무한한 시간의 협곡들과 무량한 경험의 진폭들
이 단 하나의 장면으로 겹쳐지는 낯선 시간의 얼굴들이 곳곳에서 솟
아오른다. 이는 또한 저 이미지들이 다시 겹겹으로 포개어진 다면성
의 지층을 이루면서, 시의 거죽 위로 빼곡하게 에둘러지게 된다는 것
을 뜻한다.
　　그러나 인용 시편에서 연대기적 순차성의 다발로 이루어진 시간
의 연쇄, 이른바 크로노스(Chronos)의 의미 계열이 뒤틀리면서 빚어지
는 낯선 시간의 주름에만 주목한다면, 이 작품의 반절밖엔 이르지 못
할 것이다. 나아가 이들을 예술적 형상으로 퇴워 올리면서 첨예한 윤
곽선으로 다듬질하는 방법론적 기교와 형식적 짜임새만을 읽는다면,

이 작품의 안팎을 가로지르는 눈부신 감응의 빛살, 그 핵심부에 다다르진 못할 것이 자명하다. 마찬가지로 "음흉과 비겁, 무심과 연민, 조(躁)와 울(鬱), 늙음과 젊음/나, 나, 나, 나/거리를 지나는 모든 그들은 행인 3이다 나다"라는 이미지에서 2000년대 이후 한국시의 대세를 이루어 온 아방가르드 예술 풍조 가운데 하나인 분열증적 주체 (schizophrenic subject)라는 의미소만을 도출하려는 해석 역시, 매한가지의 결과에 이르게 될 것이 틀림없다.

따라서 김추인의 시를 문학적 공유 자산으로 드높이는 원동력은 형식적 기교와 방법론이 아니다. 오히려 그것이 이루어 놓는 마디마디의 이미지를 타고 흐르는 윤리적 파토스, 더 나은 삶으로 비상하려는 앙양의 빛에서 온다. 나아가 저 빛의 결들에 주름진, 만인이 겪는 무수한 경험의 우여곡절들을 마치 자신의 것처럼 앓으려는 참된 사랑의 육화에서 비롯한다. 시인은 우리의 꾸며진 표정 아래 숨겨진 "음흉과 비겁, 무심과 연민, 조(躁)와 울(鬱), 늙음과 젊음" 등과 같은 무수한 실존의 어둠과 무의식의 그을음을 고스란히 자신의 것으로 느끼려는 의식의 모험을 감행하고 있는 것이 분명하기 때문이다. 이들 모두에 대하여 "나, 나, 나, 나"라고 말하면서, "거리를 지나는 모든 그들은 행인 3이다 나다"라고 읊조릴 수 있는 폭넓은 사랑의 메아리가 시집 곳곳에서 울려 퍼지게 되는 까닭 역시 이와 같다.

그렇다. "다섯 순수와 하나의 비순수가 조우하니 두런두런 법구경 말씀이 산방을 돈다 마음 있다 하나 오래지 않아 흙으로 돌아가는 것 형상이 허물리고 마음이 떠나거든 잠시 머물렀던 것, 더 무엇을 피하고 탐하리야"(「산사에서의 혼숙」), "씨알을 품을 수 없는 석녀, 헛꽃들의 그 맵고도 당돌한 전략을 생각한다 꽃을 탐하도록 더 아름다움 쪽으로 진화하여 족속들의 생존을 보존하는 헛꽃들의 눈부신 트릭/산수국의 그 이쁜 나비만 같은 꽃잎 지켜보면 존재의 생이 저리다"(「헛꽃」), "나서부터 물 발자국 아래 기었고 밟혔고/움직이는 목숨들의 길이 되는 생/자기를 맨바닥까지 낮추는/이타의 길, 눈부셔라"(「길」) 같은 무늬들을 보라. 이들은 "우주" 삼라만상의 살(la chair)과 감응하면서, 이들을 빠짐없이 껴안고 보듬으려는 시인의 체질로 스민 보시(布施)의 마음결을 또렷한 형세로 드러낸다.

「산사에서의 혼숙」에 나타난 "모서리 틈새에 발이 많은 그리매/그보다 작은 각다귀/그보다 작은 애모기/그보다 작은 초파리" 같은 형상들은 흔히 '해충'이라 부르는 존재들이 우리와 똑같이 "오래지 않아 흙으로 돌아가는 것"일 뿐이라는 만물일여(萬物一如)의 상상력, 또는 불가(佛家)의 보편주의 사유를 표현한다. 따라서 이 작품은 '똥막대기도 부처다(幹屎厥)'라는 말로 표상될 수 있을 불가의 청정법신 비로자나불(淸靜法身 毘盧遮那佛)의 사유가 시인의 가슴속 오랜 광휘로 빛나고 있음을 어슴푸레한 분위기로 나타낸다고 하겠다. 의인화의 필치로 소묘된 「헛꽃」의 "씨알을 품을 수 없는 석녀"라는 이미지 역시, "산수국의 그 이쁜 나비만 같은 꽃잎 지켜보면 존재의 생이 저리다"라는 술어들과 서로를 비추는 상응의 별자리를 이룬다. 나아가 그 모든 존재에게 깃들일 수밖에 없을 숙명적 결핍이나 갖가지 애환들을 함께 나누려는 시인의 태생적인 기질과 근본 정서를 집약적으로 표현한다.

마찬가지로 "길"의 이미지에서 "움직이는 목숨들의 길이 되는 생"을 읽고, 이 맥락을 "이타의 길, 눈부셔라"라고 읊조리는 시인에게 '대승 경전의 꽃'이자 잡화경으로 일컬어지는 화엄경의 사유와 상상력이 신성한 빛살처럼 되비치게 되는 현상 역시, 지극히 당연한 사필귀정의 결과일 수밖에 없으리라. 얼핏 보아, 「길」은 뭇 생명체가 밟고 다니는 지극히 낮고 비천한 존재 자체의 터전을 "길"의 형상으로 의

인화한 작품으로 파악할 수 있을 듯하다. 또한 "길"이 불러오는 역설적 반전의 맥락 위에 겸허와 보시라는 의미화의 정수를 덧입힌 작품으로 해석될 수 있을지도 모른다.

그러나 「길」이 품은 진정한 반전의 위력은 "자기를 맨바닥까지 낮추는" 그 낮고 낮은 "바닥"의 "생"을 그 모든 존재를 길러 주고 인도해 주는 만물병작(萬物竝作)의 바탕으로 파악하는 자리에서 나온다. 달리 말해, "길이 일어선 걸 본 적 있던가/일어선다면/하늘 길을 이어 준다는 일/장엄하겠다"(「길」)로 표상될 수 있을 저 높고 "장엄한" "하늘 길"이 결국 우리 나날의 몸에 지긋지긋하게 들러붙는 자기중심주의를 "바닥"까지 내려놓을 수 있는 겸허와 보시의 자리에서만 열릴 수 있다는 극진한 아이러니를 부드럽게 암시하는 자리에서 비롯한다. 따라서 우리가 「길」의 뒷면에서 읽어야 하는 것은 우리 인간 군상들을 포함하여 천지만물의 위계를 가르고 나누어 한사코 그 순서와 등수를 매기려는 모든 차별과 분별심을 정화하려는 보살행(菩薩行)에 가까운 시인의 "사랑"일 것이며, 세상에 존재하는 그 모든 것들을 평등하고 소중하게 여기고 보듬으려는 불가의 보편주의 사유일 것이다.

2.

세상 모든 사물들의 형질이나 속성이 수치로 드러나고 드러내야 한다면 호박덩이만 한 두개골 폭발하거나 바보가 되거나
그대 사랑의 온도를 날마다 추출하느라 천 번을 사랑하고 만 번을 미워하느라 하루하루 얇아지고 닳아져 이윽고는 의식뿐일 그대, 가여워라

분별치 말고 큰 그림을 그려 봐

이만치나 저만치, 한참이나 금방 같은
발그레, 누릇누릇 뉘엿뉘엿, 시나브로 같은
언어적 멋내기는 우리 족속의 감각이
창출한 '대략'이며
호모사피엔스가 제 종을 이어온 최상의
긍정지수라는 것

0과 1은 기계에 양도하고
기계를 타고 화성도 금성도 방문하고

—「대략에 관한 담론」 부분

「대략에 관한 담론」은 시인의 시와 예술에 대한 사유를 "대략"이란 시어로 응집시켜 표현한다. 이 작품에 등장하는 "세상 모든 사물들의 형질이나 속성이 수치로 드러나고 드러내야 한다면"이나, "그대 사랑의 온도를 날마다 추출하느라" 같은 구절들은 17세기 근대과학 탄생의 초석을 이루는 정역학적 사유에 대한 비판적 입장을 내포하고 있는 것으로 보인다. 정지와 종합, 항상성을 기반으로 구축되는 고정화된 체계와 패턴화된 논리, 곧 정역학적 사유는 세계의 무한정한 흐름과 그 변환의 양상들을 단 하나의 개념으로 명명하거나, 단일한 규칙과 규정된 질서의 회로 속에 가두어 끝끝내 단순 명석판명한 지식으로 제한하는 취약성과 한계를 거느린다. 어쩌면 시인은 우리가 발 딛고 살아가는 실제 세계, 그야말로 매 순간을 살아 꿈틀거리며 변화를 거듭하는 원초적 세계의 바탕이란 인위적 지식의 정태성이나 정역학적 사유의 논리적 분석을 통해서는 온전하게 통찰될 수 없다는 전언을 우리에게 건네고 있는지도 모른다.

"분별치 말고 큰 그림을 그려 봐"라는 시행 자체를 하나의 독립된 연으로 구성되도록 배치한 의도 역시, 정역학적 사유에 대한 시인의 비판적 사유와 같은 맥락을 이루는 것으로 보인다. 단 하나의 행이 하나의 연을 구성한다는 것은 그 의밋값의 하중이 매우 크다는 것을 암시할뿐더러, 이 시행 자체가 내뿜는 의미의 별자리는 분별지(分別智)와 무분별지(無分別智)의 차이에 대한 시인의 오랜 사유를 반증하기 때문이다. 달리 말해, 그것은 불가에서 분별지라고 일컫는 '대상을 차별하여 사유하고 판단하는 지혜', 곧 '나(我)라는 틀에서 바라보고 판단하고 결정하는 자아중심적 관점'을 넘어서려는 시인의 견고한 의식의 모험과 존재론적 기투에서 발원한다는 것이다. 따라서 그것은 무분별지의 차원으로 나아가려는, 곧 시인의 아상(我相)의 밑바닥에서 둔중한 음색으로 울려 퍼지는 인무아(人無我, pudgala-nairātmya)의 깨달음, 또는 하이데거가 주제화한 존재의 목소리(die Stimme des Seins)를 현시하는 이미지라 하겠다.

시인은 결국 "0과 1은 기계에 양도하고"로 표상되는 "수치"의 정확성이나 통계의 과학성이 매초의 순간마다 다르게 움직이고 뒤바뀌는 세계의 운동 양상이나 그 변화 과정 전체를 포착할 수 없는, 특정한 도식으로 제한된 것에 불과하다는 사유를 견지하고 있는 것이 분명해 보인다. "호박덩이만 한 두개골 폭발하거나 바보가 되거나", "이윽고는 의식뿐일 그대, 가여워라" 같은 구절은 이러한 맥락에서 산출된 것이라 하겠다. 마찬가지로 "이만치나 저만치, 한참이나 금방 같은/ 발그레, 누릇누릇 뉘엿뉘엿, 시나브로 같은/언어적 멋내기"는 "수치"로 표상되는 과학 중심적 세계관에 대한 시인의 비판적 사유를 압축하고 있는 아름다운 우리말 어휘들을 나열한 것으로 해석된다.

이렇듯 시인의 반-정역학적 사유, 또는 시와 예술에 대한 시인의 "담론"은 시집 『해일』의 마디마디에 도드라진 모양새와 부드러운 흔적을 남기고 있는 듯 보인다. 가령 "나를 안다 편협 혹은 편중 쪽으로 심하게 기울었다는 거/난 말이지/적확이라는 물 샐 틈 없는 말,/정자, 정확 같은/반듯한 말보다는/대략, 불이, 시나브로, 추측, 무한 같은/애매를 좋아하고 모호를 친애한다/그래서 숫자에 어둡겠지만/수는 매력 없다"(「내 안엔 애매모호들이 산다」), "세상 모두가 구멍으로부터 온다는 건 어딘가에 빈 구석이 있다는 말, 여기와 저기의 통로라는 말이다 사람의 일도 이와 같아서 빈 구석이 보이는 이에 곁을 주고 싶던 걸"(「잃어버린 시간을 찾아서」), "내 기다림은/신들의 언덕에 선 만년 바람의 성이다/아이야 성문을 활짝 열거라 진부한 환대는 사양하리라/신전에 내리는 어둑살 너머/서풍이 말머리성운을 밀어 올리고 있지 않느냐/저 홀로 광년의 트랙을 돌아올 신신한 나의 말씀이여 시(詩)여 푸른 갈기털 휘날리며 오시라"(「푸른 갈기의 말들을 위한 기도」) 같은 이미지들을 보라.

이들 가운에서도 특히 "애매"와 "모호", "구멍"과 "빈 구석", "기다림"과 "신전" 같은 시어들을 오랫동안 꼼꼼히 들여다볼 필요가 있을 듯하다. 여기서 나타난 "애매를 좋아하고 모호를 친애한다", "어딘가에 빈 구석이 있다는 말", "시여 푸른 갈기털 휘날리며 오시라" 같은 이미지들은 매번의 순간마다 그 형세와 밀도가 뒤바뀔 수밖에 없을 세계의 무한정한 흐름과 변화 과정 자체를 특정 공리와 담론 체계에 입각한 정형화된 도형 배치, 화이트헤드가 말한 단순 정위(simple location)로 환원해 버리는 근대과학의 정역학적 사유에 대한 비판적 인식을 내포한다. 나아가 그 대안으로서의 무명(無明), 곧 모든 의미와 가치의 체계 한복판에 그것을 근본에서부터 무너뜨리는 존재론적 공백과 무의미의 심연이 깃들일 수밖에 없다는 불교적 사유의 맥락을 암시적 화법으로 드리워 놓는다.

이와 같은 이미지들은 시와 예술이 품은 중층적 다의성이나 지극한 아이러니의 방법이야말로, 시시각각으로 변화를 불러일으키는 원초적 세계의 실상을 충실하게 파악할 수 있는 유력한 방법임을 암시한다. 물론 "기다림"과 "신전"이란 시어에서 엿보이는 시인의 신비주의 사유는 한편으로 무속에서 행해지는 강신술의 무늬로도 파악될 수 있을 듯하다. 그러나 그것은 시적 감흥이 도래하는 그 절정의 순간이야말로, 우리의 명징한 의식이나 이성적 계산을 멀찌감치 빗겨선 자리에서 휘날려 오는 것임을 강조하기 위한 것으로 보인다. 달리 말해, 시가 태어나는 순간이란 우리의 의도나 기획과는 무관한 차원에서 밀려드는 우발성의 사태이자, 미묘한 심연의 자리에서 도래하는 예기치 않은 무의식의 선물임을 각별하게 강조하기 위한 수사학적 장치라는 것이다. "기다림"과 "신전"이란 결국 시가 태어나는 바로 그 순간의 존재론적 광휘를 신성성의 아우라를 덧입혀 드러낸 시어들인 동시에 또 다른 이미지의 다발을 휘감고 있는 미학적·윤리적 중심추로 기능하고 있으므로.

3.

한참 오랫동안
아득하고도 오래전에 아무도 이름을 가지지 않았을 때
바람이 바람이라는 이름 없고
꽃이 꽃이라는…… 이름 없고
나무와 언덕과 구름이

꽃과 벌레와 달무리와 산이

그냥 한 몸처럼 바라보고 있을 때

해와 달과 별이

비와 눈보라와 모래바람이

그냥 무엇의 눈짓이거나 표정이거나

그냥 바라나 보고 있을 때

그때는 아름다웠으리

하늘 울타리 속 옹기종기 밤톨처럼 그리 정다웠으리

그냥에는 누가 보거나 말거나 거기 있는 자리에서

거기 피지 아무도 까닭을 묻지 않지 그냥 거기

　　　　　　　　　　　　─「자연이라는 이름으로 그냥」 부분

　위에서 나타난 "아득하고도 오래전에 아무도 이름을 가지지 않았
을 때", "그냥에는 누가 보거나 말거나 거기 있는 자리에서/거기 피
지 아무도 까닭을 묻지 않지 그냥 거기" 같은 이미지들은 흔히 무위
자연(無爲自然)으로 집약되는 노자의 자연주의 사유나 그 미감의 프리
즘으로 다시 진득하게 음미할 필요가 있을 듯하다. 이 과정에서 훨씬
더 아름답고 고즈넉한 분위기(Aura), 이른바 존재론적 황홀경을 휘감
고 있는 자연 풍경이 넉넉하게 감수될 수 있기 때문이다. 나아가 시
인이 자신의 시에 깃든 예술성의 정수를 "자연이라는 이름으로 그냥"
이란 말로 비유된 '도법자연(人法地 地法天 天法道 道法自然)'에서 찾으려
고 한다는, 그 작시법의 기원과 시적 이행의 맥락 전체를 충실하게
헤아릴 수 있을 것이기에.

　어쩌면 시인 김추인은 "그러므로 항상 무욕하면 그 미묘한 조짐을
볼 수 있고, 항상 유욕하면 그 드러남의 끝을 볼 수 있다(故常無欲 以觀

其妙 常有欲 以觀其徼)"라는『도덕경』제1장의 한 구절을 시인이라는 예
술적 존재의 최우선 명제로 삼아야만 한다는 말을 우리에게 소리 없
이 전하려는 것인지도 모른다. 노자의 저 구절에 대하여 왕필(王弼)이
"미묘함은 미세한 것의 극치이다. 만물은 미묘한 데서 시작한 뒤에야
이루어지며, 무에서 시작한 뒤에야 생겨난다. 그러므로 항상 무욕과
공허를 통해 만물이 시작되는 그 미묘함을 볼 수 있다.(妙者 微之極也 萬
物始於微而後成 始於無而後生 故常無欲空虛 可以觀其始物之妙)"라고 주석을 달
았던 것처럼.

 더 나아가, 아래 시편의 "사물들의 어법"과 "진실만을 듣고 본다는
거", "사실만을 말한다는 거" 같은 이미지들이 서로를 마주 보고 감응
의 메아리로 울려 퍼지는 장면을 진득하게 들여다보라. 아마도 "마음
의 거처 찾겠다 뒤지지 말라 사물들은 은닉하지 않는다"라는 형상을
타고 흐르는 무욕(無欲)의 풍경이 말없이 드리워 놓는 황홀경에 넉넉
히 젖어 들 수 있으리라. "온몸이 귀이니/온몸이 눈이니"라는 형상의
한가운데 들어박힌 '미묘현통(古之善爲士者 微妙玄通 心可不識)'의 감각이
우리 모두의 마음결에 감춰진 묘리(妙理)의 등불로 타오르는 것처럼.

  사물들의 어법을 알고 있다
  온몸이 귀이니
  온몸이 눈이니
  진실만을 듣고 본다는 거
  사실만을 말한다는 거
  두개골이 어딘가 따지지 말라 마음의 거처 찾겠다 뒤지지 말라 사물
  들은 은닉하지 않는다
                              ─「사물들의 말씀을 읽다」 부분

560

고고학적 실증성과 문학적 상상력의 감각적 조화
—최동호의『정지용 시와 비평의 고고학』

1.

최동호 교수의『정지용 시와 비평의 고고학』이 2013년 4월 간행되었다. 이 저작은 정지용을 다룬 그의 첫 문헌「정지용의 〈장수산〉과 〈백록담〉」(『경희어문학』6집, 1983)으로부터 가장 근래에 작성된「정지용과 김기림의 문학적 상관성」(『비평문학』44호, 2012)에 이르기까지, 30여 년을 천착해 온 정지용 연구 작업을 빠짐없이 포괄한다. 네 매듭으로 나누어진 이 저작의 구성을 살피면, 〈제1부 지용 시의 출발〉은 비교적 근래 작성된 글들로 구성되어 있으며, 〈제2부 지용 시의 해석〉에는 그의 정지용 연구 작업의 시발점인 1980년대에 집필된 두 편의 논문을 포함하여 주로 2000년대에 탐구된 성과들을 수록하고 있음을 파악할 수 있다. 또한 〈제3부 텍스트 비평과 문학사적 의미〉는 2000년대에서 근래에 이르기까지 실증적 서지 탐구와 문학사적 의미 평가를 수행한 글들로 이루어져 있으며, 〈제4부 발굴 자료와 참고 문헌〉에는 정지용이 타고르의 시집『기탄잘리』와 그리스 신화 일부를 번역

한 자료들과 『학조』 창간호의 목차와 이 잡지에 게재되었던 「짜나나」라는 시편이 처음으로 소개되어 있다.

이와 같은 목차 구성은 이 책의 「서문」에 기록된 것처럼, "발표순"을 그대로 따르지 않고 "지용 시를 체계적으로 조감"하기 위한 기획에서 비롯하는 것처럼 보인다. 제1부는 그 표제에서 알 수 있듯, "지용 시의 출발"을 이루었던 여러 조건과 요인들을 실증적인 서지 확인 작업을 통해 고증하거나 추론하는 데 집중한 글들로 이루어져 있으며, 제2부는 「장수산」 「백록담」 등과 같은 구체적인 시편들이나 정지용의 후기 시편과 바다 시편, 나아가 금강산 시편 등을 정밀하고 섬세하게 분석한 글들로 구성된다. 제3부와 제4부 역시 앞서 말한 내용과 의도를 반영한 글과 자료들이 하나의 의미 매듭으로 엮어져 있다고 하겠다.

저자의 이와 같은 기획 의도를 그대로 따라가면서, 그것이 새롭게 펼쳐 놓는 고고학적 실증성과 문학사적 지력선에 대한 통찰을 되짚어 보는 것은 충분한 설득력을 품겠지만, 이 책에 주름진 참된 의의를 찾기 위해서는 다른 시선과 각도에서 설정된 문제 설정이 필수 불가결하게 요청되고 있는 듯하다. 이 문제 설정은 이 책에 수록된 15편의 글들을 관통하는 몇 가지 방법론적 전제에서 나오며, 이는 정지용 연구사를 비롯한 현대 한국문학 연구사의 전체 패러다임 차원에서도 의미심장한 문제 제기와 새로운 비전을 포함하고 있는 것으로 여겨진다.

2.

"정지용 시와 비평의 고고학"이라는 표제어에 주목해 보라. 이 표제는 저자의 마음 깊은 곳에 깃든 자부심과 확신을 암시하는 것으로 보인다. 그것은 정지용 시의 무수한 연구 작업과 평론들을 감싸 쥐고 있을뿐더러 그 역사 속에 켜켜이 쌓인 서지 사항들과 의미 해석의 지력선을 빠짐없이 포괄하고 있지 않다면, 결코 표면으로 나타날 수 없는 말이기 때문이다. 이러한 표제어에 고스란히 값하듯, 이 책은 정지용에 관한 실증적 자료 확인과 비교·대조의 작업에서부터 다른 연구 저작을 압도하는 남다른 넓이와 깊이를 품는다. 맨 먼저 이 책의 첫머리를 차지하는 「정지용의 타고르 시집 『기탄잘리』 번역 시편」의 속살을 헤집어 보라.

이 글은 지금까지 그 어떤 정지용 연구자도 발견하지 못했던 정지용의 타고르 시집 『기탄잘리』의 번역 자료가 『휘문』 창간호에 게재된 사실을 소개하고, 그것과 정지용의 시 창작의 연관성을 규명한 것이다. "1920년대에 있어서 타골 詩의 번역 導入은 韓國 近代 飜譯文學 50年史를 통해 가장 盛況이었음은 부인할 길 없다"라는 김병철의 언급에도 불구하고, 이 자료가 그의 『한국근대번역문학사연구』(을유문화사, 1975)에 포함되지 않은 것이나, 『정지용 전집』(김학동 편, 민음사, 1988)에 수록되지 않은 이유를 저자는 다음과 같이 추정한다. "이 자료가 누락되어 전집에 수록되지 않은 것은 당시 지용이 학생 신분이었을 뿐만 아니라 게재지 역시 고등보통학교에서 발행하는 교지였기 때문일 것이며 그런 이유로 문단이나 학계에서 크게 주목하지 않았을 것으로 짐작된다."

이렇듯 저자의 새로운 자료 발굴 작업은 "1900년부터 1945년까지의 근대 학교 교지와 잡지에 수록된 작품을 정리하고 연구"하고자 하는 역사적 자료 실증에 대한 충실한 태도와 끈덕진 노고를 동반하지 않고서는 이루어질 수 없는 것이 틀림없다. 나아가 새로운 자료를 소개하는 데 그치지 않고, "오천석이 1920년 『창조』 7호에 '타쿠르 시집'

이라는 소제목으로 『기탄잘리』 중에서 시 7편을 번역 소개하고 1921년 『창조』 8호 다시 11편을 추가하여 모두 18편을 번역"했던 사실이나, "1922년 6월에는 노아의 『기탄잘리』 번역시 30편이 『신생활』 제6호에 게재"되었던 것, 그리고 "1923년 3월에 평양 이문관에서 김억의 번역으로 발간된 『기탄잘리』" 등과 같은 다른 여러 실증적 측면을 꼼꼼하게 고증하면서 이들의 번역 문장을 상호 비교한다. 이 비교는 정밀한 어구 분석을 동반할 뿐만 아니라, 그 뒷면에 숨겨진 번역자의 언어 감각과 문화적 감각, 종교의식 등과 같은 내면 풍경 전반을 섬세하게 유추하는 자리에까지 이른다.

이들 가운데서도 특히 김억의 "主"라는 "삼인칭 대명사" 번역어에 대해 "불교적 사유가 농후한 타고르의 시를 기독교적 용어로 번역하고 있다는 것은 어떻게 보면 모순된 일이라고 할 수 있으나 번역자로서 김억은 기독교적 신에 드리는 헌사로서 타고르의 시를 받아들였다고 할 수 있으며, 이는 그 나름의 경건한 엄숙성을 나타내는 독특한 번역 감각이라고 보아야 할 것이다"라고 말한 대목이나, "여기서 노아가 사용한 '묵'과 김억이 선택한 '먹', 그리고 지용이 구사한 '잉크'라는 시어는 세 사람의 번역가가 지닌 언어 감각은 물론 문화적 감각을 보여 주는 중요한 예가 될 것이다"라고 진술한 부분은 번역 문장의 겉면을 이루는 어구 분석의 실증적 차원을 넘어서 문학 연구의 고유한 특이점과 발군의 성취를 보여 준다. 이들은 실증적 자료 자체가 결코 드러낼 수 없는 문화사적 차원의 감춰진 의미 지층들을 촘촘하게 유추하는 성과를 낳기 때문이다.

더 나아가, 지용이 타고르의 『기탄잘리』에서 9편의 시를 선별하여 번역하면서 그것을 자신의 판단과 의도에 따라 배열한 것에 대해 "죽음이 다가와도 끝내 그 족쇄를 풀고 생의 마지막 언약을 통해 자유의 하늘을 실현하려는 의지가 9편의 시적 배치와 구성에 반영되어 있다"라는 의미를 부여한다. 이는 결국 고고학적 실증성과 문학적 상상력이 매우 적확하고 긴밀하게 결부된 하나의 탁월한 사례를 이룬다고 하겠다.

3.

이렇듯 정지용의 원전과 여러 텍스트의 상호 대조와 비교에 대한 고고학적 실증성이 빛을 발하는 장면은 주로 제3부에 수록된 글들에서 나타난다. 물론 저 실증적 차원의 정교성은 제1부에 수록된 거의 모든 글에 스며 있지만, 제3부 가운데서도 특히 「개편되어야 할『정지용 전집』」과 「정지용 시어의 다양성과 통계적 특성」이라는 글에서 가장 도드라지게 드러난다. 전자는 김학동 교수가 편집한『정지용 전집』에서 빠진 작품들을 자세한 서지 사항들과 함께 그 원인을 규명하는 데까지 나아가고 있다는 점에서, 원전의 확정과 텍스트의 비교·대조와 확인 작업을 원천으로 삼는 역사·전기적 비평 방법의 모범 사례를 이룬다고 하겠다. 그리고 이를 통해, 그동안 정지용 연구자들에게 널리 활용되었던『정지용 전집』이 좀 더 정밀해지고 완전해질 수 있는 계기를 얻었다고 하겠다.

「정지용 시어의 다양성과 통계적 특성」은 제목이 알려 주는 것처럼, 그의 시에서 활용된 시어의 총량을 통계학적 자료 구성을 통해 가시화할 뿐만 아니라, 이들 가운데서 "난해 시어들"에 해당하는 "해설피" "석근" "서리 까마귀" 등에 대한 기존 연구사를 집약해서 보여 준다. 또한 "고어의 차용"이라 할 수 있는 "누뤼/누뤼알"이나 "방언의 활용"에 해당하는 "호숩다" "뼈우다" 등을 다룬 주요 연구 업적들을 명시적으로 비교·대조해 보여 줌으로써, 차후의 정지용 연구가 객관적인 논의의 틀 속에서 이루어질 수밖에 없는 필연적인 계기와 토대를 구축한 것으로 보인다.

더 나아가, 이 글은 정지용 시에서 "변형된 시어"와 "잘못된 시어"의 다양한 사례들을 텍스트 곳곳에서 발굴하고 일목요연하게 열거한다. 가령 "변형된 시어"의 사례들로는 「승리자 김 안드레아」의 "건느며", 「호연」의 "곱드랗게", 「비로봉」의 "귀뜨람이", 「니약이 구절」의 "고달피고" "고달펏노라", 「붉은 손」의 "수집어", 「향수」의 "함추름" 등이 "모음의 변화"라는 항목에서 제시된다. 또한 "자음의 변화" 항목에서는 「황마차」의 "거러가면서", 「향수」의 "조름", 「장수산 2」의 "노히노니", 「바다 9」의 "굴르도록", 「이른 봄 아침」의 "익을거리는" 같은 사례들을 제시하여 그 변형 현상을 명징하게 보여 준다. "잘못된 시어"의 항목에서는 「다시 해협에서」의 "班馬", 「나븨」의 "湲爐", 「호랑나븨」의 "准陽", 「장수산」의 " 然히", 「백록담」의 "巖古蘭" "石茸" 등의 시어들이 제시되며, 이를 "교정상의 오류나 의도적인 오류"에서 기인한 것으로 풀이하면서, 그 원인을 상세하게 해부한다.

「정지용 시어의 다양성과 통계적 특성」은 "정지용 시가 모두 132편이며, 그가 구사한 어휘수가 8,975단어"라는 실증적이고 통계적인 사실을 명시하면서, "지용의 시어를 (1) 고유명사·인칭대명사·가족용어 (2) 한자어·외래어·고어·방언 (3) 신체어·감각어·감정어 (4) 색채어와 의성·의태어 (5) 자연어와 문명어 등으로 분류"할 수 있다고 진술한다. 여기서 실제 통계 분석이 시도된 것은 (1)과 (2)이며, 그것은 모두 10가지에 이르는 상세하고 구체적인 도표로 예시된다. 이와 같은 통계 분석과 도표의 예시는 비단 정지용 시에 대한 객관적 수치 제시나 과학적 분석과 합리적 논증이라는 형식논리학 차원으로 한정되지는 않는 것 같다. 왜냐하면, 저자는 이 통계 수치에 근거하여 그의 시에서 나타나는 이미지의 음영과 벡터, 미학적 방법과 구조, 나아가 정신적 지향성과 실존적 감각의 대응 양상을 주도면밀하게 해명하고 있기 때문이다. 이를 가장 명징하게 보여 주는 사례는 이 책의 328쪽에 기술된 다음과 같은 장면에서 찾을 수 있을 것이다.

위의 〈표 2〉를 살펴보면 감각어가 전체 어휘에서 차지하는 비율은 그렇게 높지 않다. 그러나 이 통계표에서도 지용 시를 해석할 수 있는 몇 가지 흥미로운 사실을 찾을 수 있다. 우선 '차다'라는 시어가 가장 많은 반면에 '뜨겁다'는 전혀 등장하지 않는다는 점이다. '뜨거운' 감각을 차갑게 냉각시키는 것이 지용의 시작 방법이라는 사실을 뜻한다. 또한 '차다'라는 시어가 1930년대 이후에 쓰여진 시에 많이 등장하며 지용의 정신주의 지향을 드러내는 「장수산」과 「백록담」 등의 시편에 나타나고 있다는 점이다.

또한 「유리창 1」과 「유리창 2」에 두루 '차다'가 나타나는데 이는 '유리'라는 물질적 소재와 관련을 맺는 것은 물론이지만 시적 감정을 절제하여 물질적 이미지로 전환하는 시작 방법을 나타내는 감각어가 되고 있다는 점을 우리는 주목해야 할 것이다.

이렇듯 정지용 시를 둘러싼 제반 자료들에 대한 실증적 고증 작업과 통계 분석을 통해, 그 배면에 깃든 의미론적 자질과 미학적 방법, 문학사적 지력선의 숨겨진 맥락들을 발견한다는 점에서, 이 책은 이미 정지용 연구사를 총체적으로 포괄할 수 있는 결정판의 풍모를 드러낸다. 그러나 이 책이 품은 진정한 의의는, 실증적 고증과 객관적 통계 분석을 근본 바탕으로 삼으면서도, 겉면에는 잘 드러나지 않는 문학 주체들의 마음결과 내면 풍경을 유추하고 상상하는 자리에서 나오는 것처럼 보인다. 달리 말해, 이 책에 담긴 저자의 빼어난 감각적 직관과 문학적 상상력은 정지용 당대의 문학 현장 속에서 마치 그 내밀한 속살을 어루만지는 듯한 실감을 우리에게 선사한다는 것이다.

〈제1부 지용 시의 출발〉이라는 매듭이 한국문학 연구자들에게 문학 연구 방법론의 차원에서 새로운 비전을 제시하고 감화를 불러일으킬 수 있는 이유와 근거는 바로 이 자리에서 움튼다. 제1부에 수록된 「박용철과 정지용의 문학적 만남」「정지용과 김기림의 문학적 상관성」「정지용의 시적 감각과 윤동주의 시적 개성」 등과 같은 글은 이 책의 표제에 그대로 부합하는 고고학적 실증성을 충실하게 거머쥐고 있는 동시에, 저 실증의 차원으로는 결코 드러날 수 없을 문학 주체들의 내밀한 마음의 움직임을 되살리는 문학적 상상력의 자리로 우리를 다시 인도하기 때문이다.

박용철과 정지용 사이에 존재했던 내밀한 우정과 그것이 일구었던 문학사적 사건의 지점을 감각적인 필치로 기술하고 있는 「박용철과 정지용의 문학적 만남」은 정지용의 「유리창」「꽃과 벗」 등의 시 작품과 두 편의 산문 「수수어」「날은 풀리며 벗은 않으며」「시의 감상─김영랑론」을 꼼꼼하게 해독하면서, 박용철과 김영랑과 정지용 사이에 있었던 금강산 기행과 제주도 여행이 이들 작품에서 어떻게 드러나고 있는지를 생생하게 그려 보여 준다. 이 글의 의미심장한 측면은 그들의 행적과 마음결을 마치 옆에서 지켜보고 있는 것처럼 생생하게 묘사하는 데에서만 나오지 않는다. 오히려 저자가 말했던 것처럼 "산문과 시가 삶과 갖는 상관성", 달리 말해 문학적 자료의 충실한 고증 작업을 토대로 그것의 보이지 않는 뒷면에 깃든 그들의 인간적인 욕망과 의지, 문학적인 연대감, 나아가 그들의 우애와 공감대를 우리 눈앞으로 현현하게 하는 자리에서 온다.

김기림과 정지용 사이의 내밀한 문학사적 연관성을 김기림의 「바다」 「유리창」 같은 시편들에 대한 상세한 이미지 비교 분석이나, 김기림의 시집 『태양의 풍속』와 『기상도』의 발간 시기에 대한 꼼꼼한 역사적 실증 작업을 통해 추론한 「정지용과 김기림의 문학적 상관성」이라는 글 역시 이와 같은 문제 설정과 방법론의 틀을 견지한다. 제1부의 끄트머리에 놓인 「정지용의 시적 감각과 윤동주의 시적 개성」 역시 1947년 2월 13일 정지용이 『경향신문』에 윤동주의 유고시 「쉽게 쓰여진 시」를 소개했던 것이나, 1947년 12월 18일에 윤동주의 유고 시집 『하늘과 바람과 별과 시』의 서문을 집필하고 1948년 1월 시집이 발간될 수 있도록 했던 역사적 사실의 고증을 토대로 삼아 그들 사이에서 넘실거렸을 교감의 빛과 그 마음결의 일렁임을 섬세하게 되짚어 낸다는 점에서, 제1부의 다른 글들과 같은 의미 매듭을 이룬다고 하겠다.

4.

『정지용 시와 비평의 고고학』이 거느리고 있는 정지용 시에 대한 전체적인 해석과 평가는 주로 〈제2부 지용 시의 해석〉에 수록된 글에서 나타난다. 여기에서 정지용 시의 기존 연구사에 대한 비판적 시각과 새로운 해석의 준거, 나아가 저자 자신의 문학적 이념과 지향성이 명시적인 문법으로 드러난다. 그것의 첫머리에 배치된 「정지용의 「장수산」과 「백록담」」은 저자의 정지용 연구의 시발점에 해당하는 논문으로, 「장수산 1」 「장수산 2」 「백록담」 등의 시편들에 대한 상세한 분석을 통해 시집 『백록담』이 지닌 특징적 면모를 동양의 고전 세계에 입각한 "정신주의"로 평가하는 첫 선례를 남긴다. 이러한 관점이 『백록담』에 수록된 다른 여러 시편에 대한 해석으로 확대된 논문이 바로 「정지용의 산수시의 세계와 은일의 정신」이다.

이 논문을 통해, "1925년에서 1933년까지의 감각적인 이미지즘의 시", "1933년 「불사조(不死鳥)」 이후 1935년경까지의 카톨릭 신앙을 바탕으로 한 종교적인 시", "「옥류동」(1937), 「구성동」(1938) 이후 1941년에 이르는 동양적 정신의 시"라고 정지용의 시를 세 단계로 구분하는 통시적인 구획법이 하나의 정식화된 논제로 인준되기에 이른다. 이른바 정지용의 후기 시로 일컬어지는 『백록담』 수록 시편들에 대해 "산수시"라고 새롭게 명명한 것 역시 이 논문에서 처음으로 시도된 것이며, 1930년대 말엽에서 1945년 해방에 이르는 일제 말기 황국신민화의 폭압적 정치 상황에 대한 정지용의 내면적 대응과 인간적 번민이 섬세한 필치로 소묘된다. 나아가 동양화론에 근거한 "시화일여(詩畵一如)"의 관점에서 그의 "산수시"를 체계적으로 분석하고 그의 정신세계의 심층을 구체적으로 포착하고 소묘하는 성취를 이룬다.

제2부의 「난삽한 지용 시와 바다 시편의 해석」 「정지용의 산수시와 정경의 시학」 「정지용의 산수시와 성정의 시학」 「정지용의 '금강산 시편'에 대하여」 「소묘된 풍경의 여백과 기운생동의 미학」 등은 주로 2000년대 초반에 집중적으로 발표된 글들로, 저자의 문학적 이념이자 방법론의 중핵을 차지하는 동양적 고전 미학과 형이상적 세계가 유감없이 발휘되어 있다. 이는 「바다 2」라는 시편을 "정지용의 초기 시와 후기 시를 잇는 교량적 역할을 한" 작품으로 평가하면서, "평면의 바다를 둥근 원의 바다로 변형시키고, 그것이 연잎처럼 신축 자재한다고 상상한다는 것은 감각을 통해 감각의 배후에 있는 어떤 중심을 찾고자 하는 추구가 시작되었음을 뜻한다"(「난삽한 지용 시와 바다 시편의 해석」)라고 말한 대목이나, "시와 시인, 정신과 육체, 인간과 자연, 그리고 시와 삶 등의 비분리의 시학을 대통합의 장으로 고찰하여 동양의 시학을 위한 논리적 실마리를 풀어 보고자 했던 것이다"(「정지용

의 산수시와 정경의 시학」라고 진술한 부분에서 가장 명징하게 나타난다.

어쩌면 〈제2부 지용 시의 해석〉을 관통하는 의제의 중핵은, "한시의 작가들은 자연 그 자체를 모방하면서 자연을 능가하기보다는 자연과 조화되고 일체가 되는 자아를 표현하는 것을 이상으로 하여 왔다. 유협이 말한 대로 '대자연의 문(文)'을 깨닫고, 오행의 정화로서 '천지의 마음'을 표현하는 것이 시인들의 이상이었다. 자연은 무궁한 것이며, 인간은 자연과 하나가 됨으로써 그 또한 무한한 삶을 실현할 수 있는 것이다."(「정지용의 산수시와 정경의 시학」)라는 말을 통해 가장 명징하게 표상될 수 있을지도 모른다. 이 말은 세계와 시인과 시작품이 상호 연속적인 동일성을 품고 있을 뿐만 아니라, 그 모든 국면에는 형이상학적인 조화의 이념이 깃들어 있다는 저자의 문학 이념에서 기원하는 것이 분명하기 때문이다. 달리 말해, 제2부의 핵심 명제는 소우주와 대우주가 마치 서로를 비추는 거울처럼 닮은꼴을 이룬다고 보았던 동양의 전통적인 세계관인 동시에 유비론적 시학(analogical poetics)으로 명명될 수 있는 저자의 문학 이념에서 비롯한다는 것이다.

그리하여, 이 책은 정지용의 시를 "서구 이미지즘의 영향이 아니라, 한시에 근거한 '시화일여'임을 밝히는"(「정지용의 산수시와 정경의 시학」) 자리에 초점을 두고 있다고 말할 수 있을 것이다. 나아가 정지용의 "산수시"를 통해, "인간의 도(道)와 천지자연의 조화가 일치되는 세계야말로 진정한 유토피아이다"(「정지용의 산수시와 성정의 시학」)라는 말로 표상될 수 있을, 동양적 형이상학과 유비적 세계상(analogical vision)의 존재 의의와 이론적 근거를 해명하는 지점에 집중력을 쏟고 있다고 분명하게 규정할 수 있을 것이다. 저 동양적 형이상학과 유비적 세계상은 정지용의 시에서 깃들인 것일뿐더러, 그의 감각의 실존과 이념의 흔적을 낱낱이 탐사하고 고증하려는 연구자 최동호의 마음 깊은 곳에 간직된 문학 이념이 분명하기 때문이다.

5.

우리는 앞에서 『정지용 시와 비평의 고고학』을 ① 원전의 확정과 텍스트의 대조·비교라는 고고학적 실증성의 차원, ② 텍스트의 실증적 고증을 넘어선 추론과 상상력의 차원, ③ 정지용 시 텍스트의 배면을 관통하는 문학적 이념과 정신의 차원이라는 세 가지 범주로 나누어 살폈다. 이 범주들은 이 책의 마디마디를 관통하는 방법론의 중핵이자 거시적 차원의 의미 체계를 이루는 것으로 파악된다. 이 책이 품고 있는 진정한 의의와 가공할 만한 저력은 바로 이러한 세 범주의 문제들을 충실하게 해명하면서도, 이들의 상호 유기적인 통일성과 연속성을 구축하면서 부분적 세부의 정교성과 전체적 입론의 타당성을 두루 아우르고 있는 데서 나온다고 하겠다.

이 책을 통해 정지용 연구사는 객관적인 종합의 장과 본격적인 연구의 장을 마련했다고 평가할 수 있을 것이다. 나아가 그 모든 문학 연구는 고고학적 실증성을 근본 바탕으로 삼아야 할 뿐만 아니라, 그 이면에 잠겨 있는 보이지 않는 다른 진실들을 드러내기 위해서는 문학적 상상력과 감각적 통찰과 유비 추론이라는 또 다른 무대와 방법이 필수 불가결하게 요청된다는 사실을 절감하게 된 것인지도 모른다. 문학과 문학 연구란 어떤 자명한 사실을 발굴하거나 재확인하는 자리에 그치는 것이 아니라, 우리 삶의 후미진 모서리, 그 감각의 현장들 곳곳에서 일렁이는 실존의 울림과 떨림을 전제하지 않고서는 그야말로 "수척한 정신의 세계"에 지나지 않을 것이 틀림없기에.

따라서 지용이 그리고 있는 세계는 實에 가깝지만 실제의 세계가 아니다. 그의 시가 빚어내는 리얼리티는 현상을 기술하고자 하는 관념에 의한 리얼리티이지 사물이나 현상 그 자체의 리얼리티는 아니다. 寫의 세계일 수는 있지만 그 寫의 세계가 완벽한 實의 세계를 갖추었다고 말하기 어렵다. 그러므로 그가 그린 寫의 세계는 그 정교성에 비하여 감동이 적다. 세묘의 산수화로 표출된 시이기는 하지만, 그것을 떠받치고 있는 것이 수척한 정신의 세계였기 때문일 것이다.

에필로그

리얼리즘 재구성을 위한 한 비평가의 고백록

맑시즘과 리얼리즘

맑시즘과 리얼리즘, 이 용어들은 대학이 나에게 처음 가르쳐 주었던 문학의 얼굴이었다. 그것은 문학이라는 말이 반드시 거느려야 할 신성한 금과옥조이자 휘황찬란한 이념의 표징이기도 했다. 대학을 입학했던 1989년 여름 초입의 어느 날, 중국에서는 천안문광장에 모인 학생 시위대와 군중을 향한 발포가 있었다. 또한 소련에서는 1985년 고르바초프에 의해 선포된 페레스트로이카라는 이름의 사회주의 경제 체제의 대수술이 전성기를 맞이하고 있는 듯했다. 이에 대한 의구심이 돋아나지 않을 리 없었건만, 이젠 50대 후반의 중늙은이가 되어 버린 그 당시의 선배들은, 사회주의라는 유토피아를 향해 가는 역사의 도정에서 일어난 아주 작은 균열이자 우스꽝스러운 소동쯤으로 치부했다.

그러함에도 불구하고, 1980년 '5월 광주'의 현장을 외신 기자들이 남긴 낡은 필름으로 마주해야만 했던 80년대 학번으로 표상되는 사람들에게 그것은 관제 교육의 허상을 근본에서부터 무너뜨릴 수밖에 없었던 그야말로 하나의 사건 그 자체였는지도 모른다. 그러나 몇 해 지나지 않아, 역사 발전의 합법칙성에 대한 맹목적 신념과 사회주의라는 이름의 메시아주의 또한 종말을 고했다. 1991년 8월 동구 사회주의의 붕괴. 그것은 한국 사회에서 '5월 광주' 이후 한국 사회 전체를 핏빛 어린 외침으로 물들게 했던 저 '거대한 야만'(서영채)의 시대가 역사의 뒤안길로 사라져 갔다는 것을 암시하는 것이기도 했지만, 다른 한편으론 민중문학으로 표상되었던 사회·역사적 상상력이 그 지배력을 상실할 수밖에 없는, 전혀 다른 역사의 무대가 펼쳐지리라는 것을 예고하는 것이기도 했다.

저 뒤처진 한국 현대성의 역사는 그 시대 청춘들에게 지울 수 없는 상처를 남겼고, 근본적 고뇌의 문양을 새겼다. 그들은 자신의 이십대를 불춤으로 뒤덮게 했던, 번뜩이는 이념의 광휘가 아득한 곳으로 사그라져 가는 광경을 묵묵하게 지켜보거나 혹은 장렬하게 견뎌야만 했다. 아니, '어쩔 수 없는 것은 어쩔 수 없다'라는 김훈의 말처럼, 그것을 하나의 숙명처럼 받아들여야만 했다. 이는 '5월 광주' 이후 한국 지식인 사회의 근본 개념을 이루었던 동구 사회주의 담론의 몰락을 의미했다. 나아가 그 담론의 의미 체계에 구멍을 뚫어 버리면서 도래한 진리-사건은 한국문학에 새로운 이름을 도래케 했다. 그것은 바로 내면성과 타자라는 두 벡터를 추동력으로 삼은 미적 현대(근대)였다.

미적 현대와 그 이후

미적 현대는 그 뒷면에 역사의 종말과 사회주의의 죽음이라는 표어로 대변되는 1990년대 초반의 세계사적 흐름과 당시 한국의 지식인 사회를 뒤덮었던 절망과 허무의 분위기를 전제하는 것이기도 했다. 여기서 중핵을 차지했던 것은 개인성의 숭배에 가까운 존중이었고, 차이에 대한 완전히 다른 가치 평가였다. 개인성은 내면성의 짝이었고, 차이는 타자의 다른 이름이었다. 저 표어들 사이로 허무주의라는 유령이 넘실댔던 것은 사실 그 자체였겠지만, 또한 '역사는 진보한다'라는 속류 유물사관의 허구성이 자신의 맨살을 드러냈던 바로 그 순간이자, 이른바 'X세대'와 '후일담 소설'이라는 풍문에 휩싸여 있던 시절이었지만, 나는 그것을 받아들일 수 없었고 그러고 싶지도 않았다.

그러나 '역사는 진보하지 않는다'라고 주장하는, 아니, 역사 자체를 무화하는 초역사적 사유와 담론이란 과연 어떤 것일까라는 호기심과 궁금증이 생겨났다. 1997년 대학원에서 문학 공부를 본격적으로 시작했던 나에게 이 호기심과 궁금증은 '김동리 문학'에 대한 관심과 집중력으로 옮아갔다. 이는 결국 '초역사적 보편성'에 대한 어렴풋한 대결 의식에서 움텄으리라. 당시 현(근)대성의 근본적인 한계와 모순을 성찰하는 담론들이 곳곳에서 울려 퍼졌고, 탈현(근)대 또는 해체주의 사유와 저 초역사적 보편성의 담론이라는 것이 어떤 지점에서 합류하며, 또 어떤 자리에서 분기점을 형성하는지를 낱낱이 알고 싶었다.

김동리의 소설 작품과 비평 작업 전체를 빠짐없이 석사학위논문의 대상으로 삼고자 했던 결정적 계기 역시, 저 분기점을 속속들이 파헤쳐 보고 싶은 욕망에서 비롯되었던 것 같다. 당시 현(근)대를 뛰어넘으려는 다양한 시도들은 '탈근대', '근대초극' 같은 말들로 호명되었고, 그것이 내뿜는 새로운 사유의 벡터와 리듬감에 나 역시 크게 공명했다. 이른바 합리적 이성, 과학적 유물론, 역사 발전의 합법칙성 등으로 표상되는 진보주의 역사관의 모순, 아니, 그것이 태생적으로 품을 수밖에 없는 그 이론적 패러다임의 근본 한계를 알아챘다고 생각했고, 그것을 감싸면서 넘어설 수 있는 새로운 사유는 가능한가, 그렇다면 그것은 과연 어떤 것일 수 있는가를 끊임없이 자문(自問)했던 것 같다.

김동리 문학 전반에 대한 천착을 통해, 문학사에서 행해졌던 그 숱한 논쟁들에는 어떤 가치론적 투쟁이 전제되어 있을 뿐만 아니라, 그 뒷면에는 실상 사회·정치적 대결 구도가 그림자처럼 스며들어 있다는 사실을 깨닫게 되었다. 그렇다. 김동리가 내세웠던 문학의 자율성, 순수문학, 제3세계관 등의 표어들은 결코 문자 그대로를 뜻하지 않는다. 그것들은 식민지 시대 카프문학과 해방기의 문학가동맹에 대한 가치론적 투쟁의 차원에서 생산된 것일 뿐만 아니라, 그 뒷면에는 한국 사회의 매우 기형적인 현대화 과정에서 비롯된 사회·정치적 갈등과 투쟁의 지층들이 매우 복잡하게 뒤얽혀 있다. 이는 비평가라는 이름으로 살아가고 있는 나에게 매우 중요한 깨달음을 제공했다. 이른바 순수문학이라는 말의 허상, 그 말이 뿜어내는 강력한 반-정치성의 기율마저도 결국 정치적인 포석과 계산, 그 담론장의 메커니즘 내부에서 탄생한다는 사실을 좀 더 깊은 차원에서 바라볼 수 있도록 강제했기 때문이다.

김동리와 그의 문학은 흔히 '유비'라는 말로 번역되는 아날로지(analogy), 곧 현대 세계 이전을 관류했던 유비적 조화와 형이상학적 동일성의 세계를 지향했던 것이 분명하다. 그러나 그것에 숙명적으로 침투할 수밖에 없는 불안감은 그의 작품 곳곳에 '아이러니'의 파편들을 날카로운 흔적으로 남길 수밖에엔 없었던 것이 틀림없어 보인다. 그렇다. 김동리가 부정한 근(현)대는 자본주의라는 말로 대변되는 그것의 사회·경제 체제가 아니다. 오히려 과학적 유물론과 유물사관으로 표상되는 맑시즘과 그 배면을 이루는 계몽사상이자 과학주의 세계관이다. 이는 김동리가 근대 자본주의 사회 체제가 아니라, 다만 계몽 사상과 과학주의 세계관으로 압축될 수 있을 근대주의라는 인식론적 패러다임을 부정하고 비판하는 데 골몰했다는 것을 뜻한다.

이는 김동리를 위시한 이른바 전통주의 문학 담론, 또는 반-근· 현대의 문학 담론이 반드시 치러 낼 수밖에 없을 어떤 맹점과 모순과 한계의 지점을 빠짐없이 표상하는 것처럼 여겨진다. 지금-여기에서 일어나고 있는 무수한 사회·정치적 문제들을 도외시한 채, 태초의 형 이상적 근원으로의 회귀를 꿈꾸는 문학 담론이란 낭만주의적 신비와 분위기로 둘러싸인 문학적 이미지들을 빚어내는 차원에서는 강점을 지닐 수 있을지 모르지만, 우리가 살아가는 이 생활세계의 만화경이 나 그 일상적 풍경들의 흥망성쇠를 예감하거나 소묘할 수 없을 것이 지극히 자명하기 때문이다. 아니, 현대 세계가 매번의 순간마다 새롭 게 펼쳐 놓을 저 기술 공학적 혁신의 만화경(kaleidoscope)을 결코 따 라잡을 수 없을 것이 명약관화하기에.

미래파

문학비평가라는 공식적인 명칭을 안겨 주었던 2007년 그 무렵, 한 국문학의 가장 첨예한 논쟁의 무대는 2000년대 한국시의 새로운 흐 름에 있었다. 이 흐름을 당시 문단에선 '미래파'라는 이름으로 통칭했 다. 그것이 세대론적 인정투쟁에 가까운 격렬한 문학관의 대립과 더 불어 가치론적 대결 구도를 형성하게 된 것은, 그 명명법 자체에 이 미 깃들어 있었던 것인지도 모른다. '미래파'라는 말은 이미 그 자체로 급진적인 문학사적 단절의 욕망을 명시하고 있는 것이었기 때문이다. 나아가 2000년대 한국시의 매우 낯선 미학과 세계관을 전제하고 있 는 것이었으며, 감각, 화법, 이미지 서술 방법, 미적 구조 등으로 열거되는 시작법의 다양한 문제들과도 직접 연관된 것이었기 때문이다.

'미래파'는 '자아와 세계의 동일성'이라는 말로 정의되어 온 저 오래된 서정의 관행적 문법으로 포획할 수 없는, 시에 관한 기성의 지식이 한낱 가명(假名)에 지나지 않는다는 사실을 현시하면서, 곳곳에서 창조적 진화의 빛살을 내뿜고 있었던, 한국시의 새로운 흐름을 명명하기 위한 용어였다고 보는 것이 적확할 듯하다. 따라서 '미래파'와 연동된 무수한 논의들 속에서 우리가 발견해야 할 창조적 핵심은, 그것이 불러일으킨 다양하고 풍요로운 방법론과 이미지의 향연에서 찾을 수 있을 것이다. 달리 말해, '미래파'의 창조적 영감과 예술적 변신술에 대한 섬세한 통찰에서 발견될 수 있다는 것이다. 현대 세계에서 시와 문학이란 기성 현실의 상징적 질서와 그 규범 체계에 봉사하기 위하여 존재하는 것이 아니라, 그것을 갱신하고 전복하면서 '더 나은 삶'과 '다른 미래'를 향한 새로운 가능성을 끊임없이 실험하는 것인지도 모른다. 아니, 그것을 현실화하려는 혼신의 싸움일 것이 틀림없다.

2000년대 후반 이래, 우리 사회 전반을 휘감고 있었던 것은 오랜 경제적 불황으로부터 기인한 '동물적 생존 본능'과 '경제적 실용주의'라는 일상인들의 공통감각이었다. 그것은 '만성적인 청년실업'과 '팔십팔만 원 세대'라는 말이 우리들의 '온몸'에 즉각적으로 안겨 주는 가난과 불안과 고통의 느낌만으로도 지금도 여전히 공명할 수 있는 바이다. 그러나 이러한 '동물적 본능'과 '실용'의 감각은 불과 반년의 시간도 채 지나지 않아 철저한 배신을 경험할 수밖에 없었다. '실용'과 '선진화'라는 달콤한 미래의 약속은 그냥 그 자체로 '정치적 기만'의 수사학이자 '이데올로기적 허위'에 불과한 것이었기 때문이다. 나아가 '촛불 소녀'와 '용산 참사'와 '부엉이바위'라는 말은, 지금 바로 이 순간에도 어딘가에서 찢겨 나가고 있을 한국 민주주의의 처참한 몰골을 우리들 곁에서 생생하게 꿈틀거리는 현재 감각으로 일깨우기 때문일 것이다.

따라서 저 말들은 이미 지나가 버린 과거이거나, 그 누구도 어쩔 수 없는 화석화된 시간에 붙들린 역사박물관의 전시품일 수 없다. 오히려 그것은 지금도 여전히 우리 곁에서, 아니 우리 내부에서 은밀하게 집행되고 있을 '합법적인(?) 폭력'과 '인권 유린'과 '죽음의 공포'를 살갗으로 와닿게 만드는, 어떤 전율과 공포를 매번의 순간마다 다시 불러일으키는 살아 움직이는 생명체에 가깝다. 2000년대 후반 한국문학에서 흐릿한 징후로 나타나기 시작했던 '사회·정치적 상상력의 부활'은 저토록 자명했던 결과를 이미 예고하고 있었는지도 모른다. 그리하여 마침내, '잃어버린 10년(?)'이라는 저 가공할 만한 이데올로기의 표장처럼, '언어의 감옥'에 갇혀 있었던 한국문학은 이제 '자율성'이라는 자기 자신의 미학적 거울을 깨뜨리고 그 너머에 이미 실재하고 있었을 '삶'과 '정치'라는 세계의 맨살과 얼굴을 다시 똑바로 응시하기 시작했던 셈이다. 그러나 그 얼굴 역시, '미래파'라는 이름의 매우 혁신적인 아방가르드적 실험을 통과하면서 이미 다른 것으로 변모해 있었다.

정치시

'미래파'가 일으킨 한국시의 근본적인 혁신의 과정에서 '정치시'라는 이름의 사회·역사적 상상력의 오래된 미래 역시 새롭게 탄생했다. 진은영에 의해 처음 '정치시'가 제기되었을 때, '미래파'를 둘러싼 소모적인 논쟁을 일거에 청산해 버린 듯한 느낌을 주었다. 그럴 수밖에 없는 이유가 있었다. '미래파'는 형식주의적 파괴와 미학적 혁신에 머무를 수밖에 없는, 따라서 우리들의 열정과 고통과 투쟁, 나아가 사회와 정치와 역사라는 실제 삶의 문제들을 훌쩍 떠나 버린 것 같은, 마치 가상의 무대 위에서 그럴싸하게 연출된 미학적 분장에 불과한 것만 같은, 경박한 느낌과 분위기를 떨쳐 버리지 못했기 때문이다. 반면에 '정치시'는 시와 문학이란 결코 미학적 가상을 연출하는 무대만일 수 없다는, 그것의 오래된 미래일 수밖에 없을 리얼리즘의 가장 근본적인 문제의식을 다시 소환해 왔기 때문이다.

진은영의 '정치시' 이미지들은 피폐한 '노동 현실'과 '이윤 착취'의 참상을 고발하거나, 불지옥과도 같았던 '용산 참사'의 현장을 사실적으로 모사하려는 리얼리즘의 일반적 원리로 수렴되지 않는다. 오히려 그것을 초과하거나 미달하는 수준과 모양새를 드러낸다고 말할 수 있을 듯하다. 그것은 동화적 상상력으로 빚어진, 마치 마법사가 들려주는 옛날이야기 같은 낯선 풍경들을 도입함으로써, 나아가 우리들의 조각난 일상-기계로서의 삶과 저렇게 비틀어진 실존의 얼굴을 잔혹하게 드러냄으로써, 1970-80년대 민중문학의 미학적 대명사였던 리얼리즘을 다른 차원으로 인도해 가고 있다고 말하는 것이 적확하겠다. 진은영이 벤야민에게서 전유한 것으로 추정되는 알레고리, 그것의 정치적·미학적 기획의 핵심은, 진·선·미의 조화와 통일, 인간의 조화로운 완성으로 표상되는 교양의 이념을 아름답게 치장된 거짓된 가상의 자리로 끌어내리면서, 그 자신이 아름다움 너머에 있다는 것을 고백하는 자리에서 나오기 때문이다.

따라서 그의 시편들에 등장하는 저 이상야릇한 감각의 비늘들은 자본주의의 상품미학을 비롯한 부르주아 미학의 바탕을 이루는 미학적 완결성이라는 근본 개념을 일그러뜨리는 지저분한 얼룩이자 그 비루한 진실의 작은 조각들이 분명해 보인다. 진은영이 시도하고 있는 새로운 정치적·미학적 기획으로서의 알레고리 형상들과 그 예술적 짜임새가 한국문학의 리얼리즘의 역사에 있어서 새로운 미학적 터전을 마련해 주고 있는 것은 틀림없는 사실일 것이다. 그러나 리얼리즘의 재구성을 위한 우리의 구상 역시 이 자리에서 멈출 수 없을 것은 자명한 일이다.

이영광이 처음 창안했던 "유령" 이미지들 역시 '정치시'의 맥락에서 해석되는 것이 옳을 듯하다. 그것은 1980년대 민중문학과 노동시가 수행했던 비판적 폭로의 수사학과는 다른, 어떤 낯선 풍경을 시의 거죽에 도래하게 했다. 그의 "유령"들은 우리 눈앞에 명백하게 펼쳐져 있는 사실들을 그대로 옮겨 놓는 재현의 수사학으로 수렴될 수 없기 때문이다. 오히려 이 땅에 거주하는 모든 "사람"이 마땅히 사회공동체 속에서 누리고 보장받아야 할 유기적 조화의 삶을 형성할 수 없으며, 인간관계의 투명성과 진정성을 담보할 수 없다는 측면을 집요하게 파헤치려 했다.

그리하여, 이영광의 "유령"은 "사람"이 마치 사물의 단편들처럼 깨어지고 흩어져 그저 피상적인 관계만을 맺으며 살아갈 수밖에 없는 현대적 인간 실존의 보이지 않는 진실을 현시했다고 하겠다. 그것은 모순된 사회 현실의 총체적 재현이라는 기왕의 리얼리즘 도식을 훌쩍 뛰어넘어, 보이지 않는 것, 달리 말해 풍문으로만 떠도는 다른 진실들과 똑같이 국가 폭력의 합법적 살해 사건 역시 온전하게 드러날 수 없다는 황폐한 진실을 요동치게 했다. 아니, 저 먼 바깥 나라의 일처럼 그저 그렇게 아무것도 아닌 듯 흘러가 버릴 수도 있다는 두려운 진실을 발가벗겨 드러내었다.

이영광이 『아픈 천국』에서 형상화한 "유령"은 21세기 벽두의 '미래파'가 망각하고 있었던 국가 폭력과 정치적 이데올로기, 물신화 현상과 경제적 실용주의 같은 가장 첨예한 사회 현실의 문제들로 다시 천착해 들어갔다. 그리고 그것과 연루된 사회·정치적 상상력을 전혀 다른 이미지로 아로새겼다. 따라서 그것은 '두려운 낯섦'이자 '보이지 않는 것', '유령'의 '몸'이란 새로운 이미지의 창안을 통해 한국시 전체의 사회·정치적 상상력을 다른 차원으로 도약시켰다고 하겠다.

새로운 천사

지금-여기, 한국의 문학비평은 21세기 벽두에 사건의 자리를 담당했던 '미래파'와 '정치시'에 대한 평가 작업과 더불어, 이들을 잇고 있는 시인·작가들이 창안해 놓는 새로운 예술적 짜임을 갈피 짓는 작업에 착수해야 할 것으로 보인다. 좀 더 구체적으로 말하자면, 저 예술적 짜임의 세부를 구성하는 낯선 이미지 조각술과 예술적 방법론을 산문적인 언어로 풀이할 수 있는 이론적 탐구를 가장 우선 수행해야 할 것으로 파악된다. 이와 같은 이론적 탐구를 통해서만, 매번 다시 구성되어야 할, 저 오래된 미래로서의 리얼리즘이라는 새로운 얼굴이 다시 거죽 위로 나타날 수 있을 것이 자명하기 때문이다.

그리하여, 루카치가 오랫동안 천착했던 미학적 방법으로서의 리얼리즘(realism)과 더불어, 자끄 라깡의 정신분석에서 가장 중요한 용어 가운데 하나를 이루는 실재(the Real)의 공분모와 차이를 부단히 탐구하면서 리얼리즘의 새로운 이론적 모델을 구상해 볼 필요가 있을 듯 보인다. 어쩌면 이들의 공분모와 차이에 대한 좀 더 깊은 이해와 새로운 해석은 미래 사회에 다시 새롭게 태어날, 전혀 다른 스타일의 리얼리즘을 생성하고 창안하는 기반을 제공할 수 있을지도 모른다. 그리고 이를 통해서만, 리얼리즘은 문학과 예술의 고정된 미학적 이념이 아니라 오히려 격물치지(格物致知)의 사실성에 충실하게 천착하면서도, 법고창신의 에너지를 끊임없이 발산할 수 있는 생성과 변혁의 원천으로 자리할 것이 틀림없다.

이와 같은 맥락에서, 들뢰즈의 사건적 개체성(heccéité)과 데리다의 원초적 에크리튀르(archi-écriture), 그리고 바디우의 사건의 자리(le site événement)가 더불어 형성하는 교집합과 분기점에 대한 이론적 천착이 필수 불가결한 것처럼 보인다. 더 나아가, 벤야민과 레비나스, 아감벤과 두셀이 공동으로 이룩하는 새로운 사유의 성좌, 곧 수동성과 무능력에 관한 철학적 탐구가 가장 시급한 과제로 요청되고 있는 듯 보인다. 이들에 대한 근본적인 천착이나 탐구 없이는 한국시를 그야말로 진리-사건의 차원에서 심층적으로 해명할 수 있는 길은 요원한 것일 수밖에 없기 때문이다.

그러나 그 누가 알 수 있겠는가? 파울 클레의 그림을 통해 벤야민이 말하려 했던 새로운 천사(angelus novus)가 어느 순간 우리 곁으로 내려와 예기치 않은 구원의 손을 내밀게 될는지를.